SUMMER MÉLODIE

DU MÊME AUTEUR

Un jour, Belfond, 2011 ; 10/18, 2012 ; Pocket, 2020
Pourquoi pas ?, Belfond, 2012 ; 10/18, 2013
Pour une fois, Belfond, 2013 ; 10/18, 2014
Nous, Belfond, 2015 ; 10/18, 2016

DAVID NICHOLLS

SUMMER MÉLODIE

Traduit de l'anglais
par Valérie Bourgeois

belfond

Titre original :
SWEET SORROW
publié par Hodder and Stoughton, Londres

Les personnages de ce roman sont fictifs et toute ressemblance avec des personnes, vivantes ou mortes, ne peut être que fortuite.

Prolongez votre lecture et restez dans l'univers de *Summer Mélodie* en découvrant la playlist de Merton Grange 1997 !

①	②	③
Téléchargez	**Scannez**	**Cliquez...**
l'appli gratuite lisez!	la page 509	et écoutez la playlist !

Retrouvez-nous sur www.belfond.fr
ou www.facebook.com/belfond
Éditions Belfond,
92, avenue de France, 75013 Paris.
Pour le Canada,
Interforum Canada, Inc.,
1055, bd René-Lévesque-Est,
Bureau 1100,
Montréal, Québec, H2L 4S5
ISBN : 978-2-7144-9324-8

Dépôt légal : juin 2020

Belfond | un département **place des éditeurs**

place
des
éditeurs

À Hannah, Max et Romy

« Ce que nous, ou du moins ce que, pour ma part, j'attribue allègrement à la mémoire – à savoir un instant, une scène, un fait, soumis à un procédé de fixation qui les protège de l'oubli – procède en réalité de l'histoire que l'on se raconte constamment dans sa tête et varie souvent avec la narration que l'on en fait. Trop d'intérêts affectifs contradictoires entrent en jeu pour que la vie soit acceptable et c'est peut-être la tâche du conteur de réorganiser les choses pour qu'elles aillent dans ce sens. Quoi qu'il en soit, lorsque nous parlons du passé, nous mentons aussi naturellement que nous respirons[1]. »

William MAXWELL, *Au revoir, à demain*

---

1. William Maxwell, *Au revoir, à demain*. Traduction de Françoise Cartano. Paris, Cambourakis, 2017, p. 45-46. *(Toutes les notes sont de la traductrice.)*

Première partie

Juin

« Elle n'était membre de rien, cet été-là. Elle ne faisait partie d'aucun club, ni de quoi que ce soit au monde. Elle se sentait sans aucune attache, et elle rôdait autour des portes, et elle avait peur. »

Carson McCULLERS, *Frankie Addams*[1]

---

1. Carson McCullers, *Frankie Addams*. Traduction de Jacques Tournier , p. 3.

La fin du monde

La fin du monde aurait lieu le jeudi à 15 h 55, juste après la fête.

Jusque-là, notre expérience la plus proche d'un tel cataclysme à Merton Grange s'était limitée aux rumeurs d'apocalypse qui se propageaient une à deux fois par trimestre, à peu près toujours dans les mêmes circonstances. Mais pas de banales rumeurs d'éruption solaire ou de collision avec un astéroïde. À la place, un tabloïd mentionnait une prophétie maya, une remarque anecdotique de Nostradamus ou un parallèle bizarre dans le calendrier, et la nouvelle se répandait qu'on allait disparaître en plein cours de physique. Résigné devant cette hystérie, notre professeur soupirait et interrompait sa leçon pendant qu'on se disputait pour savoir qui avait la montre la plus précise, le compte à rebours commençait, les filles s'agrippaient les unes aux autres, les yeux fermés et le dos voûté comme si elles allaient être arrosées d'eau glacée, les garçons fanfaronnaient, et on pensait tous en secret à ce baiser jamais donné, à telle querelle non réglée, à notre virginité, à nos amis, à nos parents. Quatre, trois, deux…

Chacun retenait son souffle.

Puis quelqu'un criait : « Bang ! » et on éclatait de rire, soulagés et presque un peu déçus de nous retrouver vivants – surtout pendant un cours de physique de deux heures. « Vous êtes contents maintenant ? Remettons-nous au travail, d'accord ? » Et on s'efforçait de nouveau de calculer quelle distance pouvait parcourir un corps soumis à une force d'un newton.

Mais jeudi à 15 h 55, juste après la fête, tout allait changer. Le temps avait passé lentement durant cinq longues années, et à mesure que les dernières semaines, puis les derniers jours se succédaient, on sentait flotter dans l'air un mélange d'euphorie et de panique, de joie et de peur, le tout mêlé à un nihilisme effréné. Les courriers adressés à nos parents et les heures de colle n'avaient plus aucun effet sur nous. À quels actes allait-on bien pouvoir se livrer impunément dans ce monde où plus rien ne prêtait à conséquence ? Dans les couloirs et les salles de classe, les extincteurs présentaient soudain un terrible potentiel. Scott Parker oserait-il vraiment dire ce qu'il avait l'intention de dire à Mme Ellis ? Tony Stevens mettrait-il encore le feu au département de lettres ?

Et voilà que, chose incroyable, le dernier jour était arrivé, glorieux et radieux, et avec lui des entorses au règlement sitôt passé la porte du collège. Cravates portées en bandana ou en garrot, aux nœuds tantôt aussi compacts qu'une noix, tantôt gros comme le poing. Rouge à lèvres, bijoux et cheveux teints en bleu – assez pour évoquer une boîte de nuit futuriste. Qu'allaient faire les professeurs ? Nous renvoyer chez nous ? Ils ont soupiré et nous ont laissés passer. Parce que plus rien ne justifiait qu'on apprenne la définition du bras mort d'un fleuve, la dernière semaine avait été consacrée à des cours décousus et démoralisants sur « la vie adulte » – laquelle, semblait-il, consistait pour l'essentiel à remplir des formulaires et à rédiger des CV (« Loisirs et centres d'intérêt : socialiser avec autrui, se cultiver devant la télé »). On avait appris à équilibrer un budget. Mais, plus que tout, on avait regardé dehors, par la fenêtre, en pensant : *Il n'y en a plus pour très longtemps maintenant. Quatre, trois, deux…*

À la pause, de retour au foyer des élèves, on a commencé à gribouiller des graffitis au feutre sur nos chemises blanches, penchés sur le dos les uns des autres comme des tatoueurs dans une prison russe, à recouvrir d'injures sentimentales le moindre espace disponible. *Bonne continuation, connard,* m'a écrit Paul Fox. *Cette chemise pue,* a noté Chris Lloyd. Plus lyrique, mon meilleur pote Martin Harper a griffonné *amis pour la vie* sous une bite et des couilles joliment représentées.

Harper, Fox, Lloyd. Mes meilleurs amis à l'époque. Pas de simples gars, mais *les* gars, et si quelques filles gravitaient à la périphérie de notre cercle – Debbie Warwick, Becky Boyne et Sharon Findlay –, notre quatuor était impénétrable et se suffisait à lui-même. Bien qu'aucun de nous ne jouât d'un instrument, on se voyait comme un groupe. Harper, on le savait tous, était notre chanteur et premier guitariste. Fox assurait les basses, un *boum-boum-boum* basique et discret. Lloyd, autoproclamé fou, s'était arrogé le rôle du batteur, ce qui me laissait celui du…

— … joueur de maracas, avait décrété Lloyd.

Cela nous avait fait marrer, et « maracas » s'était ajouté à la longue liste de mes surnoms. Fox s'employait justement à en dessiner sur ma chemise – des maracas croisées sous un crâne, à la manière d'un insigne militaire. Debbie Warwick, dont la mère était hôtesse de l'air, avait réussi à entrer avec un sac entier de mignonnettes aromatisées au café, à la menthe et à la noix de coco, nos parfums préférés. Le poing enroulé autour des petites bouteilles, nous les avons sifflées en grimaçant et en nous étranglant pendant que M. Ambrose, les pieds sur son bureau, restait concentré sur le film *Sauvez Willy 2* qui passait au fond de la salle – une faveur dont tout le monde se foutait complètement.

Les mignonnettes ont constitué l'apéritif de notre tout dernier repas au collège, où le souvenir de la légendaire bataille de nourriture de 1994 demeurait vivace : cette année-là, les dosettes de ketchup avaient explosé sous les chaussures des élèves, les poissons panés volé dans les airs comme des étoiles de ninja, et les pommes de terre fourrées s'étaient transformées en grenades.

— T'es pas cap', a dit Harper à Fox, qui évaluait le poids d'une saucisse caoutchouteuse en la tenant par un bout.

Mais les professeurs qui patrouillaient parmi nous tels des gardiens de prison et la promesse d'une génoise à la crème en dessert nous ont fait battre en retraite.

Devant l'assemblée des élèves de dernière année, M. Pascoe a prononcé le discours auquel on s'attendait tous : il nous a encouragés à nous tourner vers l'avenir tout en gardant le passé à l'esprit, à viser haut tout en surmontant les coups bas de la vie, à croire en nous tout en pensant aux autres. Le plus important n'était pas seulement ce que nous avions appris – et il espérait que nous avions beaucoup appris ! – mais aussi le genre de jeunes adultes que nous étions devenus. Nous l'avons écouté, nous les jeunes adultes, partagés entre le cynisme et le sentimentalisme, indisciplinés en apparence et, au fond de nous, intimidés et tristes. On ricanait et on affichait notre impatience, mais, ailleurs dans la grande salle, des mains en ont agrippé d'autres et des reniflements se sont fait entendre lorsque M. Pascoe nous a invités à chérir les amitiés que nous avions nouées et qui dureraient toute notre vie.

— Toute notre vie ? Putain, au secours ! a dit Fox en coinçant ma tête sous son bras et en frottant affectueusement son poing serré contre mon crâne.

L'heure de la remise des prix avait sonné. On s'est enfoncés dans nos sièges. C'était toujours les mêmes élèves qui décrochaient des récompenses, et les applaudissements ont cessé bien avant qu'ils aient quitté la scène pour venir poser devant le photographe du journal local, un chèque-livre brandi bien en évidence sous le menton, comme pour une séance d'identification au poste de police. Puis, dirigé par M. Solomon, professeur de musique, le Merton Grange School Swing Band a entrepris d'étancher notre soif de jazz américain en se lançant dans une interprétation cacophonique et lourdingue d'« In the Mood », de Glenn Miller.

Lloyd a vigoureusement protesté :

— Pourquoi ? Mais *pourquoi* ?

— Pour nous mettre dans l'ambiance, a répondu Fox.

— Quelle ambiance ? ai-je demandé.

— Une ambiance de merde, oui !

— « J'suis vénère », par Glenn Miller et son orchestre.

— Pas étonnant que son avion se soit crashé, a conclu Harper.

Mais, à la fin de ce tir de barrage, Fox, Lloyd et lui se sont tout de même levés d'un bond en criant bravo, bravo. Sur scène, Gordon Gilbert, qui avait l'air complètement dément, a saisi son trombone à deux mains par le pavillon et l'a lancé haut, très haut dans les airs, où il est resté suspendu un instant avant de se fracasser par terre et de se froisser comme une boîte de conserve, et pendant que M. Solomon hurlait après lui, on a filé en douce vers le lieu de la fête.

Je me rends compte à quel point j'apparais effacé dans les scènes précédentes. Je me rappelle assez bien cette journée ; seulement, quand j'essaie de décrire le rôle que j'y ai joué, je me surprends à citer ce que j'ai vu et entendu plutôt que ce que j'ai dit ou fait. En tant qu'élève, mon trait distinctif était mon absence de traits distinctifs. « Charlie travaille dur pour obtenir la moyenne et y parvient globalement. » Les louanges à mon égard n'allaient jamais plus loin, et encore cette petite réputation avait-elle souffert durant la période qui avait précédé les examens. Ni admiré ni méprisé, ni adoré ni craint, je n'étais pas une de ces brutes qui évoluaient autour de moi – ce qui ne voulait pas dire que j'avais le courage d'intervenir ou de m'interposer face à une meute pour défendre une victime. Entre les voleurs de bicyclette, les voleurs à l'étalage et les pyromanes, cette année scolaire s'était caractérisée par une forte proportion d'éléments criminels, et si je me tenais à l'écart des élèves les plus flippants, je n'étais pas non plus l'ami des plus doués et des plus obéissants, ceux-là mêmes qui venaient d'être récompensés par des chèques-livres. Pas plus conformiste que rebelle, et pas plus collabo que résistant, je fuyais les problèmes sans pour autant me réfugier dans quoi que ce soit d'autre. La comédie était notre principale monnaie. De ce point de vue-là, on ne pouvait pas vraiment me qualifier de pitre de la classe. Certes, je n'étais pas dépourvu d'esprit, et il m'arrivait de susciter des rires étonnés, mais mes meilleures blagues étaient soit étouffées par une voix plus forte que la mienne, soit lâchées trop tard, si bien qu'aujourd'hui encore, plus de vingt ans après, je pense à des choses que j'aurais dû dire en 1996 ou 1997. Je savais que je n'étais pas laid – on me l'aurait signalé –, et j'avais vaguement conscience que les filles murmuraient et gloussaient en ma présence, mais en quoi cela pouvait-il aider quelqu'un qui ne voyait pas du tout quoi leur dire ? Je tenais mes yeux, mon nez, mes dents et ma bouche de ma mère, et ma grande taille de mon père – il valait mieux ça que l'inverse, selon lui, même s'il m'avait aussi transmis cette tendance à voûter le dos afin d'occuper le moins d'espace possible. À part ça, une heureuse bizarrerie glandulaire et hormonale m'avait épargné les boutons et les furoncles qui avaient littéralement défiguré tant d'adolescents, et je n'étais ni du genre maigrichon rongé par l'anxiété, ni empâté à force d'avaler les frites et les sodas qui constituaient principalement notre alimentation. Sauf que cela ne suffisait pas à me rassurer sur mon physique. Je n'étais rassuré sur rien, en fait.

Autour de moi, les autres ajustaient leur personnalité avec le même soin qu'ils mettaient à changer de vêtements et de coupe de cheveux. On était une matière plastique, malléable, et on avait encore le temps de tester et revoir notre écriture, nos convictions politiques, notre façon de rire, de marcher ou de nous asseoir, avant de durcir et de nous figer. Les cinq années précédentes avaient été une sorte de grande répétition chaotique qui avait laissé derrière elle un sol jonché de tenues, de comportements, d'amitiés et d'opinions. Cinq années effrayantes et enivrantes pour les principaux intéressés, insupportables et absurdes pour les parents et les enseignants soumis à ces improvisations stressantes et contraints de réparer les pots cassés.

Il serait bientôt l'heure d'endosser un rôle dans lequel on aurait l'air crédibles, mais quand j'essayais de poser sur moi le même regard que les autres (parfois au sens strict, en fixant tard le soir le petit miroir devant lequel mon père se rasait, les cheveux lissés et ramenés en arrière), je ne voyais… rien de spécial. Sur les photos prises de moi à cette époque, j'ai l'impression de contempler les premières esquisses d'un personnage de bande dessinée, des prototypes annonciateurs de la version définitive, mais un peu disproportionnés, pas tout à fait d'aplomb.

Tout ça ne vous éclaire pas beaucoup. Imaginez alors un autre cliché, cette photo de classe que tout le monde a chez soi, avec des visages trop petits pour qu'on les distingue sans les scruter de près. Qu'elle date d'il y a cinq ou cinquante ans, il y a toujours une silhouette vaguement familière dans le rang du milieu à laquelle vous n'associez aucune anecdote, aucun scandale ni aucun triomphe précis. Et vous vous demandez : c'était qui, lui ?

C'était Charlie Lewis.

Sciure de bois

La fête des élèves de dernière année traînait une réputation de dépravation digne de l'Empire romain que seules les sorties pédagogiques de notre professeur de biologie parvenaient à surclasser. Notre arène était le gymnase, un espace si grand qu'il aurait pu abriter un avion. Afin de créer l'illusion d'une certaine intimité, de vieilles banderoles avaient été tendues entre les espaliers et une boule à facettes pendait au bout d'une chaîne, semblable à un fléau d'armes médiéval – ce qui n'empêchait pas le gymnase de paraître toujours nu. Alignés en rang d'oignons sur des bancs, nous avons passé les trois premières chansons à nous examiner tous de part et d'autre du parquet éraflé et poussiéreux, tels des guerriers ennemis sur un champ de bataille, et à siroter les dernières mignonnettes de Debbie Warwick pour nous donner du courage jusqu'à ce qu'il ne reste plus que du Cointreau – une ligne rouge que personne n'osait franchir. Installé aux platines, M. Hepburn, notre professeur de géographie, s'est livré à un grand écart désespéré en diffusant « Baggy Trousers » juste après « I Will Survive ». Il venait de lancer « Relax » quand M. Pascoe lui a demandé d'enchaîner sur autre chose. Dans une heure et quinze minutes, la fête serait finie. On perdait du temps…

Mais « Girls & Boys » de Blur a soudain retenti. Comme sur un signal, tout le monde a foncé sur la piste de danse, avant de reprendre en braillant les tubes pop-house qui ont suivi. M. Hepburn a allumé le stroboscope qu'il avait loué au mépris de toute considération sanitaire et sécuritaire. On a observé avec des yeux ronds le mouvement de nos doigts, aspiré l'air dans nos joues et mordu nos lèvres à la manière des ravers qu'on avait vus aux infos à la télé, en agitant les bras et en battant des pieds avec tant d'énergie que la sueur a bientôt mouillé nos chemises. L'encre d'« amis pour la vie » a commencé à baver sur la mienne. Dans un accès de sentimentalisme, j'ai voulu préserver cette relique et je me suis frayé un chemin vers le banc où j'avais laissé mon sac. J'ai sorti ma tenue de sport, je l'ai reniflée pour vérifier qu'elle répondait aux critères de propreté les moins exigeants, puis je me suis dirigé vers le vestiaire des garçons.

Si, comme les films d'horreur me l'avaient appris, les murs et les fondations d'un espace absorbent les émotions de ceux qui les ont traversés, ce vestiaire aurait été un cadre parfait pour un exorcisme. Des choses terribles s'étaient produites ici. J'ai repensé au tas d'affaires puantes, mélange de serviettes moisies et de chaussettes immondes égarées par leurs propriétaires, dans lequel nous avions enseveli Colin Smart, et aussi au jour où quelqu'un avait remonté si violemment le slip de Paul Bunce sur ses hanches qu'il avait été admis aux urgences. Cette pièce était une cage à l'intérieur de laquelle tous les coups étaient permis, qu'ils soient physiques ou psychiques, et alors que je m'asseyais sur le banc pour la toute dernière fois en appuyant prudemment ma tête entre les patères qui avaient fait tant de victimes, je me suis senti envahi par une tristesse sans nom. Peut-être était-ce de la nostalgie, mais j'en doutais. De la nostalgie pour les trousses remplies de savon liquide et le claquement des serviettes mouillées ? Il devait plutôt s'agir de regrets devant tout ce qui n'était jamais arrivé, tous ces changements qui n'avaient pas eu lieu. À l'image d'une chenille dont les parois cellulaires se dissolvent et dont les molécules se réorganisent dans son cocon, tout ça pour donner naissance à une autre chenille, plus grande celle-là, plus poilue et à l'avenir plus incertain.

De tels accès de mélancolie n'étaient pas rares chez moi depuis quelque temps, et j'ai mis fin à cette introspection en secouant la tête. L'été se profilait. Dans cette parenthèse formée par les regrets du passé et la peur du lendemain, ne serait-il pas possible de s'amuser, de vivre et de faire en sorte que quelque chose se produise ? À cet instant même, mes amis étaient à côté, en train de s'agiter comme des robots sur la piste. J'ai enfilé mon vieux T-shirt et parcouru vite fait les inscriptions griffonnées sur ma chemise. Tout en bas, à l'encre bleue, figuraient ces mots rédigés d'une écriture propre et nette : *tu m'as fait pleurer*.

Je l'ai pliée soigneusement et l'ai rangée dans mon sac avant de sortir du vestiaire.

« Jump Around » résonnait dans le gymnase, et les élèves dansaient de manière plus désordonnée, plus agressive, les garçons se jetant même les uns contre les autres comme pour défoncer une porte.

— Bon sang, Charlie, a dit Mlle Butcher, notre professeur d'art dramatique. Tout ça est si *émouvant* !

Tout au long de la journée, nos passions familières – la méchanceté et l'affection, l'amour et le désir – avaient été portées à un niveau désormais ingérable. Elles bourdonnaient presque dans l'air, et, pour y échapper, je suis monté sur une échelle horizontale et me suis calé entre les barreaux en réfléchissant à ces quelques mots écrits avec soin et détermination sur ma chemise. J'ai essayé de me rappeler un visage, de le repérer parmi ceux que je voyais dans le gymnase, mais autant chercher à identifier un coupable dans un roman policier où tous les personnages ont un mobile.

Les garçons s'étaient trouvé une nouvelle occupation. Grimpés chacun sur le dos d'un camarade, ils s'amusaient à se rentrer dedans à pleine vitesse pour tenter de se faire tomber. Même la musique n'étouffait pas le bruit des colonnes vertébrales heurtant le parquet. Une véritable bagarre a éclaté. Je venais d'apercevoir des clés dans une main quand, soucieux de restaurer l'ordre public, M. Hepburn a choisi de passer les Spice Girls – soit l'équivalent d'un canon à eau musical pour les garçons, qui se sont éparpillés au bord de la piste pendant que les filles prenaient leur place en sautillant et en agitant le doigt les unes devant les autres. Remplacé peu après aux platines par Mlle Butcher, notre professeur de géographie a levé une main vers moi et fendu la cohue au pas de course en regardant à droite et à gauche comme s'il avait traversé une rue au trafic très dense.

— Tu as trouvé ça comment, Charlie ?

— Vous avez raté votre vocation, monsieur.

— La géographie y a gagné ce que le monde des boîtes de nuit a perdu, a-t-il observé en se calant à mes côtés. Tu peux m'appeler Adam. Nous avons tous les deux réintégré la vie civile, maintenant. Ou disons qu'on l'aura fait dans... quoi... une demi-heure ? Dans une demi-heure, tu pourras me donner le nom qui te chante !

J'appréciais M. Hepburn et j'admirais sa persévérance face à l'indifférence de ses interlocuteurs. *C'est pas pour vous vexer, monsieur, mais où voulez-vous en venir ?* Parmi tous les professeurs qui avaient aspiré à passer pour de chics types sans être mielleux, c'était celui qui s'en était le mieux tiré, à coups d'alléchantes allusions à de « super week-ends » et à des intrigues au sein du personnel, et en affichant juste assez de petits signes de rébellion – cravate desserrée, barbe de trois jours, cheveux en bataille – pour laisser sous-entendre que nous étions du même bord. À l'occasion, il allait jusqu'à jurer, et ses grossièretés étaient comme des bonbons lancés à la foule.

Mais ce n'était pas demain la veille que je l'appellerais Adam.

— Alors... Tu es content d'aller au lycée l'année prochaine ?

J'ai reconnu le début d'un discours d'encouragement.

— Je ne pense pas que je serai admis, monsieur.

— Tu ne peux pas l'affirmer. Tu as déposé un dossier de candidature, n'est-ce pas ?

J'ai fait signe que oui.

— En arts plastiques, sciences informatiques et graphisme.

— Très bien.

— Mais je n'ai pas décroché d'assez bonnes notes aux examens.

— Ça, tu ne le sais pas encore.

— J'en suis presque sûr, monsieur. Je ne me suis pas présenté à la moitié des épreuves.

M. Hepburn m'a tapoté le genou avec son poing, puis s'est ravisé.

— Même dans ce cas, il y a des solutions. Tu peux aller à la session de rattrapage, suivre une voie moins conventionnelle. Un garçon comme toi, un garçon avec de tels talents…

Je chérissais toujours les compliments que m'avait valus mon travail sur les volcans – le summum, le nec plus ultra en matière de coupe transversale selon lui –, à croire que j'avais découvert quelque vérité fondamentale qui avait échappé aux vulcanologues pendant des siècles. Mais c'était un bien petit crochet auquel suspendre le mot « talent ».

— Nan, je vais chercher un boulot à plein temps. Je me donne jusqu'à septembre, et ensuite…

— Je me rappelle encore tes volcans. Ces hachures croisées étaient magnifiques.

— C'était il y a un bail, ai-je dit avec un haussement d'épaules, avant de m'apercevoir, surpris et mortifié, que ses paroles avaient actionné un interrupteur en moi et que je risquais de pleurer.

Devais-je grimper un peu plus haut sur le portique ?

— Mais tu pourrais peut-être exploiter ça.

— Quoi ? Les volcans ?

— Ton talent pour le dessin et le graphisme. Si tu veux m'en parler une fois que les résultats seront tombés…

Ou, à défaut de grimper plus haut, peut-être simplement le pousser. Sa chute ne serait pas mortelle.

— Ça ira, je vous assure.

— D'accord, d'accord, mais je vais te révéler un secret, a-t-il dit en se penchant vers moi et en me donnant à respirer l'odeur de bière de son haleine. Voilà : ça n'a pas d'importance. Ce qui arrive maintenant n'a pas d'importance. Enfin, bien sûr que si, mais pas autant que tu l'imagines. Et tu es jeune, si jeune. Tu peux aller à la fac ou bien reprendre tes études plus tard, quand tu seras prêt, mais le truc, c'est que tu as *tellement* de temps devant toi. Bon sang...

Il a appuyé sa joue avec un charme enfantin contre le cadre en bois du portique.

— Si je pouvais me réveiller et avoir de nouveau seize ans...

Par chance, juste quand je me préparais à sauter à terre, Mlle Butcher a trouvé le bouton du stroboscope et l'a enfoncé longtemps, très longtemps. Il y a eu un cri, puis un brusque mouvement de foule. Au son de « MMMBop », et dans la lumière intermittente qui découpait la scène en une série de clichés rapides évocateurs d'un film satanique en stop motion, Debbie Warwick s'est mise à tousser et à rendre tripes et boyaux sur les chaussures et les jambes nues autour d'elle, sa main plaquée sur sa bouche agrandissant l'arc décrit par son vomi comme lorsqu'on appuie sur l'embout d'un tuyau, jusqu'à ce qu'elle se retrouve seule, pliée en deux et entourée de gamins qui riaient et criaient en même temps. Mlle Butcher a enfin arrêté le stroboscope et s'est avancée prudemment vers elle pour lui frotter le dos de l'extrême bout des doigts de son bras tendu.

— On se croirait au Studio 54[1], a dit M. Hepburn en descendant à son tour. Trop de lumière stroboscopique, vous comprenez ?

1. Allusion à une discothèque new-yorkaise légendaire de la fin des années 1970.

La musique a été interrompue, le temps que les élèves essuient leurs jambes avec le papier-toilette abrasif et que Parky, le responsable de la maintenance du bâtiment, aille chercher la sciure de bois et le désinfectant conservés à portée de main lors de telles fêtes.

— Encore vingt minutes, mesdames et messieurs, a annoncé M. Hepburn en se remettant aux platines. Ça veut dire que le moment est venu de ralentir le rythme…

Les slows étaient une occasion de se coucher les uns sur les autres tout en restant debout, et ce, avec la bénédiction du collège. Les premiers accords de « 2 Become 1 » avaient vidé la piste, mais des négociations paniquées se déroulaient dans la coulisse pendant que des techniciens de laboratoire faisaient obligeamment jaillir un peu de neige carbonique. Un brouillard opaque s'est bientôt élevé à mi-hauteur d'homme. Sally Taylor et Tim Morris ont été les premiers à le fendre, devant Sharon Findlay et Patrick Rogers, les pionniers sexuels du collège, qui avaient la manie de toujours fourrer une main dans le pantalon ou la jupe de l'autre comme s'ils voulaient piocher un ticket pour une tombola. Puis Lisa « la Bombasse » Boden et Mark Solomon se sont élancés gaiement sur la sciure en même temps que Stephen « Shanksy » Shanks et « Queen » Alison Quinn.

Mais ils étaient de vieux couples à nos yeux. La foule exigeait de la nouveauté. À l'autre bout de la piste, des cris et des acclamations ont retenti quand Colin Smart, dit le petit Colin, a pris Patricia Gibson par la main, et tous se sont écartés pour les laisser s'avancer, elle à moitié poussée, à moitié tirée vers la lumière, le visage caché derrière sa main libre telle une accusée arrivant au tribunal pour être jugée. Dans tout le gymnase, garçons et filles suivaient un parcours du combattant au cours duquel les prétendants à un slow étaient tantôt acceptés, tantôt rejetés et envoyés promener sous les maigres applaudissements du public.

— Je déteste cette partie-là, pas toi ?

J'avais été rejoint sur mon échelle par Helen Beavis, une fille de mon cours d'éducation artistique, par ailleurs championne de hockey, à qui son physique d'armoire à glace valait d'être parfois surnommée Parpaing – mais jamais en sa présence.

— Regarde, a-t-elle ajouté. Lisa essaie de faire entrer toute sa tête dans la bouche de Mark Solomon.

— Et je parie qu'il a gardé son chewing-gum.

— Ils se le repassent, en fait. Ils jouent au badminton. Poc-poc-poc-poc.

Nous avions fait quelques timides tentatives pour devenir amis, Helen et moi, mais cela n'avait jamais marché. En cours, elle comptait parmi les élèves sûrs d'eux qui peignaient de grandes toiles abstraites en leur donnant des titres comme *Division* ou qui avaient toujours une poterie en train de sécher dans le four à céramique. Si l'art était affaire d'émotions et d'expression de soi, alors je n'étais qu'un « bon technicien » spécialisé dans les zombies, les pirates de l'espace et les crânes dont un œil pendait hors de son orbite – des visions très détaillées inspirées par des jeux vidéo, des BD et des films de science-fiction et d'horreur ; bref, le type d'images dont la violence sophistiquée attire en général l'attention des psychologues scolaires.

« Je te concède au moins une qualité, Lewis, m'avait dit un jour Helen d'une voix traînante en tenant à bout de bras un mercenaire intergalactique. Tu sais vraiment représenter le torse masculin. Et les capes. Imagine ce que tu pourrais faire si tu dessinais un truc *réel.* »

Je n'avais pas répondu. Helen Beavis était trop intelligente pour moi – le genre de fille intelligente qui ne la ramène pas et reste discrète, le genre de fille qui se moque bien d'être reconnue et récompensée par des chèques-livres. Très drôle aussi, elle marmonnait ses meilleures reparties tout bas pour son propre plaisir. Ses phrases comportaient plus de mots qu'il n'était nécessaire, et elle en prononçait un sur deux avec une pointe d'ironie, si bien que je ne savais jamais si elle voulait dire une chose ou son contraire. Les mots étaient déjà bien assez difficiles à déchiffrer quand ils n'avaient qu'un sens... Si notre amitié reposait sur quoi que ce soit, c'était donc sur mon incapacité à me hisser à son niveau.

— Tu sais de quoi ce gymnase a besoin ? De cendriers. Des trucs encastrés au bout des barres parallèles, avec un poussoir pour faire tomber la cendre à l'intérieur. Hé, on a le droit d'en griller une maintenant ?

— Seulement dans... vingt minutes.

De même que nos meilleurs athlètes, Helen Beavis était une fumeuse invétérée qui allumait ses clopes à peine les grilles du lycée franchies. Ses Marlboro Menthol s'agitaient de haut en bas comme la pipe de Popeye lorsqu'elle riait, et je l'avais surprise un jour en train d'appuyer un doigt sur une de ses narines pour souffler sa morve à près de quatre mètres de distance par-dessus une haie de troènes. Avec ses cheveux hérissés sur le haut du crâne, longs et mous à l'arrière, et ses deux pattes effilées de chaque côté qui faisaient penser à un graffiti dessiné au stylo sur une photo, elle était la personne la plus mal coiffée que j'aie jamais rencontrée. En vertu d'une mystérieuse algèbre propre aux élèves de dernière année, une coupe de cheveux ridicule, plus des prétentions artistiques, plus un goût pour le hockey, plus des jambes non épilées égalait une lesbienne – un mot lourd de sens pour nous à ce moment-là, et qui pouvait rendre une fille très intéressante ou bien pas du tout. Il y avait deux types de lesbiennes, pas plus, et Helen n'était pas de celles qu'on voyait dans les magazines de Martin Harper. Pour cette raison, les garçons ne faisaient presque pas attention à elle – ce qui l'arrangeait, j'en suis certain. Mais je l'aimais bien et j'avais envie de l'impressionner, même si elle secouait le plus souvent la tête devant mes tentatives.

Enfin, la boule à facettes a commencé à pivoter au bout de sa chaîne.

— Ah, c'est magique, a déclaré Helen en montrant les danseurs qui tournoyaient lentement sur le parquet du gymnase. Tu as remarqué qu'ils font toujours ça dans le sens des aiguilles d'une montre ?

— En Australie, c'est dans le sens inverse.

— Et en Équateur, ils restent plantés sur la piste sans bouger. Bonjour l'ambiance.

Après « 2 Become 1 », nous avons eu droit au tube sirupeux de Whitney Houston, « Greatest Love of All ». Helen a rentré la tête dans les épaules.

— Yerk. Dans notre intérêt à tous, j'espère que les enfants ne sont pas notre futur.

— Je ne pense pas que Whitney Houston avait notre collège à l'esprit quand elle chantait ça.

— Probablement pas, non.

— Il y a un autre truc que je n'ai jamais pigé au sujet de cette chanson : s'aimer soi-même... pourquoi est-ce le plus grand amour qui puisse exister ?

— Ça devient plus logique si on entend « loathe » à la place de « love ». Échange l'amour contre le dégoût et tu verras.

Nous avons écouté les paroles.

— « *Learning to loathe yourself...* »

— « *... is the greatest loathe of all.* » Le dégoût qu'on a de soi est le plus grand qui puisse exister. Voilà pourquoi c'est un objectif facile à atteindre. Et l'avantage, c'est que ça marche avec presque toutes les chansons d'amour.

— « *She loathes you...* »

— Exactement.

— Merci, Helen. Je comprends mieux maintenant.

— J'en suis ravie.

Nous avons reporté notre attention sur la piste de danse.

— Trish a l'air contente, a commenté Helen en regardant Patricia Gibson s'efforcer de danser et de reculer en même temps, une main toujours plaquée sur ses yeux. Et le pantalon de Colin Smart a pris une forme intéressante. Drôle d'endroit pour ranger ses affaires de géométrie. Bong ! Ça m'est arrivé une fois. Une fête méthodiste de Noël avec quelqu'un dont je ne peux pas dévoiler le nom – ce ne serait pas gentil. J'avais l'impression de me cogner la hanche en permanence contre le coin d'une boîte à chaussures.

— Je crois que les garçons y prennent plus de plaisir que les filles.

— Vous n'avez qu'à aller vous frotter contre un arbre. C'est vraiment dégueu, quand même – dégueu dans le sens d'impoli. Évite d'intégrer ça dans ton arsenal de séducteur, Charles.

Ailleurs, des mains baladeuses restaient mollement et craintivement posées sur des fesses, ou bien les pétrissaient à l'inverse comme de la pâte à pizza.

— Je trouve ça dégoûtant. Et pas juste à cause de ma *fameuse* homosexualité.

Je me suis agité sur mon barreau. On n'avait pas l'habitude de ce type de conversation franche et ouverte. Le mieux était de l'ignorer.

— Tu veux danser ? m'a-t-elle demandé au bout d'un moment.

J'ai froncé les sourcils.

— Nan, ça va.

— Ouais, moi aussi.

Il y a eu un nouveau silence.

— Si tu veux inviter quelqu'un d'autre…

— Non, vraiment. Ça va bien.

— Tu n'en pinces pour personne, Charlie Lewis ? Tu ne veux pas te délester d'un lourd secret en ces derniers instants ?

— Ce n'est pas trop mon truc. Et toi ?

— Moi ? Nan, je suis pour ainsi dire morte à l'intérieur. L'amour est une construction bourgeoise, de toute façon.

Ça…, a-t-elle dit en montrant la piste de danse, ce n'est pas de la neige carbonique, c'est un brouillard de phéromones. Sens-le. L'amour est…

On a reniflé en même temps.

— … un mélange de Cointreau et de désinfectant.

Un bruit strident s'est échappé des haut-parleurs lorsque M. Hepburn a soudain pris la parole en s'approchant trop du micro.

— Dernière chanson, mesdames et messieurs ! C'est la toute dernière ! Je veux voir tout le monde danser avec quelqu'un. Un peu de nerf !

Il a choisi cette fois « Careless Whisper », et Helen a pointé du menton un groupe compact de filles. L'une d'elles, Emily Joyce, venait de s'en détacher et s'avançait à présent dans notre direction en s'adressant à nous alors même qu'elle était trop loin pour qu'on l'entende.

— …

— Quoi ?

— …

— Je n'entends rien !

— Salut ! Je disais juste salut, c'est tout.

— Oh. Salut, Emily.

— Salut, Helen.

— Salut, Emily.

— Qu'est-ce que vous faites ?

— On s'adonne au voyeurisme, a répliqué Helen.

— Au quoi ?

— On observe les gens, ai-je expliqué.

— Vous avez vu Mark remonter sa main sous la jupe de Lisa ?

— Non, j'ai peur qu'on ait raté ça, a dit Helen. Mais on les a vus s'embrasser. C'était quelque chose. Tu as déjà regardé un python réticulé avaler un petit potamochère, Emily ? Apparemment, ces serpents disloquent leurs mâchoires ici, à l'arrière…

Emily l'a toisée d'un air agacé.

— Hein ?

— Je disais, as-tu déjà regardé un python réticulé avaler un petit…

— Bon, écoute, tu as envie de danser ou pas ? m'a jeté Emily avec impatience en tapant mon genou du doigt.

— Ne t'inquiète pas pour moi, Charlie, a dit Helen.

Il me semble avoir poussé un profond soupir.

— D'accord, ai-je répondu en sautant à terre.

— Ne glissez pas sur le vomi, les tourtereaux ! m'a lancé Helen tandis qu'on se dirigeait vers la piste de danse.

J'ai tendu les bras et, l'espace d'un instant, on s'est retrouvés mains jointes sur le côté, comme des retraités à un thé dansant. Emily a repositionné l'une des miennes au bas de son dos avant d'entamer avec moi une première rotation. J'ai fermé les yeux et tenté d'identifier une émotion. La lumière artificielle scintillante voulait que je me sente d'humeur romantique, tandis que les notes rauques du saxophone ajoutées au contact du bassin d'Emily contre le mien et à ma vue plongeante sur l'attache de son soutien-gorge auraient dû suffire à m'exciter. Pourtant, je n'éprouvais que de la gêne et ma seule envie était que la chanson se termine. L'amour et le désir se mêlaient trop au ridicule, et, sans surprise, Lloyd agitait sa langue de façon obscène pendant que Fox croisait les bras et pivotait sur lui-même pour qu'on le voie bien caresser ses omoplates. Je lui ai fait un doigt d'honneur - une réaction assez spirituelle de ma part, me semblait-il - et Emily et moi avons continué à danser au son du saxophone. *Dis quelque chose, n'importe quoi...*

Elle a été la première à rompre le silence.

— Tu sens fort.

— Oh, ouais, c'est parce que j'ai mis mon vieux T-shirt de sport. C'est tout ce que j'avais. Désolé.

— Non, j'aime bien, moi, a-t-elle dit en reniflant mon cou.

Quelque chose d'humide qui aurait très bien pu être un gant de toilette mouillé est entré en contact avec ma peau. En dehors de mes grands-mères, j'avais embrassé ou été embrassé sur la bouche deux fois par le passé, encore qu'il serait peut-être plus juste de parler de collisions faciales. La première avait eu lieu dans la pénombre d'une exposition audiovisuelle à l'occasion d'une visite de vestiges romains avec notre professeur d'histoire. Il n'y a aucune raison pour que quelqu'un sache d'instinct comment rouler une pelle – de même que le snowboard ou les claquettes, ça ne s'apprend pas en regardant les autres –, mais Becky Boyne avait choisi de suivre les instructions des contes de fées Disney en avançant les lèvres en cul-de-poule et en picorant mon visage comme un oiseau aurait picoré des graines dans une mangeoire. Les films nous avaient également enseigné qu'un baiser *devait* produire certains bruits. Résultat, chaque point de contact s'était accompagné d'un petit *smack* aussi artificiel que le *clip-clop* censé reproduire le martèlement des sabots d'un cheval. Fallait-il garder les yeux fermés ou les ouvrir ? J'avais opté pour la seconde solution au cas où nous aurions été surpris ou assaillis, ce qui m'avait permis de lire le texte légendant les objets exposés dans une vitrine murale derrière Becky. Les Romains étaient des pionniers du chauffage au sol, avais-je découvert pendant que le *tap-tap-tap* se faisait plus fort et plus insistant.

À l'inverse, mon baiser avec Sharon Findlay derrière un canapé s'était apparenté à une attaque de requins déchaînés, la gueule grande ouverte. Harper disposait chez lui d'une tanière, une sorte de bunker bétonné en sous-sol qui jouissait d'une certaine notoriété et qui, le vendredi, faisait penser à l'abri antiatomique du manoir de Playboy. Là, notre ami présidait des « soirées DVD » extravagantes et sélectes, arrosées de bières bon marché relevées d'une pointe d'aspirine soluble – l'olive dans notre martini – et bues avec une paille. Elles étaient assez alcoolisées pour que, un jour, Sharon et moi atterrissions derrière le canapé, à nous embrasser parmi les moutons de poussière et les mouches mortes. Je ne m'étais jamais autant rendu compte que la langue était un muscle, un muscle puissant et sans peau, pareil au bras d'une étoile de mer. En tentant de se défendre face à celle de Sharon, la mienne avait été entraînée dans une lutte au corps à corps – on aurait dit deux ivrognes qui, se croisant dans un couloir, auraient chacun voulu pousser l'autre pour avancer. Chaque fois que j'essayais de décoller ma tête du sol, elle finissait plaquée sur la couche de poussière. Je me souviens en particulier du moment où Sharon Findlay avait roté, où mes joues s'étaient gonflées et où elle s'était enfin détachée de moi pour essuyer sa bouche sur toute la longueur de son bras. Cette expérience m'avait secoué et laissé les mâchoires tout endolories, avec deux petites entailles au coin des lèvres, une troisième sur le bout de la langue, sans compter une violente nausée – la faute à la demi-pinte de salive que Sharon m'avait fait avaler. Mais j'étais aussi bizarrement excité, comme à la fin d'un tour de manège à sensation, et je n'aurais su dire si j'avais envie de recommencer tout de suite ou plus jamais.

Mon dilemme avait été résolu quand Sharon était sortie avec Patrick Rogers plus tard ce même soir. Présents justement près de nous sur la piste de danse, ils se dévoraient sous la boule à facettes de l'institution éducative. J'ai senti de nouveau quelque chose de mouillé dans mon cou, puis entendu une phrase que je n'ai pas réussi à comprendre.

— Pardon ?

— Je disais...

Mais Emily murmurait toujours dans mon cou, et je n'ai distingué que le mot « bain ».

— Je ne capte rien...

Encore une fois, machin-machin-bain. Avait-elle dit que j'avais besoin d'un bain ? Si seulement le volume de la musique avait pu être baissé.

— Désolé, tu peux répéter ?

— ...

— OK. Encore ?

Elle m'a fusillé du regard.

— Putain, j'ai dit que je *pensais* à toi dans mon *bain* !

— Oh, c'est vrai ? Merci beaucoup !

Mais, parce que ça ne paraissait pas suffisant, j'ai enchaîné :

— Toi aussi.

— *Quoi ?*

— Toi aussi ?

— Non, pas moi aussi ! Oh... oublie ça. Je crois pas...

Elle a grogné et appuyé de nouveau sa tête contre moi, mais il y avait une certaine colère dans sa façon de danser à présent, et on a accueilli avec soulagement la fin de la chanson. Dans le silence soudain, les couples se sont détachés, tout luisants et souriants.

— Où tu vas, après ? m'a demandé Emily.

— Je n'en suis pas sûr. On doit se réunir chez Harper.

— Dans sa tanière ? Oh. Très bien.

Ses épaules se sont relâchées et elle a fait la moue en soufflant sur sa frange.

— Je ne suis jamais allée là-bas.

J'aurais peut-être pu l'inviter, mais les règles d'admission fixées par Harper étaient impitoyables et inflexibles. L'occasion est passée.

— À plus, a dit Emily en me repoussant.

J'avais été congédié.

— Bien, mesdames et messieurs ! a lancé M. Hepburn, de retour au micro. Il semblerait que nous puissions finalement passer une dernière chanson. Je veux vous voir danser tous, sans exception ! Vous êtes prêts ? Je ne vous entends pas ! Veillez juste à ne pas marcher dans la sciure de bois, s'il vous plaît. C'est parti !

La chanson était « Heart of Glass » de Blondie, à peine moins éloignée de nous dans le temps qu'« In the Mood », mais clairement un bon choix parce que tout le monde a rejoint la piste : les élèves du club de théâtre, les mal lunés adeptes de la céramique au four, et même Debbie

Warwick, débarbouillée, pâle et chancelante sur ses pieds. Les techniciens du labo ont déversé ce qui restait de neige carbonique, M. Hepburn a monté le volume et, salué par des cris de joie et des acclamations, Patrick Rogers a ôté sa chemise et l'a agitée en l'air dans l'espoir de déclencher un phénomène viral – avant de la remettre illico en voyant que personne ne l'imitait. L'attention était à présent braquée sur Lloyd, qui avait plaqué une main sur la bouche de Fox et faisait semblant de lui rouler une pelle. Le petit Colin Smart, seul membre masculin du club d'art dramatique, avait de son côté organisé un jeu de confiance dont les participants devaient se laisser tomber en arrière dans les bras de quelqu'un en suivant le tempo de la musique. Quant à Gordon Gilbert, le destructeur de trombone qui, à cet instant, se tenait juché sur les épaules de Tony Stevens, il enlaçait la boule à facettes comme un homme à la mer s'accrocherait à une bouée, sauf que Tony Stevens s'est écarté et l'a laissé suspendu là-haut pendant que Parky, le responsable de la maintenance, lui donnait de petits coups avec le manche de son balai.

— Regardez ! Regardez ! a crié quelqu'un.

Tim Morris, qui venait de se jeter par terre pour entamer un break dance, a tourné sur lui-même dans la sciure de bois et le désinfectant, puis s'est redressé d'un bond en s'essuyant frénétiquement le pantalon.

J'ai senti des mains sur mes hanches. Harper a braillé quelque chose qui était peut-être un « Je t'aime, mon vieux », il m'a embrassé bruyamment, smack, smack, sur chaque oreille, et soudain quelqu'un a sauté sur mes épaules et tout ça a fini en mêlée générale avec les garçons, Fox et Lloyd, Harper et moi, plus quelques autres à qui j'avais à peine adressé la parole avant ça, tous pliés de rire devant une blague inaudible. L'idée que ces années aient été les meilleures de notre vie semblait tout à coup plausible et tragique à la fois, et j'ai regretté que le collège n'ait pas toujours été ce mélange d'accolades et d'amour hooligan. J'aurais dû parler à ces types plus souvent et différemment. Pourquoi avions-nous attendu jusque-là ? Trop tard, la chanson était presque terminée : *Ou-ou-ouah-oh, ou-ou-ouah-oh.* La transpiration plaquait nos vêtements contre notre peau, piquait nos yeux et gouttait au bout de nos nez. Quand je me suis relevé, j'ai vu l'espace d'un instant Helen Beavis qui dansait toute seule et chantait *ou-ou-ouah-oh,* voûtée comme un boxeur, les yeux fermés, et puis il y a eu un mouvement derrière elle, l'issue de secours s'est ouverte et une lumière atomique s'est déversée dans le gymnase, rappelant celle projetée par le vaisseau spatial à la fin de *Rencontre du troisième type.* Ébloui, Gordon Gilbert a lâché la boule à facettes et s'est écroulé par terre. La musique a cessé. C'était fini.

Il était 15 h 55.

Trop tard pour le compte à rebours. On a cligné des yeux dans le contre-jour pendant que le personnel nous guidait vers la sortie. La gorge enrouée, le corps refroidi par la sueur, on a rassemblé nos affaires – nos crosses de hockey, nos poteries, nos lunch-box rances, nos dioramas écrasés et nos tenues de sport réduites à l'état de guenilles – et on a émergé dans la cour d'un pas aussi mal assuré que celui de réfugiés. Des filles en larmes s'accrochaient à leurs amies, et la nouvelle nous est parvenue de l'abri à vélos que tous les pneus avaient été crevés, victimes d'une dernière vendetta enragée et vaine.

Devant les grilles du collège, tout le monde s'est réuni autour du camion du vendeur de glaces. La liberté qu'on fêtait quelques minutes plus tôt encore nous faisait soudain l'effet d'un exil paralysant et incompréhensible, et on s'est attardés sur son seuil en hésitant, comme des animaux relâchés trop vite dans la nature qui auraient tourné la tête en arrière vers leur cage. J'ai aperçu ma sœur Billie de l'autre côté de la rue. On ne se parlait presque plus, mais je lui ai fait un signe de la main. Elle m'a souri et s'est éloignée.

Harper, Fox, Lloyd et moi avons entamé notre dernier trajet retour depuis le collège, transformant cette journée en simple anecdote avant même qu'elle soit achevée. Près de la ligne de chemin de fer, au milieu des bouleaux argentés, on a aperçu le nuage de fumée et la lueur orange qui émanaient du bûcher funéraire érigé par Gordon Gilbert et Tony Stevens à partir de vieilles chemises cartonnées et d'uniformes scolaires, de bouts de plastique et de nylon. Ils criaient et hululaient leur joie, mais on a continué à marcher jusqu'au croisement où on s'était toujours séparés. Là, on a hésité. Peut-être fallait-il marquer l'occasion d'une pierre blanche, dire quelques mots. Ou tomber dans les bras les uns des autres ? Mais on a reculé devant toute manifestation de sentimentalisme. Dans une petite ville comme la nôtre, on ne pouvait manquer de se croiser.

— Salut.

— Je t'appelle plus tard.

— On se voit vendredi, hein ?

— Ouais, à plus.

— Salut.

Et je suis rentré chez moi, où je vivais à présent seul avec mon père.

L'infini

Je faisais autrefois un rêve récurrent, inspiré à mon avis par un visionnage trop précoce de *2001 : l'Odyssée de l'espace*, dans lequel je dérivais au milieu de l'univers infini. Ce rêve me terrifiait à l'époque – et me terrifie aujourd'hui encore –, non pas parce que j'y suffoquais ou mourais de faim, mais parce que j'y éprouvais un sentiment d'impuissance : sans prise ni point d'appui, je n'avais rien que le vide autour de moi et cette sensation de panique, cette conviction que ça ne s'arrêterait jamais.

L'été me faisait la même impression. Comment pouvais-je espérer combler cette infinie succession de jours infiniment longs ? Au cours du dernier trimestre, on avait projeté des raids à Londres dans le but d'écumer Oxford Street (et seulement Oxford Street) et des expéditions à la Tom Sawyer dans le parc national de la New Forest ou sur l'île de Wight avec des sacs à dos remplis de bières, l'idée étant de faire du « camping option biture », comme on disait. Mais Harper et Fox avaient dégoté des jobs à plein temps payés au noir dans la boîte de M. Harper, un entrepreneur en bâtiment, et nos plans étaient tombés à l'eau. Sans Harper, Lloyd et moi ne faisions que nous friter. Et puis j'avais mon propre job, à temps partiel et au noir lui aussi, à la caisse d'une station-service locale.

Mais cela ne m'occupait que douze heures par semaine. En dehors de ça, j'étais libre… de quoi ? Le plaisir de faire la grasse matinée s'est vite émoussé, laissant juste derrière lui une envie de bouger teintée de tristesse devant le soleil qui traversait les rideaux et la perspective d'une longue journée indolente et léthargique, puis d'une autre, et encore une autre, chacune semblable à un jour férié hypertrophié. La science-fiction m'avait appris, plus que mes cours de physique, que le temps s'écoule différemment selon l'endroit où on est, et sur le lit superposé d'un garçon de seize ans à la fin du mois de juin 1997, il s'étirait plus lentement que partout ailleurs dans l'univers.

On vivait dans notre nouvelle maison. L'ancienne, c'est-à-dire « la grande », la demeure familiale quittée peu après Noël, me manquait beaucoup : semi-mitoyenne et tout en angles, comme un dessin d'enfant, elle comportait une rampe d'escalier sur laquelle on se laissait glisser, des chambres séparées pour ma sœur et moi, un espace où garer la voiture et des balançoires dans le jardin. Mon père l'avait achetée dans un élan d'optimisme intempestif, et je me rappelais encore la première visite qu'il nous avait fait faire, quand il avait donné des coups dans les murs pour confirmer la qualité du bâti et écarté les mains à plat sur les radiateurs en savourant ce luxe qu'était le chauffage central. Il y avait une fenêtre en saillie près de laquelle je pouvais m'asseoir et regarder la circulation au-dehors, tel un jeune lord, et surtout, détail le plus impressionnant, un petit vitrail carré au-dessus de la porte d'entrée qui figurait un lever de soleil aux teintes jaunes, dorées et rouges.

Mais la grande maison n'était plus qu'un souvenir. Mon père et moi habitions à présent dans un quartier des années 1980 baptisé « La Bibliothèque » où, dans un souci d'élévation culturelle, chaque rue avait reçu le nom d'un auteur célèbre : Woolf Road menait ainsi à Tennyson Square et Mary Shelley Avenue croisait Coleridge Lane. Nous-mêmes étions sur Thackeray Crescent, et sans avoir lu cet auteur, je savais qu'il serait difficile de repérer son influence dans les parages. Notre rue était bordée de maisons modernes aux façades en brique claire et aux toits en terrasse. Toutes présentaient la particularité d'avoir des murs incurvés à l'intérieur et à l'extérieur si bien que, vues depuis les avions qui tournaient autour de l'aéroport voisin, ces rangées d'habitations devaient avoir l'air de grosses chenilles jaunes.

— On dirait une Tatooine de seconde zone, avait commenté Lloyd.

Au moment de notre emménagement – nous étions alors quatre –, mon père avait affirmé adorer ces courbes, qui exprimaient plus librement et joyeusement selon lui nos valeurs familiales que les vastes pièces de notre ancienne maison semi-mitoyenne. On s'y sentirait comme dans un phare ! Si La Bibliothèque ne passait plus du tout pour un quartier d'avenir, si les jardins minuscules n'étaient plus aussi impeccables qu'ils l'avaient été, et si un chariot de supermarché dérivait parfois dans les grandes avenues silencieuses, cela n'en resterait pas moins un nouveau chapitre dans l'histoire de notre famille – sans compter la tranquillité d'esprit que l'on gagnerait à ne plus vivre au-dessus de nos moyens. Certes, ma sœur et moi partagerions la même chambre, mais c'était sympa de dormir dans des lits superposés, et puis cela ne durerait pas éternellement.

Six mois plus tard, des cartons de déménagement encore non ouverts s'entassaient contre les murs incurvés ou sur la couchette vide de ma sœur. Mes amis venaient rarement chez nous – ils préféraient se retrouver chez Harper, dont la maison avait tout du palais d'un dictateur roumain avec ses deux juke-box, ses rameurs, ses quads et ses immenses téléviseurs, auxquels s'ajoutaient une épée de samouraï et assez de fusils à air comprimé, de revolvers et de couteaux à cran d'arrêt pour repousser une armée de zombies. En comparaison, la nôtre ne pouvait se prévaloir que de mon père fou et de ses nombreux disques de jazz. Même moi, je n'avais pas envie d'y aller.

Et encore moins d'y traîner. Ma grande occupation cet été-là serait d'éviter mon père. J'avais appris à évaluer son état d'esprit au bruit qu'il faisait et à le pister à la manière d'un chasseur. Les murs étaient fins comme du papier à cigarette, et tant qu'il restait silencieux, je ne risquais rien à me plonger dans les profondeurs rances de ma couette – l'air dans ma chambre était alors pareil à l'eau d'un aquarium laissé à l'abandon. Si, à 10 heures, il n'avait toujours pas donné signe de vie, cela voulait dire qu'il ne se lèverait pas de la journée et que je pouvais descendre au rez-de-chaussée. Du temps de notre prospérité, c'est-à-dire celui où il était riche de crédits bancaires, mon père avait acheté un ordinateur vanté par une publicité dans un journal, un gros machin encombrant, sûrement en bakélite. Quand il ne quittait pas son lit, je m'autorisais à perdre joyeusement ma matinée dans les couloirs et les sas de *Doom* et *Quake*, l'essentiel étant que je sois prêt à éteindre l'écran dès que ses pas résonnaient dans l'escalier. Me voir jouer à des jeux vidéo le mettait toujours dans une colère noire, comme si c'était sur lui que j'avais tiré.

Le plus souvent, pourtant, je l'entendais remuer autour de 9 heures, puis se traîner aux toilettes, situées de l'autre côté de la cloison contre laquelle mon lit était adossé. Aucun radio-réveil n'était plus efficace que le bruit de mon père en train de pisser près de ma tête. Je me levais d'un bond, enfilais mes vêtements de la veille et fonçais au rez-de-chaussée, aussi vif et discret qu'un ninja, pour voir s'il avait laissé ses cigarettes en bas. Dès lors qu'il y en avait au moins dix, je pouvais sans danger en prendre une que je fourrais rapidement dans mon sac à dos. Je mangeais ensuite un toast, debout devant la table haute de la cuisine – manger sur des tabourets : encore une particularité de cette maison qui avait perdu de son attrait – et je partais avant qu'il m'ait rejoint.

Mais si j'avais le malheur d'échouer, alors il apparaissait, les paupières lourdes, les plis de son oreiller incrustés sur le visage, et on jouait des coudes entre la bouilloire et le grille-pain en endossant nos rôles habituels.

— C'est un petit déjeuner ou un déjeuner ?
— Je vois ça comme un brunch.
— Quel raffinement. Il est presque 10 heures...
— Tu peux le dire !
— Je ne me suis pas endormi avant... Tu veux bien prendre une assiette ?
— J'en ai une.
— Si c'est le cas, pourquoi y a-t-il des miettes part... ?
— Parce que je n'ai pas eu le temps de...
— Utilise une assiette !
— En voilà une, juste là, dans ma main. Une assiette, mon assiette...
— Range-moi ça.
— Je le ferai quand j'aurai terminé.
— Ne la laisse pas traîner dans l'évier.
— Je ne comptais pas la laisser traîner.
— Bien. Tu n'as pas intérêt.

Notre échange se poursuivait ainsi, banal, bêtement sarcastique et provocateur, plus proche d'un dialogue de sourds que d'une conversation. Je détestais la façon dont on se parlait, mais aucun de nous n'en connaissait d'autre. Le silence retombait donc, et mon père allumait la télé. Sécher les cours ou le travail a peut-être été un temps une source de plaisir coupable, mais cela suppose d'avoir une école, un bureau où aller, et ce n'était pas notre cas. Je savais juste que mon père n'aimait pas rester seul, raison pour laquelle je fuyais la maison.

En général, je me baladais à vélo, mais mon style à moi était tout sauf fluide et moderne. Je portais un jean, pas un cycliste en lycra, et je roulais avec un vieux vélo de course au cintre recourbé, à la chaîne rouillée et bruyante et au cadre aussi lourd et inflexible qu'un échafaudage soudé. Penché très bas sur le guidon, je patrouillais La Bibliothèque et sillonnais paresseusement les impasses – Tennyson, Mary Shelley, Forster et Kipling, avant de remonter Woolf et de contourner Hardy.

J'allais voir les balançoires et les toboggans du terrain de jeux dans l'espoir d'y croiser quelqu'un que je connaîtrais. Je longeais des allées piétonnes et zigzaguais dans les rues désertes en direction des commerces.

Qu'est-ce que je cherchais ? Même si je n'arrivais pas à mettre un nom dessus, sans doute un grand changement. Une quête à mener, peut-être, une aventure avec des épreuves à surmonter et des leçons à en tirer. Mais il est délicat de s'embarquer seul dans une aventure, et difficile de trouver ce genre de quête dans une grand-rue. Nous habitions une petite ville du Sud-Est trop éloignée de Londres pour faire partie de sa banlieue, trop grande pour être un village et trop développée pour qu'on s'y considère à la campagne. Il nous manquait la gare qui aurait pu en faire un point de passage important, et aussi la légendaire prospérité associée à notre région. Ici, l'économie reposait sur l'aéroport et sur des zones industrielles regroupant des fabricants de photocopieurs, de double vitrage, de composants informatiques et de granulats – un terme dont j'ignorais ce qu'il voulait dire. La grand-rue, baptisée Grand-Rue, pouvait s'enorgueillir de quelques bâtiments potentiellement pittoresques comme une maison à colombages abritant un salon de thé, le Cottage Loaf, une autre de style georgien qui accueillait un marchand de journaux, une pharmacie de l'époque Tudor, une croix médiévale ouvragée sur la place du marché – lieu de rendez-vous des buveurs de cidre –, mais tous étaient noircis par la poussière et les gaz d'échappement dégagés par cette rue très passante dont les trottoirs étroits obligeaient les gens à marcher collés contre des fenêtres à croisillons. « Faire du lèche-vitrine » était le principal loisir des habitants, au point que quiconque aurait voulu faire don d'un pardessus à une association caritative en aurait eu le vertige. À l'inverse, le cinéma avait disparu au profit d'un grand magasin de moquette qu'on aurait pu croire coincé dans une boucle temporelle à force de le voir annoncer une liquidation totale avant fermeture. Une rocade encerclait toute la ville, et il fallait rouler vingt minutes en voiture pour trouver des paysages vraiment beaux – la côte du Sussex, elle, nécessitait une demi-heure supplémentaire.

Des années plus tard, en entendant des amis évoquer avec émotion et lyrisme leur lieu de naissance et la manière dont ils avaient été façonnés par le Northumberland, par Glasgow, la région des lacs ou le district de Wirral, je me surprendrais à envier même les expressions les plus stéréotypées et galvaudées témoignant de leur sentiment d'« appartenance » à un endroit donné. Nous n'avions pour notre part aucune identité ancrée en nous, aucun accent authentique – juste une vague prononciation londonienne inculquée par la télé et mêlée à un léger grasseyement campagnard. Je ne détestais pas notre ville, mais il était difficile de se sentir d'humeur lyrique ou sentimentale au souvenir de la retenue d'eau, de la zone piétonne et des bois où des revues pornos jaunissaient sous les ronces. Notre terrain de jeux était connu de tous comme le parc à Merdes et la plantation de pins comme la forêt du Crime. Pour ce que j'en savais, tels étaient les noms qui figuraient sur les cartes officielles, et personne n'irait jamais écrire un sonnet sur ce thème.

Je remontais donc la Grand-Rue à pied en cherchant à repérer une tête familière derrière les devantures. J'achetais des chewing-gums chez le marchand de journaux et lisais des magazines d'informatique jusqu'à ce que le regard noir du vendeur me pousse à reprendre mon vélo. Je devais renvoyer l'image d'un garçon bien seul, même si j'aurais détesté qu'on pense ça de moi. L'ennui était un état naturel pour nous, mais la solitude était taboue, et tout en pédalant sans les mains, je tentais d'afficher un air mystérieux et solitaire, l'air d'un franc-tireur qui n'a besoin de personne. Sauf que chercher à ne pas paraître seul quand vous l'êtes, cela exige un grand effort ou, à l'inverse, de paraître heureux quand vous ne l'êtes pas. C'est comme tenir une chaise à bout de bras. Lorsque je ne parvenais plus à faire illusion, je sortais de la ville.

Pour atteindre un endroit répondant plus ou moins à la définition de la campagne, il fallait traverser un pont autoroutier – en supportant au passage le grondement anxiogène de la circulation, pareil à celui d'une puissante chute d'eau –, longer des champs de blé et de colza, passer devant les immenses serres sous lesquelles poussaient les fraises destinées aux supermarchés, et enfin gravir les collines environnantes. Je n'étais pas un grand amoureux de la nature, encore moins un ornithologue, un pêcheur ou un poète amateur, je n'aurais su dire le nom d'un arbre même sous la menace et je n'avais pas de point de vue ni de clairière mouchetée de soleil où j'aurais eu l'habitude de me réfugier, mais la solitude était moins honteuse à l'écart de la foule, voire presque agréable, et, chaque jour, je me mettais au défi de m'éloigner un peu plus de chez moi et d'étendre le périmètre de mon terrain de jeux.

La première semaine des vacances s'est écoulée ainsi, puis la deuxième, la troisième, jusqu'à ce jeudi matin où je me suis retrouvé parmi les hautes herbes d'un pré qui dominait la ville.

Le pré

Je n'étais encore jamais venu dans le coin. Lassé de mon ascension, j'ai mis pied à terre avant de remarquer sur ma droite un sentier ombragé qui avait le bon goût d'être plat. Poussant mon vélo à travers bois, j'ai bientôt débouché sur un pré en pente douce envahi d'herbes hautes dont les teintes brunes et vertes se mêlaient ici et là au rouge des coquelicots et au bleu des... je ne sais quoi. Des épilobes ? Des bleuets ? Je n'en avais aucune idée, mais l'endroit était si attirant que j'ai porté mon vélo par-dessus l'échalier et continué à avancer tant bien que mal. Une grande demeure que j'avais déjà aperçue depuis la rocade m'est apparue plus haut sur la colline, avec son jardin à la française dont la bordure inférieure jouxtait le pré. *Je suis un intrus*, ai-je pensé en lâchant mon vélo. Malgré ça, j'ai marché jusqu'à ce que je tombe sur un creux naturel dans le sol où je pourrais prendre le soleil, fumer et lire quelque chose de violent.

Mon désœuvrement m'avait poussé pour la première fois de ma vie à me réfugier dans la lecture. J'avais commencé par des thrillers et des romans d'horreur puisés dans la bibliothèque de mon père, des livres de poche aux pages cornées et gondolées par l'eau d'un bain ou de la mer, dans lesquels les scènes de sexe alternaient avec des scènes de violence à un rythme de plus en plus rapide. Au départ, ces livres m'avaient fait l'effet d'un pis-aller – lire des textes crus était aussi frustrant qu'écouter un match de foot à la radio –, mais je n'avais pas tardé à en dévorer un par jour, même si, à l'exception du *Silence des agneaux* et des romans de Stephen King, je les oubliais presque sur-le-champ. Je n'avais pas mis longtemps à passer au niveau supérieur en m'attaquant à la section « science-fiction » de mon père, plus petite quant à elle et un peu intimidante avec ses exemplaires abîmés des œuvres d'Asimov, Ballard et Philip K. Dick. Je n'aurais pu dire comment ces auteurs parvenaient à un tel résultat, mais je sentais que leurs livres n'appartenaient pas au même registre que ceux qui parlaient de rats géants, et ces romans que je transportais chaque jour dans mon sac sont bientôt devenus mon rempart contre l'ennui et mon alibi pour rester seul. La lecture avait toujours un côté honteux – faire ça devant mes copains, ç'aurait été comme me mettre à la flûte ou à la danse country –, mais personne ne risquait de me voir dans ce pré, et c'est pour ça que, ce matin-là, j'ai tiré de mon sac *Abattoir 5*, de Kurt Vonnegut, choisi parce qu'il y avait le mot « abattoir » dans le titre.

En roulant sur moi-même, je pourrais me faire une sorte de tranchée militaire invisible de la maison au-dessus de moi et de la ville en contrebas. J'avais envie d'atteindre un état mélancolique et, une fois bien installé, j'ai contemplé le paysage aux allures de maquette de chemin de fer avec ses divers éléments tous trop rapprochés. Ici, les cultures – et non pas les forêts – jouxtaient les retenues d'eau qui nous tenaient lieu de lacs, tandis que les étables, les pensions pour chats et les chenils avaient pris la place des exploitations laitières et des moutons dans les prés. Le chant des oiseaux entrait en concurrence avec le grondement du trafic autoroutier et le bourdonnement des pylônes au-dessus de moi, très semblable à un acouphène, mais, de loin, la vue n'était pas si laide. De loin.

J'ai ôté mon T-shirt avant de m'allonger et de sortir ma cigarette du jour pour m'entraîner à fumer. J'ai alors entamé ma lecture, mon roman levé devant moi en guise de pare-soleil, en époussetant de temps à autre les cendres tombées sur mon torse. Dans le ciel, des avions en provenance d'Espagne, d'Italie, de Turquie et de Grèce tournaient en rond, dans l'attente d'une piste sur laquelle atterrir. J'ai fermé les yeux et observé les fils qui dérivaient sur l'écran de mes paupières en essayant de les suivre jusqu'au bord de mon champ de vision comme j'aurais essayé de suivre des poissons dans un cours d'eau.

À mon réveil, le soleil était à son zénith. J'avais la tête lourde et je me suis affolé un bref instant en entendant des cris plus loin sur la colline. Une meute. En avait-on après moi ? Non. Un bruissement m'est parvenu, suivi du halètement paniqué d'une proie qui dévalait la pente. J'ai regardé à travers les hautes herbes. La fille portait un T-shirt jaune et une petite jupe en jean qui la gênait pour courir. Elle l'a remontée à deux mains en jetant un coup d'œil derrière elle et s'est accroupie le temps de reprendre son souffle. Le front appuyé contre ses genoux éraflés, elle me cachait son visage, mais mon imagination s'est emballée en transformant la maison en institution sinistre, en asile ou en laboratoire secret dont je pourrais peut-être l'aider à s'échapper. D'autres cris ont retenti. Elle s'est redressée, a tiré sa jupe plus haut sur ses jambes pâles et s'est mise à foncer droit vers moi. Je me suis tapi par terre, non sans l'avoir d'abord vue se retourner une nouvelle fois en direction de ses poursuivants, puis basculer brusquement en avant et s'étaler dans l'herbe de tout son long.

J'ai honte d'avouer que j'ai ri. Il y a eu un silence. Une main plaquée sur ma bouche, je l'ai entendue gémir et pouffer tour à tour.

— Aïe, quelle idiote ! Aïïïe…

Elle se trouvait à trois ou quatre mètres de moi peut-être, et sa respiration haletante était entrecoupée par ses éclats de rire. J'ai soudain eu conscience de mon torse nu et maigrelet, aussi rose que du saumon en boîte, et du mélange collant de sueur et de cendres de cigarette qui s'était accumulé sur mon sternum. J'ai commencé à me contorsionner pour me rhabiller tout en restant allongé.

Une voix railleuse a résonné depuis la maison sur la colline.

— Hé ! C'est bon, on abandonne ! Tu as gagné ! Reviens !

C'est un piège, ai-je pensé. *Ne les crois pas*.

La fille a grogné de douleur.

— Attendez !

— Tu t'en es bien tirée ! a lancé une autre voix, féminine celle-là. C'est l'heure de déjeuner, reviens !

— Je ne peux pas ! a répondu la fille en s'asseyant. Aïe ! Putain de merde...

Je me suis plaqué encore plus contre le sol lorsqu'elle a tenté de se relever en testant sa cheville. Un petit cri lui a échappé. J'allais devoir révéler ma présence, mais il semblait n'y avoir aucun moyen naturel de surgir devant quelqu'un dans un pré. J'ai humecté mes lèvres et me suis adressé à elle d'un ton que je ne reconnaissais pas :

— Hellooo !

Surprise, elle a pivoté sur sa jambe valide et basculé en arrière, disparaissant à ma vue.

— N'aie pas peur...

— Qui est là ?

— Je voulais juste te prévenir qu'il y avait quelqu'un.

— Qui ça ? Et où ?

— Par ici. Dans les herbes.

— Mais qui tu es, à la fin ? Où es-tu ?

J'ai vite enfilé mon T-shirt et me suis avancé vers elle, à moitié plié en deux, comme sous la mitraille.

— J'essayais de ne pas te faire peur.

— Eh bien tu as foiré ton coup, espèce de *taré* !

— Hé, j'étais là avant toi !

— Et qu'est-ce que tu fabriques ici, de toute façon ?

— Rien ! Je lisais, c'est tout. Pourquoi ils en ont après toi ?

Elle m'a jeté un regard oblique.

— Qui ?

— Ces gens, pourquoi ils te poursuivent ?

— Tu n'es pas un membre du collectif ?

— Quel collectif ?

— *Le* collectif. Tu n'en fais pas partie ?

Ça avait l'air d'un truc sinistre et je me suis demandé si j'étais en mesure de l'aider finalement. *Viens avec moi si tu veux vivre…*

— Non, je…

— Alors qu'est-ce que tu fous ici ?

— Rien, je suis juste sorti faire un tour de vélo et…

— Où est ton vélo ?

— Là-bas. J'ai lu un peu, je me suis endormi, et ensuite j'ai voulu te signaler ma présence sans t'effrayer.

Elle a repris l'examen de sa cheville.

— On peut dire que ça a marché.

— On est sur un sentier public. J'ai autant le droit que toi d'être ici.

— Peut-être, mais moi j'ai une *vraie* raison.

— Alors pourquoi est-ce que ces gens te courent après ?

— Quoi ? Oh, c'est un jeu stupide. Ne m'en demande pas plus, a-t-elle dit en palpant les os de sa cheville avec ses pouces. Aïe !

— Ça fait mal ?

— Oui, un mal de chien ! Un pré, c'est comme un champ de mines. J'ai mis le pied dans un terrier de lapin et je me suis vautrée.

— Oui, j'ai vu.

— Vraiment ? Merci de ne pas avoir ri, alors.

— Si, j'ai ri.

Elle a plissé les yeux en me dévisageant.

— Je peux t'aider ? ai-je demandé pour me faire pardonner.

Elle m'a jaugé de la tête aux pieds en m'examinant littéralement de bas en haut, puis de haut en bas, et je me suis surpris à essayer d'enfoncer le bout de mes doigts dans mes poches.

— Rappelle-moi ce que tu fais ici, espèce de pervers ?

— Je suis juste… J'étais en train de lire, je te dis ! Regarde !

Je suis allé récupérer mon livre. Elle a étudié la couverture et l'a comparée à mon visage, comme s'il s'agissait d'un passeport. Satisfaite, elle a tenté de se redresser… et est retombée par terre en grimaçant. J'ai hésité à lui tendre la main, mais elle aurait pu croire que je voulais serrer la sienne, et ce geste m'a paru absurde. À la place, je me suis agenouillé près d'elle. Chose à peine moins absurde, j'ai pris son pied de la même façon que je l'aurais fait pour lui passer une pantoufle de vair. Elle portait des Superstar Adidas à rayures bleues, pas de chaussettes, et j'ai noté la peau pâle et marbrée de son mollet, ainsi que le léger picotement d'une repousse de poils aussi noirs que de la limaille de fer.

— Tout va bien en bas ? a-t-elle ironisé, les yeux levés vers le ciel.

— Oui, ai-je répondu du ton sérieux d'un chirurgien qui aurait palpé sa cheville avec des mains expertes. Je me demande juste si…

— Aïe !

— Désolé.

— Dites-moi, docteur, que cherchez-vous au juste ?

— Je cherche l'endroit qui fait mal pour le sonder. En gros, je m'assure qu'aucun os n'a transpercé la chair.

— C'est le cas ?

— Non, tout va bien. C'est une entorse.

— Est-ce que je pourrai de nouveau danser un jour ?

— Oui, à condition de *vraiment* le vouloir.

Elle a ri, le visage toujours levé vers le ciel, et je me suis senti si charmeur et sûr de moi que j'ai ri aussi.

— Ça m'apprendra à porter ça, a-t-elle dit en tirant sur sa jupe en jean. Ma vanité me perdra. Quelle idiote.

Bon, je ferais mieux d'y aller. Tu peux lâcher mon pied maintenant.

Je l'ai laissé retomber trop brusquement et suis resté planté là, l'air stupide, en la regardant peiner à se remettre debout.

— Est-ce que par hasard tu pourrais… ?

Je lui ai tenu la main pendant qu'elle posait la pointe du pied par terre. Elle a grimacé, recommencé, et j'en ai profité pour l'examiner en douce. Un peu plus petite que moi, mais pas beaucoup, elle avait le teint pâle, les cheveux courts et bruns – à l'exception de sa longue frange qu'elle a coincée à cet instant derrière son oreille – et une nuque soigneusement rasée de façon à souligner la courbe de son crâne. Le résultat, curieusement austère et glamour à la fois, m'évoquait une Jeanne d'Arc tout juste sortie d'un salon de coiffure. Je ne pensais pas avoir jamais prêté attention à la nuque de quelqu'un avant ça. Elle avait aussi de tout petits clous d'oreilles, et ses lobes étaient percés de deux trous supplémentaires pour les occasions spéciales. Parce que j'avais seize ans, j'ai laissé mes yeux se perdre dans le vague, histoire de ne pas montrer que je matais ses seins – j'étais certain qu'aucune fille n'avait encore repéré cette ruse. « Adidas », était-il écrit sur son T-shirt jaune vif aux manches si courtes que je distinguais la cicatrice creuse de son BCG en haut de son bras.

— Allô, il y a quelqu'un ? Je vais avoir besoin de toi.

— Tu peux marcher ?

— Je peux sautiller, mais je n'irai pas loin comme ça.

— Tu veux grimper sur mon dos ? À dada ?

J'ai tout de suite regretté ce « À dada ». Il devait forcément y avoir un moyen de le dire de façon plus élégante.

— Je peux aussi te prendre dans mes bras, ai-je ajouté.

Devant son regard sceptique, je me suis tenu un peu plus droit.

— Tu es assez costaud ?

— Je suis plus grand que toi !

— Mais moi, je suis plus… dense. Tu es capable de porter ton propre poids ?

— Bien sûr !

Je me suis tourné et lui ai présenté mon dos mouillé de sueur en tendant mon pouce levé à la manière d'un auto-stoppeur.

— Non, non, ce serait trop bizarre. Mais si ça ne t'ennuie pas que je m'appuie sur toi…

J'ai encore fait un geste inédit pour moi – et jamais réitéré depuis : j'ai plié un bras sur le côté et l'ai plus ou moins pointé du menton tout en posant une main sur ma hanche, tel un danseur de country.

— Je vous remercie, monsieur.

Nous avons commencé à marcher.

Le bruissement des herbes hautes m'a semblé anormalement fort, et chercher un chemin dégagé m'empêchait de l'observer, alors même que cela devenait une obsession. Sa frange voilait son visage et ses yeux restaient baissés vers le sol, mais j'ai entrevu par moments leur couleur d'un bleu insensé – avais-je déjà remarqué la couleur des yeux de quelqu'un avec autant d'acuité ? La peau tout autour était légèrement bleutée aussi – un vestige peut-être de son maquillage de la veille – et striée de fines rides creusées par ses éclats de rire, ou ses grimaces comme dans le cas présent…

— Aïe ! Aïe, aïe !

— Tu ne veux pas que je te porte, tu es sûre ?

— Tu y tiens *vraiment*, on dirait.

Elle avait quelques boutons sur le front et un sur le menton qu'elle avait gratté. Quant à sa bouche, très large et très rouge par rapport à son teint pâle, elle présentait une petite nervure sur la lèvre inférieure, une sorte de pli, comme si elle avait été réparée. Cette fille donnait toujours l'impression qu'elle s'apprêtait à rire, à jurer, ou les deux à la fois – ce qu'elle faisait justement à cet instant, la cheville pliée sur le côté.

— Je t'assure que j'en suis capable.

— Je te crois.

Le portail du jardin à la française s'est bientôt dressé devant nous, et la maison m'a paru plus imposante et plus intimidante encore.

— Tu habites ici ? ai-je demandé.

— Ici ?

Elle a éclaté d'un grand rire spontané. J'avais un petit préjugé à l'époque, une suspicion teintée de rancœur vis-à-vis des gens qui avaient une très bonne dentition. Tant de santé et de vigueur, ça ne pouvait être que de la frime. Mais ses dents à elle étaient sauvées de la perfection par une ébréchure sur son incisive gauche qui me faisait penser au coin corné d'une page.

— Non, je n'*habite* pas ici.

— Je me disais que c'était peut-être des membres de ta famille qui te pourchassaient.

— Ouais, on fait souvent ça, ma mère, mon père et moi, dès qu'on aperçoit un pré.

— Je ne sais pas, moi...

— C'était un jeu stupide. Une longue histoire, a-t-elle répondu avant de botter en touche : Qu'est-ce que tu fabriquais ici déjà ?

— Je lisais. C'est un coin sympa pour ça.

— Un amoureux de la nature, a-t-elle commenté d'un air dubitatif.

J'ai haussé les épaules.

— Ça change un peu.

— Et comment trouves-tu *Abattoir 5* ?

— Pas mal. Ça manque juste d'hémoglobine.

Elle a ri, et pourtant je ne plaisantais qu'à moitié.

— J'en ai entendu parler, mais je ne l'ai pas lu, a-t-elle reconnu. Sans vouloir généraliser, j'ai toujours supposé que c'était un livre de mec. Je me trompe ?

J'ai encore haussé les épaules…

— Je veux dire, par rapport à Atwood ou Le Guin, a-t-elle précisé.

… parce que si elle comptait discuter littérature, autant la pousser dans les broussailles et partir en courant.

— Alors ? Ça raconte quoi ?

Charlie, peux-tu expliquer à tes camarades les intentions de l'auteur dans ce passage ? Avec tes propres mots, s'il te plaît.

— C'est l'histoire d'un homme, un ancien combattant, qui a été kidnappé par des aliens et enfermé dans un zoo, mais il n'arrête pas d'avoir des flash-back dans lesquels il revoit des scènes de la guerre, quand il a été fait prisonnier…

Oui, c'est effectivement ce qui se passe, mais quel est le sujet du livre ? Continue, Charlie, je t'en prie.

— Mais c'est aussi un livre sur la guerre, le bombardement de Dresde et la fatalité – non, pas la fatalité, euh… le fatalisme ? –, et l'auteur se demande si la vie est importante et si le libre arbitre est une forme d'aveuglement… d'illusion… non, d'aveuglement. Du coup, c'est un bouquin assez horrible sur la mort et la guerre, mais c'est drôle aussi.

— On dirait *un peu* un livre de mec, quand même.

Soigne ta formulation.

— C'est surréaliste ! Voilà, c'est ça. Je le trouve vraiment bien, ce bouquin.

Merci, Charlie. Tu peux te rasseoir.

— OK. OK. En général, j'arrête d'écouter dès que j'entends les mots « zoo » et « alien », mais peut-être que je le lirai. Et toi, tu as lu… ?

— Non, mais j'ai vu le film.

Elle m'a regardé bizarrement.

— Je plaisante, ai-je repris. C'est juste que je n'ai jamais beaucoup lu. Je ne suis pas un très grand lecteur.

— Pas grave, a-t-elle dit, avant de sauter du coq à l'âne : Tu vas à quel collège ?

C'était une question barbante, mais quasiment imposée par la loi, et j'ai préféré cracher le morceau :

— Je viens de finir ma dernière année à Merton Grange.

Puis je l'ai observée, m'attendant à ce qu'elle me fasse la tête de quelqu'un à qui j'aurais dit que je sortais de prison. Pour être honnête, rien chez elle n'a trahi un tel jugement, mais j'ai quand même été agacé.

— Tu es à Chatsborne, hein ?

Elle a ramené sa frange derrière son oreille en riant.

— Comment tu as deviné ?

Parce que les élèves de Chatsborne étaient tous des snobs. Des camés qui se prétendaient artistes. Des hippies. Les élèves de Chatsborne allaient à l'école avec leurs propres fringues, des robes vintage à motifs fleuris et des T-shirts aux messages ironiques imprimés par leurs soins. Les élèves de Chatsborne étaient des grosses têtes et des poules mouillées – poules mouillées, car grosses têtes –, tous avaient des profils de délégués de classe, du genre à manger des tajines végétariens dans des bols sculptés de leurs mains et sur des meubles fabriqués à partir de morceaux de bois récupéré. Les agents immobiliers mettaient en avant l'emplacement d'un logement à l'intérieur de l'aire de recrutement du lycée avant même de mentionner le nombre de chambres, et une population riche, sûre d'elle et cool se concentrait dans les quartiers voisins en dessinant comme une zone de radiations sur la carte. Les soirs d'été, on entendait dans ces rues des violons, des contrebasses et des guitares classiques s'interpeller à un niveau digne du conservatoire. De tous nos instincts tribaux, le plus fort était notre loyauté envers notre établissement scolaire – une loyauté plus grande encore que celle qui était due aux équipes, aux étiquettes ou aux partis dont on se réclamait –, et même si on détestait le nôtre, un lien demeurait, aussi indélébile qu'un tatouage. Malgré ça, je regrettais déjà les brefs instants qu'on venait de passer ensemble avant d'endosser nos rôles respectifs, moi, le garçon de Merton Grange, elle, la fille de Chatsborne.

Nous avons marché un moment en silence.

— Ne t'inquiète pas, je ne vais pas te voler l'argent de ton repas, ai-je dit.

Elle a souri, puis est redevenue sérieuse.

— Je n'ai rien laissé entendre de pareil, n'est-ce pas ?

— Non.

J'avais eu l'air amer, et je me suis corrigé.

— Je ne t'ai jamais vue en ville, ai-je fait remarquer, comme si j'avais l'habitude d'arpenter les rues pour y chercher des filles.

— Oh, j'habite par là, a-t-elle répondu avec un vague signe de la main en direction des arbres.

Nous avons fait quelques pas de plus.

— Il y avait des bagarres entre ton collège et le mien avant, a-t-elle ajouté.

— Au bout de la zone piétonne, devant le traiteur chinois. Je sais. J'y allais.

— Pour te battre ?

— Non, juste pour regarder. Il n'y a jamais eu de bagarres à proprement parler. Tout le monde parle de couteaux – « Attention, vous allez prendre un coup de couteau ! » – mais les gars n'avaient rien de plus tranchant sur eux que leurs rapporteurs. En fait, ce n'était guère que des gosses qui se lançaient de l'eau et des frites à la tête.

— Moralité : ne jamais s'armer d'un rapporteur dans une bataille d'eau.

— Quand même, Merton Grange gagnait toujours.

— Oui, mais quelqu'un gagne-t-il jamais *réellement* ?

— La guerre, c'est l'enfer.

— Des bagarres au bout de la zone piétonne. Ça rappelle l'affrontement entre les Sharks et les Jets, tu ne trouves pas ? Je déteste toutes ces histoires. Heureusement que c'est terminé, ça ne me manquera pas. Et puis, regarde, nous deux : on est très à l'aise...

— En train de papoter...

— De lier connaissance, de briser les barrières...

— C'est très émouvant.

— Tu penses avoir réussi tes examens ?

Par chance, nous avions atteint la limite de la propriété et son portail rouillé qui s'ouvrait sur une pelouse clairsemée. Derrière, la grande demeure à pans de bois était assez imposante pour détourner l'attention.

— J'ai le droit d'entrer ?

— Quoi, sur les terres de Madame ? Oui-da, et comment qu'tu peux, mon garçon !

Je lui ai tenu la porte, mais j'ai ensuite hésité.

— Je ne peux pas gravir cette colline sans toi, a-t-elle dit. Tu me sers littéralement de béquille.

Nous avons donc continué à avancer et franchi un saut-de-loup affaissé. De près, le jardin à la française paraissait morcelé et brûlé par le soleil avec ses parterres de roses desséchés et ses troènes aux pointes brunies.

— Tu vois ça ? C'est le célèbre labyrinthe.

— Pourquoi tu n'es pas allée te cacher là ?

— Je ne suis pas une *amatrice* !

— Quel genre de maison peut avoir un labyrinthe dans son jardin ?

— Une maison de riche. Viens, je vais te présenter aux propriétaires.

— Je ferais mieux de repartir. Mon vélo est toujours…

— Personne ne va te le piquer. Allez, les gens sont sympas. Et puis il y a des élèves de ton école, tu pourras leur dire bonjour.

Alors que nous traversions la pelouse, plusieurs voix se sont élevées à distance.

— Je ferais vraiment mieux de filer…

— Viens au moins saluer la troupe, tu n'en auras que pour une minute.

Elle m'avait pris le bras – pour s'appuyer sur moi ou peut-être pour m'empêcher de m'enfuir – et nous sommes arrivés ainsi dans une cour au milieu de laquelle deux tables avaient été montées sur des tréteaux. Une dizaine de personnes environ se pressaient devant les plats posés dessus et nous tournaient le dos. Sans doute se livraient-elles à de sinistres rituels propres au fameux collectif.

— La voilà ! a braillé un jeune homme rougeaud en repoussant une grande mèche de cheveux qui lui balayait les yeux. La championne est de retour !

Vêtu d'une chemise sans col qu'il n'avait pas rentrée dans son pantalon, il avait un air vaguement familier, mais je n'ai pas eu le temps de m'attarder sur lui : le reste de la bande acclamait et applaudissait la fille qui s'approchait d'eux en boitillant.

— Mon Dieu, que s'est-il passé ? s'est inquiété le jeune homme pendant qu'une femme plus âgée aux cheveux blancs et courts lâchait un *tss-tss* réprobateur, comme si j'étais responsable de la situation.

— Je suis tombée. Ce garçon m'a aidée à rentrer. Excuse-moi, je ne t'ai pas demandé ton nom.

— Charlie Lewis, a craché Lucy Tran, une fille d'origine vietnamienne scolarisée à Merton Grange.

— Putain, c'est Lewis ! a crié quelqu'un d'autre.

Et Helen Beavis a gloussé en enfournant des feuilles de salade dans sa bouche.

— Dégage, espèce de tordu !

— J'étais juste dans le pré avec mon vélo et…

— Salut, Charlie, bienvenue parmi nous ! a lancé le petit Colin, seul membre masculin du club de théâtre de notre lycée.

Le jeune homme à la mèche s'est alors avancé vers moi, les mains tendues. Il avait des auréoles sombres sous les aisselles et marchait d'un pas si déterminé que j'ai reculé.

— Salut, Charlie, tu es une nouvelle recrue ? Parce que ce serait génial ! On a *besoin* de toi, a-t-il dit en enfermant ma main dans la sienne et en la secouant vigoureusement. Prends un peu de salade, on va regarder dans quoi on peut te caser.

À ce moment-là, je me suis rappelé où j'avais déjà vu ce type et ce qu'il représentait. J'avais vraiment intérêt à déguerpir.

Le collectif de théâtre Full Fathom Five

Quelques semaines avant la fin de l'année scolaire, nous avons tous été convoqués dans le réfectoire pour une réunion très importante avec des invités très spéciaux. En général, cela préfigurait quelque séance pédagogique macabre, comme un exposé sur la sécurité routière avec des illustrations sanglantes. Le trimestre précédent, un officier de police avait écrasé un chou-fleur avec un maillet pour bien nous faire comprendre les effets de l'ecstasy sur le cerveau. Peu de temps après, une dame sympathique était venue nous parler nerveusement de la sexualité dans le cadre d'une saine relation amoureuse. Les portes s'étaient refermées solennellement sur elle et les lumières avaient été baissées.

« Un peu de silence, s'il vous plaît », avait-elle supplié en faisant défiler des diapositives rose et violet sous les rires, les cris et les exclamations horrifiées des élèves.

Je réfléchissais beaucoup à ce moment-là au choix d'un métier et je m'étais demandé quel parcours étrange et tortueux avait suivi cette femme pour aller ainsi d'une école à l'autre avec une boîte de diapositives montrant différentes sortes de pénis.

« Ce sont les pires photos de vacances que j'aie jamais vues », avait déclaré Harper.

Nous avions ri comme si tout cela ne nous concernait pas. Clic, clic, continuaient à faire les diapositives.

« De même que les flocons de neige, il n'y a pas deux pénis identiques », avait expliqué la gentille dame.

Je m'étais interrogé. Comment pouvait-on affirmer une chose pareille ?

« Comment peut-on affirmer une chose pareille ?

— Ils utilisent un microscope », avait répondu Lloyd en me donnant un coup entre les jambes.

Notre déception était donc palpable lorsque, en cette fin de trimestre, nous nous sommes retrouvés assis face à un jeune homme rougeaud et tout sourire dont les yeux disparaissaient à moitié derrière une longue mèche de cheveux. Il était accompagné d'une femme du même âge que lui, aux traits anguleux et aux cheveux bruns ramenés en arrière. Devant eux trônait une radiocassette menaçante.

M. Pascoe a tapé deux fois dans ses mains.

— Silence, tout le monde ! Lloyd, l'expression « tout le monde » ne vous inclut-elle pas ? Possédez-vous des qualités uniques que vous nous auriez cachées jusqu'ici ? Non ? Dans ce cas, taisez-vous. Tout de suite. J'aimerais vous présenter nos invités du jour, des invités très particuliers de par leurs accomplissements, leurs ambitions…

— … et leurs besoins, a complété Harper, ce qui m'a fait rire.

— Lewis ! Charles Lewis, qu'est-ce qui vous arrive ?

— Désolé, monsieur, ai-je répondu en baissant la tête.

Quand je l'ai redressée, j'ai remarqué que le jeune homme sur scène me regardait en souriant. Il m'a fait un clin d'œil complice que j'ai détesté.

— Nos invités aujourd'hui sont des diplômés de l'université d'*Oxford* ! Ils sont venus vous parler d'un projet formidable, alors, s'il vous plaît, j'aimerais que Merton Grange réserve un accueil chaleureux à… pardonnez-moi…

M. Pascoe a consulté ses notes.

— … Ivor et Alina, de…

Nouvelle vérification.

— … du collectif théâtral Full Fathom Five !

Ivor et Alina se sont levés avec tant d'énergie que leurs chaises ont glissé en arrière sur le parquet.

— Comment allez-vous, les jeunes ? Ça boume ? a crié Ivor.

— Bien, avons-nous marmonné.

Avec son physique rondouillard et ses yeux écarquillés, il ressemblait à l'un des épagneuls pourris gâtés du roi Charles, et son attitude prétentieuse et enjôleuse était digne des présentateurs d'émissions pour enfants à la télé. Il a mis sa main en coupe derrière son oreille.

— Je ne vous entends pas !

— Ben voyons, a dit Fox. Bien sûr que si, il nous entend. Classique !

— Une ruse, a renchéri Lloyd. Il fait son malin.

— Essayons encore ! Comment ça va ?

Nous sommes restés silencieux.

— Oh, vous semblez si tristes, a dit Alina, la tête inclinée sur le côté, en laissant s'affaisser les coins de sa bouche.

— Putain, et en plus ils sont deux, a râlé Lloyd.

Mais Alina avait un accent européen, tchèque ou hongrois peut-être, et cela lui donnait un petit air aguicheur et intrigant.

— Nous sommes venus vous informer d'une chance unique qui s'offrira à vous cet été, a repris Ivor. Un grand projet enthousiasmant. Dites-moi, qui parmi vous a déjà entendu parler d'un certain M. William Shakespeare ? C'est tout ? Wouah, vous êtes timides. Très bien, essayons une autre approche : qui parmi vous n'a *jamais* entendu parler d'un certain M. William Shakespeare ? Le cygne de l'Avon ! Le barde ! Le corbeau parvenu ! Ah, vous voyez, vous le connaissez tous !

— Et qui parmi vous peut nous citer des passages de ses pièces ? a demandé Alina.

Une main s'est levée instantanément. Celle de Suki Jewell, notre déléguée.

— « Être ou ne pas être », a murmuré Harper.

— « Être ou ne pas être » ! a crié Suki.

— « Telle est la question » ! Très bien ! *Hamlet* ! Quelqu'un d'autre ?

Depuis les premiers rangs, les élèves qui seraient récompensés plus tard par des chèques-livres ont enchaîné les réponses :

— « Hélas ! Pauvre Yorick » !

— « N'est-ce pas une dague que je vois là devant moi ? »

— « Voici l'hiver du mécontentement » !

— « Mieux vaut avoir aimé et perdu ce qu'on aime que de n'avoir jamais connu l'amour » ! a encore crié Suki.

— En fait, c'est de Tennyson, l'a corrigée Ivor d'un ton consolateur.

— Ouais, c'est de Tennyson, connasse, a dit Lloyd.

Alina a pris le relais.

— Voilà où nous voulons en venir : saviez-vous que nous utilisons tous des expressions inventées par Shakespeare, même sans en avoir conscience ?

Avec ses yeux sombres, ses traits durs et sa coiffure stricte, elle paraissait moins à l'aise qu'Ivor dans son jogging et son sweat à capuche, comme une danseuse de ballet qui se serait échappée de prison.

— Est-ce que vous m'écoutez ? Parce que je m'arrête là sinon. Très bien, maintenant... quelqu'un parmi vous a-t-il déjà entendu l'expression « le meilleur des mondes » ? Ah, vous êtes plusieurs. Et « briser la glace », comme quand on dit : « Hé, si on brisait la glace à cette soirée ? »

— Ou « un cœur faible » ? a enchaîné Ivor. Ou « couru d'avance » ?

— Et saviez-vous...

— Non, a marmonné Fox.

— ... que lorsque vous dites : « Il y a de la logique dans ma folie », vous citez le grand Will ?

— Qui s'amuse encore à dire : « Il y a de la logique dans ma folie » ? a ricané Lloyd.

— Et quand vous racontez une de ces plaisanteries qui commencent par « Toc, toc, toc, qui est là ? », vous vous inspirez en réalité de… la pièce écossaise !

— Elle veut parler de *Macbeth*, a chuchoté Ivor derrière sa main en nous faisant un clin d'œil.

Le petit Colin a ri.

— Putain, Smart ! a craché Lloyd. Ne rigole pas à une blague aussi naze, crétin !

— « Prendre quelque chose à la légère » ! a continué Alina.

— « Les yeux de l'âme » ! a dit Ivor.

— « Être la risée de tous » !

— « L'amour est aveugle » !

— « Le lait de la tendresse humaine » !

— C'est bon, on a compris, a dit Harper.

Mais ils n'en avaient pas fini. Ivor a croisé les bras pendant qu'Alina appuyait sur un bouton de la radiocassette, puis tous deux se sont accroupis, les mains sur les genoux, presque nez à nez. Après un long silence gênant, un léger rythme de hip-hop a retenti. Comme on le craignait, ils s'apprêtaient à nous convaincre que Shakespeare était le premier rappeur de tous les temps.

— « Tu es mort et enterré » !

— « Jusqu'au Jugement dernier » !

— « Tu manges comme quatre » !

— « C'était un mets digne des dieux » !

— On n'aime même pas le rap, a soupiré Lloyd. Qu'est-ce qui leur fait croire que ça nous plaît ?

— « Tu prends tout à la légère » !

— On y a déjà eu droit, à celle-là, a dit Harper.

— « Tu me fais grincer des dents » !

— Là, pour le coup, c'est vrai, a ironisé Lloyd.

— « Tu as connu des jours meilleurs » !

— « Je te tuerai avec tendresse » !

— Tuez-moi, oh oui, a supplié Fox. S'il vous plaît !

— « Tu es le diable incarné » !

— « Ha ! La jalousie est un monstre aux yeux verts » !

— Je n'ai jamais vu personne d'aussi mauvais...

M. Pascoe s'est brusquement levé.

— Harper ! Fox ! Lloyd ! À quoi vous jouez, à la fin ?

— Nous citons Shakespeare, monsieur, a répondu Fox.

— Il y a de la logique dans notre folie, monsieur, a ajouté Lloyd.

— Dehors ! Tout de suite !

— C'était couru d'avance, a murmuré Harper.

— Nous sommes la risée de tous.

— Rideau ! a conclu Fox au moment où tous les trois se redressaient en raclant leurs chaises sur le parquet.

Une fois les portes battantes refermées derrière eux, Alina a appuyé sur le bouton « stop » de son appareil pendant qu'Ivor s'avançait de nouveau vers nous.

— Bien. Voici ce qu'on vous propose...

— Il y a une pièce...

— Elle parle de *gangs*, de *violence*, d'appartenance, de préjugés et d'amour, et aussi...

Il a marqué une pause avant de nous assener son argument massue :

— ... de sexe !

Il a alors attendu que les murmures cessent dans la salle.

— Elle est de William Shakespeare et elle s'appelle...

— *Roméo et Juliette*, a complété Alina. Vous imaginez tout savoir à son sujet ? Croyez-moi, vous vous trompez. Notre collectif montera la pièce ici cet été dans un cadre super chouette.

— Et vous, a continué Ivor, les bras écartés et deux doigts pointés de chaque côté, comme s'il faisait sienne la culture des gangs, vous en serez les vedettes ! Cinq semaines de répétitions, quatre représentations. Nous allons apprendre à *danser*, nous allons apprendre à nous *battre*...

— Nous allons apprendre à *être*, a ajouté Alina en sondant nos rangs de ses yeux noirs.

Pour la première fois, nous sommes tous restés parfaitement silencieux et immobiles.

— À *être*, a-t-elle insisté. Aussi bien sur scène que dans la vraie vie. Nous allons tous apprendre deux ou trois choses sur la manière d'évoluer dans ce monde, en étant présents et vivants.

— Rappelez-vous, le collectif Full Fathom Five, ce n'est pas nous, c'est *vous*.

Ivor a pressé ses paumes l'une contre l'autre et croisé ses doigts avant d'agiter ses mains en l'air comme pour frapper un gong.

— Nous avons *besoin* de vous. Nous ne pouvons pas y arriver sans vous.

— S'il vous plaît. Venez. Rejoignez-nous.

— Je ne suis pas venu me joindre à vous, ai-je dit - peut-être même en le criant.

— D'accord, a répondu Ivor. Mais tu ne sais pas de quoi...

— Je me fiche de ce que c'est, je ne veux pas en faire partie. Je l'ai juste aidée.

J'ai cherché la fille des yeux. Elle s'était approchée de la table pour empiler de la nourriture sur une assiette en carton.

— Il faut que j'y aille, maintenant.

— Très bien. Mais tu es sûr ? Parce qu'on a sacrément besoin de garçons.

— Comptez pas sur moi. Il faut que je file. Désolé. Salut, Lucy, Colin. Salut, Helen.

Et, sans leur laisser le temps de placer un mot, j'ai quitté la cour, traversé la pelouse en passant devant le labyrinthe...

— Attends !

... atterri au bas du saut-de-loup, foncé vers...

— S'il te plaît ! Une minute ! Oh, bon sang !

… et me suis enfin retourné. Elle m'avait suivi en boitillant, avec toujours à la main son assiette déformée qui semait une traînée de nourriture derrière elle. Je l'ai attendue près du portail.

— Regarde, a-t-elle dit en riant, tu m'as fait perdre mon couscous.

Elle a secoué les dernières graines sur l'herbe.

— Un couscous sur un saut-de-loup. Putain, on ne fait pas plus bourgeois, je crois. Bref, je tenais à te remercier. C'est sympa de m'avoir aidée.

— De rien.

— Tu ne veux vraiment pas rester ?

— Je ne suis pas un acteur.

— Fais-moi confiance, je suis là depuis une semaine et personne ici n'est acteur, moi y comprise. C'est juste… marrant, tu vois ? Au début, on fait des matchs d'improvisation. D'accord, ce n'est peut-être pas très vendeur, mais…

— Je ne peux pas…

— « Matchs » et « improvisation », ce sont deux termes qu'on n'a guère envie d'associer.

— Désolé, il faut que je…

— Mais on commence à travailler sur la pièce la semaine prochaine. *Roméo et Juliette.*

— Ce n'est pas pour moi.

— Parce que c'est du Shakespeare ?

— Tout ce truc, ce n'est pas…

Ne répète pas le mot « truc ».

— …

— …

— Mon truc.

— D'accord. Très bien. C'est dommage. Contente de t'avoir rencontré.

— Moi aussi. On se reverra peut-être ?

— Si tu reviens demain, oui ! Non ? OK.

Elle a passé la main sur sa jambe nue.

— Foutu couscous, a-t-elle dit. Je n'aime même pas ça, en fait. Si jamais tu changes d'avis, on se retrouve à 9 h 30. Tu ne le regretteras pas – ou peut-être que si. Ce que je veux dire, c'est que tu le regretteras probablement, mais au moins…

— Je ferais bien…

— Je n'ai pas saisi ton nom.

— Charlie. Lewis. Charlie Lewis.

— Ravie de t'avoir rencontré, Charlie Lewis.

— Moi aussi. Bon…

— …

— …

— Tu ne me demandes pas comment je m'appelle ?

— Désolé, tu t'appelles… ?

— Fran Fisher. Fran, comme dans Frances. Oui, je sais, c'est un prénom démodé. Qu'est-ce que tu veux, mes parents sont des idiots. Enfin, non, mais… peu importe. Bon, ben, encore une fois… merci beaucoup. Salut.

Elle est repartie en pliant son assiette et en la fourrant dans la poche de sa jupe en jean. Puis elle a tourné la tête vers moi pour confirmer ce dont elle devait se douter, à savoir que je la suivais du regard.

— Salut, Charlie Lewis !

J'ai levé la main en signe d'au revoir, elle a fait de même, mais je ne suis jamais revenu sur cette colline et ç'a été la dernière fois que ma route a croisé celle de Fran Fisher.

Je me demande où elle est aujourd'hui.

Au premier regard

Je sais où elle est aujourd'hui. Je suis retourné sur la colline parce qu'il était inconcevable que je ne revoie pas ce visage, et si le prix à payer pour ça était quelques heures de matchs d'improvisation, alors soit.

Mais peut-être n'est-ce pas tout à fait vrai non plus. Peut-être l'aurais-je vite oubliée si je n'y étais pas allé. Lorsqu'on raconte de telles histoires – des histoires d'amour –, il est difficile de ne pas donner un sens et un caractère inéluctables à des événements en réalité innocents et fortuits. De les repeindre aux couleurs du romantisme. Un simple regard a suffi pour qu'un changement se produise, dit-on. Pour qu'une flamme surgisse. Pour que les rouages d'un grand mécanisme céleste se mettent en branle. Sauf que le coup de foudre n'est à mon avis décrit ainsi qu'avec le recul, comme une bande-son plaquée sur un film quand l'issue de l'histoire est connue, quand les œillades, les sourires et les mains frôlées peuvent se voir attribuer une signification qu'ils ont rarement à l'instant où on les vit.

Il est vrai que je l'ai trouvée jolie, mais il m'arrivait de penser ça de quelqu'un cinq à dix fois par jour, y compris tout seul, devant la télé. Et s'il est vrai aussi que, durant cette première rencontre, une voix nette et insistante dans ma tête m'a répété : *Concentre-toi, ce sera important par la suite, concentre-toi,* une partie de cette attirance était sans doute purement sexuelle – le sexe était un bruit de fond dans toutes mes conversations avec les filles à l'époque. Le reste s'expliquait par une rêverie moins torride et plus conventionnellement romantique, une projection momentanée dans l'avenir qui me faisait imaginer des mains entrelacées, une sortie chez WHSmith ou des éclats de rire sur les balançoires du parc à Merdes – et je me suis demandé ce que cela ferait d'être *si souvent* en compagnie de quelqu'un.

De toute ma vie, je n'avais jamais été – et n'ai jamais été depuis – plus susceptible de tomber amoureux. Attraper cette fièvre, j'en étais sûr, me vaccinerait contre tous mes soucis et toutes mes peurs. J'aspirais à un changement, à quelque chose de *nouveau*, à une sorte d'aventure, et tomber amoureux me paraissait plus à ma portée que, disons, résoudre l'énigme d'un meurtre. Mais j'avais beau trouver cette fille charmante, je n'avais pas été touché par une baguette magique, il n'y avait pas eu d'envolées lyriques à la harpe et la clarté ambiante avait gardé la même intensité. Si j'avais été plus occupé cet été-là, ou plus heureux à la maison, je n'aurais peut-être pas autant pensé à elle. Mais je n'étais ni occupé, ni heureux, et ceci explique pourquoi j'ai succombé.

Je me rappelle m'être inquiété à l'idée de ne pas réussir à me souvenir de son visage. Tout en fonçant à travers bois dans la lumière stroboscopique du sentier, le dos bien droit sur ma selle et le torse fouetté par le vent, j'ai tenté de l'associer à quelqu'un de familier, une célébrité de la télé dont les traits auraient pu me servir de modèle. Mais personne ne faisait vraiment l'affaire, et avant que j'aie atteint le croisement avec la route, son image avait commencé à s'estomper, comme une photographie qui n'aurait pas été fixée – la forme de son nez, le bleu particulier de ses yeux, sa dent ébréchée, la courbe de son crâne, la constellation exacte de ses boutons et de ses taches de rousseur. Comment allais-je bien pouvoir m'en souvenir ? Dans un accès de romantisme mièvre, j'ai envisagé de faire son portrait dès mon retour à la maison – quelques coups de crayon pour rendre un geste, la manière dont elle tirait sur l'arrière de sa jupe ou coinçait sa frange derrière son oreille. Jusqu'à présent, je m'étais surtout concentré sur des zombies et des insectes extraterrestres. Peut-être que Fran Fisher serait mon premier sujet digne d'intérêt, le « quelque chose de *réel* » qu'Helen m'avait conseillé de dessiner, et j'ai continué à me réciter ses caractéristiques de la même façon qu'on pourrait essayer de mémoriser un numéro de téléphone – *forme du nez, nuance de bleu, dent ébréchée, courbe de..., constellation de...*

Un numéro de téléphone. Pourquoi ne lui avais-je pas demandé son numéro ? Voilà ce qu'il me fallait. Je le ferais la prochaine fois que je la verrais.

La prochaine fois.

J'ai éprouvé une énorme bouffée de jalousie en pensant à son petit ami – sans savoir qui il était ou même s'il existait. Elle en avait forcément un – toutes les filles de Chatsborne avaient un copain assorti à leur beauté et à leur statut social, et toutes passaient leur temps à s'envoyer en l'air dans la piscine de leurs parents ou lors de soirées pyjama & défonce – mais sans pyjama, en fait. Quelques élèves à Merton Grange entretenaient des « relations », mais ils avaient vite sombré dans une sorte de parodie de la vie domestique : ils buvaient du thé devant la télé et faisaient les boutiques ensemble, comme s'ils étaient contraints de jouer avec le plus grand sérieux au papa et à la maman. Les élèves de Chatsborne, en revanche, étaient aussi décadents, déchaînés et libres que la jeunesse privilégiée de *L'Âge de cristal* ou que les étudiants étrangers présents dans le cadre d'échanges scolaires. De toutes les étapes qui jalonnaient la route menant au monde adulte – le permis de conduire, le droit de vote et de boire légalement de l'alcool –, la plus difficile à franchir pour un garçon de Merton Grange consistait à ne plus s'amuser à faire claquer la première bretelle de soutien-gorge venue. Ne plus être un connard : telle était la grande épreuve initiatique qu'il nous fallait réussir. Même si elle était célibataire, pourquoi Fran Fisher s'intéresserait-elle à un gars comme ça ?

Au bout du compte, j'ai pris conscience que toutes les émotions sur lesquelles j'avais apposé l'étiquette « amour » étaient aussi hors de propos et obsolètes que l'aurait été pour moi une boîte de jouets. Becky Boyne, Sharon Findlay, Emily Joyce – qu'est-ce que je m'étais imaginé ? Ce que j'avais ressenti ce jour-là était totalement nouveau, et s'il était encore trop tôt pour appeler ça de l'amour, j'étais prêt à y voir au moins une source d'espoir.

Mais rien de tout ça ne pouvait être dit à voix haute – et à qui ? – et je n'ai de toute façon pas eu le temps de m'appesantir sur la question, car, au moment où je bifurquais sur Thackeray Crescent, j'ai aperçu dans la rue une Mini Cooper rouge dernier cri et, derrière la vitre arrière, ma sœur Billie qui levait les yeux de son livre.

Ma mère était venue nous rendre visite.

Maman

Quand j'étais petit et que cette histoire me semblait encore crédible, mes parents me racontaient souvent comment ils étaient tombés amoureux pendant leurs études. Ma mère se préparait à devenir infirmière tandis que mon père avait plus ou moins abandonné une formation de comptable afin de jouer du saxo dans des groupes universitaires de qualité variable. À l'époque, il faisait partie de Goitre, un quintette punk-funk, ou funk-punk, qui s'est produit pour la première et toute dernière fois devant l'association des étudiants de la Portsmouth Polytechnic. Ce soir-là, le punk et le funk avaient révélé leur incompatibilité, mais dans les moments où elle ne regardait pas ses pieds, ma mère avait repéré le seul membre du groupe assez lucide pour paraître gêné : le saxophoniste. Amusée par les grimaces qu'il faisait en cachette du chanteur, mais sensible aussi à son talent de musicien, elle s'était arrangée à la fin pour se faire une place à côté de lui au bar où il était allé désespérément essuyer son eye-liner avec le coin d'une petite serviette en papier, comme quelqu'un qui se serait dépêché d'ôter son déguisement.

« C'était... *désastreux* », avait-elle dit en le prenant par le bras.

Il l'avait dévisagée avec attention durant quelques instants avant de se mettre à rire.

« Et voilà, concluait mon père. Ç'a été le coup de foudre. »

Faussement exaspérée, ma mère soupirait en lui jetant un coussin à la tête. Mais quand même, j'adorais cette histoire : un soir, elle s'était assise à côté de lui, et c'était ainsi que j'avais vu le jour.

Il y a une photo d'eux prise peu de temps après cette première rencontre. Cigarette à la main et blouson de cuir sur le dos, ils posent sur un escalier de secours dans le seul quartier de Gosport qui ressemble vaguement à l'East Village. Malgré sa petite taille et la frange voilant ses yeux noirs, ma mère a l'air féroce et prête à tout, tandis que, debout derrière elle, tenant sa cigarette bien haut comme pour écrire son nom à elle dans le vide, mon père riait de toutes ses dents mal alignées. *Mon Dieu, regardez-moi cette femme.* Tous les couples devraient avoir une photo de ce genre pour illustrer la pochette de leur album imaginaire. Mes parents paraissaient invincibles, pleins d'énergie et d'espoir devant leur avenir commun.

Ma mère a quitté mon père au printemps 1997, mais je pense qu'elle avait préparé son départ bien plus tôt. La petite chaîne de magasins de disques paternelle avait fait faillite, et, au cours du triste hiver qui avait suivi la fermeture de la dernière boutique, nous en étions venus à dépendre de plus en plus de sa détermination, de sa résilience et de son pouvoir de persuasion. Comment allions-nous nous en sortir tout seuls ? Envisager de s'en aller a dû être pour elle comme choisir le moment où sauter d'un train en marche : attendre n'avait aucun sens, mais passer à l'acte sans souffrir était impossible.

Elle s'est accrochée au début. Je me rappelle l'énergie brusque et sèche avec laquelle elle avait mis ce qu'il restait du stock dans des cartons avant d'arracher la moquette, sauvant ainsi ce qui pouvait être sauvé de la dernière boutique. Cela m'évoquait ces images à la télé où l'on voit des familles inspecter les dégâts causés par une inondation catastrophique. Je me rappelle aussi son sourire forcé lorsqu'elle nous avait annoncé avec des phrases soigneusement choisies que nous allions quitter notre maison. Sa vente nous permettrait de récupérer le capital, quel qu'il soit, et de régler certaines dettes. La nouvelle serait plus petite et différente, mais tout à fait convenable, et cela nous donnerait à tous une chance de rebondir, de souffler un peu avant de remonter sur le ring. Son lexique était celui de la boxe, et elle-même était comme un coach dévoué et inflexible face à mon père effondré, meurtri et K-O sur son tabouret.

Plus tard ce soir-là, incapable de dormir, je suis descendu au rez-de-chaussée et l'ai trouvée occupée à remplir des papiers dans la cuisine. Parce que j'avais envie d'être rassuré, je me suis obligé à prononcer le mot que je redoutais.

— Est-ce que… Est-ce qu'on est ruinés ?

Elle s'est raidie.

— D'où tiens-tu ça ?

— Je vous ai entendus parler, papa et toi.

— J'aimerais bien que tu ne nous espionnes pas.

— Vous étiez en train de crier, alors…

Elle m'a fait signe d'approcher.

— Eh bien, d'un point de vue technique, oui. Pas nous, et toi encore moins, bien sûr. Pour ton père, c'est différent vu que l'entreprise était à son nom. Mais en fait, ce n'est pas une catastrophe !

J'ai laissé ses paroles réconfortantes glisser sur moi.

— La faillite est juste un terme juridique, un moyen d'effacer des dettes quand quelque chose échoue. Enfin, « échouer » n'est pas le bon mot. Disons plutôt, quand quelque chose ne marche plus. C'est comme si on remettait les compteurs à zéro. Ça veut dire que les créanciers ne risqueront pas de venir frapper à notre porte. On se contente… de tout liquider et de donner à chacun sa part.

— Sa part de quoi ?

— Des actifs, de ce qu'il nous reste à vendre.

J'ai songé à la moquette arrachée, aux étagères, à la boîte de CD étiquetée « musiques du monde ». Je n'étais guère optimiste pour les débiteurs de mon père, et pourtant je le savais d'une honnêteté maladive. Il avait beaucoup emprunté pour sauver son entreprise, et à mesure que ses boutiques fermaient, la nécessité de rembourser ce qu'il devait l'avait obligé à s'endetter encore plus et à transférer ses économies personnelles sur ses comptes professionnels jusqu'à ce qu'il n'ait plus aucune échappatoire. Enfant, je poussais hors de mon assiette les légumes que je ne voulais pas manger avant de les laisser tout simplement tomber par terre. Sa stratégie à lui n'était guère plus sophistiquée. Il était l'architecte d'une combine pyramidale dans laquelle il jouait le rôle de l'arnaqueur et de l'arnaqué, et quand cet édifice s'était effondré, il était resté là, assommé par les factures impayées, les loyers impayés, les salaires impayés. Ne pas pouvoir offrir une tournée à ses amis au pub était déjà une souffrance, alors ne pas pouvoir verser leurs salaires à ses employés... Sa faillite remettait peut-être les compteurs à zéro, mais son échec faisait de lui un criminel, un voleur.

Ma mère a continué sur sa lancée.

— C'est une chance pour nous, même si ça n'en a pas l'air. Au fond, tout ça est positif.

Je suis resté perplexe : si elle disait vrai, comment ferions-nous en cas de réel pépin ?

La maison de Thackeray Crescent était donc une forme de pénitence, et cette impression s'est confirmée sur place. À la première grosse averse, de larges taches grises sont apparues sur le plafond de notre chambre. Quant aux radiateurs électriques à accumulation, en plus d'avoir coûté une fortune, ils nous faisaient transpirer dans notre lit à 3 heures du matin et frissonner de froid au point d'en avoir le nez bleu à 16 heures. Quand nous avions vu la maison la première fois, mon père nous avait expliqué comment les sous-mariniers entassés ensemble de longues heures durant surmontaient leur claustrophobie en emportant juste quelques effets personnels qu'ils rangeaient aussitôt après les avoir utilisés. Mais nous, loin de ce minimalisme efficace, nous passions notre temps à chercher où poser nos affaires. La maison était vide lors de notre visite, et ses murs incurvés nous donnaient le sentiment que les meubles, la machine à laver et la télé s'avançaient dans les pièces comme s'ils marchaient sur nous. Rien n'était aligné, rien n'avait l'air d'aplomb, et nous devions subir une foule de menues contrariétés – les portes des placards qui ne fermaient pas, un évier pas assez profond pour remplir la bouilloire au robinet, une baignoire si petite que même ma mère ne pouvait y allonger ses jambes.

— Je veux juste un mur plat auquel accrocher un tableau ! Un coin, un simple coin où caser une chaise !

Elle avait toujours réussi à rire devant l'adversité, que ce soit sous une tente dans le parc national d'Exmoor balayé par les vents ou en attendant une dépanneuse sur la bande d'arrêt d'urgence d'une autoroute, mais ce don lui faisait désormais défaut, et elle ne cessait de claquer des portes, de taper dans les murs et de jeter des chaussures.

— Qu'est-ce qu'elles font là ? Ce n'est pas là qu'on les range !

Das Boot, disait-elle en parlant de notre logement. Pas étonnant si les sous-mariniers sombraient dans la folie. Ce n'était pas la faute de la maison, mais tout de même, je me demande combien d'autres familles par ailleurs stables se sont déchirées à cause d'un double vitrage mal posé, de fondations réalisées à la va-vite et d'un petit accès de rage au début de chaque journée.

Notre père et notre mère nous sont peu à peu devenus étrangers, comme s'ils avaient été kidnappés et reprogrammés pour être des adversaires. J'avais toujours supposé que les adultes, et les parents en particulier, restaient plus ou moins les mêmes de vingt et un à soixante-cinq ans, l'âge qui marquait le début officiel de la vieillesse. La fin de tout changement n'était-elle pas la définition même de la maturité ? N'était-ce pas leur boulot de demeurer constants ? Mais le tempérament indulgent de mon père, souvent teinté d'amusement et de perplexité, faisait dorénavant place à la colère. Désœuvré et de plus en plus obsédé par les « embellissements intérieurs », il s'est mis en tête de remplacer le miroir opaque de la salle de bains, les Velux qui fuyaient et la tringle du rideau de douche qui ne tenait plus. Il fixait des étagères sur les murs en Placoplatre en se servant de l'extrémité d'une petite cuillère comme tournevis, réparait les fissures qui en résultaient avec de l'enduit travaillé dans un bol et appliqué à l'aide d'un couteau à beurre, et bouchait ensuite l'évier avec le reste de sa préparation, si bien que les portes claquaient et les cris résonnaient de plus belle derrière les fines cloisons.

La réaction de ma mère face à ce carcan a été de le briser. Presque sans effort, semblait-il, elle s'est fait embaucher dans un club de golf local où sa mission consistait à organiser des événements tels que des mariages, des anniversaires de mariage et des fêtes d'anniversaire pour les membres du troisième âge. C'était le genre d'institution qu'elle aurait autrefois qualifiée de provinciale et de ringarde, mais elle avait toujours été efficace, persuasive et charmeuse, et le salaire était bien supérieur à celui qu'elle aurait pu espérer toucher en redevenant infirmière. Quand on a déjà travaillé de nuit dans une unité gériatrique bondée, ce n'est pas le meeting général annuel du Rotary Club qui va vous faire peur, a-t-elle expliqué à ses employeurs. En fait, c'était presque la même chose ! Tel était son discours, et cela a fonctionné. Nous nous sommes habitués à la voir enfiler des escarpins de bonne heure le samedi matin et à entendre sa voiture rentrer au petit jour le dimanche. Elle a commencé à se mettre du vernis à ongles et à repasser ses chemisiers devant la télé. Des chemisiers ! Que ma mère puisse posséder une combinaison, une jupe crayon, un Filofax et sa propre adresse mail – un truc encore inconnu pour moi à l'époque – était somme toute assez bizarre mais on pouvait s'en accommoder si cela signifiait moins de stress devant les factures d'électricité. Peut-être aurions-nous même pu nous habituer à la présence inquiétante de mon père à la maison, à la gaieté forcée et frénétique avec laquelle il nous servait le petit déjeuner, vérifiait nos devoirs et faisait les courses. Après tout, l'idée était qu'on reprenne notre souffle pour mieux remonter sur le ring.

Mais Billie et moi n'étions pas tranquilles, et depuis nos lits superposés, nous écoutions avec angoisse les voix tour à tour sèches, furieuses et lénifiantes de nos parents.

— Je crois que papa perd la boule, a dit Billie un soir. C'est Papa Maboul.

Et cette expression est devenue notre code secret, une image qui renvoyait à tous ces moments où on le surprenait à fixer le vide.

Ma mère s'est accrochée. Elle s'est fait de nouveaux amis et a travaillé davantage, ce qui lui a valu des louanges et un salaire augmenté de ses heures supplémentaires. Elle a changé sa façon de s'habiller et sa coiffure aussi. Elle qui avait toujours été résolument et froidement de gauche se posait à présent des questions du genre : « Serait-il possible de faire atterrir l'hélicoptère de la mariée sur le fairway du 18 ? » Voyant ça, mon père se montrait mauvais et sarcastique, ce qui ne lui ressemblait pas. Chacun évitait de croiser le regard de l'autre, excepté quand ma mère prenait un appel sur son téléphone portable - un téléphone portable ! - en dehors de ses heures de travail. Ils se toisaient alors avec une colère à peine contenue pendant qu'elle répondait d'une voix que mon père ne reconnaissait plus. Ce n'était pas juste l'amour qui s'enfuyait entre eux, c'était aussi le respect et la compréhension, et on ne pouvait rien y faire. La peur de voir comment cela allait finir m'a bientôt enveloppé, étouffant chacune de mes pensées.

Et puis, durant ma dernière année à Merton Grange, juste avant Pâques, je suis rentré du collège après une journée pareille à toutes les autres. La maison était silencieuse. Persuadé qu'il n'y avait personne, je n'ai pas pu m'empêcher de sursauter et de crier quand, en m'approchant du canapé, j'ai découvert mon père allongé dessus, le teint cramoisi, les mains enfoncées dans les manches de son pull.

— Maman est partie, Charlie.

— Quoi, au travail ?

— Elle a rencontré quelqu'un. Je suis désolé.

— De quoi tu parles, papa ?

— S'il te plaît, mon chéri, ne m'oblige pas à le répéter. Elle est partie. Elle est partie avec un autre.

— Mais elle va revenir, hein ? Elle va revenir ?

Jusque-là, je n'avais vu mon père pleurer qu'à deux ou trois reprises lors d'une fête ou d'un mariage – et encore avait-il seulement eu les yeux rougis sous le coup de l'émotion. Rien de comparable à l'horrible grimace qu'il faisait à cet instant. Je suis sûr pourtant que cela lui était déjà arrivé – enfin, en cachette. Pas comme là, alors qu'il se tenait roulé en boule devant moi, avec l'air de vouloir se protéger. J'aimerais pouvoir dire que je l'ai serré d'instinct dans mes bras ou que j'ai tenté de le réconforter, mais je suis resté à distance, tel un simple spectateur impuissant, peu désireux de m'en mêler et trop paniqué pour faire autre chose que tourner les talons et m'enfuir aussi vite que possible sur mon vélo.

En chemin, j'ai croisé Billie qui rentrait de l'école.

— Ça ne va pas, Charlie ?

— File voir papa.

— Pourquoi ? Que se passe-t-il ?

— Dépêche-toi !

Elle s'est mise à courir. À douze ans, ma sœur saurait quoi faire. Je suis reparti et, pédalant de toutes mes forces, j'ai laissé le quartier derrière moi et contourné la rocade pour découvrir si ma mère avait fini par baisser les bras.

Tiens-toi bien

Le club de golf était un bâtiment absurde, aussi bouffi d'orgueil et pompeux que ses membres. Ses murs blanchis à la chaux et crénelés en auraient fait le cadre parfait pour un roman d'Agatha Christie s'il n'y avait eu la véranda des années 1980 accolée à l'un des côtés. À force de m'y rendre avec ma mère, j'avais fini par détester cet endroit, son odeur d'after-shave et de gin tonic, les rires gras en provenance du bar, la musique d'ambiance et les notes du « Danube bleu » qui vous poursuivaient jusque dans les toilettes tapissées de dessins humoristiques incompréhensibles sur le thème du golf. Je détestais aussi la manière dont ma mère se comportait sur place, cette voix qu'elle adoptait, et son gilet de costume ridicule. « Tiens-toi bien », me disait-elle. Je n'étais pas du genre à mal me tenir, mais ces mots me donnaient envie d'arracher le club de golf de l'un des connards qui traînaient là et de m'attaquer aux pots-pourris et aux paquets de petits sablés de la réception – voire aux rétroviseurs des BMW et des Range Rover garés dans le parking. Ce sont d'ailleurs ces derniers que j'ai aspergés de gravillons en arrivant, avant d'abandonner mon vélo, dont les roues tournaient encore lorsque je me suis engouffré dans le club.

— Excusez-moi, je peux vous aider ? Vous cherchez quelqu'un ? Excusez-moi, jeune homme ! Jeune homme, arrêtez !

L'employée à l'accueil a martelé sa clochette, ding-ding-ding, pendant que je regardais à droite et à gauche. Ma mère a émergé du bar, clac-clac-clac, de ce petit pas vif auquel la contraignait sa jupe crayon, et en souriant – en souriant ! – comme si j'étais venu discuter des tarifs du dîner dansant de Noël.

— Merci, Janet, je m'en occupe. Bonjour, Charlie…

— Papa dit que tu as quitté la maison.

— Si on allait là-bas ?

Elle m'a pris par le coude pour me faire traverser le hall d'entrée manu militari…

— C'est vrai ?

… à croire qu'elle était un agent de sécurité, et moi un voleur à l'étalage. Elle ouvrait à présent des portes, en quête d'un coin tranquille où me cacher…

— Je t'ai laissé une lettre, Charlie. Tu l'as lue ?

— Non, j'ai foncé directement ici.

— Je lui avais pourtant demandé de te la donner.

… et, constatant que chaque pièce était occupée, décochait un sourire professionnel aux personnes qui se trouvaient là et repartait sur-le-champ tenter sa chance ailleurs.

— Maman, c'est vrai ? ai-je dit en dégageant mon bras. Réponds-moi !

Son sourire a vacillé. Elle m'a pris la main et l'a serrée fort en appuyant son front contre le mien. Puis elle a jeté un coup d'œil autour d'elle avant de pousser de l'épaule la porte d'une réserve derrière nous et de m'entraîner à l'intérieur. Pas plus grande qu'un cachot, cette pièce étouffante était encombrée de balais et de seaux et littéralement insonorisée par les rouleaux de papier-toilette et d'essuie-mains qui s'empilaient contre les murs.

— Charlie, tu ne peux pas débarquer ici…

— Mais c'est vrai ? Tu déménages ?

— Pour le moment, oui.

— Où ça ? Je ne comprends pas.

— Tout était expliqué dans la lettre, a-t-elle répliqué avec agacement. Je lui avais demandé de te la donner…

— Mais dis-moi ! S'il te plaît !

Elle a soupiré, comme si toute son énergie l'abandonnait, et s'est laissée glisser à terre en repliant ses jambes sous elle.

— Ton père n'est pas facile à vivre depuis quelques années…

— Vraiment ? Je n'avais pas remarqué…

— … pas facile pour aucun de nous. Je pense avoir fait de mon mieux pour que notre famille reste unie, et je l'aime toujours, je vous aime tous, mais…

Elle s'est interrompue et a humecté ses lèvres en soupesant ses mots.

— Je me suis fait un ami. Ici. Au travail.

— Qui ça ?

— Je l'ai expliqué dans la lettre, ça me dépasse qu'il ne te l'ait pas donnée…

— Très bien, je vais aller chercher cette fameuse lettre…

Je l'ai enjambée avant de shooter dans les seaux et de faire tomber les balais.

— Ne fais pas ça, Charlie. Assieds-toi. Assieds-toi ! Je vais tout te dire. Viens là !

Elle a attrapé ma main et m'a tiré vers le sol, si bien qu'on s'est retrouvés tous les deux assis par terre, coincés entre des murs de papier-toilette.

— Il s'appelle Jonathan.

— C'est un employé du club ?

— Oui, il s'occupe des séminaires d'entreprise.

— Je l'ai déjà rencontré ?

— Non. Mais Billie l'a vu un jour qu'elle m'avait accompagnée au travail. Et non, il n'est pas ici aujourd'hui. N'espère pas lui parler.

— Et depuis combien de temps… ?

— Quelques mois.

— Tu n'as été embauchée qu'en janvier !

— Oui, et maintenant on est très amis.

J'ai ri avec toute l'amertume dont j'étais capable.

— Ta réaction n'est pas très mature, Charlie.

— *Très amis*. On dirait que tu as neuf…

— D'accord. *Amants*, alors. C'est mieux comme ça ?

— Merde, maman…

— Je peux te traiter comme un enfant si tu veux. Tu préfères ça ?

— Non, je veux juste…

— … que je t'explique ce qui se passe, et c'est ce que j'essaie de faire. Je ne te reproche pas d'être en colère - je m'y attendais, en fait. Mais j'attends aussi de toi que tu me respectes et que tu m'écoutes. D'accord ?

Elle a tapé du pied dans un seau.

— Bon sang, si seulement j'avais une cigarette !

J'ai palpé mes poches.

— Ce n'est pas drôle, Charlie. Tu fumes ?

— Non !

— Parce que si c'est le cas, je t'étrangle…

— Je ne fume pas. Continue.

— J'ai rencontré Jonathan ici. Il est veuf et il a deux filles, des jumelles. C'est quelqu'un de gentil, de très gentil. On a pris l'habitude de discuter un peu ensemble. Je lui ai parlé de ton père et il m'a écoutée avec bienveillance. Lui-même a connu des moments difficiles et il sait ce que c'est. On est devenus amis, et ensuite… plus que des amis. Ne me regarde pas comme ça. Ces choses-là arrivent, Charlie, tu t'en rendras compte un jour. Le mariage… ce n'est pas juste aimer quelqu'un toute sa vie…

— Mais si ! C'est exactement ça. Tiens…

J'ai attrapé sa main pour lui montrer l'alliance qu'elle portait toujours.

— En théorie, oui, bien sûr, mais la réalité est plus confuse, Charlie. Plus confuse, plus compliquée et plus douloureuse. On peut avoir des sentiments pour différentes personnes, des sentiments tout à fait sincères et forts. Tu comprendras quand tu seras plus grand…

Avant même d'avoir fini sa phrase, elle a essayé de la ravaler, mais il était trop tard. Cela m'a rendu encore plus fou de rage que ses « Tiens-toi bien », et j'ai donné un coup violent dans la porte.

— Arrête ! a-t-elle dit en posant une main sur mon genou. Arrête ! Charlie, je ne doute pas un instant que ton père soit l'amour de ma vie, et toi non plus, tu ne devrais pas en douter. Mais je ne suis plus que son infirmière aujourd'hui. Pas sa femme ni sa compagne, juste une infirmière. Et parfois... parfois on peut en arriver à détester la personne qu'on est censé aimer, la détester précisément parce qu'on est censé l'aimer...

— Tu détestes papa ?

— Non ! Je ne le *déteste* pas, je l'aime... Tu ne m'as pas écoutée ? Tout ça est tellement mieux expliqué dans ma lettre...

— Dis-moi !

— Oh, merde ! Je...

Mais sa voix a déraillé. Ses yeux ont brillé, et elle les a refermés en pressant fort le bout de ses doigts sur ses paupières.

— Je suis fatiguée, Charlie. Si fatiguée. Ce n'est pas bon non plus pour ton père de me voir au quotidien, et je ne peux pas passer ma vie à prendre soin de lui. Je sais que pour toi je suis vieille, mais moi je me sens trop jeune pour finir... coincée là à jamais.

— Et donc, tu t'en vas.

— Je déménage provisoirement, oui.

— Tu t'enfuis.

— Lui non plus ne veut pas que je reste ! Il est au courant pour Jonathan, certaines choses ont été dites, c'est impossible...

Elle a étouffé un juron.

— J'ai fait tout ce que je pouvais ! a-t-elle repris. Tu le sais, et à moins que tu n'aies envie de nous entendre encore crier et nous disputer en pleine nuit pendant des années et des années, ton père et moi...

— Quand je suis rentré à la maison, il était roulé en boule…

— Oh, bon sang… ça ne me fait pas plaisir, Charlie. Ce n'est pas drôle pour moi. Simplement, ça me semble la meilleure solution.

— La meilleure pour toi peut-être.

— Non, pour tout le monde !

— Un bien pour un mal, en somme ?

— C'est à peu près ça…

— Parce que ça fait un putain de mal…

— Ça suffit !

Exaspérée, elle a passé ses doigts dans ses cheveux en tirant dessus comme pour essayer de se hisser sur ses pieds.

— Merde, Charlie, tu ne me facilites pas la tâche.

— Tu espérais que je le ferais ?

— Pour être honnête, ça ne m'aurait pas déplu.

Puis elle s'est ressaisie.

— Non, tu as tout à fait le droit de dire ce qui te chante. Que veux-tu savoir ?

— Tu vas emménager avec…

— Jonathan. Pour le moment, oui.

— Combien de temps ?

— Je l'ignore. On verra.

— Et Billie et moi, on reste avec papa.

— Eh bien…

Elle s'est mordu la lèvre en regardant le mur et m'a répondu avec précaution :

— L'idée, c'est que Billie vienne avec moi et que toi, tu restes avec ton père.

Il y a eu un silence, comme lorsqu'on retient sa respiration, et pendant un instant je n'ai pas pu parler.

— Je peux venir ?

— Quoi ?

— Je peux venir avec toi ?

— Je ne…

— Avec toi et Billie.

— Oh, Charlie…
— Je suis sérieux ! Emmène-moi.
— Je ne peux pas !
— Je vais devenir cinglé sinon.
— Jonathan a une famille, il a des jumelles.
— Ça ne me dérange pas.
— Il n'y a pas de chambre pour toi.
— Ça me va très bien de dormir sur le canapé.
— Charlie, j'ai besoin que tu restes avec ton père !
— Pourquoi moi ?
— Parce que… tu es le plus âgé.
— Non, c'est toi la plus âgée !
— Tu as toujours été proche de lui…
— Pas du tout, ça t'arrange simplement de le penser.
— Quand tu étais petit, vous étiez proches…
— Je ne suis plus petit !
— Non, mais vous pourriez retrouver cette complicité et renouer des liens tous les deux.
— Je suis plus proche de toi. Je veux partir, moi aussi !

J'avais tenté de ne pas paniquer, de ne pas laisser ma voix trahir ma peur, mais, à ma grande honte, je me suis mis à pleurer…

— Charlie, je ne vais pas émigrer à l'étranger, je serai juste au bout de la rue, tout à côté ! Tu verras ta sœur à l'école tous les jours !

… pleurer comme lorsque j'avais quatre ou cinq ans, avec de gros sanglots saccadés et haletants.

— Tu ne seras pas là quand je me réveillerai, tu ne seras pas là le soir…
— Vous serez très bien tous les deux. Ton père adore ta compagnie…
— Ce sera horrible ! Je veux rester avec toi !

Elle pleurait elle aussi et essayait de me serrer dans ses bras en même temps que je la repoussais.

— Que veux-tu que je fasse, Charlie ? Je t'aime, mais je suis si malheureuse, tu n'imagines pas à quel point.

Tu crois que, parce qu'on est adultes… Je sais que je suis égoïste et que tu me détesteras, mais il faut que je tente *quelque chose.* Il faut que je parte et que je voie ce que ça donne…

Elle a soudain basculé vers moi, projetée en avant par quelqu'un qui essayait d'ouvrir la porte de la réserve.

— Qui est là ? a crié une voix masculine.

— Greg, va-t'en, a dit ma mère en s'efforçant de maintenir la porte fermée.

— Amy ? J'ai besoin d'un rouleau d'essuie-tout pour le distributeur !

— Va-t'en !

— Il y a quelqu'un avec toi là-dedans ? Petite cochonne…

Elle a abattu sa paume contre le battant.

— Greg, je t'en supplie, s'il te plaît… fous-moi le camp !

Puis elle s'est tournée vers moi.

— Désolée, a-t-elle articulé en silence.

Nous avons attendu assis par terre, les membres emmêlés, comme si la petite pièce était un ascenseur qui avait plongé au sous-sol. Quelque part au milieu de ce bazar, ma mère a trouvé ma main et l'a pressée en s'efforçant de sourire. Nous nous sommes redressés tant bien que mal. Des moutons de poussière s'étaient accrochés à sa jupe crayon, qu'elle a commencé à épousseter.

— Bon sang, regarde-moi. J'ai l'air de quoi ? a-t-elle demandé en montrant ses yeux.

— D'un panda.

Elle a sorti un rouleau entier de papier-toilette d'un paquet et s'est essuyé un œil après l'autre.

— Je te donnerai de l'argent et tu pourras me téléphoner quand tu veux. De mon côté, je t'appellerai une ou deux fois par semaine pour vérifier que tu survis. Non seulement ça, bien sûr, mais aussi que tu es heureux et que tu manges bien.

Elle a jeté son rouleau comme un ballon de basket au-dessus d'une étagère métallique.

— Je ne pense pas que ça fera une telle différence. Ce sera peut-être même mieux pour vous. Vous serez ensemble, entre garçons ! Tu pourras faire tes devoirs et réviser tranquillement. Et sinon je t'aiderai ! Le moment est très mal choisi, je sais, mais au moins tu ne vivras plus sur un champ de bataille.

— Je vivrai dans un hôpital psy…

— Arrête ! Arrête tout de suite !

Sèche et brusque cette fois, comme si je n'avais pas été à la hauteur de cet entretien, elle s'est détournée de moi pour s'emparer d'un rouleau d'essuie-tout qu'elle a coincé sous son bras.

— Tu es en âge de comprendre ces choses-là maintenant, Charlie, a-t-elle dit en ouvrant la porte. Et si tu ne l'es pas… ma foi, il est temps de grandir.

De si jolis angles

Les jours qui ont suivi le départ de ma mère et de Billie, j'ai eu une vision nette et fatidique de mon avenir domestique : dans une maison aux airs de caverne, avec des os d'animaux par terre rappelant ceux de la scène d'ouverture de *2001 : l'Odyssée de l'espace*, mon père et moi communiquions en grognant et en hululant. Quelques efforts de ma part s'imposaient pour éviter notre totale déchéance. Sans que je m'y attende, un besoin d'ordre s'est imposé à moi. J'ai compris très vite à quoi servait un placard-séchoir, comment fonctionnait un thermostat et comment se faire rallumer le voyant lumineux d'un chauffe-eau. Une première lessive de chemises d'école sorties rose pâle de la machine m'a permis de découvrir l'importance de séparer le blanc et les couleurs, tandis que la pile grandissante de lettres adressées à ma mère m'a donné l'occasion de m'entraîner à imiter sa signature.

J'aimerais pouvoir dire que j'ai aussi appris à cuisiner, mais je dois reconnaître que j'ai plutôt appris à commander à manger. Notre conception d'un régime varié et équilibré reposait sur une stricte alternance de plats indiens, chinois et italiens – en clair, des pizzas – qu'on se faisait livrer en suivant des cycles de trois jours, le quatrième étant le « jour des restes », une sorte de buffet mondialisé et réchauffé. Je connaissais le numéro de chaque traiteur par cœur, mais même les plaisirs de la malbouffe bon marché ont vite excédé nos moyens, si bien que les grandes cuisines du monde ont été remplacées par ce qu'on appelait le « pasta bol de papa », des spaghettis pas assez cuits et collés par endroits qu'on remuait dans la casserole avec un bouillon Kub et un demi-tube de purée de tomates – ou parfois, très tard le soir, une cuillère à café de curry qui les transformait alors en « pasta Madras ». Les marins de l'ère élisabéthaine se nourrissaient sans doute beaucoup mieux que nous, et bien que nous n'ayons jamais eu faim – on enfournait la nourriture dans notre bouche avant même que nos assiettes aient touché nos genoux, comme s'il s'agissait d'une compétition –, nous avons bientôt eu la langue chargée et le teint gras et cireux de ceux qui voudraient faire passer le pesto pour un légume. Notre hygiène de vie devenait calamiteuse à tous points de vue, mais je ne nierai pas que cela me procurait aussi un plaisir malsain.

— Utilise une assiette, me disait mon père lorsqu'il me surprenait en train de manger un curry froid à même la barquette en aluminium. On n'est pas des sauvages.

Pas encore, mais nous n'en étions plus très loin.

De temps en temps, on se rebellait contre cette vie et on parcourait à pied un kilomètre et demi pour aller au supermarché. On jetait dans notre caddie des lentilles, des pommes, des oignons et du céleri en plus de nos pains de mie blancs tranchés et de nos lots de viande à petit prix, puis on repartait d'un bon pas, la tête pleine de projets de soupes, de ragoûts à l'orge et de ces plats qu'on voyait dans les émissions culinaires à la télé : des tajines, des paëllas, des risottos. Une fois chez nous, mon père mettait un disque de morceaux percutants et chaotiques de Gene Krupa ou Buddy Rich.

— Rangeons cette maison, disait-il ensuite, comme il le faisait quand j'étais petit et que ma mère n'allait pas tarder à rentrer.

Avec le même sentiment de collaboration et de défi qu'autrefois, on nettoyait le saladier avant de le remplir de poires, de pêches, de kiwis et d'ananas. Les dernières cigarettes finissaient à la poubelle – où je les récupérais après coup – et les cendriers étaient rincés et empilés en haut d'un placard.

— On se débrouille bien, hein ? me faisait remarquer mon père. Entre garçons, on s'en sort.

Et il mettait un autre disque. La musique était un indicateur aussi clair et fiable de son humeur qu'un thermomètre. J'étais obligé d'écouter *A Love Supreme* ou *The Amazing Bud Powell* – d'écouter *vraiment,* assis le dos bien droit, sans journal, sans distraction aucune –, et les deux faces de l'album bien sûr, parce qu'« il ne te viendrait pas à l'idée de ne regarder que la moitié d'un grand film ». Debout près de la chaîne hi-fi, mon père marquait le rythme de la tête en levant un doigt – « Écoute, ça commence ! » – et en scrutant mon visage pour voir si, moi aussi, j'avais bien entendu. Et parfois, très rarement, comme entraîné par une marée, je me laissais presque prendre au jeu. Presque. Mais la plupart du temps, je ne me livrais à cet exercice que pour lui faire plaisir, en m'efforçant de partager ses goûts.

— C'est vraiment bien ! disais-je.

En réalité, je ne distinguais pas ce qui était bien de ce qui était mauvais, et je ne percevais que le bruit répétitif des cymbales que j'associais en secret à la musique de *La Panthère rose.*

Seulement voilà, l'optimisme de mon père se révélait fragile, et j'ai vite appris que ces moments d'euphorie ne duraient pas et se payaient en retour par des moments d'abattement tout aussi intenses. La morosité revenait l'envelopper comme un brouillard, et la musique faisait place à de grandes sessions devant la télé – qu'il regardait sans intérêt ni amusement. Les poires restaient toutes dures tandis que les pêches se transformaient en pulpe. Les kiwis devenaient déliquescents et éclataient, les ananas se ratatinaient et un infâme liquide noir et collant s'accumulait au fond du saladier, que mon père vidait alors dans la poubelle, honteux devant cette nouvelle tentative ratée de retrouver un mode de vie plus digne. Puis il sortait acheter des cigarettes.

Quant à ma mère, je la détestais toujours de nous avoir quittés, mais de façon plus ou moins théorique désormais, et je devais entretenir cette rancœur comme on travaille à faire durer un mariage. Mon sentiment de trahison, mon humiliation de ne pas avoir été choisi pour faire partie de son équipe étaient plus instinctifs, eux, et je les éprouvais un peu plus vivement chaque fois que je la voyais.

Cela dit, je puisais aussi une certaine satisfaction à être son substitut dans cette maison. À défaut d'avoir été un jour délégué de ma classe, j'arriverais peut-être à assumer ce rôle chez nous. Voilà pourquoi j'aimais savoir à l'avance quand elle passerait : je voulais pouvoir créer l'illusion d'un logis propre et bien rangé, tapoter les coussins, vider le frigo de ses barquettes en aluminium, veiller à ce que mon père soit présentable et habillé – ou, si ce n'était pas possible, au moins absent. Ses visites avaient pour moi valeur d'inspection. Je la regardais enregistrer le moindre détail. Pas d'assiette dans l'évier : bien. Des torchons propres, des vêtements qui claquaient au vent sur la corde à linge : cela faisait plaisir à voir. Sa culpabilité m'était indispensable, et je cherchais à l'attiser comme un feu afin qu'elle revienne. Mais il n'était pas question qu'elle le fasse parce que nous étions incapables de nous en sortir sans elle. Malgré tous mes efforts pour la détester, il semblait important qu'elle soit fière de moi.

Le jour où j'ai rencontré Fran Fisher, ma mère était déjà dans la cuisine, en train de remplir les placards de provisions. Je l'ai observée attraper avec ses ongles une croûte moisie dans la huche à pain pour la balancer dans un sac-poubelle. Quelque part dans la maison, une grosse mouche ne cessait de se cogner contre une fenêtre, et j'ai entendu ma mère marmonner en déballant ses courses – sans doute une critique ou une lamentation.

— Salut, ai-je dit.

Elle m'a jeté un coup d'œil par-dessus son épaule.

— Où étais-tu passé ?

Ce ne sont pas tes oignons. Notre conversation portait en elle des commentaires aussi faciles à déchiffrer que les sous-titres d'un film étranger.

— J'étais dehors. Je suis allé faire un tour à vélo.

— Ton père est sorti lui aussi ?

— On dirait.

Heureusement, il n'est pas là.

— Tu sais où ?

— Non.

Il est parti faire sa promenade de maboul.

— Il dort bien ?

— Je crois.

Pas la nuit. Dans l'après-midi, sur le canapé. Par ta faute.

— Il voit du monde ?

— Seulement moi.

Par ta faute, là encore.

— Il prend soin de lui ?

— Comme d'hab'.

Il ne se rase pas et boit trop. Il porte les mêmes vêtements plusieurs jours d'affilée. Par ta faute.

— Il a évoqué la possibilité de chercher du travail ?

— Ouais.

Ce n'était qu'en partie vrai. Quand notre cohabitation devenait insupportable, mon père attrapait des stylos et du papier, puis allumait Ceefax, le service télétexte de la BBC, afin de consulter la page des offres d'emploi. L'un de nous deux pouvait-il prétendre à un poste de monteur d'installations au gaz ? de vendeur d'assurances ? de plongeur sur une plate-forme pétrolière ? Nous envisagions de nouvelles professions à la manière des enfants : conducteur de train, cow-boy, astronaute. Étions-nous en mesure de nous couler dans l'un de ces moules ? La réponse était invariablement non, si bien que cet exercice se révélait à la fois décourageant et profondément embarrassant. Chercher du travail n'était pas une activité à laquelle un père et son fils auraient dû s'adonner ensemble, et nous trouvions ça encore plus gênant que lorsqu'on tombait sur des scènes de sexe à la télé. Très vite, on revenait aux programmes classiques, on changeait de sujet et on n'en parlait plus. Et c'est précisément ce que j'ai fait à cet instant : j'ai changé de sujet.

— Comment va *Jonathan* ?

Jonathan est un prénom tout à fait plaisant, difficile à prononcer avec sarcasme.

— Très bien, merci de demander, a répondu posément ma mère, sans être dupe.

Puis elle a claqué la porte du placard en recommençant jusqu'à ce que celle-ci consente à rester fermée. Bang-bang-bang. Elle a ensuite marqué une pause, les deux mains à plat sur le plan de travail.

— Tu sais ce que je préfère dans sa maison ? L'absence de jazz et tous ces jolis angles dans les pièces !

— Eh bien, du moment que tu es heureuse, maman.

Mais il aurait suffi d'un mot de sa part pour que je monte en courant dans ma chambre faire ma valise. Peut-être en avait-elle aussi conscience parce qu'elle a changé de sujet à son tour.

— Comment est-ce que tu t'occupes cet été ? D'une manière générale, je veux dire.

— Je fais du vélo. Je lis.

— Tu lis ? Tu n'as pourtant jamais été un grand lecteur.

— Maintenant, si.

— Toutes ces années passées à te harceler…

— C'était peut-être ça, le problème. Ton harcèlement.

— Hmm. Oui, c'était ma faute, bien sûr. Au moins, tu sors un peu. Tu vois des amis ?

Je viens juste de rencontrer une fille super. Aurais-je jamais pu dire une chose pareille ? J'avais entendu parler de gens capables de se confier sans détour à leurs parents au cours de conversations qui n'étaient pas qu'un long feu roulant de répliques sarcastiques et moralisatrices. Mais franchement, qui étaient ces phénomènes de foire ? Et de toute façon, même si j'avais trouvé les mots, il m'aurait été impossible de parler à ma mère ce jour-là, car la voix forte et faussement enjouée de mon père a soudain retenti à l'extérieur.

— Salut, Billie ! Qu'est-ce que tu fais ici ?

Ma mère s'est retournée vers les placards en s'armant de courage.

— Ne vous disputez pas, ai-je murmuré.

Mais mon père s'était déjà appuyé contre l'encadrement de la porte avec un air bravache pas tout à fait convaincant.

— Tiens, tu es encore là, toi ?

— Non, Brian, je suis partie il y a un quart d'heure.

— Et moi je ne suis rentré que parce que je pensais que tu avais filé.

— Tu n'as pas vu ma voiture devant la maison ? Elle n'est pas très grosse, mais je m'attendais quand même à ce que tu la remarques.

— Qu'est-ce que tu embarques cette fois ?

— En fait, *j'apporte* des affaires. De la nourriture, des choses qui ne sont pas servies dans des barquettes en aluminium. Mais je peux repartir avec si tu veux.

— Fais donc, je t'en prie.

— C'est surtout pour Charlie.

— Charlie va très bien. Et moi aussi, merci.

Sans quitter le placard des yeux, elle a brandi un pot entamé de confiture de framboises d'où s'échappaient des touffes de moisissures blanches et l'a jeté avec fracas dans l'évier.

Sachant déjà comment cela allait se terminer – le ton allait monter, monter, jusqu'à ce qu'une porte claque et mette fin à la scène –, je les ai laissés là et me suis dirigé vers la voiture de ma mère. Une main pressée sur sa bouche, Billie était toujours plongée dans son livre.

Il faisait très chaud, mais elle n'avait pas baissé sa vitre et j'ai dû la tapoter à deux reprises pour attirer son attention. Ce simple geste m'a plus attristé que toute autre chose ce jour-là. Étions-nous proches, elle et moi ? Quand on vivait encore ensemble, on s'asticotait et on se provoquait, comme tous les frères et sœurs, mais durant la période noire où nos parents avaient changé sous nos yeux, nos chamailleries s'étaient effacées au profit d'une solidarité lasse, et on discutait à mi-voix le soir sur nos lits superposés en nous faisant l'effet de troufions placés sous les ordres d'officiers ivres et incompétents. À présent, cette alliance était rompue, et même la conversation la plus stupide nous semblait lourde de sous-entendus. Apprendre qu'elle était heureuse dans sa nouvelle maison serait une trahison. Apprendre qu'elle ne l'était pas, une raison de plus d'être en colère.

Billie a attendu que sa vitre soit entièrement descendue.

— Ça va ?

— Yep.

— Ils se disputent ?

— Ça démarre tout juste, ai-je dit en regardant ma montre comme si cet événement avait été programmé.

— Ça se passe comment, pour toi ?

— Toujours pareil. Et pour toi ?

— C'est bizarre.

— Comment vont « les jumelles » ?

Donner à Billie le rôle de Cendrillon était la seule petite source d'amusement que nous ayons réussi à trouver dans sa nouvelle vie.

— Les jumelles ? Elles sont très *sportives*. Tu ne peux pas ouvrir un placard dans leur baraque sans te prendre des ballons de foot, des crosses de hockey et des filets de badminton sur la tronche. Elles veulent toujours *m'associer* à leurs activités. Je te jure, on croirait que je suis une pauvre orpheline toute chétive. Elles en font des tonnes pour que je me sente chez moi dans leur maison et qu'on devienne *copines* en jouant au lacrosse. Ça n'arrête pas : « Billie, viens faire une partie de *lacrosse* avec nous ! » Et moi je leur réponds : « On n'est pas à *l'école*, ici ! Je ne pratique aucun sport qui ne figure pas dans mon emploi du temps. » Chaque fois que je lève la tête, elles sont en *brassière*, en train de s'échauffer ou de récupérer ou de faire je ne sais quoi. Leur père est pareil, il faut sans cesse qu'il me lance un truc quelconque. « Billie ! Attrape ! – Non, *passe-le-moi simplement*. » Et quand il ne lance pas des trucs à tout bout de champ, il s'assoit avec les autres devant la télé pour regarder des matchs de cricket pendant des heures et des heures.

— Quoi, maman aussi ?

— Ouais. Sauf que, elle, elle a les yeux dans le vague au bout de trois minutes. Elle appelle ça faire un effort, moi je dis que c'est de la *collaboration*. Elle a même joué au *golf*. Si c'est pas le signe qu'elle a basculé du côté obscur, ça. « Tant qu'on sera invitées ici, il est important *qu'on fasse un effort*. » Putain, non mais, sérieux, quoi – jouer au golf !

Les jurons étaient quelque chose de nouveau et d'encore timidement proféré chez Billie. J'ai trouvé ça aussi embarrassant qu'un bébé qui ferait semblant de fumer. Gênés tous les deux, nous avons détourné les yeux vers la maison.

— Tu veux entrer ?

— Nan, laissons-les. Papa est toujours aussi maboul ?

J'ai ouvert la portière et me suis glissé furtivement sur la banquette arrière, comme un indic.

— Il va bien la plupart du temps, jusqu'à ce qu'il pète un câble et qu'il se remette à veiller tard le soir et à boire – ce qu'il n'est pas censé faire avec ses médocs. Il y a des jours où je ne le vois pas du tout.

Nous avons entendu la voix furieuse de maman à l'intérieur de la maison et le fracas des portes des placards.

— Je déteste vivre ici. Bon, je détestais déjà ça avant, mais là, c'est encore pire.

Billie m'a tapoté la main.

— Sois fort, mon frère, a-t-elle dit d'un ton grave digne de *La Guerre des étoiles*.

Nous avons ri, et je me suis risqué pour la première fois à un aveu.

— Tu me manques.

— Oh, je t'en priiiiie, a-t-elle répliqué, avant d'ajouter : Toi aussi.

Ma mère est soudain sortie de la maison en claquant la porte derrière elle. Mon père l'a aussitôt rouverte afin de pouvoir la claquer à son tour un peu plus tard, mais, en attendant, il est resté planté sur le seuil, bras croisés, comme le propriétaire d'un ranch déterminé à protéger ses terres. J'ai bondi hors de la voiture et claqué la portière moi aussi – arriverions-nous un jour à refermer quoi que ce soit en douceur ? L'instant d'après, ma mère passait en mode pilote de F1, et c'est en faisant crisser ses pneus et hurler son moteur qu'elle a reculé, puis s'est éloignée.

J'ai jeté un coup d'œil à Billie. Le menton pointé en avant, elle tournait son index contre sa tempe. J'ai levé la main et suis rentré rejoindre mon équipe.

La balle aux prénoms

Pour la première fois depuis des semaines, j'ai réglé l'alarme de mon réveil.

Mais le sommeil m'a fui cette nuit-là *(forme du nez, teinte de bleu, grande courbe, constellation précise)* et durant ces heures agitées, j'ai élaboré un plan. Je me pointerais à 9 h 30 et je participerais à leurs foutues activités, quelles qu'elles soient. Après ça, je profiterais de la pause, ou au pire du déjeuner, pour aborder nonchalamment Fran et lui demander son numéro, et dès que je l'aurais, je m'enfuirais comme Indiana Jones devant la grosse boule rocheuse.

J'ai répété ce que je pourrais lui dire – *C'était sympa de discuter avec toi hier. Comment va ta cheville ? Écoute, hé, est-ce que par hasard…* Je crois que j'ai même marmonné à voix haute – *Si on allait prendre un café ?* – en essayant de me débarrasser d'une inflexion traînante trop américaine. *Un café, ça te dit ? Partante pour un café ? Un café ? Tu veux aller boire un café ?* Bon, puisque le mot « café » me plongeait dans une telle angoisse existentielle, peut-être ferais-je mieux de lui proposer un thé, mais « On va prendre un thé ? » était le genre de chose que disaient les vieilles dames coiffées d'une charlotte. Le thé était insipide et platonique, tandis que le café était une boisson plus ténébreuse, plus enivrante. Le Cottage Loaf en servait, justement, et j'ai imaginé Fran m'écouter lui raconter une anecdote en jouant avec un morceau de sucre, le menton posé sur une main, puis rejeter la tête en arrière dans un grand éclat de rire pendant que j'appuierais sur le piston de notre cafetière comme sur un détonateur. *Hé, si on allait ailleurs prendre un verre ?*

Mais où irions-nous ? Certainement pas chez nous – pas tant qu'il y aurait des lits superposés dans ma chambre et un dépressif sur le canapé. Et Fran Fisher n'était pas de celles qu'on emmenait faire de la balançoire dans le parc à Merdes, avec ou sans cidre. Était-ce inconvenant de lui proposer du cidre, d'ailleurs ? Une bière d'importation valait peut-être mieux. Un truc chic, pas une canette. Devais-je verser un peu de vodka dans une Thermos ? Thé ou café, bière ou vodka, bouteille ou canette ? Il était déjà 6 heures lorsque je me suis endormi. Arraché à mon sommeil deux heures plus tard, je me suis douché en priant pour que l'eau tombe sans bruit, histoire de ne pas réveiller mon père. Je me suis ensuite rasé avec une précision de chirurgien et j'ai terminé en vaporisant sur moi presque un spray entier de déodorant Lynx, celui au parfum « Aztec » (« C'est donc ça qui a rayé cette civilisation de la carte », avait dit mon père en reniflant l'air). J'en ai déposé sur chacune de mes aisselles une couche aussi épaisse que le glaçage d'un gâteau de mariage. Elle s'est littéralement craquelée quand j'ai baissé les bras.

Coinçant mes pieds sous le bord de mon lit, comme un prisonnier dans sa cellule, j'ai décidé de faire une série de cinquante abdos dans l'espoir d'un résultat instantané, tout ça pour caler au bout de vingt. Puis je suis descendu au rez-de-chaussée avaler deux tranches de pain grillé et rédiger un court message pour informer mon père que je serais parti toute la journée – qu'aurais-je pu dire d'autre ? Enfin, j'ai enfourché mon vélo et suivi le même trajet que la veille : Thackeray Crescent, Forster et Kipling Road, Woolf, Gaskell, Brontë, Thomas Hardy Avenue, la rocade et enfin le pont et son fracas assourdissant à cette heure de pointe. Plus loin, un panneau blanc marquait la limite de la ville en rappelant sa devise,

« Une bonne cité » (en latin, *Bonum Oppidum*), soit l'affirmation la plus élogieuse que l'on puisse raisonnablement énoncer à son sujet.

J'ai roulé sur des routes silencieuses, longé les serres et les champs de blé mais, à partir de là, j'ai été moins certain de la direction à prendre. J'ai bifurqué trop tôt, ce qui m'a obligé à revenir en arrière. Je venais de m'arrêter en face d'un abribus quand j'ai remarqué un chemin ombragé par des branches basses juste à côté. J'ai traversé la chaussée pour entamer l'ascension de la colline.

Il faisait déjà très chaud et le soleil perçait à travers le feuillage des arbres. Soufflant et haletant, j'ai fini par repérer le sentier que j'avais emprunté la veille, mais, parce que j'avais envie de faire une entrée plus officielle, j'ai continué à monter jusqu'à ce que j'aperçoive une petite loge de style Tudor. Derrière les deux battants d'un portail, une allée s'enfonçait en s'incurvant dans le bois qui masquait la maison. « Fawley Manor », était-il écrit sur une plaque. Je me suis dressé sur mes pédales, mais le gravier faisait glisser mes roues et j'ai préféré descendre de vélo. Au bout d'un moment, l'allée s'est élargie et j'ai débouché sur une pelouse bordée de vieux ifs.

C'était un manoir typique des comtés riches et conservateurs qui entouraient Londres, un *medley* des plus grands tubes architecturaux de ce dernier millénaire – colonnes et portiques, fenêtres à double vitrage et croisillons, crépi moucheté comme dans les années 1930, colombages purement décoratifs d'inspiration Tudor et parabole au milieu du lierre. Si j'avais été plus cultivé, cela m'aurait peut-être moins intimidé, mais je n'ai vu que la taille de cette maison, son isolement et son ancienneté apparente. Jamais je n'avais autant eu l'impression d'être un intrus, et j'étais certain que le crissement du gravier sous mes pas allait alerter des chiens de garde. En cherchant un endroit où laisser mon vélo, j'ai également repéré un bassin ornemental, des maillets de croquet abandonnés et un pigeonnier. Un seul détail jurait avec la splendeur des lieux : un van Transit en piteux état sur lequel deux masques hilares avaient été peints au-dessus d'un ruban tout en arabesques et de l'inscription « Collectif de théâtre Full Fathom Five ». À ce moment-là, une silhouette a jailli de l'arrière en traînant deux gros sacs en filet. Je me suis figé, mais Ivor m'a vu et s'est tout de suite précipité vers moi, un sac sur chaque épaule.

— Helloooo ! Mais c'est notre mystérieux inconnu d'hier ! Je le savais, je savais que quelque chose te *pousserait* à revenir. Laisse ton vélo là, il ne craint rien, et aide-moi à porter ça, tu veux ?

Le sac qu'il me tendait était rempli de ballons de foot en mousse, de balles à grains, de massues de jongleur et, plus alarmant, de chapeaux assortis.

— Je déteste passer pour un rustre, mais j'ai oublié ton nom.

— Charlie.

— Ah, je me disais que c'était un truc de ce genre. Charlie ou Charles ? Pas Chuck, hein ? Non, tu n'as pas une tête à t'appeler Chuck.

— Charlie.

— OK, Charlie, allons-y, a dit Ivor en me montrant le chemin. Tu as déjà fait beaucoup de théâtre ?

— Non, c'est... Je suis... C'est nouveau pour moi. Je veux juste faire un essai.

— De la chair fraîche ! Tu vas *adorer* ça, je suis prêt à le parier. Viens, joins-toi à nous !

Nous nous sommes dirigés vers un endroit d'où émanait un drôle de bruit, un claquement lent et rythmé qui résonnait par-delà la cour et jusque sur la vaste pelouse encadrée par deux corps de bâtiment – les ailes est et ouest du manoir, ai-je supposé.

— Et voici la Grande Pelouse, où nous nous employons à donner naissance à notre belle Vérone. C'est dur à croire, je sais, mais attends un peu et tu verras. Ah, ils sont là !

La troupe s'était assise en cercle par terre. Jambes croisées, chacun tapait sur ses cuisses et dans ses mains sur un rythme à quatre temps qui s'est interrompu à mon approche. J'ai tout de suite remarqué l'air contrarié de Lucy Tran qui murmurait quelque chose à Colin Smart, la cheville ouvrière de la fumeuse Société dramatique de Merton Grange, pour l'heure bouche bée de surprise. Puis la manière dont Helen Beavis a secoué la tête avec amusement. Et pour finir le profil de Frances Fisher, qui riait avec un garçon et qui s'est interrompue pour me décocher un sourire rayonnant de joie.

— Tu es là ! a-t-elle articulé en silence – à moins qu'elle n'ait simplement dit « Hourrah ! ».

Mais je l'ai ignorée. Telle serait ma stratégie : la jouer distant, blasé, comme un type pris d'une envie de s'essayer à l'improvisation théâtrale, rien de plus.

— OK, taisez-vous maintenant ! Taisez-vous ! Je veux voir tous les yeux tournés vers moi ! Tous ! Vers moi, j'ai dit !

Les doigts en V, Ivor a pointé ses propres yeux.

— Très bien, je suis ravi de vous annoncer une addition tardive à notre compagnie. Dites bonjour à Charlie, Charlie…

— Lewis.

— Bonjour, Charlie Lewis ! ont-ils tous répondu en chœur.

Tête baissée, je leur ai adressé un petit signe de la main et me suis fait une place dans le cercle.

— Nous ne savons pas encore quel rôle il interprétera, nous y réfléchirons plus tard. Pour le moment, nous allons faire quelques exercices, d'accord ? D'accord ?

— D'accord !

— Et cet après-midi, Alina nous parlera du mouvement.

Alina a appuyé ses mains sur ses genoux et écarté les coudes à l'équerre.

— On discutera de la manière dont on se tient et dont on se comporte à la fois indépendamment les uns des autres, et les uns par rapport aux autres. On s'intéressera aussi à la manière dont on respire, à celle dont on évolue dans ce monde en étant présents et vivants, à nos réactions naturelles et spontanées. Parce qu'on ne s'exprime pas qu'avec des mots, n'est-ce pas ? On peut dire des choses sans ouvrir la bouche. On communique avec nos corps, nos visages, et même quand on ne bouge pas…

Elle s'est immobilisée et a conclu en murmurant :

— … On. Bouge. Encore.

En temps normal, j'aurais trouvé quelqu'un avec qui ricaner, mais je n'ai vu que des mines très sérieuses et fascinées autour de moi. Seule Lucy Tran a croisé mon regard et m'a fixé avec une force qui clamait sa colère muette. *Tu n'as rien à faire ici*, semblait-elle dire. *Tu as traversé nos lignes dans un uniforme volé, mais tu seras démasqué*. En courant vite, j'aurais pu récupérer mon vélo et déguerpir en trente secondes, peut-être vingt, mais j'ai surpris le coup d'œil que me lançait Fran. Elle souriait. L'espace d'un instant, j'ai même eu l'impression qu'elle faisait exprès de loucher. Ça m'a fait rire, et avant que je comprenne ce qui m'arrivait, j'étais debout avec les autres, occupé comme eux à évacuer la tension dans mes mains en les secouant – « Allez, allez, allez, on évacue ! » Après ça, les balles de jonglage ont volé dans tous les sens.

On a joué à la balle aux prénoms et au perroquet. À « Suis ton nez », à la seiche et au saladier. À « Jacques a dit », à « L'un promène l'autre », à zip, zap, au gardien des clés, à la chaîne vocale, à l'attaque de panique, à « Ceci n'est pas mon chapeau » et à « Bonjour, petit chiot ». Pendant que tout le monde riait, plaisantait et se démenait, je me suis composé un air détaché et désabusé, comme un grand frère lors d'une fête d'anniversaire. Tout ce que je voulais, c'était un numéro de téléphone. J'avais même un stylo dans ma poche qui se rappelait de temps en temps à mon souvenir en me rentrant dans l'entre-jambe. Un numéro de téléphone, et je n'embêterais plus ces gens.

Mais il est difficile de rester détaché durant une partie de « Ni oui, ni non ». Après avoir encore agité les mains – « Allez, allez, allez ! » –, on s'est mis deux par deux en faisant semblant d'être des miroirs. J'ai aperçu Fran, paumes contre paumes avec Colin Smart. Mon miroir à moi était un homme de forte carrure, au nez rouge et aux joues roses, comme le type jovial représenté grandeur nature sur le support publicitaire devant notre boucherie locale.

— Salut, moi c'est Keith. Tu fais le miroir.

Et il a remonté son pantalon de jogging en le secouant pour caler ce qu'il y avait à l'intérieur.

— Je joue Frère Laurent, a-t-il chuchoté avant d'appuyer un doigt, puis un autre, sur son nez.

Je l'ai imité.

— À cause de ça, probablement, a-t-il ajouté en posant une main sur son crâne tout chauve à l'exception d'une bande de cheveux qui encerclait la tonsure d'un moine de cinéma.

Là encore, j'ai copié son geste.

— J'ai été recruté parmi la troupe d'acteurs de Lakeside. Tu as déjà vu une de nos productions ? *Un violon sur le toit* ? *Témoin à charge* ?

Dans le même temps, il a laissé pendre sa mâchoire et tapoté ses joues.

— Je suis un peu perplexe devant tous ces tripatouillages. À Lakeside, on aurait terminé de préparer les trois premiers actes. Enfin bon, il faut bien suivre le mouvement.

Nos nez se touchaient à présent, et j'ai senti son haleine imprégnée de café.

— Gardons l'esprit ouvert, hein ?

— Ne parlez pas, s'il vous plaît ! Votre miroir devra répéter tout ce que vous dites, sinon.

Keith s'est donné des claques, a tiré sur ses oreilles et enfoncé ses doigts dans son nez. *Pourquoi ne peut-il pas rester tranquille ?* me suis-je demandé. *Et si jamais elle me voit ?*

— Très bien, changez de partenaire, s'il vous plaît !

Mais elle ne m'a pas vu, elle n'a même pas jeté un regard dans ma direction, et j'ai été embarqué dans l'exercice suivant, qui m'a contraint à partager un nouveau moment d'intimité forcée – cette fois avec un certain Alex, un garçon noir, grand et maigre, dont la sophistication désabusée et la maturité suggéraient qu'il était un peu plus âgé que nous. Le jeu consistait à endosser les rôles d'un sculpteur et de son modèle.

— À mon avis, Charlie, a-t-il dit en m'examinant de la tête aux pieds, il est préférable que je te fasse poser.

— D'accord.

— Laisse-toi aller.

— Désolé.

— Tu continues à me résister. Il faut que tu te plies et que tu ne bouges plus.

— Je fais de mon mieux !

— Tu te crispes.

— Pas volontairement. J'essaie de ne pas…

— Mon Dieu, cette tension…

— Désolé.

— … Tu es tout noué, a-t-il dit en pressant ses pouces à la base de mon cou.

— Aïe !

— Je te rends nerveux ?

— Non.

— Alors détends-toi !

— Je n'ai pas souvent fait ce genre de chose.

— Non, ça je m'en doute, a-t-il répliqué en pinçant mes mollets.

— Je pourrais peut-être imiter un de ces mannequins qui sont juste… allongés par terre ?

— Quel plaisir aurait-on à faire ça ? Et puis c'est moi le sculpteur. Détends-toi. Fais ce que je te dis.

— Très bien, a lancé Ivor en tapant dans ses mains. Les sculpteurs, montrez-nous vos œuvres ! On va commencer par Alex et Charlie.

Tout le monde s'est rassemblé autour de nous. J'étais Éros – un Éros qui vacillait sur une jambe et brandissait un arc et une flèche, mais qui voyait surtout Fran et Helen Beavis, le menton dans une main, jauger le résultat en hochant la tête…

— Dix minutes de pause ! Dix minutes !

Toute la troupe s'est réunie autour de la fontaine à thé en riant et en plaisantant. Dans ma version rêvée de cette journée, je me serais peut-être avancé pour chercher à m'intégrer, mais la confiance en soi n'est pas quelque chose qu'on peut activer en appuyant sur un interrupteur, et la distance à parcourir m'a semblé trop semée d'embûches et trop grande. Peut-être serais-je admis au sein du groupe, mais je pourrais tout aussi bien ricocher contre lui et partir en tournoyant dans l'espace intergalactique. Il valait mieux rester là où j'étais, les yeux rivés sur mon gobelet rempli d'eau.

L'immobilité non plus n'était pas sans danger cependant, et j'ai bientôt déambulé à la lisière de la cour avec mon verre en étudiant l'architecture comme un touriste visitant une cathédrale. Du coin de l'œil, j'ai vu quelqu'un se détacher du groupe et s'approcher de moi à grands pas. C'était la dame âgée qui m'avait fixé sévèrement la veille. Après m'avoir rejoint, elle a posé une main sur mon bras en me décochant un sourire inquiétant. Elle avait des dents blanches parfaitement alignées qui paraissaient plus jeunes que sa bouche, de grands yeux vifs et des rides pareilles aux craquelures d'une peinture à l'huile – sans doute la conséquence désastreuse de séances de bronzage prolongées et de sorties en mer sur un yacht.

— Bonjour, bel inconnu, a-t-elle murmuré d'une voix basse et rauque de fumeuse.

Elle devait avoir soixante-dix ans. Toute petite, les cheveux blancs coupés court et ramenés en avant, elle portait un justaucorps à manches longues sous une sorte de robe aérienne en mousseline blanche qui la faisait ressembler à un professeur de yoga fantomatique.

— À la pause du matin, c'est chacun pour soi, j'en ai bien peur. Il faut être rapide si tu veux attraper un biscuit.

— Ça va, merci.

— Tu as l'air tout morose, seul dans ton coin. Tu me fais penser à un personnage de Tchekhov. Je suis certaine que c'est voulu, mais tu ne préférerais pas te joindre à nous ?

— Non, je regardais…

J'ai vaguement agité la main vers une fenêtre.

— La maison. Oui, on dirait un monstre créé par le Dr Frankenstein, hein ? L'essentiel date de la période jacobéenne, mais il y a tous ces autres éléments qui ont juste été… plaqués par-dessus.

— Je l'avais déjà remarquée depuis la ville. J'ai toujours cru qu'il s'agissait d'un hôpital psychiatrique ou d'un établissement de ce genre.

— D'une certaine façon, c'est le cas, a-t-elle dit en riant. J'habite ici.

— Oh, je suis désolé.

— Ce n'est rien, tu ne pouvais pas savoir. Je m'appelle Polly, et c'est mon mari que tu aperçois là-bas, Bernard…

Elle m'a montré un homme de grande taille au maintien tout militaire qui versait de l'eau dans la fontaine à thé avec un seau en plastique.

— Tu veux que je te fasse faire le tour du propriétaire ?

Personne n'ayant jamais refusé un tour du propriétaire, elle a passé son bras sous le mien en enchaînant :

— Nous avons vécu toute notre vie ici, même si nous ne sommes plus que deux aujourd'hui. Une fois nos enfants partis, on a trouvé la maison bien *grande*, et c'est pour ça qu'il est *si* agréable d'accueillir tous ces jeunes gens. Ivor est notre neveu. C'est la deuxième année qu'il vient. On a joué *Le Songe d'une nuit d'été* l'année dernière. Tu l'as vu ? Quand on a appris qu'il montait sa propre compagnie, on s'est dit : pourquoi pas ! À une seule condition, lui ai-je expliqué. J'exige un rôle ! Tu comprends, j'ai fait du théâtre pendant ma jeunesse. Ivor est devenu tout pâle. Il a dû avoir peur que je veuille interpréter Titania, la reine des fées, mais non, j'ai eu le rôle d'Hippolyte – barbant au possible, soit dit en passant. Cette année, je suis la nourrice. J'étais *née* pour ça. J'ai décidé de lui donner l'accent populaire de l'est londonien. « Un peu plus ou pas un peu plus, la veille au soir d'ce grand jour d'la Saint-Pierre, elle va avoir quatorze ans. » J'ai bien pensé à celui de Glasgow, mais il est horriblement difficile à reproduire – même pour certains habitants de la ville – alors, pour le moment au moins, je le joue com'ça. Bien sûr, Ivor et Alina ont des projets très ésotériques pour la pièce. Des « concepts » – c'est bien le mot ? Je suis sûre qu'ils vont la situer au fin fond de l'espace ou dans un dépôt de bus vénézuélien ou que sais-je encore, et je crains qu'il n'y ait un peu trop de *mouvement*. Pas des déplacements normaux, mais des trucs bizarres. Je me méfie surtout des pantomimes. À quoi bon singer une cruche quand on a un placard rempli de vaisselle ? Tout ce que j'espère, c'est qu'ils ne feront pas de coupes dans le texte. Après tout, que représente Shakespeare si ce n'est *le langage* dans toute sa splendeur ?

J'ai acquiescé. Elle était selon ses propres termes « une fana de Shakespeare ». À part suggérer qu'il était le premier rappeur de tous les temps, je n'avais pas grand-chose à ajouter, mais, heureusement pour moi, Polly s'est à peine arrêtée de parler pour reprendre son souffle pendant qu'on faisait le tour de l'orangerie, de la roseraie, du jardin de rocaille et d'un machin appelé « la grotte », une sorte de château creux en béton, grand comme une voiture familiale et tapissé par endroits de coquillages. De sa voix basse et éraillée, elle m'a interrogé – « Y a-t-il un rôle que tu rêves d'interpréter dans le répertoire shakespearien ? Où es-tu allé à l'école ? » Aucune de mes réponses ne plaidait en ma faveur, mais j'ai remarqué que ma propre voix était devenue celle d'un gentil garçon poli qui s'exprimait correctement, et je n'ai trahi aucune irritation à mesure que mes chances d'obtenir le numéro de téléphone tant convoité s'envolaient. Le temps qu'on termine la visite, Fran était en pleine conversation avec un apollon aux cheveux en bataille qui avait posé une main sur son épaule et approché sa tête de la sienne...

— Roméo et Juliette, a soupiré Polly. Ne sont-ils pas beaux, tous les deux ? Crois-tu qu'ils vont tomber fous amoureux dans la vraie vie ? Il me semble que c'est la tradition, au moins jusqu'à la fin des représentations. Pour se conformer à la méthode de l'Actors Studio et tout et tout.

— OK, au travail ! a crié Ivor en se mettant à jongler.

Cette fois, il a fallu jouer avec des balles, des bâtons en bambou, des bandeaux, des mouchoirs et des chapeaux. Face contre terre, nous avons feint d'escalader une falaise, puis nous nous sommes ratatinés sur nous-mêmes en prétendant être des feuilles séchées sur un feu de joie, nous avons grimpé chacun sur le dos mouillé de sueur de quelqu'un, nous avons modelé le visage de nos partenaires comme de l'argile avec nos doigts sales, et durant tout ce temps j'ai cherché désespérément un moyen de faire ces choses sans les faire. Puis ç'a été le tour des jeux de langage, qui consistaient à élaborer des histoires un mot après l'autre.

Il...

Était...

Une…
Fois…
Un…
Océan…
Sur…
Lequel…
Tanguaient…
Douze…
Kumquats !

Et c'était exaspérant, la manière dont chaque fois qu'on pensait tenir une phrase sensée et cohérente, quelqu'un lançait un mot absurde qui rendait la chute complètement stupide…

Je…
Chatouille…
Quiconque…
Dégage…
Une…
Odeur…
Soporifique…
De…
Wombat !

Et tous partaient dans des fous rires hystériques. Artichaut – téléphone – shampooing – dromadaire – échelle – poubelle ! Bon sang, ils adoraient ça, et cela confirmait ce que je soupçonnais depuis longtemps : au sein d'un environnement théâtral, les gens riaient vraiment aux blagues les plus pourries.

— OK, tout le monde, secouez vos mains maintenant. Allez, allez, allez ! C'est l'heure de déjeuner.

Cette fois, je n'échouerais pas. J'ai programmé mon approche avec soin, une main sur le stylo dans ma poche. Fran se tenait toute seule devant la table, mais…

— Charles Lewis, qu'est-ce que tu *fabriques* ici ? m'a soudain demandé Helen Beavis en m'attrapant par le coude. Je le sais très bien, en fait. Tu es si prévisible.

— Je ne vois pas de quoi tu parles.
— Tu tournes autour de cette gentille fille.
— Ça n'a aucun rapport avec elle, Helen.
— Ha ! Mais bien sûr. Tu voudrais me faire croire que c'est ta passion pour l'improvisation théâtrale qui t'a attiré ici.
— Et qu'est-ce que *toi*, tu fabriques ici ?
— Je réalise les décors ! C'est moi la cheffe décoratrice. J'ai déjà bossé pour la troupe l'année dernière et c'était sympa. Je n'en ai pas honte, ça m'intéresse et je développe mes compétences. Mais, contrairement à toi, Lewis, je ne fais pas perdre leur temps aux autres.
— Peut-être que tu te trompes à mon sujet.
— Je ne me trompe jamais sur les gens.
— Pourquoi est-ce que ça ne pourrait pas m'intéresser, moi aussi ?
— Shakespeare ? Ha !
— Et pourquoi pas ? C'est mieux que de glander chez moi toute la journée. Attendons... Attendons de voir comment ça se passe.
— Très bien, a-t-elle dit en posant ses deux mains sur mes épaules. Mais si tu veux le faire, Lewis, il faut le faire bien. Arrête de ricaner dans ton coin. Tu n'es pas avec tes copains ici. Tu dois *t'impliquer* !

Roméo

Fran avait disparu quelque part entre la cour et la Grande Pelouse. À moins de me cacher dans les bois, je n'avais pas d'autre possibilité que de me joindre aux membres de la troupe qui se prélassaient au soleil pendant que Roméo dissertait sur les exigences du rôle éponyme de la pièce, sa belle tête appuyée sur son bras. Le rôle éponyme, faisait-il observer, n'était pas forcément le *meilleur*, pourtant c'était toujours celui dont il héritait, et telle était sa malédiction, jouer sans cesse le rôle éponyme, et il utilisait ce mot si souvent et avec une telle emphase que je me suis demandé s'il existait un personnage du nom d'Éponyme. *Gare ! Voici venir le duc Éponyme…*

— C'est vrai, quoi, regardez *Othello* ! disait-il.

Alex, le jeune Noir maigrelet qui m'avait sculpté, a éclaté de rire.

— *J'adorerais* voir ton Othello.

— Hé, c'est un grand rôle. En tant qu'acteur blanc, je refuserais de le jouer…

— Trop aimable…

— … d'autant que Iago est plus intéressant à mon avis. Et ça vaut aussi pour *Roméo et Juliette*. Le nom de mon personnage figure dans le titre, mais je me demande si je ne suis pas plus naturellement proche d'un Mercutio.

Alex a de nouveau ri.

— Oh, tu veux parler de *mon* rôle ? Celui qu'on m'a attribué ?

— Je suis sûr que tu seras formidable, mon vieux, mais le rôle éponyme suscite toujours tellement d'attentes. On pourrait croire que tout repose sur *moi.*

Je l'ai regardé avec rancœur. Sans doute était-il beau – il avait le genre de physique avantageux et costaud à la mode autrefois dans les films de série B, et je l'imaginais bien se battre contre un dinosaure filmé en stop motion. « Il est beau et il le sait », aurait dit ma mère. Comme s'il m'avait entendu, il s'est tourné vers moi et m'a pointé du doigt au lieu de m'appeler par mon prénom.

— Quel est le meilleur rôle, Roméo ou Mercutio ?

Je voulais hausser les épaules, mais je n'ai eu qu'un petit spasme nerveux.

— Tu joues qui ?

— Moi ? Je ne sais pas encore.

— Tu sors de quelle école ?

— Merton Grange.

Roméo a hoché la tête. Je venais apparemment de répondre à sa question précédente.

— La même école que nous, a précisé Colin Smart, qui n'avait cessé de le fixer durant toute cette conversation, les bras enroulés autour des genoux.

— C'est une première pour Charlie, a craché Lucy Tran. Il n'était guère célèbre pour son *jeu d'acteur* à Merton Grange.

— Moi, c'est Miles, s'est présenté Roméo. Je viens d'Hadley Heath, comme notre cher George.

Il me désignait un garçon assis un peu à l'écart qui mangeait une banane tout en lisant un vieil exemplaire d'une édition de poche de *Madame Bovary* dans l'ombre bienfaisante d'un mur.

— Mmm ? a marmonné le dénommé George en nous jetant un coup d'œil derrière ses lunettes de style aviateur aux verres aussi épais que les vitres d'un aquarium.

Vêtu de ce qui ressemblait à une chemise d'école blanche sous un pull inutile, il avait des cheveux d'un brun luisant, comme une perruque des Beatles, et la peau enflammée de son visage avait viré au rouge framboise autour de sa bouche et de son nez.

— George fait partie de ma bande, pas vrai, Georgie ? a aboyé Miles.

Le garçon boutonneux a secoué la tête.

— Non, Miles, je ne fais pas partie de ta bande, espèce de demeuré, a-t-il répliqué avant de se replonger dans son roman.

Miles a éclaté d'un rire franc, puis s'est brusquement jeté sur lui et l'a plaqué au sol en écrasant sa banane. Située à huit kilomètres de la ville dans une enceinte entourée de hauts murs, Hadley Heath faisait partie de ces écoles privées qualifiées de « petites ». Non sans raison, ses élèves avaient tendance à éviter le centre-ville, et il était aussi inouï pour nous d'observer leur comportement de près que de contempler une panthère des neiges. Nous sommes restés assis, spectateurs gênés et silencieux de la scène, jusqu'à ce que…

— Hé, Miles, s'est interposé Alex. Miles, ça suffit maintenant, tu ne crois pas ?

Miles s'est écarté de George en s'essuyant la main dans l'herbe.

— On a un très bon département d'art dramatique à Hadley Heath.

— Pourquoi faut-il que tu sois un tel connard, Parish ? a marmonné George.

— On a un super-studio très polyvalent, on se produit souvent sur une scène au milieu du public. On est pratiquement sur les genoux des gens. J'ai interprété Arturo Ui dans *La Résistible Ascension d'Arturo Ui*, Cyrano dans *Cyrano*…

— Et le journal des étudiants a titré en première page : « Jambon Cyrano ».

— Tu me cherches, George ! On a aussi monté *Meurtre dans la cathédrale*…

— Où Miles incarnait la cathédrale…

— En fait, j'étais Thomas Becket, et ça représentait un sacré marathon. Bon, d'accord, ça ne vaut pas le rôle du Danois, celui que j'ai le plus envie de jouer, mais ce n'est pas rien quand même.

— De quel Danois tu parles, Parish ? a lancé George en retirant les morceaux de banane accrochés à ses cheveux. Le Danois *éponyme* ?

— Ne m'oblige pas à venir te coller une deuxième raclée, sale petite ordure.

— Tu sais que tu n'as pas que le mot « éponyme » à ta disposition, tu peux aussi dire le rôle-titre. Comme dans : « Je jouais le rôle-titre… »

— Je veux juste montrer que c'est une putain de responsabilité de porter le spectacle sur ses épaules !

— Sauf qu'il y a cet autre personnage du nom de Juliette, lui a rappelé Alex. Elle est très importante, elle aussi.

— Mouais, a concédé Miles d'un air sceptique.

— Quel est ton monologue préféré de Shakespeare, Miles ? a demandé Lucy avec révérence – ce qui a consterné Helen et Alex.

— Tu veux que je t'avoue un truc marrant ? a répondu Miles en se frottant le menton – oui, il s'est *vraiment* frotté le menton. Tu ne trouveras aucune de mes citations favorites de Shakespeare dans une pièce. Tout simplement parce que – attention à la chute – elles figurent dans un sonnet.

— Au secours, a murmuré Helen.

— Lucy, a râlé George, est-ce que tu as la moindre *idée* du monstre que tu viens de libérer ?

— « Les yeux de ma maîtresse au soleil ne ressemblent… », a déclamé Miles en levant la tête vers le ciel.

Je me suis étendu sur le gazon, les lèvres scellées par le silence et l'ignorance. Si cette entreprise créative était censée nous rendre plus libres et plus sûrs de nous, pourquoi me sentais-je plus oppressé et mal à l'aise que jamais ? Alina avait parlé d'apprendre à se déplacer dans ce monde, à réagir naturellement face aux autres, et cela avait tout de suite éveillé mon intérêt. Pour un garçon incapable de traverser un espace bondé, de partager un canapé avec l'un de ses parents ou de rester à côté d'une fille qu'il appréciait sans perdre l'usage de la parole, un tel talent présentait un avantage certain. Mais je ne le développerais pas en modelant le visage d'un inconnu, en prétendant que mes os disparaissaient un par un ou en écoutant des vers de Shakespeare s'échapper de la bouche d'un connard prétentieux. Je voulais juste savoir quoi faire de mes mains, c'est tout. Où devais-je mettre mes mains ?

En plus d'être vouée à l'échec, ma mission m'apparaissait désormais malhonnête et indigne. Je participais à un rite initiatique organisé par une compagnie théâtrale que je n'avais aucune envie de rejoindre et qui n'avait pas besoin de moi. Helen avait raison : ce n'était pas sympa de faire perdre leur temps à tous ces gens. J'attendrais la fin de la journée par politesse et je partirais sans numéro de téléphone. Le souvenir de Fran s'estomperait, ce que j'avais éprouvé pour elle aussi, comme lorsqu'on se remet d'un léger rhume. Ou peut-être que je deviendrais fou. Ça, je le découvrirais vite.

Assis par terre en tailleur, Miles se prenait à présent pour Richard II en nous racontant la triste histoire de la mort des rois. J'ai savouré la chaleur du soleil sur mon visage. À défaut de pouvoir citer Shakespeare, je pouvais au moins bronzer.

Puis j'ai senti la fraîcheur d'une ombre sur moi.

— Charlie, on peut te parler ?

Je m'étais endormi. Les autres étaient partis depuis longtemps, et Alina et Ivor se tenaient accroupis près de moi tels des inspecteurs devant un cadavre sur une plage.

— Bien sûr.

J'ai eu le tournis en me redressant et la sueur a dégouliné dans mon dos tandis qu'ils m'escortaient vers la maison. Ils avaient vu mes papiers et savaient qu'ils étaient faux. À coup sûr, ils allaient m'emmener dans le jardin de rocaille pour me fusiller.

— Tu as bien travaillé aujourd'hui, a dit Ivor.

Quel moment avait-il en mémoire ? Celui où j'avais joué à être une feuille qui séchait au soleil ? Celui où je m'étais fait aussi petit que possible ?

— On voudrait que tu jettes un coup d'œil à ça, a dit Alina en me donnant un document avec une reliure en spirale. C'est le texte qu'on utilise. Tu connais la pièce, bien sûr.

J'ai secoué et hoché la tête en même temps.

— On prévoit de faire une lecture complète lundi. Pas de panique, on n'attend pas une interprétation très travaillée…

— … mais on aimerait beaucoup que tu te penches sur un personnage qui s'appelle Samson, a enchaîné Ivor. Il fait partie du gang des Capulet.

— Il est un peu frimeur.

— Mais très drôle.

— Il connaît beaucoup de blagues *paillardes*.

— Et c'est pour ainsi dire lui qui ouvre la pièce.

— Fais au moins un essai.

— Sans te mettre la pression.

C'était le moment ou jamais de leur dire : *Merci, mais je ne reviendrai pas, ce n'est pas pour moi*. Seulement, Ivor me regardait d'un air si rempli d'espoir et Alina avec une telle intensité que j'ai raté ma réplique – la première d'une longue série. J'ai acquiescé : « OK, pas de problème », et nous avons passé le reste de l'après-midi à faire semblant d'être des machines à vapeur.

À la fin de la journée, j'étais épuisé, perclus de douleurs inattendues et couvert de poussière après avoir cavalé et rampé dans tous les sens. Pour autant, je n'avais fait aucun progrès dans ma quête du numéro de téléphone magique, ou même d'un simple échange, si bref fût-il. Fran devait m'éviter, et pendant que tous les autres se saluaient et s'embrassaient, j'ai rassemblé mes affaires et les vestiges de ma fierté.

— Bon week-end à tous ! a crié Ivor. Mais n'oubliez pas, lundi, c'est Shakespeare. On va creuser le texte, et on va le creuser en profondeur. Rendez-vous à 9 heures pétantes à l'orangerie. Et rappelez-vous aussi qu'il ne sera pas question de jouer ! On lira la pièce, c'est tout…

Mon vélo était là où je l'avais laissé, abandonné sous l'un des vieux ifs qui bordaient l'allée. J'ai caché le script derrière l'arbre en signe de démission, puis enfourché mon vélo, mais le gravier glissait sous mes roues et je suis tombé par terre, achevant ainsi de m'humilier. Des rires et des applaudissements ont retenti dans mon dos.

— Bande de cons, ai-je murmuré, avant de me retourner et de voir Fran qui s'avançait vers moi d'un pas rapide.

— Hey !

— Oh, salut.

— Tu oublies quelque chose, a-t-elle dit en me montrant le script abandonné.

— Ah, ouais. Merci.

— J'espère que tu ne l'as pas fait exprès.

— Non, j'ai dû…

Elle l'a ramassé et me l'a tendu comme s'il s'agissait d'un contrat à signer. J'ai regardé à droite et à gauche. Je n'avais aucune envie de le prendre.

— Mon père vient me chercher tous les soirs au bout du chemin. Si ça ne t'ennuie pas, et si tu n'es pas pressé…

Je n'étais pas pressé.

Sur le chemin du retour

Nous avons suivi l'allée en silence, et c'était une très longue allée. Puis nous avons débouché sur le chemin ombragé qui descendait vers la route sans que j'entende d'autre voix que celle dans ma tête qui m'ordonnait : *Concentre-toi, ça comptera pour plus tard, concentre-toi.*

— Je regrette qu'on n'ait pas pu discuter aujourd'hui, a enfin déclaré Fran.

— Ouais, on a été bien occupés.

Le silence est retombé un instant entre nous.

— Je me suis demandé si tu m'évitais, ai-je ajouté.

— Pas du tout ! J'ai essayé de te parler, mais chaque fois que je levais les yeux, tu faisais semblant d'être un chat, alors...

Elle a ramené ses cheveux derrière son oreille en riant un peu trop fort.

— Oui, désolé.

— Je pensais que c'était plutôt toi qui m'évitais.

— Non, pas du tout !

Il ne m'était pas venu à l'esprit que mon attitude froide et réservée puisse être interprétée comme le signe d'un caractère qui l'était tout autant.

— C'est juste que je ne suis pas habitué à ce genre d'exercice.

— Personne ne s'y habitue, à mon avis.

Nous avons continué à marcher dans la chaleur du jour qui se faisait encore sentir sous les arbres. Des nuages d'insectes troublaient çà et là l'air immobile, pareils à des empreintes de doigts sur une photo. En plus du vrombissement étouffé de la circulation sur l'autoroute, au loin, j'avais conscience du bavardage des autres membres de la troupe qui nous suivaient à distance.

— Allez, sois honnête, a-t-elle dit. Tu as détesté ça ?

— C'est l'impression que je donnais ?

— Parfois, oui. Quand tu faisais la statue, j'ai bien cru que tu allais… péter un câble.

— Je ne suis pas doué pour ça.

— Mais si ! J'ai trouvé que ta machine à vapeur humaine était géniale, et je ne suis pas du genre à faire des compliments à la légère. Mais même à ce moment-là, tu avais l'air… furax !

Et elle a ri encore en mettant sa main devant sa bouche.

— Je te l'ai dit, ce n'est pas mon truc…

— Alors pourquoi es-tu venu ?

J'ai gardé les yeux rivés devant moi.

— Pour essayer quelque chose de nouveau. Pour m'occuper.

— Éviter de traîner dans les rues…

— Et de m'attirer des problèmes.

— Parce que tu en as ?

— Pas vraiment. Je m'ennuie chez moi, c'est tout.

— Et tu t'es ennuyé aujourd'hui ?

— « Ennuyé » n'est pas le mot…

— Ha ! Tu vois ?

— Disons plutôt que j'étais gêné.

— Oui, mais c'est pareil pour tout le monde au début. C'est comme quand tu intègres la Légion étrangère ou les forces spéciales et qu'on t'oblige à porter un frigo sur ton dos et à boire ton urine. Ici, il faut jouer au jeu du chapeau. Le but, c'est de nous *rapprocher* tous et de nous *désinhiber*. Tu t'es senti proche des autres ?

— Pas très, non.

— Et désinhibé ?

— Plutôt l'inverse.

— Peut-être que ça ira mieux quand on aura commencé à travailler la pièce… Tu as quel rôle ?

— Je ne sais pas. Sam-quelque chose.

— Samson. Ah, très bien. Beaucoup d'insultes et de blagues osées. C'est un sacré polisson, celui-là.

— Oh, merde…

— Évite juste de te déhancher comme tu le fais. Laisse ça à Juliette.

— C'est-à-dire toi ?

— Oui, a-t-elle acquiescé en grimaçant. En effet.

— Le rôle éponyme.

Cela l'a fait rire.

— Même s'il n'est pas toujours le *meilleur*.

— Dans l'idéal, tu préférerais jouer Samson.

— C'est mon *rêve*.

On a échangé un sourire et poursuivi notre marche dans la douce lumière qui faisait miroiter autour de nous de petites taches bleues et vertes semblables aux reflets de l'eau dans une piscine naturelle. Il arrivait que de telles comparaisons me viennent à l'esprit, des comparaisons éventuellement assimilables à de la poésie, et j'ai songé un instant à lui parler de ça, de cette histoire de piscine naturelle, en me demandant si cela me donnerait l'air d'un poète ou d'un abruti. Conscient qu'il y avait quelques points communs entre les deux, j'ai préféré me taire.

— L'été est vraiment chiant, hein ? a-t-elle dit. Quand on a de la chance, il fait soleil et le ciel est bleu, mais on se retrouve envahis du jour au lendemain par une foule d'idées préconçues sur ce qu'on *devrait* faire – buller sur la plage, jouer à Tarzan au bout d'une corde et sauter dans une rivière, pique-niquer avec tous nos amis *géniaux*, assis sur une couverture dans une clairière, manger des fraises en riant de cette façon insupportable, comme dans les publicités. Sauf que la réalité est toujours *très* éloignée de ce cliché. Pendant six semaines, on a juste l'impression d'être au mauvais endroit avec les mauvaises personnes et de passer à côté de tout. C'est pour ça que l'été est si triste – parce qu'il faudrait qu'on soit si heureux. Moi, j'ai hâte de remettre mes collants et d'allumer le chauffage. En hiver, au moins, on a le droit d'être malheureux et on n'est pas censés gambader dans un champ de tournesols. Et puis l'été n'en finit jamais, tu ne trouves pas ? Il est à la fois interminable et jamais tel qu'on le voudrait.

— Je crois que tu as tout à fait raison.

Elle m'a saisi le bras.

— C'est pour ça que tu devrais jouer dans cette pièce ! Imagine : de nouvelles expériences, de nouvelles rencontres… Je sais qu'ils ont un côté un peu…

Elle a grimacé, avant d'enchaîner :

— Mais ils sont sympas au fond, une fois calmés.

— Je ne peux pas.

— Pourquoi ?

— J'ai un job.

— C'est super. Où ça ?

— Dans une station-service.

— Ah, et qu'est-ce qui t'a attiré dans ce monde ?

— L'odeur de l'essence. J'aime cette façon qu'elle a d'imprégner tes vêtements et tes cheveux.

— Ça et le rayon confiserie.

— Tout à fait. Les chips, les bonbons, les revues pornos…

— Il t'arrive d'en piquer ? Je parle des bonbons, pas des revues pornographiques.

— Eh bien, ces revues-là sont sous cellophane…

— Comme un joli cadeau.

— … mais les bonbons, non. Je prends un Twix de temps en temps, rien de plus.

— Quelle conscience professionnelle. Ça gagne bien ?

— Trois livres vingt de l'heure, ai-je répondu en contemplant mes ongles.

— Wouah. Et tu fais combien d'heures par semaine ?

— Entre dix et douze.

— Ah, tu vois ? On peut contourner le problème. Ce n'est pas une excuse valable finalement. En fait, tu n'as aucune excuse.

Nous avions atteint le pied de la colline et le croisement avec la route principale, à côté de l'abribus.

— C'est ici que mon père vient me chercher. On habite par là-bas, a-t-elle dit en montrant un village, ou plutôt un hameau d'une vingtaine de maisons toutes charmantes avec leurs toits de chaume et leurs murs blanchis à la chaux.

Normal, ai-je pensé. *C'est logique, ça colle.*

— Tu veux attendre avec moi ? Il ne sera pas là avant un moment.

Mais le reste de la troupe est passé près de nous en nous décochant de grands sourires, et je me suis senti gêné et soudain impatient de partir.

— Non, je ferais mieux de filer. Je travaille ce soir.

J'ai enfourché mon vélo en me cognant l'intérieur de la cuisse contre la selle – à croire que je ne savais plus comment monter dessus.

— Ça va ? Tu as un souci ?

— Non, ça va, ça va.

— Bon, ben, je suis contente qu'on ait pu discuter.

— Moi aussi.

— Tiens, a-t-elle ajouté en me tendant le script à deux mains. Tu ne pourras pas dire que je n'ai pas essayé.

J'ai jeté un regard en direction de l'abribus, où les autres souriaient et ricanaient toujours.

— Écoute, ai-je murmuré d'une voix pressante. Je vais être honnête, je ne reviendrai pas lundi.

— Pourquoi ?

J'ai haussé les épaules en fixant la route.

— Je ne suis pas du genre à m'engager facilement.

— Oui, tout le monde aime penser ça. Les gens ne disent jamais : « Le problème avec moi, c'est que je m'engage *très* facilement, je suis capable de participer à n'importe quel projet à la noix. »

— Non, mais dans mon cas…

— Ce refus de t'engager, ça tient à un tempérament rebelle ou bien solitaire ?

— Un peu des deux.

— Le contraire m'aurait étonnée. Mais tu ne m'as pas convaincue, a-t-elle dit en me tendant de nouveau le script. Il n'y a rien de mal à t'engager dans un projet du moment que tu choisis le bon.

— Mais ce n'est pas le bon ! La seule raison pour laquelle je suis venu aujourd'hui… euh… Est-ce que je peux… je ne sais pas, moi, est-ce que je peux t'inviter à prendre un café ou un thé ? L'un ou l'autre, ça m'est égal. Ou on pourrait essayer d'aller dans un pub, je connais un endroit où ils servent pratiquement *tout le monde* - enfin, je ne veux pas dire… j'ai… - tant qu'on garde la tête baissée et qu'on s'assoit à l'extérieur, c'est vraiment comme tu veux, mais ce truc autour de Shakespeare, c'est pas possible. Je vais juste passer pour un con - encore plus qu'en ce moment.

Pendant toute cette tirade, je l'ai regardée hausser et froncer les sourcils, plisser les yeux, ramener une mèche de cheveux dans sa bouche, la mordiller, puis la repousser, et chacune de ses expressions me déstabilisait au point que j'enchaînais les phrases à moitié finies et que certaines n'étaient guère plus que des empilements de borborygmes - et cela a duré jusqu'à ce qu'elles se tarissent comme les dernières gouttes d'un tuyau.

— Bref, qu'est-ce que tu en dis ?

Le tuyau étant bien asséché cette fois, elle m'a répondu très distinctement :

— Non.

— Non ?

— Non.

— Très bien. Pas de problème.

— Désolée.

— Tu as déjà un copain, c'est ça ?

— Non.

— Miles ?

— Quoi ? *Quoi ?* Non, pas du tout !

— OK. Je pensais...

— Pourquoi veux-tu que ce soit *Miles* ?

— Je ne sais pas, j'ai juste... Peut-être que tu n'aimes pas mon idée, mais ce n'est pas grave.

— Tu n'y es toujours pas.

— Dis-moi, alors. C'est gênant de continuer à essayer de deviner.

— Je n'ai pas le temps ! Je participe à ce projet, j'ai un texte à apprendre, a-t-elle dit en agitant les pages du script.

— C'est vrai qu'il s'agit du rôle éponyme.

— Exactement ! Et je veux faire ça bien.

— Mais quand même, le week-end...

— Non. Le week-end, je retrouve mes amis. Le seul moyen que tu as de me voir...

— Vas-y.

— C'est de revenir lundi.

J'ai regardé à droite et à gauche. Les autres continuaient à nous épier depuis l'abribus.

— Uniquement lundi ?

— Non, disons toute la semaine. Il faut que tu tiennes jusqu'à vendredi.

Et pour la troisième fois, elle m'a tendu le script à bout de bras.

— Merde, merde, merde, merde, j'ai juré en vrai poète que j'étais.

— Désolée, a-t-elle dit, amusée. C'est ça ou rien.

— Mais vendredi, on pourra aller boire un verre quelque part ?

— Non, vendredi je réfléchirai sérieusement à ta proposition.

— Et tu prendras une décision ?
— Oui.
— Qui dépendra de quoi ?
— Des facteurs habituels. Comment on s'entend…
— Et de mes qualités d'acteur ?
— Non, bien sûr que non. Ce n'est pas une audition.
— Dans ce sens-*là*, peut-être pas.
— Non, pas ce genre d'audition.
— Mais ce n'est pas un refus définitif, alors ? Pour le café ?
— À ce stade des négociations, c'est tout ce que je suis disposée à offrir.
— Tu te rends compte que c'est du chantage ?
— Ce n'est du chantage que si tu fais quelque chose dont tu as honte.
— Des séances d'impro, par exemple ?
— Je vois plutôt ça comme un appât. Ou une incitation.
Elle m'a encore tendu le script. Je l'ai pris et l'ai fourré rapidement dans mon sac à dos.
— Je vais y réfléchir, ai-je dit en commençant à appuyer sur une des pédales de mon vélo. Salut.
— Salut !
À ce moment-là, elle a posé une main sur mon épaule et, pile quand je tournais la tête vers elle, elle s'est penchée vivement et a pressé sa joue contre ma joue, si bien que j'ai senti une peau moite de sueur – la sienne ou la mienne, je n'aurais pas su l'affirmer.
— Se séparer est un si doux chagrin, a-t-elle murmuré à mon oreille.
L'instant d'après, elle s'éloignait vers l'abribus.
— À lundi ! m'a-t-elle lancé.
Je suis parti travailler en songeant que cette expression, « un doux chagrin », était très bien trouvée. Un doux chagrin. Je découvrirais le lundi matin seulement qu'elle était tirée de la pièce.

Deuxième partie

Juillet

« J'ai vu des *pièces de théâtre* qui étaient plus intéressantes que ça. Sans rire – des pièces de théâtre ! »

Homer Simpson, *Les Simpson*

Le mariage

Nous avions décidé de nous marier en hiver et de ne voir que les avantages d'un tel choix.

— Ce sera une petite fête en comité restreint, mais pas parce que personne ne nous aime, affirmait Niamh.

Niamh était ma fiancée - même si j'avais appris à ne pas utiliser ce mot qui, disait-elle avec son léger accent, faisait « trop précieux ».

— C'est bien toi, ça.

— Oh, tu trouves ?

— Même quand on sera mariés, je continuerai à t'appeler ma fiancée.

— Essaie un peu.

Depuis dix ans qu'on était ensemble, on avait assisté à tant de noces : dans une oliveraie italienne au coucher du soleil, dans une église pittoresque de la campagne anglaise, sur le toit d'un gratte-ciel new-yorkais. Niamh étant de Dublin, on avait eu droit aussi à une cérémonie durant laquelle, sur une immense plage irlandaise fouettée par les vents, la fiancée était arrivée de très loin sur un étalon blanc, comme Omar Sharif dans *Lawrence d'Arabie* - mais de trop loin en réalité, si bien que Niamh était allée cacher son fou rire dans les dunes. Je ne nous imaginais dans aucun de ces scénarios, et elle non plus.

— Quand je te regarde droit dans les yeux et que je pense à ce que tu représentes pour moi, disait-elle, je n'ai que deux mots en tête : « état civil ».

— On n'est peut-être même pas obligés d'aller jusque-là. Si on se mariait en ligne ?

— Ou on n'a qu'à s'enfuir quelque part pour le faire en secret, rien que tous les deux. Il faudrait juste qu'on emmène mes parents. Rien que tous les quatre, plutôt.

— Peut-on encore parler de mariage secret si on emmène tes parents ?

Lorsqu'on s'était rencontrés, j'approchais de la trentaine et ma vie était un grand bazar. Je travaillais comme barman dans un restaurant de l'est londonien au succès éphémère, Niamh en était la manageuse, et elle n'a pas mis longtemps à ajouter son nom à celui des deux ou peut-être trois personnes dont je peux raisonnablement dire qu'elles m'ont sauvé. Notre existence très imbibée de vodka et en grande partie nocturne à ce moment-là avait beaucoup réduit le nombre de nos amis, mais quelques-uns avaient ensuite dirigé des restaurants bien cotés, et c'était ainsi qu'on avait déniché le lieu de notre petit, tout petit mariage : un pub avec une salle à l'étage. La modestie de l'événement serait la preuve de notre sérénité et de notre confiance en nous. Seuls ceux qui doutent d'eux-mêmes chevauchent des étalons blancs. Nous, on se contenterait de marmonner « oui » du bout des lèvres avant de rejoindre nos amis. Et on se limiterait à dix invités – chiffre qui monterait plus tard à vingt, puis trente. En disposant les tables en carré, on pourrait aller jusqu'à quarante. Cela suffirait très certainement.

On a étudié la liste des convives ce soir-là dans notre lit. On en était à trente-huit personnes.

— Mais ce sont tous des amis à moi, a remarqué Niamh.

— Ils sont devenus les miens aussi.

— Il n'y a pas de vieux copains d'école que tu aimerais retrouver ?

— Non, ça ira.

— Ou des ex ?

— Pourquoi voudrais-je faire une chose pareille ? Et pourquoi voudrais-tu même que j'aie envie de le faire ?

— Je serais très curieuse de voir Machine.

— Qui ça ?

— Tu sais bien…

— Non.

— La fan de Shakespeare.

— Elle s'appelait Fran Fisher.

— Je n'en reviens toujours pas que tu aies joué dans une pièce de théâtre.

— « Les gens de votre adversaire et les vôtres… »

— Arrête.

— « … se battaient ici à outrance quand je suis arrivé. »

— Arrête, s'il te plaît, je n'aime pas ça.

— « J'ai dégainé pour les séparer. À cet instant survint le bouillant Tybalt… »

— J'espère que tu n'as pas déclamé ton texte sur ce ton.

— Plus ou moins. Et je n'ai jamais recommencé depuis.

— Quelle perte pour le théâtre.

— Je sais. Elle est là, la *véritable* tragédie.

— Et quand tu l'as rencontrée, est-ce que ç'a été comme dans la pièce ? Tu l'as aimée au premier regard ?

— Nan. Au mieux, elle m'a branchée au premier regard.

— « Branchée au premier regard ». C'est de Shakespeare, ça aussi ?

— Je veux juste dire qu'il serait excessif de parler d'amour. On est différent à cet âge-là, non ? C'est… autre chose.

— Eh bien, invite-la !

— Je n'inviterai pas Fran Fisher à notre mariage.

— Et pourquoi pas ? Puisque c'était une fille *si* géniale.

— Je ne sais pas où elle est ! ai-je répondu – ce qui était vrai alors. Ça fait… vingt ans qu'on n'est plus en contact.

— Mais je veux la voir !

— Tu n'as pas peur que je m'enfuie avec elle pendant l'échange des consentements ?

— C'est exactement ce qui me pousse à insister. Le côté *Quatre mariages et un enterrement*. La tension, le suspense…

— Elle doit être en couple aujourd'hui. En couple et avec des enfants.

— Et ? Cherche-la sur Internet, ça ne doit pas être compliqué.

— Je te l'ai dit, ça ira comme ça. Je ne pense jamais à elle.

Et en effet, je ne pensais jamais à elle. Sauf de temps en temps.

Au fil des ans, j'avais vu grandir autour de moi un culte de la nostalgie favorisé par la technologie, et j'avais noté aussi combien la valeur même du « passé » connaissait une sorte d'inflation démesurée, tant et si bien que certains de mes amis avaient les larmes aux yeux en évoquant des événements survenus lors de la dernière fête nationale. J'essayais pour ma part de ne pas trop m'appesantir sur ma propre histoire, pas parce que je la considérais comme plus triste ou plus traumatisante que la moyenne, mais parce que je n'en éprouvais plus le besoin. À d'autres moments moins heureux de ma vie, j'avais fait du passé une religion vers laquelle je me tournais comme on peut se tourner vers l'alcool – pas étonnant que les deux fassent bon ménage –, et je frémis encore de honte au souvenir de mon coup de fil aviné à la mère de Fran le soir du 31 décembre 1999. Comment allait-elle ? Pouvais-je avoir son numéro ?

« Tu sais quoi, Charlie, m'avait-elle dit calmement et gentiment, rappelle-moi demain matin. Si tu veux toujours son numéro, je te le donnerai volontiers. »

Je n'avais pas rappelé Claire Fisher, je ne lui avais pas reparlé depuis, et pour quelle raison serais-je revenu en arrière à présent que les contours de ma vie apparaissaient enfin plus nets, plus permanents ? Je n'avais pas d'albums photos, pas de journal intime, pas de vieux carnets d'adresses, et je faisais de la résistance face aux réseaux sociaux. Ça ne servait à rien de puiser dans le passé pour combler les vides du présent. Trente-huit invités suffiraient largement.

Mais, un mois avant la cérémonie, j'ai reçu un e-mail, une capture d'écran d'une page Facebook annonçant la réunion à Londres de tous les anciens membres du collectif théâtral Full Fathom Five, 1996-2001. Au-dessus figurait un message de mon témoin de mariage :

On ne peut pas y couper, tu ne crois pas ? À plus.

Le héron

C'est également cet été-là qu'a débuté ma carrière criminelle.

Située à la lisière de la ville, au bord d'une longue nationale en ligne droite qui traversait la plantation de pins, la station-service marquait le dernier arrêt avant l'autoroute. J'avais obtenu ce job grâce à Mike, un homme d'affaires local au torse surdimensionné qui flirtait avec ma mère au club de golf. Mike était le propriétaire d'une franchise – il adorait ce mot – regroupant trois petites stations-service.

— Ce qu'il y a de bien avec les franchises, m'avait-il expliqué lors de notre premier rendez-vous dans son bureau mal rangé, c'est qu'elles sont pour ainsi dire une famille. Une grande entreprise, mais à visage humain.

Le propre visage de Mike était dominé par une moustache tombante dont le poids semblait tirer tous ses traits vers le bas. Quand il parlait, il la caressait de son petit doigt comme pour essayer de l'endormir. Je savais que je ne devais ce job qu'à son désir de séduire ma mère, et parce que je n'avais pas encore dix-sept ans, il m'avait incité à y voir un « apprentissage ». Je serais payé en liquide et nous n'aurions pas à nous embêter avec des histoires de Sécurité sociale, de vacances ou de congés maladie. Je pourrais même pointer au chômage si je le voulais dès que le lycée serait terminé. C'était un partenariat gagnant-gagnant, selon Mike, et j'avais donc commencé à travailler dès le jour de mon dernier examen, à raison de douze heures par semaine et trois livres vingt de l'heure.

Mais il n'y a pas que des devoirs, des responsabilités et un uniforme propres à chaque emploi, il y a aussi des escroqueries spécifiques, et il ne m'a pas fallu longtemps pour trouver un moyen de compléter ce salaire honteux. Dans le cadre de sa franchise, Mike distribuait des jeux à gratter très populaires qui permettaient de gagner soit de l'argent, soit, cas le plus fréquent, des verres en faux cristal. En tant que caissier, je donnais aux clients une ou plusieurs cartes en fonction de leurs achats, j'attendais qu'ils aient découvert leur lot avec une pièce de monnaie et je leur apportais avec pompe un magnifique coffret de six flûtes à champagne. Une carte sur vingt s'accompagnait d'un prix en liquide, mais ne rêvons pas, je ne pouvais pas passer mes heures de travail à gratter tranquillement tout le stock. Je devais répondre de chaque lot offert, et la caméra derrière moi y veillait.

Durant mon premier service solo, pourtant, sonné et submergé par l'afflux de clients en fin de journée, j'avais oublié de tendre un ou deux jeux. Puis trois, quatre, et même cinq. À condition d'en tenir le compte et d'utiliser mon corps comme un bouclier, avais-je alors compris, il m'était possible de les subtiliser et de les glisser dans ma poche.

De retour chez moi, je m'étais enfermé dans ma chambre, le cœur battant, pour gratter la fine couche de poudre d'aluminium. Je m'étais bientôt retrouvé en possession de quatre petits verres à cognac et de quatre verres à bière. J'avais ensuite fait chou blanc, avant de récolter soudain dix livres, soit l'équivalent de plus de trois heures de salaire. Me servir dans la caisse aurait été imprudent, mais je pouvais détourner sans problème, disons, une carte sur quatre. Du moment que je notais combien j'avais omis d'en donner, du moment que je les prenais en restant dos à la caméra, rien ne m'empêchait de les confier à un complice. Parce qu'il était mon meilleur ami, le choix de Martin Harper a été une évidence.

Au bout de quelques semaines, je ne remettais des jeux aux clients que s'ils me le rappelaient, en me frappant le front avec l'air de me reprocher mon étourderie. Quant aux autres, ceux qui n'étaient pas réclamés, je les fourrais dans ma poche avec la raideur d'un prestidigitateur amateur et les gardais là jusqu'à ce qu'une paranoïa pitoyable me pousse vers les toilettes fétides de la station, où je les transférais dans mon slip en retenant mon souffle. Une fois par semaine, j'emportais tout chez Martin. On fermait la porte de la tanière, on montait le volume de la musique et on grattait les cartes à la chaîne comme de vieux gangsters, en comptant notre butin – lequel, durant notre semaine la plus prolifique, s'est élevé à soixante-dix livres, trente-six flûtes à champagne et vingt-quatre verres à cocktail.

Rien ne justifiait bien sûr que je fasse ça, hormis le vague sentiment qu'il convenait de donner une leçon à l'industrie pétrolière. Certes, mon emploi n'était pas déclaré, mais Mike se montrait toujours aimable et correct avec moi. D'un autre côté, ma combine ne lui coûtait pas un centime, ni même un seul client puisque la grande majorité quittaient la station sans se douter de rien. Qui était la victime ? Il ne s'agissait que d'un jeu de hasard. Quelqu'un pouvait-il vraiment prétendre mériter plus de chance ou plus de verres que moi ? D'un point de vue philosophique, l'argent *n'existait* pas tant que le jeu n'avait pas été gratté. Les gens perdaient donc plus la *possibilité* d'un gain que le gain lui-même. Comme l'histoire de l'arbre qui tombe dans la forêt ou du chat de Schrödinger, cette gymnastique mentale me donnait le tournis, mais se révélait nécessaire pour me convaincre que mon crime ne lésait personne, et c'est ainsi que j'ai souvent tenté d'apaiser ma conscience entre 3 et 5 heures du matin.

Peut-être aurais-je moins culpabilisé si je m'étais servi de cet argent pour aider financièrement ma famille, mais je ne jouais qu'à moitié le rôle du noble fils dévoué. Mon père était inscrit au chômage depuis la faillite de ses magasins et l'arrivée d'une facture ou la demande d'une nouvelle paire de chaussures pouvait facilement le faire paniquer et sombrer dans la dépression. Je m'imaginais parfois lui tendre une liasse de billets – *Tiens, papa, c'est juste un petit coup de pouce* –, mais je n'allais jamais au bout de ce scénario sans qu'on se retrouve tous les deux honteux ou gênés. Il fallait que ma contribution reste secrète. Lorsqu'il me donnait de quoi faire les courses ou prendre des plats chez le traiteur, je payais et remettais l'argent dans son portefeuille. Cela me procurait un incroyable sentiment de piété mêlé d'autosatisfaction, comme si j'avais été une sorte de Jésus masqué.

Mais ce plaisir était éphémère. La plupart du temps, mon argent me servait surtout à acheter de l'alcool, des jeux vidéo, des baskets. C'était une protection contre cet aveu humiliant : « Je n'ai pas les moyens de m'offrir ça. » Contre mon impression d'être pauvre. Malgré ma culpabilité et mes angoisses, j'y puisais une certaine fierté aussi. Je pouvais payer ma tournée, et les billets qu'il me restait étaient roulés et entreposés dans le montant creux de mon lit, tels des outils cachés dans une cellule en vue d'une évasion.

Ce vendredi soir, après avoir quitté Fran, j'ai rejoint la station-service à vélo, enfilé mon gilet en nylon vert et discuté un peu avec ma collègue Marjorie, que je devais remplacer à la caisse. Passé la période de forte affluence entre 18 heures et 19 h 30, j'ai profité d'une accalmie interrompue seulement par l'intrusion d'une bande de gamins du quartier voisin venus en masse piocher des bonbons dans les rayons : à ce stade, ce n'était plus du vol à l'étalage, mais bien du pillage. Je leur ai débité mon petit sermon – « S'il vous plaît, ne faites pas ça. Remettez ça là où c'était, s'il vous plaît. Il faut régler ce que vous prenez. » –, mais ils sont repartis les poches pleines et se sont plantés devant la vitrine pour se goinfrer de chocolats et de chips sous mon nez, hilares, pendant que je faisais semblant d'appeler la police.

Nouveau temps mort. J'ai sorti le script de mon sac à dos et contemplé la couverture un moment. Je l'ai tournée comme j'aurais tourné la première page d'un sujet d'examen portant sur une langue que je ne parlais pas, une langue riche et étrange à la grammaire tordue. J'ai étudié la liste des personnages et repéré Samson à mi-chemin vers le bas. Puis je suis passé au prologue : « Deux maisons toutes deux égales en dignité… »

J'ai refermé le script et me suis dirigé vers le rayon confiserie, dans l'angle mort de la caméra, pour avaler vite fait un Twix.

J'ai lu *FHM*.

À 20 h 50, une Volkswagen en piteux état s'est arrêtée devant la station. Harper a émergé de la voiture de son frère en vérifiant autour de lui qu'il n'y avait personne. J'ai caché le script sous le comptoir, prêt à me glisser dans la peau de mon personnage. La scène qui a suivi a été interprétée avec une sobriété pince-sans-rire, comme à l'ombre de la porte de Brandebourg.

— Bonjour.

— Bonjour.

— Comment ça va ?

— Bien.

— Mon frère a été chanceux avec vos jeux à gratter. Est-ce que je peux récupérer son gain, s'il vous plaît ?

— Bien sûr ! Montrez-moi les cartes.

— Tenez. Les voilà.

Je les ai inspectées avec un soin tout professionnel avant de prélever quelques billets dans la caisse. Un petit sourire suffisant flottait sur les lèvres de Harper, qui m'a fait un clin d'œil en empochant l'argent. Durant les quelques instants angoissants qui ont suivi son départ, j'ai guetté un bruit de sirènes, au bord de la nausée. J'imaginais déjà une descente de police, le cliquetis des menottes et une grosse main qui me protégeait la tête en me poussant sur la banquette arrière d'une voiture.

Mais il ne s'est rien passé de tel. J'en arrivais à m'interroger – était-ce le crime parfait ? Pour ce que j'en voyais, mon arnaque n'avait qu'un défaut. Entre deux gains de dix livres, j'amassais parfois assez de verres pour remplir un petit bar. J'avais commencé par rapporter le surplus à la maison dans mon sac à dos, mais ils avaient bientôt pris toute la place disponible dans nos placards. Cela faisait plus de verres que nous ne pourrions jamais espérer en utiliser. Et ils n'étaient pas non plus du genre à se transmettre de génération en génération. Taillés en forme de grenades à fragmentation, ils étaient de si mauvaise qualité qu'ils se brisaient avec un bruit alarmant dès qu'on tentait d'en faire un usage peu conventionnel – y verser une boisson fraîche, par exemple –, si bien que savourer une bière par une journée d'été tenait plus ou moins de la roulette russe. J'avais tout de même continué à accroître notre stock, jusqu'au jour où j'avais surpris mon père en train de ramasser du shrapnel à quatre pattes par terre avec une pelle et une balayette.

— Je te jure, je vais finir par m'entailler la figure avec ces trucs-là. N'en rapporte plus, Charlie.

Il me fallait un nouveau plan. À 21 heures, après avoir éteint les pompes et les lumières de la station, j'ai fourré dans mon slip les jeux à gratter que j'avais détournés et, profitant de l'obscurité de la réserve, j'ai chargé tout un lot de verres, soit presque l'équivalent d'un petit lustre, à côté des pages de *Roméo et Juliette*. Ensuite j'ai enfourché prudemment mon vélo et suis parti en évitant les bosses sur la chaussée de peur que le moindre bris dans mon sac ne déclenche une réaction en chaîne. Je voyais déjà mon cadavre, avec des éclats de verres à cocktail et de flûtes à champagne fichés tout le long de la colonne vertébrale, comme les plaques osseuses d'un stégosaure, et le tas de cartes ensanglantées qui serait remis à mes parents éplorés et honteux. « On a trouvé ça dans son slip. »

J'ai longé les pinèdes sur plus d'un kilomètre et demi jusqu'à ce que j'atteigne la partie surnommée la forêt du Crime. Là, j'ai quitté la route pour m'engager sur un sentier cahoteux jonché de copeaux de bois, puis j'ai planqué mon vélo et emprunté un autre chemin, le dos courbé, en mode commando. Je suis parvenu ainsi au bord du réservoir, un bassin semi-industriel rempli d'une eau fétide et stagnante, dont la surface d'un noir d'étain avait plus de chances d'être troublée un jour par une main humaine sans vie que par le saut d'une truite. L'été précédent, suite à un défi lancé pour marquer la fin de l'année scolaire, nous avions regardé le frère aîné de Harper tenter de traverser cette masse visqueuse à la nage : il en était ressorti presque sur-le-champ, les yeux rouges et larmoyants, la peau aussi luisante qu'une loutre et recouverte d'une substance semblable à du goudron qu'aucun savon n'avait pu enlever. Ce soir, dans la lumière déclinante du jour, un héron solitaire montait la garde, une patte enfoncée dans la vase, les épaules voûtées comme un gangster de dessin animé. Je me suis tapi sur la rive au milieu d'une nuée de moustiques, à l'affût d'un bruit qui aurait trahi une présence humaine. N'entendant rien, je me suis redressé et j'ai ouvert mon sac. Lorsque le premier verre a heurté la surface de l'eau, le héron a libéré sa patte et s'est envolé. Un autre verre a suivi une trajectoire identique, et encore un autre. Je visais toujours le même endroit, et j'ai imaginé une pyramide de verres droits, de verres à cognac, de flûtes et de coupes à champagne se former au-dessus de squelettes de mammouths et de tigres à dents de sabre, le tout enseveli sous une couche de pulpe de bois noircie et pourrie. À coup sûr, les archéologues du futur s'interrogeraient devant cette découverte – tant de verres identiques, comment étaient-ils arrivés là ? –, mais jamais ils ne penseraient à un adolescent inquiet, seul avec un tas de cartes à gratter coincées dans son slip.

Il me restait à présent quatre verres. Ceux-là seraient un cadeau. Harper avait invité des copains dans sa tanière et nous avions prévu de nous prendre une mégacuite.

Retour vers la rocade et direction le nord à travers la zone commerciale. La maison de Harper se dressait sur un terrain nu au sol labouré et jonché de matériaux de construction et de véhicules. J'ai laissé mon vélo devant, parmi les 4×4, les quads, le bois de charpente, les briques, les Transit et la petite citadine Mazda de Mme Harper.

— Hey, a dit Martin en ouvrant la porte. Voici le roi du crime ! Tu es sûr que personne ne t'a suivi ?

Il m'a serré dans ses bras, puis s'est écarté et m'a fourré un rouleau de billets de banque dans la main.

— Tiens... Je t'ai mis cinquante parce que je t'aime. Mais cette odeur d'essence, par contre... Tu as besoin d'un shampooing, toi. Viens, les gars sont déjà là.

Des bassines remplies d'une émulsion blanche et des sacs de plâtre s'alignaient dans l'entrée, tandis que, dans le grand salon sur notre gauche, un téléviseur miraculeusement plat était accroché comme une toile de maître à côté d'un aquarium tropical qui faisait toute la largeur du mur. L'air blasé, la très chic Mme Harper se prélassait au milieu d'un archipel de fauteuils en cuir blanc modulaires, façon Michelle Pfeiffer dans *Scarface*. Dans notre classement régulier des mères les plus sexy, elle était sans conteste la gagnante – une source de fierté trouble pour son fils.

— Bonsoir, madame Harper, ai-je dit de ma voix de jeune homme bien sous tous rapports.

— Je te l'ai déjà dit, Charlie, appelle-moi Alison !

— Non, ne l'appelle pas par son prénom, a protesté Harper. Ce serait bizarre.

— Je vous ai apporté ça, Alison.

J'ai sorti les quatre verres à bière rescapés du réservoir. Harper a grogné à leur vue.

— Merci, Charlie, ils sont magnifiques.

— C'est de la camelote qui vient de la station-service où il travaille, maman. Ils explosent si tu mets des glaçons dedans.

— Je suis sûre que ce n'est pas vrai.

— Si, ai-je dit, mais ça n'arrive pas souvent. Évitez juste de garder votre verre trop longtemps près de votre visage.

Alison s'est mise à rire, et j'ai eu de moi l'image d'un homme du monde raffiné.

— Quel charmant garçon. Pose-les là-bas.

— Ouais, on les foutra à la poubelle plus tard, a lancé Harper en m'assenant un coup dans les côtes pour me pousser hors du salon. Oublie-la, sale pervers.

— Mais elle m'apprécie beaucoup.

— Elle m'a donné naissance, espèce d'obsédé.

— Je vous aime, Alison ! ai-je murmuré depuis le couloir.

M. Harper avait construit la maison de ses propres mains – ou plutôt celles de ses employés – en modifiant et en agrandissant les plans avec autant de désinvolture que s'il avait joué avec des Lego. Pour l'heure, des travaux d'extension de l'extension étaient en cours, si bien que nous avons dû enjamber des parpaings, écarter les lamelles en plastique d'un rideau de porte et traverser le nouveau double garage avant de pouvoir rejoindre le paradis terrestre aménagé au sous-sol.

Le concept de « tanière » tel que défini par Harper lui avait été inspiré par des films américains, et c'était dans cet esprit que la pièce avait été équipée : ce grand espace bas de plafond comportait une table de billard, une batterie, des guitares électriques, des haltères, un rameur, un écran plat géant, une bibliothèque offrant un choix étourdissant de cassettes vidéo et de DVD, des jeux pour PlayStation, des disques vinyles et des CD, tous les numéros de la revue *Maxim* et, enfin, un frigo célèbre pour sa capacité à s'auto-approvisionner en plats de nouilles instantanées et en Mars. Aucune lumière naturelle et aucun air frais ne pénétraient dans ce lieu. C'était de la testostérone qui circulait à travers les bouches d'aération – du moins en avait-on parfois l'impression, et notamment ce soir-là : à notre arrivée, Lloyd riait de manière hystérique en étouffant Fox avec un pouf pendant que de la mousse s'échappait d'une canette de bière sur la vieille sous-couche isolante qui recouvrait le sol bétonné.

— Hey, arrêtez !

Harper était de loin la personne la plus riche et la plus représentative de la classe moyenne que nous connaissions. Son père était le Roi de la véranda, ce qui faisait de lui le Prince de la véranda, et pourtant il veillait à conserver son accent londonien populaire avec la discipline d'un acteur ne jurant que par la méthode de l'Actors Studio. On le faisait tous, cela dit, en en rajoutant plus ou moins selon les circonstances. Et dans la tanière, on y allait à fond, comme de vrais gars de l'East End.

— Hey ! Hey ! Arrêtez de vous sucer et dites bonjour. Personne est là.

Personne, c'était moi. On pouvait s'appeler par nos noms de famille, mais les surnoms étaient bien plus fréquents entre nous et obéissaient à un rituel complexe digne de l'étiquette en vigueur à la cour du Roi-Soleil. Harper avait de la chance : en raison de sa noble ascendance, de son maintien et de son physique, il était le Prince. Ses cheveux d'un noir de jais lustré qu'il rejetait en permanence en arrière faisaient aussi de lui Head & Shoulders, voire Tim – l'abréviation de Timotei. Et parce qu'il portait parfois un collier en corail blanc, rose et orange poussiéreux, il avait droit dans ce cas-là à Candy ou Beach Boy. Fox était Fuck, bien sûr, mais depuis le jour où, sous l'effet de l'alcool, il nous avait avoué être entré en cachette sur un terrain de golf et avoir enfoncé son pénis dans l'un des trous « pour voir ce que ça faisait », il devait également répondre aux noms de Tiger Woods, de Trou en un, de Baise-gazon et de Willie le jardinier. Quant à Lloyd, un gros problème de mauvaise haleine lors d'un déjeuner lui avait valu le surnom d'Haleine de chacal, ou juste Chacal, son nez proéminent celui d'Ouvre-boîte, de Clé à molette ou de Molette tout court, et ses cheveux courts et bouclés celui de Caniche. Mais tous ces exemples n'étaient que le point de départ de grandes envolées ordurières qui pouvaient durer des heures et des heures.

— Calme-toi, Molette ! lança Harper.

— C'est lui qui a commencé ! a protesté Lloyd. Il n'arrêtait pas de me reluquer comme si j'étais un de ses trous de golf...

— C'est quoi cette odeur ? a crié Fox sous le pouf qui l'étouffait.

— Comme si j'étais le Royal St Andrews Hotel...

— C'est le jour de passage des éboueurs ? Quelqu'un a sorti les poubelles ?

— Je ne suis pas ton caddy, Fox, a continué Lloyd en l'écrasant avec son genou.

— Ça suffit ! a tonné le Prince.

— Tes cheveux sont magnifiques ce soir, s'est moqué Lloyd. Qui s'occupe de la coiffure de Son Altesse ?

— La même fille qui fait tes permanentes, Caniche. Lâche-le maintenant.

— Oui, laisse-le tranquille ! ai-je dit.

— Qui a parlé ? a demandé Lloyd. Il y a quelqu'un ? J'entends des voix.

— Moi, j'entends des maracas, a déclaré Fox. Qui joue des maracas ?

— Personne, a répondu le Prince.

Personne, M. Néant, l'Homme invisible – et il y en avait d'autres. Ayant mentionné un jour que je m'appelais

Charlie en hommage à l'un des musiciens de jazz préférés de mon père, Charles Mingus, j'avais écopé du surnom de Charlie Minus, puis tout simplement Minus. HLM en était un autre, dû au quartier de logements sociaux de La Bibliothèque où je vivais. S'y ajoutaient Couchette ou Taulard, en référence aux lits superposés de ma chambre. Mais ces surnoms-là n'étaient pas utilisés au tout début de la bataille. C'était comme HLM, il fallait les mériter.

— HLM est ici, a dit Lloyd. Ça le rend tout fou d'être dans une maison avec un étage.

— Ma maison aussi a un étage, Lloyd.

— Le lit superposé du haut ne compte pas.

Les autres n'ont pu retenir des cris choqués. Lloyd avait tendance à aller trop loin. J'avais un cliché de nous, pris en pose longue un 5 novembre, la nuit des feux de joie – j'étais alors dans ma période photo. On y voyait Harper dessiner un cœur avec son cierge magique, Fox griffonner son nom, et Lloyd écrire « enculés » dans l'air nocturne. C'est ainsi que j'ai toujours pensé à lui : comme à un gamin capable de se servir d'un cierge magique pour écrire « enculés » ou de cacher un caillou dans une boule de neige.

Je n'avais plus d'autre possibilité à présent que de me joindre à la mêlée en prenant soin d'écraser mon coude dans l'épaule de Lloyd. Puis le Prince a sauté sur moi – depuis le billard pour maximiser l'impact –, et nous avons grogné en enfonçant chacun nos doigts sous les aisselles de quelqu'un et en criant et en riant jusqu'à ce qu'on ne puisse plus respirer. On avait beau contester vigoureusement la théorie selon laquelle les garçons mettaient plus de temps que les filles à mûrir, notre comportement à cet instant même en était la preuve éclatante.

On attaquait toujours ces soirées avec de la bière qu'on buvait à la paille au motif que « ça rend ivre plus vite ». Quand on en avait, on y ajoutait de la vodka, ou du gin et de l'aspirine – laquelle, disait-on, accentuait la puissance du mélange tout en protégeant contre la gueule de bois. Quelques années plus tôt, un jeune technicien ambitieux de l'industrie alimentaire avait réussi à combiner les effets de l'alcool avec la douceur astringente d'une boisson gazeuse en donnant au tout des couleurs improbables – bleu bain de bouche, rouge feu tricolore ou vert grenouille –, mais ces potions-là étaient réservées aux grandes occasions. Quant aux drogues, elles restaient source de débats. Si Lloyd et Fox étaient très tentés par l'expérience, je n'avais en tête que des images de maillet et de chou-fleur. Le cerveau des Lewis n'était-il pas assez chimiquement instable comme ça ? Le Prince, en digne fils de son père, se montrait puritain sur la question et trouvait ça bon pour les hippies et les chiffes molles. L'ivresse en revanche était un truc de mec, un truc synonyme de franche rigolade, et on ne voyait aucun problème à atteindre le stade de l'hospitalisation.

On se donnait beaucoup de mal pour repousser toujours plus loin les limites de la consommation d'alcool, au point que la tanière de Harper prenait parfois des airs très sérieux de laboratoire de recherche. On a aspiré des boissons par le nez, on les a avalées cul sec, on les a mélangées, on les a descendues le plus vite possible dans l'espoir de planer. Constatant notre échec, on a dévalisé les placards de la cuisine en quête de drogues qui n'en étaient pas. La noix de muscade, cette porte d'entrée vers les épices fortes, était censée avoir un effet hallucinogène lorsqu'elle était broyée et fumée en quantités industrielles. Ou était-ce la cannelle ? Ou l'origan ? La peau séchée d'une banane encore verte ? On s'est forcés à manger un régime entier de ces fruits à la texture dense et cireuse avant de laisser leurs peaux toute une nuit sur des radiateurs, puis on s'est réunis le lendemain soir pour les fumer en silence et avec conviction en regardant un doux brouillard se former au ras du sol. Peut-être les bananes étaient-elles trop mûres ou pas assez, mais rien ne s'est jamais produit, et je me demande aujourd'hui pourquoi on ne s'est pas tout simplement shootés. Cela aurait été bien plus facile et moins coûteux au bout du compte.

On s'en tenait donc à nos bières et à nos pailles, et on jouait à la PlayStation en riant et en se jetant les uns sur les autres comme des chiens dans un parc. C'était marrant, je suppose. Parfois, j'essayais d'imaginer un monde où l'amitié ne s'exprimerait pas qu'en rotant à la tête de quelqu'un, mais il ne faisait aucun doute à mes yeux qu'on s'appréciait tous, qu'on s'aimait même, et j'éprouvais de mon côté une loyauté et une reconnaissance particulières à l'égard de Harper, qui avait pris soin de moi sans en avoir l'air durant le récent naufrage de ma famille.

Reste qu'on succombait toujours au besoin tyrannique de se chambrer – un besoin renforcé par un facteur qu'on pourrait appeler « la dynamique de groupe ». Depuis mes treize ans, je considérais Harper comme mon meilleur ami, et les deux autres comme nos acolytes, de même que ces derniers considéraient Harper comme leur meilleur ami, et les deux autres comme leurs acolytes. Cette lutte entre nous pour s'attirer ses faveurs rendait nos bagarres impitoyables, surtout celles impliquant Lloyd, avec qui j'étais copain alors même qu'on ne s'encadrait pas. Pouvais-je leur parler de Fran ? Mais cette histoire avec Shakespeare compliquait la situation. Il faudrait soit que je mente, soit que je leur fasse croire à un gag, à un leurre de ma part. Et en admettant que je parvienne à m'isoler avec Harper et à me confier à lui, pouvais-je imaginer Fran dans cette pièce avec Fox, Lloyd et lui ? Non, pas vraiment, et encore moins à présent que Harper se tenait sur le pas de la porte avec une bouteille de vodka, une brique de jus de fruits et un drôle d'objet en forme de roue : vingt-quatre pots d'épices en verre de la marque Schwartz accrochés par le col à un plateau en bois tournant.

— Messieurs, a dit Harper. L'heure a sonné.

L'heure de jouer à la roulette aux épices. À la chasse aux herbes. La mine grave, on s'est installés en cercle, chacun avec une petite cuillère à la main. Fox a été le premier à donner une impulsion au carrousel. Les yeux clos, il a marmonné une prière pendant que le plateau ralentissait, ralentissait, puis s'arrêtait. Il a alors pris le pot le plus proche de lui et lu l'étiquette à voix haute.

— « Marjolaine » !

Une des épices italiennes, un truc tranquille pour commencer. Seul le persil était plus insipide. Fox a rempli sa cuillère de vieux flocons poussiéreux, et on a tapé le sol en l'acclamant lorsqu'il l'a fourrée dans sa bouche. Il a mâchonné, grimacé, avant de faire passer le tout avec un mélange de vodka et de jus d'orange…

— Ça rappelle la pizza, a-t-il conclu d'un ton détaché.

C'était à mon tour de jouer. J'ai regardé défiler l'estragon, le basilic, la coriandre, le thym, l'aneth, la ciboulette, et enfin…

— Le poivre blanc en grains !

— Nooooon !

Je ne pouvais pas reculer. Harper a tapoté le pot au-dessus de ma cuillère en veillant à former le plus gros tas possible. Les coups par terre et les acclamations ont repris. L'instant d'après, le poivre était dans ma bouche – une sensation granuleuse, mais pas déplaisante au premier abord.

— Pas de quoi en faire tout un plat, ai-je dit en mâchant.

Mais bientôt, chaque grain écrasé a libéré une vapeur âcre qui m'a détruit l'intérieur des narines. Aveuglé par des larmes brûlantes et visqueuses, le gosier asséché et anesthésié, j'ai à peine pu avaler la vodka orange – laquelle n'avait plus aucun goût à présent. Le sang pulsait à mes oreilles, la musique m'a soudain semblé plus forte…

… je ris et je m'étrangle en même temps, la gorge en feu, tandis que la bouillie entame sa descente dans mon tube digestif et trouve refuge dans les replis de mon œsophage. Je suis incapable de déglutir et de respirer, je ne sens plus ma langue, et en voyant Lloyd me pointer du doigt et rire plus fort que les autres, je songe qu'il faudra que je le lui fasse payer plus tard.

C'est au Prince de jouer.

— Ciboulette, ciboulette, ciboulette, répète-t-il. Faites que je tombe sur la ciboulette.

Peut-être est-ce la vodka, mais ce mot, « ciboulette », m'apparaît complètement tordant...

— Ciboulette, ciboulette, ciboulette...

Il écope à la place de... la noix de muscade, une épice noble et savoureuse. Il la fait rouler dans sa main, la jette en l'air pour la gober et entreprend de la mâcher en souriant. Mais il ne tarde pas à grimacer et à nous montrer sa langue couverte de brisures, qu'il rince lui aussi avec de la vodka jusqu'à ce que tout ait disparu.

À Lloyd maintenant.

— Allez, allez, allez, souffle-t-il en priant pour piocher le persil ou la menthe...

— Le safran ! Yesss.

Il se fait huer. Cette épice a quelque chose de si insipide.

— Le safran, c'est bon pour les tarlouzes, dit Fox alors que Lloyd dépose deux ou trois brins rouges sur sa langue en haussant les épaules.

On refait un tour sans cesser de boire. Fox a encore de la chance : il décroche le cumin.

— Ça sent les aisselles, commente-t-il en l'avalant.

J'ai droit ensuite à la menthe, qui me fait l'effet d'un repas dominical trop lourd et qui m'assèche une fois de plus la bouche. Je vide un nouveau verre de vodka coupée de jus d'orange – essentiellement de la vodka, en fait, grâce aux bons soins de Harper. Il dégote ensuite la cardamome, une épice bizarre, celle-là, pas désagréable avec son goût qui rappelle la cuisine indienne. *Je boufferais bien un curry, moi.* Retour à Lloyd. Je suis bien bourré, et le simple fait de regarder le carrousel me donne le tournis. Le plateau ralentit, la tension monte, on tape par terre, ooooh ! et après ça c'est l'hystérie, et on finit pliés de rire parce que…

— La cannelle. Cette putain de *cannelle*.

La cannelle est le monstre, le tueur, l'anthrax du carrousel à épices, et Harper remet solennellement à Lloyd une cuillère remplie à déborder. Lloyd la fixe avec la concentration d'un maître d'arts martiaux sur le point de casser un parpaing en deux. Il se prépare mentalement, inspire par le nez, expire par petits à-coups. La cuillère est dans sa main…

… puis dans sa bouche, et il la retourne, la retire sans briser le sceau de ses lèvres, les yeux écarquillés. Les secondes s'étirent. L'espace d'un instant, il semble près d'y arriver. Mais sa bouche s'ouvre brusquement – on dirait qu'elle explose de l'intérieur –, un grand nuage de poussière rouge s'en échappe, et on se met à rire comme jamais on n'a ri jusque-là, en nous tenant le ventre, en nous roulant par terre et en montrant du doigt cette poussière qui emplit la pièce, et pendant tout ce temps Lloyd ne cesse de tousser, de s'étrangler et de réclamer de l'eau, au point qu'on s'écarte de lui après avoir ramassé tous les verres et toutes les boissons. Plié en deux, il n'en finit pas de cracher.

— Donne-moi ça ! supplie-t-il à la vue de la bouteille d'eau dans ma main.

Je la brandis bien haut.

— Donne ça !

Il se jette sur moi, m'attrape par la taille et me plaque contre le billard, si bien que je sens ma colonne vertébrale s'écraser contre les boules. J'ai plus de mal à rire maintenant parce que je tousse moi aussi, mais je le fais quand même, et tandis que la poudre retombe sur moi et me pique les yeux, je parviens à maintenir la bouteille hors de portée de Lloyd. Le visage tout rouge à présent, il souffle de la fumée par les deux narines comme un taureau dans un dessin animé et m'assène une série de coups de poing dans les côtes.

— Hé, c'est bon, prends-la ! dis-je en essayant de me dégager et en lui tendant la bouteille.

Mais l'heure n'est plus aux offrandes de paix. Quand Lloyd continue malgré tout à me frapper, je suis alarmé par son expression pareille à celle de mon père dans ses moments de colère. Soudain je me retrouve avec une boule de billard dans la main – une boule lourde, lisse et bienfaisante. Mon genou remonte sans que je comprenne comment vers la poitrine de Lloyd, je m'arc-boute, le repousse si fort qu'il recule jusqu'au mur, dans le même temps je me redresse en ramenant le bras en arrière, et pour finir je lance mon projectile de toutes mes forces dans sa direction.

Trop de soirées se sont terminées ainsi. On ne pouvait apparemment s'arrêter qu'en allant trop loin.

La boule a heurté le Placoplatre avec un bruit sourd et est restée fichée dedans une fraction de seconde avant de retomber doucement par terre. De la cannelle flottait encore dans l'air, comme la fumée d'un coup de revolver. J'ai regardé en souriant mes trois meilleurs amis qui se tenaient accroupis, muets, les bras levés en bouclier au-dessus de leurs têtes. Lloyd a été le premier à rompre le silence.

— Putain de merde, Lewis, tu es complètement taré…

— Je ne te visais pas !

— Bien sûr que si ! Tu aurais pu me tuer !

— Wouah, s'est exclamé Fox en évaluant la profondeur du trou dans le mur avec son doigt. Vous avez vu ça ! Putain, Lewis !

— Ce n'est rien, a dit Harper. Juste du placo. Ça va ?

J'ai senti sa main sur mon épaule, consolatrice et sincère. J'ai aimé le Prince à cet instant et me suis demandé si je devais le lui dire.

— Ouais, ouais. J'ai un peu disjoncté.

— Un peu ? a répliqué Lloyd. Heureusement que tu vises comme une merde.

— Lloyd...

— Si tu étais capable de faire un bon lancer, je serais mort.

— LLOYD !

— Je paierai pour le mur évidemment, ai-je dit.

— Oublie ça.

— Tu n'as pas les moyens de payer un *mur*, espèce de con.

— Lloyd, calme-toi.

— T'es un *malade*, Lewis !

— Je rentre chez moi, a annoncé Fox.

— Ouais, pareil, ai-je dit comme si rien de tout ça n'avait de rapport avec moi.

Seulement, au moment de bouger, j'ai constaté que j'avais besoin de m'asseoir, puis de m'allonger sur le canapé, la tête en arrière. Autour de moi, les murs étaient devenus élastiques et la tanière avait commencé à tanguer. Fermer les yeux m'a transporté dans l'une de ces machines qui servent à tester la force G sur les astronautes. Je les ai rouverts pour dire au revoir à Fox, mais le temps lui aussi avait dû changer de nature parce que Fox avait disparu. J'ai refermé les yeux. J'entendais des voix, sans pourtant distinguer aucun mot tant le sang rugissait à mes oreilles, et quand j'ai tenté de me ressaisir et de me relever, les coussins du canapé se sont transformés en sables mouvants qui m'aspiraient vers le bas. Harper a dû me tirer par le bras pour m'en extraire.

— La vache, Lewis, tu es complètement torché.

— Je vais rentrer.

— Sage décision, oui.

J'ai fait signe à Lloyd.

— Salut, vieux.

— Ouais, salut, a-t-il répondu sans me regarder.

La maison était silencieuse et les lumières baissées lorsque Harper m'a raccompagné jusqu'à la porte.

— Hé, hé, maintenant qu'on est seuls tous les deux, je voulais te dire…

— Chhh !

— Je voulais te dire, j'ai rencontré cette fille…

— Quoi ? Pas maintenant, Charlie.

— OK. Je t'appellerai. Bonne nuit, monsieur et madame Har… ! ai-je crié dans le noir, juste avant de trébucher sur un escabeau qui s'est accroché à mon pied et que j'ai traîné avec moi le long du couloir.

— Chh ! Ils dorment !

— J'aimerais dire au revoir à ta mère.

— La ferme.

Par un nouveau tour de passe-passe temporel, je me suis retrouvé téléporté sur le seuil de la maison. Harper avait de nouveau posé une main sur mon épaule pour m'aider à conserver mon équilibre.

— Ça va, Charlie ?

— Quoi ? *Quoi ?* Ouais.

— Tu es sûr que tu peux rentrer chez toi ?

Je lui ai répété que ça allait, que j'étais seulement un peu bourré.

— Un peu quoi ?

— Un peu bourré.

— Tu as dit « paumé ». « Un peu paumé. »

— Hein ? Non, bourré.

— D'accord, d'accord. Tiens, ton sac.

— Je t'aime, vieux, ai-je dit en m'arrangeant pour rendre ces mots offensants audibles et inaudibles à la fois.

L'instant d'après, j'étais seul.

Mon vélo gisait par terre dans l'allée et quelqu'un avait remonté la selle, de telle sorte que je ne pouvais plus lever la jambe assez haut pour l'enfourcher. Je suis tombé en jurant, mais je me suis rendu compte ensuite que, en le hissant vers moi, je pouvais commencer à pédaler. J'étais à dix minutes de la maison et je rêvais de mon lit, d'un antidote contre le poison dans mes veines, d'une transfusion qui aspirerait tout ce qu'il y avait dans mon corps et qui injecterait à la place quelque chose de mieux, quelque chose de pur. Même en supposant que j'arrive à insérer la clé dans la serrure une fois de retour chez moi, je savais que je ne parviendrais pas à dormir, je fermerais les yeux et me sentirais de nouveau happé dans une centrifugeuse, et puis que se passerait-il si mon père était éveillé, ou assoupi sur le canapé ? Que se passerait-il si je devais lui parler ? Cette perspective me terrifiait. Plus jamais ça, me suis-je juré. Cette vie-là, c'était terminé, je prendrais un nouveau départ dès le lendemain, je serais clean, honnête, gentil, métamorphosé, et meilleur, meilleur, meilleur. *Je trouverais un moyen de me mouvoir dans ce monde en étant présent et vivant, je trouverais une façon d'être,* ai-je pensé en me souvenant des paroles d'Alina.

Mais en attendant, je ne pouvais pas empêcher la route devant moi de se déformer et de se tordre comme un pont de singe. Pédaler les yeux fermés n'arrangeant pas autant les choses que je l'aurais cru, je me suis concentré sur les lignes jaunes. L'ennui, ai-je bientôt compris, c'était que je n'avais plus aucune foi dans les lois de la physique et que je n'estimais pas non plus suffisant de continuer à pédaler pour conserver mon équilibre. Alors, une fois passé le terrain de jeux, j'ai ralenti jusqu'à ce que mon vélo bascule sur le côté et m'entraîne dans sa chute. Il ne me restait plus qu'à ramper pour me dégager et pouvoir me reposer.

L'herbe était fraîche contre mon dos et les étoiles décrivaient des cercles dans le ciel en laissant des traînées de lumière derrière elles, comme si quelqu'un avait fait un bond dans l'hyperespace. J'ai écarté les bras en essayant d'enfoncer les doigts dans la terre durcie par le soleil afin de ne pas être aspiré par le vide. Puis j'ai fermé les yeux, j'ai cherché à quoi me raccrocher... et j'ai trouvé Fran Fisher, la manière dont on s'était dit au revoir, le sourire qui dansait sur ses lèvres quand j'avais tenté en vain de l'inviter – un sourire qui donnait à penser qu'elle me comprenait vraiment. Elle semblait une obscure solution à un problème qui était tout aussi obscur. Mais bon, rien n'était clair à cet instant. Il valait mieux que je fasse une pause. J'ai relâché ma prise, roulé sur le côté et sombré dans l'inconscience.

À un moment, au cours de la nuit, j'ai eu l'étrange impression que mon père était à côté de moi, un manteau enfilé par-dessus son pyjama, et qu'il me parlait doucement. Qu'il y avait aussi sa voiture derrière lui, avec une portière ouverte, le moteur allumé et les phares braqués sur le parc. Qu'il me soulevait dans ses bras comme un pompier pour me porter d'un pas chancelant sur la banquette arrière et qu'il me ramenait à la maison pendant que la voix de Chet Baker s'échappait du haut-parleur. Suivait une image de moi en train de vomir dans les toilettes, puis assis dans la toute petite baignoire, les genoux repliés contre la poitrine, l'eau chaude de la douche coulant sur mon dos. Tout cela avait l'étoffe d'un rêve, mais ce qui est sûr, c'est que lorsque je me suis réveillé le lendemain matin, le corps contusionné et le sang toujours empoisonné, j'étais arrivé sans que je sache comment dans mon lit, dont les draps avaient été changés, et j'avais sur moi un pyjama que je n'avais pas mis depuis tout gamin.

Papa

Durant les onze premières années de ma vie, c'est mon père qui m'a élevé – encore que ce terme fasse paraître le processus un peu trop sain et réfléchi par rapport à la réalité.

Il était alors musicien, saxophoniste pour être plus précis, enfin en théorie. Soutenu par ma mère, il avait bravé la colère de mes grands-parents en abandonnant ses études de comptabilité pour jouer trois ou quatre soirs par semaine dans divers groupes, certains de jazz, d'autres spécialisés dans la reprise de tubes célèbres. Cela le laissait libre la journée de « travailler sur sa musique ». On vivait tous les trois dans un appartement en location situé au-dessus d'une boucherie, dans une galerie marchande de Portsmouth. Ma mère faisait les trois-huit dans un centre hospitalier, et mes premiers souvenirs sont ceux des heures décousues et interminables que j'ai passées à essayer de faire tenir debout des soldats en plastique sur la moquette pendant que mon père écoutait des disques en les accompagnant au saxo ou au piano – car il avait aussi un petit piano électrique derrière lequel il avait l'air d'un écolier assis à son pupitre. C'était une sorte de karaoké amélioré : il soulevait le bras du tourne-disque quand il peinait à jouer une série de mesures ou à trouver un accord – c'est-à-dire souvent –, puis il revenait en arrière, tendait l'oreille, hochait la tête en rythme en serrant son saxo contre sa poitrine et réessayait. Les bébés bercés par Bach et Mozart se développent plus vite que les autres et ont l'esprit plus analytique, paraît-il, mais personne ne sait ce qu'une exposition de cinq ou six heures d'affilée au be-bop peut avoir comme conséquences. Cela ne m'a pas rendu prématurément cool ou à l'aise dans mes baskets en tout cas – pas du tout, même. Tout juste y a-t-il des albums qui me sont restés aussi familiers que des comptines. *Blue Train, The Sidewinder, Go !, Straight* et *No Chaser* ont servi de bande-son aux moments heureux qu'on passait ensemble dans notre petit trois-pièces. Bien qu'il ne fût pas un amoureux du grand air, mon père faisait une concession aux normes éducatives en m'emmenant parfois au square, un endroit aussi morne et sinistre qu'un terrain d'aviation militaire. La pataugeoire y était toujours vide, le toboggan ne glissait pas et des garçons patibulaires monopolisaient les balançoires. Pour cette raison, et avec mes encouragements, on rentrait vite à l'appartement retrouver la chaleur soporifique du poêle à mazout, la télé allumée sans le son, *Button Moon* de Cannonball Adderley et *The Flumps* de Dexter Gordon.

Parfois aussi, je regardais juste mon père jouer. C'était un homme grand, pas très séduisant du fait de son dos voûté, de son cou allongé et de sa pomme d'Adam proéminente qui le faisait ressembler à un fou de Bassan en train d'avaler un poisson dès qu'il riait ou jouait. Jeune en théorie seulement, il n'était pas de son temps – on aurait plutôt dit un produit des années d'après-guerre, des cafés et du service national que des années 1960 et 1970. Alors même qu'il n'avait que la vingtaine, son visage était aussi fripé qu'un morceau de papier oublié dans une poche, et sa peau si élastique que c'en était perturbant. Quand on l'attrapait par les joues et qu'on tirait dessus, elles se distendaient de façon alarmante en lui faisant presque la tête d'un lézard à collerette – conséquence, j'imagine, de toute cette pratique musicale. Mais il avait de doux yeux couleur noisette qui restaient rivés sur nous durant ses accès récurrents de sentimentalisme, il était apprécié, populaire et gentil – le genre à parler aux inconnus et à aider les vieilles dames – et moi je l'aimais très fort, tout comme j'aimais notre vie de famille dans cet appartement.

À l'heure où ma mère devait rentrer du travail, il me rejoignait devant ma forteresse sur la moquette rêche et manifestait un peu de zèle parental en me posant des questions d'une voix très sérieuse d'assistant social ou en passant en revue avec moi mon abécédaire, dont il se désintéressait bien avant de parvenir à la lettre M. Mon père se flattait d'être autodidacte – l'emploi fréquent du terme étant la marque de fabrique de tous les autodidactes –, mais s'il avait été son propre professeur, ironisait maman, alors il n'avait été qu'un professeur remplaçant. Qu'importe, il attribuait une grande valeur éducative à la curiosité naturelle, et c'est en enfonçant une fourchette dans le grille-pain, en avalant des Lego et en faisant couler moi-même mes bains que j'ai appris des choses sur l'électricité, le système digestif et les déplacements d'eau. Il n'était pas de ces pères qui fabriquent des cerfs-volants, mais, s'il l'avait fait, j'aurais couru dehors jouer avec sous les pylônes. De temps à autre, il se livrait à des numéros de clown plagiés. J'avais alors droit aux pouces faussement sectionnés, aux objets sortis de derrière mon oreille, aux nez arrachés et rattachés – je me contentais de peu. Après ça, il s'en retournait à sa musique. Il n'était pas négligent, mais plutôt… nonchalant, facilement distrait.

Plus tard, à l'école, je découvrirais que la majorité des pères étaient de redoutables sergents instructeurs, froids et effrayants, qui rentraient en furie inspecter le matériel et les quartiers à la fin de chaque journée et dont la présence se révélait déstabilisante. D'aussi loin que je me souvienne, mon père avait toujours été là, lui, et on s'occupait le plus souvent chacun de nos petits projets, côte à côte, en se nourrissant de thé et de jus de fruits, de gâteaux bon marché et de desserts d'un rose chimique réalisés en versant l'eau de la bouilloire sur une préparation quelconque. Mon enfance a donc été un peu confuse, sale et désorganisée certes, mais heureuse aussi, à sa façon.

Mes parents ont convolé en 1984. Âgé de trois ans, je figure sur la photo de mariage, vêtu d'un costume trois-pièces en velours du plus bel effet comique. Mon père a une cravate toute fine et une posture droite pas du tout naturelle, tandis que ma mère est en blanc – une couleur guère de circonstance au regard de l'énorme ventre qui abrite ma sœur et qu'elle souligne en posant de profil, un poing brandi vers mon père pour mimer la colère. Du moins avons-nous choisi de croire qu'elle plaisantait. Aujourd'hui, mes amis et connaissances veillent à ce que toutes les conditions soient réunies avant de fonder une famille – carrière, prêt immobilier, chambres d'amis. À l'aube de la vingtaine, mes parents avaient choisi d'improviser. J'ai le souvenir de fêtes déjantées dans notre appartement bondé où se pressaient des musiciens et des infirmières – soit la rencontre de nitro et de glycérine. Je me revois aussi allumer les cigarettes de parfaits inconnus.

Puis Billie est arrivée, avec son prénom en hommage à Holiday, et nous avons vécu un moment en marchant sur des jouets et en nous réveillant mutuellement à toute heure du jour et de la nuit. Ce chaos d'abord agréable a fini par devenir une source de tension et d'agacement, à tel point que j'ai presque été soulagé d'entrer à l'école. Presque. Car mon père a pleuré devant les grilles de l'établissement comme si j'avais été un de ces enfants évacués pendant la guerre.

— Ce que j'aimerais, avait-il dit en prenant mon visage tel un trophée entre ses longs doigts, ce que j'aimerais, si ça ne t'ennuie pas, c'est détacher ta tête et l'emporter partout avec moi. Tu es d'accord ?

Voilà pourquoi ma mère affirmait qu'on était proches et qu'on serait bien ensemble, lui et moi, et je reconnais que ce lien me revenait certains jours en mémoire - notamment ce samedi-là. Sur un plateau à côté de mon lit, mon père avait disposé un thé chaud, une canette de coca frais et de l'aspirine sur un petit napperon en papier. La fenêtre avait été ouverte et un pan de ciel bleu laissait présager une belle journée, mais descendre l'escalier a été au-dessus de mes forces jusque dans l'après-midi. Accroupi près de la chaîne hi-fi, l'oreille collée contre ses enceintes, comme autrefois, mon père appuyait sur les clés d'un saxophone imaginaire en écoutant Ornette Coleman jouer un morceau de jazz qui faisait parfaitement écho au violent désordre dans ma tête.

— Tu peux baisser le son, s'il te plaît ?

Il s'est tourné vers moi avec un petit sourire indulgent.

— Tu t'es bien amusé, on dirait ?

— Oui, merci, papa.

— Je ne comprends pas, Charlie, tu es sorti toute la nuit, et quand tu es rentré à la maison, tu *empestais* la cannelle…

Mais il n'a pas abordé la question de mon mystérieux retour - ni ce jour-là, ni jamais par la suite -, ce dont je lui ai été reconnaissant. Tôt ou tard, il faudrait que j'appelle Harper. La violence n'était pas un problème tant qu'elle pouvait passer pour un jeu, mais péter les plombs comme je l'avais fait… Des excuses s'imposaient. L'image du creux dans le Placoplatre a émergé des brumes de mon cerveau, et j'ai repensé à la bouffée de plaisir que j'avais éprouvée lorsque la boule de billard avait quitté ma main. Il faudrait que j'appelle Lloyd aussi pour le convaincre que je n'avais pas cherché à l'atteindre - et pour m'en convaincre moi-même. Mais là, la seule chose dont je me sentais capable, c'était de me blottir dans un coin du canapé en veillant à ne pas bouger la tête. Les jeunes n'étaient-ils donc pas immunisés contre la gueule de bois ? Le simple contact des coussins me faisait mal, et même l'air, c'était pour dire.

— Il est possible de boire avec modération, tu sais. Tu n'es pas obligé de te mettre dans un état pareil.

— Oui, je sais !

Je ne boirais plus jamais, ou alors seulement à la mode raffinée et sophistiquée des amateurs de vin. Des gens comme Fran. Sans bouchon qui se visse sur la bouteille, et dans des verres spéciaux. Nouvelle pointe de culpabilité. J'avais eu l'intention de passer la journée à lire *Roméo et Juliette*. Je n'avais aucun espoir de l'impressionner, mais je ne voulais pas me ridiculiser, et la seule idée d'ouvrir le script...

Mais, ô joie, ô bonheur, le ciel s'était assombri, ce qui a permis à mon père de me faire cette proposition :

— Ça te dit de regarder quelque chose avec moi ?

On était bien devant un film tous les deux. Avec mes amis, il était rare qu'on choisisse des histoires situées ailleurs que dans l'espace, la jungle, le futur, ou un mélange des trois. Mais des jours comme celui-là, je n'avais envie que des films de papa, ainsi que je les appelais, des longs métrages épiques et familiers qu'on visionnait par roulement depuis mon enfance, que ce soit des productions britanniques avec Julie Christie et Alec Guinness, John Mills et Richard Burton, des westerns spaghettis ou des films sombres, *Spartacus, Les Vikings, Le Troisième Homme.* On ne pouvait pas se les offrir, mais il y en avait quelques-uns à la bibliothèque, et aller voir ce que recelaient les rayons était l'un des passe-temps informels de mon père.

— J'ai *Il était une fois dans l'Ouest, Quand les aigles attaquent* et la deuxième partie du *Parrain*.

Cela nous prendrait neuf heures au moins, de quoi réduire de moitié le taux d'alcool dans mon sang et nous occuper jusqu'à la fin de la journée avec un thé sur les genoux. Mon père s'est assis à côté de moi sur le canapé en gardant la télécommande à portée de main.

— C'est parti, a-t-il dit.

Sans un mot, mais dans une atmosphère conviviale, on s'est laissé bercer par les duels, les coups de feu et les explosions qu'on connaissait si bien pendant que les effets de l'alcool se dissipaient en moi, et cela a été une bonne journée avec mon père.

Samson

Le lundi, le beau temps a pris fin et j'ai écouté depuis mon lit le vacarme d'une averse si forte qu'elle semblait concentrer les pluies de tout un été. La première répétition de *Roméo et Juliette* était prévue à 9 h 30. À 8 h 45, il tombait toujours des trombes d'eau et la lumière du jour était aussi ténue qu'en plein mois de décembre. Peut-être était-ce un signe. À seize ans, je considérais que la météo n'avait pas d'autre but que de m'envoyer des messages personnels, et la pluie qui fouettait mes carreaux était comme une main appuyée sur mon torse pour me signifier que tout ça ne mènerait à rien de bon : *Tu vas te ridiculiser. Oublie-la. Reste couché.*

J'avais passé l'après-midi de la veille à essayer de comprendre la pièce et à réviser dans l'espoir de décrocher l'approbation de Fran. Installé sur le rectangle de ciment qui nous tenait lieu de jardin, j'avais adopté une posture aussi droite et studieuse que possible sur ma chaise longue et commencé à lire le prologue.

« Deux maisons toutes deux égales en dignité, dans la belle Vérone où nous plaçons la scène[1]… »

J'avais décidé d'y aller lentement et de décrypter les vers un par un. Avec cette première phrase, pas de souci. C'était un anglais facile, presque normal, et les mots s'enchaînaient sans problème, pareils à des prises d'escalade solides. Mais j'ai senti ensuite le texte m'échapper.

---

1. Pour l'ensemble des répliques dans le chapitre « Samson » : William Shakespeare, *Roméo et Juliette*. Traduction de Jean-Michel Déprats © Éditions Gallimard.

« … le sang civil salit les mains des citoyens… »

Comment le sang pouvait-il être « civil », et pourquoi salissait-il les mains des citoyens ? Et puis cet adjectif, « civil », avait-il le même sens que dans l'expression « guerre civile » ? Ou bien celui de civilité ? Peut-être les deux. Si ça se trouve, c'était voulu. Un jeu de mots, c'est ça. J'ai songé à ce que nous avait dit Mlle Rice, notre ancienne professeure d'anglais, qu'il ne fallait pas voir dans Shakespeare, ni d'ailleurs dans aucun poème, un texte ayant besoin d'être traduit :

« Ce n'est pas une langue étrangère, c'est *la* langue, votre langue. »

Il n'empêche, j'allais devoir éclaircir ce passage. Pas le traduire, mais plutôt résoudre son énigme. Mot après mot, je suis arrivé à : « le sang des citoyens salit des mains qui devraient être amicales durant cette guerre civile ».

Voilà, ça me semblait pas mal.

Mais ce n'était que *le quatrième vers*, et je me suis rappelé cet après-midi interminable et soporifique en classe où je n'avais fait que fixer une réplique dans *Macbeth*, « demain, demain, demain ». Le plaisir instinctif procuré par la sonorité des mots avait viré à la frustration devant toutes ces expressions qui exigeaient d'être expliquées, paraphrasées, mentionnées dans des notes de bas de page, et toutes ces inversions exaspérantes, dignes de maître Yoda, qu'il fallait remettre dans l'ordre.

« Ne vous inquiétez pas si vous avez parfois mal à la tête, avait dit notre professeure. C'est normal. Quand vous faites du sport, vous avez aussi les muscles endoloris à la fin, non ? »

Peut-être m'appliquais-je un peu trop. Peut-être que Shakespeare était comme l'un de ces tableaux très en vogue qui donnaient l'illusion d'une scène en 3D : il convenait de trouver le juste équilibre entre la concentration et la relaxation pour que l'image émerge.

« Oh, ça y est, j'ai compris ! » finissait par s'exclamer quelqu'un au premier rang.

Mais moi je ne comprenais pas, et je suis resté assis sur ma chaise longue en me sentant de plus en plus stupide et frustré. Fran Fisher se débattait-elle autant avec le texte ? Et les autres ?

« … dont la ruine malencontreuse et pitoyable… »

Ces mots pris au hasard auraient tout aussi bien pu être remplacés par « cochon parapluie satellite ». J'ai vérifié le nombre de pages – cent vingt-quatre. Une vie ne suffirait pas à démêler tout ça, et, comme des générations d'acteurs avant moi, j'ai décidé de me concentrer sur mon rôle. Peut-être y aurait-il là de quoi faire sourire Fran.

« Samson : Je te jure, Grégoire, qu'on ne se laissera pas traîner dans la boue.

« Grégoire : Non, car alors on perdrait la boule.

« Samson : Je veux dire que, s'ils nous font bouillir, on va dégainer. »

J'ai jeté le script par terre. « Je veux dire que, s'ils nous font bouillir, on va dégainer. » Même à l'époque élisabéthaine, j'imaginais des serfs aux dents gâtées se consulter du regard et demander : « Qu'est-ce qu'il raconte ? Il a parlé de bouillir ? » On m'avait dit qu'il y avait des blagues. « Bouillir », « boule », « boue ». C'était ça.

J'ai fermé les yeux en essayant de me rassurer. Après la lecture, je ne jouerais pas ce rôle pour de bon. Ce n'était qu'un moyen de parvenir à mes fins.

— Diantre, ce n'est qu'un moyen de parvenir à mes fins, ai-je dit à voix haute, avant de ramasser le script et de poursuivre.

J'ai identifié des passages « grivois » sur des vierges et des filles, et la réplique « mon épée nue est dégainée » m'a fait grimacer, parce que je savais que je devrais montrer mon entrejambe à ce moment-là. « Heureusement que tu n'es pas un poisson : sinon tu ne serais qu'une morue pas fraîche. » Il fallait que je dise ça. Devant Fran, devant Lucy Tran, et Colin Smart, et Helen Beavis.

« Samson : Je vais leur faire la nique, ce qui est un affront pour eux s'ils le supportent.

« Abraham : Est-ce à nous que vous faites la nique, monsieur ?

« Samson : Je fais la nique, monsieur.

« Abraham : Est-ce à nous que vous faites la nique, monsieur ? »

Dans l'ensemble, il y avait trop de niques là-dedans. J'ai mordu mon pouce à l'intention de Shakespeare en faisant claquer mon ongle contre mes dents. Peut-être que Samson revenait par la suite avec de meilleures répliques. J'ai parcouru rapidement quelques pages supplémentaires. Des mots, des mots, encore des mots. De nouveau ramené en arrière, dans ma salle de classe, j'ai eu l'impression que mon cerveau glissait sur la surface du texte comme un galet jeté sur une couche de glace épaisse.

J'ai refermé le script. Enfant, j'avais un jour démonté une vieille montre cassée, bien résolu à la réparer pour mon père, mais le plaisir initial que m'avait procuré la complexité de son mécanisme avait fini par céder la place à l'ennui, puis à la frustration. Au bout du compte, j'avais fourré les petites roues dentées et les ressorts à l'intérieur, maintenu le tout scellé avec du scotch et balancé la montre discrètement dans un égout.

Lundi matin, 9 heures, il pleuvait toujours des cordes.

Si je ne partais pas tout de suite, je ne le ferais jamais. La pluie pouvait être le signe que je devais rester chez moi, mais aussi un moyen pour des forces divines et surnaturelles de tester ma détermination en me soumettant une quête digne d'un chevalier. Une quête ! De l'autre côté du mur, j'ai entendu mon père dans la salle de bains. J'ai soudain eu une vision de nous deux plantés devant les programmes télé de la matinée, en train de parler de la pluie…

Je me suis vite habillé, j'ai enfilé mon vieil anorak d'école et me suis élancé à vélo sous l'averse comme un bateau le long d'une rampe de lancement. Je n'avais pas atteint le bout de la rue que j'étais déjà bon à essorer. La gomina de mes cheveux soigneusement sculptés me piquait les yeux et le jean que j'avais choisi m'irritait l'intérieur des cuisses à chaque coup de pédales. Pour ne rien arranger, la pluie sur le macadam chaud créait une sorte de bouillon chimique gris, et chaque voiture croisée sur la route m'envoyait à la figure un peu de cette soupe huileuse qui brouillait ma vision, si bien que, avant même d'entamer la montée raide jusqu'au manoir, j'étais décidé à rentrer chez moi. Les quêtes, c'était de la connerie. Mais, luttant contre les éléments, j'ai franchi le portail, continué à pied sur le gravier mouillé et laissé tomber mon vélo sur la pelouse pour partir à la recherche de l'orangerie – dans mon souvenir, une serre massive totalement vide. Je l'ai trouvée en faisant le tour de la maison. Le nez contre une vitre, j'ai tenté de distinguer des mouvements à travers la condensation. Puis j'ai repéré la porte et je me suis engouffré à l'intérieur.

… égales en dignité, dans la belle Vérone où nous plaçons…

Assis en cercle sur des chaises bistro, tous les membres de la troupe ont pivoté vers moi. Les bras ballants, les vêtements collés à la peau, je dégoulinais sur les tomettes du sol.

— Il est arrivé ! s'est exclamé Ivor. On l'applaudit bien fort !

Quelques maigres applaudissements se sont mêlés au tambourinement de la pluie.

— Rien ne presse, Charlie. On va tout reprendre depuis le début. On fait une pause de quelques minutes, mais restez tous à vos places.

Je me suis frayé un chemin à travers un champ de parapluies retournés pour aller m'installer entre Lucy et le garçon à lunettes qui répondait au nom de George. Là, j'ai plongé la main dans mon sac à dos et arraché la couverture au bloc de papier mâché qui avait un jour été mon script. Quelque part dans le cercle, quelqu'un a ri.

— Tiens, prends celui-là, a dit Alina.

Un nouvel exemplaire a circulé vers moi. J'ai jeté un coup d'œil à Fran. Elle avait les cheveux mouillés et plaqués sur son crâne, comme les joueurs de synthé dans les groupes des années 1980. J'aurais adoré profiter du spectacle, mais Helen lui a touché l'épaule et tendu la main. Fran s'est penchée en arrière pour glisser les doigts dans sa poche et lui a donné une pièce de monnaie…

— Charlie, on peut te dire un mot ?

Une main sur mon genou trempé, Ivor s'était accroupi près de moi avec Alina.

— Écoute, on a un problème.

— OK.

— Tu te rappelles la fille qui devait jouer Benvolio ? Elle nous a lâchés.

— OK.

— Et on se demandait si tu accepterais de jouer son rôle, a poursuivi Alina.

— OK ?

— Au moins pendant cette lecture, a précisé Ivor. Après on verra.

— OK.

— Tu te sens d'attaque ?

— Oui. Non. Enfin, je ne peux pas vraiment…

— Tu connais la pièce, non ?

— Oui ! Oui, oui, bien sûr !

— Inutile d'en faire des tonnes, surtout. On n'attend absolument rien de toi.

— Ce qu'on veut dire par là, Simon…

— Charlie.

— … Charlie, c'est qu'on attend beaucoup de toi, si, mais pas aujourd'hui. On ne vise pas l'Oscar, d'accord ? Contente-toi… d'aller jusqu'au bout.

— Vous voulez toujours que je lise…

— Les répliques de Samson ? Oui. Prends une voix différente ou… mon Dieu !

— Quoi ?

— Charlie, lève-toi !

— Heu, pourquoi ?

— Regardez, regardez tous !

Ivor m'a pris par les mains pour que je me lève et ne m'a pas lâché, comme si on avait été sur le point d'entamer une valse.

— Tu *fumes* !

Et en effet, une brume marécageuse remontait le long de mon corps à mesure que mes vêtements trempés par la pluie se réchauffaient, et pendant que tout le monde riait, s'extasiait et applaudissait, je suis resté là à dégager de la vapeur, tel un vampire à la lumière du soleil.

— Vous savez ce que c'est ? a braillé Ivor. C'est un signe d'*implication*, ça.

Le trac

— Je m'appelle Miles et je joue Roméo !

— Moi, c'est Polly et je serai la nourrice !

— Je m'appelle Bernard. Je lirai le prologue et les répliques du prince.

— Bonjour, moi c'est Ivor, je suis le metteur en scène et je jouerai Lord Capulet.

— Je m'appelle Alina. Je suis co-metteur en scène et chorégraphe, et je jouerai Lady Capulet.

— Fran, Juliette.

— Alex, Mercutio.

— Je m'appelle Helen, je suis la cheffe décoratrice et je jouerai Grégoire en attendant qu'on trouve un acteur.

— Salut, tout le monde ! Je m'appelle Keith, c'est moi qui ferai Frère Laurent et quelques autres personnages.

— Je m'appelle Colin et je jouerai Pierre ainsi que l'apothicaire !

— Je m'appelle George et je serai Pâris.

— Bonjour, moi c'est Charlie. Je lirai, euh, les répliques de Samson, et aussi celles de Benvolio, mais seulement pour aujourd'hui.

— Je m'appelle Lucy, je jouerai Tybalt.

Tous les yeux se sont ensuite tournés vers un duo d'âge mûr qui venait d'arriver, tous deux bruns, élégants et assez charmeurs, comme un couple d'espions.

— Bonjour à tous ! Nous sommes John…

— … et Lesley.

— Des amis de Keith au sein de la très célèbre troupe des Lakeside Players, a précisé John.

— Et nous avons été réquisitionnés pour interpréter les rôles plus *matures* de Lord et Lady Montaigu.

— Je serai Lady Montaigu, bien sûr, a déclaré John sous les rires de l'assemblée. Je plaisante ! Ce n'est pas vrai ! Ce n'est pas vrai !

— Super ! Génial ! l'a coupé Ivor. Très bien, reprenons, maintenant. Mais surtout – et je n'insisterai jamais assez là-dessus –, n'oubliez pas qu'il s'agit juste de lire. Je ne veux pas de jeu d'acteur !

— Ouais, c'est ce qu'on dit toujours, m'a soufflé George. Mais tu vas voir que tout le monde fera son petit numéro.

— Bernard, quand tu seras prêt...

Bernard s'est raclé la gorge en baissant ses lunettes sur la pointe de son nez, comme pour déchiffrer une liste de courses, et nous avons commencé.

— « Deux maisons toutes deux égales en dignité, dans la belle Vérone où nous plaçons la scène... »

Le prologue, qui, la veille, m'avait paru si lent et si dense, défilait à présent à toute vitesse, mes répliques se profilaient déjà, semblables à un mur de brique, et moi je ne pensais qu'à une chose : qui était Benvolio ? J'ai feuilleté rapidement le script et découvert qu'il entrait en scène à l'endroit précis où j'avais interrompu ma lecture. Benvolio était la raison pour laquelle j'avais baissé les bras. Il échangeait ses premiers mots avec Samson, et j'ai hésité – devais-je modifier ma voix, adopter un accent pour faire la distinction entre les deux et montrer ainsi l'étendue de mon talent ?

Mais quel talent ? En tournant la page, j'ai vu le nom de Benvolio au-dessus d'un pavé. Et pourquoi Helen avait-elle demandé de l'argent à Fran ? Pourquoi souriait-elle comme ça ? Pourquoi me regardaient-ils tous ?

Parce que c'était à moi de lire.

— « Je te jure, Grégoire, qu'on ne se laissera pas traîner dans la boue. »

Le rôle de Grégoire était échu à Helen, et cela m'aidait un peu de faire ce dialogue avec quelqu'un qui, à défaut d'être plus mauvais que moi, n'était en tout cas pas meilleur.

— « Non, car alors on perdrait la boule », a-t-elle marmonné.

Et nous avons continué ainsi laborieusement jusqu'à ce qu'il soit temps pour Benvolio de prendre la parole.

Ma stratégie consistait à dire mon texte le plus simplement possible, un mot après l'autre, de la même façon que j'aurais traversé une rivière à gué en avançant pas à pas, sans jamais varier mon débit ou mon intonation.

— « Séparez. Vous. Imbéciles. Rengainez. Vos. Épées. Vous. Ne. Savez. Pas. Ce. Que. Vous. Faites. »

Mais quelqu'un s'est mis à crier après moi. Lucy Tran jouait un personnage du nom de Tybalt qui ne m'aimait pas beaucoup à en juger par sa manière de cracher chaque vers en me donnant des coups sur le bras avec son stylo.

— « Quoi, l'épée tirée, tu parles de paix ! Je HAIS ce mot comme je hais l'ENFER, tous les Montaigu et TOI. En garde, COUARD ! »

De toute évidence, Lucy avait décidé d'ignorer les consignes d'Ivor, mais j'ai persisté à débiter mes répliques comme j'aurais mis des pièces dans un distributeur.

— « Madame. Une. Heure. Avant. Que. Le. Soleil. Vénéré. Ait. Jeté. Un. Regard. Par. La. Fenêtre. D'or. De. L'Orient… »

Puis Roméo est arrivé, et on a enchaîné aussitôt sur un dialogue interminable dans lequel Miles soupirait, se moquait et riait, de ce genre de rire irréel qui s'écrit en toutes lettres – ha-ha, ho-ho. La pluie avait cessé de tambouriner sur l'orangerie et rien ne justifiait qu'il crie autant, mais il a continué et entraîné le loyal Benvolio avec lui dans la scène suivante, et la suivante, ce qui me faisait toujours plus de répliques. Bon sang, ce rôle était quasiment le *premier* rôle. Pourquoi ne pouvais-je pas avoir moins de texte ? S'il vous plaît, faites que j'en aie moins.

Polly, la gentille propriétaire des lieux, a pris le relais, et son accent nous a emmenés en voyage dans les îles Britanniques, de l'Extrême-Orient aux Midlands, Newcastle et au-delà. Son personnage était là pour détendre l'atmosphère, ai-je compris. J'ai eu un nouveau passage épineux sur la mort de Tybalt, que j'ai lu en distribuant les mots comme un enfant distribue des cartes et, après ça, Dieu merci, Benvolio la bouclait enfin. J'ai pu observer et écouter les autres jusqu'à ce que, au bout de quelques heures, on parvienne à cette conclusion :

— « Car jamais histoire ne vit plus grand fléau que celle de Juliette et de son Roméo ! »

Le silence est retombé. Les gens se sont agités sur leurs chaises. Des scripts ont été refermés.

— Bien, a dit Ivor d'une voix grave, j'ai noté un jeu d'acteur très, très présent dans cette lecture. Nous avons du pain sur la planche. Nous... Nous allons devoir disséquer tout ça. OK, tout le monde, quinze minutes de pause. Quinze minutes !

Toute la troupe s'est levée en s'étirant, et j'ai croisé le regard de Fran, qui m'a décoché un petit sourire. Bien joué ! semblait-elle dire. Mais j'étais trop gêné pour m'approcher d'elle et, de toute façon, Roméo a surgi devant moi en me barrant le chemin.

— Alors, Benvolio, qu'est-ce que tu en as pensé ?

— C'était super. Tu es très bon.

Il a balayé mon compliment d'un geste de la main.

— Ce n'est qu'une première lecture, je n'ai pas fini de creuser mon personnage, tu comprends ? Je vais encore m'améliorer. Mais, écoute, a-t-il dit en posant sa grosse patte sur mon épaule, on a beaucoup de scènes ensemble. Vraiment *beaucoup*.

— Ouais, j'avais remarqué.

— Du coup, je voulais juste m'assurer... Tu ne comptes pas *jouer* comme ça, hein ?

Je ne comptais pas jouer *du tout*. Dans les moments où je ne martelais pas mes répliques, j'avais été attentif aux performances des différents membres de la troupe et, tout novice que j'étais, l'évidence m'apparaissait : cette entreprise était vouée à l'échec, avec ou sans ma participation.

Tout d'abord, il y avait les non-acteurs, les anti-acteurs, ceux qui n'avaient rien pour eux – Helen, Bernard et moi. Et puis il y avait les autres, c'est-à-dire la majeure partie du groupe, les acteurs-tragédiens avec leurs voix snobs qui surfaient sur des montagnes russes, leurs silences étranges, leur façon bizarre d'accentuer certains mots et leur posture impérieuse même quand ils étaient assis. Ils me rappelaient le sérieux avec lequel les jeunes enfants peuvent jouer au roi et à la reine dans une cour de récré. Peut-être était-ce ça, le travail d'un acteur. Jouer au roi et à la reine. Mais qui irait assister à un tel spectacle de son plein gré ?

Quant à Fran Fisher, il est possible que je n'aie pas été tout à fait objectif, mais ce jour-là, dans l'orangerie, j'ai considéré qu'elle était de très loin la plus grande actrice que j'aie jamais entendue, et son talent, me semblait-il, résidait dans tout ce qu'elle ne faisait pas. Elle ne posait pas, ne frimait pas, ne prenait pas une voix radicalement différente de la sienne. Contrairement à Miles, elle n'observait pas des silences à… tort… et à travers, avant de poursuivre sur un ton guilleret faussement naturel. Elle ne marmonnait pas et ne sous-jouait rien. Sans que je sache comment, les mots dénués de sens que j'avais fixés à m'en user les yeux étaient soudain devenus éloquents, pressants et réels dans sa bouche. « Galopez prestement, coursiers aux pieds de feu, vers la demeure de Phébus ! » avait-elle dit. J'aurais eu du mal à expliquer d'où sortaient ces chevaux, pourquoi leurs pieds étaient en feu et où habitait Phébus, mais je m'étais fait cette réflexion pendant sa tirade : *Oui, je vois très bien ce que tu veux dire.*

Le talent n'était pas quelque chose qui m'attirait – c'était même plutôt l'inverse, car j'avais tendance à me montrer rancunier, ou moqueur, ou fuyant devant les gens pourvus d'un don particulier –, mais chaque fois qu'elle parlait, toute la salle se penchait en avant. Un personnage qui dans ma tête avait toujours été une simple image, une fille sur un balcon, m'apparaissait désormais drôle et passionné, intelligent et volontaire, rebelle et sensuel – un mot qui faisait se tortiller de gêne le garçon de seize ans que j'étais. Comment pouvait-on mimer ces qualités si on ne les possédait pas en partie ? Les jouer sans en être doté serait comme exprimer une pensée qu'on n'a jamais eue. À côté de Juliette, Roméo n'était qu'un crétin pleurnichard. Qu'est-ce qu'elle lui trouvait ?

Un petit attroupement s'était formé autour d'elle, ce que Miles n'appréciait visiblement pas.

— Elle fera l'affaire à condition de bosser, a-t-il lâché avant de s'éloigner.

Trop intimidé pour aller discuter avec Fran, j'ai décidé de sortir.

— Hé, Charlie, m'a-t-elle lancé alors que je passais près d'elle. Bien joué !

J'ai grimacé et pressé le pas.

Le soleil perçait à présent, aussi implacable que la pluie tombée ce matin-là. À l'extérieur, Alina et Ivor se débattaient avec un problème. Moi.

— Ah, Charlie, a dit Alina, les cheveux tirés si fort en arrière que cela lui donnait un air exaspéré. Qu'est-ce que tu as pensé de ce nouveau rôle ?

— Euh, eh bien, je n'étais pas très sûr…

— Oui, on aurait dit que tu cherchais ton chemin à tâtons ! a fait observer Ivor.

— Ou que tu ne comprenais qu'un mot sur neuf.

— Alina !

— Tu as déjà envisagé de travailler comme régisseur ?

J'allais être viré, et cette idée m'a procuré un merveilleux soulagement.

— Si vous voulez confier le rôle à quelqu'un d'autre...

— Non ! Non, on aimerait beaucoup que tu fasses l'essai, a dit Ivor.

— Et puis, on n'a personne à part toi pour le moment.

— Même si ce n'est pas la raison pour laquelle on souhaite te garder !

— Eh bien...

— On voudrait que tu persévères... pendant une semaine, peut-être.

— D'accord, ai-je répondu, impatient de m'échapper.

— Mais est-ce que je peux te poser une question ? a repris Ivor en baissant la voix. Tu as déjà fait du théâtre ?

J'ai éclaté de rire.

— À votre avis ?

— Dans ce cas, a dit Alina, qu'est-ce qui t'amène ici, Charlie ?

— Euh... l'envie de rencontrer de nouvelles têtes ?

J'ai cherché des yeux un alibi autour de moi. Assis à l'écart sur un banc, un chapeau en feutre mou repoussé en arrière, Alex, alias Mercutio, se roulait une cigarette. De nouvelles têtes. J'ai tendu la main vers lui.

— Ma foi, tu seras excellent, a déclaré Ivor. En temps voulu.

— Et dans le cas contraire, a nuancé Alina, crois-moi... songe plutôt à devenir régisseur !

J'ai refait signe à Alex. J'avais appris à l'école que ça ne se faisait pas d'admirer le physique d'un garçon, y compris en silence, quand soi-même on en était un, mais Alex était vraiment canon, avec de longs membres et la grâce alanguie d'un danseur. Sur scène comme dans la vie, il affichait un air amusé qui lui dessinait une unique parenthèse d'un côté de la bouche. Alors même que je pensais en être la cause, il a essuyé l'eau de pluie qui recouvrait le banc.

— Viens t'asseoir.

Je me suis avancé vers lui avec cette impression – impression qui ne me quitterait plus jamais par la suite – de devoir lui demander un autographe.

Alex Asante. C'était l'autre membre de la troupe à avoir du talent. On l'avait compris dès qu'il avait ouvert la bouche. Durant l'un de nos tout premiers cours, notre professeur de français nous avait promis qu'en travaillant dur, on finirait par éprouver une sorte de transe dans laquelle le caractère étranger du français s'évaporerait. On s'exprimerait alors, on réfléchirait et on irait jusqu'à rêver dans cette belle langue encore nouvelle pour nous. Je n'avais jamais approché cet état, même de loin – j'étais sorti de la salle d'examen au bout d'une demi-heure –, mais il y avait quelque chose de séduisant dans cette idée, et comme avec Fran, j'avais eu un sentiment d'immédiateté lorsque Alex avait pris la parole. J'ignorais qui était la reine Mab et pourquoi elle n'apparaissait pas sur scène, mais j'avais perçu où il voulait en venir et je me suis senti le devoir de le lui dire.

— Tu es très bon acteur.

— Oh, seulement par comparaison.

— Non, je suis sérieux.

Il a haussé les épaules.

— C'est mon jeu standard d'outsider gay. Tu t'en es très bien tiré.

— J'ai été merdique, tu veux dire.

Cela l'a fait rire.

— Considère-toi comme... une masse d'argile encore informe.

— Je crois qu'ils vont me virer.

— Tu. T'en. Es. Bien. Tiré, a-t-il répété en tapotant mon genou à chaque mot. Et puis ils ne peuvent pas te virer, le Conseil des arts ne le permettrait pas. L'important, c'est de faire vivre une expérience aux jeunes ! De transformer leur vie grâce à Shakespeare ! Tant que tu te pointeras le matin, tu feras partie du projet. Tant que tu seras motivé.

— Oh, pour ça, il est très motivé, n'est-ce pas, Charlie ? a demandé Helen en nous rejoignant. Très, très motivé. Fran et moi avions même parié là-dessus.

Elle a brandi une pièce d'une livre entre son pouce et son index.

— Fran était persuadée que tu ne viendrais pas et je lui ai parié une livre que si. Résultat, j'ai gagné. Merci mille fois ! a-t-elle conclu en m'ébouriffant les cheveux.

— C'est quoi cette histoire ? a demandé Alex.

— Charlie est amoureux.

— Helen, arrête, l'ai-je suppliée en remarquant que Fran se dirigeait vers nous.

— Il est amoureux du *théâtre,* n'est-ce pas, Charlie ? C'est pour ça qu'il est ici. Oh, Fran, je parlais justement de la passion de Charlie pour le théâtre.

— Ah oui ?

— C'est très récent. Je m'y intéresse plus en tant que… que spectateur, en fait.

— Si tu les voyais, ses copains et lui ! a continué Helen avec un grand sourire. Je ne pourrais pas te dire le nombre de fois où, alors qu'ils mettaient le feu aux devoirs de quelqu'un, l'un d'eux s'exclamait : « Hé, c'est fou comme ça me rappelle cette scène dans *Hedda Gabler* »…

— Helen…

— On était obligés de lui dire : « Charlie, lâche-nous un peu avec tes références *théâtrales* », mais non, c'est Pinter par-ci, Stoppard par-là, et Tchekhov, Tchekhov, Tchekhov…

— Oh ? a réagi Alex, l'air amusé. Quelle est ta pièce préférée ?

Il y a eu un silence.

— C'est si difficile de choisir.

— *La Cerisaie,* je parie ? a dit Helen.

— *La Cerise,* oui, c'est une bonne pièce.

— Ah, *La Cerise* ! Oui, j'oubliais, c'est le nom qu'ils lui donnent, ses copains et lui : *La Cerise*. « Qui a envie d'aller à Londres avec moi samedi ? J'ai des billets pour *La Cerise*… »

— On ferait bien d'aller manger, l'ai-je coupée avant de me sauver.

Les débuts

Ç'a été la première fois qu'on a passé du temps ensemble tous les quatre – Alex, Helen, Fran et moi –, et quand je pense à ce qu'on est devenus, il est étrange que je n'en aie pas gardé un souvenir plus précis. Je sais juste qu'on a délaissé le ragoût aux pois cassés servi ce jour-là pour disputer une partie de badminton sans équipes ni filet, avec des volants déplumés et des raquettes privées de la moitié de leurs cordes – des paniers de basket, en fait – qu'on avait trouvés sur la pelouse. J'étais le premier étonné d'avoir accepté de participer au lieu de me contenter de regarder les autres. C'est par ces petits moments d'intégration que débutent les belles amitiés, même s'il n'y a rien eu de spontané ou de détendu là-dedans. Parce que j'avais échoué à lire Shakespeare, il me semblait doublement important que j'excelle au badminton.

— Charlie, tu prends ça trop au sérieux, a dit Fran alors que je m'insultais après avoir fouetté l'air avec ma raquette.

Dans l'après-midi, on a reformé notre cercle de chaises bistro et poursuivi notre étude du texte – toujours « le texte » plutôt que « la pièce ».

— Avant de commencer, n'oubliez pas une chose, a dit Ivor. Le texte a beau s'intituler *Roméo et Juliette*, il parle de tout le monde, au fond. Pour Roméo, évidemment, il s'agit d'une pièce sur Roméo, et pour Juliette d'une pièce sur Juliette. Mais pour Pâris, elle raconte l'histoire de Pâris ! Nous connaissons tous de grandes passions, des aventures intimes *fascinantes*, des amours et des haines secrètes. La nourrice considérera donc que c'est elle qui est au centre de *Roméo et Juliette*. Idem pour le serviteur. Et pour Benvolio ?

Ivor m'a jeté un coup d'œil plein d'espoir.

— C'est une pièce sur… Benvolio ?

— Oui ! Exactement ! Car, comme dans la vraie vie, il n'y a pas de personnages secondaires !

Assis à côté de moi, Miles a eu une moue sceptique. Ce discours rassembleur et socialiste était certes gentil, mais on savait bien que la pièce tournait tout entière autour de Roméo. Qui irait sacrifier une soirée du mois d'août pour voir *Benvolio et l'apothicaire* ? Sans doute pas moi, et pourtant j'incarnais Benvolio. Le personnage était si insignifiant. Pas de blagues vraiment drôles, pas de famille, pas de vie amoureuse, il donnait l'impression d'ennuyer ou d'agacer tous ses interlocuteurs. Il ne faisait que rapporter les actions des autres, et quand il ne caftait pas, il les suppliait d'arrêter de se battre ou livrait des informations que le public détenait déjà. Bien qu'il fût censé être le meilleur ami de Roméo, celui-ci semblait lui préférer Mercutio, et lorsqu'il disparaissait brusquement à la moitié de la pièce, il était difficile de croire que quiconque puisse le regretter. Au moins Samson avait-il ce passage où il faisait la nique. Benvolio n'était qu'un second couteau, un conformiste et un observateur. Les autres se confiaient à lui, mais ne l'écoutaient pas en retour. C'était très étonnant que des gens que je connaissais à peine m'aient attribué un rôle taillé sur mesure.

L'après-midi s'est écoulé lentement, et j'ai éprouvé la même torpeur abrutissante à 14 h 45 que dans une salle de classe. Les habitants de Vérone auraient fait la sieste. Nous, nous avons continué à avancer. Dès que je sentais ma tête dodeliner, je me redressais aussi sec et me creusais la cervelle pour trouver une remarque brillante et pénétrante qui impressionnerait Fran et témoignerait d'une perspicacité que je ne possédais pas, seulement je n'avais pas le don de disserter sur les personnages comme s'ils étaient réels, ou comme si je ne faisais qu'un avec eux.

— Le truc avec *moi*, a affirmé Lucy, c'est que je vis pour me battre.

J'ai essayé d'associer ces mots à la fille silencieuse derrière laquelle j'étais assis en cours de biologie, mais le toit de verre n'en finissait pas de réchauffer l'air immobile, la conversation tournait en rond, et je me suis dit que si je fermais les yeux rien qu'un instant...

Je me suis réveillé en sursaut. J'avais décidé de ne pas regarder Fran à moins qu'elle ne prenne la parole, mais c'étaient ceux qui avaient le moins de choses à dire qui parlaient le plus, et elle se contentait de les écouter, le menton appuyé sur son genou qu'elle avait relevé contre sa poitrine.

À la fin, le débat a porté sur les préjugés et les sources de division. Ivor s'est penché en avant, les mains jointes comme un jeune prêtre.

— Bien, a-t-il dit d'une voix feutrée. Qu'est-ce qui nous sépare ? En tant que communautés. Pas sur scène, mais d'une manière générale, dans la vraie vie, ici et maintenant. Quels sont les griefs et les préjugés qui nous divisent, pas en tant qu'amants, mais en tant qu'amis ? N'oubliez pas qu'il n'y a pas de mauvaise réponse.

« Il n'y a pas de mauvaise réponse » fait partie de ces phrases typiques que les gens disent sans les penser. Il y avait de mauvaises réponses et nous le savions tous – à part peut-être Miles, qui a imité le ton grave et la posture d'Ivor.

— Eh bien, il y a le racisme. Le fait de juger quelqu'un en fonction de sa couleur de peau.

— Ha ! s'est exclamé Alex. Du point de vue du casting, je crois qu'il est un peu tard pour redresser la barre. Regardez autour de vous.

— Pas dans cette production-*là*. Il y a toi, il y a Lucy...

— Ce qui fait tous les Blancs d'un côté et deux personnes de couleur de l'autre, a-t-elle répliqué.

— Les Blancs face à *toutes* les autres races, a renchéri Alex.

— Les premiers étant la valeur par défaut.

— Je voulais parler du racisme en tant que thème, s'est défendu Miles.

— À moins que l'un d'entre vous ne se barbouille le visage de noir…, a continué Alex.

— Il n'en est pas question ! s'est interposé Ivor.

— Je sais ! a dit Miles. Mais une production différente, avec un casting différent…

— Dans une ville qui compterait plus d'un Asiatique, l'a coupé Lucy.

Miles a levé les mains en l'air.

— D'accord, oublions ça. Merde, je croyais qu'il n'y avait pas de mauvaise réponse !

— Bon, reprenons. Quelles sont les autres sources de division entre les gens ? D'une façon générale, pas nécessairement dans la pièce.

— Si je peux me permettre…, est intervenue Polly. Je dirais l'âge. Je pense qu'il y a un terrible fossé entre les générations, à la fois dans la pièce et dans la vraie vie.

— Bien, très bien, a commenté Ivor.

Les seniors parmi nous ont hoché vigoureusement la tête. Les plus jeunes, eux, semblaient impatients de passer à autre chose.

— La classe sociale, a dit George, une main devant la bouche.

— Dans la vraie vie peut-être, a répondu Alina, mais dans la pièce, Shakespeare prend soin de souligner que les Montaigu et les Capulet sont deux maisons « égales en dignité ».

— Ou, ce qui n'est pas sans rapport, la culture, a-t-il insisté. Le goût, la musique. Les tribus culturelles.

— Blur contre Oasis.

— Le Nord contre le Sud.

— Non ! a grimacé Alina. Arrêtez avec les accents régionaux, je vous en supplie.

— Le Sussex de l'est contre le Sussex de l'ouest.

— Les deux familles sont de Vérone, alors…

— Le football ! s'est écrié Keith, notre Frère Laurent. On dirait l'opposition entre Manchester United et Manchester City, ou Arsenal et Tottenham.

— Allez, les Spurs ! a entonné Colin Smart en parodiant un chant de supporters.

— Oh, je vous en prie, s'est énervée Lucy.

— L'éducation, a dit Helen. C'est comme au collège, quand les garçons de Merton Grange mettent systématiquement une raclée à ceux de Chatsborne.

— Ils ne leur mettent pas *systématiquement* une raclée, l'a corrigée Fran.

— Bien sûr que si. Toujours.

— Hé ! a protesté Fran en donnant un coup dans sa chaise.

— Merton Grange, Merton Grange ! a scandé Colin Smart.

— Grandis un peu ! a dit Lucy.

— Non, c'est bien, a déclaré Ivor. Nous pouvons utiliser cette agression, ce ressenti.

— Mais, est-ce que… ? a commencé une voix que j'ai été surpris de reconnaître comme étant la mienne. Excusez-moi, est-ce que le problème n'est pas l'absence de raison ? Dans la pièce, je veux dire. Dans la vraie vie, les choses qui poussent les gens à se battre sont parfois irrationnelles, mais on peut les nommer. Dans la pièce, ce n'est pas parce que l'un des deux clans est snob, ou noir, ou blanc, ou je ne sais quoi d'autre, qu'ils s'affrontent, mais simplement parce qu'ils ont l'habitude de se tabasser, de péter les plombs, de tout briser autour d'eux. Les garçons surtout. Ce sont juste des garçons déboussolés et en colère.

Ivor a médité ma réflexion en hochant la tête, et j'ai de nouveau fixé le sol. La discussion a repris. Pour finir, il a été décidé que les Montaigu pourraient peut-être porter des T-shirts rouges, les Capulet des bleus, et que le message devrait être assez clair comme ça.

Loisirs et centres d'intérêt : socialiser avec autrui

— Salut, a-t-elle dit.
— Salut.
— Je pensais faire le chemin avec toi.
— D'accord.
— Sauf si tu es pressé.
— Non, non, je veux bien marcher un peu.

Et c'est devenu notre rituel, comme lorsqu'on va à l'école avec quelqu'un - d'abord gênés et guindés, puis de plus en plus à l'aise. On a longé l'allée, tourné à gauche au niveau de la loge et descendu le sentier arboré en prenant soin de rester en retrait du groupe pour ne pas atteindre trop vite le pied de la colline.

Le sol avait séché, mais l'air était toujours frais sous les arbres et il flottait une odeur de terre chaude et humide et de feuilles pilonnées par la pluie. On a commencé par échanger des informations biographiques, de celles que vous réclament certains formulaires. J'avais lu dans je ne sais quel magazine masculin qu'un moyen subtil de plaire à une fille consistait à la faire parler d'elle-même. « Posez-lui des questions, conseillait le journaliste. Donnez-lui l'impression que vous vous intéressez à elle. » J'ai ainsi appris qu'elle aimait ses parents, Graham et Claire, à peu près autant qu'on peut aimer des parents.

— Mais je ne les appelle pas par leurs prénoms, hein. On n'est pas tordus.

Sérieux et pragmatique, Graham Fisher occupait un poste administratif au sein d'une compagnie ferroviaire et travaillait souvent tard.

— Mais au moins, il fait en sorte que les trains soient à l'heure. C'est sa blague récurrente - la seule qu'il ait. C'est un papa poule, si tu vois ce que je veux dire.

Claire était bibliothécaire dans la ville voisine. Du genre artiste et amoureuse des livres, elle était aussi la meilleure amie de Fran.

— C'est bizarre, je sais. Peut-être que je devrais me faire plus de copines. Des filles de mon âge qui ne m'auraient pas donné naissance. Enfin bref, elle est vraiment marrante, maman. J'ai de la chance, je peux tout lui dire - en théorie, bien sûr. Il y a des tas de trucs que je ne lui raconte pas. Je n'ai pas à me plaindre, pas pour le moment en tout cas. Je suis sûre que ça viendra. Un jour.

Les gens qui s'entendaient bien avec leurs parents m'inspiraient autant de méfiance que ceux dotés d'une belle dentition et d'un sourire plein d'assurance - à coup sûr, ils étaient liés par un secret quelconque. Le cannibalisme peut-être. Fran semblait même aimer son frère aîné, un garçon brillant qui étudiait les maths à l'université de Sheffield.

— C'est le cerveau de la famille. C'est d'ailleurs le surnom qu'on lui donne pour le chambrer, le Cerveau - un surnom que j'adore, évidemment.

Elle s'interrompait à l'occasion pour me laisser le temps de remplir mon formulaire, mais je m'empressais toujours de lui poser une question en l'abattant comme une carte dans une partie de bataille, avant de réfléchir à la suivante pendant qu'elle me répondait. Notre conversation virait à l'interrogatoire, et l'effort requis m'empêchait parfois de l'écouter aussi attentivement que je l'aurais souhaité.

— Et toi, Charlie, qu'est-ce que… ?

— Et tu veux devenir actrice ?

Il est possible aussi qu'elle ait remarqué mon manège.

— Moi ? Non, pas du tout ! Ou plutôt je ne sais pas. Disons que *j'aime* faire du théâtre, c'est pour ça que je suis là. Comme toi…

— Bien sûr.

— Mais c'est parce que j'apprécie les gens, les répétitions, le texte. J'apprécie le côté mélodramatique et trop sentimental de la chose. Monter un spectacle, ici même, dans cette baraque. Les représentations sont prévues dans trois semaines et rien n'est prêt ! Tout ça m'éclate, mais le jeu d'acteur en lui-même… Je mentirais si je disais que je *déteste* ça, que je suis *timide*, mais c'est quand même… égocentrique, non ? C'est un peu idiot et prétentieux, cette façon de dire : « Regardez-moi, regardez-moi, regardez-moi ! »

— Tu es douée, pourtant.

— Non, pas du tout.

— Si. C'est vrai, quoi, j'ai compris tout ce que tu disais et pourtant, je suis long à la détente.

— Je n'en crois pas un mot. Mais, et toi… ?

— Et qu'est-ce que tu veux faire, alors ?

— Quand je serai grande ?

— Quand tu seras grande.

— J'ai l'impression d'entendre un conseiller d'orientation.

— Je te soûle ?

— Non, c'est juste que… J'aime beaucoup le français, mais ce n'est pas un métier à ma connaissance, hein. Dommage, ça m'aurait plu d'être payée pour… je ne sais pas, fumer et avoir des liaisons. Bon, d'accord, c'est cliché. J'avais pensé au droit aussi, parce que ça permet de porter des perruques et de faire des discours, mais dans ce cas, autant jouer la comédie, et ça, je n'en ai pas envie parce que… enfin, bref. On n'en est pas encore là. Sauf que, tout d'un coup, si, on y est, hein ? Maintenant on n'arrête pas de nous répéter : « Sélectionnez vos options », ce qui revient au fond à dire : « Réduisez l'éventail de vos possibilités. » Chaque fois qu'on fait un choix, on entend des portes claquer au loin. On nous jure qu'on peut devenir tout ce qu'on veut – oh, mais pas ceci, ni cela, ni…

Personne ne m'avait jamais juré que je pouvais devenir tout ce que je voulais. L'informatique, les arts plastiques, le graphisme – telles étaient mes spécialités théoriques, et je m'étais parfois imaginé les manches retroussées devant une planche à dessin, dans un bureau rempli de planches similaires, et même si je n'avais aucune idée de ce qui figurait sur la feuille, je trouvais plaisante cette vision d'une activité créative et technique qui consisterait à produire des ombres et des nuances avec des porte-mines. Mais j'avais abandonné cette ambition en juin. Désormais, quand j'essayais de me projeter au-delà du mois de septembre, j'éprouvais de nouveau cette peur de dériver à l'infini, de rester à jamais assis sur le canapé à côté de mon père, à chercher des boulots sur Ceefax avec une assiette de pasta Madras sur les genoux. En matière de talent, j'étais capable de réaliser des hachures, de jouer à *Doom*, et je m'employais à parfaire mon bronzage. Mieux valait changer de sujet.

— Pourquoi ne pas devenir actrice puisque tu es douée pour ça ?

— C'est très gentil de ta part, a-t-elle répondu en ramenant ses cheveux derrière son oreille. Le truc, c'est que, ici, j'ai le rôle de Juliette, mais, ailleurs je devrais me contenter d'interpréter, je ne sais pas moi, des *donzelles* et des laitières. J'ai eu un professeur d'anglais qui m'a beaucoup encouragée. Une sorte de mentor, si on veut. On participait à des tournois scolaires durant lesquels on récitait Shakespeare et des poèmes, et il m'a dit – je le cite texto – que j'avais un joli visage, mais que personne ne pouvait s'en rendre compte derrière toutes mes rondeurs d'adolescente.

— Mais tu n'es pas ronde du tout.

— Je le suis trop pour gagner ma vie en tant qu'actrice, apparemment.

— C'est n'importe quoi.

— Parce qu'il y a beaucoup d'actrices grassouillettes ?

— Non, parce que je te trouve…

Dans la microseconde qui a suivi, j'ai parcouru mon thésaurus personnel en écartant les adjectifs « belle » – trop fort –, « jolie » – trop insipide –, et « top » – trop *fashion*. « Mignonne » ? Non, trop nunuche. « Séduisante » ? Trop franc.

— … charmante, ai-je dit en doutant de mon choix à l'instant même où ce mot m'échappait.

— Oh. Très bien.

J'ai craint aussi de l'avoir mal prononcé. N'avais-je pas dit « cha-re-mante », avec trois syllabes ?

— Et toi ?

Trop tard. J'avais été distrait au point de la laisser me poser une question.

— Tu comptes devenir acteur professionnel… ?

Elle était presque parvenue au bout de sa phrase quand elle a éclaté de rire.

— Ce n'est pas très sympa.

— Je sais. Désolée.

— Je croyais que j'avais été plutôt bon.

— Mais tu l'as été, je t'assure ! Excuse-moi.

— Et puis je découvrais le texte.

— Ah oui ? Dans ce cas, tu as été épatant.

— Non, j'ai juste testé une approche différente.

— C'était donc voulu.

— Oui, j'ai envie de faire de mon personnage quelqu'un qui marque une pause entre chaque mot. Comme s'il avait eu un grave accident.

— Un coup à la tête.

— Je lui ai inventé… Comment tu appelles ça ?

— Un vécu ?

— Un vécu, oui. Il a été, je ne sais pas, moi… heurté par le cheval de Tybalt.

— C'est une approche audacieuse et novatrice.

— Je le pense aussi.

Nous avons continué à marcher en souriant.

— Après la lecture, Miles est venu me voir et il m'a dit : « Tu ne comptes pas jouer comme ça, hein ? »

Cela a fait rire Fran.

— Oui, j'ai assisté à la scène. Je l'ai observé pendant que tu lisais et il avait l'air *furax*. Genre : « On ne peut pas attendre de moi que je travaille dans ces conditions-là ! »

— Je crois qu'il est jaloux.

— Devant ton talent tout frais éclos.

— Tout frais éclos et inaltéré.

— Oui, c'est comme quand les gens ont vu Brando pour la première fois.

— Exactement. Ce n'est pas *mauvais*, mais *nouveau*, et il a du mal à le supporter.

— Tu es à l'état brut.

— Tout à fait. Je suis trop brut.

— Dangereux.

— Trop dangereux.

Devant nous, les autres s'étaient immobilisés et nous observaient. Nous avons ralenti afin de ne pas les rattraper.

— Et donc, ai-je repris, au regard de mon état brut…

— Je t'écoute.

— Je peux arrêter maintenant ?

Elle m'a frappé fort sur l'épaule.

— Non ! Il faut que tu continues !

— Ça ne sert à rien !

— Pourquoi ?

— Je n'y arriverai pas !

— Tu apprendras, tu t'amélioreras. Aujourd'hui, tu n'as fait que déchiffrer le texte.

— Ce n'est pas ça le problème. Je ne comprends rien à ce que je lis. Et pour être honnête, je n'aime même pas le théâtre.

— Oh, sans blague, a-t-elle ironisé. Pourquoi es-tu revenu alors ?

— Tu le sais très bien ! Tu m'as fait du chantage.

Nous avons avancé un instant en silence, les yeux rivés devant nous. Au bout d'un moment, elle m'a donné un coup de coude, avant de détourner la tête quand je l'ai regardée – mais pas assez vite pour me cacher son sourire.

— Ce n'était pas du chantage, mais une incitation.

— Appelle ça comme tu veux.

— Et je ne t'ai pas promis non plus d'accepter ta proposition.

— Si.

— Je t'ai promis d'y réfléchir. Et je le ferai pendant cette semaine de répétitions.

J'ai rejeté la tête en arrière en râlant.

— OK, a-t-elle enchaîné. Qu'est-ce que tu dis de ça : à chaque pause déjeuner, on se trouvera un coin tranquille, rien que tous les deux, et on relira la pièce ensemble, vers après vers, pendant une heure.

— Tu me proposes de devenir mon professeur ?

— Yep. Ça va être *carrément* gênant.

Mais je ne voulais plus avoir de professeur, moi, et surtout pas quelqu'un de mon âge, quelqu'un que j'aimais bien...

— Fais-moi confiance, je suis une excellente enseignante. Stricte, mais juste. Allez. Ce sera marrant. Et puis, qui d'autre pourrait jouer ton rôle comme tu le fais ?

— Ça, c'est vrai.

— On a besoin de toi – c'est dire si on est désespérés.

Nous avions atteint le bout du sentier. Près de l'arrêt de bus, le reste de la troupe nous attendait.

— Désolée, j'ai l'impression que je n'ai fait que parler de moi. Demain, ce sera ton tour.

— On verra.

— À demain, alors.

— À demain ! m'a crié Helen.

— À demain ! a dit Alex.

— À plus, Charlie, a dit George.

— À demain ! ont dit aussi Keith, et Colin, et Lucy.

Je suis reparti à vélo en sentant leurs regards dans mon dos. *Bon, ben, je n'ai plus le choix maintenant,* ai-je pensé.

J'allais me donner jusqu'à la fin de la semaine.

Des épées

À ce moment-là de ma vie, j'avais vu très exactement la moitié d'une pièce de théâtre.

Mlle Rice, notre toute jeune professeure d'anglais, nous avait emmenés au National Theatre assister à une représentation du *Train du monde*, une œuvre portée par des jeux de mots spirituels et une satire maligne des mœurs sociales sous la Restauration – autant dire un choix osé pour un bus entier de gamins de quinze ans. Emballés par les passerelles et les marches en béton du quartier de South Bank, on avait crié dans les tunnels et ovationné des skateurs. L'endroit nous avait paru génial aussi pour jouer avec des pistolets laser, et le temps qu'on prenne place dans l'auditorium, tous gavés de boissons énergisantes et de Maltesers, on était prêts pour un remake de *Sa Majesté des mouches*. Totalement inconscient, le personnel de la billetterie nous avait installés au premier rang de l'orchestre, et la guerre avait vite été déclarée entre la classe 4F d'un côté, les acteurs et le public de l'autre. En dépit de la supériorité numérique de leurs alliés, les comédiens étaient contraints par leurs répliques et leur professionnalisme, d'où une bataille désespérément inégale. Un certain nombre de chocolats n'avaient pas tardé à franchir le quatrième mur, et la troupe s'était retrouvée malgré elle engagée dans un match de foot et obligée d'endurer nos acclamations chaque fois qu'un acteur shootait dans un bonbon et l'envoyait hors de la scène. Si les blagues de Congreve nous étaient passées bien au-dessus de la tête, le personnage du bellâtre amoureux en revanche nous avait fait rire – pas joyeusement, mais avec sarcasme, au point que l'acteur avait bientôt douté de sa performance et gardé les yeux rivés ailleurs, comme quelqu'un qui aurait tenté d'éviter une bagarre dans un pub. D'autres en revanche ne s'étaient pas laissé si facilement intimider et avaient continué à réciter leur texte avec une colère à peine voilée, même dans les scènes d'amour.

Oh, que la bataille avait été longue. Si longue que l'entracte nous avait fait l'effet de ces mirages dans le désert qui s'éloignent d'autant plus qu'on s'en approche. Les acteurs avaient forcé leurs voix à mesure que leur frustration grandissait, et nos commentaires avaient peu à peu perdu de leur humour. Suite à plusieurs plaintes, Mlle Rice, au bord des larmes, nous avait tous réunis pendant l'entracte pour nous dire combien elle avait honte de nous, combien notre comportement était inadmissible, et cela avait mis fin à la récréation. La majeure partie d'entre nous n'avaient pas remis les pieds dans la salle après ça – notre professeure n'en avait plus *rien* à cirer à ce stade et ne supportait plus notre vue. À la place, on avait déambulé dans le quartier et jeté des petits cailloux dans la Tamise. Sur le chemin du retour, il avait régné à l'arrière du bus la même ambiance qu'à l'arrière d'une voiture de police, et nous n'avions jamais su ce qu'il était advenu des jeunes amants spirituels.

Si le virus du théâtre existait vraiment, alors j'étais immunisé contre lui. Le problème n'était pas lié au jeu d'acteur en soi. Je prenais plaisir à regarder des gens faire semblant d'être tel ou tel personnage dans les films dont je me gavais sans distinction au cinéma et devant ma télé, mais tous les éléments censés rendre le théâtre unique en son genre – la proximité des acteurs, les émotions exacerbées, la possibilité d'un désastre – m'amenaient à juger cette expérience mortifiante. C'était trop. Trop dépouillé. Trop artificiel.

Et puis il y avait ce parfum de prétention, de supériorité et de suffisance qui collait aux « arts et aux lettres ».

Monter sur les planches, jouer dans un orchestre, accrocher son portrait sur un mur, publier une histoire ou, pire encore, un poème dans le journal de l'école, c'était clamer son originalité, sa foi en soi, et donc devenir une cible pour les autres. Tout ce qui reposait sur un piédestal risquait tôt ou tard d'être renversé, rester tranquille dans son coin et taire ses ambitions créatives relevait donc simplement du bon sens à mes yeux.

Surtout pour un garçon. Nous n'avions le droit que d'être bons en sport, nous. Dans ce cas-là, il était tout à fait acceptable de se pavaner et de se vanter, mais mes talents à moi se trouvaient ailleurs – et très probablement nulle part. Le seul don en ma possession, à savoir le dessin – ou plutôt le gribouillage – était toléré si je me cantonnais à des œuvres techniques et froides. Je ne me dévoilais pas dans la représentation d'une orange à moitié pelée, le gros plan d'un œil sur lequel se reflétait une fenêtre ou un vaisseau spatial de la taille d'une planète. Il n'y avait là aucune beauté, aucune émotion, aucune mise à nu de ma personne. Juste un talent de dessinateur. Toute autre forme d'expression – le chant, la danse, l'écriture, et même la lecture ou la maîtrise d'une langue étrangère – était considérée comme une activité non seulement gay, mais aussi snob, et peu de choses à Merton Grange vous valaient d'être davantage stigmatisé que ces deux épithètes. Voilà pourquoi les spectacles de notre école ne comprenaient presque que des filles en pantalon qui parlaient d'une voix grave avec une moustache collée sur la figure. Au contraire du théâtre élisabéthain, il était déshonorant pour les garçons de jouer dans une pièce, et plus encore dans une pièce de Shakespeare. Shakespeare supposait de réciter des vers, et tous les morceaux de hip-hop et tous les combats à l'arme blanche du monde n'y changeraient jamais rien.

J'avais donc rejoint une secte – du reste, on en avait tout l'air, habillés comme on l'était de vêtements amples, plantés pieds nus et en cercle dans la lumière matinale sur la pelouse d'un grand manoir isolé.

— … et maintenant je veux que vous dérouliez le dos petit à petit, une vertèbre après l'autre, jusqu'à ce que vous vous soyez complètement redressés… Bien. Levez les bras vers le soleil, plus haut, encore plus haut…

Personne ne saurait jamais que j'essayais d'atteindre le soleil. Je me suis rappelé la raison de ma présence – elle se tenait à quelques pas sur ma droite…

— Charlie ! Tes yeux, s'il te plaît ! Concentre-toi !

Contrairement à Ivor, Alina n'avait pas l'énergie joyeuse d'un cocker, mais plutôt la mine déçue et exaspérée d'une chanteuse de cabaret qui, sans qu'on sache pourquoi, aurait été conviée à se produire dans une fête pour enfants. On se raidissait tandis qu'elle allait et venait parmi nous en exerçant une pression sur des genoux bloqués, en poussant des têtes plus bas vers le sol, quitte à faire craquer des os, ou encore en enfonçant les doigts sous des cages thoraciques afin de vérifier l'engagement du diaphragme. J'ignorais même que j'en avais un.

— Inspirez à fond ! Sentez l'air autour de vous. N'oubliez pas de respirer… et basculez encore une fois vers l'avant. Charlie, comment veux-tu pouvoir bouger librement dans cette tenue ?

Dans un dernier acte dérisoire et contre-productif de rébellion, j'avais décidé de porter un jean plutôt que les marcels et les pantalons de jogging, tous trop larges ou trop serrés, dont s'étaient affublés les autres. Alex était pratiquement en justaucorps, mais ça, c'était une ligne que je refusais de franchir. Et si jamais je me faisais renverser à vélo ?

— Tu ne peux pas bouger, et si tu ne peux pas bouger, tu ne peux pas jouer. Demain, pense à te préparer avant de venir, s'il te plaît.

Telle serait désormais notre routine : une arrivée matinale, des échauffements, puis la consultation du planning.

Les répétitions devaient avoir lieu à différents endroits autour du manoir. Pendant que la nourrice et Juliette seraient avec Ivor dans l'orangerie, par exemple, la bande des Capulet et celle des Montaigu seraient avec Alina dans le verger, où elles s'entraîneraient à rôder comme des panthères et à fondre sur leur proie comme des cobras. La fin de chaque session serait marquée par le tintement d'un triangle géant accroché à un arbre. Aucune autre indication de temps n'était autorisée – ni les montres, ni les téléphones pour ceux qui en avaient un, en l'occurrence Alex et Miles. Durant nos plages de « liberté », c'est-à-dire quand on n'aurait pas de scène à répéter, on devait aller retrouver Helen et son équipe dans les étables pour les aider à construire les décors, teindre les costumes ou réaliser des affiches publicitaires.

Le vendredi après-midi, toute la troupe suivrait un atelier sur la confection et le port de masques au milieu de la Grande Pelouse. Je ne voyais pas comment cela pourrait bien se passer, et cette menace a plané sur moi toute la semaine, pareille à un rendez-vous chez le dentiste. En attendant…

— Les Montaigu et les Capulet, s'il vous plaît… choisissez vos armes !

Nous étions dans le verger, où nous avions été invités à nous servir dans un bac rempli de manches à balai et de bâtons de bambou.

— Essayez-les, a dit Alina du ton solennel d'un Jedi. Prenez-les en main et voyez comment vous les sentez. Laissez votre arme vous choisir. Je veux que vous l'ayez en permanence sous les yeux, que vous soyez ici ou chez vous, peu importe l'endroit. Je veux que vous graviez vos initiales dessus, que vous la posiez près de votre lit la nuit, que vous en décoriez le manche si vous le souhaitez. Je veux que vous lui donniez un nom !

J'ai contemplé le manche à balai scié dans ma main, puis cherché du regard quelqu'un avec qui rire. Mais Lucy était en train de soupeser son bâton et Colin de tenir le sien en équilibre sur le bout d'un doigt. Alex testait avec son pouce le tranchant imaginaire de sa perche en bambou, Miles semblait parler à voix basse à son balai-brosse, et même George, d'habitude attentif et réservé, fouettait joyeusement l'air avec une longue et fine branche de noisetier en essayant de produire un petit sifflement.

Mais on ne pouvait pas nier qu'il y avait quelque chose de satisfaisant à parader avec une épée, si dérisoire fût-elle, et j'ai éprouvé le même plaisir primaire que lorsque j'avais appuyé le fusil à air comprimé de Harper contre mon épaule, joué avec la hache aiguisée de son père ou planté un canif dans le tronc d'un arbre. Mieux encore, nous avons reçu chacun une large ceinture de cuir à caler bien bas sur nos hanches, comme les as de la gâchette dans les westerns. Selon Alina, porter une arme modifiait notre façon de marcher, de nous tenir, de nous asseoir, et même si nous avons passé une bonne partie de la matinée à trébucher contre les nôtres, j'ai fini par me laisser prendre au jeu et à poser une main sur une garde imaginaire en attendant un verre de sirop et un biscuit. Peut-être pourrais-je enrouler une corde épaisse tout autour et appliquer de la colle dessus pour avoir une meilleure prise, ou peut-être aussi qu'en rabotant un peu la lame, en arrondissant l'autre extrémité, voire en vernissant… *et c'est comme ça qu'une secte s'empare de toi. C'est comme ça qu'elle vient à bout de ta résistance…*

Des répétitions accompagnées d'un véritable entraînement au combat avec des épées réalistes étaient prévues plus tard, mais pour l'heure, nous avons roulé des mécaniques vers le buffet installé à l'extérieur, comme les jeunes nobles italiens pleins de vigueur que nous étions devenus, et nous avons fait notre choix parmi un assortiment de plats végétariens gracieusement offerts par Polly et son mystérieux personnel : des gratins de pâtes à base de farine complète, tout plâtreux et recouverts de fromage gras, des pois cassés semblables à une pile de crottes de chèvre, des salades à base de graines sablonneuses et des haricots qui avaient fermenté au soleil. Penché sur une table à part, George s'employait à scier une miche de pain fait maison d'un brun acajou. Ce buffet démontrait la générosité de Polly, mais ses qualités gustatives passaient visiblement après la bonne santé de nos intestins et la régularité de notre transit, et nos flatulences collectives ont par la suite pimenté nos différentes pauses.

— Ça en fait, des fibres, a commenté George en continuant à scier son bout de pain.

— Je vous jure, a dit Alex en plongeant une branche de céleri dans un pot d'houmous. Un jour on va se pencher en avant en enroulant le dos lentement, une vertèbre après l'autre, et on se chiera dessus en même temps.

Je venais de prendre une banane aussi verte qu'un citron et une grappe de raisins rachitiques quand Fran a surgi à mes côtés, le script à la main.

— Alors, comment tu l'as appelée ?

— Pardon ?

— Ton épée. C'est quoi, son nom ?

— Bâton. J'ai décidé de l'appeler Bâton.

— Bon choix.

— Je n'ai pas choisi Bâton, c'est Bâton qui m'a choisi.

— Et qu'est-ce que Bâton et toi, vous diriez d'aller vous isoler quelque part avec moi ?

Une main sur la garde de mon épée et l'autre tenant un bol de raisins, j'ai suivi Fran vers le pré.

Pygmalion

On s'est installés à l'ombre d'un arbre aux branches basses, près de l'endroit où on s'était rencontrés. Ce jour-là, je lisais torse nu, une cigarette à la main : peut-être m'avait-elle pris pour un intellectuel. Si c'était le cas, la vérité ne mettrait pas longtemps à éclater.

— Je pense qu'on devrait se contenter de refaire une lecture, ligne après ligne, histoire de voir ce que ça donne. D'accord ?

Malgré nos efforts pour rester détendus, il y avait un côté inévitablement docte dans son attitude. Je ne m'étais pas attendu à retrouver ce statut d'élève, et mes vieilles angoisses ont tout de suite resurgi.

— Quand tu seras prêt, a-t-elle dit en croisant les mains derrière sa tête et en fermant les yeux. Je t'écoute.

Je me suis humecté les lèvres.

— « Les gens de votre adversaire et les vôtres se battaient ici à outrance quand je suis arrivé ; j'ai dégainé pour… »

— Attention à ne pas ignorer le point-virgule. La ponctuation est ton amie. Pas la seule que tu aies, mais elle t'aidera. Et que signifie « gens » ?

— La famille ? Les proches de l'adversaire ?

— Ou bien les « serviteurs ».

— Ma réponse était fausse, alors ?

— Non, mais « serviteurs » est plus adapté dans le cas présent.

— « Les serviteurs de votre adversaire… »

— Et pourquoi précise-t-il « quand je suis arrivé » ?

— Il se défend ? Il ne veut pas porter le chapeau ?

— Pourquoi ? Que faisaient-ils ?
— Ils se battaient.
— Plus exactement ?
— Ils se battaient à outrance.
— En clair…
— C'était un combat sans merci.
— Mais encore ?
— À coups d'épée.
— À grands coups d'épée, oui. Ce qui nous donne… ?
— « Vos adversaires se battaient à grands coups d'épée quand je suis arrivé. »
— Pas seulement les adversaires.
— Les serviteurs de vos adversaires.
— Ce qui fait de lui… ?
— Un snob ?
— Peut-être. Peut-être qu'il…
— … se croit supérieur. Meilleur qu'eux, en tout cas.
— Maintenant, répète la phrase en essayant de jouer le personnage.
— « Les gens de votre adversaire… »
— Mais pas avec cette voix bizarre. Parle normalement.
— Est-ce que je ne suis pas censé, comment dit-on déjà… projeter ma voix ?
— Oui, mais je suis là, a-t-elle répondu. Raconte-moi juste ce qui s'est passé.
Et sans ouvrir les yeux, elle a tendu un bras par-dessus sa tête et l'a laissé reposer un instant sur ma jambe.
— « Les gens de votre adversaire et les vôtres se battaient ici à outrance quand je suis arrivé. »
— C'est déjà mieux. Recommence.
— « Les gens de votre… » Tu sais combien il y a de pages encore ?
— Ça deviendra plus facile au bout d'un moment.
— Fais-le, toi.
— Non !
— Fais-le et je te copierai.

— Je ne peux pas jouer ton rôle pour toi.

— Non, mais tu peux le jouer tout court et je ferai pareil. Vas-y !

— Non.

Je lui ai donné un petit coup avec mon pied.

— Allez !

— Rien que pour cette fois, alors, a-t-elle soupiré. « Les gens de votre adversaire et les vôtres se battaient ici à outrance quand je suis arrivé. »

J'ai imité son intonation et accentué les mêmes mots qu'elle.

— OK. On continue ?

Nous avons enchaîné avec l'arrivée du bouillant Tybalt.

— « … tailladant les vents, qui n'en souffraient guère, et qui lui sifflaient leur mépris. » Bien…

— Ce n'est rien, décortique la phrase.

— Comment peut-on taillader les vents ?

— C'est une image. Il les personnifie.

— Mouais.

— Et ils ne souffrent pas parce que…

Je me suis rappelé George dans le verger, sa branche de noisetier et le sourire qu'il ne pouvait contenir tandis qu'il fouettait l'air en essayant de lui arracher un sifflement. Les garçons faisaient-ils ça il y a quatre cents ans ?

— Il agite son épée sans réussir à toucher sa cible, et l'air donne l'impression de s'énerver.

— Exactement. Donc…

— Donc ?

— Dis *ceci* mais en pensant *cela*. Le jeu d'acteur ne consiste en rien d'autre, au fond. Il faut juste savoir ce que tu veux exprimer et le faire avec les mots qui te sont donnés.

J'ai hoché la tête, puis :

— Euh, tu peux répéter ?

Elle a roulé sur le ventre pour me faire face.

— Imagine que je te dise : « Je te déteste. » Pas toi *toi*, mais ton personnage. Je peux employer un ton qui sous-entend : « Bon sang, je te déteste *vraiment* », mais aussi un autre qui montre que je t'aime en secret, ou que tu me dégoûtes, ou que je te trouve beau, ou... mmmh, que tu *m'intrigues*. Je suis obligée de prononcer ces mots : « Je te déteste », parce que c'est ce qui est écrit, mais je peux exprimer toutes ces choses en parallèle. Et si je dis : « Je te déteste » en pensant en réalité : « J'ai très envie de t'embrasser », alors tu le sentiras. Pas toi, *toi*, mais ton personnage. Il n'y aura pas de franche déclaration, juste des tas de petits signes dont on n'a même pas conscience et qu'on ne contrôle pas – la manière dont on se tient assis, le mouvement de nos yeux, le fait qu'on rougisse ou pas, que sais-je encore. Et tu comprendras ce que je veux vraiment dire. Pas toi *toi*. Le public. Est-ce que ça fait sens ?

J'ai cherché un terme que j'avais déjà entendu, mais jamais utilisé jusque-là.

— C'est comme... euh... un sous-texte ?

— Pas seulement. L'ironie, les métaphores – tout ça, c'est un moyen de ne pas exprimer ce qu'on pense, tout en l'exprimant quand même.

— Ce serait plus simple si chacun s'efforçait d'être sincère, précis, et d'employer le moins de mots possible.

— Peut-être, mais où serait la poésie là-dedans ? a-t-elle répliqué en se rallongeant sur le dos. Et les gens sont-ils jamais tout à fait sincères ? Soixante-dix ou quatre-vingts pour cent du temps, ils ne mentent pas à proprement parler, mais... ils s'éloignent de la vérité. Avouer leurs sentiments les rendrait fous à mon avis. Et puis, c'est bien plus intéressant de chercher à découvrir le sens caché des choses.

Un moment s'est écoulé durant lequel je me suis demandé si cet échange n'était pas le plus profond que j'aie jamais eu. Non seulement j'avais employé le mot

« sous-texte », mais l'idée qu'une conversation sur un tel sujet puisse elle-même avoir un sous-texte et être aussi complexe me donnait le tournis.

— Reprends, a-t-elle dit en me tapotant la jambe.

— « ... tailladant les vents, qui n'en souffraient guère, et qui lui sifflaient leur mépris... »

— Là, tu y es. On comprend cette fois. Cette tirade est très... spirituelle, n'est-ce pas ?

— Euh, il n'y a pas de quoi se tordre de rire, quand même.

— Je ne l'entendais pas dans ce sens-là.

— Oh.

Je ne savais pas quel était cet autre sens auquel elle faisait allusion, et peut-être l'a-t-elle deviné parce qu'elle a poursuivi :

— Pas spirituel dans le sens de drôle, mais d'intelligent. Il y a une idée à creuser ici, quelque chose à improviser. Benvolio est malin, ou il croit l'être, ou il veut que les Montaigu croient qu'il l'est. C'est un trait que tu pourrais exploiter. Si tu en as envie.

— En portant des lunettes, par exemple.

— À l'image des gens intelligents ?

— Tu trouves que c'est trop facile ?

— Non, j'aime bien. Vois comme tes choix sont osés.

Elle s'est interrompue brusquement pour cracher dans sa main.

— Désolée. Ces raisins sont dégoûtants. Vas-y, continue.

Jamming

L'après-midi, Fran a répété avec son Roméo, et nous avons regagné le verger dans le cliquetis de nos épées pour travailler le début de la pièce. Le passage où Samson faisait la nique avait été confié à John et Lesley, les nouveaux venus de la troupe de Lakeside – « des stars de la scène locale, presque des semi-professionnels », selon Keith. Toute ironie mise à part, leur manie de se pendre chacun au cou de l'autre et de fourrer les mains dans ses poches durant les pauses nous obligeait au moins à leur reconnaître une vigueur juvénile.

— Je les soupçonne d'être des échangistes, a dit George.

— Semi-professionnels, a dit Colin.

— Des stars de la scène locale, a dit Alex.

— En tout cas, ils sont très tactiles pour leur âge, a dit Lucy.

Ils avaient peut-être la trentaine, mais ils étaient infatigables, pleins d'entrain, et cela m'allait très bien de rester assis à l'ombre et de les regarder se mordre le pouce. L'après-midi est passé ainsi, aussi moite et soporifique que n'importe quel après-midi dans la belle Vérone de jadis, jusqu'à ce qu'il soit temps de partir. Nous nous sommes tous réunis dans l'allée. Lucy jouait avec sa canne de bambou posée en équilibre sur un doigt, Colin s'appuyait sur la sienne en se balançant à droite et à gauche, comme Fred Astaire, et George écrivait son nom sur un manche à balai avec le stylo plume qu'il gardait dans sa poche de poitrine. Il n'y avait pas à dire, on était de vrais loubards.

Fran m'avait demandé de l'attendre. Pour l'heure, elle était coincée avec Roméo, qui avait trouvé le moyen d'ôter son T-shirt et qui s'était adossé à sa voiture, une vieille Golf blanche cabossée, avec son épée contre sa hanche. Épuisé par cette journée de travail, il ne s'arrêtait de parler que pour boire à grands traits à la bouteille d'eau toujours présente à ses côtés, à croire qu'il était un dauphin en transit et qu'il devait à tout prix éviter de s'assécher. Il avait un *torse* – il n'y avait pas d'autre mot pour ça – dont les muscles semblaient avoir été hachurés et ombrés comme ceux de mes dessins, et il avait appris ce truc adoré des ados qui consistait à serrer son biceps gauche avec sa main droite pour souligner le sillon entre ses gros pectoraux. Un peu d'eau a coulé sur son cou et sa poitrine lorsqu'il a de nouveau bu. J'ai entendu un fracas. Lucy venait de laisser tomber son arme.

— Arrête de baver, Luce, s'est moqué Colin, qui a reçu un coup de bâton en retour.

Fran avait l'air de s'ennuyer, elle.

— Une minute ! a-t-elle articulé en silence à mon intention.

À cet instant, Miles l'a attrapée par le bras. Ma main s'est tout de suite posée sur mon manche à balai, mais elle lui a soudain tordu le téton, comme pour éteindre une radio. Il a glapi de douleur et elle m'a rejoint en riant.

— Bon sang, j'ai cru qu'il ne me lâcherait jamais… Merci de m'avoir attendue. Allons-y.

J'ai calé mon épée sur le guidon de mon vélo.

— Tu le connaissais avant ?

— Non, mais c'est comme si je le connaissais depuis toujours, si tu vois ce que je veux dire. Il n'est pas méchant, j'imagine, mais vraiment pénible. Tu as remarqué cette façon qu'il a de boire de l'eau chaque fois que les gens parlent ? Sûrement pour ne pas perdre son temps à les écouter.

— De quoi discutiez-vous ?

— Des *exigences* de son rôle. Il semble douter de lui. « Je ne sais pas si je suis celui qu'il faut pour jouer ce personnage. » En fait, il veut juste être contredit.

— Il est très beau.

— Et il en a conscience à mon avis.

En entendant crisser le gravier derrière nous, nous nous sommes écartés pour laisser passer la voiture de Miles. Son bras nu pendait par la vitre ouverte, et il nous a adressé un signe nonchalant au son d'un tube de Bob Marley.

— Un peu de reggae en ces lieux. Comme un aperçu de Kingston. Kingston-upon-Thames.

— « *We're jammin', we're jammin'* », ai-je chantonné.

— On dit « jamming », Bob. Il faut prononcer le « g ». Qui conduit une voiture torse nu, je me le demande ? Ses sièges en cuir doivent être brûlants, en plus. Quand il en sortira, il aura la peau d'un poulet rôti. Hé, ne le répète pas, mais je le soupçonne de s'épiler le torse. Ç'a dû être sa première grande décision en tant qu'acteur. « Note à moi-même : rendre Roméo aussi lisse qu'une anguille. » D'accord, il est bien gaulé, mais crois-moi, les filles n'aiment pas ça autant que les garçons le supposent. Son corps me fait penser à ces tableaux dans les boucheries qui montrent le faux-filet, le filet, l'aloyau, le rumsteck…

— J'ai l'impression que Lucy aime ça, elle. Et même qu'elle est un peu amoureuse.

— Oh, ça, j'en suis certaine. Miles est un beau morceau. Comme un beau morceau de cheddar. Ou une belle pièce de viande.

— Et toi ?

— Quoi, moi ?

— Est-ce que… Est-ce que tu le trouves séduisant ?

Elle m'a jeté un regard en coin en souriant à moitié.

— Pour la pièce, c'est envisageable. Mais dans la vraie vie ? a-t-elle dit en frémissant. Les garçons comme lui sont si… transparents. De purs CV ambulants. Du rugby en hiver, du cricket en été, des concours d'éloquence, un dossier d'inscription à Oxford ou à Cambridge en attente de validation… Que reste-t-il à découvrir ? Je préférerais… aïe !

Sans le faire exprès, je lui avais donné un coup dans les côtes avec mon manche à balai.

— Ce truc est ridicule, ai-je dit, prêt à le lancer comme un javelot. Je vais m'en débarrasser.

— Tu ne peux pas faire ça ! Il faut que tu noues un lien avec lui !

— Je ne vais pas nouer un *lien* avec ça, je vais le jeter dans les bois.

— Et si Alina s'en aperçoit ? Attends…

Nous étions parvenus devant la petite loge aux murs incrustés de silex qui se dressait au croisement de l'allée et du sentier. Fran a calé mon bâton contre l'encadrement de la porte, puis marqué un temps d'arrêt.

— Qu'est-ce que tu fais ?

Elle a vérifié qu'il n'y avait personne dans les parages avant d'actionner la poignée. Les vis ne tenaient presque plus à rien, la peinture s'écaillait et le bois pourrissait, si bien qu'un bon coup d'épaule aurait suffi pour entrer. À la place, elle a passé une main le long du linteau.

— Bingo, a-t-elle dit en attrapant une grosse clé rouillée qui semblait tout droit sortie d'un conte de fées. On y va ?

La clé s'est bloquée dans la serrure, mais Fran a secoué la porte, qui s'est brusquement ouverte sur une petite pièce glaciale plongée dans la pénombre. Des tapis défraîchis recouvraient le sol et des rideaux jaunes crasseux pendaient devant les fenêtres étroites et tout en hauteur. Quant au mobilier, il se résumait à un très vieux canapé Chesterfield au cuir craquelé dont les coussins laissaient s'échapper du crin de cheval.

— C'est ici que Polly enferme ses otages, ai-je dit.

— Le casting de l'année dernière, celui du *Songe d'une nuit d'été*. « Aidez-nous ! »

Fran a refermé la porte.

— Mais quand même, c'est bon à savoir, a-t-elle conclu – une remarque sur laquelle j'aurais l'occasion de revenir au cours des semaines suivantes.

Des flacons en verre brun

Quand je suis rentré, la maison était silencieuse. J'ai eu une telle sensation d'étouffement que j'ai dû m'empêcher d'en ressortir. Depuis le week-end, une atmosphère triste régnait chez nous, pareille à un brouillard qui se serait infiltré dans tous les coins. J'ai trouvé mon père dans sa chambre aux rideaux tirés, allongé sur ses draps et le dos tourné à la porte.

— Tu dors ?

— Je sommeille juste. Je n'ai pas fermé l'œil la nuit dernière.

— Si tu ne restais pas au lit toute la journée, aussi…

Pas de réponse.

— Il fait beau dehors. Tu es sûr que… ?

— Ça va.

— Tu veux quelque chose… ?

— Non. Je n'ai besoin de rien.

Je me suis attardé un instant sur le seuil. Quelqu'un de plus futé, de plus gentil que moi aurait trouvé le bon ton à employer, un ton franc, détendu, qui n'aurait trahi aucune peur, aucune colère, aucun agacement. Peut-être que cette personne aurait traversé la pièce pour voir son visage. Mais la chambre sentait le rance, de la poussière flottait dans la lumière déclinante du jour et je n'avais ni la voix ni les mots qu'il fallait. Au bout du compte, il était plus facile de fermer la porte et d'essayer d'oublier sa présence.

Je suis descendu au rez-de-chaussée allumer l'ordinateur pour faire des jeux.

Un peu déprimé, c'était l'une des expressions qu'on utilisait. L'ombre de lui-même, triste. Soucieux. Préoccupé, anxieux. Démotivé, cafardeux, démoralisé. Déçu, abattu, pas dans son assiette, assommé, plus très sûr de lui, embêté par de petits problèmes d'argent. C'était fou, vraiment, cette capacité qu'on avait à rester évasifs et à employer des euphémismes, comme dans un jeu de société dans lequel on n'a pas le droit de prononcer un mot particulier.

Et ce mot allait de pair avec d'autres – « cliniquement », « chroniquement » – qui lui donnaient un côté médical déstabilisant, parce que, si l'état de mon père était assez chronique pour être traité dans une clinique, alors il ne devait plus être très loin de l'unité de soins psychiatriques et de l'asile de fous. On se réconfortait autant que possible en liant ça à sa situation personnelle, la perte de ses magasins, sa faillite, l'échec de son mariage. Devant de tels coups du sort, il était tout à fait normal d'être grincheux, cafardeux, déprimé. Quand les choses iraient mieux, il retrouverait le moral.

Mais le mal était plus profondément ancré que ça. Ses deux grands amours, la musique et ma mère, l'avaient abandonné. En renonçant à ses ambitions pour se lancer dans les affaires, il avait fait un compromis dans l'intérêt de sa famille. Seulement, même ça n'avait servi à rien, et une telle débâcle ne pouvait être surmontée d'un claquement de doigts.

J'aurais parfois aimé qu'il se montre plus joyeux, qu'il fasse cet effort pour moi. La tristesse et l'angoisse sont contagieuses, et, à seize ans, j'avais déjà assez de soucis comme ça. Et puis c'était barbant, cette torpeur, ces histoires pour rien, ces heures passées derrière des portes closes jusqu'à ce qu'il réapparaisse avec les yeux rouges, ces accès de colère, aussi méchants qu'irrationnels, et cette honte qu'il éprouvait ensuite. Barbant d'avoir un père maboul qui boudait pour un oui pour un non, barbant de supporter son pessimisme, sa négativité et sa tendance à s'apitoyer sur lui-même, barbant, enfin, de devoir contrôler le baromètre de son humeur dès l'instant où je franchissais la porte de la maison.

Sans compter que ces prévisions météo d'un genre particulier étaient compliquées par deux rebondissements récents. Mon père avait toujours été ce qu'on pourrait appeler un « buveur mondain », quelqu'un d'un peu porté sur la boisson, mais seulement en société, tout en restant bon enfant. Il ne levait le coude dans les concerts que lorsqu'il avait terminé de jouer, et jamais plus de trois pintes – après quoi il racontait des blagues et faisait des tours avec des dessous de verre et des allumettes.

Mais, à présent, il buvait tous les jours, des alcools forts aussi bien que de la bière, et de façon méthodique et solitaire – on aurait presque dit un loisir privé. Cela m'inquiétait, et je refusais systématiquement ses invitations à me joindre à lui. Pas parce que je n'aimais pas picoler – loin de là, même –, mais parce que je ne voulais pas finir comme lui. Qu'il soit un complément ou un catalyseur, l'alcool était synonyme de jérémiades, d'introspection, de léthargie, et désormais de plus en plus souvent de crises de rage. Quand j'étais tout petit et que je renversais mon jus de fruits, que je gribouillais sur les murs ou que je brisais une assiette, il réagissait en éclatant d'un rire nerveux et en s'arrachant les cheveux. Mais là, il avait tout d'un homme qui, après avoir découvert cette nouvelle émotion nommée colère, l'embrassait avec autant de passion que d'autres se mettaient à la course à pied ou à la randonnée.

Les entorses les plus minimes aux règles de la maison – un manteau abandonné par terre, une tasse sale dans l'évier, une chasse d'eau non tirée – déclenchaient chez lui une fureur telle qu'il en avait les traits déformés – une fureur d'autant plus terrible qu'elle s'accompagnait de remords presque simultanés. On le voyait à ses yeux rougis et à son air horrifié alors qu'il était encore en train de brailler – « Pourquoi je fais ça ? Ça ne me ressemble pas. » Et de même qu'il découvrait la colère, je découvrais la satisfaction de la faire naître et de me sentir enfin assez grand pour l'affronter et crier moi aussi. On s'était tous les deux trouvé une nouvelle voix effrayante, et j'avoue que je le provoquais parfois délibérément juste pour le plaisir de lui renvoyer le reflet de sa propre rage. C'était un jeu sordide et minable, comme lorsqu'on excite un animal au zoo en tapant contre la paroi vitrée, et ma seule consolation résidait dans la politesse excessive dont on faisait preuve ensuite tous les deux et dans ces moments qu'on passait à regarder de vieux films, allongés tête-bêche sur le canapé, jusqu'à ce que mon père s'endorme.

Et puis il y avait cet autre rebondissement. Sur sa table de nuit étaient apparus plusieurs flacons en verre brun, des cachets qu'il prenait depuis peu pour « retrouver un équilibre ». Quelqu'un de plus éclairé que moi se serait peut-être réjoui de constater qu'il se faisait aider, qu'il bénéficiait du soutien d'un professionnel. À l'image de sa faillite, ce traitement pouvait sembler inquiétant, mais au moins y avait-il un processus en cours. Avec le temps, on en verrait le bout. Peut-être n'aurait-il plus besoin d'eux.

Mais personne ne me disait rien et, influencé par le cinéma et la télé, je ne pouvais poser les yeux sur un de ces flacons sans imaginer leur propriétaire rejetant la tête en arrière pour en avaler tout le contenu d'un coup. Peu de choses nous captivent autant que les médicaments de nos parents, et ceux-là n'ont pas tardé à exercer un redoutable attrait sur moi. Quand mon père n'était pas là, j'allais en piocher un pour l'examiner en cherchant… je ne sais pas quoi. Mais je prenais note des avertissements : « Ne pas dépasser la dose prescrite. Risque de somnolence. Éviter la prise de boissons alcoolisées. » Franchement, il aurait tout aussi bien pu avoir un revolver chargé près de son lit.

Cette possibilité s'était ajoutée à la liste des terreurs et des angoisses avec lesquelles je vivais du soir au matin, et l'idée m'a traversé à l'époque – comme elle continue à le faire aujourd'hui – que le plus grand mensonge véhiculé sur la jeunesse est qu'elle serait totalement insouciante.

Bon sang, personne ne se souvient-il de rien ?

— « Madame, une heure avant que le soleil vénéré ait jeté un regard par la fenêtre d'or de l'Orient… »

— Encore.

Je retrouvais Fran tous les jours au même endroit, sous l'arbre, pour travailler méthodiquement mon texte, et je progressais comme sur un pont de singe dans une jungle, en sautant d'un pas joyeux d'une planche à l'autre et en prenant de la vitesse jusqu'à ce que mon pied passe à travers un bout de bois pourri.

— « Avant que le soleil vénéré ait jeté un regard par la fenêtre d'or… » Je ne peux pas.

— Si, tu peux !

— Je me sens ridicule !

Fran s'est redressée et appuyée contre l'arbre.

— Tu comprends le texte, pourtant.

— Bien sûr. Je ne suis pas stupide.

— Je n'ai jamais prétendu le contraire.

— Il veut dire « avant l'aube ».

— Exactement !

— Alors pourquoi ne peut-on pas dire « avant l'aube » ? Deux mots. Avant l'aube.

— Parce que c'est ce qui est écrit et que ça sonne mieux ! Imagine… le petit visage du soleil qui regarde par la fenêtre…

— Très bien. Vas-y, toi, ai-je répliqué en balançant le script dans les herbes hautes.

Fran est allée le ramasser.

— Mais ce n'est pas mon texte. C'est le tien.

— Seulement jusqu'à vendredi.

— Tu déconnes. Allez, à qui s'adresse-t-il dans cette scène ?

J'ai repris le script.

— À Lady Montaigu.

— Exactement. La femme du chef. Il change tout à coup sa façon de parler, peut-être parce que...

— Il veut l'épater.

— Ou peut-être qu'il a peur d'elle. Ou peut-être encore qu'elle lui plaît.

— Quelle est la bonne interprétation ?

— Je n'en sais rien ! C'est à toi de choisir.

J'ai donc essayé d'impressionner Fran. À défaut de pouvoir le faire avec talent ou intelligence, j'avais décidé d'être constant et assidu dans mes efforts afin d'être tous les jours récompensé en repartant avec elle.

Fidèle à ma stratégie, j'ai continué à la bombarder de questions. J'ai bientôt su qui étaient ses meilleurs amis à l'école : Sophie (une fille trop marrante, il fallait que je la rencontre), Jen (une fille cool, je m'entendrais sûrement avec elle) et Neil (juste un copain, même si elle lui disait tout). J'ai découvert qu'en matière de musique, elle appréciait des choses soit très datées – les 33-tours de sa mère, Nick Drake et Patti Smith, Nina Simone, le Velvet Underground et d'obscures chansons disco –, soit si récentes que je n'en avais jamais entendu parler. Elle écoutait très souvent la bande originale de *Roméo + Juliette*, pas tant pour le film lui-même, qu'« elle aimait bien, mais sans plus », que pour le tube de Radiohead à la fin – et là j'ai eu ce que j'appellerais le réflexe Radiohead : j'ai rentré la tête dans les épaules et froncé les sourcils d'un air grave. Au cinéma, ses préférences allaient à des œuvres universitaires à mes yeux, des films signés Jarmusch et Almodóvar, avec de jeunes beautés à grosses lunettes qui fumaient à Tokyo, Paris, Madrid ou dans l'East Village. Elle avait une couleur favorite dans la trilogie de Kieślowski, aussi.

Côté livres, ses goûts étaient fortement influencés par ce qu'elle avait étudié en cours cette année-là, et elle adorait T. S. Eliot, Jane Austen et les sœurs Brontë. Sans oublier Thomas Hardy, même si elle le voyait plus comme un poète que comme un romancier. J'ai simplement hoché la tête en entendant ces noms, Thomas Hardy n'étant pour moi qu'un nom de rue. Au moins a-t-il accédé au statut d'avenue après ça.

Bref, elle était aussi prétentieuse qu'une fille de seize ans pouvait l'être, et j'ai reconsidéré mes propres goûts en fonction des siens, en faisant passer *La Leçon de piano* avant *Total Recall* et le curry vert thaïlandais avant les boulettes de crevettes, tandis que tout ce qu'elle détestait – Schwarzenegger, les films de serial killer, Tarantino – était discrètement remisé hors de vue. On sentait dans toutes ses passions culturelles l'influence de ses parents – et de sa mère en particulier. J'ai trouvé ça bizarre. N'étions-nous pas censés forger notre personnalité et développer des centres d'intérêt par opposition à la génération précédente ? J'avais résisté au jazz par principe et privilégié à la place des airs de guitare – de grands morceaux avec des accords rudimentaires et prévisibles sur un rythme à quatre temps abrutissant, le tout dépourvu de syncopes, de modulations et d'improvisations. C'était une forme de rébellion puérile, mais à supposer que j'aie failli apprécier la musique chérie de mon père à un moment donné, il me semblait important de le cacher. Je voulais que mes découvertes n'appartiennent qu'à moi, même si je me doutais bien, au fond, qu'elles étaient nulles.

Peut-être était-ce l'un des marqueurs de l'éducation qui avait façonné Fran. À défaut d'être riches, les Fisher étaient instruits, ils parcouraient de grandes distances à pied durant leurs vacances, allaient au théâtre, buvaient du vin à table et saupoudraient leurs plats d'herbes aromatiques fraîches, et tout ce savoir étrange et secret se transmettait chez eux au même titre que les beaux meubles et les coûteux ustensiles de cuisine. Je n'étais pas intimidé – ou disons plutôt que je refusais de l'être – mais, en dehors du jazz, je n'avais pas d'héritage comparable sur lequel m'appuyer, et je me suis donc contenté d'écouter Fran me dresser la liste des endroits qu'elle préférait (Lisbonne, le parc national de Snowdonia, New York), de ceux qu'elle rêvait de visiter (le Cambodge, Berlin), de ses prouesses musicales (un niveau cinq en piano, un niveau trois à l'alto, un instrument qu'elle envisageait d'abandonner, car « qui pourrait bien me dire un jour, "Fran, si tu nous jouais un peu de ton alto ?" »), et du groupe qu'elle avait monté avec ses amis, baptisé Savage Alice ou Goths in Summer selon qu'ils se prenaient plus ou moins au sérieux.

— On s'est produits pendant la kermesse estivale de Chatsborne. Si ce n'est pas le signe que notre carrière va bientôt décoller, ça...

— C'est vrai que si vous jouez dans les kermesses scolaires...

— L'année prochaine, on fera toutes celles de la région.

— Quel genre de musique ?

— On s'est spécialisés dans la reprise de chansons que personne ne reconnaît. Je crie : « En voici une que vous savez tous par cœur ! Chantez le refrain avec nous ! » Et là, les gens échangent un regard perplexe avec leur voisin en haussant les épaules.

J'adorais ces promenades à pied avec elle. À mesure que les jours passaient, on marchait de plus en plus lentement. J'avais encore l'impression de suivre un enseignement discret sur ce qu'il était de bon ton d'apprécier, mais ça ne me dérangeait pas. La musique, les livres, les films, et même l'art semblaient avoir un pouvoir accru à notre âge. Comme une amitié, ils pouvaient changer votre vie, et quand j'avais le temps... quand j'aurais le temps, je m'ouvrirais à de nouvelles choses. Peu à peu, nos échanges sont devenus plus naturels, au point que je la laissais parfois me poser une question.

— Et tes parents à toi, qu'est-ce qu'ils font ?

— Hmm ?

— Tu ne parles pas beaucoup d'eux.

— Ma mère travaille au club de golf. Elle était infirmière avant, ensuite elle a aidé mon père, et maintenant elle organise des mariages, des événements... Tu vois, quoi. Mais je ne vis pas avec elle.

— Tu habites avec ton père ?

— Han-han. Ma mère est partie au mois d'avril avec ma sœur.

— Tu ne me l'avais pas dit.

— Non.

— Merde, quelle conne je fais.

— Pourquoi ?

— Je n'arrête pas de te bassiner avec des banalités comme mes trois fruits préférés, et toi tu ne m'as même pas parlé de ça.

— Tu m'avais déjà posé la question, c'est juste que j'avais changé de sujet.

— Ah oui, c'est vrai. Pourquoi tu as fait ça ?

— Changer de sujet ? Je ne sais pas. Vivre avec son père... C'est un peu bizarre, non ?

— Pas forcément.

— Et pourtant si. J'ai l'impression que c'est le monde à l'envers.

— Et que fait-il ?

— Il est au chômage pour le moment.

— Il a été licencié ?

— Il a fait faillite. Il a tout perdu. La maison, ses économies.

— Mais il travaillait dans...

— Il tenait le magasin de disques de la rue principale.

— Vinyl Visions ? s'est-elle exclamée en m'attrapant par le bras. J'adorais cette boutique ! C'est là-bas que j'achetais tous mes disques.

— Merci. Mais ça n'a pas marché.

— Je sais, j'ai vu ça, juste après Noël. Quel dommage. Hé, attends un peu, je connais ton père. Un type sympa, assez grand, assez… fripé aussi.

— C'est lui.

— Il écoutait toujours du jazz très spécial, des trucs totalement inclassables. Quand j'étais plus jeune, il passait aussi de la musique afro-funk délirante, ou bien de vieux morceaux de blues, et il fermait les yeux en marquant le rythme de la tête. Je me revois encore m'approcher de la caisse avec un disque de Boyzone ou un groupe de ce genre. Il me le prenait avec un sourire… si triste. Ça le faisait soupirer : « Oh, ma petite… »

— Oui, c'est bien mon père.

Fran m'a observé attentivement.

— C'est donc pour ça que ton visage me disait quelque chose !

— Je tiens surtout de ma mère, en fait.

— Pourquoi a-t-il mis la clé sous la porte ?

— La faute à la concurrence. Aux prix cassés dans les grands magasins. Et je crois qu'il a surestimé l'importance de la scène jazz locale.

— Que fait-il maintenant ?

— À cette heure-ci ? ai-je dit en regardant ma montre. Soit il dort, soit il regarde *Des chiffres et des lettres*.

Mon geste m'a dégoûté moi-même. Cette façon théâtrale de consulter ma montre, c'était minable. En fait, il y avait plusieurs jours que je n'avais pas vu mon père. Pour des raisons que je ne pouvais énoncer à voix haute, je n'avais pas envie de rentrer à la maison, mais je n'avais pas non plus envie de m'attarder avec Fran. Pas à présent que la conversation avait pris une tournure compassionnelle et mièvre.

— C'est dommage. J'adorais Vinyl Visions. Le monde du commerce est cruel, hein ? Tout ce qui est génial finit par être piétiné. On peut continuer à marcher si tu veux qu'on parle encore un peu, a-t-elle ajouté en me prenant le bras.

La section jazz

Le temps qu'elle avait duré, elle avait été chouette, notre entreprise familiale.

Les ambitions musicales de mon père n'étaient plus. Le seul orchestre de jazz avec lequel il se produisait encore régulièrement dans les pubs les plus ouverts d'esprit de la région était Rule of Three, un trio de musiciens talentueux et passionnés – de ceux à qui on demande toujours s'ils ne pourraient pas faire un peu moins de bruit. Contre une petite rétribution, il accompagnait aussi dans les mariages un groupe célèbre pour son style très classe, mais il en était venu à détester les obligations liées à ce travail, comme les passages kitsch au saxo, dignes des années 1980, et cette façon affectée et ridicule de jouer les yeux fermés, la tête rejetée en arrière. Son rêve à lui était de participer au renouveau du jazz britannique, pas d'écorcher tristement « House of Fun » lors d'un anniversaire ou d'interpréter un « Careless Whisper » maussade à la fête de Noël du Rotary Club.

Mais, si chouette fût-elle, on n'avait pas envie d'hériter de cette entreprise. Vinyl Visions était une chaîne de trois magasins implantés dans le centre de petites villes de la banlieue londonienne, et mes grands-parents cherchaient à s'en débarrasser. La profession de « disquaire indépendant » suggère une implication totale et une certaine expertise de la part du gérant, un peu comme un musée a besoin d'un conservateur, mais leur goût pour la musique pouvait se comparer à celui d'un quincaillier pour des seaux. Elle n'était qu'une marchandise à leurs yeux. Les trois boutiques de Vinyl Visions, chacune aussi vieillotte que les deux autres, vendaient de la variété à des gens qui ne voulaient pas s'aventurer dans « les grands magasins ». Avant leur déconcertant virage à gauche, mes grands-parents avaient tenu une papeterie, et ils étaient restés des papetiers dans l'âme en continuant à stocker des objets disparates qui leur rappelaient cette noble profession – des cartes d'anniversaire obscènes, un totem en papier crépon, des articles qui avaient attiré l'attention de mon grand-père chez des grossistes et qui avaient, selon lui, leur place parmi les grands tubes de la musique classique, les nouveautés et les albums bon marché du label Music for Pleasure. Les genres musicaux s'étaient succédé – disco, punk, heavy metal, mod, post-punk et électro-pop, jusqu'aux débuts de la house –, mais les ventes les plus stables du magasin avaient toujours été Richard Clayderman et la bande originale de *La Mélodie du bonheur*. Si l'envie vous prenait d'écouter une cassette avec des airs de cornemuse ou d'acheter des guirlandes de Noël du temps jadis, il n'y avait que chez Vinyl Visions que vous pouviez les trouver. C'était un disquaire pour les gens qui n'aimaient pas beaucoup la musique.

La grand-rue des villes de banlieue avait autrefois été l'habitat naturel des boutiques de ce type, toujours fermées le mercredi après-midi, mal conçues et mal organisées, avec des vitrines poussiéreuses aux couleurs passées. Mais en cette nouvelle décennie, le secteur de la vente au détail devenait plus concurrentiel, et celui de la musique en particulier changeait à un rythme étourdissant. Fallait-il tirer un trait sur les cassettes et ne plus proposer que des CD ? Abandonner les singles ? Tout ça était trop, et mes grands-parents s'étaient tournés vers mon père. Il était selon eux irresponsable et immature de vivre avec deux enfants dans un appartement en location. Qu'il ait laissé tomber ses études de comptabilité était déjà bien assez regrettable, mais il devait y avoir cinq ou dix personnes grand maximum dans le pays qui parvenaient à s'en sortir en jouant du saxophone, et outre que toutes avaient été formées dans des écoles de musique et des conservatoires, elles disposaient d'un meilleur réseau relationnel. Mon père était un amateur. Comment pouvait-il espérer faire partie de cette élite ? Et puis la vente d'albums était un commerce stable. Les gens ne cesseraient jamais d'écouter de la musique. En échange d'un coup de main pour acheter une vraie maison à crédit, pourquoi ne prendrait-il pas la relève ?

Une vie respectable l'appelait. Cinq jours par semaine et un samedi sur deux, il servirait les clients, tiendrait la caisse, rencontrerait les représentants, s'occuperait de payer le personnel. Serait-ce si terrible ? Il pourrait continuer à faire ce qu'il aimait, mais le soir et le week-end. Et cela ne durerait pas éternellement. Une fois que les affaires auraient redémarré, il n'aurait qu'à déléguer plus de tâches, engager des gérants et s'en retourner à sa musique. Ma mère hésitait, elle se méfiait des solutions temporaires qui pouvaient vite devenir permanentes. Elle ne s'était jamais entendue avec ses beaux-parents, à qui elle reprochait de malmener et d'étouffer leur fils unique, et l'idée de leur devoir quelque chose… Les cloisons de notre appartement étaient assez fines pour qu'on distingue tout ce qu'ils disaient.

Mais elle avait cédé et, rejoignant la ville où mon père avait passé son enfance, on avait emménagé dans la grande maison aux murs solides et au petit vitrail semblable à un lever de soleil. Mes grands-parents avaient quant à eux pris leur retraite dans leur résidence secondaire sur la côte, au sud du pays de Galles, un pavillon avec deux fauteuils inclinables et une large baie vitrée donnant sur la mer. J'avais treize ans à l'époque, et j'étais assez cynique pour les imaginer ricaner tout le long du chemin sur la M4, comme des vendeurs de voitures d'occasion qui auraient enfin réussi à se débarrasser d'une épave. Ou peut-être avaient-ils nos intérêts à cœur, en fait. Quoi qu'il en soit, mon père s'était retrouvé à trente-cinq ans à la tête d'un commerce qu'il était singulièrement peu préparé à diriger.

Il s'était mis au travail avec le zèle d'un réformateur et nous avait embarqués avec lui, si bien que son projet était devenu celui de la famille Lewis tout entière. Il s'était longtemps désolé devant l'atmosphère vieillotte des magasins Vinyl Visions, les tristes vitrines, la lumière agressive des néons sur les carreaux de moquette tachés et les supports promotionnels de mauvais goût. De mémoire d'homme, un James Last grandeur nature avait toujours monté la garde près de la caisse. Il serait le premier à partir, et avec lui le stock rasoir de crooners insipides et d'anciennes nouveautés qu'aucune remise ne ferait jamais bouger de leur rayon. Mais avant ça, la priorité pour mon père avait été de prendre le contrôle de la « section jazz » de ses parents, où des fanfares et des bandes originales de films tombés dans l'oubli côtoyaient tous les artistes qui n'étaient pas blancs : Ella Fitzgerald, Bob Marley et Neil Diamond avec la BO du *Chanteur de jazz*.

La spécialisation, c'était ça l'avenir. Oui, il y aurait de la pop, du rock et les tubes du Top 50, mais il se concentrerait sur la musique qu'il adorait. Durant un mois effrayant, les trois boutiques avaient été « fermées pour rénovation ». Un gros prêt bancaire avait permis à mon père de renouveler le stock avec des CD et des albums vinyles en édition collector, tous disposés sur de jolis présentoirs en pin réalisés sur mesure. On avait manqué les cours un vendredi et passé le week-end à courir d'un magasin à un autre pour tout trier par ordre alphabétique avant la réouverture. Il avait également investi dans des enceintes dernier cri – il était important que les clients vivent la plus belle des expériences musicales – et on s'était extasiés sagement devant le rythme et la clarté du son pendant qu'il enchaînait les morceaux de Miles, Monk, Mingus et Coltrane.

« Écoutez ça, les enfants », disait-il à chaque fois en abaissant le bras du tourne-disque avec la précision d'un horloger.

Le murmure familier des cymbales précédait l'attaque des cuivres, et le tout se révélait bizarrement attrayant – un peu comme le café ou les olives, qu'on avait appris à apprécier en même temps que le jazz en grandissant. Ce jour-là, mon père y avait ajouté une pointe de be-bop pur et dur – les Beatles pour nous, Bowie pour maman –, et on avait déballé les cartons aussi gaiement que des cadeaux de Noël au son de cette musique. Il y avait des CD immaculés sous cellophane, de lourds vinyles désuets et somptueux, des pressages japonais 180 grammes très rares et des enregistrements studio inédits sous forme de coffrets en cuir. Si j'avais soupçonné mon père d'avoir acheté tout ça pour lui plutôt que pour ses clients, alors cela en valait la peine à en juger par sa joie et celle de ma mère. Après tout, le saxophone avait quelque chose de sexuel, de sulfureux, de rugissant. Né la nuit dans des clubs miteux, il ne s'épanouirait jamais dans les belles rues des centres-villes et les zones commerciales de la frontière du Surrey et du Sussex. Mon père ferait œuvre d'évangélisation en vendant un produit avec passion et en comblant un besoin dont ses clients n'avaient pas encore conscience. C'est ainsi que, le dimanche, on était arrivés dans la boutique de notre ville, où on avait travaillé quatorze heures d'affilée en carburant aux boissons gazeuses et aux plats à emporter. À la fin, il nous avait fait allonger par terre entre les rayons, tête contre tête, et il avait mis un dernier disque.

« C'est ridicule, avait protesté ma mère.

— Écoute !

— Je peux le faire en restant debout, Brian.

— Chhh, ferme les yeux. »

Il avait abaissé l'aiguille et nous avait rejoints sur la moquette.

« In a Sentimental Mood », la version de John Coltrane et Duke Ellington. J'aimais bien ce titre-là, les notes légères du vieux piano, le son chaleureux du saxophone qui se détachait sur le tambourinement discret de la batterie. Il y avait une mélodie et l'ensemble ne durait pas trop longtemps – mais tout de même assez pour que ma sœur s'endorme dans les bras de notre père. Sans qu'il le dise, cette musique était sa façon de nous remercier, et, une fois le morceau terminé, on s'était relevés en silence et on avait refermé la porte de la boutique pour entrer dans une nouvelle ère.

Mais il est difficile d'imaginer une période moins propice à un renouveau du be-bop que le milieu des années 1990, où le piano n'était plus présent que dans les accords saccadés de la house music et le saxophone dans de brèves plages de musique synthétisée. En traître que j'étais, j'écoutais le bon gros son des guitares alors à la mode pendant que Fran Fisher achetait son CD de Boyzone au grand désespoir de mon père. La survie économique d'un disquaire indépendant ne lui permettant pas d'être snob, il tenait sa langue, encaissait l'argent, mais passait ensuite le Modern Jazz Quartet en montant le volume.

Et durant quelque temps, cela a semblé fonctionner. Les gens aimaient bien mon père, je le voyais et m'en réjouissais. Il avait une façon de marcher en roulant des mécaniques à l'époque, et une éthique professionnelle qu'on ne lui avait pas connue quand il tentait encore de vivre de son activité de musicien. Son optimisme était contagieux, de même que son assurance. Cela a marqué le début des belles années de notre famille, et si je devais identifier un moment où mes parents ont été le plus pleinement eux-mêmes, un moment que je choisirais de garder en mémoire, ce serait celui-là.

La fermeture du premier magasin a été présentée comme une habile décision, un moyen de consolider notre capital. L'argent économisé sur le loyer et les salaires servirait à rembourser les intérêts du prêt bancaire, et les clients fidèles feraient le déplacement, surtout à présent que les boutiques étaient tellement plus attrayantes, tellement mieux approvisionnées, tellement plus modernes. Tel était le discours de mon père durant ses longs appels téléphoniques à ses parents en exil dans leur pavillon. Il savait ce qu'il faisait et ne laisserait tomber personne. Sauf que l'idée de décevoir qui que ce soit lui répugnait tant qu'il avait affecté ses employés dans les deux magasins restants plutôt que de les mettre au chômage. On les voyait discuter près de la caisse le week-end, toujours trois fois plus nombreux que les clients, pendant que *Kind of Blue* s'échappait des enceintes hors de prix.

Cette première fermeture avait marqué le début d'une situation qu'on refusait de nommer. Dieu sait que mon père n'avait jamais eu une forme olympique, mais le café et l'insomnie lui donnaient un air épuisé et perdu, comme s'il essayait en permanence de se réveiller. Quelque part entre ses omoplates, il semblait porter un grand nœud, une boule de muscles contractés qu'il palpait à longueur de journée et qu'il cherchait à dénouer en roulant les épaules et en faisant craquer ses articulations. Le matin, quand je me préparais à aller à l'école, je le voyais parfois depuis le couloir, appuyé contre l'armoire de sa chambre, comme cloué sur place par une terrible prise de conscience. Je ne crois pas avoir jamais été plus effrayé que dans ces instants où il se tenait immobile, dérouté, et je retenais mon souffle, planté sur le pas de la porte, en attendant qu'il se ressaisisse. En apparence au moins, il restait affectueux, aimant et drôle, mais c'était une bonne humeur artificielle, de celles qui précèdent les mauvaises nouvelles.

Six mois plus tard, la deuxième boutique avait fermé. Ma mère avait alors joué un rôle plus actif en persuadant mon père qu'il fallait miser sur la diversification plutôt que sur la spécialisation. On avait commencé à stocker des piles et des câbles, de beaux emballages cadeaux et des cartes de vœux. Mon père y avait vu la malédiction de la papeterie, un effroyable pas en arrière, et cela le rendait malade. La musique ne suffisait-elle pas ? Que devenaient l'amour et la passion dans tout ça ? Pourquoi les gens ne les percevaient-ils pas ? Son assurance avait faibli et laissé la place à un air crâne et plein de défi, puis à l'amertume et à la résignation.

— Tu sais dans quoi j'aurais dû me lancer, Charlie ? Dans le papier carbone. Les jupons à crinoline, les napperons en dentelle, les encriers. Il y a plus d'argent à gagner avec les encriers qu'avec ça.

Ma mère n'acceptait pas son défaitisme et cette façon qu'il avait de s'apitoyer sur son sort. La solution selon elle était le café. Les jours où elle ne travaillait pas, elle filait parfois à Londres retrouver des amis, et c'était là-bas, dans un bar près de Berwick Street Market, qu'une idée lui était venue. Le quartier de Soho n'était pour ainsi dire qu'un gigantesque café. Pourquoi ne pas faire évoluer leur entreprise en investissant dans une machine à expresso de seconde main, des chaises bistro et quelques vieux bureaux d'école ? Il suffirait de diffuser de la musique pendant que les gens prendraient une consommation. « C'est quoi, ce qu'on entend ? » demanderaient-ils – et on leur vendrait le CD. Même s'ils ne le faisaient pas, la marge réalisée sur une tasse de café était énorme. Avec pour seuls concurrents le Cottage Loaf et une gargote digne d'un roman d'Orwell, on ne pouvait pas échouer.

— Tu viendrais, Charlie, n'est-ce pas ? Toi et tes amis ?

— Je ne bois pas de café.

— C'est vrai, mais tu le feras un jour, et à ce moment-là…

— Je refuse, Amy !

— Pourquoi ?

— Parce que c'est de la restauration. Je ne suis pas restaurateur.

— La papeterie n'était pas non plus ton métier, mais tu l'as appris, pourtant.

— Il semblerait que non.

— Mais tu peux faire du café. Ce n'est pas bien compliqué de poser une viennoiserie sur une assiette.

— Je ne veux pas vendre des viennoiseries, je veux vendre des disques.

— Que personne n'a envie d'acheter ! Plus maintenant. Ils sont trop chers. Essaie au moins. Je t'aiderai, et les enfants aussi. Tu verras.

Un rendez-vous avait été pris à la banque pour négocier un nouveau prêt. Contrairement à l'année précédente, la partie ne s'annonçait pas facile. Faire des piles de *Brothers in Arms* ne suffisait plus, et mon père ne pesait pas lourd face aux offres promotionnelles des grands magasins. Il allait donc proposer quelque chose d'inédit, une petite tranche d'atmosphère de Berwick Street nichée entre le magasin Millets et le Spar. Je me rappelle quand ils sont partis voir leur conseiller bancaire, lui dans son costume de mariage et ma mère dans un chemisier couleur crème à volants, comme des enfants tout endimanchés. Je me rappelle quand ils ont déboulé dans la maison au retour, les yeux écarquillés, aussi hystériques devant leur succès que des criminels après un casse audacieux, et je me rappelle l'agitation des semaines qui ont suivi : les chaises d'occasion entassées dans le salon, les paquets de croissants congelés – des billes de pâte dense semblables aux aliments pour bétail –, le mini-four qui les transformerait en or et les grands sacs d'avoine avec lesquels ma mère comptait préparer des galettes en quantités industrielles, le profit réalisé sur une de ces crêpes épaisses surpassant même celui du café et des rouleaux de papier cadeau. Une fois de plus, une sorte d'harmonie industrieuse avait régné chez nous. Je me rappelle la machine à café d'occasion elle aussi, la Santorini Deluxe, avec tous ses tuyaux, ses boutons et ses valves qui lui donnaient des airs de machine à vapeur miniature. Mais surtout, je me rappelle quand je rentrais de l'école et que je mettais les pieds dans la cuisine : la pièce sentait bon le sucre chaud et le chocolat, et toutes les surfaces y étaient recouvertes de gouttes de condensation pareilles à du beurre fondu.

Malgré ce tourbillon de dépenses et la peur qui devait tenailler mes parents, on estimait toujours avoir une situation stable. « Pauvres mais heureux – mais pas tant que ça non plus », plaisantait ma mère. C'était grâce à elle qu'on parvenait à garder notre bonne humeur. Je l'aimais tant à l'époque. J'admirais sa détermination, sa résilience et son ambition, sa capacité à nous faire aller de l'avant. La vie de famille sans elle était inconcevable. Elle se moquait qu'on soit riches, qu'on ait un statut social ou que la maison soit présentable. Tout ce qui lui importait, c'était notre bien-être. Mon père la vénérait bien sûr et se reposait sur elle, peut-être trop d'ailleurs, mais elle pouvait bien lui lancer toutes les piques qu'elle voulait, je ne doutais pas de son amour pour lui. On râlait et on détournait les yeux, Billie et moi, quand ils s'embrassaient ou s'enlaçaient, mais en secret – quel soulagement, quelle certitude.

L'ouverture du Blue Note Café était tombée la même semaine de septembre que mon seizième anniversaire, et mon père avait proposé qu'on célèbre ces deux événements en organisant une fête pour notre famille, nos amis et nos clients réguliers. Il avait joué avec son orchestre, entouré de guirlandes lumineuses et de bougies – sa toute dernière représentation en public, marquée par une mise en sourdine du jazz au profit de morceaux réservés d'habitude aux mariages. Ma mère avait chanté, les gens avaient dansé et, à l'heure de fermeture des pubs, des visages curieux s'étaient collés contre la devanture. On s'était sentis célèbres dans notre ville, comme un petit phare au milieu d'une rue triste et déserte. Quant à moi, j'avais vidé tous les verres abandonnés que j'avais pu trouver, et j'avais fini trop éméché pour me souvenir de la dernière partie de la soirée.

Mais je revois très nettement mon père lorsqu'il avait pris le micro et prononcé un discours sur son beau garçon de seize ans – seize ans, comment était-ce possible ! –, sur sa fille chérie, Billie, si intelligente, sur la source d'inspiration que ma mère incarnait à ses yeux et sur ses espoirs pour cette formidable nouvelle aventure après deux années difficiles. Inspirée de cérémonies vues à la télé, cette déclaration avait versé dans le sentimentalisme, mais je crois – je sais – que j'ai pleuré un peu. Peut-être que toutes les familles connaissent de tels moments éphémères où, sans jamais le dire, chacun regarde les autres en pensant : *On travaille ensemble, on se complète et on s'aime, et si on peut faire en sorte que cela continue, tout ira bien.*

Mais l'optimisme de mon père était infondé, et son discours de remerciement pas moins puisque, au fond, aucune récompense ne lui avait été décernée. À Noël, la dernière boutique avait fermé, le privant de tout endroit où cacher les dettes faramineuses qu'il avait transférées d'un magasin en faillite à un autre.

Rire sur scène

Chaque jour, la troupe s'étoffait et de nouvelles têtes venaient agrandir le cercle sur la pelouse.

— Salut, je m'appelle Sam, a dit un beau ménestrel vêtu d'une chemise en coton sans col et d'un gilet de costume. Je m'occuperai de la musique et je jouerai divers petits rôles.

— Et moi, c'est Grace, a dit une fille au teint pâle à côté de lui.

Avec ses longs cheveux qui descendaient jusque sous la taille basse de sa robe, on l'imaginait bien serrer une licorne dans ses bras, a fait remarquer George. Sam et Grace – Simon et Garfunkel, comme les a vite surnommés Alex – étaient des amis d'Ivor à la Société médiévale d'Oxford. Les activités menées dans une telle société et les raisons qui pouvaient pousser quelqu'un à y entrer comptaient parmi les mystères du monde universitaire, mais peut-être était-ce grâce à elle qu'il avait eu accès à l'arsenal de tambours, flûtes à bec, luths et clochettes destinés à la bande-son du spectacle – une bande-son qui serait dynamisée par des rythmes modernes, nous avait-on promis.

— Nom de Dieu, a soupiré Alex.

Nous autres, vétérans de la semaine d'improvisation, nous restions cyniques et méfiants devant ces nouvelles recrues.

— Des troubadours, a ironisé Helen, qui avait tranquillement constitué sa propre équipe de choc.

— Bonjour, je m'appelle Chris et je suis venu aider Helen.

— Bonjour, je m'appelle Chris moi aussi (ce qui a provoqué des éclats de rire – ces gens, je vous jure…) et je suis venu donner un coup de main sur les décors et la mise en scène.

Chris et Chris avaient les mêmes cheveux ternes, le même teint boutonneux, les mêmes trousseaux de clés gigantesques et les mêmes couteaux de poche reliés par une chaînette à la ceinture de leurs jeans noirs identiques, comme des gardiens de prison. L'une des remises éloignées du manoir avait été transformée en centre technique commandé par Helen derrière une immense table d'architecte. Là, ses coéquipiers et elle riaient à des blagues comprises d'eux seuls, entourés d'un bazar crasseux qui était presque un décor en soi tant il ressemblait au repaire d'un pirate informatique ou d'un serial killer : des canettes de coca y côtoyaient des bouts de balsa, des tasses sales et entartrées, des pâtisseries à moitié mangées, des tubes de colle pressés jusqu'à la dernière goutte, des sachets de chips vides, des ciseaux, des scalpels et des rouleaux de grillage. Quelque part au milieu de tout ça, ils avaient dissimulé un toaster pour préparer des sandwichs grillés et un stock de pain blanc, de fromage industriel et de sauce brune, ce qui faisait des envieux. Mais on reculait toujours devant le panneau « Acteurs – défense d'entrer ! » rédigé à la main dans une typo évocatrice des bandes dessinées, et plus encore devant la musique gothique assourdissante (un choix de Chris) et la transe jacassante (un choix de Chris) qui résonnaient assez fort pour amener une ville assiégée à rendre les armes.

Je pensais que Fran se lasserait vite de ses séances de coaching, mais nous avons continué à nous isoler dans le pré pour étudier le texte, page après page, scène après scène, vers après vers.

— On est censés travailler mon rôle ! ai-je dit en la rappelant à l'ordre un jour qu'elle faisait tomber des herbes séchées collées dans mon dos.

Mais il est vrai que la proximité de sa hanche ou de sa tête me distrayait parfois, et je me demandais comment elle réagirait si je me penchais pour l'embrasser pendant qu'elle m'expliquait l'importance des vers iambiques. « Vous embrassez en érudit », dit Juliette dans la pièce. Si cela devait arriver, j'avais très envie de me montrer érudit moi aussi.

— Tu m'écoutes ? disait Fran.

— Oui, oui.

Et à mesure que les jours passaient, je m'améliorais. De même que regarder un film étranger avec des sous-titres vous ferait presque croire au bout d'un moment que vous comprenez la langue, lire des scènes avec Fran créait en moi une illusion de compétence. C'était comme si j'avais joué au tennis avec un adversaire qui voulait que je gagne et qui renvoyait courtoisement la balle vers ma raquette. J'ai constaté que je butais moins sur les mots et que je parvenais parfois même à enchaîner de longues répliques avec une éloquence qui me surprenait. Ma gêne et ma timidité se sont estompées. Je ne savais toujours pas quoi faire de mes mains, mais au moins ne donnais-je plus l'impression de déchiffrer les lettres d'un tableau d'opticien.

Bien sûr, tout ça serait du gâchis si, comme prévu, j'étais remplacé. C'était une chose de se cacher dans les scènes de foule, mais c'en était une autre de parler et de se faire entendre, et j'imaginais Ivor et Alina mener des négociations frénétiques en coulisse avec toutes les troupes de théâtre des environs, les Lakeside Players, la Cygnet Amateur Dramatic Huild, les Chalk Dawn Stagers, en quête d'un garçon, d'une fille, d'un homme, d'une femme, peu importe, susceptible de jouer mon rôle. Le lundi, cela ne m'aurait pas dérangé. Mais le temps qu'arrive le jeudi, je n'en étais plus aussi certain.

C'était le jour où était programmée ma première répétition avec Roméo. Je devais essentiellement opiner et rire un peu en l'écoutant, et nous nous sommes donc entraînés, Fran et moi, étendus sur le dos dans les herbes hautes du verger.

— Ha, ha, ha, ha, ha ! Quelque chose comme ça ?

— J'aime bien. J'aime bien ta façon de secouer la tête, a dit Fran.

— Genre : « Roméo, tu me fais trop marrer ! »

— Oui, j'avais compris. Relâche ton menton.

— Ha-ha !

— Oh, bon sang, Charlie, tu n'es vraiment pas doué pour ça.

— D'accord. Vas-y, toi.

— Très bien. Regarde.

Et elle a ri d'un rire tout à fait naturel.

— C'était comment ?

— Pas top.

— Oh, parce que je n'avais pas *le menton crispé* ? Je t'emmerde, Daniel Day-Lewis. Pourquoi tu ne vas pas jusqu'à te donner une grande tape sur la cuisse, tant que tu y es ?

— Comme ça ?

— Oui.

— Une tape sur la cuisse. D'accord, peut-être que j'essaierai.

— Ou tu pourrais faire plus simple. Rester toi-même.

— Si j'étais moi-même, je ne serais pas ici.

— Ah, et pourtant tu y es.

Du côté du manoir, le tintement du triangle a retenti.

— Cette session est terminée, a dit Fran.

— Merci.

— De quoi ?

— De m'avoir appris à rire.

— Ha.

Nous sommes repartis ensemble vers la Grande Pelouse.

— Comment tu te sens ? m'a-t-elle demandé.

— Un peu nerveux. Je suis presque sûr qu'ils vont me remplacer après ça.

— N'importe quoi.

— Chaque fois que je disais une réplique dans la première scène, Alina se pinçait l'arête du nez et secouait la tête très lentement. Et quand j'ai récité : « Séparez-vous, imbéciles, rengainez vos épées », je te jure qu'elle s'est bouché les oreilles.

— Mais ils ne te remplaceront pas pour autant.

— Et s'ils le font ?

— Alors je quitterai le projet. Et tous les autres aussi. On se serrera les coudes.

— Tu ferais ça pour moi ?

— Non, probablement pas.

— Oh.

— C'est-à-dire que j'ai appris mon texte.

— Je suis touché.

— Ne t'inquiète pas. Tu n'as rien à craindre.

— Mais s'ils me remplacent…

— Eh bien quoi ?

Nous étions arrivés dans la grande pièce que Polly avait débarrassée pour les répétitions et dont les portes-fenêtres étaient ouvertes pour laisser entrer un peu d'air.

— On pourra quand même aller boire un café ensemble ?

— Tu es *obsédé* par ce café.

— Ou dîner alors ?

— Dîner. Comme c'est distingué. Où ça ?

— Je ne sais pas. À l'Angler ?

— Pour le steak servi le soir en semaine ou le buffet de viandes rôties du dimanche ?

— Ce que tu préfères. Aux dames de choisir.

— C'est tentant.

— Ou bien on pourrait juste… se voir, quoi.

— Tu ne trouves pas qu'on se voit déjà beaucoup ?

— Tu sais très bien ce que je veux dire.

— Parce que je suis en train de te regarder, à cet instant précis.

— Non mais, ailleurs qu'ici, loin de tout ce…

— Le voilà ! m'a-t-elle coupé.

Miles s'approchait de nous en buvant de l'eau.

— Le jeune premier le plus hydraté de Grande-Bretagne. Mais qu'est-ce qu'il porte ?

La réponse était un maillot de sport ouvert sur les côtés et si échancré qu'il dévoilait son sternum.

— On dirait un surcot… de basket, a repris Fran. OK, bonne chance, Charlie. Hé, quel est le nom de ton meilleur ami ? Dans la vraie vie ?

— Harper.

— Imagine simplement que tu parles à Harper, que vous avez tous les deux rencontré des filles qui vous plaisent et qu'il faut que vous en discutiez.

Y avait-il un sous-texte là-dedans ?

— D'accord.

— Vous discutez de ces choses-là entre vous, n'est-ce pas ?

— Pas vraiment. On passe plus de temps à se taper dessus.

— Fais comme si c'était le contraire. C'est le seul sujet de la scène : deux jeunes gens qui se confient leurs sentiments. Ils y sont arrivés en 1594, alors représente-toi un monde où cela se produirait encore. Imagine un monde dans lequel vous ne seriez pas tous si inhibés.

Improvisation

Je n'avais eu aucune nouvelle de Harper depuis la dispute avec Lloyd. Le lundi et le mercredi, j'avais travaillé à la station-service et volé de nouvelles cartes mais il n'était pas venu les chercher. Mes messages téléphoniques étaient restés sans réponse, et j'en arrivais à me demander si je n'avais pas franchi une ligne rouge. Dans le grand catalogue des violences physiques et émotionnelles qu'on s'était infligées au fil des ans – les plongeons forcés dans la mer depuis la jetée, les pétards, les cicatrices laissées par la carabine à air comprimé –, l'incident avec la boule de billard était mineur… non ? On avait joué un jour à un jeu dans le champ derrière chez Harper – Azincourt, comme on l'appelait – dans lequel chacun se bandait les yeux à tour de rôle, puis lançait trois fléchettes professionnelles en tungstène haut vers le ciel pendant que les autres restaient immobiles à un endroit de leur choix, le dos voûté, les yeux fermés, en attendant que les projectiles retombent. La partie ne pouvait vraiment prendre fin que lorsque quelqu'un était blessé et, bien sûr, il ne s'était pas écoulé très longtemps avant qu'un *ploc* se fasse entendre et que Fox se redresse avec une fléchette plantée à la verticale dans le crâne. Ce jour-là, Lloyd, l'auteur du lancer, avait ri à en avoir la respiration coupée. Rien que de très normal, en somme. Du Lloyd « tout craché », sans rancœur après coup. Mais jeter une pauvre boule de billard à la tête de quelqu'un…

J'étais à présent obligé de m'imaginer une vie sans Harper. Dans le chaos qui avait accompagné l'implosion de ma famille, il avait toujours été une présence discrète, effacée. Je ne me rappelle pour ainsi dire aucune conversation qui puisse être qualifiée de très personnelle ou franche, mais, par le biais de cet étrange sémaphore muet propre aux garçons à l'adolescence, il avait réussi à me communiquer une certaine affection et, sans que je sache comment, il avait transmis le message aux autres en leur faisant comprendre qu'ils devaient être, sinon bienveillants, du moins pas activement cruels à mon égard. Sur le coup, j'étais allé jusqu'à me croire un peu amoureux de lui. Dans un livre de bibliothèque aux pages cornées sur « les choses de la vie », j'avais lu que les passades « homosexuelles » étaient très répandues chez les jeunes. Et si le phénomène était monnaie courante dans les pensionnats, pourquoi pas aussi à Merton Grange ? Ma rencontre avec Fran avait rendu cette théorie obsolète, mais tout de même, Harper me manquait.

Apprendrait-il jamais l'existence de Fran ? *Le truc, Harper, enfin Martin, c'est que je me suis laissé embarquer dans ce, euh, ce projet autour de Shakespeare et, ne te moque pas, mais il y a une fille pas comme les autres qui en fait partie ; elle est drôle, et intelligente, et cool, et on n'arrête pas de parler et de parler… Il faudrait que tu la voies !* Mais ce scénario s'écroulait dès l'instant où j'essayais de le verbaliser, et je devais reconnaître que les gens étaient plus doués en la matière à la Renaissance.

— « Dites-moi sérieusement qui vous aimez. »

— « Comment, dois-je gémir pour te le dire ? »

— « Gémir ? Ma foi non ; mais sérieusement dites-moi qui. »

— OK, super, a commenté Ivor. Arrêtons-nous là. Bon, que savez-vous sur la relation entre ces deux hommes ?

Miles, semblait-il, savait beaucoup de choses, et je me suis réfugié dans le silence que j'observais d'habitude en classe pendant qu'il complétait mon parcours, les années que nous avions passées à étudier ensemble à Vérone, l'admiration que je lui portais, et peut-être l'amour aussi, spéculait-il.

— C'est très bien. Maintenant, imaginez une conversation qui aurait eu lieu avant le début de la pièce et durant laquelle vous auriez parlé d'amour.

Il y a eu un blanc.

— Quand vous voulez.

— Excuse-moi, Ivor, ai-je dit. Tu nous demandes…

— De faire abstraction du script. D'improviser.

— En nous mettant dans la peau de… nos personnages ?

— Oui.

— Et en utilisant la langue de l'époque ?

— C'est dans mes cordes, a déclaré Miles.

— Oui, mais ne fais pas une fixation là-dessus, Charlie. Vas-y tranquille, l'idée n'est pas d'atteindre une précision historique, mais plutôt de travailler votre relation à tous les deux. Contente-toi… d'inventer.

— OK, allons-y, a dit Miles en tapant dans ses mains. Quelqu'un avait oublié son texte un jour dans *La Nuit des rois*. J'ai dû improviser pendant l'équivalent d'une page et demie au moins, en vers iambiques par-dessus le marché, et je vous jure que si on avait tout noté par écrit, personne n'aurait vu la différence…

— Non, l'ai-je coupé.

— Non ?

— Je ne peux pas faire ça, Ivor.

— Essaie quand même.

Les portes du patio étaient fermées, mais peut-être qu'en me jetant par la fenêtre…

Trop tard. Miles avait fondu sur moi et m'enlaçait déjà dans ses gros bras nus.

— Benvolio, comment vas-tu ? Diable, je t'ai cherché dans toutes les places et toutes les rues de cette belle ville.

— Ah, cher Roméo, ai-je bafouillé, la joue contre son torse lisse. J'étais… à la maison. Avec mes parents.

— De grâce, ne parlons point de mère et de père, parlons plutôt d'amour !

— Ah, l'amour. Que penses-tu de l'amour, noble Roméo ?

— Tu sais comme je le méprise, et avec lui toute forme de poésie et toute forme de chant. Mais toi, Benvolio, tu es un mystère. Ne soupires-tu point en secret pour quelque demoiselle ? Une belle dame que tu chéris au fond de toi ? Dis-le-moi, je t'en conjure. Ne suis-je pas ton fidèle ami ?

— Très bien, a murmuré Ivor. Très, très bien !

Miles et lui m'ont regardé lever les yeux au plafond, puis les baisser, puis les relever, en quête d'une réplique quelconque.

— Ah, l'amour. Dans ce domaine, j'ai connu... des hauts et des bas... car l'amour est comme... une chose à prendre ou à laisser... Et c'est là tout ce que j'ai à dire, mon cher ami.

— OK, a soupiré Ivor. Rappelons-nous ce que nous avons appris.

Ce que j'avais appris, moi, c'était que je n'étais jamais aussi bon que lorsque j'écoutais les autres en hochant la tête. Par chance, cette scène s'y prêtait bien et, à mesure que l'après-midi avançait, j'ai commencé à mieux la comprendre. Roméo prétend être amoureux de quelqu'un, et ma réaction - c'est-à-dire celle de Benvolio - est de lui faire remarquer qu'il y a plein d'autres poissons dans l'océan.

— « Oublie de penser à elle. »

— « Oh ! apprends-moi comment je pourrais oublier d'y penser. »

Et il fallait reconnaître que Miles savait gérer tous les « oh », les « ah » et les « hélas », qu'il pouvait même les chantonner et, en parallèle, aller et venir dans la pièce, s'accroupir, s'asseoir à califourchon sur une chaise ou se livrer à un petit manège improvisé avec les rideaux ou un abat-jour. De mon côté, je suivais tant bien que mal.

— Essaie de bouger en même temps que tu dis tes répliques, plutôt qu'avant ou après, m'a conseillé Ivor.

Mais marcher en parlant n'était pas dans mes cordes, d'autant que j'avais le script dans une main. L'autre, que je ne parvenais pas à faire entrer dans la poche de mon jean, restait mollement accrochée à l'un des passants de ma ceinture et me donnait l'air d'un cow-boy aguicheur. Tout l'inverse de Miles, capable de trouver et de tenir des poses, comme un mannequin lors d'une séance photo. Il ne jouait pas *avec* moi, mais autour de moi, et si j'avais été une table basse cela n'aurait rien changé.

Malgré tout, sa vanité et son égocentrisme s'accompagnaient d'une conviction contagieuse, et après qu'on a « allumé la machine » et « fait chauffer le moteur », j'ai constaté que je ne reculais plus d'instinct devant ses accolades et ses bourrades. « Imagine que tu parles à ton meilleur ami », m'avait dit Fran. C'est donc ce que j'ai fait, et j'ai bientôt vu Ivor se pencher sur sa chaise et se ronger un ongle, l'air grave et concentré. Alina s'est jointe à nous elle aussi, toute sérieuse derrière ses bras croisés, mais sans froncer les sourcils, sans se pincer l'arête du nez et sans secouer la tête pour une fois.

— Bon travail, les gars, a déclaré Ivor à la fin de la journée. On a bien avancé.

J'ai éprouvé une bouffée inattendue de fierté. Miles a fait un pas vers moi pour me presser l'épaule et m'offrir un peu de son eau magique.

— Je crois qu'on tient quelque chose.

Une main s'est posée sur mon autre épaule – une main légère, celle-là.

— Quelqu'un a fait ses devoirs, a commenté Alina.

L'ombre d'un sourire flottait sur ses lèvres, et j'ai compris à cet instant que je n'avais plus rien à craindre. Je pouvais rester si je le voulais.

Et puis, dehors, sur le mur du jardin de rocaille, j'ai retrouvé Fran Fisher qui souriait en donnant de petits coups de talon dans les cailloux, prête à repartir.

Oublier de penser à elle ? Oh ! apprends-moi comment je pourrais oublier d'y penser.

À la station-service, je me suis assis derrière la caisse en marmonnant du Shakespeare.

— « Madame, une heure avant que le soleil vénéré ait jeté un regard par la fenêtre d'or… »

Un coup de klaxon a résonné à l'extérieur et j'ai vu Harper sortir de la voiture de son frère. Deux silhouettes se tenaient avachies sur la banquette arrière. J'ai rangé mon script et vérifié que mon épée était cachée avant que Harper entre et joue avec moi notre petite comédie habituelle.

— Mon frère a gagné une somme d'argent avec vos cartes à gratter. Est-ce que je peux l'encaisser, s'il vous plaît ?

— Bien sûr ! Vous avez apporté les cartes ?

— Les voilà.

— Félicitations ! ai-je dit en lui remettant quelques billets.

Mais déjà, il s'éloignait. Je l'ai regardé traverser la cour, et c'est à ce moment-là que, oubliant mon rôle, j'ai contourné la caisse pour le rattraper.

— Excusez-moi ! Je peux vous dire un mot ?

On est restés près des sacs de charbon à barbecue, raides comme des balais. Harper a jeté un coup d'œil gêné vers la voiture.

— Qu'est-ce qu'il y a ?

— Je me demandais… Comment ça va ?

— Ça va. Je croyais qu'on était filmés ?

— Oui, mais t'inquiète, personne ne visionne les bandes. C'est juste au cas où des gens partiraient sans payer. Je ne t'ai pas vu depuis…

— Je suis passé chez toi et ton père m'a dit que tu étais sorti. Lui non plus ne t'a pas vu depuis un moment, apparemment.

— Non, j'étais… Il allait bien ?

Harper a éclaté de rire.

— Je n'en sais rien, c'est ton père, pas le mien. Comme d'habitude, je dirais. Il faut qu'on file.

Le moteur de la voiture a rugi et son frère a tapoté sa montre. C'était Lloyd et Fox qui étaient assis sur la banquette arrière. Je leur ai fait signe, sans obtenir de réponse.

— Lloyd m'en veut toujours ?

— Un peu.

— OK. Bon, eh bien, je viendrai récupérer l'argent tout à l'heure.

— Non, évite. Il est tard.

— Oh. D'accord.

Il n'était pas encore 21 heures.

— Je vais te le donner tout de suite, mais je ne veux plus refaire ça.

— D'accord, ai-je répété.

— Mon père me paie bien. Je n'ai pas besoin de ce fric. D'ailleurs, tu peux tout garder.

— Non, prends-en la moitié.

— Il te sera plus utile qu'à moi.

— Ici ? Maintenant ?

— Je l'ai dans la main. Je vais te le filer discrètement, comme ça tu n'auras pas à passer à la maison.

J'ai réfléchi un instant.

— OK, mais joue-la en finesse.

On s'est serré la main et j'ai senti mes doigts se replier autour des billets, que j'ai tout de suite fourrés dans ma poche. La remise m'avait paru se faire en douceur, subrepticement, et ce n'est que plus tard, lorsque cette scène est devenue une preuve contre moi, que j'ai repensé à mes regards furtifs d'un côté et de l'autre, à mon coup d'œil à la caméra de surveillance, et à cette poignée de main raide et contorsionnée qui ne se justifiait pas. Pourquoi le caissier serait-il sorti saluer un client qu'il était censé n'avoir jamais rencontré ?

Devant une caméra, il est toujours important de ne pas trop en faire.

Perspectives d'avenir

Les Capulet avaient entamé une partie de thèque contre les Montaigu. Enrôlée dans leur équipe, Polly se tenait presque accroupie et brandissait sa batte à deux mains, comme un assassin armé d'une hache.

— Vous la levez trop haut, Polly, a fait remarquer Miles.

— Miles, j'ai soixante-huit ans, ne me dis pas comment jouer à la thèque, s'il te plaît.

— Mais ça ne va pas, il faut la baisser un peu.

— Tu vas te prendre cette balle en pleine tête, je te préviens !

— Non, pas la tête ! a crié Alex.

— Très bien, comme vous voulez.

Miles a lancé la balle. Un *poc* gratifiant a retenti lorsque Polly l'a envoyée haut dans le ciel. Fran, Colin et Keith ont quitté leurs bases au pas de course, et notre doyenne a fait de même pour rejoindre celle de départ sous les acclamations.

Dernier à passer, George n'a pas masqué son dégoût.

— Les sports d'équipe. Le fascisme dans toute sa splendeur. Dire que je n'étais venu ici que pour éviter ça.

Il n'est pas resté longtemps et m'a vite cédé sa place sur le terrain. Puisque j'avais échoué au badminton, il me paraissait vital que Fran ait de moi l'image d'un joueur de thèque extraordinaire, mais je n'ai réussi à envoyer la balle qu'à quelques mètres de moi, droit dans les mains de Lucy. La défaite a sonné peu après pour les Montaigu, et les deux maisons rivales se sont bientôt retrouvées étendues sur la pelouse dans le soleil du matin.

J'avais promis à Fran une semaine de mon temps. Une semaine, me semblait-il, c'était bien assez pour ne pas donner l'impression de me moquer du monde, mais – et elle devait s'en rendre compte – mon envie de partir s'estompait un peu plus chaque jour, et ce n'était pas seulement pour Fran que je revenais désormais. À mesure que j'apprenais à les connaître, je commençais à apprécier ces gens, voire à imaginer un futur où ils cesseraient d'être « ces gens » à mes yeux. De la même façon qu'on finit par adopter l'accent d'une région, je me surprenais à imiter l'ironie, l'insolence et l'humour pince-sans-rire des autres acteurs. Ils faisaient des blagues *sans qu'on voie bouger un seul muscle de leur visage*. Ils parlaient avec l'air d'espérer que quelqu'un note leurs paroles, tenaient des conversations qui se voulaient des dialogues, toutes truffées de guillemets et de plaisanteries comprises d'eux seuls. Ils se chambraient aussi, mais sans méchanceté. Habitué au sarcasme et aux insultes, des armes bien plus tranchantes, je n'étais pas sûr de pouvoir m'aventurer sur ce terrain-là. Il m'arrivait de dire des choses qui les faisaient rire – et c'était alors comme si j'avais envoyé une balle haut dans le ciel – mais, tout aussi souvent, leurs échanges prenaient une tournure telle que je ne pouvais les suivre, ce qui revenait pour moi à donner un coup de batte dans le vide.

Ce jour-là, ils parlaient de l'université. Les résultats de nos examens devaient tomber durant la dernière semaine de répétitions, et si tout allait bien – ce dont personne ne doutait –, Fran, Lucy, Colin, Helen et George rejoindraient Alex dans son lycée. Malgré leurs protestations, je m'attendais à ce que Harper et Fox fassent de même, si bien que mes anciens et mes nouveaux amis semblaient tous se préparer à aller à une fête à laquelle je n'étais pas invité. Puis la conversation nous a entraînés plus loin, vers un avenir qu'ils prétendaient traître et incertain, mais qu'on savait tous glorieux et assuré, parce que ces élèves intelligents, travailleurs et doués étaient de ceux qui remportaient des chèques-livres en récompense de leurs bonnes notes. Encore deux ans et ils partiraient vers des villes célèbres pour leurs nuits endiablées, leurs scènes musicales et culturelles, leur vie politique animée et leurs cafés. Dans des chambres éclairées à la bougie, ils débattraient de choses sérieuses, se feraient des amis qui les présenteraient à d'autres amis, et ainsi de suite. Peu à peu, leurs vieux liens se distendraient pour céder la place à un nouveau réseau relationnel. Ce sentiment artificiel de danger était trop dur à supporter. Ce n'était ni une question de classe ni une question d'éducation – ou *pas seulement*. Cela avait tout à voir avec cet autre avantage plus précieux, et pas sans rapport avec les précédents : la confiance en soi.

J'avais gâché toutes mes chances de prendre part à la conversation, et une voix de plus en plus sarcastique et pleine de rancœur se faisait entendre dans ma tête. L'université était-elle un choix plus sûr qu'une école d'art dramatique ? se demandait Alex. Les études de médecine ne supposaient-elles pas trop de sacrifices ? s'interrogeait Lucy. L'envie est corrosive, mais envier ceux que vous détestez témoigne au moins d'une certaine vitalité, alors qu'envier ceux que vous appréciez, que vous aimez, témoigne juste d'une forme d'amertume et de solitude. Plutôt que de me montrer sous ce jour-là, je me suis éclipsé – pas de façon théâtrale, mais sans passer inaperçu non plus tant il est difficile d'y arriver avec un manche à balai qui pendouille contre votre hanche.

Dans le verger, je me suis allongé sous le pommier le plus éloigné et j'ai fermé les yeux. Les herbes hautes n'ont pas tardé à bruisser.

— Tes betteraves vont refroidir, a dit Fran.

— Je te les laisse. Avec plaisir.

Quelques pommes dures tombées prématurément de l'arbre rendaient le sol inconfortable, mais je suis resté où j'étais pendant que Fran s'asseyait en tailleur à côté de moi.

— Je ne peux pas t'en vouloir d'avoir filé en douce, a-t-elle dit en tirant sur les herbes. C'est barbant, hein ? Les résultats des examens. Les espoirs, les rêves.

— Non, t'inquiète. J'ai rien à dire, c'est tout.

— À mon avis, tout le monde te voit devenir acteur professionnel.

Elle a attendu un instant.

— Est-ce que ça t'aide, Charlie, ou bien… ?

— Un peu. Ça me fait plaisir que tu sois là.

— Il paraît que tu as traversé une sale période.

— Qui t'a raconté ça ?

— Lucy, Colin…

— Oh, merde.

À cette époque, il n'y avait rien de pire – et rien de mieux non plus – que d'être un sujet de discussion pour les autres.

— Ils ont été sympas. Ils ne se réjouissaient pas de ce qui t'arrivait. Ils ont juste dit… Ils s'inquiétaient pour toi, c'est tout.

— Eh bien, j'ai foiré mes exams.

— Peut-être pas autant que tu…

— Ouais, c'est ce qu'on dit toujours. Comme si j'étais modeste. Mais non, j'ai vraiment foiré mes exams. Dans certaines matières, je suis sorti avant la fin. J'ai rendu des pages blanches. J'ai gribouillé des dessins au lieu de répondre aux questions d'histoire. J'ai même séché les dernières épreuves, alors à moins que quelqu'un ait fait le test de compréhension à ma place…

Elle est restée silencieuse un instant, ce dont je lui ai été reconnaissant.

— Quelle connerie, les exams, tu ne trouves pas ? C'est vrai : au fond, ce n'est qu'une technique à acquérir, guère différente de celle qui permet de faire des tours de magie avec des cartes. Prends Miles, par exemple. Je te parie qu'il aura des A partout, A, A, A, comme un… comme un cri à la con, mais il sera toujours… enfin, il n'est pas stupide, mais ses résultats ne feront pas de lui quelqu'un d'intelligent pour autant. On lui a juste appris comment faire. Ce que je veux dire, c'est que c'est le système qui est pourri, pas toi. Et puis, tu fais bien de ruer dans les brancards. J'aimerais en être capable, moi aussi. Il y a des moments où je voudrais pouvoir tout envoyer promener, mais je suis bien trop conventionnelle pour ça.

Je l'ai écoutée poliment, très content de ce côté rebelle qu'elle parvenait à donner à mon échec. Mais la vérité, c'était que je n'avais rué exprès dans rien du tout. Je n'avais pas de reproches à faire au système éducatif et je ne pouvais pas justifier mon comportement. J'aurais adoré m'épanouir au lycée, et dans d'autres circonstances, je suis certain que j'aurais pu m'en sortir mieux. Peut-être même très bien.

— Que s'est-il passé ? a-t-elle fini par me demander.

— J'ai sans doute voulu envoyer un message. Mais lequel, je n'en ai aucune idée. Est-ce qu'on n'est pas censés étudier le texte ?

— Pas aujourd'hui. Alors, que s'est-il passé ? Dis-moi.

— Je crois… Je crois que j'ai pété les plombs.

L'examen

Nous avions tous pété les plombs, chacun à notre façon. Pour moi, cela s'était surtout manifesté à l'école. L'élève prometteur que j'avais été un jour l'était de moins en moins depuis quelque temps, et la tendance semblait s'amplifier à l'approche des examens.

— Nous craignons que Charlie ne rate son année, avait dit M. Hepburn lors de la dernière réunion parents-professeurs.

Mon père s'était affaissé davantage sur sa chaise. Ma mère avait voulu me prendre la main, mais je m'étais dégagé pour rouler ma cravate en boule, la relâcher, puis la rouler encore, et ainsi de suite.

— Nous ne comprenons pas, avait-elle dit. Il avait de bons résultats avant.

— Avant, oui, mais plus maintenant. Nous avons fait de notre mieux, je vous assure. N'est-ce pas, Charlie ? Tu n'es pas de mon avis ?

Ce soir-là, ma mère était entrée dans notre chambre. Ma sœur dormait déjà, moi je tournais le dos à la porte, mais elle s'était agenouillée près de mon lit et avait posé sa main en coupe sur ma tête.

— Tu veux parler ?

— Non, j'ai sommeil.

Chaque nuit, pourtant, je restais éveillé – j'étais sans doute le seul insomniaque de seize ans au monde. La journée, je me sentais fatigué et nauséeux, comme si je souffrais d'un jet-lag, ou de ce que j'imaginais être un jet-lag. J'avais un brouillard dans la tête, pareil à de la vapeur sur un miroir. L'esprit embrumé. J'étais un crétin, je suppose, même si personne à part moi ne me qualifiait ainsi après une énième réponse hésitante, une énième phrase qui ne débouchait que sur une ineptie. *Crétin, crétin, crétin, crétin.* Quand je ne m'assoupissais pas sur mes devoirs, je fixais des manuels qui auraient aussi bien pu être rédigés en chinois en peinant à garder les yeux ouverts. Mon regard dérivait vers la marge, puis vers le bois du bureau, et je sombrais dans la même torpeur imbécile que mon père à certains moments. *Oh non,* pensais-je alors, *pas moi aussi.*

Chez ma sœur, ce pétage de plombs avait pris la forme d'un mutisme quasi absolu : elle passait ses fins d'après-midi à la bibliothèque et ses pauses déjeuner soit au centre de documentation, soit, les rares fois où je la surprenais dehors, seule au bout de la cour de récréation. Elle avait toujours été la plus brillante de nous deux, mais les livres étaient devenus un moyen pour elle de cacher son visage. Les aurait-elle tenus à l'envers que ça n'aurait fait aucune différence. En des temps moins troublés, on s'était disputé la télécommande ou on avait râlé contre nos heures de coucher – des querelles désormais triviales et hors de propos, mais que nous n'avions pas su remplacer par autre chose, de sorte qu'on se croisait à présent sans échanger un mot. Il m'était arrivé de la voir tourner à l'angle d'une rue pour m'éviter. Et il m'était arrivé de faire pareil.

Ma mère, elle, avait développé une sorte de manie, un besoin frénétique de se faire pardonner après son départ. Trois, voire quatre fois par semaine, elle m'attendait à la fin des cours. Elle baissait sa vitre pour me faire signe, me proposait d'aller boire un thé avec elle au Cottage Loaf, et je montais dans sa voiture, littéralement kidnappé, pendant que ma sœur rentrait à pied, j'imagine.

Au café, notre commande était à peine arrivée qu'elle repoussait tasses et assiettes sur le côté pour sortir des manuels parascolaires fraîchement achetés à la papeterie locale.

— Bien, quelle matière va-t-on travailler aujourd'hui ?

— Maman, je peux faire ça tout seul.

— Comment ça va en français ? Et en biologie ?

— Je n'ai pas de cours de biologie.

— Mais si !

— Non.

— J'ai gaspillé mon argent, alors, disait-elle en laissant tomber le manuel par terre. Bon, l'anglais. *Sa Majesté des mouches*, d'accord ?

Et elle dégainait son exemplaire de la collection *Notes sur une œuvre* en prenant une page au hasard.

— Parle-moi… du personnage de Piggy.

En tant qu'éducatrice, le grand talent de ma mère était sa capacité à susciter chez elle autant que chez moi un sentiment de panique et de futilité. Elle s'était toujours contentée de laisser les enseignants faire leur travail, mais elle était comme quelqu'un qui se réveille trop tard pour prendre un avion et qui fourre des vêtements à la hâte dans sa valise, sans admettre que le vol est déjà parti.

— Comment traduis-tu le verbe *voir* en anglais ?

— « To want ».

— Non. « To want », c'est *vouloir*, comme dans : « *Voulez-vous* ». Charlie, c'est du niveau d'ABBA. Allez, tu connais la réponse.

— D'accord. « To see ».

— Oui ! Et si tu conjugues le verbe français au passé, ça donne… ?

— …

— Allez !

— *J'ai…*

— *J'ai… ?*

— Je ne sais pas.

— Si, tu sais.
— Chhh, moins fort !
— Tu connais la réponse.
— Maman, ce n'est pas en l'affirmant que ça deviendra réalité !
— Mais tu étais si… si doué en français !
— Maman…
— On nous a toujours fait croire que tu étais très bon.
— Ce n'est pas vrai !
— Ou meilleur que ça, en tout cas. Allez, tu as bien retenu quelques mots de français quand même. Qu'est-ce que tu as fabriqué en cours pendant cinq ans ? Pose ton thé. Tiens, regarde les réponses trente secondes et on va réessayer.

Elle paniquait en voyant mes lacunes, et moi j'oubliais tout ce que je savais en la voyant paniquer. Résultat, elle paniquait encore plus, le ton montait et l'un de nous deux finissait par sortir en furie du Cottage Loaf, qui n'avait jamais connu de scènes pareilles. Au retour, on passait devant les vestiges de notre ancienne boutique dans un silence électrique dont je m'échappais en bondissant hors de la voiture dès qu'on était arrivés. Les semaines avaient défilé ainsi, jusqu'à ce qu'il n'en reste plus que cinq avant les examens. Puis quatre. Puis trois. Puis deux. On aurait dit une bombe à retardement. Une semaine avant, elle s'était garée au bout de notre rue, là où mon père ne risquait pas de l'apercevoir.

— Comment va-t-il ? m'avait-elle demandé.
— Comme d'hab'.

Elle avait acquiescé en se mordillant un doigt.

— OK, il a juste besoin de s'enthousiasmer pour quelque chose de nouveau.
— Tu veux dire un hobby, maman ?
— Non ! Il songe à retravailler ?
— Parfois. Mais ça m'étonnerait qu'il en soit capable.
— Pourquoi ?

— Il a perdu la boule.
— Ne dis pas ça.
— D'accord. Il est *mentalement mal en point.*
— C'est difficile pour lui.
— Oui, de se lever, de se laver les dents…
— Bon, ça va, j'ai compris ! Mais que veux-tu que je fasse, Charlie ? Dis-le-moi et je le ferai.

Je n'aimais pas que mes parents me demandent ce qu'ils devaient faire. De toute façon, même si j'avais su quoi répondre, elle ne m'écoutait plus, recroquevillée comme elle était sur le volant, les paumes pressées contre ses yeux.

— Je me rends bien compte que le moment est très mal choisi, que je devrais être là pour toi, et je déteste te laisser dans cette situation, je déteste *vraiment* ça, mais rester ici ne servirait à rien, et je ne peux pas, c'est impossible, ce serait la guerre entre nous. Je ne fais qu'aggraver les choses, Charlie ! Comment crois-tu que je le vis ? Comment crois-tu que je supporte de rendre quelqu'un si malheureux ?

Elle s'était mise à pleurer. Alors seulement, je m'étais tourné vers elle pour la serrer contre moi, avant d'être stoppé net par la ceinture de sécurité. Un mouvement de contorsion plus lent n'ayant pas suffi à tromper le mécanisme, j'avais commencé à tirer sur la sangle…

— Défais-la !
— Très bien.
— Appuie ici ! le bouton rouge ! Bon sang, Charlie ! Viens là…

Penché par-dessus le levier de vitesse, j'avais senti son visage humide contre mon cou.

— Est-ce que je suis une mauvaise mère ?
— Non.
— Mais je l'ai été ?
— Non.
— Je suis catastrophique en tant que professeur, hein ?
— Ça oui, on peut le dire.

Elle avait reniflé dans mon cou.

— Je t'aime. Et tu vas remonter la pente. Tu es un garçon intelligent.

Mais elle était aussi très mauvaise actrice, et le caractère flagrant de ce mensonge lâché d'un ton hésitant m'avait poussé à sortir de la voiture. J'avais balancé mon sac sur mon épaule, levé une main en signe d'au revoir et parcouru la courte distance qui me séparait de la maison en me préparant au moment de la journée que je redoutais le plus.

Le pétage de plombs de mon père ayant été le plus spectaculaire de tous, l'idée s'était ancrée dans ma tête – d'abord sous la forme d'une possibilité, puis d'une probabilité, puis d'une certitude – qu'il allait se tuer et que ce serait moi qui découvrirais son corps. La nuit, j'imaginais dans quelles circonstances cela se produirait, je continuais au lycée pendant mes cours, et mon angoisse allait grandissant sur le trajet qui me ramenait chez nous. Serait-il dans sa chambre ou dans le couloir, dans la salle de bains ou sur le canapé ? Qu'il soit dans l'un de ses bons jours, qu'il m'ait souri en me regardant partir à l'école ou qu'il m'ait serré dans ses bras sur le pas de la porte n'y changeait rien. À vrai dire, cela rendait même le désastre plus probable parce que – encore un cliché instillé par la télé – les actes d'autodestruction étaient en général précédés de marques d'affection délivrées avec une sorte de sérénité apathique et un œil vitreux. Il suffisait qu'on vous dise « Je t'aime, fiston, n'oublie jamais ça », et – toujours à en croire la télé – vous pouviez être sûr d'être accueilli à votre retour par une enveloppe calée entre la salière et le poivrier sur la table. Non, rien n'annonçait plus une catastrophe qu'un parent affirmant qu'il vous aimait.

Mon esprit adolescent était boulimique de ce genre de mélodrame, et je regrette de ne pas avoir su consacrer mon énergie mentale à autre chose. Ces scénarios sordides étaient devenus si nets et plausibles que, très souvent, ma main tremblait et je criais « Papa, c'est moi ! » en tournant la clé dans la serrure. Parfois, il était sur le canapé, en train de regarder un film en noir et blanc. Parfois aussi, il dormait, soit à l'étage, soit au rez-de-chaussée, et je vérifiais que son sommeil était bien normal, que les flacons se trouvaient à leur place, avec le bouchon vissé, sans bouteille d'alcool à proximité. S'il n'était pas à la maison, je ne parvenais à me calmer que lorsqu'il rentrait. À ce moment-là seulement, nos petits échanges domestiques reprenaient : on mange quoi ce soir, qu'est-ce qu'il y a à la télé.

— Tu ne devrais pas réviser ? me demandait-il.

— Je l'ai fait en perm'.

— C'est un moment important de ta scolarité, tu sais.

Et on en restait là. J'essayais de l'amuser en faisant un commentaire ironique sur ce qui passait à la télé. Quand cela échouait, quand, manifestement, il ne m'entendait pas, qu'il s'allongeait sur le côté ou se servait un autre whisky, je tentais de l'entraîner à l'étage.

— Ne t'endors pas ici, papa. Va te coucher.

— J'ai envie de voir la fin.

— Tu l'as déjà vue. Va te coucher.

— Vas-y, toi.

Je montais alors dans ma chambre ruminer ce que j'avais lu sur le mélange alcool-médicaments, et je recommençais à m'inquiéter.

Durant tout ce temps, je ne crois pas avoir jamais prononcé le mot « dépression » à voix haute. C'était un tabou, et je n'aurais pas davantage évoqué ma peur ou mon désarroi avec un professeur ou un ami que mes fantasmes sexuels. L'honnêteté était dangereuse. Harper ne s'en serait jamais servi contre moi, mais j'étais certain que Lloyd n'aurait pas eu de scrupules, lui.

Quand, bien des années plus tard, j'ai raconté à Niamh une partie – juste une partie – de mon histoire, elle a observé que je semblais avoir été une sorte de garde-malade pour mon père. J'ai tout de suite cillé. Un tel rôle suggère de l'empathie, de l'intégrité, de l'altruisme et de la dévotion, et je ne possédais aucune de ces qualités. Je ne m'étais pas confié à elle pour susciter l'admiration due à ceux qui prennent *vraiment* soin des autres. Plus mon père avait besoin de compréhension et de compassion, plus je lui opposais de la pitié et du mépris. Plus il avait besoin de ma présence, plus je disparaissais. Il m'effrayait, et quand je n'étais pas effrayé, j'étais tout simplement furieux. Furieux qu'il me prive de ma tranquillité d'esprit et de mon pouvoir de concentration à l'heure où ils m'étaient le plus nécessaires. Furieux d'avoir peur de faire un truc aussi banal qu'ouvrir la porte d'entrée de notre maison. Et puis j'en avais marre de son état de zombie, de son air toujours distrait, de ce constat que tout changement était impossible. Je ne voulais pas d'un modèle de perfection – c'était trop gnangnan –, mais juste quelqu'un qui se levait le matin, quelqu'un capable de sourire d'une façon qui ne soit ni flippante, ni forcée.

Tout ce que j'espérais de bien pour mon père, je l'espérais dans mon propre intérêt. Et je ne souhaitais rien tant que le voir redevenir comme avant. Durant presque toute mon enfance, il s'était montré drôle, joyeux, affectueux. Désormais, même ses instants de bonne humeur avaient quelque chose de factice – de quoi aurait-il bien pu se réjouir ? Je lui reprochais notre pauvreté, le départ de ma mère, mon échec scolaire. Je m'inquiétais pour lui alors que c'était lui qui aurait dû s'inquiéter pour moi. Ne voyait-il pas qu'il y avait un gros problème quelque part ? Je n'étais donc pas un garde-malade. Plutôt un garde-rancune. Le terme existait-il ? « Garde-rancune à domicile » ?

C'était normal, m'a assuré Niamh. Il aurait été bizarre que je réagisse différemment. Mais dans une ultime manifestation de rancœur, je ne supportais pas non plus la transformation physique de mon père : les chairs flasques, pâles et moites comme la peau sous un sparadrap, les épaules affaissées, l'écume blanche innommable au coin de sa bouche, les ongles des orteils semblables à des bouts de corne animale. De même qu'un sourire est censé éclairer un visage, la tristesse avait enlaidi le sien – enfin, de mon point de vue, et j'avais fini par ne plus me donner la peine de masquer mon dégoût. Je fronçais le nez, repoussais son bras. Avec la condescendance de la jeunesse, je me demandais pourquoi il se laissait autant aller ? J'avais seize ans. Des gens ont rédigé de véritables *hymnes* sur cette période de la vie. N'avais-je pas le droit de connaître les joies, les plaisirs et l'irresponsabilité propres à cet âge, plutôt que la peur, la colère et l'ennui ?

Et puis, vu sous un autre angle, le mot « garde-malade » était presque à l'opposé de la réalité car parfois – et c'était là une chose que je n'aurais jamais avouée –, une partie de moi souhaitait que la catastrophe se produise. Tous les enfants, m'a-t-on assuré, fantasment la mort de leurs parents. Peut-être, mais rarement dans des circonstances qui la rendent aussi envisageable. S'il était arrivé malheur à mon père, j'aurais reçu l'attention et la compassion que j'estimais mériter. J'aurais pu avancer dans la vie – et peu importe dans quelle direction. De telles pensées me choquent et me font honte aujourd'hui, et je peux seulement dire pour ma défense que je détestais et aimais mon père plus que quiconque autour de moi, et que chacun de ces sentiments était proportionnel à l'autre. Je ne pouvais le détester que parce que je l'avais un jour aimé tout aussi fort.

Il faut que je raconte ici un incident qui a marqué l'apogée du conflit entre mes parents. C'était avant le départ de ma mère au printemps. Mon père et elle étaient partis dans une dispute apocalyptique, une longue série d'accusations, de récriminations, de jugements à l'emporte-pièce dégoulinants de mépris, de choses qui ne pourraient jamais être retirées et qui allaient rendre toute vie commune impossible à l'avenir. Je m'étais retranché dans ma chambre pour réviser ou, plutôt, pour fixer mes manuels sans les voir et sans rien y comprendre, le bout des doigts pressé contre mes tempes. Sur son lit-couchette derrière moi, ma sœur avait mis les gros écouteurs de notre père – sa façon à elle de noyer les mots les plus durs échangés par nos parents –, mais le fin revêtement du sol de notre chambre vibrait ce soir-là comme un haut-parleur. L'effet devait être le même chez nos voisins car, pour la première fois, quelqu'un avait appelé la police.

Billie avait été la première à remarquer la lumière bleue. Nous étions sortis sur le palier et, du haut de l'escalier, nous avions regardé notre père, l'air étonné et humilié, faire entrer les agents dans le salon. Nos parents s'étaient tenus côte à côte tels des enfants surpris en plein acte de vandalisme. Étions-nous vraiment tombés si bas ? Étions-nous vraiment ce genre de famille dont les voisins se plaignent ? Les voix au rez-de-chaussée étaient devenues apaisantes : « Non, non, nous comprenons, tout va bien maintenant », et moi j'aurais voulu crier : « Non, ils ne vont *pas bien du tout*, ils sont comme ça *tout le temps.* » À la place, j'avais foncé dans la salle de bains en faisant assez de bruit pour que les policiers m'entendent. J'avais farfouillé dans l'armoire à pharmacie, sorti deux cachets d'aspirine de leur blister, puis un troisième, et claqué la porte avant de marquer une pause. Rouvrant l'armoire, j'avais poussé tous les tubes de crème et toutes les bouteilles de sirop collantes jusqu'à ce que je déniche un flacon de paracétamol en solution buvable. J'avais avalé les comprimés avec une gorgée du liquide infâme et penché la tête sous le robinet pour faire passer tout ça. Enfin, histoire d'enfoncer le clou, j'avais dévissé le bouchon du sirop pour la toux que je prenais enfant. Il était périmé depuis plusieurs années, et sans doute d'autant plus concentré et toxique. En entendant la porte de la maison se refermer sur les agents de police, j'avais sifflé le contenu du flacon en grimaçant à cause de son goût sucré et chimique, et disposé ensuite tous ces médicaments sur la cuvette des toilettes, avec la bouteille de sirop couchée sur le côté afin d'accentuer l'aspect dramatique de la chose en créant un petit diorama rageur et désespéré. À l'étage au-dessous de nous, mes parents discutaient d'une voix basse et impatiente. Ma sœur, elle, faisait semblant de dormir. Je m'étais allongé sur mon lit, les mains nouées sur ma poitrine tel un gisant sur une tombe, en attendant que les cachets fassent effet.

La scène s'était déroulée juste avant que le médecin de mon père lui prescrive ses propres médicaments, et je me demande si j'aurais eu le cran de dévisser le bouchon de ces flacons-là. Sûrement pas. J'envisageais le suicide comme j'envisageais le meurtre : les deux relevaient d'une sorte d'expérience mentale, rien de plus, et s'il m'était arrivé d'appuyer un couteau à beurre contre la veine bleue de mon poignet, c'était dans le même esprit que lorsque j'imaginais où j'enterrerais le cadavre de Chris Lloyd. Après tout, je savais que les expectorants étaient rarement mortels. L'inquiétude et les remords, voilà ce que je cherchais à provoquer chez mes parents. Je voulais qu'ils se ressaisissent, qu'ils restent ensemble.

Mais le lendemain matin, gêné et bourrelé de remords, j'étais retourné dans la salle de bains, où ma mère m'attendait avec la plaquette de comprimés d'aspirine dans une main et, dans l'autre, le flacon de sirop tout collant, qu'elle tenait du bout des doigts.

— Charlie, c'est toi qui as sorti ça ?

— Euh…

— C'est trop te demander de ne pas tout laisser traîner n'importe où ? a-t-elle dit en jetant le sirop à la poubelle. Ce truc est périmé. Si tu as mal à la tête, prends de l'aspirine ou du paracétamol, pas les deux. Les cachets ne sont pas gratuits. Et RANGE LES CHOSES DONT TU TE SERS !

Puisqu'une performance aussi éclatante pouvait passer inaperçue, quelque chose de plus dramatique s'imposait. Par chance, une occasion parfaite se profilait à brève échéance dans la salle d'examen de mon collège.

J'ai confié à Fran une partie de tout ça plus tard cet été-là, mais je me suis contenté dans le verger de lui confirmer mon échec scolaire.

— Je préfère te prévenir, j'ai tout foiré.

Elle est restée silencieuse un instant.

— Pourquoi penses-tu devoir me prévenir ?

— Je ne veux pas que tu me prennes pour ce que je ne suis pas. Ou que tu m'imagines aller dans des endroits où je ne pourrai pas aller.

— Ah. Tu cherches à me faire fuir.

J'ai haussé les épaules.

— Peut-être, oui.

— J'avoue que j'aime bien d'habitude connaître les notes d'une personne avant la personne elle-même. C'est une méthode d'évaluation qui a l'avantage d'être simple, mais si tu réussis mieux les épreuves pratiques et l'entretien...

— Non, mais quand on a affaire à un raté...

— Il s'agit d'un contrôle continu, au fond.

— ... ou à quelqu'un d'un peu con...

— Les seules fois où tu as l'air con, c'est quand tu dis que tu l'es. Ça fait sens ?

— Je crois.

— Là, tu vois.

J'ai fermé les yeux et replié mon bras sur mon visage, mais j'ai quand même senti une ombre tomber sur moi, et les feuilles ont bruissé lorsqu'elle s'est assise à mes côtés.

— Si on sortait ce soir ? a-t-elle dit en me prenant la main.

— Juste toi et moi ?

— Non, il y aura tout le monde.

— Ce n'est pas idéal.

— Peut-être, mais ne t'en va pas.

Depuis la maison, le tintement du triangle a retenti.

— Ne pars pas sans moi à la fin de la journée, Charlie, a-t-elle insisté. C'est très important. Ne pars pas sans moi.

Les masques

Dissimulée sous un linge, la boîte en contreplaqué a été apportée par Chris et Chris avec autant de déférence et de solennité que si elle avait renfermé l'Arche d'alliance.

— Bon, c'est une œuvre encore inachevée, a prévenu Helen.

— J'adore ça, a dit George. C'est le moment où on se sent entrer dans le vif du sujet.

— Il reste beaucoup à faire...

— Montre-nous la maquette, chère Helen, l'a pressée Alina.

Le tissu a été retiré sous des « Oh » et des « Wouah » admiratifs – dont les miens. Chris et Chris étaient du genre à hanter les rayons de Hobby Lobby, le magasin dédié aux arts créatifs, attirés là par leur dépendance à ce plaisir particulier qui consiste à réaliser des versions miniatures de choses gigantesques. Extrêmement raffinée, la maquette représentait un coin de rue d'un blanc poussiéreux, où des bâtiments tout tordus semblaient vaciller comme des ivrognes. C'était un chef-d'œuvre en balsa et en mousse, le tout rehaussé d'un travail au pinceau d'une grande finesse, et nous nous sommes penchés plus près pendant qu'Helen dominait la scène à la manière d'une marionnettiste.

— C'est une ville italienne moderne après un tremblement de terre comparable à celui évoqué dans la pièce.

— « Depuis le tremblement de terre il s'est passé onze ans », a récité Polly.

— Exactement. Les bâtiments sont déformés et donnent l'impression qu'ils pourraient s'effondrer à tout instant. Les habitants sont trop occupés à se battre pour réparer quoi que ce soit. C'est une métaphore, vous comprenez ? Il y a des balcons et des passerelles en hauteur, tous assez fragiles. Pas de panique, ils ne présenteront pas de danger – on ne compte pas vous tuer. L'ensemble aura l'air solide, mais le tout sera composé essentiellement d'échafaudages et de bâches. On s'est inspirés d'une blanchisserie – c'est cliché, je sais – et pour les intérieurs, on tendra des draps comme les voiles d'un navire. Regardez...

Elle a tiré sur une ficelle, et nous avons tous applaudi.

— On a des ampoules nues avec lesquelles on fera des guirlandes lumineuses suspendues entre les toits des maisons pendant la scène du bal. Et pour la grande mêlée de l'acte III, on a pensé au football en Italie, aux enfants qui jouent sur la place principale du village, aux gens qui installent des tas de chaises les soirs où il y a une rencontre internationale pour suivre le match tous ensemble, en communauté, et c'est l'image qu'on voudrait donner de la bagarre, celle de chaises pliantes jetées dans tous les sens, comme on le voit parfois aux infos, avec des fusées éclairantes et des étincelles – on travaille encore sur ce point –, et pour les scènes avec Frère Laurent, on aura cet arbre tout blanc et poussiéreux à l'exception des feuilles. Ce sera la seule touche de vert dans le décor, juste pour rappeler que le moine incarne plus ou moins la nature, les herbes, les jardins, et puis ce sera aussi l'endroit où Roméo et Juliette se marient. Et voici à quoi vous ressemblerez tous...

Elle a sorti un paquet de très grandes cartes.

— L'idée, c'est que tout le monde ait l'air cool.

— *Dieu merci* ! s'est exclamé Alex.

— On s'est dit que le rouge et le bleu, c'était un peu trop facile. Charlie a raison, les différences n'existent que dans la tête des personnages. Les Montaigu seront donc en gris-blanc, et les Capulet en bleu clair. Bon, je vous préviens, je suis nulle en dessin. Vous êtes prêts ? Soyez sympas avec moi, bande de salopards.

Elle a retourné la première carte. Elle représentait Fran, pas de doute là-dessus, vêtue d'une sorte de robe bustier gris clair plus proche d'une chemise de nuit ou d'un linceul. Suivait Miles dans la peau de Roméo, le menton pointé vers le haut, sa veste sur l'épaule. Puis venaient les parents Capulet et Montaigu, dans leurs beaux costumes raides et leurs robes de cocktail. Les membres de la troupe ont ainsi défilé, tous identifiables à leurs visages esquissés à grands traits, et cela nous a amusés de nous reconnaître dans ces dessins et de nous projeter dans la pose choisie pour eux.

— On mélange des détails modernes avec de vagues références historiques, ce qui fait que vous pourrez très bien porter une belle veste de smoking avec des bottes à la mode élisabéthaine, ou un jean avec une fraise autour du cou, parce qu'on veut que l'ensemble soit *pertinent, nom de Dieu,* mais aussi parce que tout le monde fait ça maintenant. Au fond, j'ai juste copié les productions de la Royal Shakespeare Company de ces vingt dernières années.

Miles, qui avait à peine remarqué l'existence d'Helen jusque-là, a contemplé son portrait à bout de bras comme s'il avait jaugé une toile de maître.

— Je pourrai le garder ? a-t-il demandé – devant quoi Helen a eu du mal à réprimer un sourire.

Des années plus tard, alors que je triais de vieilles affaires, je suis tombé sur son esquisse de Benvolio, avec ses petites lunettes rondes et son air attentif. J'ai ri en silence. C'était le genre de croquis qu'on voyait sur les murs de toutes les salles d'arts plastiques, parmi les yeux démesurément grands, les chaussures ombrées au crayon et les autoportraits réalisés à partir de reflets dans une cuillère. Déjà à l'époque, j'avais noté que mon nez était bizarre, mes bras curieusement pliés et que mes mains ressemblaient à des truelles – comme souvent chez Helen. Mais c'était la première fois que quelqu'un me dessinait sans un pénis planté sur le front, et cela m'a fait plaisir de redécouvrir cette carte et de me rappeler combien je l'avais aimée sur le coup. Combien mon amie avait été fière, aussi – et combien cette fierté avait été partagée par toute la troupe.

— Ça va être génial ! s'est exclamée Lucy, emballée par sa future tenue en cuir rouge.

— Helen, tu es carrément douée ! ai-je dit. Je ne te savais pas capable de faire ça.

— Ta gueule, Charlie, a-t-elle répliqué en piquant un fard – ce dont je ne la savais pas capable non plus.

— On applaudit bien fort toute l'équipe artistique, s'il vous plaît ! a dit Ivor.

— Passons maintenant à l'atelier masques ! a enchaîné Alina – au cas peut-être où on aurait commencé à trop se relâcher.

Le verger avait pris des allures de harem. Des tapis et des oreillers nous attendaient sous les arbres, et à côté de chacun d'eux des feuilles de papier kraft et des pots remplis d'une sorte de porridge. Nous avions besoin de masques pour la scène du bal chez les Capulet.

— C'est un exercice de relaxation, a expliqué Alina. Nous allons donc prendre notre temps. Nous allons écouter les oiseaux, les insectes, les arbres. Mais le but premier de cet atelier est de réaliser un examen quasi médico-légal du visage et de nous intéresser à ce que nous exprimons même quand nous pensons ne rien exprimer du tout. Mettez-vous deux par deux.

— Mettez-vous deux par deux ! a répété Ivor.

Ces quelques mots provoquaient toujours une vague de panique accentuée par la nécessité de n'en surtout rien montrer. Étiquette oblige, on ne pouvait pas se jeter tout simplement sur les gens qui nous plaisaient. Et puis, passer un après-midi entier à coller de petits bouts de papier mouillés sur le visage de Fran, cela aurait été excessif.

De toute façon, les talents s'attirant entre eux, elle s'était déjà associée à Alex. Les autres et moi avons donc cherché désespérément un partenaire autour de nous en échangeant des regards furtifs et lourds de sens. Comme dans un jeu de chaises musicales, cette agitation a duré quelques secondes. Polly la nourrice a adopté Colin Smart. Helen s'est accrochée à Alina en semblant très satisfaite de son choix. Lucy, elle, a saisi le bras de Miles, tandis que John et Lesley, nos Richard Burton et Liz Taylor à nous, sont restés fidèles à ce qu'ils connaissaient déjà. Toujours impatient de s'associer avec les plus jeunes membres de la troupe, Keith a été obligé de se contenter de Bernard, ex-membre de la garde de Vérone, qui affichait un stoïcisme morose à la perspective de suivre son premier atelier de fabrication de masques.

Ne restait plus que George et moi.

— C'est ce qu'on appelle tirer la courte paille, je crois, a-t-il dit.

— Arrête, ça me va très bien. Tu veux commencer ?

Il a ôté ses lunettes aux verres aussi épais que son doigt. L'air soudain hébété et vulnérable, il les a rangées dans sa poche de poitrine, comme un homme dont on va bander les yeux avant son exécution.

— Pourquoi pas, a-t-il soupiré.

Peut-être me faisais-je des illusions, mais je sentais certaines affinités avec George. C'était un garçon réservé, toujours sur ses gardes, et même s'il ne prenait pas souvent la parole, tout le monde l'écoutait quand il le faisait. Chose étonnante pour quelqu'un d'aussi avare en compliments, Miles nous avait révélé qu'il était « presque un génie », un grand écrivain, un débatteur invincible et un violoniste qui ne vous écorchait pas les oreilles. Peut-être était-ce pour cette raison qu'on ne s'était pas beaucoup parlé. Qu'aurais-je pu dire à un garçon comme lui ? Et pourtant il faisait rarement étalage de ses talents et n'agitait pas non plus son intelligence comme un bâton devant les gens. Au contraire, il restait assis en silence dans son coin, attentif, une main collée sur son menton, sa bouche, son front ou l'aile de son nez – bref, sur la partie de son visage le plus à vif. Quand on le regardait répéter, on avait l'impression que le rôle de Pâris était une sorte d'anti-Roméo, la dernière personne au monde que Juliette pourrait désirer. Elle aimerait autant « voir un crapaud, un vrai crapaud, que le voir lui », disait la nourrice, et toute idée de mariage lui semblait un destin pire encore que la mort. « Oh ! plutôt que d'épouser Pâris, ordonne-moi de sauter du haut des créneaux d'une tour », s'exclamait Juliette – un passage qui m'avait laissé songeur. Examiner un adolescent et se dire : *Ça y est, on tient notre crapaud.* La tâche d'un directeur de casting était parfois cruelle.

Sur le verger régnait à présent une atmosphère de méditation et de concentration qu'Ivor s'efforçait de renforcer en nous faisant écouter un CD de musique relaxante. La tête sur un oreiller, les mains nouées et tous les muscles contractés, y compris ses paupières, George luttait visiblement pour ne pas toucher son visage.

— Putain, a-t-il juré en soufflant par le nez. La confection de masques mise à part, il n'y a rien au monde qui me crispe plus que ce genre de CD.

— Mon père qualifie ça de musique pour les gens qui n'aiment pas la musique.

— C'est un homme très intelligent. Il fait quoi dans la vie ?

— Il tenait un magasin de disques avant. Maintenant il est au chômage, alors… Et le tien ?

— Fonctionnaire. Au ministère des Affaires étrangères.

— OK. On y va ?

— Je t'en prie. Fais-toi plaisir.

J'ai commencé à appliquer une couche de papier imbibé de colle sur son visage – une technique apprise à l'école primaire, quand on faisait pareil avec des ballons et qu'on les perçait ensuite en y enfonçant une épingle. Aujourd'hui c'était le front de George qui me servait de support.

— Pas la peine de mettre de la graisse, a-t-il dit.

— Espérons que ça parte bien. Je n'ai pas envie que tu rentres chez toi avec ce truc collé sur la figure !

J'avais pris un ton faussement jovial, celui qu'une brave infirmière aurait pu employer avant de faire un pansement à un malade.

— Le mieux aurait été qu'on se procure tous un sac. Un simple sac dans lequel j'aurais pu fourrer ma tête.

J'ai continué à travailler en silence.

— Ou des bandages pour envelopper tout ça comme une momie.

J'ai déposé un peu de papier sur l'arête de son nez.

— Peut-être qu'un miracle se produira et que j'aurai une peau nickel quand tu m'enlèveras tout ça. Peut-être que cette colle est le remède que je cherche depuis…

— George, tu dois garder le silence.

— Ah oui ? Très bien. Je ne dirai plus un mot.

— Tu es censé écouter les arbres.

— D'accord.

J'ai empilé les couches de papier les unes sur les autres. À Merton Grange aussi, il y avait eu des garçons à la peau irritée, brûlée à force de soins gommants et purifiants, de compresses chaudes et de lotions astringentes, des garçons qui portaient leur chemise d'école le week-end et trop de vêtements en été, des garçons maladroits et craintifs, agglutinés tous ensemble à la pause déjeuner tels des chrétiens dans le Colisée. Les tourments infligés dans son collège privé étaient-ils plus distingués qu'à l'époque romaine ? Il me semblait peu probable qu'il en soit sorti indemne.

— Tu t'entends bien avec Fran ?

Sa question m'a surpris, et, tout en cherchant une réponse, j'ai tourné la tête vers elle. Assis à califourchon sur sa poitrine, Alex passait ses pouces sur ses yeux.

— Pas trop mal.

— Vous avez l'air très proches.
— On commence à l'être.
— Et tu l'aimes bien ?
Peut-être était-ce l'effet insidieux de cette musique relaxante, mais la conversation devenait bien trop personnelle.
— Oui, évidemment, ai-je murmuré. Comme tout le monde.
— Charlie, j'ai employé l'expression « aimer bien » par euphémisme.
Je suis resté silencieux.
— Ce que je veux dire..., a-t-il repris après s'être humecté les lèvres.
— Je sais ce que tu veux dire, mais on n'est pas censés parler, George.
— Je ne me trompe pas, hein ?
— Si je l'aime bien ? Oui, vraiment bien.
— Moi aussi.
— Oh... D'accord.
En effet, j'avais remarqué la manière dont il s'adressait à Fran, doucement, intensément, en masquant tour à tour avec ses doigts les différentes parties de son visage. Tout comme j'avais remarqué sa petite bouffée de fierté quand il la faisait rire – ce qui lui arrivait souvent, plus souvent qu'à moi.
— Ça ne me dérange pas, au fait. Ce n'est pas une compétition. Je pense qu'elle t'aime beaucoup.
— C'est encore un euphémisme ?
— Tu le découvriras, je suppose. Un jour.
Puis nous n'avons plus rien dit jusqu'à ce que la moitié de ses traits aient disparu. Il y avait un point blanc sur l'aile de son nez, et à côté de son œil un bouton si gros que cela lui faisait une bosse. Il paraissait brûlant au toucher, mais j'étais résolu à ne pas hésiter. Je me sentais très courageux, je crois.
— Désolé pour toi, Charlie.

— T'inquiète.
— C'est répugnant, je sais.
— Pas si répugnant que ça.
— Tu ne devrais pas avoir à poser les doigts là-dessus.
— Mais non.
— Je te jure, ma peau fait des *bulles*. Parfois, je me dis que si j'avais un couteau, je découperais volontiers tout ce visage de merde pour m'en débarrasser.

À ce stade, il a tellement grimacé que le papier encore un peu humide s'est craquelé. J'allais devoir trouver mieux pour l'apaiser.

— Tu as de beaux yeux.
— Ouais, c'est ce qu'on sort aux gens quand on n'a rien à…
— Écoute, George, je ne sais pas quoi dire. La situation est bizarre pour moi aussi, mais je pense que tu as un visage très sympa, OK ? Très… expressif.

C'était sûrement la déclaration la plus étrange que j'aie jamais faite à un autre être humain. Il y a eu un silence.

— Tu as raison, a conclu George, le mieux serait qu'on se taise.

Nouveau silence.

— Merci, a-t-il ajouté.

Après ça, on a arrêté de parler pour de bon jusqu'à ce que j'aie terminé. Quand le masque a été suffisamment sec, j'ai glissé mes doigts sous le papier, qui s'est décollé avec un joli bruit de succion. George s'est frotté les yeux avec la paume des mains.

— On dirait une carte des Andes en relief, a-t-il commenté. Vire-moi ça.

J'ai posé le masque à côté des autres et me suis allongé.

L'atelier a duré si longtemps qu'on a écouté deux fois la compilation musicale d'Ivor dans son intégralité, et on voyait tous un peu flou à la fin lorsqu'on s'est réunis pour gratter les bouts de colle restés accrochés dans les coins et inspecter la galerie de visages qui cuisaient au soleil.

— C'était assez osé, comme atelier, a dit Helen.

— Vous êtes tous splendides, a décrété Polly.

— Des monstres de foire, oui, a dit Alex.

— Le mien est top ! s'est extasié Miles.

— Celui que tu as fait, ou celui qui te représente ? ai-je demandé.

— Les deux.

— Miles ! a soupiré Fran.

— C'est un ensemble intéressant de personnalités, a insisté Polly.

— Oui, on est tous très beaux, a renchéri Colin.

— Oh, je t'en prie ! a protesté Alex.

— Je vois des masques mortuaires, moi, a dit George.

— On se croirait dans le sous-sol d'un serial killer.

Cette dernière remarque émanait de Fran, et j'ai cherché son masque parmi les autres. Il m'est apparu comme une de ces œuvres rares et merveilleuses exposées dans les musées, une œuvre que j'aurais beaucoup aimé voler.

— Charlie, a murmuré Helen. Il ne faudra jamais, *jamais*, raconter à personne ce qu'on vient de faire.

— OK, bravo à tous ! a dit Ivor. Nous avons bien avancé ces jours-ci. Mais lundi... on passera à la vitesse supérieure ! Plus que deux semaines et demie avant la répétition générale. Nous avons de longues heures de travail devant nous, et j'ai besoin que tout le monde connaisse son texte par cœur et soit prêt à réagir au quart de tour. Et soyez à l'heure ! À lundi. Filez maintenant. Dispersez-vous ! dispersez-vous !

Mais quelque chose avait changé. Personne ne voulait partir, et on a traîné dans l'allée en attendant qu'un plan se matérialise pour nous permettre de faire durer un peu plus cette journée.

— C'est décidé, a dit Fran en me prenant la main. On se retrouve à l'Angler. N'oublie pas : tu ne vas nulle part sans moi.

L'Angler

De tous les pubs qui acceptaient les mineurs dans les environs, l'Angler était le plus classe. On avait plus de chances de pouvoir entrer au Hammer and Tongs, un bar où il n'était pas rare de voir des clients en uniforme scolaire, la cravate desserrée et un cartable fourré sous la table, mais c'était là aussi qu'il y avait le plus de bagarres, et y boire un verre se révélait une expérience éprouvante pour les nerfs.

L'Angler était un endroit bien plus chic, où les gens ne venaient pas par hasard – raison pour laquelle il disposait d'un grand parking. Cette ferme récente construite dans le style Tudor à la périphérie de la ville se distinguait par ses murs chaulés, son toit de chaume, ses plafonds bas qui se voulaient authentiques et ses fausses poutres apparentes. Le dimanche, les familles se serraient dans de toutes petites alcôves pour profiter du célèbre buffet de viandes rôties servies à volonté avec deux sauces différentes, une brune et une blanche. En des temps plus heureux, mes parents nous emmenaient là, ma sœur et moi, et on se déshydratait en se gavant de chips, de jambon rose filandreux, de jus d'orange et de frites grasses. Mais le principal attrait de l'Angler pour ses clients mineurs résidait dans sa terrasse, un enclos recouvert d'une pelouse abîmée qui descendait en pente douce vers un lac artificiel – une grande mare en réalité – autour de laquelle des pêcheurs mal lunés s'attardaient le soir en buvant des pintes de bière et en fusillant du regard le premier qui osait s'approcher et « effrayer les poissons ». Ce printemps-là, il m'était arrivé de venir avec Harper après une journée de cours au lieu de réviser. À chaque fois on frissonnait dans l'air frais en complétant notre innocent Coca-Cola avec le rhum caché dans la poche de sa veste. On pensait ne rien faire de mal. Les lois n'étaient pour nous que des recommandations, et l'interdiction de consommer de l'alcool avant dix-huit ans, un simple moyen de tenir les gamins de quatorze ans à l'écart. Tant qu'on se cantonnait à l'enclos à l'arrière du pub, avions-nous décidé, on n'avait rien à craindre.

Et c'est là que, le vendredi soir, tous les membres du collectif théâtral Full Fathom Five se sont retrouvés, jeunes et vieux réunis. On a pris place autour de deux tables de pique-nique en bois qu'on avait traînées sur la pelouse pour les rapprocher. Dans un esprit de responsabilité, Ivor n'a accepté de commander qu'un demi panaché aux benjamins de la troupe – ce qui nous a obligés à les boire deux fois plus vite – et nous n'avons rien eu d'autre à manger que deux grosses portions de frites pas assez cuites. Dans ces conditions, le volume de la conversation n'a pas tardé à monter. Nous étions à ce moment de nos vies, et à une époque aussi, où chacun s'imaginait dans un one-man-show comique. J'ai donc raconté à Helen, Fran et Alex l'histoire de ma session d'improvisation shakespearienne – *dans le domaine de l'amour, j'ai connu des hauts et des bas* –, ce qui m'a valu un petit succès gratifiant. Plus on buvait, plus on riait facilement, et cela a duré jusqu'à ce qu'on atteigne un certain niveau d'ébriété. Comme si un interrupteur avait été enclenché, la table s'est soudain transformée en grand confessionnal.

Keith vivait une séparation douloureuse – tout était sa faute, il avait eu une passade l'année précédente avec une actrice de la pièce *Un violon sur le toit*, celle qui jouait sa fille, vous le croyez, ça (« C'est la tradition ! » a crié Alex), mais il aimait sa femme, il voulait se réconcilier avec elle et, pendant ce temps, Lucy s'est épanchée auprès de Miles sur la pression qu'elle se mettait pour obtenir d'excellentes notes, à quoi il a répondu qu'il savait ce que c'était, lui aussi avait besoin d'une sacrée bonne raison de ne pas être le meilleur dans un domaine donné, et Colin Smart, qu'on avait toujours catalogué comme un bûcheur barbant et faiblard, nous a révélé que son frère avait été incarcéré dans un centre pour jeunes délinquants après avoir dealé de la drogue. Avant que j'aie pu assimiler cette information, Polly, qui avait déjà en partie vidé une bouteille de vin blanc, a avoué combien Bernard et elle se sentaient seuls sans leurs enfants et leurs petits-enfants, installés en Nouvelle-Zélande, combien ils appréciaient la compagnie des jeunes, et combien ces derniers les aidaient eux-mêmes à rester jeunes. À ma droite, Alina se confiait à Fran d'une voix basse et intense sur son ex-petit ami, un danseur de ballet infidèle qu'elle avait connu à Vienne, tandis que, sur ma gauche, Alex expliquait qu'il redoutait d'annoncer son homosexualité à ses parents ghanéens.

— Ils sont ouverts d'esprit, mais pas à ce point-là.

Je me suis contenté pour l'essentiel de les écouter, en me concentrant tantôt sur une conversation, tantôt sur une autre, comme si j'avais été assis devant une rangée de téléviseurs. Il y avait quelque chose de contagieux dans toutes ces confidences, et je me suis demandé si je devais moi aussi faire un aveu quelconque. Dire que je ne voyais plus ma sœur, par exemple, ou que je m'éloignais de mes meilleurs amis. Que je détestais ma mère, mais que je voulais qu'elle revienne. Que je craignais que mon père ne soit suicidaire, que je volais de l'argent et des verres dans une station-service, que j'avais foiré mes examens et que je restais éveillé la nuit, effrayé par un avenir que je ne parvenais pas à imaginer.

C'était trop. Il y avait peu d'aspects de ma vie intérieure qui ne mettraient pas mon auditoire mal à l'aise, et le seul véritable secret que j'avais envie de partager était ma passion débordante pour la fille assise près de moi, si près que nos hanches se touchaient et que son bras nu effleurait le mien. Une main sur sa joue – *Oh, que ne suis-je le gant de cette main pour… pour… je ne sais plus quoi* –, elle écoutait les réflexions éméchées de Polly, qui s'était emparée de son autre main et qui lui disait combien elle était belle dans le rôle de Juliette, et talentueuse aussi. Fran a balayé ses compliments, mais c'était vrai. À côté de moi se trouvait la fille la plus intelligente, la plus géniale, la plus éblouissante que j'aie jamais rencontrée, l'antidote à tout ce qu'il y avait de pourri dans mon existence. Je n'avais jamais rien tant souhaité qu'être avec Fran Fisher, et peu importe ce qu'on entendait par « être avec ». Mais à qui pouvais-je le dire parmi tous ces gens ? Certainement pas à elle.

Miles a surgi avec un plateau chargé de boissons.

— Les frites ! a crié Helen. Tu as oublié les frites.

— Et les cigarettes ! a ajouté Alex.

— Non, a dit Ivor. Pas de cigarettes, c'est hors de question.

— Oh, j'aimerais *tant* en fumer une, a soupiré Alina.

— Alina, nous avons un devoir de prudence.

— Ce serait sympa d'avoir quelque chose à grignoter, l'a coupé Polly d'une voix traînante. Juste pour éponger ce vin blanc. Tenez, j'ai de l'argent…

— Non, j'y vais, ai-je dit en extirpant mes jambes de sous la table de pique-nique.

J'ai trébuché et posé ma main sur l'épaule de Fran. L'espace d'un instant, elle l'a saisie du bout des doigts pour m'aider. Bon sang, j'aurais voulu le crier sur les toits !

Rien d'étonnant à ça. Alors que je me dirigeais vers le bar, le sol calciné par le soleil m'a fait l'effet d'un marécage. Les néons avaient été allumés, et j'ai remarqué les papillons de nuit et les moucherons qui dérivaient comme des braises dans l'air chaud chargé d'électricité – c'est dire si j'étais soûl. L'intérieur sentait le vinaigre et l'huile bouillante. J'ai baissé la tête sous l'avant-toit, puis me suis redressé en préparant ma voix.

— J'aimerais des frites, s'il vous plaît, ai-je dit à la patronne, tel un professeur d'élocution bourré. Deux, non quatre, non six portions. Plus quatre sachets de chips. Et huit de cacahuètes. Des salées et des grillées.

L'addition aussi serait salée, mais j'avais du liquide sur moi, ainsi que des cartes à gratter dans mon portefeuille, et le panaché m'avait rendu insouciant.

— Quel âge as-tu, gamin ?

— Dix-huit ans ?

C'était une erreur de répondre d'un ton interrogatif. Tant pis. Concentre-toi. J'ai collé un billet dans sa main comme pour la soudoyer.

— On veut juste des frites !

Elle a soupiré et m'a tendu un gros poisson en bois avec le chiffre neuf peint dessus.

— C'est le numéro de ta commande. Ouvre bien tes oreilles, on ne t'appellera pas deux fois.

— Est-ce que les frites pourraient être un peu plus cuites ? Les dernières étaient crues à l'intérieur.

— Ne pousse pas le bouchon trop loin, junior, a-t-elle répliqué en me faisant signe de partir.

J'ai ramassé les sachets de chips et de cacahuètes. Avec tout ça, je serais accueilli en héros. De retour dehors, j'ai vu une famille de cinq personnes installée sur le banc le plus proche de la porte. Trois filles, dont deux identiques, riaient à une remarque de leur père, et avant même de passer près d'elles, j'ai su que la troisième serait ma sœur, de sortie avec ma mère et son nouveau copain.

Elles ne m'avaient pas encore aperçu. Jonathan savourait leurs éclats de rire tout en plongeant une frite dans la sauce tartare de son ramequin. J'ai songé un instant à rentrer dans le pub et à faire le tour par l'extérieur pour les éviter, mais…

— Charlie ! a crié ma mère.

— Salut, Charlie, a dit Billie en redevenant sérieuse.

— Bonjour, jeune homme !

Mince et athlétique dans sa chemise Ted Baker (« Il fait du sport », m'avait expliqué Billie), Jonathan avait des cheveux coupés ras et une barbe de quelques jours qui me rappelaient mon vieil Action Man. Lors de notre unique rencontre au club de golf, il avait réagi à mon comportement dédaigneux comme à celui d'un client mécontent, à savoir avec patience et humilité, et c'est ce qu'il a de nouveau fait ce soir-là : il s'est levé d'un bond et m'a tendu la main après l'avoir essuyée sur son pantalon cargo. Puis, voyant tous les sachets qui m'encombraient, il m'a montré ses filles.

— Tu connais les jumelles ?

Elles ont tourné les yeux vers moi. Dans une autre vie, celle où ma mère m'aurait emmené avec elle, j'aurais été un rebelle maussade et mystérieux, un loup dans la bergerie, et peut-être y aurait-il eu une tension étrange entre nous, une romance interdite qu'on aurait vécue malgré la désapprobation de Jonathan. Si ça se trouve, c'était pour ça que ma mère avait préféré me laisser avec mon père. J'étais trop dangereux. Mais mon fantasme s'est désintégré devant leur totale indifférence.

— Salut, a dit l'une d'elles.

— Ravie de te rencontrer, a dit l'autre.

De parfaites filles de Chatsborne, avec un esprit sain dans un corps sain, et un teint aussi rose que si elles avaient rangé leurs raquettes de tennis quelques minutes plus tôt. Elles ont recommencé à picorer leurs salades.

— Qu'est-ce que tu fais ici ? a demandé ma mère.

— Je suis juste venu prendre un verre, ai-je répondu avec une jovialité qui m'a moi-même gêné.

Billie a baissé les yeux et aspiré sa boisson avec sa paille.

— Tu travailles le vendredi normalement.

— J'ai changé mes horaires.

— Et... tu es avec qui ?

— Oh, quelques amis.

— Les garçons ? Dis-leur de venir !

J'ai jeté un coup d'œil à ma tablée. Sam et Grace, les musiciens, nous avaient rejoints, et Sam portait un petit pipeau à ses lèvres.

— Non, d'autres amis.

— Je les connais ?

— Tu n'as pas à les connaître tous.

— J'ai le droit d'être curieuse, non ?

De là où j'étais, j'entendais les notes aiguës et enjôleuses de la flûte. Sam jouait une gigue. Ma mère a suivi mon regard.

— Franchement, qui peut venir au pub avec son magnétophone ?

— Les chiens ne vont pas aimer ça ! a plaisanté Jonathan.

Cela a fait rire les filles. Franchement, qui peut rire à une blague de ses parents ?

— Ce n'est pas un magnétophone, ai-je répliqué. C'est un pipeau.

— Au temps pour moi ! a-t-il répondu en levant les mains.

J'ai eu envie d'arracher les poches de son pantalon. Billie a fait du bruit avec sa paille.

— Billie, ma chérie, je crois que ton verre est vide maintenant.

À ma table, Grace a commencé à accompagner Sam au tambour.

— Il faut que j'y aille, ai-je dit en agitant mes sachets de cacahuètes.

— D'accord, a dit ma mère en secouant tristement la tête. J'ai beaucoup apprécié ce petit échange.

— Salut, Billie.

Ma sœur m'a adressé le sourire crispé d'une otage, et je me suis vite éloigné du regard noir de ma mère.

Je n'aurais jamais dû aller au bar. « Ne va nulle part sans moi », m'avait dit Fran. Résultat, j'avais perdu ma place près d'elle. Helen, Alex et elle s'étaient décalés vers un bout de la table afin de prendre leurs distances avec le nouveau petit numéro de Grace et Sam, qui consistait à interpréter des tubes de musique pop dans le style des troubadours – en l'occurrence « Saturday Night », de Whigfield. J'aurais pu tolérer ce genre de divertissement potache digne du club de théâtre amateur des étudiants de Cambridge si on avait été sur la pelouse du Fawley Manor, mais les gens nous observaient déjà avec des mines de gardiens de prison. J'ai saisi mon verre, ou plutôt le premier que j'aie pu attraper. En plus de mes cacahuètes, j'avais rapporté une rancœur teintée de colère, pas seulement à l'encontre de ma mère et de son copain, mais de Billie aussi, qui allait au pub un vendredi soir et qui riait avec son... *beau*-père ? Étions-nous entrés dans le territoire des « belles » et des « beaux » ?

La chanson a pris fin.

— Jouez « Stairway to Heaven » maintenant !

— Non, « Firestarter » !

— « When Doves Cry » !

— Charlie ?

C'était Fran, qui tendait le bras vers moi sur la table. *Ça va ?* a-t-elle articulé en silence.

— Charlie ? a dit ma mère dans mon dos.

Tout le monde a cessé de parler et s'est tourné vers elle.

— Bonjour, je suis la maman de Charlie !

— Bonjour, maman de Charlie !

— Bonsoir, a dit Ivor. Voulez-vous vous joindre à nous ?

J'ai jeté un coup d'œil à Fran. Elle souriait, à moitié debout.

— Venez donc vous asseoir.

— Non, ça ira. J'aimerais juste dire un mot à mon fils. Charlie ?

Elle s'éloignait déjà. Je l'ai suivie jusqu'au bord de la mare.

— Comment vas-tu ?

— Bien.

Des hirondelles ont fondu sur les nuées de moucherons à la surface de l'eau.

— Il se passe quelque chose ?

— Non. Rien du tout.

— Parce que je ne connais aucune de ces personnes.

— Moi, si !

— Charlie, tu n'as jamais fréquenté quelqu'un qui savait jouer du *pipeau.*

J'ai donné un coup de pied dans des petits cailloux et j'en ai ramassé quelques-uns pour faire des ricochets sur l'eau.

— Lucy Tran, Helen Beavis et Colin Smart étaient au collège avec moi.

Ma mère a montré Fran du menton.

— Les jumelles disent avoir déjà vu cette fille à Chatsborne.

— On n'est plus à l'école, maman.

— Mais tu n'as jamais parlé d'aucun d'entre eux. Charlie, ce n'est pas...

Elle a posé sa main sur mon bras et baissé la voix.

— Ce n'est pas un truc *chrétien*, n'est-ce pas ?

J'ai éclaté de rire, et elle m'a pincé en représailles.

— Aïe ! Qu'est-ce qui te fait dire ça ?

— Ils ont tous un drôle d'air. Un air béat. Ça ne me dérange pas, c'est de ton âme éternelle qu'il s'agit, mais je veux juste savoir !

J'ai lancé un autre caillou. J'aurais pu tout lui dire, je suppose. À seize ans, tester quelque chose de nouveau n'avait rien d'étrange.

— C'est une secte, c'est ça ? Je n'ai pas envie d'avoir à te déprogrammer, Charlie. Je suis déjà débordée.

Mais je n'étais pas prêt à me confier à elle. Et je voulais toujours lui voir son regard blessé.

— Ce n'est pas une secte et ce ne sont pas tes oignons non plus !

Gagné.

— Vraiment ?

— Non, plus maintenant.

J'ai lancé un autre caillou.

— Tu vises ces pauvres oiseaux ?

Devant mon silence, elle a soupiré.

— Comment va ton père ? a-t-elle ajouté.

J'ai refait un ricochet.

— Je ne l'ai pas beaucoup vu.

— Depuis quand ?

— Depuis lundi.

Le caillou suivant est allé loin. Je me suis tourné vers elle, probablement en quête d'approbation, mais elle semblait anxieuse et distraite.

— Et pourquoi ? a-t-elle dit en portant une main à son front.

Après tout, j'étais ses yeux et ses oreilles, et mon rôle était de la rassurer.

— Je n'ai pas souvent été à la maison, c'est tout. Il va bien, mais on ne s'est pas parlé.

— Pourquoi ?

— Il dort quand je rentre.

— Et où vas-tu ?

— Dans ma secte. Ça prend du temps, tu sais.

— Charlie, sérieusement…

— Avec tous les rituels…

— Je te demande seulement où…

— Je te l'ai déjà dit : où je vais ne te regarde pas.

— Pourquoi ? a-t-elle craché, soudain féroce. Qu'est-ce que tu entends par là ?

J'ai voulu lancer un autre caillou, mais elle l'a fait tomber dans l'eau en me donnant un coup sur la main par en dessous.

— J'essaie de veiller sur toi, Charlie. S'il te plaît, reconnais au moins que je fais de mon mieux.

Puis, les bras croisés et la tête baissée, elle est repartie vers le pub.

Je suis resté au bord de l'eau, à regarder les hirondelles. Le plaisir que me procurait ma posture moralisatrice s'effaçait devant les remords. À ma table, le collectif Full Fathom Five était passé au répertoire folklorique anglais, une magnifique version de « Rose, Rose, Rose Red », harmonieuse mais interminable. Je ne pouvais pas les rejoindre. Même si je parvenais à retrouver ma place près de Fran, j'étais ébranlé par cet aveu fait à ma mère. Effectivement, je n'avais pas vu mon père. Rien chez lui n'indiquait qu'il appréciait ma compagnie, mais il n'aimait pas non plus rester seul et il avait dû se sentir comme un détenu à l'isolement ces derniers jours. Mes vieilles peurs ont resurgi. Il fallait que je file, que je reprenne mon vélo et que je rentre à la maison. Au même instant, j'ai entendu des pas derrière moi, et une main dans mon dos m'a poussé vers l'eau, puis tiré en arrière.

— Je t'ai eu !

C'était Alex, accompagné d'Helen et de Fran.

— Tu as l'air tout triste et solitaire, a dit Helen. Quel mystère ces eaux sombres renferment-elles ?

— « Je porte le deuil de ma vie », a déclamé Fran - ce à quoi je n'ai rien compris.

— Plus maintenant, a dit Alex. Il vient avec nous.

— Alex a un plan, m'a informé Helen.

— Il y a une règle en ce monde, c'est que lorsqu'on commence à entendre des chansons folk, il est temps de partir. Voilà ce qu'on va faire. Charlie, tu vas annoncer aux autres que tu rentres chez toi, « Bonsoir, bonsoir, je travaille demain matin », et ensuite tu te rendras à cette adresse.

Il m'a donné un bout de papier arraché à la couverture de son script.

— Notre taxi est en route. Attends-nous dehors.

— Qu'est-ce que c'est ?

— Une fête, a répondu Helen.

— Mais une *vraie* fête, très sélecte.

— Où je ne connaîtrai personne, donc.

— Tu nous connaîtras, nous, a objecté Fran.

— Je dois me changer ?

— Idéalement, oui, mais tu n'as pas le temps, a dit Alex. Tu es… très bien comme ça.

— Il y aura qui d'autre ?

— Juste nous. Nous t'admettons au sein de notre clan. Tu devrais te sentir très honoré.

— Je ne sais pas si je peux…

Cela fait trois, quatre jours qu'il est tout seul.

— Tais-toi, m'a coupé Helen.

— Il faut que je…

— Tais-toi, tais-toi, tais-toi !

— Viens, a insisté Alex, « nous brûlons la lumière du jour » !

— On compte bien te voir là-bas, a dit Fran. Rappelle-toi, tu as promis.

Déjà, Alex me poussait en avant, les mains sur mes épaules et sa bouche collée contre mon oreille.

— Oh, Charlie, tu ne comprends donc pas ? File ! Dépêche-toi, dis-leur bonsoir avant qu'ils attaquent une autre chanson.

The Pines

La maison était située sur l'Avenue – la rue des Millionnaires, comme on l'appelait en ce temps où le terme voulait encore dire quelque chose. Dans ce Beverly Hills planté de conifères vivaient des capitaines d'industrie, des présentateurs d'infos télévisées locales, des gangsters respectables et une poignée d'acteurs qui avaient connu leur heure de gloire dans des séries policières des années 1970. Les numéros faisant trop déclassé pour l'Avenue, les maisons portaient des noms recherchés aux consonances rurales qui fleuraient les monuments historiques : Marble House, Stone Cottage, The Mount, The Hollies. Mon bout de papier indiquait « The Pines », et j'ai zigzagué un moment dans la rue silencieuse en scrutant les montants des portails de ces demeures cachées derrière de hautes haies de troènes jusqu'à ce que je parvienne devant une grande paroi impénétrable en acier artistiquement rouillé, pareille au sas d'entrée d'un vaisseau spatial.

Le temps a passé. Vingt minutes se sont écoulées, puis une demi-heure. Minuit approchait et moi je traînais toujours là comme un cambrioleur préparant son prochain coup. La police prêtait une attention particulière à la rue des Millionnaires, et j'avais dans mon portefeuille des cartes à gratter volées ainsi qu'un peu d'argent liquide pris dans la caisse de la station-service. Et si je craquais pendant mon interrogatoire ? Assis sur le trottoir, j'ai écouté le *clic-clic-clic* des arroseurs automatiques dans les jardins et regardé des chauves-souris voleter dans le ciel pourpre. Un renard a descendu l'Avenue avec insouciance, comme s'il cherchait le lieu de la fête. L'aiguille des minutes a dépassé le 12. À présent sobre, je me suis relevé et j'ai commencé à pousser mon vélo.

Un taxi s'est alors approché, et la tête d'Alex a émergé par la vitre.

— Noooon ! Reste où tu es !

La voiture s'est arrêtée et les a déposés. Ils s'étaient tous changés. Alex avait enfilé une chemise de satin gris ouverte jusqu'au sternum. Helen avait gardé sa salopette, mais ses cheveux couverts de gel formaient des stalagmites qui partaient dans tous les sens et ses yeux étaient soulignés de deux traits noirs qu'on aurait dits dessinés au gros feutre, le résultat tenant plus de la peinture de guerre que du maquillage. Quant à Fran, elle portait une robe noire bordée de dentelle en haut et en bas, presque une chemise de nuit, et les mêmes baskets Adidas que dans la journée.

— On est passés chez moi se changer, m'a expliqué Alex en payant le chauffeur. J'espère que ça ne t'ennuie pas.

Fran a tiré sur l'ourlet de sa robe.

— Comment tu la trouves ?

— Charmante.

— N'est-ce pas qu'elle est superbe ? a dit Alex. C'est le *négligé* de ma mère. On demande le Dr Freud !

— Je ne me sens pas assez habillée, Alex.

— Ridicule. C'est juste un vêtement d'intérieur porté à l'extérieur.

— Et moi j'ai un vêtement d'extérieur que je vais porter à l'intérieur, a plaisanté Helen.

— Je ne suis pas sûre que ceci soit approprié, a ajouté Fran en montrant la bretelle rouge de son soutien-gorge visible sur son épaule.

— En effet. Enlève ça ! Tu es avec des amis.

— Je ne crois pas, non.

— Plus tard, alors. La soirée commence seulement.

— Ça aussi, ça me fait bizarre…

Elle a effleuré sa bouche, à laquelle son rouge à lèvres donnait la forme d'un papillon en dépassant un peu sur les bords, comme s'il avait été appliqué avec le pouce.

— Qu'est-ce que tu en penses ? C'est Alex qui a fait ça.

— Euh… super, ai-je dit faute de mieux.

— On dirait un mime, non ?

— L'effet est voulu, a répliqué Alex. C'est le style du théâtre kabuki. Ça ne plaisante pas, ce soir, les gars. On ne va pas à une petite surprise-partie. Il faut que vous fassiez un effort. Et à ce sujet…

Il a sorti d'un sachet Tesco un rectangle de tissu blanc qu'il a tenu à plat avant de saisir l'un des coins et, avec un moulinet du poignet digne d'un prestidigitateur, de le déplier pour révéler une chemise.

— Mets ça, Charlie.

— Je ne peux pas…

— Charlie, tu as l'air d'un livreur de journaux. On ne te laissera pas entrer si tu ne t'habilles pas un peu mieux. Mets ça, je te dis.

— Ici ?

— Tu peux aller derrière une voiture si tu es pudique.

J'ai pris le vêtement du bout des doigts et me suis éloigné. Ça n'a pas été simple de bander tous mes muscles en même temps que j'ôtais mon T-shirt, et je me suis rendu compte en le passant par-dessus ma tête que le déodorant Aztec avait cessé depuis longtemps de faire effet. J'ai essuyé mon cou crasseux et mes dessous de bras. Ça me paraissait presque un sacrilège d'enfiler cette chemise immaculée, si luxueuse, lourde et fraîche sur ma peau. Les miennes, au lycée, étaient faites d'un tissu de polyester rêche infroissable et vendues par lots de trois. Celle-là avait une étiquette Dior. Je m'apprêtais à la rentrer dans…

— Non, laisse-la comme ça, m'a dit Helen. Et tourne-toi pour qu'on voie ce que ça donne.

J'ai roulé les épaules et enfoncé mes mains dans le vide.

— Il faudra s'en contenter, a commenté Alex. Tout le monde est prêt ?

Il nous a fait signe de nous approcher de la caméra de surveillance.

— Photo de groupe ! Souriez tous et dites « dix-huit » !

Nous avons ajusté nos tenues et pris notre air le plus mature pendant qu'Alex appuyait sur le bouton de l'interphone.

— Salut, Bruno ! C'est Alex. Je suis venu avec des amis. Ça ne te dérange pas ?

Plusieurs secondes se sont écoulées, nous avons gardé la pose jusqu'à ce que, enfin, dans un grondement industriel assourdi, le sas d'entrée s'ouvre en coulissant.

Nous avons suivi une allée recouverte de copeaux de bois et éclairée par des flambeaux avant d'arriver à la maison, une construction en verre fumé et métal gris acier, tout en longueur, qui n'était pas sans évoquer une table basse hors de prix. Elle m'a tout de suite fait penser à celle des grands trafiquants de drogue dans les vieux films d'action. Quelque part, un agent de sécurité avec des lunettes de soleil porterait un doigt à son oreille, puis glisserait la main dans sa veste pile au moment où il serait entraîné vers les troènes pour y être ligoté.

— La vache, Alex, a soufflé Helen.

Sur la terrasse – mais je suis sûr qu'il y avait un mot plus approprié pour la désigner –, des hommes et des femmes élégants formaient de petits groupes tout aussi élégants, comme les figurines en plastique sur la maquette d'un architecte, et de la musique s'échappait des haut-parleurs cachés dans les arbres – les fameux pins qui avaient donné leur nom à la maison et qui protégeaient celle-ci des regards. Sur l'un des côtés, on distinguait un rectangle de lumière phosphorescente rose qui passait au bleu, au vert puis au rouge dans un jeu de fondus enchaînés. C'était une piscine, encore vide à ce stade de la soirée, mais sans doute pas pour longtemps.

— Au risque de me répéter : la vache…
— C'est bon, j'ai compris, a répondu Alex.
— On aurait dû apporter quelque chose, non ? ai-je dit.
— Quatre canettes de Stella et une compil' ? Tu n'es pas au bon endroit pour ça.
— C'est une orgie, hein ? a dit Helen, les yeux brillants. Tu vas nous faire participer à une orgie.
— Ça, ça viendra *beaucoup* plus tard. En attendant, c'est juste une fête sympa organisée par une figure locale que je connais.
— Je ne savais pas qu'il y avait des figures locales par ici.
— Charlie, tu n'es pas *censé* le savoir. Bon, si quelqu'un vous pose la question – mais ça n'arrivera pas –, vous êtes en dernière année de lycée, et une incroyable bizarrerie statistique fait que vous venez tous d'avoir dix-huit ans.
— Je ne peux pas prétendre être au lycée.
— Bien sûr que si ! Imagine une école avec moins de violences, où tous les élèves boiraient du café.
Alex nous a dévisagés tour à tour comme un voyant extralucide.
— Fran, l'année prochaine tu espères étudier… la psychologie à Durham. Toi, Charlie, la géographie à Sheffield. Et toi, Helen, l'éducation physique et les sciences politiques à Loughborough. Tu veux devenir professeure d'EPS !
— Ha.
— Si je comprends bien, Alex, on se tape l'incruste ?
Mes copains et moi, on avait déjà fait ça un peu partout dans la ville, comme des Montaigu qui se seraient pointés au bal des Capulet sans y être invités. « On est des amis de Steve », prétendait-on. Ou bien : « Stephanie a dit qu'on pouvait venir. » J'étais allé à des soirées dans des maisons envahies par des hordes de resquilleurs aussi impitoyables, cinglés et destructeurs qu'une horde de Vikings, où des CD et des portefeuilles avaient été volés, des bars ouverts de force, des éviers arrachés aux murs, des feuilletés à la saucisse écrasés par terre, et où

des bagarres avaient éclaté sur les pelouses au moment où les parents rentraient chez eux, choqués et furieux. Les infos locales en avaient parfois parlé, et un hélicoptère avait même fait du surplace au-dessus de nous un jour. Toutes les fêtes ne se terminaient-elles pas ainsi ? Avec des lumières bleues intermittentes et des taupinières de sel rose sur la moquette ?

— On ne va pas se faire foutre dehors ?

— Non. Vous n'êtes pas des pique-assiettes, mais mes chers amis du théâtre. Bon, je vous laisse, je vais dire bonjour à Bruno. Vous, mêlez-vous aux invités ! Allez !

Alex a disparu à l'intérieur de la maison. On est restés plantés là tous les trois, Fran, Helen et moi, bouche bée devant ce monde nouveau pour nous. Je n'avais jamais vu autant de personnes séduisantes réunies au même endroit, toutes si différentes et si glamour. Étaient-ce vraiment des gens que je pouvais croiser au Cottage Loaf, à la parapharmacie, au Spar, au restaurant et chez le traiteur chinois ? Les hommes avaient des T-shirts coûteux ou des chemises ouvertes sous des vestes de costume en lin, les femmes d'élégantes robes d'été ou des combinaisons rétro portées dans un esprit ironique, comme celles des chanteuses sur la pochette des CD de house music que mon père avait accepté de vendre à contrecœur. Même les invités d'âge mûr étaient très classe avec leurs verres qu'ils tenaient sur le côté, et tout ce petit monde baignait dans une brume mentholée – due peut-être à la vapeur dégagée par la piscine chauffée, ou à la fumée des Marlboro Menthol, ou tout simplement à une lumière flatteuse, de celles que seul l'argent peut acheter.

— On est *très* loin de la boum disco de l'église méthodiste, a fait remarquer Helen.

Je faisais un gros effort pour ne pas regarder fixement une femme sculpturale vêtue d'une combinaison en

PVC rouge quand un homme au physique de top model s'est approché de nous avec un plateau.

— Il vient vers nous ! s'est écriée Helen en m'agrippant le bras.

— Une galette aux champignons ? nous a-t-il proposé.

Nous en avons tous pris une bien sagement, tête baissée.

— La vache, a juré Helen. *Des traiteurs !*

— Là d'où je viens, on appelle ces galettes des vol-au-vent.

— Oh, nous n'avons pas les mêmes valeurs, Fran. Merde, ce truc a un goût de terre. Qu'est-ce qu'ils reprochent aux feuilletés à la saucisse ?

Et Helen a recraché son canapé dans sa main avant de le jeter dans un pot de bambous.

— Foutus yuppies. Je ne peux pas manger ça. Je vais voir s'ils ont des Pringles.

Un autre plateau est passé près de nous, avec des coupes remplies d'une sorte de neige verte bizarroïde. J'en ai pris deux en priant pour que les serveurs ne nous réclament pas une pièce d'identité. Une fois seuls, Fran et moi avons trinqué et goûté le breuvage avec hésitation.

— Regarde-moi, a-t-elle dit, les dents serrées et les yeux écarquillés. J'essaie de rester stoïque et de ne pas grimacer. Ne grimace pas, ne grimace pas, ne grimace pas…

— En fait, c'est un granité au citron vert. Ça s'achète chez le marchand de journaux.

— Et c'est lui qui ajoute du sel sur le bord des verres ?

— Si tu le lui demandes. Sous la caisse, il y a toujours un grand pot pour ça.

Elle a continué à siroter son cocktail.

— De la tequila. Tu as déjà remarqué que quand on avait vomi après avoir abusé d'un alcool particulier, on ne pouvait plus dissocier les deux expériences ?

— C'est-à-dire que… j'ai vomi après avoir bu presque tous les types d'alcool, alors…

— Hé, James Bond ! Et tu aimes toujours ça ?

— Je ne suis pas sûr qu'on soit *censé* aimer ça.

— Monsieur est si *blasé*, a-t-elle plaisanté.

— En effet. Je suis un homme du monde, ai-je dit en retirant la paille de mon verre parce qu'elle heurtait ma joue chaque fois que j'avalais une gorgée. Il faut avouer que tout ça est très classe, quand même.

— Je suis d'accord.

On s'est assis sur le bord d'un énorme pot de cactus afin d'observer la scène autour de nous.

— J'ai l'impression d'être Daisy Buchanan, a ajouté Fran.

— Qui ça ?

— Daisy Buchanan. Le premier amour de Jay Gatsby. Il devient millionnaire et organise des fêtes fantastiques, juste pour qu'elle redevienne folle de lui et quitte son mari. Je ne te dirai pas comment ça se termine, mais c'est très triste. Et un peu chiant aussi.

— Ce sera le prochain titre sur ma liste.

Je comptais lire chaque livre, regarder chaque film et écouter chaque chanson qu'elle mentionnait.

— Bon sang, j'avais besoin de faire la fête. Mais je m'en veux d'avoir laissé les autres. Il ne faudra rien leur dire, surtout. Je déteste les clans – enfin, sauf quand on m'invite à en faire partie. Dans ce cas-là, en revanche, je trouve ça génial. Vous en aviez à Merton Grange ?

— Évidemment. Même si on n'utilisait pas le mot « clan ».

— Tu appartenais à l'un d'eux ?

— Plus ou moins. C'était une simple bande de garçons, en fait.

— Oui, c'est ce que Colin a dit. D'après lui, vous faisiez la loi dans votre collège.

— Il a dit ça ?

— Et Lucy aussi. Mais elle, tes copains l'insultaient, si j'ai bien compris. Ils la surnommaient… comment, déjà ? Numéro 42. Comme sur un menu chinois, ce qui n'a aucun sens étant donné qu'elle est vietnamienne. Ou plutôt que ses parents le sont.

C'était vrai. Les autres l'appelaient Numéro 42 plus souvent que Lucy. Il y avait également Boat Girl, Viêt-cong, sans oublier Bouddha – pour des raisons que je n'avais jamais bien saisies. Je n'avais pas le souvenir d'avoir participé à ces moqueries, mais je n'avais pas protesté non plus.

— Et qu'est-ce que Colin t'a raconté à part ça ?

— Qu'il se faisait traiter de tapette ou de mauviette.

— Je ne l'ai pas traité…

— Ils n'ont pas prétendu que tu le faisais, m'a coupé Fran en posant sa main sur la mienne. Tu crois peut-être que je suis en train de te pourrir, mais c'est faux.

— Je n'ai jamais rien dit de tout ça.

— Je sais. Lucy n'a accusé que quelques-uns de tes copains.

— C'était surtout Lloyd et Fox.

— Et Harper. Je t'ai entendu parler de lui.

— C'est mon ami, mais ça n'empêche pas qu'il soit un peu con parfois.

— Je sais.

— Et je ne suis pas très proche de Lloyd. C'est plus un ami d'ami qui traîne avec nous. De toute façon, il ne m'adresse plus la parole en ce moment, et j'ai peur que les autres aussi, en fait.

— Ah oui ? Pourquoi ?

— Je lui ai jeté une boule de billard à la tête. De toutes mes forces.

Elle a éclaté de rire.

— Tu l'as raté ?

— Oui. Mais ce n'était pas mon but.

— Pourquoi ?

— Oh, la faute à un truc qu'il m'avait dit.

— Dommage que tu l'aies manqué, ça a l'air d'être un vrai connard, a-t-elle répliqué en riant. Pardon, pardon.

— Non, c'est mérité.

Il y a eu un blanc.

— Quand avez-vous eu cette conversation, Lucy et toi ? ai-je repris.

— Aucune importance. Et il ne faut pas que tu en veuilles à Lucy. Elle ne caftait pas. La seule raison pour laquelle on a discuté de ça, c'était…

— Oui ?

— Elle m'a avoué qu'elle t'appréciait davantage maintenant. Quand tu t'es pointé avec moi la première fois, elle t'a détesté, à cause de tout… ce qu'elle a subi au collège. Mais elle a pu constater que tu étais différent de celui qu'elle pensait connaître.

— C'était un autre temps. Et j'étais une autre personne, ai-je dit avec le sentiment de ne pas mentir.

— Je ne suis pas du tout bigote ou donneuse de leçons, hein. Crois-moi, je peux être une garce, moi aussi, a-t-elle dit avant d'avaler une gorgée de son cocktail en grimaçant. Je voulais juste être sûre de ne pas me tromper sur toi au cas où on le ferait. C'est tout. Oublions ça.

Au cas où on le ferait. Elle a enchaîné sur un autre sujet, mais j'étais incapable de me concentrer. *Au cas où on le…*

— … devrait se mêler aux…

Ferait. Au cas où on…

— Et boire autre chose. La tequila n'est jamais une bonne idée.

Au cas où on ferait quoi ?

— … même à Mexico, je parie qu'ils préfèrent les boissons sans alcool.

— Au cas où on ferait quoi ?

— Hein ?

— Tu as dit : « Au cas où on le ferait. » De quoi tu parlais ?

Je l'ai sentie coller son bras contre le mien.

— Tu le sais très bien.

— Dis-le.

Elle a ri et s'est étiré les jambes, la pointe des pieds tendue vers l'avant.

— Ce n'est pas un truc que l'on dit, mais que l'on fait.

J'ai compris alors qu'on s'embrasserait plus tard ce soir-là. Il ne me restait plus qu'à bien gérer ça – cette petite chose de rien du tout – et à embrasser en érudit.

— Allez, viens...

— Tu ne t'es pas trompée sur moi.

— Non, et je ne pensais pas l'avoir fait. Passons à l'intérieur, maintenant. Allons voir ce qu'ils ont d'autre à boire.

Elle m'a pris par le bras et on a fendu la foule des invités, qui souriaient et hochaient la tête en posant sur nous un regard amusé et indulgent, comme si on était des enfants venus en pyjama participer à la fête, allumer les cigarettes des adultes et siffler leurs fonds de verre. J'ai répété mon alibi en silence : *géographie, géographie à Sheffield.* Oui, c'est une très bonne université ! Je suis super content, vraiment, merci beaucoup. On a franchi des portes vitrées coulissantes pour entrer dans une cuisine dont les parois entièrement vitrées elles aussi vous donnaient l'impression d'être dans un aquarium. Détail déconcertant, l'évier et le plan de travail se trouvaient *au centre,* et les poêles, les casseroles et les ustensiles pendaient artistiquement à des crochets comme un ensemble complexe de percussions. Sur le marbre noir poli, un barman s'amusait à former des feux tricolores en alignant des cocktails rouges, orange et verts. On en a pris deux rouges pendant qu'il avait le dos tourné et on a attendu d'être assez éloignés pour se pencher dessus. Le bord des verres avait cette fois le goût des glaces à l'eau vendues par les marchands ambulants. On a ensuite descendu prudemment les marches menant au salon, une sorte de carrière creusée dans le sol et entourée là encore de parois vitrées. Je me suis demandé ce que M. Harper, le Roi de la véranda, en aurait pensé. « C'est juste une putain de méga-véranda ! »

Les côtés de la pièce étaient aménagés en gradins, à l'image du Sénat romain dans les films de gladiateurs, et tous étaient parsemés de coussins et de tapis sur lesquels les membres de cette noble assemblée se prélassaient. On a aperçu Helen, qui serrait dans ses bras un bol de chips aussi farouchement qu'elle aurait protégé un enfant. Plus loin, Alex racontait une histoire devant un auditoire amusé et captif. La confiance en soi et le talent n'étaient pas tout à fait la même chose – Miles était le garçon le plus gonflé que j'aie jamais rencontré et le plus bidon en tant qu'acteur –, mais il semblait y avoir un lien entre les deux, et j'aurais été curieux de savoir ce que cela faisait d'être écouté attentivement par une foule au lieu de chercher à caser quelques mots quand les autres cessaient un instant de parler. La musique était plus douce ici – on aurait dit une bossa-nova –, et on est restés un peu à l'écart en sirotant nos cocktails, tels des gens raffinés…

— Mes amis ! s'est soudain exclamé Alex. Venez, ne soyez pas timides.

Son public s'est tourné vers nous.

— Voici notre Juliette, la très talentueuse Frances Fisher. Et lui, c'est Benvolio, joué par M. Charles Lewis. Helen et moi essayons d'orchestrer une romance d'été, n'est-ce pas, Helen ?

— Alex, arrête, a protesté Fran.

— Mais où est Roméo ? a demandé un Chinois élégant au crâne rasé et aux épaisses lunettes noires assorties à sa chemise. Pourquoi n'es-tu pas avec ton Roméo ?

— Roméo n'est pas le genre de Juliette, a répondu Fran en allant s'asseoir à côté de lui.

L'homme lui a tendu la main.

— Moi, c'est Bruno.

— Bruno, ta maison est magnifique.

— Merci, j'ai eu beaucoup de chance. Vous êtes les bienvenus ici. Et tu es… ?

— Benvolio.

— Ah, la méthode de l'Actors Studio ! Mais dans la vraie vie… ?

— Charlie.

— Vous êtes tous les deux dans le même lycée qu'Alex ?

— C'est exact, a dit Fran.

— Pas moi, ai-je répondu en reculant devant ce mensonge.

— Ça, on ne le sait pas encore, a précisé Fran.

— Et que fais-tu en ce moment, Charlie ?

— Je travaille. À temps partiel.

— Où ça ?

— Euh, dans une station-service.

— Oh, laquelle ?

— Sur la rocade.

— Je vais souvent là-bas. J'ai eu la bonne surprise l'autre jour de gagner quelques jolis verres.

Au moins ne lui avais-je pas volé ses cartes à gratter…

— Évite de mettre des glaçons dedans, ils t'exploseront à la figure.

— Sage conseil. Je le garderai à l'esprit. Et la prochaine fois que j'irai faire le plein…

Je me suis dit à ce moment-là qu'il était temps que la conversation dévie et de tester sur lui la technique des questions en rafale en l'appelant par son prénom. C'était un truc que les gens plus âgés appréciaient.

— Et toi, Bruno, qu'est-ce que tu fais dans la vie ?

— Je fabrique et distribue des ordinateurs familiaux.

Après ça, j'ai cherché sur quoi enchaîner.

— On en a un à la maison, ai-je dit faute de mieux.

— Oh ? Quel type ?

Je lui ai cité le modèle et la marque.

— Mon père l'a acheté après avoir vu une pub dans un journal.

— Oui, ce fabricant est notre principal concurrent. Notre société à nous, c'est Wang Computers.

— Notre ordi n'est pas top. Les vôtres sont de bien meilleure qualité.

— C'est la bonne chose à dire. Tu iras loin, Charlie. Je suis ravi que vous ayez pu venir, Fran et toi. Vous avez l'air d'un couple charmant.

— Oh, on n'est pas vraiment en couple, s'est interposée Fran.

— On ne se connaît pas depuis très longtemps.

— Je ne vois pas le rapport. Regardez-vous tous les deux ! Il faut vous y mettre ! Ne perdez pas une minute ! Bon, pourquoi n'y a-t-il personne dans la piscine ?

— On n'était pas certains que ce soit autorisé, a dit Fran.

— Bien sûr que ça l'est. Elle est là pour ça.

— Et je n'ai pas de maillot de bain.

— C'est la meilleure, celle-là ! Pourquoi les jeunes sont-ils aussi prudes ? s'est exclamé Bruno avant de vider son verre d'un trait. Je vous laisse, je vais aller pousser quelqu'un dans l'eau.

Et il a monté les marches en bondissant pour sortir dans le jardin.

— Alex, tu es sûr que notre présence ne le dérange pas ? a demandé Fran en riant.

— Absolument pas. Évitez juste de mentionner ceci…

Il nous a fait signe d'approcher et a ouvert son poing devant nous, aussi lentement que s'il avait attrapé un insecte rare. Au creux de sa paume se trouvait une pilule ronde et mouchetée.

— Je suis disposé à la couper en quatre. Les effets seront à peine perceptibles, mais qui en veut ?

On s'est regardés comme l'auraient fait des mousquetaires. Puis Alex a cassé le comprimé entre ses dents, on a pris chacun un tout petit fragment crayeux et mouillé, semblable à ces bouts qui se détachent des joints du carrelage dans les salles de bains, et on l'a fait passer avec nos verres d'alcool. Cela m'a sidéré qu'une chose si minuscule puisse être à ce point infecte – j'ai cru qu'on m'avait vaporisé un spray coiffant directement sur la langue –, et c'est donc en continuant à boire nos cocktails au goût de sucette qu'on s'est dirigés vers le cœur de la fête.

Le cachet n'a eu aucun effet, comme chacun a veillé à le confirmer aux autres toutes les dix minutes.

Sauf qu'on trouvait la musique géniale à présent. Avec un côté vieux jeu qu'on faisait passer pour de l'intégrité, mes amis et moi avions toujours été hostiles à la dance au motif qu'un morceau sans guitare était le signe d'un manque de talent et se résumait à un simple *bang-bang-bang* ennuyeux et répétitif. Dans la tanière de Harper, on ne dansait pas, on hochait la tête en se mordant la lèvre inférieure.

Seulement, on n'était jamais allés dans aucun endroit comparable ne serait-ce que de loin à celui-ci. À l'extérieur, les lumières sur la terrasse marquaient les limites d'une piste de danse aussi pleine à craquer qu'un radeau de survie, et les haut-parleurs plantés dans chaque angle concentraient le son de la même façon qu'une loupe amplifie les rayons du soleil. Alex a poussé un cri de joie et entraîné Helen au milieu de la foule. Après avoir échangé un regard, Fran et moi les avons suivis. Étonnamment douée, Helen se déhanchait avec le plus grand sérieux, les yeux clos et les poings serrés, presque énervée, en semblant défier quiconque de l'interrompre. Pour Alex, en revanche, la danse était une forme d'autoséduction, et il ne cessait de faire glisser sa main sur lui pour déboutonner sa chemise, empoigner ses pectoraux, ses fesses ou son entre-jambe, à tel point que je m'attendais presque à ce qu'il se donne lui-même une tape sur les doigts pour arrêter ça. Moi j'ai adopté ma posture habituelle : les pieds bien plantés dans le sol, les coudes collés au corps, j'ai entamé un mouvement de balancier avec mes avant-bras comme pour traire une vache – le genre de danse qui ne dérangerait personne dans un wagon de train bondé. Fran, elle, s'est lâchée complètement. Avec un sourire dément, elle a passé les mains dans ses cheveux en me donnant à voir la repousse sombre de ses poils sur ses aisselles. Puis elle a éclaté de rire devant mon regard et s'est appuyée sur mon épaule pour me dire quelque chose.

— Quoi ?

— C'est *dingue* !

— En effet.

— …

— Pardon ?

Cette fois, elle a collé sa bouche contre mon oreille.

— J'ai dit : je suis vraiment contente que tu sois là.

Et on a dansé ainsi en déviant vers le bord du radeau, de plus en plus près l'un de l'autre. Il est difficile de mentionner l'odeur de quelqu'un sans passer pour un psychopathe, mais j'avais déjà remarqué son parfum, dont les notes chaudes et vertes me faisaient penser à l'été. Quelques années plus tard, un triste rancard amoureux m'a permis de l'identifier – il flottait si fort autour de moi que j'ai cru que Fran se cachait dans la pièce.

« Bon sang, qu'est-ce que c'est ? avais-je demandé.

— Grass, de Gap », m'avait répondu mon rancard.

J'ai été un peu déçu qu'une fragrance que j'imaginais naturelle soit en réalité due à une eau de toilette et que Fran ne sente pas plus l'herbe fraîche que je ne sentais le déodorant Aztec. Mais ce soir-là, sur la piste de danse, son parfum m'a paru le plus agréable et le plus sophistiqué du monde, et j'ai résisté à l'envie de le renifler comme un blaireau. À la place, j'ai appuyé mon front contre le sien et elle a enroulé ses bras autour de mon cou, ainsi que je l'avais vu faire dans les films.

Malheureusement, la musique était trop rapide et on n'arrêtait pas de se cogner la tête, alors on a fini par s'écarter l'un de l'autre pour revenir vers le centre de la piste. Alex et Fran se sont enlacés et ont entamé une danse collée-serrée, leurs jambes entremêlées dans un style latino ringard. J'ai éprouvé une petite pointe de jalousie, jusqu'à ce qu'Helen me donne une petite tape en levant les yeux au ciel. On a ri tous les deux, puis on s'est trémoussés ensemble un moment avant de nous enlacer nous aussi. Le *boum-boum-boum* de la musique était comme un maillet qui me martelait doucement la poitrine. Peu à peu, j'ai osé agiter les mains en l'air et détacher les pieds du sol.

Helen m'a chuchoté à l'oreille.

— Quoi ?

— Est-ce que tu sens quelque chose ?

— Rien du tout.

Le cachet n'avait toujours aucun effet, même s'il fallait reconnaître que le temps semblait avoir changé de nature. Je n'aurais su dire si cela faisait vingt minutes ou deux heures qu'on dansait, et j'ai décidé qu'il valait mieux que j'aille boire un verre. J'avais la tête qui tournait et le cœur léger, si léger que, parvenu au bar, je me suis découvert capable d'adresser la parole à de parfaits inconnus – ce que je n'avais encore jamais fait. J'ai discuté avec une sympathique jeune femme d'une vingtaine d'années qui se préparait à devenir infirmière, et je lui ai dit que, justement, ma mère avait fait ce métier avant, et on a évoqué le sujet un instant, et celui de nos mères aussi ; ensuite j'ai parlé à son petit ami, un type très sympa qui travaillait pour Bruno, et il a de nouveau été question d'ordinateurs, et pour je ne sais quelle raison j'ai mentionné que j'avais foiré tous mes examens, sauf peut-être en informatique et en arts plastiques, et il m'a dit, hé, lance-toi là-dedans, lance-toi dans quelque chose qui mêle l'art et l'informatique, pourquoi pas, si c'est pour ça que tu es doué, si c'est dans ce domaine que tu as du talent, tout le monde a un talent, il faut juste que tu trouves le tien, que tu mises dessus et que tu t'en serves, et ça m'a semblé un conseil plein d'une incroyable sagesse, faire un truc qu'on maîtrisait et qu'on aimait, plutôt qu'un truc qu'on ne maîtrisait et qu'on n'aimait pas du tout, et bien que ça n'ait pas marché pour mon père, bien que le résultat ait été catastrophique, ce ne serait peut-être pas pareil pour moi, parce qu'il s'agissait d'informatique après tout, pas de jazz, et j'ai résolu de faire exactement ce que ce type me disait, et j'ai songé combien il était étrange d'avoir toutes ces conversations décontractées et franches alors que d'habitude je n'étais pas très à l'aise dans ces situations-là, et quand cet homme sage est parti rejoindre sa petite amie, la gentille future infirmière, j'ai constaté que j'étais même capable de parler à la femme vêtue d'une combinaison en PVC rouge, celle qui était à tomber par terre, comme je le lui ai dit, et elle m'a remercié d'une voix basse et rauque teintée d'un accent italien, et on a discuté de la différence entre le nord et le sud de l'Italie et, plus intéressant encore, de la difficulté d'enfiler et d'ôter une combinaison en PVC, qui d'ailleurs n'était pas en PVC mais en latex, et des différences entre le latex et le PVC, et de ce qui se passe quand on a envie d'aller aux toilettes, ce qui selon elle n'arrivait pour ainsi dire jamais, c'est si étrange, a-t-elle expliqué, on devient une sorte d'*esquimau*, si on ne peut pas aller aux toilettes, on n'y va pas, et de toute façon on transpire tellement à l'intérieur, tu vois, et elle a tiré légèrement sur la fermeture Éclair de sa combinaison en m'invitant à toucher sa nuque couverte de sueur et de talc, si bien qu'elle était à la fois mouillée et sèche, et ça, ai-je pensé, c'était de loin la conversation la plus géniale que j'aie jamais eue de toute ma vie, avec en prime le couinement du latex, assez semblable à des glapissements, mais ensuite les choses ont pris une drôle de tournure quand cette femme a voulu savoir si j'avais déjà été attaché, et j'ai répondu non, seulement avec la ceinture de la robe de chambre de mon meilleur ami Harper, qui avait fait ça pour pouvoir me péter au visage, mais ça n'avait rien de sexuel, ai-je précisé, à quoi elle a répondu, non, mon cher, tu *t'imagines* que ce n'était pas sexuel, et pendant que je me débattais avec cette idée, Helen a surgi derrière moi et m'a pris par le cou en me demandant, ce type t'ennuie ? Charlie, où étais-tu, rappelle-toi pourquoi tu es là, c'est ta chance, Charles Lewis ! Mais on parlait de la différence entre le PVC et le latex, ai-je protesté, et Helen a dit, je vois ça, petit con, viens maintenant, tu perds du temps, et quand je me suis retourné pour la saluer, la femme avait disparu, mais ce n'était pas grave parce que Helen me conduisait déjà manu militari vers la piste de danse, et Fran, qui n'avait pas bougé de là, a crié et ri en me tendant les bras comme si cela faisait des années que j'étais parti, et on a dansé ensemble de la même façon qu'elle avait dansé avec Alex, elle avec les doigts entrelacés derrière ma tête, moi avec les miens sur sa taille, et j'avais conscience du tissu de son négligé, du côté négligé de ce tissu, de nos jambes emmêlées, de ses seins appuyés contre moi, des petits coups de maillet sous mes côtes, et puis, par-dessus son épaule, j'ai vu Alex parler à un type qu'il a ensuite embrassé et emmené vers la piscine, et là j'ai reculé d'un pas pour regarder Fran, et elle a fermé les yeux en riant, ses cheveux moites collés à son front, et quand je lui ai demandé si elle sentait quelque chose, elle a rouvert les yeux et m'a dit, non, rien qui soit dû au cachet, et parce que je ne comprenais pas le sens de sa remarque, elle a ajouté, oh, Charlie, je ne tiens plus, viens, et elle m'a traîné dehors, et on a traversé la pelouse en direction des arbres jusqu'à ce qu'on atteigne la limite de la partie éclairée du jardin…

… là, elle s'est tournée vers moi. Même avec la musique j'ai entendu notre respiration, et le sang a pulsé dans ma tête quand elle l'a saisie en me disant, embrasse-moi, et on s'est donc embrassés, doucement d'abord, si bien que j'ai senti le goût d'alcool et de citron de ses lèvres, puis plus passionnément, et sa bouche s'est entrouverte, mais sans que nos dents se heurtent, sans que rien ne paraisse malvenu, rien de rien, et oh, ça, c'était embrasser en érudits.

Au bout d'un moment, elle s'est écartée et m'a dévisagé en soufflant fort.

— Il n'y a pas un autre endroit où on pourrait aller ?

On a trouvé un mur contre lequel s'adosser, un coin non éclairé et non vitré de la maison, près d'une porte par où les serveurs sortaient parfois fumer. Quelqu'un nous a désignés d'un ton amusé dans l'obscurité.

— Ne t'arrête pas, a dit Fran.

J'ai remonté mes mains de chaque côté de sa cage thoracique, là où sa chemise de nuit faisait place à sa peau, et lorsqu'elle en a pris une pour la poser sur son sein, j'ai cru que mon cœur allait lâcher. Durant tout ce temps, on s'est embrassés avec encore plus de ferveur, jusqu'à ce que Fran éclate de rire et se détache de moi en s'essuyant les lèvres.

— C'est ce qui s'appelle un baiser vorace.

— Et c'est une bonne chose ?

— À ton avis ?

J'avais toujours une main sur son sein, et cela me paraissait bizarre de discuter ainsi. Que dictait l'étiquette ? Devais-je la retirer et la remettre plus tard, quand on cesserait de parler ? Le remarquerait-elle ? Mais elle a posé sa propre main sur la mienne et l'a laissée là.

— Mon rouge à lèvres est parti ?

— Depuis longtemps.

— C'est toi qui le portes maintenant.

On a recommencé à s'embrasser. Mon pouce a glissé à l'intérieur de son négligé puis, à force de contorsions, dans son soutien-gorge. Là encore, j'ai attendu de voir si ça la gênait – visiblement non, puisqu'elle s'est collée contre ma jambe, mais il m'était difficile d'oublier que j'avais le bras tout tordu et le coude à l'équerre, comme si je m'appuyais sur le manteau d'une cheminée, et quand un nouveau serveur nous a aperçus et a crié : « Vas-y, mon gars », elle s'est de nouveau écartée.

— On devrait...

— Je sais.

— Je n'en ai pas envie.

— Juste une minute, ai-je dit.

Tout en l'embrassant, j'ai continué à m'interroger. Devais-je lui dire que je l'aimais ? Je n'avais encore fait cette déclaration à personne – enfin, si, à Harper, un jour que j'étais ivre mort, et aussi à des objets inanimés, pizza, cadeau d'anniversaire ou autre, mais jamais dans des circonstances où j'aurais pu le penser vraiment, même un tant soit peu. À cet instant, pourtant, comme si je me rappelais un mot oublié, un mot qui s'était jusqu'alors dérobé, je souhaitais le lui dire à voix haute.

J'ai tout de même hésité, en partie par timidité – malgré la passion exprimée dans notre baiser, je ne pouvais ignorer totalement le côté galvaudé de cet aveu. Et puis, ma gêne mise à part, je nourrissais la conviction démodée, presque chevaleresque, qu'il ne fallait pas le faire à tout bout de champ. Tel un feu ou un charme runique capable de convoquer des démons, cette phrase devait être utilisée de manière réfléchie. Je dirais peut-être un millier de « je t'aime » dans ma vie, mais je n'avais droit qu'à une seule première fois. Pas tout de suite, donc. À la place, je me suis penché en arrière pour la regarder. Son visage avait changé et ses traits semblaient plus anguleux malgré la lumière douce. Rien de tout ce que j'avais connu ne pouvait soutenir la comparaison avec elle, et je lui ai dit ce que je pensais aussi au fond de moi :

— Tu es si belle.

Elle n'a pas ri et ne s'est pas moquée non plus.

— Tu es bourré, Charlie.

— Pas du tout. Et quand bien même, je suis sincère. Je n'avais encore jamais rencontré quelqu'un comme toi. Jamais. Tu es… la plus belle chose qui me soit arrivée.

Elle m'a donné un baiser plus léger, peut-être pour calmer mes ardeurs.

— Allons retrouver les autres, a-t-elle dit.

Le cachet s'était révélé inoffensif, certes, mais le restant de la soirée m'a tout de même fait l'effet d'un photomontage. La question que se posaient nos amis se lisait sur leurs visages quand on les a rejoints. Pour y répondre, Fran m'a attiré vers elle et m'a embrassé.

— Là, vous êtes contents maintenant ?

Helen a roulé de gros yeux, mais elle a ri avec Alex, et après une étreinte collective, on s'est trémoussés tous les quatre sur la piste de danse jusqu'à ce que nos vêtements trempés de sueur nous collent à la peau.

— Tous à l'eau ! a crié Alex en même temps qu'il se précipitait vers la piscine.

Il a réussi à retirer ses chaussures sans s'arrêter de courir, puis il a plongé dans le bassin en faisant un grand *splash*. Helen lui a emboîté le pas, mais en empruntant les marches, et pour la seconde fois ce jour-là, je me suis mis torse nu – avec juste un peu moins de gêne – et j'ai posé ma chemise avec révérence sur l'herbe humide.

— Tu ne peux pas nager comme ça, m'a fait remarquer Fran.

Je lui ai tourné le dos pour ôter mon jean, soulagé d'avoir choisi ce matin-là mon plus beau slip, le plus simple aussi – un style classique, me semblait-il. Main dans la main, on s'est jetés tous les deux en criant dans l'eau fraîche et délicieuse, qui avait la texture visqueuse et la couleur gris-bleu d'un gin. Durant quelques secondes, on est restés au milieu de la piscine, soudain sobres, sans trop savoir quoi faire. Assez bon nageur à l'époque, j'ai voulu mettre mes talents en lumière en effectuant quelques mouvements de crawl, mais j'ai vite compris que ce n'était pas l'endroit idéal pour faire des longueurs.

— Voyons les choses en face : on fait trempette dans l'eau du bain de tous ces gens, a dit Helen. Tous ces vieux dégoulinants de transpiration.

— Helen, sois polie, s'il te plaît, a répliqué Alex.

— Et on va se cailler ici encore longtemps ?

Elle a donné un coup dans l'eau. Comme sur un signal, Fran a plongé vers la partie la plus profonde de la piscine, où je l'ai suivie en me forçant à garder les yeux ouverts. Elle a fait une culbute au ralenti, une, deux, trois fois d'affilée, son déshabillé noir pareil à l'encre d'une pieuvre, pendant que je m'approchais d'elle en affectant la grâce d'une sirène alors même que je m'éraflais contre le fond du bassin. Ensemble, on est remontés à la surface le temps de reprendre notre souffle, puis on est retournés sous l'eau, et on s'est roulé une nouvelle pelle, et on a ri devant toutes les bulles qui pétillaient autour de nous. De retour à l'air libre, j'ai voulu l'embrasser encore, mais il y a des limites à toute passion…

— Il faut que tu t'essuies le nez, Fran.

— Hein ?

— Tu as un truc…

Je lui ai montré la boule de morve vert émeraude qui s'était frayé un chemin vers sa lèvre supérieure.

— Oh. Désolée. C'est très sexy, a-t-elle dit en l'ôtant du revers de la main. Tu as remarqué ? a-t-elle ajouté ensuite. Dans le bassin ?

— Remarqué quoi ?

— Écoute la musique.

Une chanson disco inconnue passait à ce moment-là, un morceau orchestral particulièrement travaillé.

— Maintenant, plonge !

J'ai donc plongé, et rien n'a changé. Une sono finement réglée nous permettait de faire totalement abstraction de l'eau et d'entendre la musique aussi fort et aussi nettement qu'à l'extérieur. Ébahis, on a tenté de danser, d'effectuer des mouvements parodiques en nous agrippant l'un à l'autre jusqu'à ce que nos poumons ne puissent plus le supporter. Hypnotisé par sa peau et son négligé noir et soyeux, j'ai posé ma main en haut de sa cuisse. Un bref instant, j'ai senti la sienne entre mes jambes, juste avant qu'elle éclate de rire et émerge à la surface. Je l'ai attrapée par les chevilles, mais elle s'est échappée, et j'ai alors été confronté à ce problème nouveau qui consistait pour moi à sortir du bassin sans attirer l'attention.

— On ne se pelote pas, on ne court pas et on ne saute pas dans l'eau ! a plaisanté Alex.

Je suis resté debout en affectant un air détaché et pensif et j'ai appuyé mon érection contre le bord carrelé de la piscine dans l'espoir de couper ma circulation sanguine, comme lorsqu'on se coince un doigt dans une porte.

Sans que je sache comment, on s'est retrouvés tous les quatre dans la maison, avec nos chaussures à la main, nos vêtements mouillés et nos cheveux plaqués sur le crâne. On a repris un verre, et après avoir déambulé dans les pièces, on s'est assis sur des sièges bas modulables sous le regard toujours amusé et tolérant des invités – à croire que c'était pour eux un vendredi soir comme un autre. Fran a calé sa tête sur mon épaule en me donnant à respirer la délicieuse odeur de chlore de ses cheveux. Le cachet n'avait eu aucun effet, mais j'éprouvais malgré tout un sentiment fantastique de bienveillance et d'ouverture d'esprit, un sentiment tel que je n'ai pas du tout été gêné quand Alex a récité doucement et simplement le passage sur la reine Mab devant une petite foule silencieuse. J'ai même été surpris de constater que je comprenais chaque mot.

Durant une heure peut-être, à moins que cela n'ait été que dix minutes, on a écouté la musique ambiante, les yeux fermés, tour à tour attentifs et indifférents aux conversations des gens autour de nous. La fête entrait dans sa dernière phase, et Fran et moi sommes ressortis voir s'il y avait un peu plus d'animation à l'extérieur. Les pins se détachaient sur un ciel de plus en plus clair. Au milieu de la piste de danse désertée, Fran a glissé une main dans mon dos. Je l'ai tenue par les hanches, puis par les épaules, mais la musique était à présent trop douce pour étouffer le bruit des merles – le meilleur et le pire qui soit – et on s'est contentés au bout d'un moment de s'accrocher l'un à l'autre.

— On est demain, a dit Fran.

Je me suis rappelé une scène dans la pièce où les amants se plaignent de la venue du jour et essaient de se persuader qu'il s'agit d'un leurre – l'alouette messagère du matin est en fait un rossignol, la lumière du soleil levant un simple météore –, et je me suis fait la réflexion qu'il serait peut-être bien vu de reprendre ce dialogue. Mais mon cerveau était trop embrumé pour me permettre de réciter un seul vers avec précision, et paraphraser un texte sur des alouettes et des météores risquait de me faire passer pour un fou.

Sans compter qu'une pensée que j'avais chassée toute la nuit avait fini par taper l'incruste elle aussi, suivie de près par une autre, plus inquiétante encore, qui m'a brusquement fait redescendre sur terre. Une angoisse physique s'est emparée de moi, comme si je venais de me rendre compte que j'avais laissé couler l'eau toute la semaine dans la salle de bains. Fran l'a tout de suite senti.

— Qu'y a-t-il ?

— Ça fait cinq jours que je n'ai pas vu mon père.

— Où est-il ?

— Nulle part. C'est bien le problème.

— Je suis désolée, je n'aurais pas dû te faire venir ici.

— Tu rigoles ? Je ne voulais pas rater ça.

— File, maintenant ! De toute façon, il faut que je rentre avant que mes parents se lèvent.

— Tu crois qu'on devrait dire au revoir aux autres ?

Elle m'a embrassé.

— Non. Partons simplement. Ils comprendront.

On a traversé la pelouse fraîche et humide en évitant les verres à cocktail, les flûtes à champagne et les bouteilles vides qui la jonchaient. Dans la rue, j'ai déverrouillé l'antivol de mon vélo. Le village de Fran se trouvait à un peu plus de six kilomètres. J'envisageais de la faire asseoir sur ma selle et de pédaler debout, mais, à l'image des baisers sous l'eau, ces choses-là sont plus faciles à l'écran que dans la vraie vie. Et puis mes pneus n'étaient pas assez gonflés, et nos poids combinés faisaient crisser les jantes sur la chaussée. On s'est donc résolus à marcher, même si Fran montait à l'occasion sur mon vélo, sur lequel elle restait assise telle une reine pendant que je le poussais.

On a emprunté le pont qui enjambait l'autoroute silencieuse avec l'impression d'être les seules personnes encore vivantes sur terre. À mesure que la ville s'effaçait devant la campagne, on s'est arrêtés dans des champs et sur des accotements pour se rouler ensemble dans l'herbe piquante et mouillée de rosée, les roues de mon vélo continuant pendant ce temps à tourner comme si on avait eu un terrible accident. À un moment, on a été pris tous les deux d'une envie pressante. Fran s'est accroupie avec insouciance au-dessus d'un fossé d'irrigation et je l'ai attendue un peu à l'écart. Jamais je n'aurais cru que ça puisse être aussi long.

— Putain, je suis une vraie vache !

Cela m'a fait rire. *Wouah*, ai-je pensé. *Dire qu'on pisse maintenant l'un à côté de l'autre. Quel mélange de sophistication et de grossièreté.*

La belle chemise d'Alex n'était plus qu'un torchon malodorant et maculé de taches d'herbe. Je me suis aperçu plus tard en la fourrant dans notre machine à laver que j'avais perdu l'un des petits boutons nacrés, sans doute sur le bord d'une route secondaire pendant qu'on faisait l'amour.

Bien sûr, parler de « faire l'amour » est ridicule dans le cas présent. « Se frotter sexuellement l'un contre l'autre » est l'expression la plus précise qui me vienne à l'esprit pour décrire ce qu'on a fait, ce qui illustre bien le fossé entre la langue et l'expérience. « Se peloter » est vulgaire et « batifoler » rend la chose frivole, mais quel que soit le nom qu'on donne à cet acte, le résultat est qu'un trajet d'une heure environ nous en a pris presque trois. Le village se réveillait et des agents de change promenaient leurs chiens en allant chercher le *Telegraph* du week-end à notre arrivée. La maison de Fran s'est bientôt dressée devant nous – une maison individuelle aux murs peints en blanc, aux fenêtres à guillotine et au jardin planté de roses.

— Tu veux entrer faire la connaissance de Graham et Claire ?

— Oh. Il est 7 h 30…

— Viens, on va les tirer du lit et leur annoncer la nouvelle !

— Euh, d'accord, si tu penses que…

— Je plaisante, Charlie.

— Ah. Très drôle.

— Tu les rencontreras un jour, mais…

— D'ici là, qu'est-ce que tu vas leur dire ?

— Que j'étais chez Sarah. Ils se douteront que ce n'est pas vrai, mais ils sont cool là-dessus. Ou ils font semblant de l'être. « J'étais chez Sarah » est plus ou moins un code pour « Je suis désolée, mais ne vous inquiétez pas ».

Elle m'a pris la main et a enchaîné :

— Dommage que je ne puisse pas te faire monter dans ma chambre. Je t'y emmènerais en douce et te garderais là.

— Ça ne m'ennuierait pas.

— J'attendrais qu'ils soient sortis pour te sauter dessus. On resterait au lit toute la journée en guettant le bruit de leur voiture, et ensuite je te cacherais dans l'armoire.

— Qu'est-ce que je mangerais ?

— J'irais chiper un peu de nourriture, comme dans les romans, et je reviendrais te la donner.

On a développé notre plan entre deux baisers, mais ma mâchoire me faisait mal à force, et Fran elle-même commençait à avoir le tour des lèvres rouge et irrité.

— Tu ferais bien d'y aller.

— Je sais, a-t-elle dit. Essayons juste de nous comporter intelligemment, d'accord ?

— Tu veux qu'on garde ça secret ?

Je m'y attendais à vrai dire – la plupart des baisers que j'avais échangés jusqu'alors s'étaient accompagnés de la promesse solennelle de n'en rien dévoiler –, mais Fran a éclaté de rire.

— Non ! Surtout pas. J'ai envie de le crier sur les toits ! Enfin, on ne va pas publier une annonce dans l'*Advertiser*, mais on ne va pas se cacher non plus. On va prendre ça... avec détachement. Oui, voilà. On affichera un air détaché devant tout le monde, sauf nous.

— Et... qu'est-ce que tu diras aux gens ?

— J'ai rencontré un garçon. Je l'aime bien, vraiment bien, et... on va voir où ça nous mène. OK ?

— OK. Je bosse jusqu'à 21 heures ce soir, mais... on peut se donner rendez-vous après ? ai-je proposé sur le ton de la plaisanterie, même si ça n'en était pas tout à fait une.

— Non, a-t-elle répondu en riant.

— Demain, alors.

— Non ! Lundi, après les répétitions.

Je savais qu'il était essentiel de ne montrer aucune déception, mais ma mine a dû me trahir parce qu'elle m'a attrapé par les épaules.

— Ne t'inquiète pas, on trouvera un moyen de se voir.

On s'est embrassés et on est restés enlacés, comme si j'avais été banni à Mantoue avec Roméo et que je craignais moi aussi de courir un danger.

— Un si doux chagrin.
— Quoi ?
— Un si doux chagrin ?
— Oh.
— Tu sais bien. Se séparer est…
— Oui, j'ai compris l'allusion, c'est une de mes répliques. J'avais mal entendu.

Elle a marmonné autre chose.
— Hein ?
— J'ai dit : « Il est important d'articuler. »
— En effet.
— Très important.

On a encore échangé quelques baisers.
— Bon, ça suffit. À lundi.
— À lundi.
— Salut.
— Salut. Bye !

Mes pneus étant trop à plat pour que je rentre à la maison en roulant, je suis reparti dans le soleil du matin avec en moi une conviction née d'un esprit pas tout à fait rationnel.

Cette conviction, c'était que si je pouvais sortir avec Fran Fisher, si elle pouvait, sans que je sache comment, m'accepter, moi, mes erreurs passées, mes conditions de vie pathétiques, mes bizarreries et mes angoisses, alors je deviendrais une meilleure version de moi-même, une version si excellente et exemplaire qu'elle serait pratiquement neuve. Je n'avais pas été la personne que je voulais être, mais il n'y avait aucune raison pour que je n'y parvienne pas à partir de maintenant. Une nouvelle phase de ma vie commençait, et j'en situais le début aussi précisément que s'il avait été marqué par un chronomètre. Dorénavant, je ne me définirais plus par mes absences et les choses que je n'étais pas. Dans la pièce, la nourrice dresse la liste des qualités de Roméo – honnête, courtois, séduisant, bon et vertueux –, et s'il ne m'appartenait pas de me déclarer « séduisant », rien ne m'empêchait de me conformer au reste de la description, et même de la compléter. Je serais sage aussi, courageux et loyal, en lutte contre l'injustice. Drôle – mais pouvait-on l'affirmer pour soi-même ? – sans tomber dans le ridicule ou la bouffonnerie. Intrépide sans être irresponsable, populaire sans être lèche-botte. Je lirais davantage, et mieux. Je ferais ma toilette plus soigneusement, me laverais les dents avec zèle, mettrais au point un rituel fitness quotidien auquel je me tiendrais. Je me comporterais différemment, avec assurance et droiture, et je me lèverais plus tôt afin que mes journées soient aussi remplies que possible. Je renouvellerais ma garde-robe et chercherais à être plus élégant, je me ferais couper les cheveux, j'arrêterais de voler, je serais plus tolérant envers mon père, plus clément envers ma mère, et je veillerais à être un meilleur frère aîné pour Billie. Je mangerais de la salade et du poisson. Je boirais de l'eau – beaucoup d'eau, deux litres par jour. Personne, pas même Miles, n'en boirait plus que moi.

Par cette belle matinée estivale, j'ai pris autant de résolutions de Nouvel An qu'on peut le faire en une vie entière. Une toute nouvelle façon d'être, ce n'était pas quelque chose à traiter à la légère. C'était un projet d'envergure, mais auquel j'avais hâte de m'attaquer, et j'ai regretté de ne pas avoir mes écouteurs dans ma poche et mon lecteur CD portable afin de pouvoir illustrer tout ça par une bande-son, une sorte d'hymne au développement personnel. Je noterais mes résolutions si nécessaire, puis j'accrocherais cette profession de foi au mur et je la respecterais, parce que, être amoureux – rien de moins que ça –, c'était comme être poussé sous le feu des projecteurs. Face à une telle pression, il était important de ne commettre aucune erreur. Je mènerais désormais une vie irréprochable et j'évoluerais différemment dans ce monde. « Une bonne ville », disait le panneau. *Bonum Oppidum*. *Oui*, ai-je pensé, *peut-être bien, en effet.*

À la maison, mon père dormait sur le canapé, entouré d'un rempart de tasses et d'assiettes. La pièce baignait dans la pénombre et la télé diffusait les clips vidéo du samedi matin. J'ai tiré les rideaux jusqu'à ce que le soleil tombe sur lui. Il a cligné des paupières et levé une main devant lui en faisant entendre un petit *poc* collant avec ses lèvres.

— Charlie ?

— Bonjour, Belle au bois dormant, ai-je répondu en ouvrant les fenêtres.

— Te voilà enfin ! Je t'ai attendu.

— Je viens de rentrer. Je suis allé à une soirée. Désolé, j'aurais dû te prévenir.

Je serais plus attentionné aussi à l'avenir. Cet homme avait déjà bien assez de soucis sans que je lui en rajoute.

— Avec qui ? Tes copains ?

— D'autres amis. Je les ai raccompagnés chez eux à pied. Je te raconterai plus tard.

Pourquoi « eux » et pas « elle » ? Il faudrait également que je sois plus honnête et plus franc, que je change de ton et que je m'adresse à mon père comme à un confident.

— Je suis passé chercher du pain et des œufs.

Du pain complet et des œufs bruns provenant de poules élevées en plein air.

— Je vais te préparer ton petit déjeuner. Et j'ai pris ça en plus du pain, ai-je dit en montrant un sachet en plastique de chez Spar rempli d'oranges exquises, chaudes et parfumées, pareilles à six petits soleils.

Je sortirais le presse-agrume du fond de son placard. À compter de maintenant, on aurait des oranges tous les week-ends, à la mode méditerranéenne…

— Ça va, Charlie ?

— Quoi ?

— Tu es encore bourré ?

— Non. Juste… heureux. J'ai le droit, non ?

J'ai songé – et espéré – que si le malheur était parfois contagieux, le bonheur pouvait l'être aussi.

Mon père s'est redressé, non sans mal, et s'est frotté le visage.

— C'est inhabituel.

— Je sais.

— Je ne suis pas sûr d'aimer ça.

— Ne t'inquiète pas, ai-je dit. Ça ne durera pas.

Troisième partie

Août

« Que faisait-il, quand tu l'as rencontré ? Qu'a-t-il dit ? Quel air avait-il ? Comment était-il mis ? Que fait-il par ici ? S'est-il enquis de moi ? Où habite-t-il ? Comment t'a-t-il quittée ? Quand vas-tu le revoir ? Réponds-moi, d'un mot[1]. »

William SHAKESPEARE, *Comme il vous plaira*

1. William Shakespeare, *Comme il vous plaira*. Traduction d'Yves Bonnefoy. Paris, Le Livre de Poche, 2003, p 108.

L'amour

Mais l'amour est barbant. C'est quelque chose de déjà vu, de banal pour un observateur extérieur. Idem avec le premier amour, qui n'en est qu'une version brouillonne et boutonneuse. Shakespeare devait le savoir. Prenez un exemplaire de l'histoire d'amour la plus célèbre au monde et pincez entre l'index et le pouce les pages où les héros sont véritablement heureux. Pas les instants qui précèdent ni les conflits qui suivent, mais le moment où ils peuvent s'abandonner sereinement à leurs sentiments. Cela ne représente presque rien, à peine un pamphlet, un bref interlude entre l'anticipation et le désespoir. Les confidences et les remarques intimes des deux tourtereaux, l'apparition de plaisanteries comprises d'eux seuls, les aveux sur leurs doutes et leurs inquiétudes, les mots rassurants et les vœux... la patience de chacun a ses limites, et si Shakespeare a un jour écrit des scènes dans lesquelles Roméo et Juliette évoquent leurs plats préférés, enlèvent les moutons de poussière coincés dans leur nombril ou expliquent sérieusement les paroles de telle ou telle chanson, alors il a eu raison de les exclure de son deuxième jet.

Le début et la fin, l'attente puis la détresse, c'est sur ça que repose l'histoire, mais écouter une personne amoureuse, surtout si elle est jeune, c'est comme écouter quelqu'un décrire son saut en parachute ou son dernier rêve bizarre, ou regarder la photo floue et trop distante d'une expérience bouleversante. Plus celle-ci est intense, moins elle nous intéresse, et si on est heureux que la vie de cette personne ait été transformée et que cet événement l'ait enthousiasmée... peut-on changer de sujet ?

Dites-vous donc que lorsqu'on était seuls et qu'on ne se parlait pas, on s'embrassait, on se pelotait, et c'était génial, à tel point que je ne comprenais pas pourquoi les adultes ne faisaient pas ça *tout le temps* – question qu'on passe tout le restant de notre vie à se poser, j'imagine. Dites-vous aussi que, lorsqu'on s'arrêtait enfin, nos conversations étaient plus franches, pénétrantes, libres, intenses, spirituelles, sérieuses et profondes que toutes celles qui les avaient précédées. On ne discutait pas simplement, on discutait *réellement*. Dites-vous qu'on était plus drôles que qui que ce soit de notre entourage et que la fois où j'ai fait rire Fran si fort qu'elle s'est pissé dessus dans son jean, pissé dessus *au sens littéral du terme*, a été l'une des plus grandes fiertés de ma vie. Dites-vous qu'on n'éprouvait rien à moitié, ni la passion, ni l'anxiété, ni le désir, ni la peur. Dites-vous qu'on s'est fait des compilations, qu'on aimait chacun *à fond* la musique de l'autre – ou sinon on faisait semblant –, qu'on écoutait avec solennité et en silence Nick Cave et Scott Walker parler de nous, Nico et Nina Simone auditionner pour la chanson qui deviendrait *notre* chanson, celle qui nous ferait pleurer, et que des comportements autrefois ridicules ou répugnants à nos yeux – se tenir par la main, s'embrasser avec rage en public, s'échanger des chewing-gums de bouche à bouche – ne nous mettaient plus mal à l'aise. Dites-vous qu'on n'avait jamais envie d'être nulle part ailleurs si l'autre n'y était pas, que le temps qu'on ne passait pas ensemble était du temps perdu et qu'il nous était impossible d'imaginer des circonstances où il n'en serait pas ainsi. Il y aura un peu de tout ça dans les pages à venir, à peine plus qu'un pamphlet, et on n'y peut rien. L'essentiel ne sera pas mentionné ici, mais je ne l'ai pas oublié pour autant.

Tout d'abord, il fallait que je la revoie, et durant les quarante-huit heures qui nous séparaient de notre prochaine rencontre, j'ai redécouvert cette notion du temps propre à la science-fiction. Le week-end s'est écoulé lentement, comme sur une planète cent fois plus grosse que la Terre. « Car dans une minute il y a de nombreux jours », dit Juliette, à qui étaient en fait dévolues les répliques les plus belles et les plus justes de la pièce. Ce moment comptait parmi ceux devant lesquels je m'interrogeais : comment Shakespeare savait-il ça ?

Quarante-huit heures, quarante-six, quarante-quatre. Bon sang, imaginez si j'avais été banni à Mantoue. Comment allais-je occuper ce ralenti interminable ? C'était en partie un test, j'en avais conscience, et j'ai réussi à me contrôler suffisamment pour rester éloigné du téléphone et éviter de me rendre jusqu'à son village, l'air de rien. En proie à une fatigue écrasante, et malgré ça incapable de tenir en place, j'ai passé des nuits moites et agitées sur ma couchette – une fébrilité due autant à un désir spirituel qu'à une excitation suante et peu poétique de jeune recrue militaire. « Torture » : le mot semblait revenir souvent dans les descriptions des amants séparés, mais il définit parfaitement ces heures pendant lesquelles j'ai fixé la cour à l'avant de la station-service le samedi soir, ma paranoïa amoureuse n'étant soulagée que par des souvenirs lubriques et explicites de tout ce qu'on avait fait dans des abribus et derrière des haies sur le chemin du retour après la fête. Quarante-deux heures, trente-six, vingt-quatre. Je ne l'aurais pas formulé ainsi tout seul, mais je ne pouvais m'empêcher de penser : « Galopez prestement, coursiers aux pieds de feu… »

Le dimanche, dans un accès regrettable de mélancolie, j'ai eu envie de la dessiner de mémoire. Je n'avais guère fait jusqu'alors que des yeux qui pendouillaient hors d'un crâne, et le résultat de mes efforts pour représenter son visage, même s'il n'était pas mauvais, avait un côté glamour conventionnel que Fran aurait sûrement rejeté – yeux trop grands et trop larmoyants, lèvres trop pleines. *Sois vrai*, me suis-je intimé. Mais j'ai eu beau essayer de la rendre plus sensuelle, je n'ai réussi à produire que le genre de dessins érotiques amateurs que les détenus paient avec des cigarettes. Ma meilleure tentative a été une version d'elle sous l'eau, avec la pointe des pieds tendue et son négligé noir qui flottait autour de ses hanches et moulait sa poitrine. Je me suis bien lâché sur le noir, et j'étais surtout fier de son téton durci vu de profil – un simple petit coup de crayon avec mon Rotring 0.4 mm.

Plus que quatre heures, puis trois, deux, puis une, et à 9 heures le lundi matin, elle était là, qui poussait son vélo pour la première fois. Quelque chose en elle semblait différent, et je l'ai trouvée encore plus jolie que dans mon souvenir – le visage d'une fille changeait-il après qu'elle avait été embrassée ? J'ai été soufflé par la façon merveilleusement *provocante* dont elle s'est débarrassée de son vieux vélo de course au cadre fin en le laissant tomber sur le mien.

— Salut, ai-je dit.

— Salut, a-t-elle répondu en souriant.

On avait décidé de garder nos distances devant les autres, mais sans qu'on sache comment, la nouvelle s'est répandue avant même qu'on commence les répétitions.

— Vous avez passé un bon week-end, tous les deux ? nous a demandé Lucy.

— Salut, les amoureux ! a lancé Keith.

— Ça alors, Benvolio, tu cachais bien ton jeu ! m'a dit Miles en me pinçant alors qu'on se dirigeait vers l'orangerie.

— Moi, je trouve ça charmant de voir un jeune couple se former, a commenté Polly. Il y en a un chaque année.

Même Ivor et Alina avaient été informés.

— Je crois qu'on ferait bien de vous séparer, a dit le premier avec un clin d'œil suffisant au moment de nous répartir deux par deux pour la scène du bal chez les Capulet – la première à réunir toute la troupe.

L'idée d'Alina était de démarrer par une danse galante traditionnelle – mains sur les hanches et mouchoirs blancs tenus en hauteur – et de passer à quelque chose de plus en plus déjanté, débridé et moderne à mesure que l'intrigue avançait, jusqu'à ce que tout le monde se fige quand Roméo aperçoit Juliette. En dehors de la macarena et des rondes de mon enfance, je n'avais jamais suivi la moindre chorégraphie, et l'enchaînement des « à droite », « à gauche », « en avant » et « en arrière » me paraissait bien plus difficile à mémoriser à présent que je m'interrogeais. « Salut », voulait-il dire « C'est fini entre nous » ? Et fallait-il entendre « Je ne veux plus jamais te parler » derrière « On se verra plus tard » ? Au cours de la danse, j'ai dû lui prendre la main un instant. Ne sachant pas comment interpréter le mouvement circulaire de son pouce contre ma paume, j'ai fait de même en frottant la sienne avec une frénésie que j'espérais érotique.

— Attends-moi tout à l'heure, a-t-elle dit par-dessus son épaule. D'accord ?

À l'heure du déjeuner, j'ai fait quelques pas avec George.

— Alors, Charlie, il semble qu'il faille t'adresser des félicitations ?

— Merde, comment se fait-il que vous soyez tous au courant ?

— Les nouvelles circulent vite. Les gens prétendent faire du théâtre par amour des idées et de l'art, mais, en réalité, c'est pour le sexe. La soirée qui suit la dernière représentation n'est qu'une grande partouze. Du moins tout le monde l'espère.

— Oui, bon, ne vous emballez pas. Ce n'est probablement rien de plus que…

— … un amour d'été.

— J'allais dire un roulage de pelles. On s'est juste roulé des pelles pendant une soirée. On verra ce que ça donne.

— Pour info, ça ne me dérange pas. Enfin, si, mais je ne vais pas me comporter bizarrement et me mettre à vous pister jusque chez vous. Je suis… content pour vous deux.

— Merci, George.

— Et furax aussi.

— C'est normal.

— Mais garde ça pour toi, hein ? Ne lui dis rien à mon sujet. J'ai ma fierté.

J'ai répondu que je comprenais.

On a travaillé dur, sans pouvoir faire de pause ensemble à midi cette fois, et ce n'est qu'à la fin de cette longue journée qu'on s'est retrouvés à l'endroit où gisaient nos vélos, chacun avec une pédale coincée dans la roue de l'autre et ses câbles de frein enroulé autour d'un guidon qui n'était pas le sien.

— Regarde, on est tout emmêlés, a-t-elle noté.

Et là j'ai pensé : *C'est trop beau pour être vrai.*

— Je me disais qu'on pourrait aller quelque part, toi et moi, ai-je proposé. Pour répéter notre texte.

On a commencé à pousser nos vélos, mais Helen et Alex ont couru vers nous.

— Le gang au grand complet ! a plaisanté Helen.

— Comment ça va, vous deux ? a demandé Alex. Vous êtes en pleine descente ? Plus dure sera la chute ?

— Non, ça va.

— Je me sens courbaturé, moi, ai-je avoué.

— Le contraire m'aurait étonné.

— Alex…, a soupiré Fran.

— On va où ? a lancé Helen. *Tous les quatre,* bien sûr.

— En fait, a répondu Fran, on comptait aller répéter notre texte, Charlie et moi.

Le rire de nos amis a résonné dans les arbres.

— « Répéter notre texte ». Je n'avais encore jamais entendu quelqu'un employer cette expression pour dire…

— Grandis un peu, Alex.

— Non, c'est une très bonne idée. Helen et moi, on vous accompagne.

— Désolé, on est à vélo.

— On courra à côté de vous. Laissez-nous venir !

— On dirait des enfants. Charlie, en selle.

— Mais qui va m'aider à répéter mon texte, moi ? a geint Alex.

— On vient avec vous, a décrété Helen.

— Non, on file. Salut !

— À demain ! ai-je crié, debout sur mes pédales.

— Mais je veux répéter mon texte !

— Ciao, ciao !

Répéter notre texte

C'est ainsi que, durant deux semaines, on est partis chaque soir répéter notre texte.

Je n'avais jamais vu de spectacle plus magnifique que Fran Fisher sur un vélo de course italien. On pédalait côte à côte dans la lumière du soleil qui tressautait à travers les arbres comme celle d'un vieux projecteur, même si on ne parcourait parfois qu'une faible distance avant de s'arrêter et de mettre pied à terre tout en nous embrassant. On a répété notre texte dans des bois, derrière des haies, et, en l'absence de meules de foin, à l'ombre de bottes de paille cylindriques enveloppées de plastique noir que le chaume transperçait en nous piquant le dos. Un soir, Fran a sorti une bouteille de vin rouge dérobée à ses parents et on a poussé le bouchon à l'intérieur avec un stylo pour goûter son contenu. Il était devenu sirupeux et chaud après une journée au soleil, mais on a bu au goulot à tour de rôle, jusqu'à ce que, un peu vaseuse et les lèvres collantes, Fran prenne une nouvelle gorgée en s'efforçant de ne pas rire et la fasse passer dans ma bouche.

— C'était sensuel ou juste dégueu ? a-t-elle demandé alors qu'une grande partie du vin dégoulinait le long de mon cou.

Mes souvenirs de la soirée précédente et la perspective de la suivante m'aidaient à tenir durant ces longues journées de répétitions. La pression montait. On assistait à certaines scènes et ce qu'on voyait n'était... pas bon, mais tout de même mieux que les poses affectées et ampoulées des débuts. Les intonations bizarres et maniérées s'estompaient tandis que l'intrigue et les personnages émergeaient des ténèbres. Les acteurs se regardaient à présent, se touchaient sans ciller, s'encourageaient mutuellement. Je n'avais jamais joué dans un orchestre et je ne le ferais jamais, mais j'imaginais qu'apprendre un long morceau, anticiper les passages qu'on appréciait, trouver un moyen de se distraire pendant les temps morts et jouer sa partition avec l'intention de rendre l'ensemble meilleur, même si personne dans le public ne le remarquait, c'était à peu près pareil. Mieux valait faire un effort que rester gêné, et j'y ai donc mis du mien sans vraiment prêter attention au moment où je suis devenu un membre de la troupe, du point de vue des autres aussi bien que du mien. Pourquoi n'aurais-je pas voulu faire partie de quelque chose que Fran adorait ?

Et, bien qu'on puisse difficilement concevoir une critique moins objective, la conviction a grandi en moi qu'elle était la plus grande actrice que le monde ait jamais connue. J'aimais la manière dont ses yeux et ses mains suivaient une idée comme ils auraient suivi un oiseau entré dans une pièce. J'aimais son immobilité, ce contrôle absolu qu'elle avait d'elle-même, sa confiance dans l'importance de ses répliques et la tonalité sans cesse nouvelle qu'elle donnait aux mots. Penché en avant sur ma chaise, je l'observais sans jamais me sentir jaloux ou peu sûr de moi – j'étais seulement fier de voir ce qu'elle parvenait à accomplir, fier et aussi un peu ébahi qu'une telle fille sorte avec moi.

Le jour, on ne se touchait pas et on ne se parlait que sur un ton ostensiblement platonique. C'était une torture supplémentaire de se conformer à cette règle, comme lorsqu'on retient son souffle, et ma souffrance ne prenait fin qu'à l'instant où on pouvait dire au revoir aux autres et filer le long des chemins déserts en quête d'un endroit inédit et secret où « répéter notre texte ». Parfois, envahis par la culpabilité ou la panique, on le répétait *pour de vrai*, et je devenais son Roméo – un Roméo temporaire et lent à la détente qui dissertait sur les saints, les lèvres et les prières.

— « Saints et pèlerins pieux ont des lèvres aussi ? » déclamais-je.

— « Oui, pèlerin, dont ils se servent pour prier. »

— « Chère sainte, lèvres et mains fassent ainsi : Elles prient (exauce-les) ; que leur foi ne soit pas désespérée. »

— « Les saints ne bougent pas, exauçant les prières. »

— « Ne bouge pas, je prends l'objet de ma prière. » Le script indique ensuite : « Il l'embrasse. »

— Ce n'est pas une obligation. On répète juste le texte.

— Je parie que Miles le fait, lui.

— C'est vrai, mais on a conclu un accord. Avec une clause très stricte qui stipule « sans la langue ».

— Veille à ce qu'il la respecte.

— Oh, compte sur moi, a-t-elle répondu. Mais tu as compris la scène ?

— Il essaie de la convaincre qu'un baiser et une prière, c'est du pareil au même.

— La bonne vieille rengaine.

— Et Juliette la joue très sainte-nitouche.

— En apparence peut-être. Elle ne se laisserait pas embrasser si elle n'en avait pas envie. En fait, je pense qu'elle le souhaite encore plus que lui, et j'interpréterai le rôle dans ce sens.

— Elle ne demande que ça.

— Oh oui !

On s'est de nouveau embrassés.

— Mais tu as noté la forme particulière de ce passage ?

— Hein ?

— Le dialogue. C'est un sonnet. Quatorze vers qui se terminent par un tercet.

J'ai compté les répliques.

— Je n'avais pas remarqué. Et donc… ?

— C'est comme s'ils se mettaient à parler en vers à partir du moment où ils se rencontrent. Ils ne se contentent pas de finir chacun les phrases de l'autre, ils s'expriment en composant un sonnet aux rimes parfaites dont le tercet final est un baiser. C'est brillant, tu ne trouves pas ?

Je le voyais bien, mais j'avais conscience d'être une fois de plus son élève. Miles, j'en étais sûr, n'avait pas besoin qu'on lui signale la présence d'un sonnet, et ces rappels de mon ignorance me perturbaient plus que le baiser qu'il échangerait avec Fran. Ça ne me dérangeait pas qu'elle m'enseigne quelque chose si je pouvais en faire autant en retour, mais qu'avais-je à lui apprendre ? Même fumer, elle le faisait mieux que moi.

— On recommence ? Depuis le début.

On n'en finissait pas de répéter. Je savais le texte par cœur et pourtant je ne me lassais pas d'entendre Fran le réciter. Je ne crois pas l'avoir jamais admis, mais j'en arrivais aussi à aimer cette langue et j'attendais certaines scènes avec autant d'impatience qu'un changement de tonalité ou un crescendo dans une chanson : pas tant pour leur signification – qui souvent m'échappait – que pour des raisons musicales, par exemple un rythme différent. « Ma munificence est illimitée comme la mer ! » « Le masque de la nuit est sur mon visage ! » « Prends-le et découpe-le en petites étoiles ! » J'écoutais Fran à longueur de journée, et de nouveau le soir, quand on travaillait ensemble. Mon cerveau était plus malléable à l'époque, et je pourrais aujourd'hui encore réciter des tirades entières de la pièce. Je n'imagine aucune circonstance propice à une telle démonstration, mais toutes ces répliques sont ancrées en moi, pareilles à des initiales gravées dans du ciment en train de sécher. Fran était également la première personne à me dire que j'étais drôle – le plus beau compliment que j'aie jamais reçu, parce que c'était celui auquel j'aspirais le plus. Pas drôle comme un comique sur scène, mais comme on peut l'être avec des amis, en petit comité, là où cela comptait vraiment.

On essayait de regagner sa maison avant la nuit, mais les chemins étaient trop sombres et traîtres pour rouler à vélo, si bien qu'on faisait le trajet à pied. C'était la seconde quinzaine d'août et les jours raccourcissaient vite, ce que je redoutais et voyais d'un très mauvais œil, comme si notre été ensemble avait été un littoral assailli par la mer. Le soleil, par son mouvement, ne fait que voler le temps des amants et, à l'instar des vagues automnales, il use le rivage fragile de la saison estivale. La poésie était contagieuse. Ce genre d'image me venait de plus en plus souvent désormais – un fatras de mots, d'idées et de sentiments que j'ai eu le bon sens de ne pas prononcer à voix haute, mais dont je me demandais si je n'aurais pas intérêt à les écrire.

Et peut-être que la pièce avait raison sur ce point-là aussi : être amoureux pouvait changer la manière dont on éprouvait les choses et celle dont on pensait et s'exprimait. Sans aller jusqu'à déclamer des sonnets, on prenait un ton différent à mesure que l'obscurité s'installait – c'était le temps des petites confessions, des révélations et des blagues qui ne faisaient rire que nous. On se connaissait déjà. À présent, le but était de se connaître *à fond*. Une telle transparence impliquait une bonne dose de mensonges, au moins par omission. Fran aurait fui à toutes jambes devant mon vrai moi, et les facettes peu reluisantes que je lui dévoilais se devaient d'être acceptables. Ainsi, je ne lui ai pas dit que j'étais un voleur.

Je lui ai raconté en revanche l'implosion de ma famille, la dépression de mon père et ma vie avec lui. Pour la première fois peut-être, j'ai fait entièrement confiance à quelqu'un. Nos conversations étaient tout sauf détendues, mais j'avais conscience de découvrir une nouvelle façon de parler, débarrassée de toute question et de toute réponse préparées. C'était à la fois un comportement adulte et une imitation crédible d'un comportement adulte, quelque chose de timidement sérieux et de laborieusement profond. En bref, on était ridicules, mais une partie de nous le savait et s'en moquait, et cela me fait penser à une illustration que j'ai vue un jour dans un livre pour enfants, un livre de Maurice Sendak, je crois, qui montrait des gamins habillés en adultes, avec des chapeaux qui basculaient en arrière sur leurs têtes et de longues manches vides au bout de leurs bras.

Arrivés devant chez Fran, on entendait la télévision à travers la fenêtre ouverte. On s'embrassait un moment derrière la haie, après quoi elle m'invitait à venir rencontrer ses parents – ce que je refusais toujours. Et on recommençait le lendemain. À l'occasion, je séchais nos répétitions du soir pour aller travailler à contrecœur à la station-service, où je continuais à voler des jeux à gratter, mais sans excès. Peut-être utiliserais-je cet argent pour lui faire un cadeau – un bijou de chez Argos, à Woking, ou un dîner au Taj Mahal.

Puis, le jeudi soir de la deuxième semaine, elle m'a demandé si j'étais prêt à aller un peu plus loin.

— J'ai consulté une carte, a-t-elle dit.

Le fleuve

— Regarde, c'est une carte topographique officielle de la région. Un souvenir du Duke of Edinburgh Award Scheme[1]. Je crois qu'on a le temps.

Elle a attrapé le bas de sa robe en coton bleu pour la rentrer dans sa culotte, et nous voilà partis à l'assaut de la colline derrière le manoir. Après avoir atteint péniblement le sommet, on est descendus en roue libre dans une vallée où je n'avais pas l'habitude d'aller. Fran roulait devant, la carte claquant sur son guidon tandis qu'une tache de transpiration s'élargissait dans son dos. On a continué le long d'une avenue en ligne droite bordée de peupliers, comme dans un film français, puis, parvenus tout au bout, on s'est arrêtés afin qu'elle puisse vérifier le chemin.

— Tu en es à quel stade du programme ?

— J'ai abandonné après le bronze. Par là !

On a traversé un pré et marché l'un derrière l'autre sur un sentier envahi par la végétation à la lisière d'un champ. On avait les bras et les jambes couverts d'égratignures à force de repousser les ronces parsemées de baies rouge vif et pas encore mûres autour de nous, mais « ça en vaudra la peine, je te le promets », m'a-t-elle assuré.

Un bruit s'élevait devant nous, une sorte de soupir prolongé et rauque, de plus en plus fort. On a brusquement

1. Duke of Edinburgh Award Scheme : programme mis en place par le prince Philip, duc d'Édimbourg, pour récompenser des projets d'intérêt collectif ou individuel menés par des jeunes. Le programme comporte trois niveaux de difficulté : bronze, argent et or.

débouché sur une plage de sable noir qui s'était formée à l'endroit où un grand fleuve dessinait un méandre. L'air piégé sous la voûte des arbres grouillait de moucherons. Brûlant et immobile, il avait cette odeur métallique qui précède les tempêtes. Sur le rivage, des bergeronnettes se pavanaient pendant que des hirondelles donnaient de petits coups de bec à la surface de l'eau.

— Qu'est-ce que tu en dis ?

— Magnifique.

Devais-je l'embrasser ? Mais déjà, elle se dirigeait vers le fleuve. Tout en marchant, elle s'est débarrassée de ses baskets et a fait passer sa robe par-dessus sa tête. Elle a ensuite dégrafé son soutien-gorge, les yeux rivés droit devant elle, et s'est baissée pour ôter sa culotte en décollant chaque pied du sol avec précaution. Après deux, trois grandes enjambées dans l'eau qui lui ont arraché un petit cri, elle s'est figée, une main dans le bas du dos et l'autre ramenée sur sa poitrine. Puis elle a levé les bras et s'est laissée tomber en avant en glapissant. L'instant suivant, elle avait disparu, sans un bruit. Elle n'était plus qu'une forme blanche qui se détachait sur le fond vert du fleuve et que le courant emportait avec lui. Durant tout ce temps, je n'avais pas dit un mot, et peut-être pas respiré non plus. « Oh, la vache », voilà tout ce que j'ai réussi à articuler lorsqu'elle a émergé un peu plus loin en plissant les yeux et en se pinçant le nez.

— Tu ne viens pas ?

— Je suis désolé, je n'ai pas pris mon maillot de bain.

— Ton maillot de bain ? a-t-elle répété en éclatant de rire. Mais tu ne peux pas faire du vélo avec un slip tout mouillé, ça va t'irriter la peau ! Je compte jusqu'à dix.

Par égard pour ma pudeur, elle s'est retournée et a replongé sous la surface. J'en ai profité pour me déshabiller rapidement. Grimaçant de douleur, j'ai couru en crabe sur les galets, avant de trébucher et de tomber dans l'eau avec un énorme *splash*. Le froid m'a coupé le souffle et mon sexe s'est rétracté comme un escargot dans sa coquille. *Tu vas te réchauffer*, me suis-je dit en nageant et en marchant tour à tour vers la partie la plus profonde du fleuve, là où le lit bourbeux et brun-noir présentait une odeur végétale vaguement plaisante. Le courant m'a fait traverser des zones tantôt chaudes, tantôt glaciales, et j'ai fini par rejoindre Fran dans un coin baigné de soleil à l'extrémité de la petite plage. Elle était accroupie de telle sorte que son menton touchait l'eau, et je ne distinguais d'elle que ses épaules devenues marron et ses seins pareils à deux triangles blancs sous la surface. Elle m'a attrapé alors que je passais devant elle. On s'est embrassés en goûtant chacun un peu du fleuve sur les lèvres de l'autre, puis je l'ai attirée vers moi, nos jambes se sont emmêlées et on a enfoncé nos orteils dans la vase pour nous y arrimer. On est restés ainsi jusqu'à ce que l'eau qui coulait entre nos corps se réchauffe et que la peau de nos doigts se plisse. À ce moment-là, Fran a extrait ses pieds du limon et enroulé ses jambes autour de mes hanches.

Mais c'était trop. Haletante, elle m'a soudain repoussé en riant et s'est mise à nager à contre-courant. Je l'ai regardée retourner sur la berge, ramasser ses vêtements en les serrant contre elle et s'éloigner en direction d'un champ un peu plus haut. Dans un premier temps, je n'ai pas bougé. Puis, comme un ivrogne qui tenterait de recouvrer ses esprits, je me suis immergé complètement dans l'eau avant de sortir moi aussi. J'ai démêlé mes fringues, je me suis rhabillé et j'ai suivi Fran.

Je l'ai trouvée étendue dans l'herbe, les bras écartés au maximum. Elle tenait ses sous-vêtements roulés en boule dans sa main gauche et sa robe encore mouillée lui collait à la peau comme une algue à un rocher. Elle ne m'a pas regardé quand je me suis approché. J'ai eu peur de l'avoir vexée – elle respirait toujours fort, à croire qu'elle avait pleuré –, mais elle a tapoté l'herbe à côté d'elle, et je me suis allongé en lui prenant la main. C'est ainsi qu'on a séché dans le soleil bas et fatigué de cette fin de journée.

Un peu plus tard, elle s'est tournée vers moi et m'a donné un baiser léger.

— Ce truc qu'on a failli faire tout à l'heure... Ce truc sexuel...

— Hmm.

— J'ai bien réfléchi et j'ai envie d'attendre.

— D'accord. Jusqu'à quand ?

— Jusqu'à ce que tu aies vingt et un ans.

— Oh. Très bien.

— Ou jusqu'à ce week-end.

— Celui qui vient ?

— Oui, c'est bien à celui-là que je pensais, a-t-elle répondu, avant de se mettre à rire. Si tu avais vu ta tête. Vingt et un ans ?

— Oui, c'était très drôle.

— Mais ce week-end, tu pourrais ?

— Toi et moi ?

— Cela va de soi, il me semble.

— Ce week-end ?

— Tu préfères consulter d'abord ton agenda ?

— Non, non, c'est parfait.

— Bien.

— Enfin, je vérifierai quand même les programmes de *Radio Times*.

— Au cas où il y aurait quelque chose d'intéressant à la télé ?

— Gagné.

— Évidemment, ça suppose que tu aies *envie* de le faire avec moi. Je ne veux rien tenir pour acquis.

— Eh bien, je me réservais pour quelqu'un que j'aime...

— Mais en attendant ? Faute de mieux ?

— Disons que je ne pense qu'à ça.

Cela l'a amusée.

— Ce qu'on fait en ce moment, tous ces… préliminaires, ça ne te choque pas, hein ?

— Pas du tout.

— On ne ferait que passer…

— … à l'étape d'après.

— La question est réglée, alors. Ce sera le nec plus ultra de nos séances de répétition.

— Super.

— De toute façon, a-t-elle dit en se rallongeant, le sexe sous l'eau, ça ne marche pas. Ne me demande pas comment je peux l'affirmer. Je le sais, un point c'est tout. Pour toi, ce serait sympa, mais moi je finirais avec des œufs de grenouille et des herbes jusque-là.

— Sans compter les épinoches.

— Et les araignées d'eau. Ma chatte ressemblerait à ces aquariums dans les salles de classe. Et je n'ai pas envie de découvrir un beau matin que j'attends une perche. Il nous faudra une capote aussi.

J'en avais une dans mon portefeuille qui provenait d'un lot de trois – de quoi me durer toute la vie, m'étais-je dit le jour où, le cœur battant, je les avais achetées dans les toilettes du club de golf dans lequel travaillait ma mère. J'avais choisi la version « nervurée » – un mot puissant qui m'évoquait les murs d'une cabane en bois ou les pneus d'un gros camion. Y aurait-il eu une version « ondulée » que je l'aurais prise. Sur le coup, la finesse arachnéenne de la chose m'avait alarmé et j'avais gaspillé la première lors de ce que j'avais appelé « un galop d'essai » afin de me rassurer. La deuxième, dite « la roue de secours », était cachée dans la pochette cartonnée du second 33-tours des Stone Roses, là où personne n'irait jamais fourrer son nez. Quant à la troisième, je l'emportais avec moi les soirs qui, pour une raison ou une autre, me semblaient particulièrement prometteurs – des virées à la fête foraine ou des bringues dans la tanière de Harper. Et justement, je l'avais à cet instant précis, dans son emballage à travers lequel on devinait le petit cercle décalqué en relief. On aurait pu l'utiliser dans le fleuve, mais il aurait fallu que je regagne la berge pour aller le chercher, puis que je marche de nouveau sur les galets et que je le coince peut-être entre mes dents le temps de retourner vers Fran comme un chien avec une balle de tennis dans la gueule. Non, le moment aurait été mal choisi. Cela aurait été marrant, je suppose, de pouvoir dire qu'on avait fait ça la première fois au milieu d'un fleuve, mais j'étais content qu'on ne soit pas allés plus loin parce que…

— Ce dont j'ai vraiment envie, a-t-elle dit, c'est d'un lit.

— Bonne idée.

— Franchement, faire ça sous une tente, sur une meule de foin ou un banc…

— L'horreur.

— Et j'aimerais aussi une porte qu'on puisse fermer et personne dans les parages.

Mais où trouver un lieu qui coche toutes ces cases ?

— Mon père ne sort presque pas de la maison…

Je n'imaginais pas qu'on puisse coucher ensemble avec mon père au rez-de-chaussée. Et il y avait le problème des lits superposés, dont j'avais toujours honte.

— Moi, chaque fois qu'un garçon est monté dans ma chambre – les *très rares* fois où un garçon y est monté –, mes parents n'ont pas arrêté d'aller et venir sur le palier en toussant et en faisant grincer les lames du plancher.

— De toute façon, il faudrait d'abord que tu me les présentes.

— Et que tu passes un peu de temps avec eux. Les rencontrer et coucher tout de suite après avec leur fille ne serait pas convenable.

Nous avons commencé à imaginer la scène.

— « Vous avez une jolie maison, madame Fisher. »

— « Appelez-moi Claire. »

— « Vous avez une jolie maison, Claire. Maintenant, si vous voulez bien nous excuser… »

— « Oh, Graham, si tu pouvais éviter de traîner sur le palier… »

— Et pourquoi pas un soir où ils seraient de sortie ? ai-je lancé en interrompant le jeu.

— On risque d'attendre longtemps. Et puis j'ai un lit simple. Un grand lit serait préférable, et celui de mes parents ne me paraît pas la solution idéale. Autant signer pour une psychothérapie à vie.

— Mais un lit double, ce serait bien, en effet.

— Comme un ring. Une chambre entière à notre disposition.

Elle a soudain tourné la tête vers moi.

— Ça va ? m'a-t-elle demandé.

— Oui.

Elle a approché son visage du mien.

— Tu es tout rouge.

— Non, ça va. On a l'esprit pratique et c'est très bien.

— Tu es sûr de toi ?

— Oui.

— Tu ne me prends pas pour… une fille légère ?

— Tu veux dire une tentatrice ?

— Ou une séductrice, simplement parce que je t'ai fait cette proposition ?

— Pas du tout.

— Et tu n'es pas nerveux ?

— Non. Juste un peu. C'est vrai, je veux faire ça bien.

— Oui, je préférerais, a-t-elle répliqué en riant. Mais ça vaut pour moi aussi.

Il y a eu un silence, et elle a roulé sur le côté.

— OK, il y a une possibilité.

— Laquelle ?

— Tu peux dire à ton père que tu dormiras chez Harper ?

— Quand ?

— Vendredi.

— Je n'ai jamais dormi là-bas.

— Mais tu pourrais ce week-end. Tu pourrais rester jusqu'au dimanche soir.

— Jusqu'au dimanche ?

— Ou bien dire que tu pars camper, ou je ne sais quoi d'autre. C'est envisageable ?

— Je suppose que oui.

— Très bien. Dans ce cas, j'ai un plan.

Starry, Starry Night

Je savais que Fran n'était pas vierge. Elle s'était confiée sur son passé, et on avait ri devant ce mot, comme s'il désignait un examen : « Il y a ça au programme, plus les Tudor. » Ses ex m'étaient connus, je me les représentais mentalement et je nourrissais pour chacun d'eux une haine convenue. De mon côté, je lui avais décrit mon coup raté avec Sharon Findlay derrière un canapé.

— Ce n'est pas plus mal, a-t-elle dit. Sinon tu aurais dû raconter à tout le monde que tu avais perdu ta virginité par terre derrière un canapé.

— Littéralement.

— *Littéralement.*

« Littéralement » comptait parmi les blagues qui ne faisaient rire que nous. Je vous avais prévenus.

Cette conversation avait eu lieu quelques jours plus tôt, dans un champ en pente douce qui dominait la ville. Fran et moi avions tendance à chercher ce genre de joli site pour nos répétitions.

— Je ne comprends pas pourquoi les gens parlent de perdre leur virginité, avait-elle dit. On perd une chaussette ou un parapluie. C'est quelque chose de passif ou d'accidentel. Il vaudrait bien mieux… je ne sais pas, moi… *jeter* sa virginité. Être actif. Ne pas dire : « Je l'ai perdue avec Untel ou Unetelle », mais : « Je la lui ai jetée à la figure. »

— Ou « donnée » peut-être.

— « Donnée ». Comme un cadeau précieux. C'est ce que tu comptes faire avec la tienne, Charlie ?

— Oui, en l'accompagnant d'un ticket de caisse.

— Au cas où la cliente serait déçue ?

— Genre : « Je l'ai essayée, mais, désolée, ça ne me va pas. »

— J'ai choisi la mauvaise taille.

— Ce n'est pas ma couleur.

— Puis-je avoir un remboursement en liquide ?

— En fait, je crois que ce n'est un cadeau que dans le cas de la fille. Les garçons doivent la prendre, eux.

Voyant la mine de Fran s'assombrir, je me suis hâté de clarifier ma pensée.

— Enfin, c'est ce que les gens disent d'habitude.

— C'est un peu sexiste.

— Oui. Très, même.

— Il me semble que tu devrais *donner* la tienne, Charlie. En faire cadeau. L'offrir comme on offrirait de l'encens ou un joli stylo plume.

— Le jour où je rencontrerai la bonne personne.

— Ce jour-là, oui.

On est restés silencieux un instant.

— Et toi, Fran, tu as perdu la tienne ou tu l'as donnée ?

— Non, je l'ai plus ou moins... laissée échapper. Oh, bon sang.

Elle a plaqué ses mains sur son visage en soupirant.

— Quand on a répété la scène qui suit la nuit de noces de Roméo et Juliette, les instructions d'Ivor ont fait qu'on se tenait enlacés, Miles et moi, avec l'air d'avoir vécu une expérience magique qui nous aurait transformés – mais sans salir les draps et sans finir tout décoiffés. J'ai dit à Ivor que je me demandais si cette première fois avait été *nulle*. S'ils avaient été maladroits et gênés. Imagine que Juliette ait saigné et trouvé ça désagréable. Ou bien que ça n'ait duré que dix secondes et que Roméo se soit excusé. Peut-être aussi que la nourrice n'a pas arrêté de les déconcentrer en s'agitant derrière la porte. Je crois que je me suis un peu enflammée, en fait. Je voulais défendre l'idée que Roméo et Juliette avaient été déçus et qu'ils étaient quand même restés amoureux. Est-ce que ça ne serait pas mieux dans ce cas ? Est-ce que ça ne serait pas plus crédible ? Après tout, ça les obligerait ensuite à tenter de redresser la barre. C'est ce que font les vrais couples.

— En suivant des ateliers de formation à deux.

— Exactement ! Enfin bref, Ivor me regardait comme si j'étais folle. « Ce n'est pas le propos de la pièce, Fran », m'a-t-il répondu, mais je n'étais pas d'accord. Si Shakespeare avait une vision juste du premier amour, pourquoi est-ce qu'il n'aurait rien compris au premier rapport sexuel ? Bien sûr, Miles a refusé catégoriquement d'envisager que cette expérience puisse ne pas être transcendante et bouleversante – on parle de Miles, ne l'oublions pas. À ce moment-là, j'ai été à deux doigts de tout leur balancer.

— À quel sujet ?

— Ma première fois.

— Vas-y.

— Ma première fois… tu veux vraiment savoir ça ? Je l'ai fait avec un type qui avait deux ans de plus que moi.

— Tu avais quel âge ?

— Quinze ans. C'était pendant les fêtes de Noël, il y a un an et demi. Bref, il y avait ce truc qu'on appelait les Joutes musicales à Chatsborne – oui, tu as le droit de te moquer. L'année de mon entrée au collège, Patrick Durrell s'était présenté pour chanter « Roxanne », mais en version acoustique, juste avec sa guitare. On avait trouvé ça carrément osé. Évoquer ces lampes rouges devant les enseignants, il fallait le faire… Bon, c'était ringard aussi, mais il y avait eu un silence incroyable, comme si on était en présence d'un conteur *génial* – à ceci près qu'il parlait de prostituées. Bref, trois ans plus tard, je participe à la compétition avec mon groupe. On interprète des titres que personne ne reconnaît et tout le monde bouge les épaules en rythme avec la musique quand j'entends dire qu'il est dans le public. On termine nos trois chansons, on lance : « Salut, Chatsborne, ç'a été formidable ! », et à la fête qui suit, je le vois en pleine discussion avec le proviseur devant un verre de vin chaud – parce qu'il fait partie de ces tarés qui reviennent toujours dans leur ancienne école pendant les vacances, bien sûr. Son parcours est une *success story*, tu comprends, c'est Chatsborne sous son meilleur jour. À ce moment-là, il me repère. « Sympa, ton concert, il me dit. Dommage que tu n'aies chanté que des reprises, tu devrais écrire tes propres textes. » Une petite voix dans ma tête pense alors, je t'emmerde, tu n'as pas composé « Roxanne », que je sache, mais ça fait des années que je fantasme sur lui, et quand il me regarde en ajoutant : « À mon avis, tu ferais de super chansons », je lui réponds : « Qu'est-ce qui te fait croire ça ? – Tu sembles avoir quelque chose à dire », il me sort. Évidemment, j'aurais dû déguerpir aussi sec, mais bon, j'étais naïve. Il commence à me parler de l'université – celle de Manchester, ça va de soi – en me racontant combien c'est génial là-bas, carrément du *délire*, au point qu'il va devoir faire gaffe le trimestre suivant et y aller mollo sur les *soirées en boîte* et les cachets d'*ecstasy*, et c'est vrai qu'il a l'air un peu fatigué, un peu boutonneux, mais quand même, c'est Patrick Durrell ! J'ai écrit son nom dans mes cahiers d'exercices ! En trois dimensions ! Bref, à 21 h 30, la fête se termine et Patrick Durrell *se réveille*. Il a une flasque sur lui – une flasque à un concert donné dans une école, non mais quel con – et il verse de la vodka dans ma San Pellegrino à l'orange. Forcément, il en fait des tonnes. « Ça s'appelle un *screw-driver* », qu'il m'explique. Tant pis si ce n'est pas tout à fait exact, je laisse filer. Et il continue : « Ça te dit de venir chez moi ? Mes parents sont là, mais il y a l'annexe aménagée pour ma grand-mère. » Que veux-tu, je suis faible, et je lui demande seulement si le reste du groupe peut suivre. « Non, je ne peux pas ramener trop de monde. – Tu n'as pas envie de réveiller mamie, hein ? – Elle est morte il n'y a pas longtemps. C'est pour ça que j'ai accès à l'annexe. – Un mal pour un bien, si je comprends bien. » Il a l'air choqué, mais il enchaîne : « Alors, tu viens, oui ou non ? » Bref, je file voir ma mère et mon père, je leur dis que je vais dormir chez Sarah, et ensuite on se retrouve dans le parking pour rejoindre l'annexe de sa grand-mère, un logement indépendant, très chouette, et… c'est là que j'ai perdu ma virginité. Le 17 décembre 1995.

— C'était comment ?

— L'annexe ?

— L'expérience.

— C'était… une expérience. Il y avait un coin salon au style très fleuri, très vieillot, avec les bibelots de sa grand-mère sur la télé. Patrick avait essayé de créer une ambiance plus « lounge bar » avec des bougies, mais bon, ça ne faisait pas oublier les napperons, les petites figurines de clown et les photos de mamie Durrell qui me regardaient. On a bu d'autres vodkas orange et il m'a bassinée avec ses copains de Manchester, des types que je n'avais jamais vus et que je ne verrais jamais, tout ça avec un accent nasillard qui m'a gonflée – je savais qu'il n'était pas né là-bas, mais à Billingshurst. Sa guitare traînait dans un coin de la pièce et, sans arrêter de parler, il est allé la chercher et s'est mis à jouer de petites mélodies, comme pour accompagner son monologue. Et puis il a *chanté*.

— Aïe.

— Une chanson ringarde sur Van Gogh. « Starry, Starry Night », ou « Vincent », ou je ne sais plus quoi. Et là, j'ai pensé : *C'est un peu bizarre, quand même,* parce qu'il avait fermé les yeux et qu'il était à fond dans son truc. Dans ce genre de situation, tu ne peux rien faire, ni te lever, ni aller pisser, ni rien, tu n'as pas d'autre choix que de rester assis à ta place, et la chanson m'a paru tout d'un coup très, très longue. À la fin, je n'étais pas sûre de ce qu'il fallait faire. Applaudir ? Mais s'il décidait de chanter tout l'album de Don McLean ? Alors j'ai juste tapé deux ou trois fois dans mes mains. « Tu savais que cette chanson évoquait Vincent Van Gogh ? – Sans blague ? C'est pour ça qu'il s'est coupé l'oreille ? » Il a ri jaune, mais il m'a quand même embrassée, et moi dans ma tête je me suis rappelé : *C'est Patrick Durrell !* Donc on a continué un moment et je n'arrêtais pas de me répéter : *C'est toujours le même garçon, hein ? Celui dont j'étais raide dingue ?* C'est pour ça que j'ai… sauté le pas. On a enlevé nos pulls, puis le reste, et l'instant d'après on était sur le lit de sa grand-mère. « Quel âge as-tu ? » m'a-t-il demandé – ce qui d'une manière générale est une question qui ne devrait jamais être posée dans le cadre de préliminaires. Tu vois, quoi, il faut se renseigner *bien* avant. J'ai répondu quinze ans, et je ne sais pas ce qu'il en a pensé parce qu'on l'a quand même fait. Et voilà.

— Et… c'était comment ?

— Oh, douloureux. Dans tous les sens du terme. Mais au moins, ça n'a pas duré longtemps.

— Il était au courant que tu étais… ?

— … vierge ? Oui, je l'avais prévenu, et je n'oublierai jamais sa réaction à ce moment-là : « Pas grave, je mettrai une serviette sur le lit », ce qui, là encore, n'était pas la réponse idéale. Mais bon…

Elle s'est tue un instant avant de reprendre :

— Bref, tout le monde prétend que c'est décevant, et le fait est qu'il est resté pensif après ça. Peut-être qu'il était dans une phase mélancolique – il paraît que ça arrive aux hommes. « Qu'est-ce qu'il y a ? » ai-je demandé. Devine ce qu'il m'a sorti. C'était très beau, vraiment : « Tu te rends compte que, techniquement parlant, on peut m'accuser d'atteinte sexuelle sur mineure ? » Et moi, idiote que je suis, je l'ai rassuré : « Mais non, je ne porterai pas plainte, que ça ne te gâche pas ton Noël, et est-ce que tu pourrais me ramener chez moi, ou au moins m'appeler un taxi ? » Ça n'a pas eu l'air de lui plaire, mais il a fait ce que je lui demandais et il m'a tendu un billet de cinq livres. « Comment oses-tu ? Je ne suis pas ta Roxanne ! » Il a mis un moment à percuter. « Non, c'est pour le taxi ! – Oui, je sais, je plaisantais. Ne t'inquiète pas, j'ai de l'argent. » Et j'ai attendu dehors jusqu'à ce que le taxi arrive en pensant, pourquoi est-ce que j'ai fait cette blague ? Pourquoi est-ce que j'ai essayé de le réconforter ? Bref, j'ai pleuré tout le long du trajet retour et je ne l'ai plus jamais revu.

Elle a frémi et s'est étiré les doigts.

— Parfois je regrette de ne pas avoir porté plainte contre lui, pas parce que j'avais quinze ans, mais juste pour dénoncer l'égoïsme de ce connard, ou sa façon de chanter, ou n'importe quoi d'autre. C'est vrai, je n'ai plus aucune chance d'apprécier un jour un tableau de Van Gogh maintenant. Sans parler des chansons de Don McLean.

Nous n'avons plus rien dit pendant quelques instants. Il émanait d'elle une douleur, comme une vibration. Je n'avais jamais eu de conversation comparable à celle-là et je voulais plus que tout être le genre de garçon – d'homme, en fait – qui savait quoi dire et qui aurait été un antidote vivant au type de cette histoire. J'avais toujours mes bonnes résolutions en tête et je tenais à me montrer exemplaire en sa compagnie, mais, dans les faits, le comportement à avoir et les choses à dire m'échappaient souvent, ou bien ne me venaient à l'esprit que lorsque je rentrais chez moi. Bien sûr, je rêvais de traquer ce garçon et d'exercer sur lui une vengeance digne de Tybalt par sa fureur. Je voulais aussi consoler Fran, mais la serrer dans mes bras ne me semblait pas la solution. Au bout du compte, je n'ai rien trouvé de mieux à faire que de prendre sa main. Elle a soulevé nos doigts entrelacés et les a examinés avec curiosité, comme si elle ne les avait jamais vus.

— Je suis désolé.

— Pas la peine d'être si triste. Ce n'était pas idéal, voilà tout. Ça ne l'est jamais, à mon avis, mais je regrette quand même de ne pas l'avoir fait avec quelqu'un de gentil – quel mot stupide, hein ? Pas gnangnan, effrayé et trop sensible, ça c'est le pire. Juste quelqu'un… d'attentionné. Enfin bref. Heureusement, j'ai vite fait la connaissance d'un autre garçon en allant au ski. Un Suisse, Pascal. Ç'a été *beaucoup* mieux avec lui. Là, il y avait du progrès. Je n'irais pas jusqu'à qualifier ça de rencontre entre deux âmes sœurs, mais c'était… très au point, très professionnel.

— C'est le commentaire que tu as laissé sur lui.

— « Je recommande vivement et n'hésiterai pas à revenir. » Tu n'as pas envie d'entendre parler de celui-là, hein ?

— Pas vraiment. Mais tu pourrais peut-être considérer que c'était cette expérience-là, ta première fois.

— Ça ne marche pas comme ça. Toi en revanche, mon cher puceau, il faut que tu attendes de rencontrer quelqu'un de spécial, quelqu'un avec qui tu pourras chercher à améliorer ta première fois tout en t'éclatant.

— Quelqu'un avec qui suivre un atelier de formation.

— Exactement.

— Si seulement j'avais une telle personne sous le coude.

— Je sais, a-t-elle dit en riant. Si seulement.

Coup de pub

On avait un plan. J'avais le tournis à cette pensée et des préparatifs plein la tête quand je suis rentré de notre baignade dans le fleuve. C'était un bon plan, un super plan, qui m'a porté et fait sourire dans l'obscurité tout le long du chemin.

Le plus souvent, mon père était au lit à mon retour. J'inspectais son verre dans l'évier en le reniflant pour voir s'il avait bu du whisky ou de l'eau. Les mots « Évitez la consommation d'alcool » me hantaient, et j'avais déjà répété mentalement une conversation factuelle et surtout pas moralisatrice au cours de laquelle j'attirerais son attention sur ce point. Il nous faudrait commencer par reconnaître l'existence de ces médicaments mais, le moment venu, on aurait cette conversation pour de vrai. À présent que j'étais avec Fran, je devais bien pouvoir tout dire, non ?

Seulement, ce soir-là, le soir où on a élaboré notre plan, la musique chez nous résonnait si fort qu'on l'entendait dans la rue. *Giant Steps*, de John Coltrane. Un morceau que je connaissais par cœur. Installé près de la platine, la pochette de l'album à la main, mon père hochait la tête à une vitesse folle, comme si elle rebondissait sur des pavés.

— C'est la fête à la maison ? ai-je crié pour lui faire savoir que j'étais là.

Il s'est retourné vers moi, la chemise déboutonnée et les cheveux en bataille. Sur le bord de la platine se trouvait un verre de la station-service rempli de whisky.

— Ah, te voilà ! Tu les as ratés de peu.

— Qui ça ?

— Tes amis. Comment s'appelle-t-il… ?

— Harper ?

Mon père n'aimait pas Harper, qu'il jugeait trop beau parleur et superficiel.

— Et les autres.

Il détestait les autres encore plus, ce qui faisait de lui une source de curiosité pour eux – et de dérision aussi, j'en avais peur. J'éprouvais toujours une gêne physique au souvenir de ce jour où, soucieux de bien les accueillir, il leur avait fait écouter toute la face B de *Bird and Diz*. Pendant que leur bière se réchauffait entre leurs mains, Lloyd, Harper et Fox avaient échangé des regards désespérés, comme des passagers sur le point de désarmer un pirate de l'air. Ils lui avaient même donné un surnom, Jazzman, et l'idée qu'ils aient pu rester un moment ensemble sans que je sois là m'a filé des sueurs froides.

— Tu leur as dit où j'étais ?

— J'ai expliqué que tu étais parti répéter.

— *Répéter ?*

— Apparemment, ils étaient au courant de ce que tu faisais.

— Parce que tu le leur as dit !

— Non. Tiens…

Une grande feuille de papier glacé pliée en quatre m'attendait sur la table du téléphone, près des menus de nos différents traiteurs. J'ai aperçu un reste de mastic adhésif dans un coin. « Tu nous as manqué ! Sacré cachottier, que de secrets ! » avait écrit Harper. Sans même y toucher, j'ai su ce dont il s'agissait.

La semaine précédente, Alina nous avait convoqués un par un pour nous prendre en photo devant un drap blanc. Afin de souligner le côté toujours actuel de la pièce, elle avait décidé de pasticher l'affiche du film *Trainspotting* en copiant la police de caractères, les couleurs et les portraits en noir et blanc des personnages alignés comme pour une séance d'identification au commissariat. « Je veux du charisme, avait-elle exigé. Je veux le panache d'une star de ciné. » Résultat, j'avais le même air empoté et le même regard de poisson mort que sur mes photos de classe, mais avec en plus une épée pointée vers l'objectif. Tant pis, personne ne le verrait jamais, avais-je pensé sur le coup – preuve que je ne saisissais pas bien le but d'une publicité.

— Tu as fière allure avec ton épée et tout ton attirail, a dit mon père.

Je lui avais déjà parlé de la pièce dans un moment d'euphorie, après cette fameuse nuit de folie. On était debout devant l'évier, je lavais la vaisselle et il l'essuyait. Il nous était toujours plus facile de communiquer quand on ne pouvait pas se regarder dans les yeux, et je me demandais parfois si, dans l'idéal, il n'aurait pas mieux valu qu'on soit dans deux pièces voisines et qu'on s'adresse l'un à l'autre en criant à travers la porte.

— Benvolio.

— Qui ça ?

— Un type qui s'appelle Benvolio. C'est l'ami de Roméo.

Je lui avais jeté un coup d'œil. Il penchait la tête, la mine perplexe et amusée.

— D'où te vient ce goût soudain pour le théâtre ?

— Je ne sais pas. Je me suis juste dit que ça pourrait être… tu vois, quoi… marrant.

— Et ça l'est ?

— Oui. Les gens sont sympas.

— Et rappelle-moi qui tu joues ?

— Benvolio !

Il avait marmonné ce nom comme si Benvolio pouvait être quelqu'un de mon école qu'il aurait connu.

— C'est un rôle important ?

— Eh bien, ce n'est pas le rôle éponyme.

— Le quoi ?

— C'est un rôle très important, oui.

— Et donc… tu as des répliques ?

— Beaucoup. Et deux ou trois grandes tirades.

— Et… il faudra que j'aille voir le spectacle ?

— Pas si tu n'en as pas envie.

Il avait réfléchi un instant.

— Ça dure longtemps ?

— Oui. Mais encore une fois, tu n'es pas obligé de…

— Non, non, j'irai voir ça, a-t-il dit en grattant les morceaux d'œuf restés collés sur une poêle. Je me demandais ce que tu fabriquais ces derniers jours. Je croyais que tu traînais dans les rues en attendant que j'aille me coucher.

En quoi il avait tout à fait raison. Puis il avait remis la poêle dans l'eau, et nous n'avions plus abordé le sujet.

J'ai foncé à vélo chez Harper en tentant de me persuader qu'il n'y avait pas de quoi en faire un plat. J'ai même répété ces mots à voix haute, « pas de quoi en faire un plat », avec un petit haussement d'épaules en prime. Après tout, c'était une pièce de Shakespeare, pas un ballet.

Il y avait de la lumière à toutes les fenêtres quand je suis arrivé devant la grande maison des Harper. J'ai appuyé mon vélo contre la bétonnière et couru jusqu'à la porte en affichant un demi-sourire sarcastique et confiant qui disait lui aussi « pas la peine d'en faire tout un plat ».

— Pardieu, s'est exclamé Lloyd en m'ouvrant. C'est bien vous que voilà !

— Salut, Lloyd.

— Qu'est-ce qui vous amène à cette heure si tardive, chevalier errant ?

— Bon, écoute, Harper n'est pas là ?

— Si fait. Entre donc, a-t-il dit en s'inclinant. Mais je vous saurai gré de laisser votre épée dehors.

Plus tôt ce jour-là, on avait répété la scène dans laquelle Roméo, après avoir parlé à Juliette, est raillé et provoqué par Tybalt. Soudain empli de sagesse, il supporte tranquillement ses moqueries avec une sérénité baba cool, presque religieuse, en prêchant la paix et la réconciliation. « Je vois que tu ne me connais pas, dit-il à son ennemi. Je t'aime plus que tu ne peux l'imaginer. » Comme si être amoureux le rendait invulnérable et capable d'une clémence infinie. Voilà à quoi j'aspirais : être pareil à Roméo dans la scène I de l'acte III.

Harper se tenait au bout du couloir, et Fox souriait derrière lui, les yeux brillants devant l'affrontement qu'il anticipait.

— Lewis ! Tu nous étonneras toujours.

— C'est un fait, monsieur, a dit Lloyd. Vous cachiez bien votre jeu.

— Tu comptes continuer encore longtemps, Chris ?

Merde, je l'avais appelé par son prénom. Reste calme. Contrôle-toi.

— Cela vous incommode-t-il, monsieur ?

— Ils allaient partir, a dit Harper.

— Oui-da, ne tardons point !

— Parce que ça devient lourd, là.

— Fi donc ! Que nous chantez-vous, impertinent chevalier ?

— Ça va, j'ai compris la blague, pas la peine d'en rajouter.

— Je ne plaisante point, monsieur.

— Tu n'es même pas très bon.

— Allez, ça suffit, s'est interposé Harper.

Derrière lui, Fox s'est mis à rire.

— Diantre, ne déversez pas votre courroux sur moi !

— Tu es vraiment chiant.

Ce rire aigu et provocant…

— Et toi aussi, Fox.

— Vos paroles ne m'atteignent pas, mon mignon.

— Dégage, Lloyd, a ordonné Harper. Fox, rentre chez toi.

Fox est sorti, mais Lloyd était incapable de partir sans me porter une dernière estocade.

— On a vu ton père, Lewis, a-t-il lancé en claquant des doigts rapidement, à la manière d'un crooner. Jazzman en plein trip jazzy. Ba-da-ba ba-ba ba-ba-pow !

Oh, cette envie de commettre un meurtre, de lui écraser la tête contre le montant de la porte ou de le transpercer comme Roméo quand il tue Tybalt…

— Lloyd ! a dit Harper. Dégage !

— Bien le bonsoir, mon prince !

La porte s'est refermée, et les rires se sont estompés.

— J'arrive trop tard ? ai-je demandé à Harper.

— Non, allons faire une partie de billard.

— C'est toi qui casses. J'ai rencontré cette fille par hasard. Elle vient de finir sa dernière année à Chatsborne. Fran Fisher. Tu la connais ? OK, tu as les boules rayées, moi les unies. Et donc elle jouait dans une pièce de théâtre, une pièce de Shakespeare, celle dont on nous a parlé à l'école. Joli coup. La seule façon de la voir, c'était d'y aller, alors c'est ce que j'ai fait. Une pièce. Pas de bol, c'est à moi. Et ce n'est pas si terrible que ça, tu sais. C'est même plutôt sympa. J'aime bien les gens – si, je t'assure ! Ils sont un peu prétentieux, mais ils ne se foutent pas de ta gueule en permanence, et le cadre est chouette. Merde ! À toi. Je crois d'ailleurs que ça pourrait être une bonne production. La pièce, je veux dire. C'est Helen Beavis qui s'occupe des décors.

— Parpaing ?

— Oui, mais personne ne l'appelle comme ça. On dit tous Helen. Ça change un peu, d'ailleurs, et ce n'est pas plus mal. Et puis elle est vraiment douée pour la conception artistique et tous ces trucs-là. Et on joue en plein air, sur une scène sui generis – on est dans une baraque gigantesque…

— Une quoi ?

— Hein ?

— Tu as mentionné une scène…

— *Sui generis*. Je veux juste dire qu'on ne joue pas sur une scène ordinaire, elle est spécifique, propre à cette maison. C'est à moi ?

— Pourquoi tu parles comme ça ?

— Je t'explique pourquoi je participe à cette pièce. À toi.

— Mais tu n'avais jamais fait ça avant. À toi.

— C'est vrai, et je ne recommencerai pas. Simplement… l'été n'en finit pas, je n'ai rien d'autre à faire et… je ne sais pas… tu n'as jamais envie de tester quelque chose… de nouveau ?

— Ouais, mais plutôt le saut à l'élastique alors. Pas le théâtre. Quel coup de bol !

— Ce n'est pas du bol, c'est du talent.

— Et tu n'es pas merdique, en tant qu'acteur ?

— Moi ? Je suis nul. À moi, deux coups. Enfin, non, pas nul. Fran m'a fait répéter mon texte.

— Fran…

— La fille, celle qui joue Juliette. Tu devrais venir…

— Quoi, voir ça ?

— Oui ! Pourquoi pas ! Tu connais quelques-uns des acteurs.

— À toi.

— Helen Beavis, Colin Smart…

— Putain de merde, tu traînes avec le petit Colin Smart maintenant ?

— Il est sympa. Et Lucy Tran, aussi. Elle est excellente dans la pièce.

— Numéro 42 ?

— Oui, sauf que personne ne l'appelle comme ça. C'est raciste…

— Ce n'est pas raciste.

— Bien sûr que si, c'est *littéralement* raciste, c'est toujours raciste, et d'autant plus stupide qu'elle est vietnamienne. Non, pas vietnamienne, en fait, mais britannique. Elle est née ici, et même si elle était chinoise, ça resterait raciste et stupide.

— D'accord, d'accord !

— En fait, non, ne viens pas voir la pièce. Oublie ça. C'est à qui de jouer ?

— Tout va bien ?

— Oui, je t'ai juste demandé à qui c'était de jouer.

— À toi.

— OK. Je vise la poche en haut à droite. Comment dire, Martin, ça fait du bien de traîner ailleurs qu'ici, d'être avec des gens qui ne passent pas leur temps à te charrier et te pourrir.

— Parce que je passe mon temps à te pourrir, moi ?

— Pas toi, mais nous tous, quand on est ensemble. La manière dont on se comporte… tu ne trouves pas ça tordu ? Tous ces surnoms, toutes ces blagues et le reste ? C'est vrai, pour l'anniversaire de quelqu'un, on ne devrait pas… je ne sais pas, moi… lui acheter un cadeau plutôt que lui piquer son pantalon et y foutre le feu ? Tu ne trouves pas ça franchement bizarre ?

— C'est cette conversation que je trouve bizarre.

— Ah oui ? Peut-être, mais je m'en tape.

— D'accord, les choses dérapent un peu parfois…

— On peut le dire comme ça, ouais…

— Mais je ne pense pas qu'on soit de mauvais potes.

— Non, je n'ai jamais prétendu ça.

— Quand ta mère est partie…

— Je sais, je sais.

— Quand tu as foiré tous tes examens…

— J'en ai bien conscience.

— Quand tu débloquais complètement, ou que tu étais mal luné…

— Moi ? Tu as sans doute raison. J'étais un peu déprimé, je crois.

— Tu étais cinglé, oui !

— C'est vrai. À toi de jouer.

— Mais on ne t'a pas lâché, hein ? On était là.

— *Toi*, tu étais là. Et j'apprécie beaucoup. Mais si quelqu'un m'appelle encore HLM, ou Taulard, ou Personne, ou parle de mon père comme Lloyd l'a fait tout à l'heure, je me tire.

— À toi. C'est seulement pour te charrier.
— Ah oui ?
— Entre copains.
— Je sais, mais je n'ai plus envie de ça.
— Maintenant que tu as de nouveaux amis ? Raté, pas de bol. À moi.
— Quelques-uns.
— Et cette fille.
— Fran. Oui.
— Elle est sympa ?
— Elle est géniale.
— Jolie ?
— Je la trouve belle.
— Vous l'avez déjà fait ?
— Non. Presque.
— Presque, hein ?
— On a un plan.
— Si tu as un plan, alors… Et tu l'aimes bien ?
— Ouais. Vraiment. Je l'aime.
— …
— …
— …
— …
— Eh bien je crois que tu ferais mieux d'aller te coucher pour avoir bonne mine demain, Charlie.
— Terminons d'abord cette partie.
— La poche en haut à droite.
— Vas-y.
— …
— …
— …
— Bien joué, ai-je dit. Tu as gagné.

— ... redressez-vous en déroulant le dos, une vertèbre à la fois, nous a ordonné Alina. Maintenant, avant de vous laisser filer, votre metteur en scène a quelques mots à vous dire.

— Nous y voilà, a chuchoté Alex.

— C'est le discours du jour J, a renchéri George.

— Ça va être très émouvant, a dit Helen.

— Chhh ! a fait Miles.

Sans surprise, Ivor est venu se placer au centre du cercle.

— Quelle expérience ! a-t-il commencé. Il y a trois semaines, je désespérais : « On n'y arrivera jamais. Je n'ai rien sur quoi m'appuyer, personne ne m'écoute, il n'y a pas de communication, c'est une perte de temps. » Mais vous avez tellement, *tellement* travaillé, que je peux bien vous le dire aujourd'hui : on est en mesure de livrer un spectacle pas mal du tout, un spectacle que Shakespeare aurait pu regarder en pensant : *Yep, c'est* exactement *ce que je voulais exprimer.* À partir de lundi, on se concentrera davantage sur les aspects techniques – ça n'avancera pas très vite, ce sera ennuyeux par moments et ça demandera beaucoup de boulot. Et parce que je sais que c'est une semaine importante pour certains d'entre vous avec la publication des résultats de vos examens, on s'accordera quelques heures de pause lundi, le temps que l'euphorie retombe.

Je n'irais pas voir les résultats. Je resterais au lit, la tête sous mon oreiller.

— Mais les échafaudages seront montés et décorés pendant qu'on travaillera. Répétition technique mardi, et peut-être mercredi aussi, jeudi ce sera la générale, et ensuite... le grand soir ! Il y a encore des tickets à vendre, alors, s'il vous plaît, amenez vos tantes, vos oncles, vos cousins, vos camarades de classe. Parce que je crois qu'ils vont voir quelque chose de vraiment...

Ivor a porté son index replié contre ses lèvres pour contenir son émotion.

— De. Vraiment. Spécial. Maintenant, rentrez chez vous !

Sauf qu'on n'avait pas l'intention de rentrer chez nous.

— On va au pub ? a proposé Helen.

— À moins que vous ne comptiez *répéter votre texte* ? a ironisé Alex.

— Non, on vous suit, a répondu Fran.

Cela faisait partie de notre plan.

— Mais on est venus à vélo.

— À vélo. Vous avez une hygiène de vie si *parfaite*.

— N'est-ce pas, hein ?

— Emmenez-nous, a dit Helen. On peut rouler en tandem.

— En tandem ? s'est moqué Alex. Madame rêve, je crois. Techniquement parlant, il faut deux selles et deux pédaliers pour rouler en tandem.

— Vous voyez très bien ce que je veux dire.

— Évidemment.

— Mais ça ne marchera pas, Helen. On est trop lourds.

— Merci, Charlie.

— *À deux* sur un vélo, on est trop lourds.

— Ça pourra le faire dans les descentes, c'est tout, a tranché Fran.

Parvenus au point le plus haut du chemin, on a donc grimpé à quatre sur deux vélos, comme des acrobates dans un cirque – Fran et moi sur la selle, Helen et Alex debout sur les pédales.

— Bon sang, qu'est-ce que tu as là-dedans ? a demandé Alex en regardant mon sac à dos. Tu comptes fuguer de chez toi ?

J'ai été à deux doigts de tout lui avouer. *Je vais passer le week-end avec Fran, tout le week-end, rien que nous deux. On va coucher ensemble.* Mais on était déjà partis, et on a dévalé la route à une allure terrifiante. On serait morts à coup sûr si on avait heurté une branche tombée d'un arbre ou si on avait croisé une voiture. Morts alors que j'étais si près de conclure.

— Je ne veux pas mourir ! ai-je dit à voix haute.

— Pas maintenant. Plus vite ! a crié Alex.

On a accéléré en braillant comme des fous et en obligeant le reste de la troupe à s'écarter devant nous.

— On se retrouve à l'Angler ! a lancé Helen au passage. Si on s'en sort vivants !

On a fini le chemin à pied, et les autres nous ont rejoints plus tard sur la terrasse du pub. Complices, Fran et moi avons pris soin de nous éviter. Elle a discuté avec Polly en s'arrangeant pour lui soutirer les renseignements dont on avait besoin pendant que j'écoutais George et Miles s'envoyer des piques.

Malgré tout, je ne pouvais m'empêcher de regarder ma montre et de noter la lenteur insoutenable de la grande aiguille. « Ennuyeux est ce jour, comme l'est la nuit qui précède une fête pour l'enfant impatiente qui a une robe neuve et ne peut pas encore la porter », dit Juliette. La pièce était truffée de moments d'anticipation et d'évocations du lendemain, de levers et de couchers de soleil, d'heures et de minutes. Si les personnages avaient eu des montres, ils ne les auraient pas seulement consultées, ils auraient tapoté le cadran en souhaitant que les aiguilles avancent plus vite. Et si j'avais réussi mes examens, cela aurait pu me fournir un sujet de dissertation à la rentrée : « Le temps et la montée du désir dans *Roméo et Juliette* : une étude. » J'ai de nouveau jeté un coup d'œil à mon poignet. Ma première expérience sexuelle. Bien sûr, il serait ridicule de croire qu'il n'y avait rien de sexuel dans tout ce qu'on avait déjà fait, mais là, on irait *jusqu'au bout,* comme quand on va au bout des choses, ou du monde, ou d'un rêve. Après ça, on ne pourrait pas aller plus loin et il n'y aurait plus rien à faire que recommencer. Je n'ai cessé de surveiller l'heure et, le moment venu, conformément à notre plan, on a dit au revoir aux autres.

À 20 h 01, on partait en réprimant un petit sourire. Je me suis arrêté dans une station-service concurrente de la mienne près du pub afin d'y prendre un sachet de glaçons – un truc que je n'avais encore jamais fait, tant je pensais qu'il n'y avait que les millionnaires pour acheter de telles quantités de glace. Je l'ai fourré dans la partie supérieure de mon sac à dos, où je l'ai senti se réchauffer et fondre contre mon cou tandis qu'on s'échinait à remonter la colline en direction de Fawley Manor. Aussi méfiants que des espions en territoire ennemi, on a vérifié qu'il n'y avait personne aux alentours, puis on a caché nos vélos derrière le haut mur de pierre qui ceinturait la propriété.

Le soleil était bas quand on a coupé à travers bois – on ne voulait surtout pas que Bernard et Polly nous repèrent à leur retour du pub.

— Ils vont rendre visite à des amis à Londres demain, m'a dit Fran. Et le soir, ils iront au théâtre. Ils reviendront tard et ne seront pas là non plus dimanche.

En approchant de l'allée, on a entendu leur voiture. On s'est tapis dans le sous-bois comme des gamins jouant aux soldats. Avec une sobriété et une raideur dignes d'un vieux majordome, Bernard est sorti de la Mercedes pour ouvrir le portail pendant que Polly restait sur le siège passager, la tête inclinée en arrière.

— On aurait pu simplement lui demander l'autorisation, ai-je murmuré.

— C'est plus excitant de faire ça, a répondu Fran.

Et elle m'a embrassé alors même qu'on n'était pas à trois mètres de Bernard. Une fois la voiture repartie, on a escaladé le mur pour se diriger vers la loge. La clé était toujours sur le linteau. Lentement, Fran a ouvert la porte, qui a grincé comme au cinéma.

Je crois qu'on espérait tous les deux une transformation miraculeuse, une chambre d'hôtel à l'éclairage tamisé, mais le petit pavillon paraissait encore plus terne dans la lumière déclinante du jour et faisait penser à une demeure de vacances qui n'avait pas été louée depuis des années et qui sentait le rance. Il devait y avoir des souris ici, des rats même, sans parler de grosses araignées tapies dans les coins.

— La suite nuptiale, a dit Fran.

À ces mots, je l'ai attirée vers moi et l'ai embrassée maladroitement.

— Commençons par tout préparer.

Fran, qui avait emporté un lecteur CD portable, deux petites enceintes et plusieurs albums dans une enveloppe en papier kraft, s'est occupée en premier lieu de la musique.

— Une playlist parfaite pour le ménage, a-t-elle dit en choisissant la bande-son de *Trainspotting*.

On s'est mis au travail en silence : on a déplacé les meubles, donné un coup de balai, mais on s'arrêtait dès qu'on passait l'un à côté de l'autre pour s'embrasser ou échanger une caresse, le tout en essayant de ne pas trahir le sentiment d'urgence et la nervosité qui nous habitaient.

Dans le coin cuisine, les robinets crachaient une eau marronnasse. On a épousseté la table en Formica rouge et déballé nos provisions.

Un couteau suisse. Des bananes, des Pringles, le plus grand paquet de cacahuètes disponible dans le commerce, des bonbons acidulés, des biscuits de marque distributeur, une lampe torche, quatre petits pains, un concombre, quelques fines tranches de jambon blanc, des dosettes de café instantané – un souvenir de vacances à l'hôtel –, des mini-barquettes de beurre volées au pub, nos T-shirts et sous-vêtements préférés, un pot d'houmous, des sachets de thé, deux oranges, des pansements, un déodorant à bille, des bougies, des veilleuses, des allumettes et quelques produits cosmétiques de base. On s'était réparti l'alcool : j'avais la vodka, une bouteille de Coca de deux litres et les glaçons, Fran avait du cava et un vin rouge portugais. On a rebranché l'antique frigo, qui a frémi comme un groupe électrogène, et fourré la glace à moitié fondue dans le tout petit freezer. Notre projet étant de passer ces deux jours à lire dans le pré, j'ai sorti ma sélection de livres avec une certaine fierté : *La Mandoline du capitaine Corelli* et les six cents pages du *Nom de la rose* – la version avec l'affiche du film en couverture. Fran avait pris quant à elle *L'Arc-en-ciel* de D. H. Lawrence et une édition scolaire de *Playing Shakespeare*, de John Barton. Je n'ai pas déballé les préservatifs, mais j'en avais amassé six, ce qui trahissait une ambition encore plus grande que la lecture du *Nom de la rose* –, mais même ainsi, nos provisions étalées sur la table formaient un curieux assortiment, mélange de décadence et de pragmatisme.

— On fait un joli couple d'explorateurs très sexy, a dit Fran en braquant la lampe torche sur les Pringles. On a prévu une fête, mais au Népal.

Elle avait également réussi à emporter deux draps propres. Pris d'un mauvais pressentiment, on a palpé le bord du canapé et tiré dessus de toutes nos forces en craignant que la partie inférieure ne nous reste entre les mains, mais, comme un vieil engin agricole, le mécanisme a fini par céder et le canapé s'est transformé en une sorte de lit. On a mis le drap-housse et contemplé le résultat en silence.

— La lumière ! s'est exclamée Fran.

On avait décidé de n'utiliser qu'un minimum de lampes électriques au cas où Polly ou Bernard seraient repassés par là en voiture. Pour compenser, on a allumé des bougies autour de la pièce. On aurait dit un rituel cabalistique, et il n'y aurait presque rien eu d'étonnant à ce qu'on dessine ensuite un pentagramme à la craie en l'honneur de la grande défloration qui s'annonçait.

Du calme.

— Je reviens...

La salle de bains mal éclairée sentait le vieux gant de toilette. Malgré l'application apportée à nos préparatifs, on avait oublié le savon, mais j'en ai trouvé un petit morceau rose et craquelé au bord aussi tranchant que la pointe d'une flèche. Je l'ai frotté sur mes aisselles et me suis aspergé d'eau froide et marron. Dans la pièce à côté, la musique s'est arrêtée.

— Charlie, qu'est-ce que tu fais ?

— Une minute.

Mon cœur battait à un rythme improbable, et si fort que je l'entendais dans mes oreilles. J'ai appuyé la paume de ma main sur mon sternum. Quelle honte ce serait de devoir appeler une ambulance. Je me suis à nouveau passé de l'eau sur la figure, puis séché avec le bord de mon T-shirt avant de rejoindre Fran.

Les veilleuses jetaient des ombres hautes sur les murs en nous plongeant dans une ambiance proche de celle d'une salle de concerts victorienne. Le champagne – c'est-à-dire le cava – patientait sous les glaçons dans une grande bassine verte en plastique avec deux tasses ébréchées. Fran s'est agenouillée pour mettre un nouveau CD.

— Marvin Gaye ou Elliott Smith ? Les deux sont trop faciles, tu crois ? Moi, je dirais Marvin.

Elle a appuyé sur le bouton « play » et s'est redressée. Pendant ma courte absence, elle avait réussi, sans que je sache comment, à enfiler une robe que je n'avais encore jamais vue, noire avec de grosses roses rouges et de fines bretelles. Elle avait appliqué une touche de rouge sur ses lèvres aussi, mais trop vite et n'importe comment, si bien qu'elle s'efforçait à présent de la retirer.

— Tu es superbe.

— Merci.

— Je n'ai rien apporté de classe.

— Rentrons nous changer alors ! Désolée, je ne voulais pas parler si fort. Hum…

Elle a ramené ses cheveux derrière son oreille et balayé la pièce du regard.

— Au fait, a-t-elle dit en se dirigeant vers des étagères. J'ai trouvé… hum… un truc pour nous occuper. Des jeux de plateau ! Il y a un Scrabble, un Boggle, un Pictionary. Le plus olé olé, c'est Dr Maboul. On dirait presque des préliminaires. Bon, mais les piles sont sans doute usées. Un Monopoly ?

— Plus tard peut-être.

— Tu ne veux pas commencer une partie de Monopoly ?

— Pas tout de suite.

— Tu pourrais être le banquier. Évidemment, ça prend du temps… Il y a un puzzle, sinon. Le pont de Waterloo, cinq mille pièces.

— S'il pleut demain, pourquoi pas.

— D'accord. Alors… qu'est-ce que tu as envie de faire ?

— J'ai juste très envie de t'embrasser.

— Vraiment ?

— Oui.

— Tant mieux. Viens là.

On s'est embrassés un moment. Les chansons m'avaient appris qu'il fallait y aller doucement et prolonger la soirée jusqu'au lever du soleil. Tenir sur la durée, telle était la clé du succès. On s'est donc détachés l'un de l'autre, on a ouvert le cava, fait des blagues et, une fois assez bourrés, on a dansé un slow en s'arrêtant de temps en temps pour déplacer une veilleuse trop proche des rideaux.

— Tu imagines les titres dans la presse ? a dit Fran. « Mort d'un puceau dans un incendie ».

On a fini le vin, puis j'ai préparé des vodkas Coca pendant que Fran mettait un CD de Portishead, et on est repartis pour un tour – trop lugubre celui-là – avant de passer à Mazzy Star. Mais il y avait quelque chose d'un peu gauche dans tout ça, et le drap blanc tendu sur le canapé-lit n'a cessé de luire avec un éclat quasi radioactif, jusqu'à ce qu'on se retrouve dessus pour se déshabiller maladroitement et faire enfin l'amour.

Là encore, il y a un problème de langage, parce qu'on a à peine eu le temps de *faire* quoi que ce soit. Ce serait merveilleux de pouvoir se vanter d'un acte génial, varié et continu, à l'ambiance changeante et au rythme tantôt lent, tantôt rapide, comme une épopée symphonique. Mais la réalité se révélait plus prosaïque : mon rôle était de faire en sorte que les choses se déroulent d'une certaine façon, et cette responsabilité écrasante me donnait l'impression de marcher sur un fil dont je risquais de tomber à chaque instant. Le moment venu, croyais-je, je me découvrirais une certaine capacité, un sixième sens érotique comparable à l'instinct de la danse – pas le mien, celui des autres. Mais il n'en était rien du tout, et je me suis juste demandé comme jamais auparavant ce que je devais faire de mes mains. Et pas seulement de mes mains : de ma bouche aussi, de mes yeux, de mes hanches. En termes de coordination de mouvements, j'imaginais une expérience similaire à la manipulation d'une boîte de vitesses manuelle – et qu'importe si je n'avais pas encore appris à conduire. Pourquoi, dans toutes les représentations de rapports sexuels que j'avais vues jusqu'alors, chaque partenaire bougeait-il autant, déployait-il une telle énergie ? C'était forcément un leurre. Je ne pourrais faire durer cet acte qu'à condition de l'aborder avec une concentration sans faille et de ne pas me laisser distraire par la cacophonie dans ma tête. Dois-je la regarder droit dans les yeux ou est-ce que c'est flippant ? Et si je ne le fais pas, va-t-elle me trouver froid ? Est-ce qu'on est trop au bord du lit ? N'est-ce pas trop inconfortable pour elle d'avoir le cou incliné autant en arrière ? Faut-il qu'on marque une pause et qu'on se décale ? Et puis ces bougies ne sont-elles pas trop près du rideau ? Et maintenant que le drap est défait, vaut-il mieux qu'on s'arrête pour le remettre correctement ? Si je ferme les yeux, cela durera-t-il plus longtemps ? Elle sourit – c'est positif ou elle se retient de rire ? De quoi ai-je l'air ? On a le droit de parler ? Est-ce que je suis trop lourd ? En conséquence, l'instant critique a été un peu *trop* critique, et j'ai éprouvé un frisson de panique, comme quand un objet irremplaçable, disons, par exemple, un vase ancien, vacille sur une étagère après avoir été heurté et semble rester suspendu dans le vide – va-t-il tomber ? *S'il vous plaît, empêchez ça, il est trop précieux, s'il vous plaît* –, jusqu'à ce qu'on accepte à regret que, non, il n'y avait rien à faire et qu'il tombe. Ç'a donc été un instant à couper le souffle, littéralement, et sans doute avais-je intérêt à m'en excuser.

Pourtant, malgré toutes mes angoisses, la sensation qui l'a emporté a été l'émerveillement. Dire que moi, j'avais pu faire une telle chose avec une telle personne. Dire qu'elle m'y avait autorisé, qu'elle m'y avait incité, même. La gratitude est un mot bien trop faible, humble et flatteur, mais s'il est possible de concevoir une gratitude intense, énergique et passionnée, alors c'est ce que j'ai éprouvé. Gratifier Fran d'un « Merci beaucoup », comme si on m'avait rendu la monnaie dans une boutique, était hors de question. Quant à « Je t'aime », cela m'avait toujours paru mal vu pendant l'amour – surtout la première fois. C'était aussi inapproprié que de lâcher un pet, et cela aurait tout gâché. J'avais évité ces deux écueils, mais il était certain que j'aimais Fran, que je n'aimerais et ne désirerais jamais personne davantage aussi longtemps que je vivrais, et que j'avais fait de mon mieux – sans grand succès – pour lui communiquer tout ça durant cet acte d'amour.

Je doutais d'avoir été clair, mais le formuler m'était impossible à cet instant précis.

— Putain, ai-je seulement réussi à dire.

— Ça va ?

— Oui. Oui, j'ai juste besoin de…

— OK.
— Accorde-moi une petite minute.
— D'accord, prends ton temps.
— Il faut que je...
Un moment s'est écoulé avant que je retrouve l'usage de la parole.
— La vache.
— Tu as une crampe ?
— Pas vraiment. Est-ce que c'était... ?
— « Bien pour toi » ?
— Ce n'est pas ce que j'allais dire, ai-je menti.
— C'était agréable.
— Mais très rapide, je suis désolé.
— Pas grave.
— Je pensais arriver à bouger un peu plus.
— La prochaine fois.
— Tu n'as pas eu... ?
— ... d'orgasme ? Oh, si, pas loin de neuf.
— Merde.
— Pourquoi ? Pas toi ?
— Ha.
— Chh. Reste là. C'était *très* agréable. Et les premières fois se ressemblent toutes. C'est comme si... je ne sais pas...
— Comme si on se raclait la gorge ?
— Non, c'est répugnant. J'allais dire, comme si... Tu as déjà fait des crêpes ? Eh bien, c'est comme lorsqu'on fait des crêpes. La première est toujours un essai.
— Merde, je suis la crêpe ratée.
— Elle n'est pas ratée. Elle est délicieuse, mais la suivante est meilleure. Ce que je veux dire, c'est que tout le monde se met la pression sur la première fois, mais c'est la deuxième, ou la quatrième, ou la douzième qui compte. Et on a tout le week-end. Le principal, a-t-elle ajouté en me prenant la main et en me regardant dans les yeux, c'est que tu étais un garçon quand tu es venu à moi et que tu es un homme maintenant.

On a ri, et elle a remonté le drap sur nous. Être allongé dans un lit avec elle, nos corps collés l'un contre l'autre, était en soi quelque chose d'aussi intime et surprenant que l'acte sexuel lui-même, et j'ai mesuré encore plus la chance que j'avais eue d'avoir fait ça là plutôt que par terre derrière un canapé.

— Ne t'endors pas, d'accord ?

— Bien sûr que non. Tu es belle.

— Merci. Toi aussi.

— Enfin, séduisant.

— Non, beau.

Elle a posé doucement sa main sur mon visage et glissé son petit doigt dans ma narine.

— Tu pourrais arrêter, s'il te plaît ?

— Ce n'est pas sensuel ?

— Non.

— J'essayais juste un truc nouveau. Bref. Qu'est-ce que ça fait, alors, d'être un homme ?

— Ça va. J'ai l'air différent ?

— Expérimenté. Et ça aussi, c'est nouveau…

— Oh, désolé.

La capote gisait contre ma cuisse, comme une mue.

— Tu veux que je m'en débarrasse ?

— Non, surtout pas. Porte toujours cette capote en souvenir de moi.

J'ai retiré le préservatif et noué son extrémité avec une dextérité et une adresse qui m'avaient fait défaut un peu plus tôt.

— Les garçons adorent examiner ça. Je me demande bien pourquoi.

— Aucune idée. C'est dégoûtant, mais assez incroyable aussi.

— Regarde-toi, tu es en train de la lever pour mieux voir son contenu ! Tu ne serais pas plus fier si tu avais attrapé un poisson. Il devrait y avoir des repères sur le côté pour indiquer les millilitres. Et tout en haut, la mention « Boum » !

— Qu'est-ce que j'en fais maintenant ?

— Oh, garde-la. Il faut garder la première.

— Dans mon portefeuille.

— Oui, comme une mèche de cheveux. Une relique que tu sortiras de temps en temps pour l'admirer.

— Elle devrait plutôt te revenir à toi.

— En effet, merci. Repose-la.

On a disposé les coussins du canapé autour de nous en guise d'oreillers et repris nos vodkas Coca, désormais sirupeuses et éventées. Bientôt ivres, on a commencé à danser sur de vieilles chansons de Prince – mais Fran se révélait moins ridicule que moi, ma nudité m'incitant encore plus que d'habitude à ne pas décoller les pieds du sol. On était aussi couverts de poussière et de crasse. Dans la douche, on s'est serrés sous le petit filet d'eau tour à tour bouillant et glacial, à peine suffisant pour nous mouiller et nous permettre de nous frotter mutuellement avec le morceau de savon rose.

— On se croirait dans un film de James Bond ! a crié Fran par-dessus le vacarme du chauffe-eau.

Faute de serviette, on s'est essuyés avec nos T-shirts. On n'a pas tardé ensuite à regagner le canapé-lit, moins paniqués et gênés désormais, plus à l'aise. Et Fran avait raison, c'était la deuxième fois qui comptait.

« J'ai acheté la maison d'un amour »

On a dû s'assoupir vers 3 ou 4 heures du matin. On avait écouté de la musique pendant que les veilleuses faiblissaient et s'éteignaient une à une, et la dernière chanson que j'ai le souvenir d'avoir entendue était « Lilac Wine », la version de Nina Simone, celle au rythme marqué par de lents accords au piano.

— J'aime bien la manière dont elle prononce « lilac ».

— Faire du vin avec du lilas est une très mauvaise idée, a marmonné Fran contre mon cou.

On était complètement ivres à ce moment-là.

— C'est un vin doux qui monte à la tête, d'après elle.

— D'accord. On essaiera. Demain.

— On prendra ça en guise de spritzer.

— Ha.

J'ai perçu chez elle une ébauche de sourire.

— Chh, a-t-elle ajouté. Dors.

Et nous avons dormi.

Mais c'était compter sans la nouveauté et le plaisir de sa présence près de moi, la chaleur de son corps et les mouvements qu'elle faisait dans son sommeil – plus les ressorts et les lattes du canapé-lit. Quelques heures plus tard à peine, j'avais les yeux grands ouverts, la bouche sèche et la tête dans un étau. Dans la lumière grise de l'aube, la pièce paraissait encore plus sordide que la veille. On avait bu dès la première soirée toute notre réserve d'alcool du week-end. Les bouteilles vides gisaient à présent de mon côté du lit, en compagnie d'une montagne d'emballages de préservatifs, d'un paquet de biscuits à moitié vidé, d'un grand verre à bière rempli d'eau trouble et de la soucoupe qui nous avait fait office de cendrier. Dans n'importe quelle autre circonstance, j'aurais peut-être grogné en m'arrachant les cheveux, mais tout ça n'était que les détritus d'un homme nouveau, un homme d'expérience, un amant. J'ai regardé Fran et me suis mis à rire – un rire joyeux et cinglé que j'ai dû étouffer avec ma main.

Je ne l'avais jamais vue aussi peu à son avantage. Sa bouche ouverte lui donnait l'air stupide et son haleine chaude, infecte et alcoolisée, faisait penser à l'arrière-salle d'un pub, mais j'ai adoré ça, j'ai adoré les traces de maquillage noir autour de ses yeux, son front gras, les taches de vin sur ses lèvres craquelées et le bouton qui avait poussé sur son menton au cours de la nuit, et parce que j'aimais la réalité malodorante de sa tête sur mon épaule, et la chaleur moite de sa cuisse sur la mienne, et les effluves de nos corps qui s'échappaient de sous le drap froissé et humide de sueur, je me suis demandé : *Si je reste là sans bouger, combien de temps cela durera-t-il ?*

Mais la vessie a ses exigences, et j'ai fini par m'extirper du lit. Debout dans la salle de bains, un peu nauséeux et perclus de douleurs mystérieuses, je me lavais les dents en pissant en même temps quand j'ai entendu crisser le gravier au-dehors. Sans réfléchir, j'ai tiré la chasse d'eau, qui a fait un boucan de tous les diables. Une silhouette abstraite est sortie d'une voiture derrière le verre dépoli. C'était Bernard. J'ai vite regagné le salon, où Fran était assise, le drap remonté sur sa poitrine, et j'ai appuyé un doigt sur mes lèvres tout en cherchant un jour entre les rideaux. À quelques pas de moi seulement, Bernard se débattait avec la serrure du portail pendant que Polly tendait le cou vers le rétroviseur en essuyant une traînée rouge au coin de sa bouche.

— Dépêche-toi, Bernard ! a-t-elle dit. On va rater le train.

J'étais assez proche de lui pour l'entendre jurer tout bas avant qu'il reprenne le volant de sa voiture.

L'instant d'après, ils étaient partis.

— C'est bon ?

— C'est bon.

— On n'a plus besoin de murmurer, alors.

— On ne murmurait pas.

— On n'a plus besoin de murmurer ! a-t-elle crié.

J'ai bondi sur le lit pour l'embrasser.

— Tu t'es lavé les dents.

— Han-han.

— Tricheur. Je pue.

— Pas du tout, ai-je répondu, même si c'était vrai.

Et on s'est embrassés jusqu'à ce qu'on ait tous les deux la même haleine.

Vêtus de T-shirts, on a fait cuire des œufs à la poêle dans du beurre et bu du café instantané, on s'est serrés de nouveau sous le filet d'eau pathétique de la douche, puis on est retournés se coucher. Pour finir, alors que la matinée était déjà bien avancée...

— Si on allait se promener dans le jardin ?

Comme des cambrioleurs, on avait vérifié qu'il n'y avait pas d'alarme autour de la propriété. Le manoir nous était inaccessible, mais les vergers, les bois et les prés seraient nôtres tant qu'on resterait hors de vue de la route. « Oh ! J'ai acheté la maison d'un amour, dit Juliette, mais je ne l'ai pas possédée. » Et voilà que nous, le matin d'après, on était maîtres des lieux.

Mais le temps était gris, la lumière plus ténue, et des feuilles se ratatinaient et brunissaient déjà sur les sycomores et les chênes. On aurait pu se croire au premier jour de l'automne quand on a pris la direction de la grande pelouse en marchant collés l'un contre l'autre. L'endroit était d'un calme surnaturel, comme une scène déserte.

— Tu t'imagines vivre dans un cadre pareil ? ai-je dit.

— Ça doit être bizarre, non ? Ce n'est pas un truc qui me fait rêver. Une belle maison, l'argent. L'amour des *choses*... Ça vient peut-être avec l'âge. Pourvu que non !

— Harper en rêve, lui. Il a plein de magazines automobiles et il coche les modèles qu'il veut acheter plus tard. Sans parler du matériel hi-fi et du reste – les appareils photo, les grosses montres qui te disent à combien de mètres tu nages sous l'eau. Mais il ne fait pas ça pour frimer. Ça lui plaît, c'est tout. Comme un hobby.

— Mais tu n'as pas envie d'une grosse montre, n'est-ce pas ?

— Non. En même temps, je n'ai pas envie non plus d'être pauvre.

Ce mot paraissait si étrange et d'un autre temps que j'ai cru l'avoir mal prononcé. Je regrettais de l'avoir fait en tout cas.

— Tu as des problèmes d'argent ?

— Pas avec ce que je gagne à la station-service.

— C'est-à-dire un max.

— Je suis plein aux as. Mais mon père se fait du souci, et du coup je m'en fais pour lui... c'est un peu contagieux.

— Moi, je veux juste avoir des revenus suffisants pour que l'argent ne soit pas une préoccupation.

— Moi aussi.

— Et faire un boulot que j'aime.

— Avec la célébrité en prime ?

— Non, pas du tout ! Enfin, si elle découle de mon travail, pourquoi pas, mais elle n'est pas un but en soi. La célébrité, c'est l'équivalent de la grosse montre. Qui peut vouloir de ça ? Je préférerais de loin être compétente ou douée dans mon job. Et avoir beaucoup d'amis. Et être amoureuse et m'envoyer souvent en l'air. Là. Dit comme ça, ça paraît facile.

— Je sais.

— Non, mais, c'est vrai, où est le problème ? On a déjà atteint la moitié de nos objectifs.

On est brusquement devenus silencieux. On pouvait parler de tout librement, sauf de l'avenir. Le mois de septembre se profilait devant nous comme un épais rideau. Cette idée me rendait maussade, mais ne pas évoquer ce qui nous attendait derrière était à la fois absurde et lâche. On était trop jeunes pour avoir des sujets de conversation tabous.

Au bout d'un moment, Fran a pris une inspiration.

— Je pense que tu devrais aller au lycée.

— Nan, je vais me trouver un boulot.

— Même si tu n'obtiens pas d'assez bonnes notes…

— Et je ne les obtiendrai pas.

— … tu peux travailler et repasser tes examens.

— Ce n'est pas pour moi.

— Au moins les maths et l'anglais, pour avoir plus de choix après.

— Non, c'est fini maintenant.

— Mais tu es intelligent, Charlie. Je ne serais pas avec toi si tu ne l'étais pas.

— Parlons d'autre chose, tu veux ?

— D'accord.

Elle m'a pris le bras et on a abandonné le sujet.

Munis de nos livres et d'une vieille Thermos qu'on avait dénichée et remplie de café instantané, on a traversé nos jardins en direction de notre coin préféré, en haut du pré, à l'endroit où on s'était rencontrés.

— Qu'est-ce que tu as pensé ? La première fois que tu m'as vu ?

— J'ai pensé : *C'est qui, ce mec chelou ?*

— Merci.

— Ce type qui rôde torse nu et qui s'amuse à foutre les jetons aux gens.

— Je ne rôdais pas, je lisais.

— Ça n'a pas duré très longtemps. Une fois calmée, j'ai trouvé que tu avais l'air sympa. Inoffensif.

— « Inoffensif » ?

— Crois-moi, les filles ne se disent pas toujours ça quand elles sont seules avec un garçon. C'est une bonne chose. Je t'ai trouvé marrant aussi. Cette façon que tu avais de regarder ma cheville comme si tu avais une formation médicale… Je t'ai observé pendant ce temps. Tu étais séduisant. Il ne faut pas que tu prennes la grosse tête, mais il est possible que j'aie exagéré la gravité de ma blessure…

À ces mots, elle a crié de douleur et s'est mise à boitiller, une main sur mon épaule.

— Ouais, je m'étais posé la question.

— Tu ne m'as pas crue ?

— Ton boitillement. Il disparaissait par moments.

— Ce n'est pas vrai ! Comment oses-tu ? Bref, ça a marché. Tu es revenu, non ? Quand tu as débarqué, le deuxième jour, j'ai eu envie de rire – en partie à cause de ton sourire et du fait que j'avais gagné…

— Tu n'avais pas gagné !

— Si, j'avais gagné. Et j'ai eu envie de rire aussi parce que j'étais tellement contente de te voir. Ça m'a surprise, d'ailleurs, d'être contente à ce point. On aurait dit… je ne sais pas, moi… que je pouvais enfin respirer.

Elle s'est arrêtée et a fermé les yeux en exhalant lentement. J'ai reconnu ce que j'avais éprouvé ce jour-là.

— Et j'adorais repartir le soir avec toi, discuter sur le chemin. Je regrettais toujours qu'il ne soit pas plus long. Et aujourd'hui encore. Tu n'as dit qu'une chose qui m'a contrariée…

— Vas-y.

— C'est quand tu as supposé que je sortais avec Miles et que, sous prétexte qu'il correspondait à un certain genre de garçon, je devais être le même genre de fille. Je l'aime bien, il est beau gosse pour peu qu'on apprécie le physique des héros de films d'action. Mais imaginer que, moi, je puisse être aussi… superficielle…

— J'étais juste jaloux. Il joue Roméo, toi Juliette. Vous n'êtes pas censés vous identifier à vos personnages ?

— Oui, mais la méthode de l'Actors Studio ne va pas si loin. D'autant plus que c'est un con, quand même.

— Il est un peu plus âgé que nous, il a une voiture, du fric, il a fait sa scolarité dans un établissement chic…

— Arrête. Il faut vraiment que tu arrêtes avec ça.

— Quoi ?

— Ça suffit, ces histoires d'éducation et de confiance en soi. Ces gens n'ont pas de droits ni de pouvoirs spéciaux.

— Si.

— Pas du tout ! Ils ont des *avantages*, des privilèges, et l'argent n'y est pas pour rien, évidemment. Mais même si tu as foiré tes examens, je suis sûre que tu pourras accomplir quelque chose de grand, quelque chose qui te rendra heureux.

— Par exemple ?

Elle a ri.

— Je ne sais pas ! Ce n'est pas à moi de te le dire, si ? Il faut que tu trouves ça toi-même. Mais tu as… du potentiel. C'est un mot stupide, un mot qui pourrait figurer sur un bulletin scolaire, mais je le pense vraiment.

Je n'ai pas répondu. Ses intentions étaient sincères, bien sûr, mais il était humiliant d'être le sujet d'un discours d'encouragement, et cela m'agaçait aussi. On a rejoint notre coin dans le pré et on s'est installés dans les herbes sèches, un peu plus éloignés l'un de l'autre qu'on ne l'aurait fait sans cette discussion. Le silence s'est prolongé.

Puis elle a tendu le bras vers moi pour me prendre la main.

— Désolée. Je sais que tu n'aimes pas parler de l'avenir, mais il arrivera quoi que tu fasses. C'est la définition même de ce mot. L'avenir, c'est ce qui va se produire. Là. Quelle réflexion profonde, hein ?

— En effet.

— Littéralement.

— *Littéralement.*

— Tu ne peux pas le concevoir en ce moment à cause de toutes les tuiles qui te sont tombées dessus, et tu es stressé et en colère quand tu te retrouves face à des situations que tu ne peux pas contrôler et dont tu n'es absolument pas responsable, mais si tu voulais bien… t'accrocher un peu, Charlie. Je ne sais pas. Je crois qu'il y a quelque chose en toi et j'aime ça. Et toi aussi. Je t'aime, Charlie.

Et voilà. À présent qu'elle l'avait dit, je pouvais le faire, moi aussi, et avoir avec elle l'échange de répliques le plus banal et le plus formidable qui soit – un échange qu'on répéterait, encore et encore, aussi longtemps qu'on le penserait.

De retour à la loge, on a fait le ménage et dressé une liste de provisions indispensables pour le reste du week-end – de la vodka, de la glace, du Coca-Cola et quelques plats chez le traiteur chinois. Il nous faudrait davantage de préservatifs, avais-je également noté avec une bouffée de fierté. Mais en attendant, faute d'avoir réussi à négocier avec mon patron, je devais travailler trois heures à la station-service. Au moins cela permettrait-il à Fran de lire et de se reposer. Après la fermeture, en me dépêchant, je pourrais être de retour à 20 h 30, prêt à refaire la fête avec elle.

Nos rapports n'étaient toutefois plus aussi détendus depuis qu'on avait évoqué l'avenir, notre avenir, et on a traversé le bois sans un mot jusqu'à l'endroit où on avait laissé nos vélos.

— On peut… rentrer à la maison, ai-je proposé. Si tu en as envie. C'est vrai, on n'est pas obligés de rester deux nuits…

— Non ! Non, j'en ai envie. Je suis juste fatiguée. Dépêche-toi de revenir. Va aussi vite que le vent. On repartira de zéro.

Elle m'a embrassé, et j'ai franchi gauchement le mur de pierre en portant mon vélo.

— N'oublie pas le vin de lilas ! m'a-t-elle lancé alors que je m'élançais vers la ville et le début d'une série de catastrophes toutes pires les unes que les autres, et toutes dignes d'une tragédie shakespearienne.

M. Howard

Les stations-service sont, au mieux, des lieux désolés, mais, en fin d'été, par un samedi après-midi long, morne et nuageux, elles dégagent en plus une mélancolie bien particulière. Une douleur profonde m'avait envahi, un épuisement accablant, et je sentais qu'il faudrait quelque chose de spécial pour restaurer l'atmosphère de la soirée précédente.

J'avais des jeux à gratter gagnants dans mon portefeuille. Sans complice, l'échange était plus risqué, mais pas impossible, à condition d'avoir recours à un tour de passe-passe. L'homme fortuné que j'étais pourrait alors essayer d'acheter du champagne – c'est-à-dire du cava – chez le marchand de vin. Parce que je n'étais plus puceau, peut-être me le vendrait-on sans me poser de questions, et peut-être aussi que je prendrais des mets raffinés au Golden Calf, pourquoi pas la spécialité de la maison à base de gambas, sans oublier trois capotes supplémentaires dans les toilettes. Du cava, des capotes, des crevettes, un gros sachet de glaçons : un jeune lord n'aurait pas désapprouvé une telle liste de courses, et c'est avec ces dépenses fastueuses en tête que je me suis assoupi sur le comptoir, en faisant confiance au signal sonore des pompes à essence pour me réveiller.

Quand j'ai rouvert les yeux, un homme imposant aux cheveux blonds coupés ras et au cou étranglé par le col cravaté de sa chemise me dominait de toute sa hauteur.

— Tout va bien ici ? a-t-il dit en tapotant le comptoir avec ses doigts repliés.

— Désolé, je me suis endormi. Désolé. C'est pour la pompe numéro… numéro…

— Deux.

— Deux. Ça fera trente livres.

— Grosse soirée hier ? a-t-il demandé avec un sourire déplaisant.

— Pardon ?

— Vous vous êtes endormi pendant votre service. Vous avez fait la fête hier soir ?

Il aurait été inapproprié de lui dire que j'avais perdu ma virginité, et pourtant, la tête inclinée sur le côté, les mains plantées sur le comptoir - des mains épaisses et toutes roses, comme des jarrets de porc -, il semblait bien attendre une confirmation.

— Grosse soirée, oui, ai-je dit en lui tendant son reçu.

Il n'a toujours pas bougé.

— Vous désirez autre chose ?

— Non, ça va. Allez dormir.

Et il est sorti en roulant les épaules.

Il a été mon dernier client. Un peu avant 20 heures, j'ai éteint la cour, imprimé le bilan de mes trois heures et pris le tiroir-caisse. Debout dans l'encadrement de la porte séparant la boutique et le bureau du fond, j'ai échangé mes cartes à gratter contre un billet de vingt livres et un de dix. Cava, glaçons, gambas, capotes. J'ai chargé mon sac à dos avec toutes les flûtes à champagne dont j'allais devoir me débarrasser - à l'exception de deux pour le vin -, puis je suis retourné dans la station éteindre les lumières.

Le type aux cheveux coupés ras était là, et derrière lui…

— Mike ! Hé, bonsoir !

Mike n'a rien dit, il a juste secoué lentement la tête d'un air triste qui m'a glacé et donné la nausée.

— Charlie, tu reconnais ce monsieur ?

— Oui ! Bonsoir ! La pompe deux, trente livres.

L'inconnu m'a encore décoché son sourire déplaisant, les bras croisés sur son large torse, avec toujours cet air d'attendre quelque chose.

— Votre carte à gratter ! Je l'ai oubliée ! C'est pour ça que vous êtes revenu ? Deux secondes, je vais vous la chercher.

Ce n'était pas ma meilleure performance d'acteur, mais que pourraient-ils bien faire contre une si petite étourderie ?

— Charlie, M. Howard ici présent travaille pour une société de sécurité privée.

— Oh. C'est parce que je me suis endormi ?

Avec un peu de chance, cela n'irait pas plus loin.

— Je l'ai engagé, Charlie, après avoir constaté des irrégularités dans la comptabilité.

Tout ce qu'il a dit d'autre a été noyé dans la vague de panique rugissante qui m'a submergé, mélange de visions apocalyptiques de mon avenir proche et lointain. Je me suis interrogé sur ce qu'ils savaient, sur l'alibi que je pourrais avancer et la manière dont je pourrais le défendre face aux preuves vidéo qu'ils détenaient sûrement. Je me voyais déjà passer des heures et des heures sur des chaises en plastique dans des commissariats et des tribunaux, j'imaginais la fureur de ma mère, la honte et le désespoir de mon père, qui n'en finirait pas de se flageller. J'aurais dix-sept ans dans trois semaines – cela voulait-il dire que j'irais dans une maison de correction ou en prison ? Et Fran, que penserait-elle ? Comment réagirait-elle en découvrant que ce fameux quelque chose en moi, ce potentiel qu'elle affirmait avoir décelé, n'était au fond que la supercherie d'un voleur minable qui se servait dans la caisse, un escroc incompétent dont le casier judiciaire s'ajouterait à des résultats d'examens catastrophiques.

— ... semblerait qu'un grand nombre de cartes destinées aux clients aient en fait atterri dans les poches du personnel...

Comment saurait-elle où j'étais ? Combien de temps comptaient-ils me garder ici ? Le jour baissait, et j'ai songé à elle, seule dans la petite maison, en train d'allumer les bougies, puis de manger nos dernières provisions, son impatience faisant place à la colère, son anxiété à la peur, comme Juliette dans le caveau des Capulet. Avant même d'apprendre la vérité, elle me détesterait de l'avoir abandonnée. Il fallait que je la mette au courant et que je lui donne ma version de l'histoire…

— … on doit discuter de tout ça.

Je me suis obligé à me concentrer sur ce que me disait Mike. Au moins n'était-il pas furieux, mais plutôt résigné, aussi résigné qu'un shérif qui aurait été contraint d'engager un bandit armé, en l'occurrence un représentant d'une société baptisée Croydon Investigations Agency. La CIA. Comment avais-je pu être si stupide ? Les larges épaules, les petits yeux au regard vif et accusateur… Howard était de toute évidence un professionnel, et je me suis maudit d'avoir succombé à l'attrait bon marché d'un vin espagnol pétillant et de la spécialité maison du Golden Calf.

— Nous pourrions peut-être aller dans le bureau du fond, a proposé M. Howard en s'avançant vers le comptoir.

J'ai entendu le tintement des douze flûtes à champagne à travers le tissu en nylon quand j'ai attrapé mon sac - une preuve supplémentaire de mon crime. Merde, ils m'avaient pris sur le fait. Une nuit au poste, Fran qui m'attendait seule dans les bois, les bougies qui fondaient peu à peu…

J'ai soulevé mon butin avec plus de précaution.

— Si vous pouviez baisser ça, s'il vous plaît, a dit M. Howard.

Le comptoir était séparé du bureau par un panneau rabattable, et le loquet coulissant qui maintenait ce dernier en place se situait en dessous, du côté du caissier.

— Un moment, il faut que je…

Je me suis glissé dans le bureau, dont j'ai fermé la porte à clé.

— Allons, monsieur Lewis, faites pas chier.

— Une minute ! J'ai juste besoin de…

— Charlie, ça suffit, mon garçon, a plaidé Mike, qui jouait le rôle du négociateur. On veut simplement discuter avec toi.

J'ai chargé le sac sur mon dos comme s'il contenait des explosifs - ce qui était pour ainsi dire le cas - et j'ai poussé brusquement la barre horizontale de la porte de secours.

J'étais dehors, dans l'air frais du soir. La lumière du jour déclinant donnait à l'intérieur de la boutique un air de scène de film, et j'ai vu les jambes de Mike tendues à l'horizontale au-dessus du sol tandis qu'il se débattait avec le loquet du comptoir. Les mains tremblantes, j'ai fermé à clé l'entrée principale de la station. Comprenant ce que je faisais, M. Howard a couru taper du poing contre la porte vitrée, mais déjà, je traversais la cour à vélo.

J'ai tracé en direction de la ville sur la longue route en ligne droite, déserte à cette heure-là. Si je pouvais atteindre la forêt du Crime, jeter les verres et attendre dans les sous-bois que Mike et M. Howard abandonnent leurs recherches, puis foncer jusqu'à la loge, embrasser Fran et tout lui avouer, lui expliquer que j'avais fait quelque chose de stupide mais que je l'aimais… Juliette avait bien pardonné à Roméo d'avoir assassiné son cousin. À côté de ça, une arnaque aux jeux à gratter était sûrement une faute vénielle. Sûrement. Il y aurait des larmes, mais on ferait l'amour, ce serait triste et poignant, comme pour les amants de la pièce avant le départ de Roméo en exil, on se prendrait la tête sur des histoires d'alouette et de rossignol, et le lendemain matin j'irais voir Mike pour lui dire : « Je suis désolé, Mike, j'ai paniqué et, en effet, j'ai piqué quelques verres, mais pas d'argent. » Ou s'il y avait des preuves contre moi, je le rembourserais.

J'avais toujours une grande partie des billets planqués dans ma chambre, et je travaillerais pour rembourser le reste, ou j'emprunterais la somme à... à ma sœur, ou à Harper, ou à quelqu'un d'autre, mais pas à mes parents. Mes parents ne devaient rien savoir. Mike en parlerait à ma mère, mais il ne fallait surtout pas que mon père l'apprenne. Ça le tuerait.

J'ai pédalé de toutes mes forces vers ma cachette. Un autre avenir se profilait devant moi, une vie en exil. Si j'arrivais à récupérer mon passeport, je pourrais aller n'importe où. J'achèterais un caban et un paquetage, je m'enrôlerais dans la marine marchande – tant pis si je ne voyais pas bien ce que c'était –, j'écrirais à Fran de belles lettres pleines de désir que je lui enverrais de Singapour, Vladivostok et Mantoue, et peut-être qu'un jour, sur la jetée d'un port lointain, hors d'atteinte de la justice de mon pays...

Une voiture approchait derrière moi. J'ai attendu qu'elle me double, mais elle s'est maintenue à ma hauteur. Alors que je croyais rouler extraordinairement vite, le conducteur du gros Range Rover noir devait seulement être en seconde, et Mike était assez près de moi pour se pencher par la vitre ouverte et poser une main sur mon avant-bras.

— Arrête-toi, Charlie.

— Je ne peux pas vous parler maintenant. J'ai un rendez-vous.

— Arrête-toi, bon sang ! On veut juste discuter.

Mais près de Mike, je distinguais M. Howard qui riait, penché sur le volant, et je me suis levé sur mes pédales pour les écraser encore plus fort. J'allais m'enfuir en courant, les semer dans les bois, puis foncer à travers champs dans le noir jusqu'à la loge. N'avait-elle pas dit qu'elle m'aimait ? J'ai tourné brusquement, mais en évaluant mal l'angle requis pour monter sur le bord surélevé de la route. Mon vélo a vibré un instant, avant de piler net et de m'envoyer par-dessus le guidon.

L'étrange nature élastique du temps s'est alors de nouveau manifestée en me permettant de noter la précision et la perfection de mon vol plané, ainsi que mon entêtement à ne pas lâcher mon vélo, qui m'a donc accompagné dans les airs – de quoi faire un joli numéro de cirque. Mais je me souviens surtout – ou l'ai-je imaginé ? – du craquement des flûtes à champagne, de la façon dont elles ont amorti ma chute en conservant leur forme une fraction de seconde, jusqu'à ce qu'elles cèdent comme un œuf serré dans un poing, et de la réaction en chaîne qui a suivi, *pop, pop, pop,* le verre retournant pour l'essentiel à l'état de sable – et aussi de diamants.

Les cicatrices

— Comment tu t'es fait ça ?
— Quoi ?
— Ces marques sur ton dos.
— Ça ? Une attaque de requin.
— Oh, vraiment ?
— Non, des verres. Je suis tombé sur un tas de flûtes à champagne bon marché quand j'avais seize ans.
— Mais bien sûr.
— Ce que tu as sous les yeux, ce sont tous les endroits où on m'a retiré de petits morceaux de cristal.

Nous étions sur la plage lorsque Niamh a remarqué les cicatrices lisses et en relief qui parsemaient mon dos. En général, on les sentait plus qu'on ne les voyait - sauf en été, quand elles ressortaient, toutes blanches sur ma peau, comme des caractères tracés à l'encre invisible.

— OK. La raison devrait m'apparaître évidente, mais...
— J'avais volé des verres dans une station-service, le gérant s'en est aperçu, j'ai pris la fuite et je suis tombé de mon deux-roues.
— Une moto ?
— Un simple vélo.
— La vache. Quel sombre passé. Des verres bon marché et une bicyclette. On dirait Jason Bourne.

Nous faisions alors le tour des îles grecques. C'étaient nos premières vacances ensemble, et nous en étions à ce stade de la relation où on ne rate aucune occasion de montrer ses cicatrices à l'autre. J'avais vu la trace laissée entre son index et son majeur par le bord tranchant d'une grosse boîte de pois chiches, ainsi que les petits traits bien nets dessinés par d'anciens points de suture sur son épaule, là où on lui avait ôté un grain de beauté. Mon tour était venu. Les éclats de verre s'étaient fichés dans mon dos comme une décharge de chevrotine, et je suis resté étendu sur le sable brûlant en laissant Niamh effleurer cette constellation du bout des doigts.

— Ça ressemble à du braille.

— Et qu'est-ce que ça dit, Niamh ?

— Ça dit… attends deux secondes… ça dit : « Qui peut être… assez con… pour voler des verres dans une station-service ? Ils ne sont pas gratuits, en plus ? »

— C'est ce qui rendait mon crime parfait.

— Dérober quelque chose dont personne ne voulait ?

— Il y avait un peu d'argent liquide aussi.

— Ah. Piqué dans la caisse ?

— Oui, même si c'était plus compliqué que ça. En fait, je volais des jeux à gratter, si bien que personne ne perdait au change. Il n'y avait pas vraiment de victime puisque l'argent n'existait pas tant qu'on n'avait pas gratté la carte. C'est comme l'histoire du chat de Schrödinger. D'un point de vue philosophique.

— Et c'est ce que tu as expliqué à ton patron ?

— Yep.

— Et comment l'a-t-il pris ?

— Pas très bien.

— Mon Dieu. Un maître dans l'art du crime. Je suis effarée.

— Oh, parce que tu n'as jamais rien volé, peut-être ?

— Moi ? Non !

— Durant tout le temps où tu as travaillé dans des restaurants, tu n'as pas piqué une seule bouteille de vin ? Ou un steak dans le congélateur ?

— Non !

— Tu n'as jamais bu un café que tu n'aurais pas payé ?

— Euh… peut-être. Une ou deux fois. Mais j'ai été éduquée de telle façon que je m'en suis voulu après coup.

— Moi aussi, je m'en suis voulu. Et plus encore de m'être fait pincer. Ça tombait vraiment mal. Et le plus con, c'est que je m'en serais très bien tiré si je n'avais pas pris la fuite.

— Pourquoi l'as-tu fait, alors ?

— Hum… Ça va te plaire.

— Vas-y.

— Par *amour*.

Niamh s'est rallongée sur le sable.

— Nom de Dieu. Pas elle. Pas encore.

Je crois que je suis resté un moment en état de choc. J'étais en tout cas incapable de tenir debout ou d'empêcher mes mains de trembler, et on s'est assis tous les trois sur le bord de la route dans la faible lumière du crépuscule.

— On voulait juste te parler, idiot, a dit Mike.

— Et te flanquer un peu la frousse, c'est tout, a ajouté M. Howard.

Déjà, je sentais mes plaies sécher dans mon dos et mon T-shirt collait désagréablement à ma peau quand je bougeais les épaules. Le sang s'écaillait aussi sur le bout de mes doigts comme de la rouille en virant au brun foncé, puis au noir à mesure que la nuit tombait. M. Howard – dont j'étais certain qu'il avait tué des gens par le passé – m'a rassuré en me disant que ce n'était rien par rapport à *certaines choses* dont il avait été témoin.

— On va t'emmener à l'hôpital. Au cas où tu aurais encore des éclats de verre.

Je m'étais entraîné à dire la phrase : « Je veux parler à mon avocat ! », même si je n'en connaissais aucun. Était-ce un avocat qui avait géré la faillite de mon père ou bien un comptable ? « Je veux parler à mon comptable ! » ne me paraissait pas très convaincant.

— Mais pourquoi tu t'es enfui ? Tu es malade ou quoi ?

À ce moment-là, je me suis autorisé quelques mots :

— Il fallait que j'aille quelque part.

Puis la police est arrivée.

Il n'était pas dans l'intérêt de Mike de faire intervenir les forces de l'ordre, mais la présence d'un garçon tremblant et ensanglanté le soir au bord d'une route tranquille avait dû attirer l'attention d'un automobiliste, et une voiture de patrouille s'est approchée en illuminant les serres derrière nous avec son gyrophare.

— Oh, merde, on n'avait pas besoin de ça.

M. Howard était déjà debout, les paumes tendues en avant pour calmer le jeu. Une peur atroce m'a envahi. Le poste de police. Le tribunal. Un casier judiciaire.

Mais avant la prison, ils allaient m'emmener à l'hôpital. On a roulé pendant vingt minutes jusqu'à l'endroit où ma mère travaillait quand nous avions emménagé en ville la première fois, et je suis resté assis sur le bord d'une chaise en plastique pendant qu'une policière fatiguée me posait des questions – où allais-je ? Voir un ami. Le conducteur m'avait-il renversé ? Non, c'était un accident. Avais-je été mis en danger par sa conduite ? Non, on était en train de parler. À travers la vitre d'une voiture en mouvement ? Seulement un bref instant, ensuite j'avais perdu le contrôle de mon vélo. Que faisais-je avec autant de verres dans mon sac ? Là, je m'étais empêtré dans mes explications. Et pendant tout ce temps, Mike, à l'autre bout du couloir, le teint livide et l'air apeuré, tirait sur sa moustache comme s'il avait pu la décoller.

— Je veux parler à mon avocat.

La policière s'est mise à rire. Avaient-ils le droit de rire de nous ?

— En as-tu un ?

— Non ! ai-je répondu d'un ton indigné.

— Si on appelait plutôt tes parents ?

— Non, non, vous ne pouvez pas faire ça.

— Désolée, mon garçon. Tu as seize ans et tu es en état de choc. Il faut qu'on les prévienne.

— Impossible. Ils ne vivent pas ensemble.

— Très bien. Chez qui habites-tu ?

— Mon père.

— Son numéro ?

— On n'a pas le téléphone.

De guerre lasse, la policière a laissé sa tête tomber en avant.

— On ne peut pas se le permettre, ai-je ajouté pour amoindrir mon mensonge.

Car on avait bien le téléphone, même si on ne pouvait effectivement pas payer les factures.

— Et ta mère ?

— Elle a un portable.

— Et… ?

— Je ne connais pas son numéro.

Ça au moins, c'était vrai. Il était noté sur un bout de papier que je gardais dans ma chambre, mais je ne l'avais pas utilisé assez souvent pour le mémoriser.

— Ça suffit, gamin, tu me fais perdre mon temps. Son adresse ?

— Je sais à quoi ressemble la maison.

— Son téléphone fixe ?

— Elle vit chez son copain. C'est elle qui m'appelle, jamais l'inverse.

— Ton adresse à toi, alors. On enverra quelqu'un chez ton père.

J'ai réfléchi un instant.

— Mike, le type là-bas. Il a le numéro de ma mère.

Voyant la policière se lever, je l'ai retenue, avec toujours en tête l'idée que je n'avais le droit de contacter qu'une personne.

— Il faut que je passe mon coup de fil maintenant.

— Pas de problème. Mais ne t'enfuis pas cette fois, d'accord ?

Il se faisait tard, le poste se remplissait de blessés venus du centre-ville et je n'étais plus le seul garçon à porter des vêtements tachés de sang. J'ai trouvé la cabine téléphonique et, à mon grand soulagement, un annuaire local dont j'ai feuilleté les pages crasseuses. La surface rayée en aluminium devant moi reflétait à peine mon teint pâle, mes cheveux plaqués par la sueur et le sang sur mes mains. J'ai composé le numéro en imaginant une sonnerie retentissant dans un couloir lambrissé, puis je me suis raclé la gorge, prêt à prendre ma voix de jeune homme bien sous tous rapports. La sonnerie s'est prolongée.

— Allô ?

— Allô, Polly ?

— Oui ?

— Polly, c'est moi, Charlie. Charlie, de la pièce de théâtre.

— Charlie ?

— Oui, Benvolio. De la pièce.

— Oui, je sais qui tu es.

— Est-ce que… ? Est-ce que Bernard et vous, vous êtes couchés ?

Elle a soupiré. Je semblais faire cet effet-là à tout le monde autour de moi.

— Charlie, il est très tard. Tu as un problème ?

— Non, non. J'ai juste quelque chose à vous dire. J'aimerais vous demander un service, en fait. Il s'agirait de transmettre un message.

— On ne pourrait pas faire ça lundi, plutôt ?

— Non, il faut le faire tout de suite. Le truc, c'est que… vous voyez la petite maison au bout de votre allée ? La loge ? Le truc, c'est que… je suis désolé, mais… il y a quelqu'un qui m'attend là-bas.

Le forceps

J'aurais préféré que l'infirmière ne me montre pas le forceps. Chaque petit bout de cristal faisait entendre un tintement clair et sonore lorsqu'elle le laissait tomber dans sa petite bassine incurvée, et elle semblait prendre un malin plaisir à fourrager dans mes chairs en fredonnant et marmonnant tour à tour. Dans un western ou un film d'action, on m'aurait donné un bâton à mordre pendant qu'elle arrosait mes plaies avec de la gnôle, mais là, je n'ai pu qu'écraser mon nez dans la bande de papier absorbant qui recouvrait le brancard.

— Oh, il était gros, celui-là ! a-t-elle commenté avant qu'un nouveau tintement retentisse.

J'ai tourné la tête et découvert ma mère, debout dans l'interstice entre les rideaux de mon alcôve. Elle portait sa plus jolie robe de soirée, mais son maquillage avait coulé et l'expression de son visage oscillait entre la fureur et l'inquiétude. J'ai eu le sentiment de l'avoir encore arrachée à quelque chose. Elle m'a paru à la fois très belle et très déçue, et j'ai béni le spray antiseptique dont la brûlure pouvait justifier la rougeur de mes yeux.

Dans la voiture, mon dos endolori m'a obligé à me pencher en avant sur mon siège, comme si je m'apprêtais à ouvrir la portière et à me jeter sur la deux-voies. Cela me semblait une option tout à fait envisageable. Contrainte par ma faute de quitter les personnes qu'elle recevait ce soir-là – parce que madame *recevait* maintenant –, ma mère avait oublié son inquiétude pour s'abandonner à la fureur.

— Des verres ! Mais qui peut bien voler des verres donnés en cadeau dans une station-service ?

— Je ne les volais pas.

— Au club de golf, ce sont des bouteilles de vodka et de gin qui disparaissent. Des pièces de viande ! Ou de l'argent !

— Je ne voulais pas les rapporter à la maison, mais m'en débarrasser.

— Oui, Mike m'a tout expliqué. Sauf que tu faisais ça pour piquer de l'argent !

— Pas de *l'argent*.

— Quoi alors ?

— Juste... des jeux à gratter.

— Que tu échangeais ensuite contre...

— De l'argent, mais qui n'existait pas tant que...

— Tant que quoi ?

— Tant que quelqu'un n'avait pas gratté la carte.

— Ah. C'était donc un vol *conceptuel*. Peut-être qu'on te fera comparaître dans une sorte de tribunal *abstrait et conceptuel* lui aussi. Peut-être qu'il y aura un jugement théorique dans une quatrième dimension. « Oui, j'ai un casier judiciaire, mais dans un monde parallèle. »

— Je ne vais quand même pas avoir un casier judiciaire ?

— Pour peu que tu sois déclaré coupable, bien sûr que si ! Tu volais des tickets gagnants ! Tu te serais servi directement dans la poche de Mike que ça ne serait pas différent !

— Non, pas du tout.

— Aux yeux de la loi, si.

— Qu'est-ce que tu connais à la *loi* ?

— Je sais que tu es dans le pétrin, Charlie. Ça, ça ne fait aucun doute.

Elle a mis son clignotant à gauche et quitté la route principale.

— D'après Mike, tu as un complice.

— Quand t'a-t-il dit ça ?

— À l'hôpital. Il m'a raconté que quelqu'un venait récupérer l'argent. La même personne à chaque fois. Les caméras de surveillance ont tout enregistré. Qui était-ce ? Un de tes copains ? Harper ?

Je n'ai pas répondu.

— Bon sang, Charlie, que s'est-il passé ? Nous n'avons pas élevé un voleur.

— Manifestement si.

Cette fois, elle ne m'a pas contredit, et on a gardé le silence tandis que je roulais en boule mon T-shirt puant et tout raide. Pour ajouter à mon humiliation, mes vêtements étaient si ensanglantés et déchirés que je n'avais pas pu les remettre, et ma mère m'avait apporté le plus vieux jogging de son amant, un ensemble gris et trop large qui faisait penser à ceux des prisonniers.

— Je suis désolé que tu aies été obligée de quitter ta soirée, ai-je dit à notre arrivée dans le quartier de La Bibliothèque.

— Oh, ils jouaient à Trivial Pursuit, alors je préfère presque être aux urgences. Presque.

— Et comment ça va avec… Jonathan ?

Ma mère a tourné la tête vers moi en plissant les yeux avant de reporter son attention sur la route.

— Les choses sont ce qu'elles sont, Charlie.

Puis elle a bifurqué sur Thackeray Crescent et s'est garée à quelques pas de la maison afin que mon père n'entende pas la voiture. Toutes les lumières étaient allumées chez nous.

— Papa est au courant ?

— Apparemment, une fille a téléphoné pour savoir où tu étais. Elle s'inquiétait, et comme tu lui avais raconté que tu passerais la nuit chez Harper, il s'est affolé.

— Et… ?

— Il m'a appelée – c'est te dire s'il paniquait. Je lui ai tout expliqué.

— Tout ?

— Oui. C'est ton père, Charlie.

— Maman !

— Que voulais-tu que je fasse ?

— Tu aurais pu simplement prétendre que j'étais tombé de mon vélo.

— Et que tu avais atterri sur une pile de flûtes à champagne qui se trouvait là ? Arrête, tôt ou tard, il aurait découvert la vérité.

— Oh, merde…

— Tu veux que j'entre avec toi ?

— Ben voyons. Ça va carrément arranger la situation.

— Non, peut-être pas, en effet.

— Je ferais bien d'y aller.

Mais aucun de nous deux n'a bougé.

— Qui est cette fille ? Une nouvelle petite amie ?

Jusqu'à présent, elle n'avait employé ces mots qu'avec sarcasme, mais pas cette fois.

— Je crois. Enfin, elle l'était jusqu'à ce que je lui pose un lapin.

— Elle joue dans ta pièce ?

J'ai jeté un coup d'œil à ma mère. Elle savait.

— Ton père m'a dit que tu étais tombé amoureux de Shakespeare.

— Elle joue dedans, oui.

— Qui est-ce ?

— Juliette.

— Dans la vraie vie, idiot.

— Pourquoi veux-tu que je te dise son nom ?

— Ce n'est pas une question anormale…

— Elle s'appelle Fran. Tu l'as vue au pub.

— Fran, a-t-elle répété comme si elle soupesait ce prénom. Hmm. Et elle est bien ?

— Dans la vraie vie ou… ?

— Dans le rôle de Juliette.

— Elle est épatante.

— Et toi ?

— Non.

— Il faudra que j'aille voir la pièce ?

J'ai ri en silence.

— Papa m'a posé la même question.

— Ça me ferait très plaisir.

— Non, tu es dispensée.

Il était vraiment temps que je rentre à présent.

— Appelle-moi si nécessaire. Si jamais il le prend mal.

— Je pense qu'il sera enchanté.

— Et appelle-moi lundi matin aussi.

Le lundi était le jour où devaient tomber les résultats des examens.

— Pourquoi ?

— Eh bien, parce que je suis ta mère. Peut-être que tu auras une surpri…

— Je sais que je me suis planté.

Elle a fermé les yeux en soupirant.

— Très bien, ne nous disputons pas là-dessus en plus du reste. Un seul sujet à la fois, ça vaut mieux.

J'ai ouvert la portière, avant de marquer une hésitation, comme si on roulait toujours sur la deux-voies. Devant le sourire crispé de ma mère, je me suis extrait de la voiture en me contorsionnant et en grimaçant. Puis, sans me retourner, je suis allé retrouver mon père.

La honte

Il me tournait le dos, un bras appuyé contre l'étagère de la chaîne hi-fi, comme pour la soutenir. Ou peut-être était-ce elle qui le maintenait debout. Il écoutait du jazz, une musique orchestrale tonitruante assez semblable au fracas d'un objet tombant dans les escaliers. Buddy Rich, à en juger par la batterie. Une cigarette entre les doigts – et les restes de plusieurs autres écrasés dans le cendrier à côté d'une bouteille de whisky –, il a porté son verre à ses lèvres d'une main tremblante.

— Salut, papa.

Il a vacillé en me jetant un coup d'œil par-dessus son épaule.

— Combien ?

J'ai soupiré.

— Tu veux dire, combien j'ai *volé* ?

J'avais décidé que l'attaque était la meilleure des défenses. S'il considérait que j'étais un voleur, je serais un voleur.

— Oui, combien d'argent as-tu volé ?

— Je n'ai même pas droit à un « Salut, Charlie, comment tu te sens ? Comment va ton dos ? ».

Il s'est retourné vivement et a trébuché, pris de vertige.

— Ta mère m'a dit que tu allais bien, alors arrête ton cirque.

— Si tu essayais « Je me fais du souci pour toi, Charlie » ?

— Oh, parce que tu crois que je ne m'en fais pas ?

— On peut baisser la musique ?

— Tu crois que je ne reste pas éveillé la nuit en m'inquiétant à ton sujet ?

— Peut-être que ça n'arriverait pas si tu ne passais pas tes journées à dormir sur le canapé.

— Tu n'as aucune idée de la manière dont je passe mes journées, tu n'es jamais là.

— Et je rate quelque chose ?

— Ne change pas de sujet. Combien as-tu… ?

— Je ne sais pas. Peut-être deux cents livres.

— Mais tu avais un job !

— Ouais, payé trois livres de l'heure.

— Si tu voulais plus d'argent, tu n'avais qu'à faire plus d'heures. C'est comme ça que ça marche !

J'ai ri, et ça l'a énervé.

— Pourquoi tu ris ?

— Je doute que tu sois le mieux placé pour me faire la morale sur les questions d'éthique professionnelle. Ou d'argent.

— Quoi ?

— Ça fait un moment que tu n'as pas travaillé, non ?

— Je n'ai quand même pas besoin de t'apprendre pourquoi je ne peux pas !

— Ah oui ? Tu n'en parles jamais.

— De quoi veux-tu qu'on parle ? Qu'est-ce que j'ai à dire, d'après toi ?

— Tous ces médocs près de ton lit ! Tu t'imagines que je ne sais pas lire les étiquettes ?

Durant quelques secondes, il a eu l'air sonné.

— C'est sous contrôle, tu n'as pas à t'inquiéter.

— Mais je m'inquiète ! Je ne fais même que ça ! Comment pourrais-je ne pas… putain, je déteste vivre ici !

— Charlie !

Il a eu un mouvement de recul – je l'ai bien vu –, comme s'il avait reçu un coup, mais je ne me suis pas arrêté.

— Et je déteste vivre avec toi ! Tous les jours, je me pose la même question : « Est-ce qu'il va me crier dessus ? Est-ce qu'il va encore piquer une crise ? »

Il a de nouveau cillé.

— Ce n'est pas vrai.

— Quand je rentre à la maison, je me dis : « Il est 5 heures de l'après-midi, est-ce qu'il va être bourré ? Est-ce qu'il a pleuré ? Est-ce qu'il est sorti aujourd'hui ? » Tu es pathétique, papa, et la vie avec toi aussi.

— Charlie, j'en ai bien conscience.

— Je sais qu'il y a des raisons à tout ça, mais tu n'en parles jamais ! Tu ne parles de rien !

— Pourquoi est-ce qu'on discute de ça maintenant ? C'est toi qui as volé de l'argent ! Pourquoi tu as fait ça ?

— Parce qu'on n'en a pas !

Enfin, la musique a cessé. Tremblant, désorienté, mon père a cherché le canapé à tâtons derrière lui et s'est laissé tomber dessus en se pliant en deux, comme si je l'avais frappé en plein ventre. C'est horrible, mais si bref qu'il ait été, j'ai éprouvé un sentiment mauvais de puissance. *C'est moi, ça,* ai-je pensé. *J'ai osé faire un truc pareil et je m'en fiche.*

Il n'y avait plus aucun bruit dans le salon à l'exception du petit cliquetis produit par le saphir du tourne-disque.

— Pourquoi vous n'êtes pas restés ensemble, maman et toi ?

— Je n'ai pas eu le choix.

— Mais vous auriez pu temporiser. Essayer de calmer le jeu un an ou deux, ou même quelques mois. Il y a bien des parents qui font ça pour leurs enfants. Vous auriez pu attendre qu'on soit un peu plus âgés, au moins.

— Je te l'ai dit, je n'ai pas eu le choix.

— Mais c'est toi qui l'as poussée à fuir ! Si seulement vous aviez pu... faire un effort !

Le temps a passé. *Tic, tac.*

— Tu es gêné à cause de moi ? m'a-t-il demandé.

— Non.

— Je te fais honte ?

Tic, tac, tic, tac.

— Je ne sais pas. Je te fais honte, moi ?

— Bien sûr que non. Tu es mon fils, je t'aime.

— Mais est-ce que tu es fier de moi, papa ? Profondément, sincèrement fier ?

Il a contemplé le sol un moment en fronçant les sourcils avant de me répondre d'une voix très claire :

— Non. À cet instant précis, non.

La fête

J'ai quitté la maison les yeux rouges, tout tremblant, sans même fermer la porte derrière moi. Pour ce que j'en savais, mon vélo se trouvait toujours à l'arrière de la voiture de M. Howard, avec sa roue voilée – une punition de plus pour mon crime –, et j'ai donc longé à pied les rues de mon quartier, Forster Street, Kipling Street, Woolf Street, Gaskell Street et Mary Shelley Street, avant de faire le tour du centre-ville, où des ivrognes titubaient vers le Golden Calf ou le Taj Mahal, du moins pour ceux qui ne s'étaient pas assoupis au pied de la croix marquant l'ancienne place du marché. Je ne pouvais pas rentrer chez moi cette nuit, mais où aller ? Chez Harper ? Chez Helen ? Ils voudraient que je leur dise ce qui s'était passé, et je n'avais pas encore les mots pour le raconter. Faute d'une meilleure solution, j'ai traversé des rues résidentielles silencieuses en direction de la rocade, pris le pont qui enjambait l'autoroute, puis suivi les champs de blé jusqu'à l'abribus et au sentier qui montait dans les bois.

Je suis parvenu à la loge un peu après 3 heures. Le canapé-lit était toujours déplié, signe que Fran avait dû vider les lieux à la hâte, et je l'ai imaginée, gênée et furieuse, les draps roulés en boule contre elle pendant que Bernard, en pyjama sous sa veste de chasseur, la reconduisait chez ses parents. Dans la lumière vive de l'ampoule au plafond, j'ai remarqué que les veilleuses avaient disparu elles aussi, laissant une série de traces noires tout autour de la pièce, comme des trous percés dans le plancher. Encore un truc qu'il faudrait payer.

Naïvement, j'avais espéré que Polly aurait une réaction digne de la nourrice dans *Roméo et Juliette*, qu'elle secouerait sa poitrine et rirait avec indulgence, ravie et fière d'avoir joué un rôle dans l'union de deux jeunes amants. Mais elle avait été tout simplement furieuse au téléphone et m'avait parlé d'une voix que je ne lui avais jamais entendue. Comment avait-on osé abuser de son hospitalité ? Nous étions des intrus ; non, des cambrioleurs ! Elle s'était attendue à mieux de ma part – comme tout le monde, semblait-il, et je me suis demandé ce que j'avais fait pour que les gens nourrissent de tels espoirs à mon propos.

4 h 30 du matin. Allongé à plat ventre sur le canapé-lit, je n'avais plus que la couverture sale pour me tenir chaud. Je l'ai remontée sur moi, puis j'ai fermé les yeux en m'abandonnant à la fatigue et en m'apitoyant sur mon sort. Ah, avoir connu tant de bonheur et tant de souffrances dans un même lit !

Et tant de peur aussi au réveil. Il fallait que je voie Fran. Qu'y avait-il de pire : la douleur de la retrouver ou le supplice de différer ce moment ? Dans la nuit, mes membres s'étaient raidis, conséquence d'une contracture musculaire profonde occasionnée par mon vol plané, si bien que j'ai grogné en repliant le canapé-lit. Cela faisait vingt-quatre heures que je ne m'étais pas lavé les dents, je portais toujours l'horrible jogging de l'amant de ma mère et, pour ne rien arranger, je n'avais pas réfléchi à ce que j'allais dire à Fran. J'ai bu un peu d'eau rougeâtre au robinet de la cuisine, je me suis frotté les dents et les gencives avec un doigt, après quoi je suis parti.

L'été était revenu, et c'est dans une atmosphère lourde et moite que j'ai atteint le village de Fran, transformé ce jour-là en petite ville. Des voitures étaient garées le long de la ruelle menant à la place de l'église et à la kermesse qui s'y tenait. Il y avait des banderoles et des drapeaux, un orgue à vapeur, des cris en provenance d'un gros château gonflable, et même un pasteur tout joyeux qui serrait la main aux gens. Personne n'aurait été surpris si des Spitfire étaient passés au-dessus de nos têtes. C'était une scène campagnarde idyllique qui fleurait bon les tondeuses à gazon et l'herbe fraîchement coupée, et tout en pressant le pas, j'ai eu conscience du velours épais de ma tenue d'emprunt, qui me faisait transpirer et me donnait l'air louche d'un détenu en cavale, surtout quand je me suis baissé pour regarder à travers la haie de troènes devant la maison de Fran. La fenêtre de sa chambre était ouverte – cette chambre que je n'avais pas encore vue et que je ne verrais probablement jamais. Peut-être était-elle étendue sur son lit, en train de penser à moi.

Après avoir vérifié qu'il n'y avait personne dans la rue, j'ai soulevé avec précaution le loquet du portail. Je me suis alors retrouvé transporté dans l'Amérique des années 1950. Pris d'une envie folle de jeter un petit caillou contre les carreaux de Fran pour attirer son attention, j'ai prélevé une boule de terre de la taille d'une bille au pied d'un massif de rosiers et l'ai lancée vers sa fenêtre, comme un vrai voyou. Une deuxième a suivi, et une troisième, et...

— Je peux t'aider ?

— Bonjour, madame Fisher !

Avec ses gants de jardinage, son tablier vert et le petit sécateur à l'aide duquel elle avait coupé des petites branches, la mère de Fran respirait la santé et une parfaite hygiène de vie.

— Bonjour. Qui es-tu ?

— Je suis Charlie, un ami de Fran.

— Oh ! Bonjour, Charlie.

Elle a soufflé sur ses cheveux que la sueur avait plaqués sur son front.

— Tu peux frapper à la porte. Ça revient à peu près au même.

— Je ne voulais pas vous déranger.
— Je crois que ceci est plus dérangeant, en fait.
Il y a eu un silence.
— Elle est rentrée très tard cette nuit, a-t-elle ajouté.
— Ah oui ?
— Oui. Tu ne sais pas ce qui s'est passé, par hasard ?
— Non. Non.
— Ma foi, elle n'est pas ici, Charlie.
— Très bien.
— Elle est à la fête du village.
— OK.
— Je pense qu'elle se cache. Elle n'est pas dans nos petits papiers, tu comprends.
— Non ?
— Non.
— …
— Bien. Ravie de t'avoir rencontré, Charlie.
— Ravi aussi.
— Frappe à la porte, la prochaine fois.
— D'accord !
Et je suis reparti vers l'église.
— C'est cinquante pence l'entrée, m'a dit la dame à l'accueil.
Il y avait des clés dans ma poche, mais aucune pièce de monnaie.
— Je suis désolé, je n'ai pas d'argent.
Elle a froncé les sourcils. Ayant sans doute deviné que j'étais un mauvais garçon, un type s'est porté à son secours.
— C'est pour une association caritative !
— Mais je n'ai rien sur moi.
Et parce qu'il n'y avait manifestement aucun protocole de sécurité à appliquer en cas d'intrusion dans une fête villageoise, j'ai continué à avancer.
— Hé ! Hé, toi ! m'a interpellé la dame.
Allaient-ils me pourchasser ? Me plaquer à terre ?
— Je vous paierai ! Je dois juste…

J'ai disparu dans la foule – il y avait vraiment beaucoup de monde sur place – et je suis allé jeter un coup d'œil du côté de la tombola, du stand de plantes d'intérieur et de celui des gâteaux, jusqu'à ce que je la repère, occupée à lire la quatrième de couverture d'un classique de la littérature derrière une table montée sur des tréteaux qui croulait sous les livres d'occasion. Elle a levé la tête, souri en me voyant, puis s'est rembrunie.

— Salut, Charlie.

— Salut.

— Qu'est-ce que tu fais ici ?

— Il fallait que je te parle. Je suis désolé.

— Tu as une sale tête.

— Laisse-moi t'expliquer.

— Ça me paraît nécessaire, en effet.

— Je sais, je suis désolé.

— Merde, Charlie ! Est-ce que tu te rends compte à quel point c'était humiliant ?

— Je sais !

J'avais pensé à une blague en chemin…

— Polly est furax, et même Bernard n'est pas content. Quant à mes parents, ils ont piqué une crise.

— Non ?

Il suffisait que je la place au bon moment…

— Qu'est-ce que je fais ici à ton avis ? Plutôt ça que rester avec eux.

Maintenant par exemple…

— Fête l'amour, pas la guerre.

— Hein ?

— Fête l'amour, pas… On peut aller ailleurs ?

— J'ai promis de surveiller ces bouquins.

— Juste une minute.

Elle s'est dirigée en soupirant vers le responsable du stand voisin. Après quelques négociations, elle a été libre de partir.

— Je t'écoute.

— Qu'est-ce que je pouvais faire d'autre ? Je n'allais quand même pas t'abandonner comme ça, j'ai eu peur que tu t'inquiètes.

— Et je me suis inquiétée ! Mais maintenant, je suis dans le pétrin, Charlie. Dis, tu as vraiment une sale tête.

— Je n'ai pas dormi. Ni mangé.

— Qu'est-ce que c'est que ces fringues ?

— Je les ai empruntées. Il y avait trop de sang sur mes affaires.

— Du sang ? Charlie, que t'est-il arrivé ?

— Allons ailleurs.

On s'est assis à l'ombre de la tente qui protégeait le stand des rafraîchissements. J'avais passé tout le trajet à répéter un récit à la fois véridique et déformé, et elle m'a écouté en silence, les mains sur ses jambes, les yeux baissés, jusqu'à ce que je me penche pour lui montrer mes pansements. Là, elle a poussé un cri gratifiant, mais sa compassion n'a pas suffi à lui faire oublier une vérité gênante.

— Mais… tu volais de l'argent ?

— Oui.

— Et maintenant tu es poursuivi en justice ?

— Peut-être. Je ne sais pas encore.

— Ouah. OK. OK, a-t-elle dit en me prenant la main. Je suis désolée. C'est moche.

— J'ai commis une erreur.

— En volant cet argent ? Ou en te faisant pincer ?

— Les deux, ai-je répondu, avant d'ajouter le plus gentiment possible : Putain, Fran, je n'ai pas besoin que tu t'y mettes, toi aussi.

— Non, je m'en doute. Excuse-moi.

On est restés assis là, à regarder droit devant nous. À travers la toile du chapiteau voisin résonnaient les résultats de la tombola.

— C'est un billet bleu qui l'emporte. Le 443. Le numéro 443 gagne cette magnifique maison de poupée !

Des cris et des acclamations ont retenti. Sans un mot, on a écouté la remise des prix suivants – une bouteille de champagne, un panier garni, un assortiment de conserves, un gigot d'agneau issu d'un élevage local, un bon d'achat pour une coupe-brushing chez Scissors. J'éprouvais une abyssale tristesse en constatant qu'une seule journée avait suffi pour qu'on en arrive là : nous étions incapables de nous parler ou de nous regarder. Mon unique réconfort était le contact de sa tête inclinée bizarrement contre mon épaule.

— C'est un ticket vert, cette fois. Le numéro 225. Le 225, vert !

Fran a décollé ses hanches du sol et glissé les doigts dans la poche arrière de son jean pour en sortir un bout de papier.

— J'ai le numéro gagnant.

— Tu ferais bien d'aller chercher ton lot.

— Plus tard.

— Le ticket vert numéro 225 remporte ce lecteur CD portable ! a annoncé l'animateur de la tombola.

— Ça ne me dérange pas, ai-je dit.

— J'en ai déjà un.

— Dernier appel, le ticket vert numéro 225 !

— Vas-y.

— Ne bouge pas, a-t-elle dit.

Elle s'est levée et faufilée à travers une fente dans la toile du chapiteau comme pour faire son entrée en scène.

— Ici ! l'ai-je entendue crier.

Pendant que des applaudissements et des rires saluaient la gentille fille du coin connue de tous, je me suis levé à mon tour et me suis éloigné.

Elle m'a rattrapé près du stand où étaient vendus des gâteaux.

— Ne te sauve pas ! Ce n'est pas la fin du monde, quand même.

— Il faut que j'y aille.

— Tu peux repasser à la maison si tu veux. Tu rencontreras mes parents.

— Pas maintenant. Une autre fois.

— D'accord. Comment comptes-tu… ?

— À pied.

— Je peux leur demander de te ramener.

— Non, ça ira. J'ai tout mon temps.

Elle a jeté un coup d'œil à son stand derrière elle.

— J'ai promis de remplacer ma copine…

— Je comprends.

— On se voit demain ?

— Oui, ai-je répondu, même si je savais déjà que je ne retournerais pas au manoir.

Après un instant d'hésitation, elle s'est avancée vers moi et m'a embrassé.

— Je t'aime, a-t-elle marmonné.

— Moi aussi.

Elle m'a alors tendu son lot, qu'elle tenait coincé sous son bras.

— Tu n'en veux pas, par hasard ?

— Non, ça ira. Mais je peux t'emprunter une livre ? Je n'ai pas payé mon billet d'entrée.

— Bien sûr. C'est très sympa de ta part…

— C'est pour une association caritative, tu comprends…

En repartant, j'ai dépensé cinquante pence pour deux roses des sables que j'ai vite fourrées dans ma bouche, puis j'ai donné le reste de mon argent à la dame à l'accueil.

À la maison

J'ai refait à pied tout le chemin jusqu'à la maison, comme le matin qui avait suivi la soirée chez Bruno – ce matin de liesse durant lequel j'avais pris tant de bonnes résolutions. Mais il fallait croire que le changement n'était qu'un mythe. Je ne m'étais pas découvert une nouvelle façon de m'exprimer et encore moins de me mouvoir dans ce monde, hormis celle-ci, qui me voyait regagner, abattu, mon point de départ. Qu'aurais-je pu faire d'autre ?

Je redoutais de rentrer chez moi, ce jour-là plus que jamais, et pas à cause de ce qu'on s'était dit, mon père et moi, mais parce que je savais qu'on fermerait les yeux sur ce qui s'était passé et qu'on retrouverait toutes nos vieilles habitudes – les conversations monosyllabiques, les disputes, les trêves provisoires dans une atmosphère électrique. J'ai donc traîné en cours de route et me suis même arrêté pour dormir au bord d'un champ, juste dans le but de tuer le temps, comme lorsqu'on avance les aiguilles d'une montre.

Je suis arrivé à Thackeray Crescent en fin d'après-midi. Alors qu'il faisait jour, tous les rideaux étaient tirés. Je n'avais encore jamais vu ça, même dans les moments de profonde déprime de mon père, et j'ai été pris d'un tel accès de panique que je me suis mis à courir.

— Papa ! Papa ! ai-je crié en enfonçant brutalement ma clé dans la serrure.

J'ai noté le désordre au rez-de-chaussée, le cendrier, la télé qui braillait, et j'ai monté les marches quatre à quatre jusqu'à la chambre de mon père. Il était à moitié nu sur son lit, le visage contre le matelas. Une bouteille de whisky gisait par terre.

— Oh, merde...

J'ai posé une main sur son épaule – il avait la peau chaude, Dieu merci, mais il était fiévreux et moite. En le retournant, j'ai senti son haleine qui empestait l'alcool. Bon, au moins, il respirait. J'ai farfouillé parmi les flacons, les verres et les blisters à côté du lit en quête d'indices. Devais-je appeler une ambulance ?

— Papa ! Papa, réveille-toi !

J'ai repoussé ses cheveux derrière son oreille, comme si c'était la raison pour laquelle il ne réagissait pas.

— Papa ? Papa, s'il te plaît, parle-moi. Tu m'entends ?

Mais je n'ai obtenu aucune réponse. Rien, hormis le bruit rocailleux de sa respiration gênée par les glaires dans sa gorge. Je me suis reculé et assis dos au mur un instant. Des larmes me brûlaient les yeux. Ce n'était pas normal. Ce n'était pas juste d'avoir à gérer ce genre de situation.

Les films m'avaient appris que le sommeil était l'ennemi à combattre. Après avoir trouvé le verre avec lequel mon père avalait ses cachets, je suis revenu près de lui. Ma décision était prise : s'il ne bougeait pas, j'appellerais une ambulance. J'ai versé un peu d'eau sur sa joue et dans son oreille, puis encore un peu, puis le verre tout entier. Mon père a grogné, et j'ai distingué un mouvement sous ses paupières. Un peu rassuré, je me suis armé de courage et j'ai passé un bras sous son aisselle humide pour tenter de le redresser, mais je n'ai réussi qu'à le faire glisser et chuter lourdement par terre. Au rez-de-chaussée, l'émission dominicale religieuse de la BBC diffusait une version de « Lord of the Dance ». La panique a enflé en moi. L'eau était la solution. J'ai enjambé mon père et foncé dans la salle de bains, où j'ai ouvert les deux robinets de la baignoire, jeté les brosses à dents dans le lavabo et rempli le gobelet d'eau froide. De retour dans la chambre, j'en ai versé une partie sur sa tête et le reste dans sa bouche.

Il s'est mis à cracher, et un brusque haut-le-corps l'a fait s'appuyer à moitié contre la base du lit – lequel, sous son poids, a commencé à dériver avec fracas sur ses roulettes.

C'était le moment ou jamais. En le voyant retomber, j'ai de nouveau glissé une main sous son aisselle pour le redresser en m'arc-boutant contre le sol avec mes genoux jusqu'à ce qu'on se retrouve tous les deux assis sur le matelas. Je me suis efforcé de le maintenir dans cette position, comme un ventriloque écrasé par sa propre marionnette, mais je sentais la gravité l'attirer en arrière. Ravalant un cri de frustration, je l'ai fait basculer vers l'avant pour le hisser debout, puis je l'ai porté – ou plutôt poussé – vers la salle de bains, où il s'est écroulé contre les toilettes. Par chance, il a été pris à ce moment-là d'une violente nausée et s'est mis à vomir une substance liquide à laquelle le whisky avait donné l'aspect de la tourbe. Je lui ai frotté le dos d'une main pendant que je vérifiais de l'autre la température de l'eau dans la baignoire. Elle était fraîche – suffisamment pour le réveiller sans provoquer une crise cardiaque. Cinq, dix minutes se sont écoulées, durant lesquelles il n'a cessé de rendre tripes et boyaux en gémissant – « Oh, non, oh, non, non, non ». Quand il a eu terminé, je l'ai aidé à s'asseoir sur le bord de la baignoire, à pivoter sur lui-même et enfin à glisser dans l'eau, toujours avec ses sous-vêtements, comme un plongeur se laissant tomber d'un bateau.

Au rez-de-chaussée, une émission consacrée aux amateurs d'objets anciens avait succédé aux cantiques. Elle se déroulait cette semaine dans le Staffordshire, où les participants espéraient dégoter quelques exemplaires de la célèbre poterie locale, mais j'ai préféré faire le guet. Gonflé par l'eau, le boxer de mon père flottait à la surface, telle une vessie de mer en tartan. Sa bedaine et son torse maigre et pâle m'ont inspiré une répulsion familière, et j'ai tenté de faire resurgir en moi un autre sentiment en me concentrant sur son visage – les plis et les rides assez profonds pour y planter un crayon, la bouche pâteuse à moitié ouverte, la repousse de sa barbe poivre et sel aussi rêche que les poils d'un balai, les cheveux de plus en plus clairsemés que la sueur avait collés sur son crâne, la peau bleue et parcheminée sous ses yeux. Il avait trente-huit ans.

J'ai cherché des traces de l'homme plus jeune qui avait passé des après-midi à jouer avec moi dans mon enfance. Je n'en voyais aucune, mais j'avais l'impression de devoir essayer. Parmi toutes les résolutions que j'avais prises ce fameux matin d'été, celle-là restait valable : trouver un moyen de cohabiter avec lui. Je ne le fuirais plus.

Une demi-heure plus tard, il m'a semblé que je pouvais m'éloigner sans danger. Il aurait fallu une certaine souplesse pour se noyer dans une si petite baignoire, de toute façon. Je l'ai laissé tremper dans son bain le temps de ranger sa chambre, de changer les draps, de lui sortir un pyjama propre, d'enlever tous ses flacons et de planquer ses cachets. Je suis ensuite descendu au rez-de-chaussée faire le ménage et ouvrir les fenêtres. Durant tout ce temps, j'ai guetté un message sans me l'avouer. N'en voir aucun nulle part m'a réconforté. Et puis il lui restait des comprimés. Si vraiment il avait voulu… peu importe. Je me suis accroché à l'idée d'une fête solitaire qui avait dérapé, d'un excès mal contrôlé – rien en tout cas qu'on aurait besoin de nommer ou d'évoquer, ni rien qui aurait un rapport avec ce que j'avais dit ou fait. En retournant dans la salle de bains, je l'ai découvert là où je l'avais laissé. J'ai nettoyé et désinfecté les toilettes et le sol pendant qu'il patientait sans bouger.

— Bon, il est temps de sortir, ai-je dit en lui tendant sa robe de chambre, comme un majordome l'aurait fait avec son vieil employeur.

Il s'est enveloppé dedans après avoir enjambé avec précaution le bord de la baignoire et a enlevé son boxer trempé. Il se dirigeait vers sa chambre quand je l'ai attrapé par le coude.

— Non, il faut que tu restes encore un peu éveillé.

On a descendu lentement l'escalier. Sur le canapé, je lui ai construit un nid de coussins pour lui maintenir le dos droit et je l'ai obligé à avaler un thé, du pain grillé et des quartiers d'orange.

— Comme un footballeur professionnel, a-t-il dit en suçotant la peau – ses premiers mots intelligibles depuis mon retour.

On s'est ensuite abandonnés au sadisme pépère des séries policières du dimanche soir. Je me tournais de temps en temps vers lui et lui posais des questions sur l'intrigue quand je voyais ses paupières s'alourdir. « Tu crois que c'est le policier le coupable ? Tu crois que c'est la femme ? » Au bout d'un moment, tout danger semblant écarté, je l'ai raccompagné à l'étage, j'ai ouvert la fenêtre de sa chambre et l'ai mis au lit.

Alors seulement, j'ai jeté le maudit jogging à la poubelle et enfilé une autre tenue. Le miroir m'a renvoyé l'image d'un garçon crasseux et épuisé. Si j'avais éprouvé la moindre fierté, les pansements en piètre état sur mon dos se seraient chargés de me rappeler mes fautes. J'allais avoir besoin de quelqu'un pour m'aider à les changer. Tant pis, cela attendrait. Pour l'heure, je me suis allongé à côté de mon père, avec l'intention d'ouvrir l'œil toute la nuit. Mais le sommeil était plus fort que moi. J'ai fermé les yeux et me suis endormi.

Les résultats

J'ai trouvé déstabilisant à mon réveil de découvrir la tête de mon père à côté de la mienne sur l'oreiller, mais au moins, son visage avait repris des couleurs pendant la nuit. Après avoir jugé son sommeil tout à fait normal, je me suis assis et étiré. Le picotement des croûtes dans mon dos m'a alors tout remis en mémoire. La gêne de Fran, mon procès imminent, la pièce que j'allais laisser tomber, la publication des résultats des examens – autant dire un medley de catastrophes que j'allais avoir du mal à hiérarchiser.

Le plus sage était de me cacher, ai-je décidé. Les notes des examens devaient être affichées au collège, et j'imaginais la foule des élèves massés devant, avec la bande des chèques-livres qui lèveraient un poing victorieux pendant que d'autres auraient les yeux rouges et l'air perdu. Ayant déjà vu de telles scènes aux informations à la télé, je n'avais aucune envie d'y participer. Il était préférable que je remette mon père d'aplomb – et c'était ce que j'aurais fait si, toute la journée, les appels et les visiteurs n'avaient cessé de se succéder, tous plus pressants les uns que les autres.

— Où es-tu, Charlie ? a commencé Ivor au téléphone. On a besoin de toi ici !

— Je suis désolé, Ivor. Je ne peux pas continuer.

— Ne sois pas ridicule, Charlie. Le lever de rideau est prévu jeudi.

— Je sais. Je suis désolé.

— OK. OK. Écoute, j'ai parlé à Fran, et aussi à Polly. Je suis au courant qu'il y a eu… un incident…

— Ce n'est pas…

— Tournons la page. Tant que tu es avec nous, tu es un membre de la troupe. Un membre très estimé. On ne te jugera pas.

— Mais ce n'est pas ça, le problème. Pas uniquement.

— C'est quoi alors, le problème ?

J'ai collé ma bouche contre le combiné.

— Un souci familial.

— Merde, Charlie. Ça tombe mal, très, très mal.

— Je suis désolé.

Il y a eu un silence au bout du fil.

— Je me suis bien amusé avec vous, ai-je ajouté.

— Alors reviens !

— Je ne peux pas.

Nouveau silence.

— Écoute, qu'est-ce que vous feriez si j'avais été renversé par un bus ?

— On… annulerait le spectacle ?

— Non, si vous *deviez* assurer la représentation sans moi.

— Je ne sais pas. On demanderait à l'un des acteurs de jouer deux rôles.

— Je n'ai aucune scène en commun avec Pâris. George pourrait le faire.

Ivor a médité ma proposition.

— Ce n'est pas l'idéal, a-t-il enfin répondu.

— Je m'en doute.

À cet instant, j'ai vu une ombre derrière la fenêtre. Je ne voulais pas que mon père se réveille. Pas tout de suite.

— Bonne chance, Ivor. Et merci.

J'ai raccroché et foncé vers la porte d'entrée.

— Où étais-tu passé ?!

Sur le seuil, Harper affichait cet air gêné qui accompagne parfois les grandes réussites.

— Je viens de me lever. Tu as tes résultats ? Qu'est-ce que ça donne ?

— Je m'en sors bien ! Très bien ! Enfin, mieux que je ne m'y attendais vu que je n'ai absolument rien glandé !

Même à l'heure de son triomphe, Harper n'admettrait jamais avoir ouvert un seul livre.

— Des B pour l'essentiel, et quelques A. Ça suffit pour passer.

— Et moi ?

— Tu ne veux pas aller voir par toi-même ?

— Non, tu peux me le dire.

Il a inspiré entre ses dents, comme devant un match de foot. Le score s'annonçait mauvais.

— Ce n'est pas bon, mon vieux.

Cela m'a fait rire.

— Je le sais. C'est bien pour ça que je n'y vais pas.

— Il y a quand même deux B dans le lot.

— Ah ouais ?

— Je crois. Tu as fait mieux que Lloyd !

— Ah ouais, ce n'est pas rien.

— Quelle importance, de toute façon ? Sur le long terme.

— C'est vrai. Tu as raison, quelle importance, ai-je dit, avant de me rendre compte que cela faisait trop longtemps qu'on était plantés sur le pas de la porte. Je t'inviterais bien à entrer, mais...

— Non, ne t'inquiète pas. On va essayer d'aller boire un verre à l'Angler, si jamais ça te tente...

— Non, ça ira.

— D'accord.

Mais il a hésité, et j'ai senti qu'il avait autre chose à me dire.

— Ta mère m'a appelé hier.

— Elle a fait ça ?

— Oui. Elle m'a raconté ce qui t'était arrivé. Avec la police et tout.

— Ma mère, je te jure…

— Je crois qu'elle voulait que je prenne de tes nouvelles. Du coup…

— Je vais bien.

— Et ton dos ? Tes entailles ?

— Ça va.

— Tant mieux. Tant mieux.

— Tu n'avais pas besoin de passer exprès pour ça.

— OK. Très bien.

Mais il n'avait pas terminé.

— Charlie, c'est un peu gênant, cette histoire de vol. Si tu dois finir au tribunal, si le truc prend une tournure judiciaire… tu ne mentionneras pas mon nom, hein ? Je préférerais ne pas être mêlé à tout ça.

C'est ainsi que, en un instant, l'emprise que Harper avait eue sur moi s'est évaporée et que j'ai pu rire de lui aussi.

— C'est quoi ces conneries, Charlie ? Tu laisses tomber la pièce ?

Cette fois, c'était Alina qui m'appelait.

— Je suis désolé, Alina, j'ai déjà tout expliqué à Ivor.

— Ce n'est pas du tout professionnel.

— Eh bien, je ne suis pas un professionnel, alors…

— Hmm, l'ai-je entendue marmonner. George ne fait pas du tout l'affaire.

— George est excellent !

— Oui, techniquement, il est bien meilleur acteur que toi, mais il n'est pas fait pour ce rôle. Il a quelque chose de trop distinctif. Toi, Charlie, tu as un côté anonyme et sans consistance qui colle parfaitement à Benvolio.

— Merci, Alina.

— Sans vouloir te vexer, il faut quelqu'un de neutre pour jouer ce personnage.

— Encore une fois, je suis désolé.

— Les autres ne sont pas contents, Charlie.

— Je vous l'ai dit…

— Aucun de nous n'est content. On ne peut pas accepter ça. Pas après avoir *autant* travaillé.

Il y a eu un grésillement au bout du fil – sans doute une cigarette allumée en cachette.

— Charlie, la plupart des jeunes avec qui je bosse savent qu'ils sont bons. Bons, compétents et capables. Bravo à eux, mais franchement, quel intérêt ? Tandis qu'être mauvais au départ et accomplir autant de progrès… C'est ce qui nous motive, nous. Tu es la raison pour laquelle on fait ça. Sans toi, à quoi ça rimerait ?

J'ai mis un moment à répondre.

— Il faut que je te laisse, ai-je enfin dit. Je suis désolé, Alina.

Et j'ai raccroché.

Mon père était réveillé, mais toujours pas en état de rester assis. Je lui ai apporté un thé avant d'ouvrir ses rideaux – que j'ai refermés lorsqu'il a grogné.

— Pourquoi le téléphone n'arrête pas de sonner ? Et qui est venu tout à l'heure ?

— Des amis.

— Tu es populaire.

— Ça oui ! ai-je dit en riant.

Il a observé un silence.

— Désolé, je suis incapable de me lever.

— Pas grave.

— Ma tête…

— Dors, ne t'inquiète pas.

— Tu es allé au collège ?

— Non, c'est inutile.

— Ça vaudrait la peine de vérifier, quand même.

— Peut-être.

Le silence est retombé entre nous, et j'ai eu l'impression d'avoir raté ma réplique. J'ai cherché quoi ajouter…

— Tu ferais mieux de ne pas boire si tu prends des antidépresseurs.

— Je sais.

— Ils ne servent à rien, sinon. Sans compter qu'ils ont des effets secondaires. Je m'inquiète pour toi. On s'inquiète tous. Et ça, ça fait partie des effets secondaires. Ce n'est pas juste.

— Je sais.

— Qu'est-ce qui t'est arrivé ?

— Je... Je n'ai pas maîtrisé la situation, c'est tout.

— Est-ce qu'il faut... ? Est-ce que tu veux... qu'on en discute ?

— Non.

— Parce que je refuse de te donner un autre bain, papa. C'est vraiment dégoûtant.

Il a souri.

— Ça vaut pour toi aussi. Je refuse de te ramasser encore une fois dans la rue.

— D'accord. Arrêtons ça tous les deux.

Il a ri cette fois.

— Marché conclu.

— Bien.

— Mais ce n'est pas la peine d'en parler à ta mère ou à ta sœur. Ni à qui que ce soit, en fait.

— Je ne dirai rien.

— Je vais dormir un peu maintenant. Je me lèverai après.

— Comme tu veux. Je file à l'école. À tout à l'heure.

On avait eu ce qui s'apparentait à une conversation, je suppose, et il en ressortait que je pouvais quitter la maison. Je n'en aurais pas pour longtemps.

Pour aller plus vite, j'ai enfourché le vélo turquoise de ma mère – un engin tout rouillé que j'avais extirpé du fond du jardin et dont le panier faisait un bruit de ferraille incessant. Pendant les vacances scolaires, le collège avait l'air triste et abandonné d'une usine fermée. Tous les élèves qui souhaitaient connaître leurs résultats étaient venus et repartis depuis belle lurette. Seul M. Hepburn, le professeur de géographie, se trouvait encore à la réception. Avec son teint bronzé, ses joues pas rasées et sa tenue civile, il avait ce curieux côté glamour qu'ont les enseignants en dehors de l'école.

— Monsieur Charlie Lewis ! De retour sur la scène du crime !

— Bonjour, monsieur Hepburn.

— Vous êtes le dernier ! Vous savez où est le tableau, allez-y.

Des mois durant, j'avais gardé une blague en prévision de cette journée. Je consulterais les résultats en énonçant mes notes : « F, F, F, F, U, U, U, U, on dirait que je bégaie ! » Ce n'était pas très drôle, ça ne me consolerait guère, mais ça m'aiderait peut-être à passer ce mauvais moment. Les vrais résultats n'ont pas formé une série si parfaite, et j'ai découvert à la place un mélange de D, de E, de F, et puis si, un ou deux U. Les devoirs que j'avais rendus plus tôt dans l'année, avant que je parte en vrille, m'avaient épargné une humiliation complète, mais le tout constituait un fouillis peu impressionnant. J'ai enregistré rapidement les notes de quelques autres élèves : une série de A pour Lucy. Idem pour Helen. « A, A, A, A, A, A, A. Comme un putain de cri », avait dit Fran. En comparaison, j'avais…

— Une bonne main au Scrabble, a commenté M. Hepburn à côté de moi. J'ai déjà vu pire.

Et sur un point fondamental, Harper s'était trompé. Les deux B qu'il avait mentionnés étaient en réalité un B et un A, en sciences informatiques et en arts plastiques.

— Voilà ce qui en fait une bonne main, a précisé mon professeur, un doigt sur le A.

— Il doit y avoir une erreur.

— Arrêtez, Lewis. Les autres notes n'ont pas d'importance ou peuvent être améliorées, a-t-il ajouté en grattant les D, les E et les F avec l'ongle de son pouce. Je vous promets qu'on peut y remédier.

— Ça ira, merci, monsieur Hepburn.

— Allez-vous un jour m'appeler Adam ?

— Non, jamais.

— Revenez si vous voulez...

— Peut-être.

— Très bien, Charlie, filez. Bonne chance. Vous savez où me trouver.

— Oui, merci, monsieur Hepburn, ai-je dit avant de quitter le collège à jamais pour la seconde fois.

Une profonde tristesse m'a envahi ce jour-là, comme le premier stade d'une maladie. Cela ne tenait pas uniquement à la confirmation de mon échec, il y avait aussi la douleur plus intense d'avoir perdu Fran. On n'avait pas rompu, pas encore, mais cela ne tarderait sûrement pas. La personne qu'elle avait aimée – dire qu'elle avait prononcé ces mots quelques heures plus tôt à peine – avait disparu, et mes prétendues mystérieuses qualités avaient dévoilé leur vrai visage, celui de la stupidité, de la malhonnêteté et de la médiocrité. La sonnerie du téléphone retentissait, celle de la porte d'entrée aussi, et chaque fois je me demandais – est-ce que c'est elle ? « Charlie, il faut qu'on parle... »

Ma mère et ma sœur ont débarqué.

— Hourrah ! ont-elles crié.

Elles apportaient un gâteau acheté au supermarché sur lequel était écrit « Bravo ! », mais même le glaçage manquait de conviction. Mon père était debout et habillé à ce moment-là, et nous nous sommes installés tous les quatre sur des tabourets devant la table-bar de la cuisine pour manger chacun une part dans une atmosphère de courtoisie forcée.

— A pour arts plastiques ! s'exclamait ma mère toutes les deux ou trois minutes, en s'accrochant à ce résultat comme à un tronc d'arbre durant une inondation. Tu imagines ? Un A !

— Ouais, pense à tous ces jobs à pourvoir dans la section artistique des pages Emploi du journal.

— Ce n'est pas la question, Charlie.

— On recherche un artiste disponible de suite…

— Pourquoi tu ne répètes pas aujourd'hui ? a demandé Billie dans l'espoir de changer de sujet.

— J'ai arrêté.

— Non !

— Quoi ?

— Oh, quel dommage.

— Mais on comptait assister à la représentation ! a protesté Billie.

— Tu peux toujours y aller. Simplement, je ne serai pas sur scène.

— Tu ne vas pas laisser tomber maintenant !

— Maman, c'était un rôle chiant. Je n'avais pas grand-chose à faire.

— Mais on a acheté des billets !

— Moi aussi, a dit mon père.

— Eh bien, allez-y !

— Ne sois pas ridicule, a répliqué ma mère. On n'ira pas voir une pièce si on n'y est pas obligés.

— Très bien, n'y allez pas, alors !

Il y a eu un blanc dans la conversation.

— Mais vous devriez. Ce sera un bon spectacle.

Le silence s'est prolongé.

— Un A et un B. Et techniquement parlant, un D signifie que tu as validé cette matière.

— Maman !

Elle m'a pris la main par-dessus la table et m'a frotté le poignet avec son pouce.

— Charlie, accepte les compliments, tu veux bien ?

Après leur départ, mon père et moi avons fait la vaisselle côte à côte, les yeux rivés sur le jardin.

— J'ai l'impression qu'on n'a pas fait notre boulot, hein ? a-t-il dit. Ta mère et moi.

— Bof. Vous aviez d'autres soucis en tête.

— Mais on a choisi un mauvais moment pour se séparer.

— Assez mauvais, oui.

— Tout de même. Je suis fier de toi.

— Pour un A et un B ?

— Pas pour ça. Pour d'autres choses.

Il a posé légèrement sa main sur mon épaule, puis on a rangé la vaisselle.

Et ce n'était toujours pas fini. Le mardi aussi, les visiteurs ont continué à affluer.

Le suivant a été Mike, mon ancien patron. Quand mon père a ouvert la porte, je l'ai vu vaciller, partagé entre sa déférence à l'égard de la partie lésée et sa loyauté envers moi. Mais on ne pouvait pas couper à un entretien. Un peu mal à l'aise, on s'est assis tous les trois sur le canapé, trop large et trop mou pour une discussion si solennelle.

— Il n'y aura pas de poursuites judiciaires. C'est une approche musclée que nous n'avons jamais eu l'intention de privilégier. Comme vous le savez, Charlie était employé de façon… comment dire… occasionnelle, en tant qu'apprenti.

— De façon illégale, a répliqué mon père en s'efforçant de lui opposer des arguments juridiques.

— Informelle, monsieur Lewis. Il ne serait dans l'intérêt de personne de pousser l'affaire plus loin. Nous pourrions si nous le voulions – les preuves ne manquent pas. Ses complices ont été filmés par les caméras de surveillance, il y a des irrégularités dans la comptabilité, mais…

c'est surtout une question de principe. Nous sommes déçus.

Le canapé semblait aspirer Mike, qui a été obligé d'y planter ses doigts fermement pour s'extraire de ses profondeurs.

— Nous n'attendons pas de Charlie qu'il revienne travailler, et nous ne lui ferons aucune lettre de recommandation, bonne ou mauvaise. Reste le problème du dédommagement financier…

— Oh ? a dit mon père, qui devait sentir resurgir ses anciennes peurs. Combien ?

— Difficile de vous donner un chiffre, monsieur Lewis. Apparemment, tout le personnel était plus ou moins dans le coup, mais bien sûr tout le monde nie en bloc.

— J'ai cent livres dans ma chambre, ai-je dit brusquement.

Mon père a grimacé.

— Tu ne devrais pas avoir à…

— Non, laisse. J'y tiens.

— Cent livres feront l'affaire.

J'ai couru à l'étage récupérer le rouleau de billets caché dans le montant des lits superposés – mon fonds de secours pour m'échapper un jour. Il y avait là cent cinq livres. Dans un dernier bras d'honneur criminel, j'avais menti sur la somme, et même si ces cinq livres ne me mèneraient pas loin, je les ai retirées de la liasse avant de redescendre au rez-de-chaussée.

J'espérais que Mike me dirait de garder cet argent, mais il s'est extrait de la gueule du canapé et a fourré les billets dans sa poche – sans doute pour aller les claquer au bar du club de golf. Ensuite, il m'a tendu la main.

— Sans rancune, Charlie. Tu es un brave garçon.

— C'est vrai, a dit mon père.

— Bonne continuation. Et à vous aussi, monsieur Lewis, a conclu Mike en caressant une dernière fois sa moustache.

Debout sur le pas de la porte, nous l'avons regardé partir.

— Je lui aurais bien offert quelque chose à boire, a commenté mon père, mais tous nos verres viennent de sa station-service.

— Ça n'a plus d'importance maintenant.

— Quand même, cent livres...

— C'est mieux comme ça.

— Je suis d'accord. Pour repartir de zéro.

— À partir de demain, je commencerai à chercher du travail.

— Très bien. Moi aussi.

On s'en sortirait. D'une façon ou d'une autre, on arriverait à occuper nos journées, et puis le soir tomberait sur nous en nous enveloppant. Il y avait la télé, les films qu'on pouvait emprunter à la bibliothèque. On retrouverait notre étrange vie domestique, lui et moi.

Mais avant cela, j'allais recevoir une visite supplémentaire.

Conversation sur une balançoire

J'ai d'abord entendu le klaxon d'une voiture. Mon père venant de retourner se coucher, je me suis précipité vers la fenêtre. Garée dans l'impasse, la vieille Golf de Miles a déversé sur le trottoir plus de personnes qu'elle n'aurait dû en transporter : Helen, puis George, Alex, Colin, Lucy, Miles lui-même, et enfin Fran. Tous riaient en étirant leurs membres engourdis, et j'ai noté une, non, deux bouteilles entamées dans leurs mains.

Je me suis reculé. Si je les ignorais, ils risquaient de sonner un bon moment. L'ennui était que je ne ressemblais à rien. J'étais pieds nus, vêtu d'un T-shirt taché et barré du mot « Algarve » – un souvenir du Portugal quatre ans plus tôt –, et mon déodorant se trouvait bien trop loin pour que j'aie le temps d'aller le chercher. Déjà, l'ombre de mes amis se profilait derrière la porte.

— C'est ici ?

— Oui.

Je pouvais leur dire de s'en aller. Ouvrir en laissant la chaînette de sécurité, comme un vieil ermite. Exiger qu'ils me fichent la paix.

— OK, tout le monde est prêt ? Un, deux, trois…

— *Les anges dans nos campagnes ont entonné l'hymne des cieux…*

J'ai vite ouvert la porte.

— Chhh !

— *Et l'écho de nos montagnes…*

— Taisez-vous ! Mon père dort.

— Désolé, s'est excusé George. Désolé.

— On sait ce que tu penses, a dit Helen. C'est quoi cette bande de manouches ?

— Il faut qu'on te parle, Charlie, a enchaîné Miles.

— C'est urgent, a renchéri Lucy.

— Mais vous ne devriez pas être en train de répéter ?

— On l'a fait. On vient de terminer la répétition technique.

— Qui a été un désastre, a dit Alex en titubant sous l'effet du vin.

— C'est pour ça qu'il faut qu'on te parle.

— Vous êtes tous bourrés ?

— Pas moi, a répondu Miles. Je conduis.

— Mais sinon, oui, a dit George. On a noyé notre chagrin jusqu'à un certain degré.

— Tu nous laisses entrer ou quoi ? a demandé Helen.

— Non.

— Ce n'est pas très poli.

— Sors, alors, a tenté de négocier Colin.

— Je ne peux pas.

— Pourquoi ?

— Ça ne sert à rien.

— Charlie, a dit Alex, on s'est donné du mal pour mettre en scène cette intervention extrêmement dramatique et émouvante. La moindre des choses serait de nous écouter.

— S'il te plaît, m'a supplié Fran. Juste dix minutes.

Elle se tenait en retrait, simple membre du groupe parmi les autres. Pouvais-je lui claquer la porte au nez ?

— *Il est né le divin enfant…*, a commencé à chantonner Alex.

Et tous ont repris en chœur avec lui :

— *Jouez hautbois, résonnez musettes…*

— D'accord ! D'accord ! Il y a un parc au bout de la rue. Donnez-moi deux secondes, je vais enfiler des chaussures.

Le soleil était bas dans le ciel et le son des téléviseurs s'échappait par les fenêtres ouvertes des maisons lorsqu'on a marché au milieu de la chaussée déserte en direction du terrain de jeux.

— C'est celui qu'on surnomme le parc à Merdes ? a demandé Alex d'une voix trop forte.

— Oui ! a répondu Helen. Il y en a un autre à l'est de…

— … d'Éden !

— Mais celui-ci, c'est l'original.

— L'original, a répété George. Et le meilleur aussi à mon avis.

— Le Central Park des parcs à Merdes.

— Un terrain de jeux, hein ? a ironisé Helen.

Le soir, cette zone bitumée devenait une sorte de salle de conférences pour les jeunes du quartier, et on a d'abord vérifié qu'elle n'était pas réservée avant de repousser les canettes et les bouteilles vides. Puis on s'est répartis sur le tape-cul, le tourniquet, le toboggan et la balançoire, où je me suis retrouvé entre Alex et Helen.

— Le truc, Charlie, a dit Helen, c'est qu'on veut que tu reviennes.

— Je ne peux pas, désolé.

— Personne d'autre ne peut jouer Benvolio, a plaidé Alex.

— Bien sûr que si.

— Mais pas comme toi.

— Ce n'est pas pareil, a insisté Helen.

— Et ce pauvre vieux George est épuisé. Pas vrai, George ?

Celui-ci passait justement près de nous sur le tourniquet.

— Cette idée de me confier deux rôles ne fonctionne pas. Je peux apprendre ton texte, mais il n'y a aucune alchimie entre Miles et moi…

— Je confirme, a lancé Miles depuis le haut du toboggan. Il est nul.

— Autant essayer de jouer avec un chimpanzé talentueux, renchérit George.

— George n'est pas polyvalent. Le public pensera qu'il s'agit du même personnage, mais avec un chapeau différent.

— C'est vrai. Comme Miles, mon jeu d'acteur ne varie pas d'un rôle à un autre.

À ces mots, Miles a glissé à bas du toboggan pour arracher George à son tourniquet.

— Et Ivor ne veut que toi, a dit Helen.

— Il n'est pas furieux, a précisé Alex.

— Contrairement à Alina.

— Juste désespéré.

— Je ne pourrais pas le faire même si j'en avais envie, ai-je dit. J'ai… J'ai trop de trucs à gérer en ce moment.

— On sait, a répondu Alex.

— Tes résultats… qu'est-ce que ça peut faire ?

— Il n'y a que les cons pour s'en soucier.

— Les cons et les employeurs.

— Très bien, alors repasse tes examens ou fais autre chose, a répliqué Helen. Ce n'est pas cette pièce de théâtre qui va t'en empêcher.

— Quant à cette arnaque que tu as montée…, a ajouté Alex à voix basse.

— On s'en tape.

— En fait, je trouve ça cool.

— T'as niqué le système.

— On a tous fait pire.

— *Bien* pire, crois-moi.

— Il n'y a pas que ça…

— Ouais, on sait.

— Non, s'est interposée Fran. On ne sait pas tout.

— D'accord. Non, peut-être pas tout, mais…

— Il faut que je veille sur mon père.

— Très bien, mais tu peux quand même sortir de chez toi, a objecté Alex.

— Il serait sûrement le premier à vouloir que tu le fasses.

— Encore quatre jours.

— Je ne peux pas. Il n'est pas en état de…
— Mais si tu lui dis…
— Si tu lui parles…
— Je ne peux pas. Il faut que je reste ici.
Durant un instant, tout le monde s'est tu.
— D'accord, a cédé Alex. D'accord.
— Mais tu y réfléchiras ? m'a supplié Helen.
— Ce n'est pas drôle sans toi, Charlie, a crié George, que Miles écrasait de tout son poids. Pas drôle du tout.

Nous nous sommes dirigés vers la voiture. Dans la rue, les halos de lumière des réverbères alternaient avec les poches d'obscurité, et le reste du groupe s'est arrangé pour nous distancer jusqu'à ce qu'on se retrouve côte à côte, Fran et moi, comme les premiers jours – sauf qu'on marchait en silence, cette fois.

— Excuse-moi pour la manière dont je me suis comportée hier, a-t-elle fini par dire.
— Ce n'est rien.
— Non, je n'ai pas été très gentille. Mais je m'étais fait incendier par Polly, et ensuite par mes parents. Même Bernard m'a regardée d'un sale œil. Si j'avais su ce qui s'était passé… Je pensais que tu t'étais barré en m'abandonnant.
— Je ne ferais jamais ça.
— Je sais ! J'aurais dû t'écouter…
— Ce n'est pas grave.
— Charlie, il faut que tu arrêtes de dire que ce n'est pas grave quand ça l'est. Tu ne rends service à personne.
On a continué à avancer. Au bout d'un moment, elle m'a pris la main.
— Rien n'a changé. Pas pour moi en tout cas.
— Pour moi non plus.
— Dans ce cas, reviens !
— Désolé, je ne peux pas. Je ne suis pas de très bonne compagnie ces derniers temps.

— On ne te demande pas d'être de bonne compagnie, mais de jouer dans une bonne compagnie ! a-t-elle tenté de plaisanter. Je peux savoir pourquoi, au moins ?

J'ai haussé les épaules.

— Je n'ai pas le moral.

— Et tu penses que ça ira mieux en restant chez toi ?

— Non, mais revenir ne changera rien.

— Peut-être. Ou peut-être pas.

— La répétition a vraiment été un désastre ?

— Il y a eu des problèmes techniques. Et ton absence n'a pas aidé. Réfléchis-y, tu veux ?

On avait atteint la voiture de Miles, et les autres se disputaient à présent les meilleures places.

— Tu me manques. Tu nous manques à tous.

— Pas à moi, a rétorqué Helen.

— Tu manques à tout le monde, sauf à Helen.

— On reprend à 9 heures demain matin, a dit George. On commencera par répéter les scènes de combat. Au cas où tu changerais d'avis.

— Sans vouloir te mettre la pression, bien sûr, a ajouté Lucy.

— Enfin, juste un peu, a dit Alex.

— Je monte sur le siège passager, a enchaîné Helen. Tu me déposes chez moi, Miles, hein ?

— Moi aussi, a dit Colin.

— Et moi aussi, s'il te plaît, Miles !

— Je ne suis pas un taxi !

Ne restaient plus qu'Alex et Fran.

— On n'a pas été brillants sur ce coup-là, a commenté Alex en me donnant une accolade. À demain, monsieur Algarve !

Il est allé se faire une place dans la Golf, Miles a mis le contact, et « Three Little Birds », de Bob Marley, a retenti. Pendant que tous se chamaillaient et se serraient tant bien que mal sur la banquette arrière, Fran m'a embrassé.

— À demain. S'il te plaît.

Puis elle a grimpé sur les genoux des autres.

J'ai observé le demi-tour en trois temps laborieux de la voiture surchargée et j'ai attendu qu'elle s'éloigne. En me retournant, j'ai vu mon père à la fenêtre. Je suis rentré en refermant la porte derrière moi.

Canada, Malaga, Rimini, Brindisi

Avec ses roues de landau, ses trois vitesses identiques, son panier bringuebalant et ses garde-boue qui menaçaient de se détacher à chaque coup de pédale, la bicyclette de ma mère n'était pas adaptée à des collines comme celle-là. Le sentier ombragé menant au manoir m'a fait l'effet d'un tapis de course : malgré tous mes efforts, je n'avançais pas. Forcément, je suis arrivé en retard. J'ai laissé tomber le vélo derrière une tente que je n'avais jamais vue auparavant – une buvette, ai-je constaté – puis, guidé par des cris et des éclats de voix, j'ai traversé la cour et émergé entre deux grands échafaudages qui supportaient des gradins dignes d'un film pour ados. Là, je me suis arrêté net.

Durant mes trois jours d'absence, une petite ville d'un blanc poussiéreux était sortie de terre, comme calcinée par le soleil italien, toute tordue et prête à s'effondrer. La pelouse verte avait disparu sous une surface rêche, pâle et froissée, semblable au tissu crayeux utilisé pour faire des moulages en plâtre. Dans la rue, une rixe était en cours, avec des combattants munis d'épées, de véritables épées étincelantes, et tous soulevaient des nuages de poussière sous le regard du reste de la troupe, qui s'agitait, criait et tapait du pied dans les gradins pendant que Sam et Grace, nos musiciens, se déchaînaient sur une caisse claire et une mandoline électrique.

— « La peste sur vos deux maisons ! » a déclamé Alex en riant avec amertume devant le faux sang qui gouttait de ses mains. « Elles ont fait de moi de la viande pour les vers. »

J'ai vu l'espace sur les planches où j'aurais dû être.

— Charlie ! Hé, Charlie, on est là !

Helen me fixait d'un air rayonnant de joie tout en haut des gradins. À côté d'elle, Chris et Chris ont levé les pouces.

— Chh ! a dit Alina, avant de se tourner et de m'apercevoir. Tiens, salut, étranger !

— Charlie ! s'est exclamé Ivor. Charlie, mon garçon !

Sur scène, tout est parti de travers. Alex m'a applaudi avec ses mains ensanglantées, bientôt imité par George, puis par toute la troupe. Polly a surgi derrière moi.

— Je le savais, je le savais que tu reviendrais. Ne l'avais-je pas dit ?

Et Fran a ri tandis qu'Ivor accourait vers moi pour me serrer la main avec force.

— Le retour du fils prodigue, Charlie Lewis ! On est tous *très* contents. Va vite enfiler ton costume.

J'ai replongé dans le bain. Je me suis immergé dans cette entreprise théâtrale ringarde et embarrassante, faite de grosses colères et de désastres surmontables, de « Je ne peux pas jouer ça », de « Ce costume est naze » et d'« On ne sera jamais prêts à temps ». On a travaillé de longues, longues heures durant, chacune s'accompagnant d'une nouvelle crise, d'une nouvelle explosion. Miles a osé donner des instructions à Alex, qui a fait de même avec encore plus de venin dans la voix. Emportée par son élan, Lucy a frappé Colin sur l'oreille avec son épée au beau milieu d'une bagarre. Polly n'arrêtait pas d'oublier son texte, et Keith de s'éclipser pour appeler sa femme et réapparaître ensuite en larmes. Les poulies se bloquaient, des accessoires se volatilisaient, et un vent d'été inattendu s'est levé, gonflant les draps comme des voiles, si bien que les échafaudages ont tangué dangereusement. George a craint d'avoir la grippe jusqu'à ce qu'Alina lui interdise de tomber malade. Nos performances étaient tour à tour trop douces, trop tapageuses, trop rapides, trop lentes, trop débridées ou trop sages. Mais entre deux crises, on se détendait en jouant aux cartes, en se lançant des balles, en peaufinant notre bronzage italien, en échangeant des ragots et en se complimentant les uns les autres, parfois sincèrement, parfois non. Quand elle le pouvait, Fran me rejoignait et on se trouvait un coin à l'écart où s'embrasser et se parler, se parler *vraiment*, jusqu'à ce que tout redevienne presque comme avant. Malgré tous les psychodrames générés par les répétitions, les choses s'étaient apaisées entre nous. On éprouvait ce soulagement qui suit des aveux, je suppose, et on se sentait bien plus adultes et matures que les enfants qu'on était encore cinq jours plus tôt.

Et le jeudi soir, à 19 heures, après avoir chanté en canon « Canada, Malaga, Rimini, Brindisi » et fait des exercices de diction, on s'est tous réunis sur la pelouse derrière la scène, tels des fantômes élégants dans nos tenues gris pâle et bleu clair. C'est là qu'Ivor nous a livré son dernier discours – une variation sur le thème de l'entraide, de l'écoute mutuelle, de la nécessité de se donner à fond.

— Ces mots sont les plus beaux que vous aurez jamais l'occasion de prononcer, a-t-il déclaré du même ton qu'il aurait employé pour évoquer une expérience religieuse. Ils ont été écrits par le plus grand poète que le monde ait connu. Alors savourez-les. Et, pour l'amour de Dieu, amusez-vous !

Quelques rires contraints ont salué cette injonction, avant qu'on se regroupe tous pour une accolade collective.

— Merde, hein !

Puis, en attendant qu'on nous appelle, on est allés se préparer, garçons et filles dans des tentes séparées, jusqu'à ce que, à 19 h 30…

— Les acteurs de l'acte I, scène I, c'est à vous dans cinq minutes, s'il vous plaît ! Cinq minutes !

J'ai mis les lunettes qui me transformaient comme par magie en Benvolio et me suis dirigé vers la scène. En chemin, j'ai croisé Fran. Elle faisait les cent pas, les yeux fermés, les bras le long du corps, et étirait ses doigts en marmonnant tout bas.

— Hé !

— Salut.

— Je peux te parler ou tu es dans ta bulle ?

— Ouais, je suis dans ma bulle, en train de me chier dessus.

— Évite de faire ça.

— Et voilà, moi aussi, je reçois des instructions maintenant. Oh, écoute…

De l'autre côté de la scène, le brouhaha des spectateurs se mêlait au grincement des planches sur les gradins.

— Tes parents sont là ? ai-je demandé.

— Han-han. Ma mère a prévu de venir tous les soirs.

— Elle est fière.

— Bizarre, surtout.

— Pas du tout. Tu vas être géniale.

— Merci. Toi aussi. Qu'est-ce que tu penses de ce maquillage ?

Son visage poudré avait la même teinte marron que les collants des vieilles dames.

— C'est Polly qui a fait ça. Je ressemble aux mannequins des grands magasins.

— Mais sous les projecteurs…

— Oui, c'est ce qu'elle m'a dit, mais ensuite elle m'a dessiné ces deux points rouges au coin des yeux. Pour les faire paraître plus grands, d'après elle. Résultat, on croirait que j'ai deux orgelets maintenant. Ou une conjonctivite !

— Du calme.

— Regarde ! s'est-elle exclamée en tapotant son front moite avec sa main. Ça s'en va en faisant de petites boules. Comme des grumeaux dans une sauce.

— Votre attention, s'il vous plaît ! a lancé Chris. Lesley et John, c'est à vous !

— Je peux t'embrasser ? Ça ne risque pas de foutre en l'air ton maquillage ?

— Tu peux, oui. Mais sans la langue, je te prie.

J'ai déposé un baiser léger sur ses lèvres. Attrapant mon visage entre ses mains, elle m'a embrassé à son tour.

— Je suis si contente que tu sois revenu, a-t-elle dit, avant de m'entraîner vers les rideaux derrière lesquels les autres attendaient.

L'éclairage a été baissé, le public s'est tu, et on a perçu dans le silence le bourdonnement de l'électricité qui circulait dans les fils. Une odeur de brûlé flottait autour de nous, comme celle dégagée par la poussière sur une ampoule. Sur scène, Lesley et John se prélassaient sous un soleil italien, tout à leurs histoires de nique, de vierges et de morues.

— C'est à nous, a murmuré Alex à côté de moi.

— « Séparez-vous, imbéciles, ai-je récité. Rengainez vos épées. »

J'ai senti une main dans mon dos.

— Allons-y ! m'a dit Lucy avec un grand sourire.

J'ai saisi mon épée – une épée ! j'avais une épée ! – et elle m'a poussé en pleine lumière.

De petites étoiles

Longtemps, j'ai gardé une cassette vidéo du spectacle. On en a tous reçu une en souvenir le lendemain de la dernière représentation, lorsqu'on est arrivés avec la gueule de bois pour démonter tristement le décor, mais au moment même de prendre possession de nos VHS, on savait déjà qu'on ne les regarderait pas. Trois heures d'une pièce de théâtre jouée par des amateurs et filmée de bien trop loin : quelle torture ce serait ! Quel ennui ! Autant se coltiner un spectacle de la Nativité interprété par un enfant que vous n'avez jamais vu. « Une production convenable, avec quelques passages en vers et des performances d'acteurs extrêmement inégales, a déclaré l'*Advertiser* local la semaine suivante. Frances Fisher fait une séduisante Juliette et Alex Asante un Mercutio charismatique, à l'inverse de Roméo, qui manque de charme. Trois étoiles sur cinq. »

Mais quel pied c'était de faire partie d'une telle aventure. Toutes nos tensions et toutes nos rivalités se sont envolées durant le temps qu'on a passé à ramer sur scène, à regarder les autres jouer et à leur tapoter le dos quand ils regagnaient la coulisse, comme on l'aurait fait avec des footballeurs après un but – super, beau travail, bravo, quelle déconnade ! Et à la fin, entraîné par un mouvement général, j'ai serré l'ensemble de la troupe en nage dans mes bras et porté chacun aux nues. On avait tous été *formidables*, et le public aussi nous a acclamés plus que de raison en nous applaudissant et en tapant du pied, à tel point qu'on est revenus le saluer bien trop souvent et que les gens ont fini par descendre des gradins bruyamment, leurs clés de voiture déjà à la main, avant même qu'on ait quitté la scène.

Le vendredi soir, bien sûr, a été une douche froide en comparaison. « Séparez-vous imbéciles, gangrenez vos pets ! » Telle a été la première phrase que Benvolio a prononcée. Et à partir de là, tout a dérapé. La représentation en matinée du samedi a été décevante elle aussi, et il m'a semblé que, jouer dans une pièce c'était comme écouter sa chanson préférée, puis l'écouter, encore, et encore, jusqu'à ce que la magie cesse complètement d'opérer. Privé de la lumière déclinante du jour et de son ambiance romantique, le spectacle a été terne et mauvais – on aurait dit une répétition pour la forme devant des gradins à moitié vides. Un flambeau ne dégage rien de particulier par un chaud après-midi du mois d'août, et dans l'espoir peut-être de compenser cette absence d'enchantement, nous avons déclamé nos textes comme des touristes qui auraient testé l'écho d'un canyon.

— Ça, a dit George en observant la première scène de Polly en coulisse, c'est ce qui s'appelle avoir de la présence.

— Une présence audible de l'espace, a ajouté Alex.

Mais il était impossible de ne pas faire la même chose, et au moment où je braillais mon dernier grand monologue, j'ai surpris le regard de ma sœur au deuxième rang. Elle a levé les pouces en signe d'encouragement, tandis que ma mère, elle, baissait les yeux et pressait ses doigts sur ses tempes avec l'air de vouloir chasser une migraine.

— Je déteste les matinées, a dit Miles, en bon professionnel du théâtre qu'il était.

— C'est pareil que de coucher avec quelqu'un en laissant toutes les lampes allumées, a confirmé Alex.

Même les vierges parmi nous ont convenu que c'était *exactement* ça. Une fois la pièce terminée et saluée par des acclamations polies, je me suis traîné vers la buvette, où j'ai retrouvé ma mère et Billie. Leur mine grave a fait place à un sourire à mon approche, et la première m'a applaudi en tapotant deux doigts contre la paume de sa main.

— C'était quelque chose, a-t-elle commenté.

— Pourquoi vous êtes venues cet après-midi ? Le spectacle est meilleur le soir.

— *Meilleur ?* Je n'en crois rien. C'était charmant. Et qu'est-ce que tu étais bon !

— Tu sais vraiment manier l'épée, frangin, a dit Billie. Et je ne t'ai pas entendu parler autant depuis des années.

— N'est-ce pas que sa voix sonne bien ? Si seulement tu pouvais t'exprimer aussi clairement le reste du temps.

— Et ta copine est douée.

— *Très* douée. Et canon. Tu n'as pas choisi de boxer dans ta catégorie, hein.

— Maman..., a soupiré Billie.

— Qu'est-ce qui l'attire, chez toi ? Ta personnalité ?

— Maman !

— Je le taquine. J'ai bien le droit. Elle a juste la main un peu lourde sur le maquillage. C'est ma seule critique. Allons-nous la rencontrer ?

— Pas aujourd'hui, ai-je répondu. Il faut qu'on répète notre texte.

Parce qu'on avait prévu de se voir entre les spectacles, on s'est éclipsés après la représentation pour filer à travers bois jusqu'à la loge – où aurions-nous pu aller, sinon là ? Ç'a été comme des retrouvailles – on faisait à présent l'amour de façon plus naturelle, moins cérémonieuse –, et on est restés ensuite étendus face à face dans la pénombre fraîche de la pièce.

— Je ne veux plus jamais rien faire d'autre que ça.

— Je pense que ça deviendrait douloureux à la longue, a-t-elle répondu.

— Pas grave. Je me débrouillerais pour y arriver.

— Je n'en doute pas.

On s'est embrassés.

— Ne bougeons pas d'ici, alors, a-t-elle repris. Pas la peine d'y aller ce soir.

— Les autres remarqueraient notre absence. Au moins la tienne.

— Tu es triste ?

— À quel sujet ?

— La dernière représentation. Moi, ça me donne toujours le cafard. Tout ce travail qui d'un coup... s'évapore. Tu verras : la fête qui suivra sera *très* larmoyante.

On s'est blottis un peu plus l'un contre l'autre, de la même façon qu'on aurait resserré un nœud. Malgré ça, je me suis senti mal à l'aise. J'aurais voulu qu'elle me rassure, mais je savais que, comme dans un film d'horreur, exprimer une crainte à voix haute risquait de la faire devenir réalité. Mieux valait parler de la pièce – ce que j'ai fait en évoquant avec elle la manière dont elle avait trébuché pendant la représentation durant la scène où Juliette pense que c'est Roméo, et non pas Tybalt, qui a été tué.

— Je suis censée croire qu'il est mort, lui, le grand amour de ma vie. Quand j'arrive à ce passage, j'essaie de me mettre à la place de Juliette, et je me demande ce que je ferais si une personne que j'aimais vraiment mourait. À mon avis, je hurlerais, je me taperais la tête contre les murs, mais dans la pièce je dois dire : « Le ciel peut-il être aussi cruel ? » C'est une phrase terrible. Et qu'est-ce qu'elle signifie, au juste ?

Mais ce n'était pas la question que je me posais.

— Et tu visualises qui ?

— Hein ?

— Dans cette scène, quand tu fais semblant.

— Quand je fais semblant ?

— Qui est-ce que tu imagines mort ?

Elle m'a jeté un coup d'œil avant de détourner la tête.

— Toi.

— Pas Miles ?

— Non, pas *Miles* ! Toi.
— Donc... tu penses à moi pendant le spectacle ?
— Seulement de temps en temps.
— Pour être bouleversée.
— Dit comme ça, ça paraît bizarre.
— Tu penses à moi, mais en me voyant mort ?
— Pas toujours. Je me représente des trucs heureux avec toi aussi.

Peut-être ai-je souri.

— Ne prends pas la grosse tête, a-t-elle ajouté, ou je vais penser à quelqu'un d'autre.
— Et tu fais ça à quel moment encore ?
— On peut changer de sujet ?
— Oui. Mais tu fais ça à quel moment encore ?
— Je ne te le dirai pas ! Tu n'auras qu'à m'observer.

On s'est de nouveau embrassés.

— Si tu m'invitais à aller boire ce fameux café lundi ? a-t-elle proposé ensuite. J'ai du temps libre avant la rentrée.
— On a passé le stade du café maintenant, tu ne crois pas ?
— On peut quand même y aller. On n'a pas épuisé tous nos sujets de conversation, non ? Loin de là, même. Rien n'a changé – ou pas en négatif. Je t'aime toujours.
— Moi aussi.
— Parfait, alors tout va bien.

Elle a tendu le bras derrière elle pour récupérer sa montre. Le cou incliné en arrière, elle a tâté le sol du bout des doigts – un geste tout droit sorti d'un film –, et je l'ai aimée à cet instant comme jamais.

— Merde, tu as vu l'heure ? Il faut qu'on file. Tu es prêt pour la dernière représentation ?

Mais, de retour au manoir, on a constaté que les autres ne parlaient que de la fête qui aurait lieu après le spectacle. Ivor ayant banni les boissons alcoolisées – cela n'empêchait pas de s'amuser selon lui –, on s'est réunis dans le vestiaire des garçons avant le lever de rideau pour faire l'inventaire des bouteilles de limoncello, de xérès, d'advocaat et de vin rouge pétillant qu'on avait pu récupérer chez nous et planquer dans les buissons et les haies autour des jardins, comme des écureuils cachant leurs noisettes pour l'hiver. À 19 heures, on s'est échauffés, on a chanté, on s'est donné l'accolade et on a écouté un nouveau discours passionné d'Ivor – il fallait qu'on montre ce qu'on avait dans le ventre. Puis la représentation a commencé.

Beaucoup de parents étaient venus assister à la dernière – les fameux parents dont on avait listé les défauts et les manquements au cours de nombreuses discussions intenses –, et on a profité du monologue de Frère Laurent pour les scruter depuis la coulisse et les pointer du doigt.

— Ils sont au premier rang, a murmuré Alex. Je leur avais pourtant dit de ne pas s'asseoir là.

— Ils sont fiers de toi ! a répondu Fran.

— Ils s'ennuient surtout. Regarde mon père, il essaie de lire le programme.

À côté de M. Asante se trouvait mon propre père. Je l'ai observé pendant la tirade de Fran sur « les coursiers aux pieds de feu ». Penché en avant, le menton en appui sur ses mains, il hochait la tête de façon presque imperceptible, sans doute pour accompagner le rythme jazzy du texte. Je l'ai observé jusqu'à ce qu'arrive notre réplique préférée à tous.

— La voilà, a dit Helen.

Sur scène, Fran était entourée d'un halo de lumière.

— « Donne-moi mon Roméo et, quand je mourrai, prends-le et découpe-le en petites étoiles, et il rendra le visage du ciel si beau que le monde entier sera amoureux de la nuit. »

Mon père a souri en écarquillant les yeux – être découpé en petites étoiles, vous imaginez un peu –, et j'ai eu l'impression d'être détenteur d'un grand secret.

J'ai fait ce que j'avais à faire moi aussi, laborieusement, honorablement, jusqu'à ma dernière réplique – « Telle est la vérité, ou que Benvolio meure. » Puis je suis sorti. Il ne me restait plus qu'un espace vide à meubler sur scène à la toute fin de la pièce. En attendant, j'ai rejoint les autres en coulisse.

— Ils sont bons, non ? a murmuré Alex durant le passage où Pâris s'humilie en faisant la cour à Juliette.

Je me suis demandé qui à part moi devinait la douleur de George au moment d'embrasser Fran sur la joue, sa conscience déchirante de ne pas être aimé et de continuer malgré tout à aimer.

Après ça, tout m'a semblé s'accélérer : Pâris et Roméo se sont battus, Pâris est mort – « Oh, je suis tué ! » – et Roméo a bu le poison. « Ô loyal apothicaire, ta drogue est rapide ! » Cette phrase nous avait toujours fait ricaner, mais pas ce soir-là, pas quand on a vu Juliette se réveiller et contempler son cadavre, parce que, bon sang, ce regard vide et effrayant… Sa dague avait une lame rétractable. On l'avait tous manipulée, c'était notre jouet favori, et le public ne pouvait quand même pas manquer de comprendre l'artifice et de mesurer le ridicule de la chose. « Ô heureux poignard ! » Le ressort grinçait dans le manche, mais au premier rang, mon père a plaqué ses mains sur son visage, les yeux brillants devant l'amère tragédie.

L'heure était venue de monter sur les planches pour la toute dernière fois. Chris nous a tendu à chacun un flambeau afin que nous puissions affronter avec gravité les conséquences de notre querelle. J'ai toujours trouvé assommantes les longues scènes prosaïques qui suivent la mort de Juliette, mais c'était le dernier soir et, respectueuse des instructions d'Ivor qui voulait qu'on « montre ce qu'on avait dans le ventre », Polly la nourrice a presque hyperventilé sous l'effet du chagrin. On a chanté le madrigal en mode mineur appris pendant les répétitions, puis les Capulet et les Montaigu sont tombés dans les bras les uns des autres et les défunts ont été emportés. La belle tête en sueur de Miles pendait par-dessus mon épaule lorsqu'on s'est avancés en procession au milieu du public. « Regardez-les droit dans les yeux », nous avait recommandé Ivor, soucieux de souligner combien la pièce restait formidablement actuelle – mais en quoi l'était-elle au juste, ça, nous aurions eu bien du mal à le dire.

— « … car jamais histoire ne vit plus grand fléau que celle de Juliette et de son Roméo. »

On a patienté sous les échafaudages, les yeux levés vers les tibias des spectateurs jusqu'à ce que la musique s'estompe et que toutes les lumières s'éteignent. Là où on était, les applaudissements paraissaient assourdissants et des pieds martelaient les planches au-dessus de nous. On a ri, on est revenus sur scène d'un petit pas guilleret, comme des gymnastes, on a salué la foule en laissant tomber nos bustes en avant afin de montrer à quel point tout ceci avait été émotionnellement *épuisant*, et enfin on a tendu les mains vers Miles et Fran qui, ressuscités d'entre les morts, s'avançaient bras dessus bras dessous. À partir de là, il n'y a plus eu de discipline qui tienne : on a poussé Ivor et Alina sur la scène et des bouquets de supermarché ont surgi, au moment peut-être où le public en avait un peu marre et aurait aimé pouvoir rentrer chez lui. Les yeux plissés face aux projecteurs, j'ai vu le père d'Alex battre des mains tout en regardant sa montre. « Bravo ! Bravo ! » criaient les gens, alors même qu'ils devaient penser : *C'est bon, ça va, maintenant.*

Mais mon père était debout et tentait de faire naître une ovation par la seule puissance de ses applaudissements. Quand il est devenu évident qu'il ne s'arrêterait pas, les autres spectateurs ont cédé, et lui, les bras levés, il s'est époumoné plus fort qu'eux, bravo, bravo, bravo, à tel point que j'ai eu envie de m'enfuir et en même temps de rester à jamais où j'étais – comme plus d'une fois cet été-là.

Le dernier soir

En coulisse, garçons et filles s'amusaient à débouler dans les vestiaires du sexe opposé pour y entrevoir des sous-vêtements, et personne ne se donnait beaucoup de mal pour ôter son maquillage. En ressortant dans nos tenues de soirée, on a découvert les rues de Vérone éclairées de lumières rouges et vertes et peuplées de gens qui buvaient du vin blanc chaud dans des gobelets en plastique. Des familles entières étaient là, des camarades d'école, des professeurs, qui tous embrassaient et étreignaient les membres de la troupe. Chacun, semblait-il, avait été le meilleur acteur de la pièce. Je suis resté dans mon coin en souriant comme si j'avais croisé une noce dans la rue : j'étais ravi de voir les confettis, mais je n'avais aucune raison de prendre part aux réjouissances.

Puis mon père a fendu la foule vers moi. Malgré ses yeux toujours rouges, il était euphorique.

— Bravo, mon garçon, a-t-il dit en me serrant dans ses bras. Je suis *très* fier de toi.

— Moi aussi, je suis fier de toi, ai-je répondu sans réfléchir.

— Pourquoi donc ? s'est-il amusé. Ça n'a pas de sens.

Il est parti peu après en s'arrangeant pour se faire déposer en ville par M. et Mme Asante. Le moment était venu de faire la fête. Chris et Chris avaient installé des éclairages qui ont transformé Vérone en piste de danse, et on s'est déchaînés dessus jusqu'à ce qu'on soit tous trempés de sueur. C'est à peine si on marquait parfois une pause le temps de localiser nos bouteilles dans les haies. Il y a eu des discours sentimentaux interminables durant lesquels mon attention s'est reportée sur les chauves-souris qui allaient et venaient dans le ciel nocturne. Polly a bu trop de vin blanc et a été obligée de s'allonger dans l'herbe. Lucy et Miles ont été aperçus en train de se rouler des pelles dans la grotte. Keith, lui, dansait tout seul. Inquiet à l'idée que quelqu'un se blesse, George – qui était complètement bourré – s'employait à ranger toutes les bouteilles et les tasses. Côté musique, la house a vite été supplantée par une techno sans concession.

— J'avais un sac, ne cessait de répéter Colin Smart. Je ne retrouve pas mon sac. Est-ce que quelqu'un a vu mon sac ? Je ne peux pas partir sans mon sac !

— Réunion au sommet ! a décidé Alex en nous rassemblant autour de lui, Helen, Fran et moi. Cette fête est terminée. On se casse.

— On devrait d'abord dire au revoir aux autres, non ? a fait remarquer Fran.

— Regarde ça, a-t-il répondu en agitant une clé. Ma mère me prête sa voiture. Si quelqu'un a envie de vivre une aventure…

— Oui ! s'est écriée Helen.

— Laissez-moi juste dire au revoir à George…

— Non, il faut qu'on parte MAINTENANT !

— Alex, tu es en état de conduire ? me suis-je inquiété.

— Je vous jure que je suis sobre comme une barrique. Venez. On va aller voir le lever de soleil.

Et on s'est éclipsés dans la nuit.

On a roulé vers le sud le long de petites routes silencieuses et effrayantes que nos phares faisaient ressembler à des couloirs dans une maison hantée. Pour ne pas nous dégonfler, on a écouté et repris tous ensemble de vieux tubes de Madonna et de Prince, et Fran et moi buvions en plus des vodka limonade dans des gobelets en plastique fragiles qui se renversaient en partie sur nos poignets à chaque virage.

— Où va-t-on au juste ?

— J'ai envie de danser, a dit Alex. Allons à Brighton !

Cela paraissait une bonne idée, et on a poussé des cris enthousiastes en suivant la direction de l'autoroute. En charge de la playlist, Helen a monté le volume jusqu'à ce que les haut-parleurs crépitent. On se sentait infatigables, immortels, invincibles. À notre arrivée à Brighton, on s'est retrouvés coincés dans un embouteillage - un embouteillage à 2 heures du matin, quelle ville ! - et on a fixé avec des yeux ébahis les rues encore bondées avant de nous garer sur une grande place à proximité de la plage. On était ivres de joie de voir la mer, la vraie, mais on s'est composé une mine très sérieuse pour faire la queue à l'entrée de la boîte de nuit sous la promenade, tout en essayant d'afficher une sorte de nonchalance blasée devant le *boum-boum-boum* décoiffant des basses audibles jusqu'à l'extérieur du bâtiment - sans parler des garçons maigrichons qui émergeaient de là d'un pas mal assuré, torse nu, en nage et le regard dément, afin de fumer des Marlboro Lights et boire un peu d'eau. On avait l'air, et on se faisait l'effet, de gamins en comparaison, y compris Alex, et on a bientôt été refoulés de tous les endroits qu'il connaissait.

— Tant pis, a-t-il dit, on va organiser une fête privée.

On a trouvé un coin sur la plage qu'on a aplani en piétinant les galets et Alex et Helen sont partis en quête d'alcool, de chewing-gums, de chips, de musique et de cigarettes, et Fran et moi avons tué le temps en nous embrassant, un peu maladroits et ivres, comme tous les amoureux autour de nous, ces silhouettes sombres pareilles à une colonie de phoques échoués au bord de l'eau. Puis on s'est allongés, nos têtes si près l'une de l'autre qu'on se voyait flous.

— Ton visage..., ai-je dit en lui caressant la joue.

— Et le tien...

— On ne s'oubliera jamais, hein ? Même si on n'est plus...

— Chhh. J'espère bien. Pourquoi est-ce qu'on n'y arriverait pas ?

Il était 4 heures du matin à présent, et lorsque Alex et Helen sont revenus, on a puisé en nous assez d'énergie pour danser encore sur de la house music grâce au petit lecteur CD qu'Alex avait récupéré dans la voiture. À proximité, des fêtards entouraient un homme qui jouait de la guitare.

— Vous pourriez baisser le son, s'il vous plaît ? a crié l'un d'eux.

— Bande de hippies, a râlé Alex.

Mais le ciel s'éclaircissait, et on commençait à être assez épuisés et gênés pour faire ce que le type nous demandait. On s'est assis par terre, chacun blotti contre son voisin afin de se réchauffer.

Sous le coup de l'ivresse et d'un accès de sentimentalisme, on a alors exprimé à voix haute ce qu'on aimait les uns chez les autres et on s'est fait des déclarations d'amitié éternelle dont on aurait un peu honte le lendemain, mais dont on espérait aussi qu'elles tiendraient dans le temps.

— Helen, tu pleures ? s'est étonné Alex. Je ne t'en aurais jamais crue capable.

— Qu'est-ce qu'il y a ? a demandé Fran en lui prenant la main.

Helen s'est mise à rire.

— Je ne sais pas. Je pensais juste à un truc... si cet instant devait rester le plus beau de toute notre vie ?

Et elle s'est essuyé le visage avec la main de Fran, qui a pleuré à son tour.

— Ne te mouche pas sur moi. C'est dégueulasse.

— Regardez ! s'est exclamé Alex.

À notre gauche, par-delà la jetée, le soleil venait d'apparaître à l'horizon.

— « Les bougies de la nuit sont éteintes », et... et... bla-bla-bla.

— « ... le jour radieux sur la pointe des pieds s'avance sur les cimes brumeuses de la montagne », a complété Fran.

— Je ne me sens pas très radieuse, moi, a répliqué Helen. Plutôt nauséeuse.

— On devrait songer à rentrer.

— Non, pas tout de suite, ai-je dit. On ferait bien de dormir un peu d'abord.

On a donc fermé les yeux, mais il y avait de l'agitation derrière nous. La musique des boîtes de nuit avait cessé brusquement et des gens arrivaient en masse sur la plage, comme si un incendie s'était déclaré quelque part. De la vapeur s'élevait de leurs corps tandis qu'ils s'attardaient là en fumant et en se soutenant mutuellement, l'air ébranlés et dépenaillés. À proximité, une foule se pressait autour du poste de radio d'un pêcheur. Des filles sont passées devant nous en titubant sur leurs talons hauts qui s'enfonçaient entre les galets. Certaines pleuraient, d'autres paraissaient hébétées, et l'une d'elles riait, sanglotait et jurait en même temps.

— Qu'y a-t-il ? a demandé Alex.

Mais elles ont continué à avancer d'un pas chancelant vers la mer, où la fille partagée entre le rire et les larmes a commencé à patauger dans les vagues.

Le monde touchait à sa fin et il n'y avait aucun espoir de salut. Des missiles balistiques s'approchaient de nous, ou peut-être un astéroïde, ou une éruption solaire, celle qu'on avait guettée si longtemps. Les gens autour du guitariste ont dû entendre la nouvelle parce qu'ils ont ramassé leurs affaires avant de s'éloigner en traînant les pieds.

— Que se passe-t-il ? a crié Helen.

— Il y a eu un accident, a répondu une fille, qui a ajouté quelque chose au sujet de Diana et d'un tunnel à Paris. Elle est morte.

Évidemment, on a eu du mal à le croire, jusqu'à ce qu'on regagne la voiture d'Alex et qu'on écoute les infos à la radio. Ensuite on a repris la route avec prudence dans le petit matin. Un soleil éclatant illuminait cette dernière belle journée d'été, mais personne n'a soufflé mot durant tout le trajet du retour.

Quatrième partie

L'hiver

« Et le bail de l'été trop tôt arrive à terme[1]. »

William SHAKESPEARE, « Sonnet 18 »

1. William Shakespeare, *Sonnets*. Traduction de Robert Ellrodt. Arles, Actes Sud, 2007.

1998

On a rompu en janvier. Un amour qu'on croyait capable de survivre à toutes les tempêtes et à toutes les batailles n'a pas tenu face aux allers et retours quotidiens de Fran à Basingstoke.

Jusqu'au jour de notre rupture, et quelque temps encore après, j'ai pensé que je donnerais volontiers ma vie pour Fran Fisher. Enfin, pas volontiers, mais je l'aurais fait. « Prenez ma vie, pas la sienne », aurais-je dit, tout en considérant important dans ce cas qu'elle en soit informée. Quitte à boire le poison, autant ne pas le faire pour rien. À mon avis, elle aussi aurait consenti ce sacrifice, au moins au début, même si se montrer prêt à mourir peut paraître une preuve d'amour assez radicale. N'y avait-il pas une sorte de barème dégressif ? Un jour était-il arrivé où elle s'était dit : *Je ne suis pas sûre de vouloir donner ma vie pour lui, mais un bras, pas de problème*. Puis une main, un rein, et peut-être un orteil, le petit de préférence. Puis une mèche de cheveux. Et puis, finalement : *Prenez sa vie, pas la mienne !* Si, en trouvant Roméo mort à son réveil, Juliette avait décidé non pas de se poignarder, mais de continuer à vivre, de surmonter son chagrin et de s'employer à réconcilier les deux clans ennemis, aurions-nous eu une moins bonne opinion d'elle ? Et si elle avait rencontré quelqu'un d'autre et vécu heureuse jusqu'à un âge avancé ? Non, l'autodestruction était le mètre étalon. En ce qui nous concerne, l'occasion ne s'est pas présentée, et c'est très banalement qu'on s'est éloignés l'un de l'autre – pas de quoi écrire une tragédie, donc.

On a pourtant fait de notre mieux pour éviter ça. Les excellents résultats de Fran lui avaient permis de s'inscrire dans un lycée spécialisé dans les arts du spectacle, et pendant qu'elle allait chaque jour en cours, je me suis mis à chercher du travail. On savait tous les deux les dangers qui nous guettaient – pour moi : l'envie et un sentiment d'exclusion, pour elle : la gêne et la maladresse à mesure qu'un nouveau monde s'ouvrirait à elle – et on avait réfléchi à la manière de déjouer ces tensions. Elle serait libre de faire ce qu'elle voulait, de sortir, d'étudier, de parler ou pas de ses cours, et, en retour, je serais libre de l'accompagner et de faire la connaissance de ses amis, ou bien de rester à l'écart si je préférais. Je ne lui ferais pas de scènes de jalousie et on se verrait trois soirs par semaine, ou au moins deux.

J'ai rencontré officiellement ses parents et j'ai fini par les apprécier, mais j'ai toujours eu conscience de cette question dans leur regard : faut-il *vraiment* qu'on devienne intimes avec ce garçon ? Mérite-t-il un tel effort de notre part ? Qu'importe, j'avais le droit de passer la nuit chez eux dans le même lit que Fran, et on retenait notre souffle en attendant qu'ils s'endorment pour faire l'amour prudemment et en silence. Le week-end, on allait en train à Londres visiter des musées ou se faire une toile – « une toile », pas un film – qu'aucun cinéma près de chez nous ne diffusait. On dînait au restaurant – au restaurant ! –, parfois rien que tous les deux, parfois avec ses amis, et je m'efforçais de sympathiser avec eux tout comme je l'avais fait avec les acteurs de Full Fathom Five. « Je m'accordais une pause » : telle était l'explication qu'on avait choisi de donner à notre situation. Et, dans les faits, je faisais bien partie de leur bande. J'étais étudiant moi aussi – avec douze mois de retard, c'est tout. On a tous les deux appris à conduire, et pour mon dix-septième anniversaire, ma mère m'a acheté une vieille Citroën cabossée avec des vitres manuelles aux joints couverts de mousse. À mesure que l'automne s'effaçait devant l'hiver, on a pris l'habitude d'aller sur la côte nous promener le long des falaises ou des plages, puis de revenir vers la voiture, de trouver un coin tranquille et de faire l'amour sur la banquette arrière, à moitié habillés et protégés par les vitres embrumées.

Une certaine tendresse caractérise cette période à mes yeux. Le sentiment qu'on veillait l'un sur l'autre. Durant quelque temps, j'ai cru qu'on pourrait y arriver. Mais arriver à quoi ? Irais-je avec elle aux journées portes ouvertes de l'université ? Que dirait-elle lorsqu'elle s'apercevrait que je n'avais déposé aucune demande d'inscription nulle part ? J'avais un job, la maison que je partageais avec mon père, des amis en ville. À quoi rimait cette obsession pour les études, de toute façon ? Je comprenais les films d'art et d'essai aussi bien qu'elle, je lisais davantage, et tout le monde n'avait pas le désir ou le besoin de décrocher un diplôme. C'était du pur snobisme d'attendre ça de moi, et je répétais cet argument dans ma tête en prévision du jour où il faudrait que je l'énonce à voix haute.

Puis le mois de novembre est arrivé, et avec lui l'accident. On s'était envoyés en l'air à l'arrière de la voiture en riant et en nous cognant partout, mais je n'avais pas mis ma capote correctement, et ce n'est qu'à la fin, quand on s'est effondrés sur la banquette, qu'on a découvert qu'elle avait disparu comme par un terrible tour de magie – tout ça pour réapparaître peu de temps après, toute collante et inquiétante. On a eu peur tous les deux, mais c'est Fran qui a insisté pour qu'on aille aussitôt à Brighton chercher une pilule du lendemain.

— Le plus tôt sera le mieux, a-t-elle dit. J'aurai l'esprit plus tranquille.

Assis sur le siège conducteur en ce lundi matin pluvieux et gris, je l'ai regardée sortir le comprimé de son blister et l'avaler avec un peu d'eau de la même façon qu'elle aurait pris un antidote.

Ce qui était le cas, bien sûr. On était soulagés, mais si elle était tombée enceinte, qui aurait eu le plus à perdre ? Mon père avait vingt et un ans à ma naissance – autant dire guère plus que moi à ce moment-là, même si mes parents n'étaient peut-être pas le meilleur exemple à suivre. Reste qu'un accident assimilable à une catastrophe pour Fran aurait été pour moi... pas l'idéal, pas un truc dont je rêvais, mais quelque chose que j'aurais pu accepter. J'avais juste envie d'être avec elle, alors qu'elle voulait beaucoup plus. Cela a révélé une inégalité entre nous en termes d'accomplissement et de potentiel, d'ambitions et de désirs.

La rupture a eu lieu peu après le Nouvel An – je suppose que Fran avait voulu « laisser passer Noël » –, et cela ressemblait fort à une bonne résolution : 1) boire plus d'eau 2) rompre avec Charlie. La scène en soi a été conventionnelle et prévisible, pleine de cette tension propre aux séances d'improvisation théâtrale. Même le cadre choisi, à savoir la plage de Cuckmere Haven, par un samedi après-midi bruineux et déprimant, avait tout d'un décor sui generis. J'étais devenu grincheux et négatif, selon Fran. On n'était plus à l'aise ensemble. Et moi, en retour, je lui avais sorti mon discours sur son snobisme.

— Charlie, quand ai-je jamais dit des choses pareilles ?

Et malgré mon incapacité à lui citer des exemples, je crois qu'elle a été choquée et attristée par ma méchanceté à l'égard de ses amis et de ses parents, qui lui souhaitaient de toute évidence quelqu'un de mieux que moi. Aucun de nous ne pouvait se remettre d'une telle dispute, et tandis que le ciel s'obscurcissait et que le crachin se transformait en pluie, on s'est retrouvés avec un dernier problème pratique à régler : comment fuir cette plage sinistre et venteuse. Fran refusait de monter en voiture avec moi, et moi je refusais de partir sans elle. Même quand on a enfin repris la route sans échanger un mot, on a été obligés de s'arrêter fréquemment pour crier ou pleurer encore un peu.

On s'est parlé quelques fois après ça, tard le soir au téléphone ou dans des pubs du centre-ville. Le couple que l'on croise de temps en temps en larmes dans la rue, à l'heure où tout ferme, ces gens qui s'accrochent l'un à l'autre, puis qui se repoussent : c'était nous.

Bien que j'aie lutté pour la garder, je savais que je vivais les derniers soubresauts d'une bataille déjà perdue. Un jour, Fran Fisher a tourné les talons et est rentrée chez elle en taxi. Plus de vingt ans allaient s'écouler sans que je la revoie, mais ce jour finirait par arriver.

2× 4× 8× 16×

Du temps où mon père avait un magnétoscope, l'un de mes petits talents consistait à jouer du mode « avance rapide » avec une extrême précision, en regardant l'action défiler à l'écran et en pressant le bouton « stop » pile au bon moment. À l'ère numérique, tout est plus simple. Au lieu de voir un film en accéléré et de le transformer en comédie muette, on saute directement aux scènes qui nous intéressent. C'est plus efficace. Et donc :

Dès que j'ai su conduire, j'ai pris un boulot à l'aéroport. Je débarrassais les tables et les plateaux des passagers de première classe dans le salon qui leur était ouvert vingt-quatre heures sur vingt-quatre. Ce travail aurait très bien pu avoir été inventé dans le but précis de m'emplir de dégoût : dégoût pour la manière dont les clients remplissaient gratuitement leurs flûtes de champagne sans jamais les finir, pour le rôti de bœuf saignant que je devais jeter à la poubelle, pour l'envers sordide du décor – les employés au teint gris qui tiraient sur leurs cigarettes dans l'embrasure d'une porte, les casiers puants et les sachets de saumon fumé sous vide, pareils à de gros blocs de chair rose extraterrestre. Le gouffre entre les passagers et le personnel, entre eux et nous, relevait presque de la machine de propagande soviétique, et le seul moyen de tenir bon était de se livrer à de petits actes de mépris et de sabotage, source à leur tour d'une autre forme plus toxique d'écœurement. Un étudiant en philosophie de l'université du Sussex venu s'encanailler parmi nous le temps d'un été m'a raconté la fable du garçon de café de Sartre, celui qui débordait d'obséquiosité, cherchant à se convaincre par là que sa fonction lui permet d'exister et d'échapper au néant. J'ai pensé deux choses en l'écoutant : *Yep, c'est assez bien vu.* Et aussi : *Putains d'étudiants.*

Comme les membres de la carte Gold de l'Executive Club, je profitais au maximum de tout ce qui m'était offert, mais alors qu'ils ne faisaient que passer, je trimais là cinquante-six heures par semaine en me nourrissant de bretzels et de brie. Devenu le roi des heures supplémentaires, j'ai utilisé mon premier salaire pour m'acheter un vrai lit et commencer à régler méthodiquement toutes les factures impayées de la maison. En décembre, les services sociaux ont envoyé mon père au centre de tri du Royal Mail. Quelque chose dans cette activité très matinale et routinière qui fleurait la vieille Angleterre a fait vibrer une corde en lui, et il a fini par se reconvertir en postier à temps plein. « Je termine à 14 heures, et le reste de la journée est à moi ! » disait-il comme s'il n'en revenait pas.

Il a arrêté de fumer, réduit sa consommation d'alcool, et ses sautes d'humeur se sont atténuées. D'une manière générale, il était plus calme désormais, plus paisible, plus sédentaire.

Les soirs où je ne travaillais pas, on regardait les mêmes films et les mêmes émissions à la télé. On mangeait les mêmes repas. On lisait les mêmes livres. On faisait la vaisselle et on l'essuyait ensemble devant l'évier.

— Ton père et toi, m'a dit ma mère durant l'une de ses dernières visites avant son déménagement, vous êtes comme un vieux couple.

C'était une vision étrange et déprimante de la vie domestique qui soulignait précisément pourquoi elle était partie. Sa remarque n'avait rien de chaleureux. C'était un avertissement.

Je croisais parfois mes anciens amis en ville, mais je ne les ai pas beaucoup revus en fait. Très vite, bien trop vite, une nouvelle rentrée de septembre est arrivée, et tous sont allés s'installer à Manchester, Birmingham, Hull, Leicester, Glasgow, Exeter ou Dublin. J'ai entendu dire que Fran Fisher était à l'université d'Oxford (pas juste à Oxford, mais « à l'université d'Oxford »), où elle avait choisi pour disciplines (et non pas pour « matières ») l'anglais et le français. *Ça ne m'étonne pas*, ai-je pensé. *C'est logique*.

Après avoir bossé assidûment à l'insu de tous, Harper est allé étudier le génie civil à Newcastle. Il ne sortait presque plus jamais sans un cône de chantier sur la tête, disait-on. Fox, qui s'était moqué sans relâche de quiconque se faisait surprendre avec un stylo à la main, suivait une formation pour devenir professeur de sport. À Noël, ils me retrouvaient au pub et me racontaient des histoires de bitures monumentales. Harper a bientôt eu une relation sérieuse avec une fille incroyablement glamour, étudiante en école de tourisme. Ils comptaient voyager ensemble, et pourquoi pas rendre visite à Lloyd, qui menait des activités assez louches en Thaïlande.

— À moins qu'il ne soit en prison, a dit Fox.

Et on est convenus qu'une prison thaïlandaise était sans doute le genre d'environnement dans lequel Lloyd pouvait vraiment s'épanouir. On s'était tous un peu ramollis, tant dans le comportement qu'au niveau du tour de taille, et on riait différemment aussi. Je les aimais bien, tous les deux, assez pour essayer de redonner vie à nos surnoms et à nos bagarres, mais même en admettant qu'on ait un jour été une bande soudée, le fait est que nos plus belles années étaient derrière nous, comme un groupe de musique qui se reforme par nostalgie et qui se remet à jouer alors qu'il lui manque un de ses membres et qu'il n'a que les mêmes vieux tubes à reprendre. Harper a été absent une année à Noël, ensuite ç'a été le tour de Fox, et puis, très vite, on a cessé de se voir.

Le premier été après que j'ai quitté l'école, des affiches annonçant la nouvelle production du collectif Full Fathom Five ont commencé à apparaître. Ses cheveux étaient plaqués en arrière et ses yeux paraissaient bouffis et tout petits sans ses lunettes, mais j'ai reconnu George dans la peau d'un Richard III bossu. À certains égards, c'était une promotion, et à d'autres non. Un an plus tard, le choix d'Ivor et Alina s'est porté sur *Comme il vous plaira*, puis, parce qu'un laps de temps suffisamment long s'était écoulé, de nouveau sur *Le Songe d'une nuit d'été*. Il aurait été aussi inconcevable pour moi d'acheter un billet que de m'incruster à la fête de fin d'année de mon ancien collège, mais j'ai quand même éprouvé une pointe de rancœur puérile à l'idée qu'ils continuaient à jouer sans moi. Shakespeare, le théâtre, les livres, la musique, la poésie, l'art – toutes ces choses devaient transformer nos jeunes vies, nous avait-on promis. Nous faire prendre conscience de notre valeur personnelle, nous donner le sentiment d'appartenir à une communauté et modifier la manière dont on évoluait dans le monde. C'était ce qu'Ivor et Alina s'étaient efforcés de nous faire croire avec un zèle de missionnaires, et cela avait marché. Mais le processus était réversible. Désormais, ma nostalgie virait à l'amertume dès que je me rappelais ce fameux été. En 2001, ils ont monté *Macbeth* – une pièce qui s'est montrée fidèle à sa triste réputation en leur portant le coup de grâce. J'ai imaginé Ivor et Alina revendre le Transit, jeter les balles de jonglage et les tapis de sol, et j'ai éprouvé un soulagement mauvais en ne les voyant pas revenir.

J'étais dans une impasse, bien sûr, mais je m'y sentais à l'abri et c'était agréable. Dans les films de guerre et de science-fiction que j'adorais, il y avait un personnage récurrent, en général un caporal courageux, blessé au ventre ou à la colonne vertébrale. « Je vais vous ralentir, disait-il à ses camarades. Continuez sans moi. » Et, cerné par des explosions, il guettait l'arrivée de l'ennemi et le moment le plus propice pour dégoupiller la grenade qu'il serrait contre sa poitrine. J'ai toujours admiré ce type et sa noblesse masochiste. Je ne sais pas très bien qui incarnait l'ennemi à mes yeux, mais j'étais heureux de patienter dans mon coin pendant que les autres s'échappaient – même si je ne les avais pas du tout ralentis.

Ma mère a déménagé à Exeter avec Jonathan, qui souhaitait se rapprocher de ses parents. Tous deux ont trouvé là-bas des postes de managers.

— Dans un hôtel de charme, tu te rends compte ? m'a-t-elle dit.

Je l'ai regrettée, et je pense que mon père aussi, mais son départ ne m'est pas apparu comme un nouveau manquement à ses devoirs. Et puis, elle n'avait jamais vraiment aimé notre ville, de toute façon. Quant à Billie, après avoir obtenu d'excellents résultats à tous ses examens, elle est allée étudier la chimie à Aberdeen, « parce que c'est très loin d'Exeter ».

C'était dommage. Elle a quitté la maison à l'âge où on aurait pu devenir amis, et je ne lui ai jamais parlé de mes pires moments avec notre père. De son côté, je suis certain que tout n'a pas été rose non plus, mais quand bien même elle demeurait ma sœur, on ne formait plus une famille. Nos chemins ont divergé trop tôt et chacun de ses choix l'a éloignée davantage de moi. Peut-être nous croiserons-nous de nouveau un jour.

J'ai développé un réel talent pour le billard. Les fléchettes et la machine à sous, aussi. L'Angler est devenu mon repaire, et les employés qui refusaient autrefois de me servir comptaient désormais parmi mes amis. J'ai même décroché un tabouret attitré à l'extrémité du bar. J'ai eu quelques aventures avec des filles rencontrées là, des histoires consommées à l'arrière d'une voiture ou, pour fêter le printemps, dans le cimetière voisin. Mais une romance entamée contre une tombe n'a guère de chances de durer, et mes appels téléphoniques restaient très vite sans réponse. Un jour, on m'a vidé un verre sur la tête, comme dans les films, et je me suis dit : *Mince, c'est vraiment le genre de type que je suis en train de devenir, ça ? Celui à qui on vide un verre sur la tête ? Que penserait Fran ?*

En 2002, à la veille de Noël, j'occupais ma place habituelle au bar, où je ruminais en silence contre la foule des travailleurs à temps partiel présente dans le pub à cette période de l'année, comme ces fidèles qui ne vont à l'église qu'une fois par an pour la messe de minuit. Où était leur engagement dans tout ça ? À ma droite, une femme avait réussi à poser les coudes sur le bar et les écartait lentement tout en cherchant à attirer l'attention de la serveuse.

— S'il vous plaît ? a-t-elle crié. Mademoiselle ?

Malgré les tubes de Noël diffusés à pleine puissance, j'ai reconnu sa voix et, pour des raisons que je n'aurais su expliquer, j'ai détourné la tête. Un homme l'a alors rejointe.

— Il me *faut* mon verre !

— Putain, attendez deux secondes !

— Tu crois que je devrais demander une vodka martini ?

— À l'Angler ? Tu le veux dans un verre droit ou dans une chope ?

En pivotant vers la gauche, j'arriverais peut-être à glisser à bas de mon tabouret, à prendre ma pinte de bière et à aller m'asseoir ailleurs…

Trop tard.

— Oh. Mon. Dieu.

— Salut, Helen.

— Charlie ! Charlie Lewis ! Dans mes bras ! s'est exclamé Alex en m'arrachant à mon siège.

— Salut, Alex ! ai-je grogné contre son épaule.

On est allés s'installer à une table. Malgré nos vœux solennels sur la plage de Brighton, nos liens s'étaient distendus durant leurs années d'études. Tous deux avaient changé, comme il fallait s'y attendre. Helen avait une coupe de cheveux militaire très chic et un petit piercing noir dans le nez, tandis qu'Alex avait tout d'un millionnaire libertin, très mince, très posé et très beau dans sa veste noire ajustée.

— Thierry Mugler, si tu veux tout savoir.

— D'occasion.

— Ta grosse veste est d'occasion. Celle-là, elle est *vintage*.

Si je ne les avais pas connus, je me serais senti intimidé. C'était quand même le cas, mais ça me faisait aussi plaisir de les voir – un plaisir teinté de prudence. Forcément, ils vivaient tous les deux à Londres. Helen préparait un diplôme de sociologie, Alex était en dernière année d'école d'art dramatique, et ils partageaient une grande maison à Brixton avec des dramaturges, des artistes et des musiciens. Ils étaient juste rentrés s'acquitter de leurs devoirs familiaux de fin d'année et n'avaient pas l'intention de traîner dans le coin (« Le 26 à 7 heures, on se casse »). Mon tour venu, je leur ai parlé de mon travail en essayant d'y mettre un peu d'humour noir, mais ce tableau comique s'est révélé plus grinçant que je ne l'avais voulu. Ils ont ri, tout en paraissant inquiets. Peut-être avais-je trop bu. Il est vrai que, contrairement à eux, j'avais déjà sifflé mon verre. Je me suis éclipsé vers le bar et me suis rendu compte en patientant que ce n'était pas la nostalgie qui les avait attirés là, mais l'ironie. L'Angler tenait du repaire de guignols pour eux, et je me suis demandé si c'était l'image qu'ils avaient de moi. Peu pressé d'être servi, j'ai laissé passer « Last Christmas », « Mistletoe and Wine » et « Merry Christmas Everybody » en jetant de temps à autre un coup d'œil vers leur table, où ils s'étaient rapprochés pour discuter entre eux. J'ai commandé une bière et un petit remontant, et quand je suis enfin retourné auprès d'eux, Alex s'est levé « pour aller appeler quelqu'un ». Helen et moi sommes restés assis un moment sans souffler mot.

— Ça va, Helen ?

— Ouais, j'admire le paysage.

Elle a montré le bar et la brochette formée par trois types, tête baissée et silencieux, dont les jeans laissaient voir la raie des fesses.

— Ne finis pas comme ça, tu veux ?

À cet instant, j'ai pu lâcher mon insulte :

— Espèce de snob !

— Hé, je ne suis pas snob ! Il n'y a pas moins snob que moi sur terre...

— Parce que ta remarque l'était, Helen.

— C'est vrai que débarquer ici avec mes grands airs d'étudiante...

— Exactement.

— Sauf que je ne suis pas snob ! Je me fous de savoir ce que tu fais. Vis où tu veux, fais ce que tu veux. Je comprends très bien, ce sont tes années rebelles, et après tout pourquoi pas.

— Helen...

— Mais ça, tu peux m'expliquer ? a-t-elle dit en tapotant mon verre à liqueur.

— C'est juste un cordial.

— Un cordial ?

— Où est le problème ?

— Tu es trop jeune pour être un pilier de bar. Franchement, Charlie, arrête tes conneries. Il faut que tu quittes cette ville. Tu pourras toujours y revenir mais en attendant, teste autre chose. Essaie, au moins. Tu as bien le temps de détester ta vie – tu feras ça quand tu auras la cinquantaine, comme tout le monde.

— Je n'ai jamais dit que je détestais ma vie.

— Mais tu ne l'aimes pas non plus, n'est-ce pas ?

— Toi, oui, peut-être ?

Elle a éclaté de rire.

— Oui ! Oui, oui, enfin, je l'aime ! Et tu pourrais toi aussi si tu n'avais pas autant la trouille.

— Je n'ai pas la trouille.

— Tant mieux. Ça fait plaisir à entendre. Parce que ça m'amène au point suivant…

Mariah Carey chantait alors « All I Want for Christmas Is You », et c'est le moment qu'Alex a choisi pour revenir s'asseoir à côté de moi. J'étais cerné.

— Tu lui as parlé, Helen ? a-t-il demandé.

— Me parler de quoi ?

Helen a pris une inspiration.

— On a une chambre de libre.

— Dans notre maison à Brixton.

— C'est un trou à rats, en fait. Au sous-sol. Une pièce sombre et humide.

— Mais gratuite.

— Enfin, il y a juste les factures courantes à partager.

— Mais tu pourrais trouver un boulot dans un bar, ou faire de l'intérim…

— Et reprendre tes études en septembre.

— Je n'ai pas du tout l'intention de faire ça.

— Peut-être, mais tu vas le faire quand même.

— Tu le sais très bien. Pourquoi résister ?

— Je ne peux pas. Mon père…

— Tu as dit qu'il allait mieux.

— Pour l'instant, mais…

— On habite à une heure trente d'ici, Charlie. Ce n'est pas la Nouvelle-Zélande.

— Mais je ne peux pas partir comme ça !

— Bien sûr que si. Il y a de la place dans notre voiture.

— On t'emmène avec nous.

— Le 26. On t'attendra jusqu'à 7 heures.

— Charlie, a conclu Alex, nous, tout ce qu'on veut pour Noël, c'est *toi*.

En septembre 2003, à vingt-trois ans, j'ai repris le chemin de l'école. Sur le papier, j'étais un étudiant mature, même si mon comportement n'incitait guère à le croire tant j'ai accumulé les faux départs, les erreurs de trajectoire, les gueules de bois et les deadlines non respectées. J'ai d'abord dû rattraper mes examens ratés, puis obtenir l'équivalent d'un A-levels, et enfin trouver une université assez ouverte d'esprit pour accepter les grands blancs de mon CV, tout ça en bossant le soir et le week-end dans des bars et des restaurants où mon service se terminait souvent au moment où la fête commençait. Ces années ont été une sorte de seconde adolescence – la nécessité pour moi de travailler dur s'opposait à mon désir de ne pas travailler du tout, et mon parcours scolaire a peu à peu ressemblé à un immense puzzle inachevé qui aurait été abandonné trop longtemps sur une table. La tentation de tout laisser tomber et de fourrer les pièces en vrac dans leur boîte était très forte. En fait, je n'y serais jamais arrivé sans Helen et Alex, qui n'ont cessé de m'encourager, de vérifier mes devoirs, de s'assurer que je remplissais les formulaires à temps, et il m'apparaît aujourd'hui que toute la chance qu'on peut avoir dans nos études ou notre vie professionnelle n'est rien à côté de la chance d'avoir des amis.

Deux qualifications – en sciences informatiques et en arts plastiques – ont constitué le socle vacillant de toute cette entreprise. Lors d'une soirée en août 1997, un inconnu m'avait dit que le truc dans la vie, c'était de trouver ce pour quoi on était doué et de foncer dans cette voie, mais l'informatique et l'art étaient à ce moment-là comme les oignons et le chocolat : il n'y avait aucun moyen de les associer. À l'université, j'ai découvert que je n'étais pas brillant d'un point de vue académique et que je ne le serais jamais. Je n'étais pas un développeur de talent et je n'avais pas non plus l'âme d'un artiste. Par chance, mon tuteur m'a suggéré de suivre un cours sur les effets spéciaux et l'animation, et c'est ainsi que j'ai appris à me servir de logiciels aux noms impressionnants tels que Premiere, Fusion et Nuke. Je me suis ensuite acheté l'ordinateur le plus puissant que j'ai pu avec tous mes pourboires. Seul dans mon coin, je me suis entraîné à faire des incrustations, des images de synthèse, des modélisations en 3D et de faux décors. Et pendant que je développais toutes ces compétences, quelque chose a changé dans mon environnement culturel.

Les zombies, les vampires, les vaisseaux spatiaux et les extraterrestres que j'avais adoré dessiner se sont imposés au cinéma, et il m'est apparu que toutes ces années passées à regarder des films et à jouer à *Doom* avaient fait partie d'un apprentissage involontaire. Je savais déjà représenter un œil pendant hors de son orbite. À présent, avec les logiciels adéquats, je savais le faire briller et osciller de façon répugnante. Je savais transformer un groupe de vingt personnes en une foule de deux cent mille. Je savais rajeunir de quelques années le héros d'un film. Et c'est ce que je fais maintenant : je réalise des effets spéciaux. Ou comment marier l'art et l'informatique.

Dans sa quête de travail, Alex Asante est parti pour Los Angeles. On continue à le voir beaucoup, mais principalement à la télé, où il incarne des flics et de jeunes avocats ambitieux prêts à tout pour gagner un procès, y compris à enfreindre la loi. Il est très connu, quoique pas tout à fait aussi connu qu'il aimerait.

Nos études terminées, nous avons quitté notre maison de Brixton. J'ai rencontré Niamh et démissionné du restaurant qui m'employait pour me lancer dans la postproduction. Puis, il n'y a pas si longtemps, j'ai monté ma boîte avec des collègues. Nous sommes parfois invités à l'avant-première des films sur lesquels on a travaillé, et depuis notre place tout au fond de l'auditorium, on observe les acteurs, ces êtres si distants et bizarres, saluer le public sur le devant de la scène.

Helen a fait la connaissance de Freya, est tombée amoureuse et a déménagé à Brighton, ce haut lieu de la communauté gay et lesbienne – « Une histoire on ne peut plus cliché », selon elle. Alors qu'on se promenait sur la plage, elle m'a annoncé qu'elles allaient se marier et m'a demandé d'être son témoin.

— D'accord. Je suis obligé ?

— Évidemment ! C'est un grand honneur que je te fais, sale homophobe. Et puis, Alex se chargera de nous filmer, alors…

— Très bien, mais il faut que je fasse un discours ?

— *Oui.*

— Et il faut que ce soit drôle ?

— Tu as intérêt. C'est le discours du témoin.

— Tu me mets la pression. Je ne suis pas un acteur-né, moi.

— Tu ne m'apprends rien.

— Je ne sais pas être drôle.

— Si, tu sais. Tu devras juste le faire à voix haute. L'essentiel, c'est d'être *sincère*. Dis à tout le monde que je jure comme un charretier et que tu chéris notre amitié. Là, tu vois, j'ai fait le discours à ta place. Tu ne peux pas refuser maintenant.

J'ai donc été le témoin d'Helen à son mariage, et le moment venu, je lui ai demandé d'être le mien.

Mais voilà, un mois avant la cérémonie, j'ai reçu un e-mail, une capture d'écran d'une page Facebook annonçant les retrouvailles à Londres du collectif théâtral Full Fathom Five 1996-2001.

On ne peut pas rater ça, non ? Rendez-vous là-bas.

Les strates géologiques

J'ai enfilé ma veste sous le regard de Niamh.

— Rassure-moi, ce n'est pas celle que tu comptes porter à notre mariage ?

— Non.

— Je n'avais pas compris qu'il s'agissait d'une soirée aussi habillée.

— Il faut bien que je fasse un effort...

— Bien sûr. Elle n'en attendra pas moins de ta part.

— *Tous les gens* qui seront là n'en attendront pas moins.

Mon comportement était-il si inhabituel ? Il est vrai que j'avais toujours résisté aux sirènes de la nostalgie. Je fuyais les réunions d'anciens élèves, je rentrais rarement à la maison voir mon père, j'avais peu de photos et je n'espionnais pas mes ex sur Internet. La vie était une série d'avant et d'après espacés d'environ sept ans : il y avait un avant et un après ma rencontre avec Fran, un avant et un après mon déménagement, un avant et un après Niamh. La frontière entre chacune de ces périodes était aussi distincte et précise que celle entre deux strates géologiques. Quand l'« après » était meilleur, pourquoi s'attarder sur l'« avant » ?

Mon mariage marquerait la prochaine grande ligne de démarcation, et pourtant, à trois semaines de la cérémonie, je me surprenais à sonder non pas une, ni deux, mais trois strates successives de mon passé. Cela ne me ressemblait pas. Niamh en avait conscience, et le ton léger qu'elle avait adopté lorsque je lui avais expliqué où je comptais aller ce soir-là s'était évaporé à mesure que la date approchait.

— Je te l'ai dit, tu es la bienvenue aussi.

— Assister aux retrouvailles d'une ancienne troupe de théâtre amateur ? Il faudrait être désespéré pour ça. Non merci, je ne suis pas *folle.*

— Helen sera là.

— Je peux la voir quand je veux. Et puis vous souhaiterez sûrement discuter avec vos amis. Échauffer votre voix, vous jeter des balles de jonglage, faire vos exercices de *confiance*...

— Si c'est le cas, je ne resterai pas. Mais je ne connaîtrai sans doute personne.

— Oh, il y aura au moins une tête qui te sera familière, à mon avis.

J'ai soupiré et me suis laissé tomber sur le lit.

— Je ne suis pas obligé de me rendre à cette soirée, si tu préfères que je...

— Oh, non, ne me mets pas ça sur le dos. Tu es grand et libre de faire ce que tu veux. Tu as envie d'y aller ?

— Eh bien, oui, assez.

— Pourquoi ?

— Je ne sais pas. Par nostalgie.

— Ou curiosité ?

— Il y a un peu de ça aussi.

— Alors vas-y. Je passerai un bon moment de mon côté. Je chercherai sur Google ce que sont devenus mes ex et je m'amuserai à retoucher leurs photos de mariage en y incrustant ma tronche.

— Salut.

— Évite de rentrer avec du rouge à lèvres sur ton col.

— Comme dans la chanson.

— Quelle chanson ?

— Celle qui a donné naissance à ce conseil. « *Lipstick on your collar / Told a tale on you.* » Tu la connais.

— Non. Je ne suis pas née dans l'entre-deux-guerres, moi.

— Comment peut-on avoir du rouge à lèvres sur son col, de toute façon ? Comment arriverait-il là ?

— Je dirais plutôt sur la bite. C'est à cet endroit que je regarderai.

— Cochonne.

— Yep. Dépêche-toi de rentrer.

À présent qu'on avait ri, je pouvais partir, mais je me suis senti étrangement nerveux dans le bus qui m'emmenait à la soirée. J'avais vu un jour un documentaire sur des sauterelles ou des cigales en Arizona – à moins que ce ne soit au Mexique, ou dans le Sahara. Après avoir passé leur jeunesse tapies dans un sol brûlé par le soleil, elles émergeaient toutes ensemble au bout de dix-sept ans très exactement pour former un énorme essaim dévastateur. Et si le premier amour était pareil ? Si c'était une force enfouie, endormie, qui grandissait jusqu'au jour où elle saccageait tout ce qu'il y avait de stable et de bon ? Ces choses-là arrivaient.

Mais cela paraissait peu probable. D'abord parce que j'étais fou de Niamh, ensuite parce que Fran et moi étions des personnes très différentes autrefois, de drôles d'extraterrestres adolescents. Et puis le premier amour n'était pas le véritable amour, juste une imitation stressée, fiévreuse et juvénile de celui-ci. Non, ces choses-là n'arrivaient pas sans qu'on le veuille, et quand je convoquais le souvenir de Frances Fisher dans mon esprit, je n'éprouvais qu'une sorte de gêne attendrie. Ça, et un autre sentiment aussi – un sentiment plus difficile à nommer, qui n'avait pas franchement l'étoffe d'une grande passion destructrice, mais qui se révélait tout de même assez puissant pour me pousser à me changer, à me laver les dents et à sortir de chez moi par un dimanche pluvieux du mois de novembre.

Le rendez-vous était fixé à 18 heures – un horaire bien innocent – dans une salle au dernier étage d'un pub à Stoke Newington. Les familles étaient les bienvenues, indiquait l'invitation. J'ai retrouvé Helen dans un bar de l'autre côté de la rue afin qu'on puisse réviser nos notes.

— Qui c'était le type qui jouait Frère Laurent ? m'a-t-elle demandé. Celui qui pleurait tout le temps ?

— Keith quelque chose.

— Et les musiciens ?

— Sam et...

— Oui ?

— Grace !

— Comment tu fais pour te souvenir de ça, Charlie ?

— Je m'en souviens, c'est tout.

— Tu sais qui ne sera pas là, en revanche ? Polly et Bernard.

— Ils ne sont pas... ?

— Si. Tous les deux.

— Quand ?

— Bernard est mort il y a longtemps. Pour Polly, ça date de cette année.

— Comment es-tu au courant ?

— Par Facebook.

— Merde. Polly et Bernard.

— Elle avait presque quatre-vingt-dix ans, il ne faut pas s'étonner.

— Peut-être, mais quand même, on garde une image figée des gens. Je ne crois pas avoir jamais discuté avec Bernard, alors que Polly... Elle a toujours été gentille avec moi. Presque toujours. J'ai perdu ma virginité dans la petite maison à l'entrée de sa propriété.

— Oui, je suis au courant.

— Bon sang. Pauvre Polly. Une mauvaise actrice, mais une femme charmante.

— C'est ce qu'aurait pu mentionner son épitaphe. En plus de la perte de ta virginité.

— À Polly, ai-je dit en trinquant avec Helen. C'est malin, je me sens tout triste maintenant.

— On peut rester ici, si tu veux.

— Non, on n'a pas fait tout ce chemin pour rien.

On a vidé nos verres, traversé la rue et monté un étroit escalier avant de faire notre entrée dans la grande salle du pub... où on n'a reconnu personne. La troupe de *Macbeth* était là, celle de *Comme il vous plaira* aussi, sans compter la distribution du *Songe d'une nuit d'été* – les deux –, et tous riaient et échangeaient des anecdotes. Mais pour ce qui est de *Roméo et Juliette*, il faudrait repasser.

— OK, allons-nous-en, a râlé Helen.

— Attends juste cinq minutes. Ensuite, on lèvera le camp.

Pour paraître moins esseulés, on est allés se planter devant un tableau recouvert de photos en noir et blanc des différentes productions.

— Ils ont peut-être oublié leur appareil l'année où on a joué.

— Voilà Miles, ai-je dit. J'en déduis que c'est l'arrière de ma tête qu'on voit à côté.

— La tête d'un membre très estimé de la troupe.

— Et comment ! Je portais le spectacle sur mes épaules.

— Pourtant tu es presque totalement absent sur ces photos.

Je me suis demandé si c'était là le grand danger des retrouvailles : découvrir qu'on n'occupe pas une place aussi essentielle dans la mémoire des autres que celle qu'ils occupent dans la nôtre.

On ne pouvait pas en dire autant de Polly. Un deuxième tableau était entièrement consacré à ses portraits d'actrice datant des années 1960 – cheveux coupés très court et yeux cernés de khôl, tel un pur produit de Carnaby Street –, ainsi qu'à des photos la montrant dans divers rôles, aussi différents les uns des autres que ses expressions étaient identiques, avec ses yeux et sa bouche toujours grands ouverts. Au bout d'un moment, on a été rejoints par quelqu'un qui ressemblait au père de Colin Smart, mais qui était en fait Colin Smart lui-même.

— Regardez comme j'ai grandi ! a-t-il plaisanté, même si ce n'était pas vrai.

On a discuté un peu, mentionné divers noms, mais je devais prendre sur moi pour me concentrer sur la conversation et ne pas scruter les autres invités par-dessus son épaule. Avais-je espéré quelque chose de plus débridé, à l'image de ces fêtes censées marquer la fin d'un cycle ou d'une aventure ? Des enfants mangeaient des chips devant le buffet, et j'ai découvert Lucy Tran en allant au bar. Désormais pédiatre, elle s'est montrée toute vive, agréable et drôle, jusqu'à ce qu'on évoque notre ancien collège. Voyais-je encore Lloyd, Harper et le reste de la bande ?

— Non, pas depuis des années. Tu sais ce que c'est. On s'est éloignés.

— Tant mieux ! Bonne nouvelle. Ils avaient fait de ma vie un enfer, ces petits cons.

— Oui, ils pouvaient être vaches.

— Et toi donc, Charlie. Tu n'étais pas aussi mauvais qu'eux, mais tu ne leur as jamais tenu tête.

— Tu as raison. J'y repense parfois. Je m'excuse.

— OK. Heureusement, tu t'es bonifié avec le temps.

— Ah oui ? Mince, j'espère bien.

— Tu avais lu mon message ?

— Quel message ?

— Celui que j'avais écrit sur ta chemise, le dernier jour d'école.

— Oui. « Tu m'as fait pleurer. »

— C'était vrai.

— Encore une fois, je suis désolé.

Il y a eu un silence.

— Enfin bref…

— Tu l'as vue ? m'a-t-elle demandé.

— Qui ça ?

— Tu ne t'es quand même pas déplacé jusqu'ici dans l'espoir de me croiser, moi.

— Non, j'ai juste supposé qu'elle ne viendrait pas.

— Oh, si, elle est venue. Elle est assise quelque part. Regarde, là-bas…

Une trouée dans la foule m'a permis de l'apercevoir sur une chaise près de la fenêtre, une main posée sur son ventre de femme enceinte. Elle parlait d'un ton très sérieux à une enfant de dix ans environ qui ne pouvait être que sa fille. Alors que je l'observais, elle a tendu le bras pour ramener les cheveux de la petite derrière son oreille.

— Cette tête que tu fais ! s'est amusée Lucy. Que disait Roméo, déjà ? « Oh, elle apprend aux flambeaux à resplendir… »

Puis elle m'a donné une petite tape.

— Bonne chance, Charlie !

Fran Fisher a ri à ce que lui disait la fillette et l'a laissée filer. C'est à ce moment-là qu'elle a remarqué ma présence. Elle a écarquillé les yeux en plaquant ses mains sur son visage, et on a entamé une série de gestes embrouillés à distance – *Regarde-toi ! Qu'est-ce qu'on fait là ? Il faut qu'on se parle. Dans cinq minutes ? Rejoins-moi !* – jusqu'à ce que Colin Smart s'approche d'elle pour l'embrasser, le buste penché par-dessus son gros ventre. Je suis resté seul quelques instants, étrangement essoufflé, sans savoir quoi faire.

— Hé, ça ne va pas ? m'a dit quelqu'un en m'attrapant par le coude.

— George !

On s'est lancés dans une petite danse à mi-chemin entre la poignée de main et l'accolade.

— On dirait que tu as aperçu un fantôme.

— Il n'y a que ça ici.

— C'est bizarre, hein ? On a failli ne pas venir.

— C'est bizarre, en effet.

On ? ai-je pensé simultanément.

— J'ai discuté un peu avec Helen. Elle est géniale cette fille, n'est-ce pas ?

— Carrément.

— Tu as vu… ?

— Non.

— Elle voudra forcément te parler.

Comment peux-tu le savoir ?

— Tu as bonne mine, Charlie.

— Toi aussi, George.

Et en effet, il avait meilleure mine et paraissait plus en forme, plus sûr de lui, même si, lunettes ou pas, il conservait cette manie de cligner des yeux avec l'air surpris d'un homme qui vient d'être réveillé par une lumière vive.

— Je suis passé aux lentilles de contact et j'ai arrêté les produits laitiers, a-t-il dit en posant comme autrefois une main sur son visage. Je ne devrais pas tarder à retrouver une peau nette maintenant.

— Elle est très bien, ta peau.

— Oui, c'est ce que les gens me répètent depuis vingt-cinq ans.

— Désolé.

— Ce n'est rien, ce n'est rien.

— Et sinon, quoi de neuf, George ?

— Qu'est-ce que tu veux savoir ?

— Dis-moi tout ce que tu as fait ces vingt dernières années.

Il ne m'a pas tout raconté, mais presque.

La dernière histoire d'amour

George Pearce avait fait ses études à Cambridge, comme prévu. S'il y avait bien une chose que Full Fathom Five lui avait apportée, c'était d'éveiller en lui un intérêt profond pour Shakespeare, les élisabéthains et les jacobéens. Après avoir décroché une licence avec les félicitations du jury, il avait passé une maîtrise, puis une thèse, mais en veillant durant tout ce temps à fuir les planches – les Miles étaient trop nombreux dans le milieu – et Shakespeare aussi, car que pouvait-on encore dire sur le sujet ? À la place, il s'était spécialisé dans les dramaturges de l'époque jacobéenne, leurs tragédies macabres et leurs comédies tordues. C'est ainsi que, à la demande d'une compagnie londonienne qui souhaitait monter *Le Démon blanc*, de Webster, il avait instruit l'ensemble de la troupe sur la pièce. Et là, au dernier rang, tout sourire dans le rôle d'une dame d'honneur, se trouvait Fran Fisher.

Il avait eu le plus grand mal à s'exprimer correctement. À la fin, tous deux s'étaient fait la bise et étaient allés parler du bon vieux temps et de leurs situations respectives devant un café. Fran était mariée à un acteur – une décision irréfléchie prise lors d'une longue tournée mondiale, « parce qu'il faut bien s'occuper ». Cela remontait à cinq ans, et ils avaient une fille, Grace, âgée de deux ans. Le café avait fait place au vin et Fran avait commencé à évoquer sa vie conjugale à demi-mot, en particulier son époux alcoolique et peut-être infidèle, un type irresponsable, ridiculement superbe et superbement ridicule. Mais enfin, elle l'aimait, elle aimait être mère et elle se disait qu'ils pouvaient rester ensemble, qu'ils s'en sortiraient s'il voulait bien régler ses problèmes personnels. À part ça, elle comptait arrêter sa carrière de comédienne. À presque trente ans, elle ne percerait jamais dans le métier, en tout cas pas d'une façon à même de la satisfaire. Faire du théâtre quand elle était gamine était une chose, mais à présent elle se sentait bête et bonne à rien. Et puis, un acteur dans la famille, cela suffisait.

« Tu te souviens de notre scène dans *Roméo et Juliette* ? avait-elle dit.

— Tu étais excellente dans cette pièce.

— On l'était tous les deux, George. Franchement, je n'ai fait que suivre une pente descendante à partir de là. »

Ils s'étaient dit au revoir sur le pont de Waterloo après avoir échangé leurs coordonnées et s'être promis de rester en contact. Puis George Pearce était rentré chez lui, à la fois bouillonnant de rage et euphorique. Son premier grand amour était aussi son seul grand amour, mais un amour non payé de retour. Il y avait là de quoi faire dérailler une vie. Cela le rendait fou – presque au sens littéral – de voir Fran comme ça. Et bien qu'elle lui eût donné son numéro, il ne l'avait pas appelée. À quoi bon ? Il n'était pas Pâris, prêt à sacrifier sa dignité pour quelqu'un qui ne pouvait ni ne voulait l'aimer.

Il avait changé de travail et déménagé à Londres – quelle coïncidence. Là, il avait rencontré une fille avec qui il s'était installé, puis il avait rompu et déménagé de nouveau. Cinq années s'étaient ainsi écoulées, jusqu'à ce vendredi où il avait été invité à une soirée. Une femme serait présente, lui avait-on dit. Une traductrice du français, mère célibataire. Il n'avait pas envie d'y aller et avait envisagé de rester chez lui pour lire, mais son ami avait insisté et...

Je l'ai écouté, sans vraiment saisir ce qu'il me disait. Étais-je jaloux ? Pas tout à fait. Je me doutais bien que j'avais eu des successeurs – des erreurs pour certains, et d'autres qu'elle avait découpés en petites étoiles –, et il aurait fallu un cœur plus aigri que le mien pour en vouloir à George de son bonheur évident, de sa jubilation et de son affection pour sa belle-fille, qui venait de se pendre à son bras.

— Grace, lui a-t-il dit, ce monsieur connaissait ta maman quand elle a joué Juliette.

Le regard indifférent que m'a jeté la petite a fait naître en moi une bouffée d'indignation prétentieuse. *Comment, elle ne t'a pas parlé de moi ? As-tu la moindre idée de qui je SUIS ?*

— Charlie et ta maman ont été très proches il y a longtemps, a continué George. Bien sûr, ça me rendait furieux.

Et moi, étais-je furieux à présent ? À peine. Il y avait une sorte de logique dans tout ça. Fran et lui avaient toujours eu le don de se faire rire, et j'étais content de constater que George s'était débarrassé de cet air de garçon persécuté qu'il traînait autrefois, qu'il avait réussi dans la vie, qu'il était heureux et amoureux. Quelqu'un que j'aimais beaucoup sortait avec quelqu'un que j'avais aimé. N'était-ce pas une bonne nouvelle ?

Malgré ça, je suis resté silencieux un instant. Peut-être était-ce de l'envie que je ressentais, pas devant le couple formé par Fran et George, mais devant leur histoire. C'était une belle histoire, plus belle que la mienne. Elle faisait sens et se terminait comme il convenait – c'est-à-dire qu'elle ne se terminait pas. Même sans les avoir vus depuis des années, je savais qu'ils seraient heureux ensemble, et une fois Grace repartie, j'ai posé une main sur l'épaule de George et l'ai pressée fort pour tenter de lui exprimer ce que je pensais.

— George, espèce de salaud.

Il a ri un peu nerveusement.

— C'est bizarre, hein ? J'en ai bien conscience.

— Non, c'est très… *romantique*.

— Quel horrible mot. Enfin, si ça peut te consoler, il n'y a pas beaucoup d'amour là-dedans. N'est-ce pas, Fran ?

— Tout à fait, a-t-elle répondu en surgissant à côté de lui. C'est d'un sinistre !

— Salut, Fran.

J'ai heurté légèrement sa joue avec la mienne, puis elle m'a pris par la main.

— Viens. Tu vas découvrir la face cachée de ma vie.

Tout le plaisir était pour moi

Le toit du pub dominait les jardins en terrasse de Stoke Newington. Un brouillard flottait dans l'air, mêlé à la fumée qui s'échappait des cheminées en ce dimanche soir. Autour de nous, des caisses remplies de bouteilles vides côtoyaient un barbecue rouillé et des palmiers malades.

— On a le droit de venir ici ? s'est inquiétée Fran en cherchant un coin sec où s'asseoir.

— On ne dirait pas. Tu veux redescendre ?

— Si on retourne en bas, il y aura forcément des gens qui voudront nous parler.

On s'est installés sur un vieux banc assez humide pour mouiller nos manteaux. Comme au temps de notre rencontre, on a résumé de grands pans de notre vie chacun à tour de rôle. J'étais plus disposé à répondre à des questions qu'à seize ans, mais j'ai eu l'impression qu'elle était en partie au courant de ce que j'avais fait - même si je ne lui ai pas demandé comment elle avait obtenu ces informations.

— Tu t'en sors bien.

— Pas mal, en tout cas pour le moment.

— Je suis ravie, mais pas étonnée. Je savais que tu finirais par trouver ta voie, a-t-elle dit tout en posant une main sur son ventre.

— C'est prévu pour quand ?

— Dans trois semaines.

— Garçon ou fille ?

— Garçon.

— Et le prénom ?

— On l'appellera... Eh bien, pour ne rien te cacher, on va l'appeler Charlie.

Mais elle a aussitôt éclaté de rire. Non, elle me charriait. Ils n'avaient pas encore décidé, même si Charlie était un joli prénom. Et elle, qu'était-elle devenue pendant tout ce temps ? l'ai-je interrogée. D'une manière générale, et à sa grande surprise, elle n'avait pas été heureuse. Un mariage malencontreux, une carrière avortée, des problèmes d'argent...

— La vingtaine a été *rude* pour moi qui me voyais déjà en haut de l'affiche. J'avais tant d'espoirs et d'attentes – ces années-là devaient être comme ces fêtes qu'on anticipe en pensant à ce qu'on va mettre, en préparant sa tenue, en réfléchissant à la manière dont on va se comporter. Et puis, le moment venu, on se pointe sur place et les gens ne sont pas sympas, la musique est nulle et on n'arrête pas de parler à tort et à travers...

— Ç'a été pareil pour moi, sauf que j'étais bourré la plupart du temps.

— J'ai connu ça aussi avec ce cinglé... George t'a dit que j'avais été mariée ? Bref, tu vois ces couples qui un jour picolent trop et qui vont se faire tatouer ensemble ? Nous, on s'est mariés. Mais qu'est-ce qui m'a pris ? Si on avait opté pour des tatouages, au moins ils auraient duré, eux. On s'est disputés une fois pour savoir si les hippocampes appartenaient à la même famille que les chevaux. D'un point de vue *génétique*, tu comprends. C'est là que j'ai mesuré mon erreur. « Frances, je refuse d'accepter que ce soit une coïncidence ! » Je l'ai très bien imité, soit dit en passant.

— J'avoue que c'en est troublant.

— Je ne suis jamais aussi bonne que quand j'incarne des gens que personne ne connaît à part moi. Je ne devrais pas parler de lui si méchamment – c'est vrai, il était charmant, très séduisant, et puis il reste le père de ma fille –, mais c'est un idiot. Si tu savais comme mes parents le *détestaient.*

— Plus que moi ?

— Ils ne t'ont jamais détesté. Ma mère t'adorait. Elle m'a raconté qu'elle t'avait surpris il y a longtemps en train de jeter des petits cailloux contre ma fenêtre. C'est pour elle la chose la plus romantique qu'elle ait jamais vue.

— Je m'en souviens. Sur le coup, elle a plutôt eu l'air furax.

— Peut-être, mais aujourd'hui ça lui paraît mignon.

— Et que pensent-ils de George ?

— Oh, George est un amour. Il ne peut rien faire de mal.

— Le grand George Pearce.

— Le professeur George Pearce. Lui, en revanche, il connaît la différence entre un cheval et un hippocampe.

— Pas de côté obscur chez cet homme, alors.

— Le pire dont il soit capable, c'est au restaurant, quand on a fini de manger : il ne peut pas s'empêcher de débarrasser la table. Il racle les restes et empile les assiettes. Il remplirait lui-même le lave-vaisselle s'il le pouvait. Ça me rend dingue.

— Si c'est le pire que tu peux redouter de sa part…

— Exactement. Je suis bien plus heureuse aujourd'hui. J'ai trouvé un travail qui me plaît et quelqu'un avec qui vivre. Il s'inquiétait à l'idée que tu sois là, tu sais.

— Ah oui ?

— Il se demandait comment tu réagirais. Et il craignait que tu ne sois fou furieux.

— Il y a vingt ans, je l'aurais été.

— Ou qu'une vieille flamme renaisse de ses cendres et qu'on s'enfuie ensemble.

— C'est bien pour ça que je suis ici.

Elle a ri.

— Quelle est la mise en garde qui figure sur les boîtes de pétards ? « Ne pas s'approcher de la mèche une fois qu'elle a été allumée. »

— Il y a forcément une date de péremption, non ?

— À mon avis, vingt ans, c'est une période bien assez longue.

— Oui, on ne risque plus rien.

Une pensée m'a toutefois traversé l'esprit – une pensée paranoïaque, certes, mais je voulais en avoir le cœur net.

— Hé, tu n'étais pas... amoureuse de George à l'époque, hein ?

— Quand on a joué *Roméo et Juliette* ? Bien sûr que non, a-t-elle protesté en me prenant la main. J'étais amoureuse de *toi*, voyons !

— Moi aussi.

— Tu t'en étais rendu compte, quand même ?

— Oui.

— Je t'aimais beaucoup, vraiment *beaucoup*.

— Idem.

— Ce qui ne m'arrive pas souvent, je t'assure.

— Je suis désolé que la fin ait été si moche.

— Moche ? C'était douloureux, mais pas moche.

— Toutes ces disputes dans les centres commerciaux...

— Peut-être, mais, à mon avis, une relation qui se termine amicalement est une relation qui n'aurait jamais dû dépasser le stade de l'amitié. Si tu renonces sans lutter... Enfin bref, on avait dix-sept ans. On était différents.

— Très différents.

Main dans la main, on est restés assis en silence, et je me suis surpris à regretter qu'on ne soit pas en face l'un de l'autre afin de pouvoir bien l'observer au lieu de jeter des regards en coin aux pattes-d'oie qui s'étaient creusées autour de ses yeux, aux ridules qui encadraient sa bouche comme des coups d'ongle dans de l'argile, à la petite nervure de sa lèvre inférieure et à sa dent ébréchée qui me faisait penser au coin corné d'une page. Elle a ramené ses cheveux derrière son oreille et s'est tournée vers moi en souriant.

— Ta dent ! ai-je dit sans réfléchir.

— Quoi ?

— Je me souviens que tu avais une dent ébréchée.

— Oh, ça !

Elle a mordu son pouce pour que je la voie mieux.

— J'ai fait poser une facette dessus. Pas par vanité, mais parce que mon agent considérait qu'elle m'empêchait de décrocher des contrats commerciaux. Il s'est avéré que ce n'était pas ça le problème, finalement.

— Dommage. Je l'aimais bien.

— J'ai aussi quelques plombages, si ça peut te consoler, a-t-elle ajouté en mettant un doigt en crochet dans sa bouche.

— Ça ira.

Il y a eu un silence, puis :

— Dans ce genre de circonstances, quand les gens affirment « Tu n'as pas du tout changé », même si c'est faux, est-ce qu'on est censé être content ? a-t-elle demandé.

— Je pense que ça veut dire en réalité « Tu n'as pas empiré ».

— Mais toi, tu es bien mieux qu'avant.

— Maintenant que j'ai atteint l'âge mûr ?

— Est-ce qu'on l'a atteint ?

— On s'en approche.

— Eh bien, ça te réussit, Charlie. Tu as bonne mine.

— S'il te plaît, ne me dis pas que je me suis étoffé.

— D'accord. Qu'est-ce qu'on entend par là, de toute façon ?

— Qu'on a grossi.

— Non, ce n'est pas ça. Disons que ton visage… tu as fini par te l'approprier. Comme si tu t'étais trouvé en grandissant.

— Et toi, tu es superbe. Tu resplendis – c'est le bon terme ?

— Mets ça sur le compte de l'hypertension et de la colère. J'ai les hanches plus larges aussi. Voilà ce que c'est d'avoir des enfants. Tu en as, toi ?

— Des enfants ? Non, mais on aimerait bien. On en rêve, même. Et on essaie d'ailleurs – je crois que c'est comme ça qu'on dit. On essaie vraiment.

— Ma foi… bonne chance !

— Merci. Merci.

Ensuite, j'ai voulu changer de sujet, mais je ne voyais pas sur quoi embrayer.

— Bref…, ai-je dit.

— Bref.

— On devrait redescendre.

— Oh. D'accord.

— C'est sympa de te revoir.

— Idem.

— Et de te trouver aussi en forme.

— Un peu fatiguée, quand même.

— Non, tu es superbe. J'ai le droit de dire ça, n'est-ce pas ?

— Je n'en suis pas sûre. George est un homme très violent. Je crois.

À cet instant, on aurait dû se lever et partir, mais elle a soulevé ma main en contemplant nos doigts entrelacés.

— C'est bizarre, comme situation.

— En effet.

— Pas dans le sens négatif du terme.

— Non, mais…

— J'ai réfléchi à tout ça, à ce que j'ai éprouvé à l'époque, et je ne voudrais pas devenir mièvre ou sentimentale, mais le premier amour, je pense que c'est comme une chanson, une chanson pop ridicule qu'on entend en se disant, je n'écouterai que ça désormais, il y a là tout ce qu'on peut souhaiter, c'est le plus beau morceau de musique jamais composé, y a pas photo, je n'ai besoin de rien d'autre. Évidemment, on ne se la repasserait plus volontairement aujourd'hui. On s'est endurci, et puis on est trop expérimenté et sophistiqué pour ça. Mais quand on tombe dessus à la radio, on trouve toujours que c'est une bonne chanson. Vraiment. Si ce n'est pas une réflexion profonde, ça…

— Très profonde.

— Et tu es heureux, n'est-ce pas ?

— Oui.

— Et moi aussi ! Moi aussi ! Là, tu vois. Tout est bien qui finit bien.

— On ne va pas s'enfuir ensemble, alors ?

— Euh, en temps normal je dirais oui, mais j'ai une césarienne prévue dans trois semaines, et toi tu vas te marier, du coup…

— Restons-en là.

— C'est ça, restons-en là.

Elle m'a donné un petit coup de tête sur l'épaule, et on a tourné les yeux vers la bruine révélée par la lumière jaune autour de nous.

— On est trempés maintenant, a-t-elle dit.

— Redescendons.

Elle s'est redressée en grognant et en soupirant. Parvenus en haut de l'escalier, on a marqué une pause.

— Attends, Fran.

On allait se dire au revoir, je le savais, et avant de trop réfléchir, j'ai prononcé les mots que j'avais ravalés toute la soirée.

— La raison pour laquelle je suis venu…

— Vas-y.

— C'est vraiment tarte. Ne vomis pas surtout.

— Je ne te promets rien.

— En fait, c'était une époque bizarre pour moi. Je n'étais pas très heureux à mon avis quand on s'est rencontrés. Et après je l'ai été. Plus que ça, même. J'étais fou de joie. Alors je crois que je voulais juste te dire… merci.

Elle a gonflé les joues de façon satirique, mais pas longtemps, et s'est appuyée contre le montant de la porte en me dévisageant. Puis elle a souri.

— Tout le plaisir était pour moi.

Dans la grande salle du pub, George et moi avons échangé nos numéros de téléphone sans aucune intention de les utiliser.

— On t'invitera à dîner ! Avec ta femme !

Je suis resté ensuite un peu à l'écart d'un groupe de gens qui écoutaient un homme proche de la cinquantaine, aux cheveux longs, l'air enrobé dans sa chemise ruchée : Ivor, notre metteur en scène. J'avais espéré voir Alina aussi. Je me disais qu'en vingt ans, elle avait dû devenir un personnage imposant, farouche et spectaculaire, et j'aimais à croire qu'elle se serait souvenue de moi comme de l'une de ses réussites. Mais elle n'était pas là, et lorsque Ivor a croisé mon regard, j'ai senti qu'il tentait de me resituer ainsi qu'il l'aurait fait avec un visage oublié sur une photo. Puis il a continué à raconter son anecdote. À la fin, l'un des acteurs de *Comme il vous plaira* a plaqué un accord brisé sur le vieux piano du pub, et tous ont entonné « It Was a Lover and His Lass », un morceau tout en harmonies et en vibratos emphatiques. Le couplet n'était pas encore terminé qu'Helen a traversé la pièce au pas de charge pour m'attraper par le coude.

— Putain, vite, on se casse !

— D'accord, laisse-moi juste de dire au revoir à…

— … *with a hey and a ho and a hey nonino…*

— Non, Charlie. MAINTENANT !

J'ai pris mon manteau et cherché Fran et George des yeux, mais, apparemment, ils étaient déjà partis.

Le rappel

L'année dernière, mon père est décédé. Ce que j'avais redouté durant mon enfance et mon adolescence a fini par arriver, à ceci près que les circonstances étaient très différentes de celles, bien plus spectaculaires, que j'avais un jour imaginées. Une crise cardiaque, une mort presque instantanée, m'a-t-on dit. J'ai du mal à concevoir qu'une mort puisse être jamais assez rapide, mais qui sait ?

Il n'avait pas encore soixante ans, et même s'il aurait été réconfortant de pouvoir raconter une histoire de guérison complète, sa dépression n'a cessé d'aller et venir tout au long de ces vingt dernières années. J'ose croire cependant qu'il a été plus souvent heureux que l'inverse, et que j'ai, ou plutôt que *nous* avons appris avec le temps à mieux anticiper et à gérer ses moments de déprime. On le doit en grande partie à sa femme, sa seconde épouse, Maureen, qu'il avait rencontrée à son travail. Cette pratiquante sérieuse qui ne buvait pas d'alcool était tout le contraire de ma mère, et je dois avouer que lorsque j'avais la vingtaine et que j'habitais à Londres, je trouvais l'atmosphère dans leur pavillon – un pavillon ! – atrocement triste et soporifique. Mes visites étaient donc rares, et je ne dormais jamais sur place. Le rôle du beau-fils maussade semblait taillé sur mesure pour moi à l'époque, mais le fait est que ce mariage m'apparaissait comme une retraite anticipée et que je ne tenais pas plus d'une heure ou deux dans leur salon surchauffé et toujours bien rangé. Maureen était une compagne dévouée pour mon père, et la compagnie d'une dévote est ennuyeuse. Malgré tout, je savais qu'ils riaient aussi beaucoup tous les deux et qu'ils avaient passé des vacances à randonner le long du South Downs Way, du mur d'Hadrien et du sentier de la côte sud-ouest – des tournées postales très allongées, si on veut voir les choses de cette façon. Maureen s'était même découvert un intérêt pour le jazz, ce que je n'avais pas réussi à faire en dépit d'efforts ponctuels. Avec l'âge, j'avais fini par apprécier le bonheur et la stabilité relative que cette femme apportait à mon père. Lui et moi n'avions pas grand-chose en commun, si ce n'est une tendance morbide à l'introspection et cette conviction sentimentale et inavouée que l'amour est un remède, sinon la panacée. Il en résultait chez mon père une peur de rester seul, de ne pas être aimé ou – son cauchemar – de ne pas mériter de l'être, mais cette angoisse s'était estompée après son remariage, et il me plaît de croire qu'il a été plus heureux que jamais durant ces années avant que son cœur cesse de battre brusquement au milieu de sa tournée matinale. Il me plaît de le croire.

Il fallait s'y attendre, sa mort a fait remonter en moi des souvenirs souvent stressants et douloureux. Mais quand je pensais à mon père, c'était toujours cet été-là qui me revenait en mémoire. Il avait le même âge que moi aujourd'hui, et ces quelques mois me semblaient englober ce qu'on avait vécu de mieux et de pire ensemble.

Une scène manque à l'appel, cependant : sa rencontre avec Fran Fisher.

Depuis la coulisse, je les avais vus se parler après la dernière représentation. Fran riait à une remarque de mon père, une main posée sur son bras, puis elle a baissé la tête devant ce qui devait être un compliment. Ça me réjouissait qu'ils s'entendent aussi bien. Je savais que mon père adorerait Fran, et j'espérais qu'elle percevrait en lui une qualité qui ne s'était pas encore manifestée chez son fils : une certaine intégrité peut-être, une certaine gentillesse.

J'avais continué à les observer. J'aurais risqué de tout gâcher en les rejoignant, et l'optimisme qui m'habitait alors faisait que je m'attendais à avoir une foule d'autres occasions de passer du temps avec eux, les deux personnes les plus importantes de ma vie à ce moment-là. En fait, ils n'ont échangé que quelques mots au téléphone par la suite, rien de plus, et il m'apparaît soudain que je ne reverrai plus aucun des deux.

Tant pis.

Tant pis.

Ceci est une histoire d'amour, même si, à présent qu'elle est terminée, je m'aperçois que l'amour y présente au moins quatre ou cinq visages différents, si ce n'est davantage : l'amour familial et paternel ; l'amour des amis, celui qui brûle à petit feu et vous revigore ; la brève explosion aveuglante du premier amour, que l'on ne peut regarder en face que lorsqu'il s'est consumé. Il y a des limites à tout ce qu'un simple mot peut exprimer, et peut-être en faudrait-il d'autres pour rendre compte d'une réalité si variée et si riche. D'ici à ce qu'ils soient inventés, celui-ci devra englober les divers types d'amour mentionnés précédemment – sans oublier l'amour conjugal.

Ma femme. M'habituerai-je un jour à dire ça ? En rentrant de la soirée, j'ai trouvé Niamh endormie sur le canapé, la tête si près de la lampe qu'une odeur de cheveux brûlés flottait dans l'air. Elle s'est réveillée en sursaut quand j'ai éteint la lumière.

— Quoi ? Oh, salut.

— Ça sent les cheveux brûlés ici.

— Hmm ? Oui, c'est mon nouveau parfum. Pour le mariage.

— J'aime bien.

Elle a bâillé tout en palpant son crâne.

— Quelle heure est-il ?

— 21 h 45.

— Quel débauché tu fais. Où est-elle ?

— En bas dans la voiture.
— C'est vrai ?
— Je suis juste monté prendre quelques affaires.
— *Notre* voiture.
— Oui, on part avec.
— C'est vache. Je peux garder la télé ?
— Elle ne risque pas de te faire penser à moi ?
— Pas particulièrement. Qui annulera le traiteur pour le mariage ?
— Ça peut attendre demain, ai-je répondu en l'embrassant. Tu me fais une place ?
Niamh s'est écartée, et on est restés assis, nos têtes appuyées l'une contre l'autre.
— C'est super de pouvoir rire de ces choses-là, hein ? a-t-elle dit.
— Le truc, Niamh, c'est que tu as tout à fait le droit d'en rire.
— Ah oui ?
— Oui.
— Tant mieux.
— Allons nous coucher.
Mais on n'a pas bougé.
— Comment tu l'as trouvée ?
— Plus âgée.
— Tu parles d'une surprise.
— Elle a été sympa. Comme tout le monde à la soirée. Et elle était heureuse.
— Et toi ?
— Moi aussi.
— Là, tu vois. C'est ce que tu peux espérer de mieux, non ? C'est ce que tu veux. Maintenant au moins, tu es fixé.
En effet, maintenant, au moins, je suis fixé.

Remerciements

Je tiens à remercier ici mes premiers lecteurs, Damian Barr, Hannah MacDonald, Roanna Benn et Michael McCoy, pour leur soutien, leurs encouragements et leur jugement avisé, ainsi que Jonny Geller, Kate Cooper, Catherine Cho et toute l'équipe de Curtis Brown.

Chez Hodder and Stoughton, Nick Sayers reste le meilleur éditeur qu'on puisse imaginer, mais je n'oublie pas non plus Amber Burlinson, Cicely Aspinall, Lucy Hale, Carolyn Mays, Jamie Hodder-Williams, Alasdair Oliver, Susan Spratt, Jacqui Lewis, Alice Morley et Emma Knight, cette experte dans l'art de gérer les névroses d'un auteur.

Je suis reconnaissant à Bruno Wang de sa générosité, à Emmanuel Kwesi Quayson, à Karen Fishwick – une excellente Juliette aux avis éclairés – et à Ayse Tashkiran, qui nous a mis en contact. Et j'ai aussi une dette envers la chanson de Pulp, « David's Last Summer », qui a influencé l'atmosphère et le ton de ce roman.

Enfin, et comme toujours, j'aimerais exprimer tout mon amour et toute ma gratitude à Hannah Weaver pour son humour, sa patience et son soutien.

Roméo et Juliette

William Shakespeare

Acte I, scène 4

MERCUTIO

Oh ! Je vois, la Reine Mab vous a rendu visite.
Parmi les fées, c'est l'accoucheuse, et elle vient,
Pas plus grosse qu'une pierre d'agate
À l'index d'un échevin,
Traînée par un attelage de petits atomes,
Se poser sur le nez des hommes quand ils dorment.
Son carrosse est une noisette vide
Fabriqué par l'écureuil menuisier ou par un vieux ver rongeur,
De temps immémorial les carrossiers des fées.
Les rayons de ses roues sont faits de longues pattes de tarentules,
La capote est une aile de sauterelle,
Les rênes : une fine toile d'araignée,
Le collier : d'humides rayons de lune,
Son fouet : un os de grillon, la lanière : un fil de la Vierge,
Son cocher : un petit moucheron vêtu de gris,
Pas plus gros que la moitié d'un petit ver rond
Que l'on prend dans les doigts paresseux d'une servante.
Et dans cet équipage elle galope nuit après nuit
Dans le cerveau des amoureux, et alors ils rêvent d'amour,
Sur les genoux des courtisans, qui rêvent aussitôt de courbettes,
Sur les doigts des hommes de loi, qui rêvent aussitôt d'honoraires,
Sur les lèvres des dames, qui rêvent aussitôt de baisers,
Ces lèvres que souvent Mab furieuse couvre de cloques
Car leur souffle est empesté de pastilles parfumées.
Parfois elle galope sur le nez d'un huissier,
Et alors il rêve qu'il flaire un bon procès ;
Et parfois elle vient avec la queue d'un cochon de la dîme
Chatouiller le nez d'un curé endormi ;
Alors il rêve d'un nouveau bénéfice.
Parfois elle roule sur le cou d'un soldat,
Et alors il rêve d'ennemis égorgés,
De brèches, d'embuscades, de lames de Tolède,
De rasades profondes de cinq brasses ; et aussitôt
Le tambour bat à son oreille, il tressaille, se réveille,

Et ainsi effrayé, jure une prière ou deux
Et se rendort : c'est toujours cette Mab
Qui tresse la crinière des chevaux la nuit,
Et dans leurs poils gluants et crasseux durcissent ces nœuds magiques,
Qui, débrouillés, présagent de grands malheurs.
C'est elle la sorcière, quand les vierges sont allongées sur le dos,
Qui les comprime et leur apprend à supporter leur premier fardeau
Et à devenir des femmes de bon rapport.
C'est encore elle…

ACTE I, SCÈNE 5

ROMÉO

Si je dois profaner de mon indigne main
Ce saint reliquaire, voici plus doux péché :
Mes lèvres adouciront, rougissants pèlerins,
Ce rude attouchement par un tendre baiser.

JULIETTE

Bon pèlerin, vous faites trop de tort à votre main,
Qui ne fait que montrer dévote honnêteté,
Car les saints ont des mains que touchent les pèlerins,
Et paume contre paume est leur pieux baiser.

ROMÉO

Saints et pèlerins pieux ont des lèvres aussi ?

JULIETTE

Oui, pèlerin, dont ils se servent pour prier.

ROMÉO

Chère sainte, lèvres et mains fassent ainsi :
Elles prient (exauce-les) ; que leur foi ne soit pas désespérée.

JULIETTE

Les saints ne bougent pas, exauçant les prières.

ROMÉO

Ne bouge pas, je prends l'objet de ma prière.
De mes lèvres, tes lèvres ont lavé le péché.

JULIETTE

Alors mes lèvres ont le péché qu'elles vous ont pris.

ROMÉO

Un péché sur mes lèvres ? Faute doucement reprochée !
Rendez-moi mon péché.

JULIETTE

Vous vous embrassez en érudit.

ACTE III, SCÈNE 2

JULIETTE

Galopez prestement, coursiers aux pieds de feu,
Vers la demeure de Phébus : un cocher
Comme Phaéton vous fouetterait vers l'ouest
Et amènerait la nuit nuageuse immédiatement.
Étends ton épais rideau, nuit où l'on fait l'amour,
Que les yeux du soleil fugitif se ferment, et que Roméo
S'élance dans mes bras, sans s'être vu ni entendu :
Pour accomplir leurs rites amoureux les amants peuvent voir
À la lueur de leur propre beauté, ou, si l'amour est aveugle,
Il s'accorde d'autant mieux à la nuit. Viens, nuit austère,
Matrone aux vêtements discrets, tout en noir,
Et apprends-moi à perdre une partie gagnante,
Où se jouent deux virginités sans tache.
Couvre mon sang indompté qui bat dans mes joues
De ton manteau noir, jusqu'à ce que le timide amour s'enhardisse,
Et ne vois que chasteté dans l'acte d'amour sincère.
Viens, nuit, viens, Roméo, viens, mon jour dans la nuit,
Car tu reposeras sous les ailes de la nuit,
Plus blanc que la neige nouvelle sur le dos d'un corbeau.
Viens, douce nuit, viens, amoureuse nuit au front noir,
Donne-moi mon Roméo, et quand je mourrai,
Prends-le et découpe-le en petites étoiles,
Et il rendra le visage du ciel si beau
Que le monde entier sera amoureux de la nuit,
Et cessera d'adorer l'éblouissant soleil.
Oh ! J'ai acheté la maison d'un amour
Mais je ne l'ai pas possédée, je suis vendue,
Mais l'acquéreur n'a pas encore joui de moi. Ennuyeux est ce jour

Comme l'est la nuit qui précède une fête
Pour l'enfant impatiente qui a une robe neuve
Et ne peut pas encore la porter. Oh ! Voici ma Nourrice qui vient.

Entre la Nourrice avec des cordes.

Et elle apporte des nouvelles, et toute langue qui dit
Seulement le nom de Roméo parle avec l'éloquence du ciel.

Téléchargez l'appli lisez!,
scannez cette page, branchez votre walkman
et laissez-vous porter par la musique !

♪ La playlist de Merton Grange 1997 ♪

Baggy Trousers – Madness
I Will Survive – Gloria Gaynor
Relax – Frankie Goes to Hollywood
Girls & Boys – Blur
Jump Around – House of Pain
MMMbop – Hanson
2 Become 1 – Spice Girls
Greatest Love of All – Whitney Houston
Careless Whisper – George Michael
Heart of Glass – Blondie

Composition : Facompo, Rouen

Achevé d'imprimer par
Normandie Roto Impression s.a.s.
61250 Lonrai (Orne)
N° d'impression : 2001533

Imprimé en France